timeCRIME

TIM WEAVER

Il pezzo mancante

romanzo

Traduzione dall'inglese
di Tessa Bernardi

FANUCCI EDITORE

Dello stesso autore abbiamo pubblicato:

Morte sospetta
Tracce di morte
Svanito
Nessun ritorno
Oscure verità
Triplice omicidio
Cuore infranto
Chi sono?
La verità su David Raker
Un villaggio scomparso

Prima edizione: febbraio 2022
Titolo originale: *Missing Pieces*

Sede secondaria: via Giovanni Antonelli, 44 – 00197 Roma
tel. 06.39366384 – email: info@fanucci.it
Indirizzo internet: www.fanucci.it

Stampato in Italia – Printed in Italy

Progetto grafico: Franca Vitali

TIM WEAVER

Il pezzo mancante

A Camilla

Parte prima

1

Rebekah

1

Incespicò lungo la corsia.

Era così buio che quasi non riusciva a mettere un piede davanti all'altro, le mani tese di fronte a sé per aiutarsi in quel suo procedere a tentoni, i capelli fradici, la pelle bagnata, i vestiti appiccicati al corpo. Arrivata a metà strada, si guardò indietro. Era come essere alla deriva in una specie di vasto oceano nero.

La finestra dalla quale si era introdotta all'interno era sospesa tra le ombre, come la cornice di un quadro, il vetro acuminato lungo un bordo, il resto in frantumi sul pavimento. Sentiva la pioggia sul tetto – un ritmo implacabile, meccanizzato – e vide un fulmine squarciare il cielo: ovunque fosse andato a schiantarsi, il lampo di luce aveva fugacemente rischiarato l'ambiente che la circondava, dandole l'opportunità di provare a orientarsi. Aveva bisogno di cibo, di un cambio d'abito. Più di ogni altra cosa, però, aveva bisogno di uno specchio e di un kit da cucito, perché ormai il sangue non le stava più colando solo negli occhi, le stava scorrendo a fiumi su tutta la faccia.

Il vento scuoteva l'ossatura dell'edificio.

Era terrorizzata. Era ferita. E, peggio ancora, era completamente e assolutamente sola. *Arrenditi e basta.* Sentì un tremore in gola.

Lasciati cadere a terra e arrenditi.

Chiuse gli occhi, scacciò la voce, aspettò il lampo successivo e corse in fondo alla stanza. Avvolta dall'oscurità, brancolò alla cieca, urtò delle cose, ma di lì a poco strinse le dita attorno a quello che stava cercando.

Una torcia.

La accese.

Un fascio accecante di luce bianca tremolò davanti a lei, permettendole di vedere quanto era piccolo quel posto: al buio le era sembrato immenso, ma non era largo nemmeno dieci metri.

Prese una barretta di cioccolato dallo scaffale più vicino, la scartò con foga e le diede un morso, famelica. Poi, mentre il sangue continuava a offuscarle la vista, spostò l'attenzione dall'altra parte della stanza, dove c'erano diverse scatole di cerotti allineate con cura. Fu solo quando ci si avventò sopra che si rese conto che c'era una cassetta del pronto soccorso seminascosta in fondo allo scaffale. Conteneva tutto ciò che le serviva: forbici, disinfettante, garze sterili, cerotti a farfalla. Ma niente ago e filo.

Cominciavano a venirle meno le forze, ma poi le cadde l'occhio su una cosa.

Attrezzatura da pesca.

Sotto il vetro c'erano le esche, sopra il bancone un piccolo assortimento di fili da pesca. Prese quello più sottile che riuscì a trovare, raccolse uno Zippo dimenticato accanto al registratore di cassa e tornò alla cassetta del pronto soccorso.

Attaccato a un espositore girevole pieno di occhiali da sole c'era uno specchio. Gettò a terra tutti gli occhiali e inclinò l'espositore per avere lo specchio all'altezza degli occhi. Srotolato il filo da pesca, lo legò all'amo di un'esca, poi usò le forbici prese dalla cassetta del pronto soccorso per staccare circa quindici centimetri di filo dal rocchetto. Fece un respiro profondo, si avvicinò al riflesso e piegò la testa per osservare il taglio accanto all'occhio sinistro. L'aveva già intravisto nel parabrezza della sua auto un paio di ore prima – forse tre, forse quattro, ormai non aveva più idea di che ora fosse – ma la polvere sul vetro le aveva fatto sottovalutare la gravità della ferita.

Si sentì travolgere di nuovo dalle emozioni.

«Perché proprio a me?» mormorò a voce a malapena udibile sopra il rumore della pioggia. Sterilizzò la punta dell'amo con lo Zippo, preparandosi mentalmente a ciò che stava per arrivare, ma poi le si riempirono gli occhi di lacrime. Lacrime miste a sangue, scie rosa che le rigavano le guance, come strade colorate su una mappa.

Avrebbe saputo mettere dei punti di sutura persino a occhi chiusi, quindi non era l'idea di ricucirsi la faccia a turbarla così tanto.

Era qualcosa di molto peggio.

«Ti prego, fa' che ci sia qualcun altro qui» singhiozzò, biascicando le parole. Avvicinò l'amo al viso, le tremavano le mani. «Non voglio restare da sola in questo posto.»

Prima

Anche i morti possono parlare.

Questo era ciò che aveva continuato a ripeterle suo padre alla fine. Rebekah all'epoca non gli aveva dato molto peso. In quegli ultimi mesi, seduta al suo capezzale, aveva assistito al graduale deteriorarsi di corpo e mente, vegliando su un anziano che forse soffriva di allucinazioni e parlava di cose che non avevano alcun senso. La pelle del viso di suo padre, dove un tempo c'erano stati vigore e colore, ormai era cerea e traslucida, un atlante di vene celesti. Era diventato il cadaverico opposto dell'uomo che aveva cresciuto i suoi tre figli.

In quei momenti, Rebekah si aggrappava al ricordo che aveva di lui prima che si ammalasse: il loro protettore e il loro angelo custode, il collante che li aveva tenuti insieme. A volte aveva accennato al carattere impetuoso che aveva avuto da ragazzo, quando era stato spedito in Vietnam, ma a Rebekah e ai suoi fratelli risultava sempre difficile immaginarlo in quel modo. Crescendo non lo avevano quasi mai visto perdere le staffe, e in pratica l'unico gesto impulsivo che avesse mai fatto Henry Murphy risaliva a prima che nascessero: aveva sposato una donna che conosceva da soli quattro mesi.

All'epoca era stato assegnato alla RAF Lakenheath, sede di una base militare dell'Aeronautica americana nel Regno Unito; ed era stato a Cambridge, a quarantatré chilometri da lì, che aveva conosciuto Fiona Camberwell. Aveva ventiquattro anni ed era una ragazza di paese che al massimo si era spinta fino a Peterborough, quindi l'idea di stare con un americano di New York l'aveva travolta completamente.

Un anno dopo le nozze era nato Johnny, il fratello maggiore di Rebekah. Meno di due anni dopo era arrivata lei, e di lì a poco, dopo un onorabile congedo dall'esercito, Henry era diventato un agente di polizia del Cambridgshire. Anche se era un semplice poliziotto, si era innamorato subito del suo nuovo lavoro.

A casa, invece, le cose non andavano bene.

Il padre di Rebekah parlava di rado di cosa fosse successo in quegli ultimi anni, ma la mattina del 26 dicembre del 1985 – sull'albero scintillava un festone e le lucine colorate lampeggiavano alle finestre – Fiona li aveva piantati in asso, una macchia confusa di capelli rossi e pelle chiara. All'epoca Johnny aveva cinque anni, Rebekah tre e il loro fratellino più piccolo, Mike, appena diciotto mesi.

Non avrebbero mai più rivisto la loro mamma.

Rebekah osservò la bara di suo padre che veniva calata nel terreno. Era una giornata cupa, quasi monocromatica, e nei paraggi stava piovendo, si sentiva nell'aria. Un paio di volte si voltò a guardare l'East River e vide il sole fare capolino in lontananza, ma scomparve con la stessa rapidità con cui era arrivato, una promessa non mantenuta, e si ritrovarono lì da soli, abbandonati a loro stessi, a fissare la profondità della fossa.

Si guardò attorno e scrutò gli altri presenti, Johnny al suo fianco, il prete che leggeva con voce monotona un passo della Bibbia. Alla fine i suoi occhi cercarono il parcheggio. Nessuna traccia della Jeep. Nessuna traccia di Gareth.

Dove diavolo era finito?

Accanto a lei, Johnny si fece più vicino e Rebekah si sentì prendere per mano, se la sentì stringere forte. Lì per lì ne fu sorpresa, poco abituata a certe dimostrazioni d'affetto da parte del fratello maggiore, ma gli lanciò uno sguardo e lui le fece l'occhiolino come per rassicurarla, come se fosse in grado di leggerle nel pensiero. «Arriverà, Bek» le sussurrò.

Per tutta risposta, lei diede una piccola stretta alla mano di Johnny, non sapendo se credesse davvero a ciò che le aveva detto o se stesse semplicemente facendo quello che faceva sempre: proteggerla, provare a migliorare le cose. Lo faceva da quando erano stati abbandonati dalla madre, ma più di frequente da quando avevano saputo che il padre era in fase terminale, come se Johnny avesse inconsciamente preso il posto che Henry gli stava cedendo: quello di patriarca e di suo sostegno.

Lui le strinse un po' più forte la mano e, quando rimise a fuoco la mattinata grigia e le ultime fasi della cerimonia funebre, Rebekah capì anche perché: una Jeep Cherokee stava parcheggiando accanto alle loro auto.

Si concentrò sulla macchina, scorse la sagoma di Gareth dietro il parabrezza, e quando i loro occhi si incrociarono – mentre nelle vene le ribolliva la rabbia – Rebekah non lasciò adito a dubbi rispetto a cosa ne pensasse del suo ritardo.

Suo marito distolse lo sguardo.

2

Rebekah si svegliò di soprassalto e sul momento non capì dove si trovasse. Poi cominciò a mettere tutto a fuoco: gli scaffali a destra e a sinistra, i rifiuti disseminati attorno alle sue mani e ai suoi piedi. La cassetta del pronto soccorso. L'amo da pesca.

L'emporio.

Rialzandosi, lanciò uno sguardo in direzione della finestra rotta: un rettangolo di luce color crema stava filtrando dentro il negozio. Accanto c'era un orologio a parete. L'ultima volta che aveva controllato erano le cinque del mattino. Ormai erano quasi le dieci.

Aveva dormito meno di cinque ore.

Le fitte al viso erano peggiorate durante la notte. La parte accanto all'occhio pulsava e sentiva bruciare l'orecchio, la guancia e il naso. Far passare da un lembo di pelle all'altro il filo da pesca, per quanto sottile, era stato tremendo, e con l'amo era stato anche peggio. Aveva del disinfettante, ma niente con cui anestetizzare la parte che aveva dovuto ricucire.

Niente con cui anestetizzare la sofferenza che le provocava trovarsi in quel luogo.

Da sola.

Si avvicinò alla finestra rotta. Dopo essere salita sul bordo del bancone si tirò su e strisciò fuori, cercando di evitare il vetro che era rimasto attaccato al telaio. Sentì qualcosa strapparsi, il vetro che le restava impigliato nei pantaloni, ma riuscì a sgusciare fuori senza tagliarsi. La notte prima aveva usato un cassonetto dell'immondizia per arrampicarsi fino alla finestra; quella mattina era più lontano dal muro, spinto via dalla ferocia del vento, e i suoi piedi ciondolarono nel vuoto mentre cercava di trovare un punto di appoggio.

Si lasciò cadere sul coperchio del cassonetto, poi scivolò sopra un mucchio di foglie bagnate. Si guardò attorno; sembrava ci fosse stata un'esplosione. Rami strappati via dagli alberi, detriti giunti dal porto sparpagliati ovunque: tegole, assicelle, grosse pozze di acqua salata.

Per un attimo, mentre contemplava l'Atlantico in lontananza, si sentì così piccola, travolta dall'enormità della situazione.

Era ancora viva. Respirava ancora.

Era sopravvissuta.

Ma era intrappolata a centosessanta chilometri di oceano dalla città più vicina.

Il pensiero la demoralizzò, la fece tentennare un po'. E poi, quando l'incertezza si impadronì di lei, fu assalita da qualcos'altro: un bisogno più pressante e persino più disperato.

Johnny.

Fu allora che le cadde l'occhio sulla bicicletta. Giaceva su un fianco davanti al negozio, più o meno dove l'aveva lasciata la notte prima. Se voleva trovare Johnny, doveva tornare nella foresta: era lì che l'aveva visto per l'ultima volta.

Anche la sua Jeep era lì.

Raddrizzò la bici e cominciò a pedalare. Strinse i denti, ma la ferita appena ricucita le faceva male e il dolore si propagava a tutto il lato destro della testa. Ben presto diventò talmente intenso che le si appannò la vista. Provò a ignorarlo, si lasciò alle spalle il centro urbano e imboccò la strada in salita che l'avrebbe portata a fiancheggiare la costa meridionale dell'isola. Più pedalava, più il freddo si faceva sentire: le addormentò la faccia, ma le gelò anche le dita, poi ogni centimetro di pelle scoperta. Un chilometro, un altro. Al terzo, con il vento pungente che la penetrava come un coltello, capì che doveva procurarsi più vestiti, e in fretta.

Più avanti, sulla sinistra, apparve un distributore di benzina.

Sapeva che doveva essere vicina alla foresta perché si ricordava del benzinaio dal giorno prima, e anche delle case dalla parte opposta, con le finestre e le porte sbarrate, inghiottite dalla sterpaglia e dall'erba alta. I suoi occhi tornarono sul distributore: c'era un'enorme pila di vecchie gomme sul retro, accatastate contro una rete metallica. Non le aveva viste il giorno prima, ma in quella pila poteva esserci una gomma adatta alla sua Jeep.

Ci sarebbe tornata dopo.

Per adesso, l'unica cosa che contava era Johnny.

Doveva trovare suo fratello.

Prima

Dopo il funerale, e dopo aver evitato ogni contatto con Gareth alla veglia tanto da non lasciargli altra scelta che andarsene, Rebekah e Johnny decisero di prendere la vecchia Plymouth Gran Fury arrugginita del padre per farsi un giro oltre il ponte di Verrazzano. Il piano era andare a Staten Island e poi tornare indietro per la stessa strada, un giro in onore dei vecchi tempi, un modo per sentirsi vicini al loro papà facendo una cosa che amava, perché a lui guidare la Plymouth era sempre piaciuto. Quando arrivarono a Staten Island, però, decisero di proseguire.

Presero la Parkway fino a un vecchio motel a Union Beach chiamato J. Era speciale per loro, un posto dove il padre li aveva portati ogni estate quando erano bambini, anche se poteva a malapena permetterselo. Solo che quando Rebekah e Johnny arrivarono a destinazione il motel era chiuso, e non solo per quella giornata.

In quel momento, vedendo prima l'edificio abbandonato e poi scambiandosi uno sguardo, a entrambi si riempirono gli occhi di lacrime. Sapevano perché: c'era uno strano potere evocativo in quel luogo, una simmetria in quella fine, come se la vita del motel fosse cessata insieme a quella del padre.

Tornati in auto, Rebekah disse: «Papà continuava a ripetere una cosa strana alla fine.» Johnny le lanciò un'occhiata. «'Anche i morti possono parlare.'»

Stavolta suo fratello la guardò come se temesse che avesse perso la ragione.

«È quello che continuava a ripetermi. Diceva che lo aveva imparato facendo il poliziotto.»

«Okay» fece Johnny, anche se era evidente che non sembrava molto convinto. «Bella frase. Potrei usarla nel mio prossimo libro.»

«Sto dicendo sul serio, Johnny.»

Lui annuì, capendo che il suo commento non era stato recepito nel modo giusto. «Papà era più di qua che di là, Bek, lo sai.»

«E allora?»

«E allora sai com'era la situazione. Bofonchiava di continuo.»

«Pensi davvero che abbia capito male? Perché avrei dovuto capire male?»

Johnny non disse niente, si limitò a rivolgerle un sorriso rassicurante, ma la risposta gli si leggeva in faccia. 'Perché abbiamo appena perso nostro padre. Perché siamo tristi, e addolorati, e stanchi.'

In quel momento, quel giorno, le parole di Johnny le erano parse sensate. Nelle settimane successive, però, iniziò a riflettere meglio sulla frase ripetuta da suo padre, su ciò in cui credeva, sulle consuetudini a cui si atteneva, e poi riaffiorarono i ricordi di sua madre, perché presto o tardi andava sempre a finire così. A dire il vero, Rebekah non aveva mai smesso di pensare a lei.

Era sempre presente, estranea e traditrice, una donna che non aveva mostrato alcun interesse per i suoi bambini, che non si era mai battuta per loro, nemmeno dopo che suo marito – quando Johnny aveva tredici anni, Rebekah undici e Mike nove – aveva deciso di trasferirsi a New York. Non aveva cercato la figlia nemmeno dopo, quando Rebekah aveva preso la difficile decisione di non andare negli Stati Uniti con gli altri, ma di restare a Londra e di accettare una borsa di studio per meriti sportivi per frequentare una prestigiosa scuola privata. Ogni sera, nelle settimane prima della partenza, suo padre si era seduto al tavolo della cucina e aveva pianto come una fontana, pur sapendo che per la figlia era un'occasione d'oro. Aveva persino promesso a Rebekah che l'avrebbe fatta volare in America alla fine di ogni semestre, anche se non aveva idea di dove avrebbe trovato i soldi per pagarle i biglietti.

Sua madre, invece, non si era mai fatta viva.

Prima che Henry Murphy tornasse a New York con Johnny e Mike, e prima che Rebekah si trasferisse in una casa dello studente nella zona nord di Londra, loro quattro avevano vissuto nella stessa casa da cui se n'era andata Fiona, perciò non è che non sapesse dove trovarli. Non avevano mai cambiato numero di telefono. Henry aveva sempre lavorato al solito commissariato. Se a un certo punto nell'arco di quegli otto anni fosse tornata sui suoi passi, li avrebbe trovati subito.

«Oggi mamma ha chiamato, papà?»

Per tanto tempo Rebekah aveva posto la stessa domanda a suo padre. Lui aveva sempre insistito che mangiassero tutti e quattro insieme, quindi in genere glielo chiedeva a cena, e ogni volta che lo faceva i suoi fratelli smettevano di mangiare, come lei, le forchette sospese sopra i piatti, in attesa della risposta di Henry.

Ma la risposta del padre era sempre la solita. «No, tesoro. Non ha chiamato.»

«Perché?»

Allora Henry allungava una mano verso Rebekah, una verso il figlio maschio che gli sedeva accanto, e gliele posava sulle braccia per rassicurarli, per tranquillizzarli. «Penso che se vostra madre avesse voluto chiamare, a quest'ora l'avrebbe già fatto. Ma non è colpa vostra. Niente di quanto accaduto è colpa vostra. Voi siete i figli migliori che un genitore possa desiderare.»

«È morta?»

Mike.

Era sempre Mike a uscirsene con quella domanda, rovinando il momento di tenerezza che si era venuto a creare con il padre. Era il più piccolo, quindi aveva sempre una scusa pronta per la sua mancanza di tatto, ma era anche quello che si ricordava meno di Fiona. Lui aveva pochi mesi quando era andata via. Sua madre non era che un'apparizione fugace nell'oscurità.

«Non lo so, Mikey» diceva Henry.

«Se fosse viva,» chiedeva allora Rebekah «vorrebbe vederci, no?»

A quella domanda, però, suo padre non rispondeva mai.

Dopo sei anni lontana dalla sua famiglia, che aveva visto solo durante le vacanze e quando Henry si era potuto permettere di comprarle i biglietti aerei, Rebekah aveva deciso di aver passato anche troppo tempo senza il papà e i fratelli e aveva fatto domanda presso alcune università americane. A diciotto anni, dopo il diploma, si era comprata un biglietto di sola andata per New York.

In tutto quel tempo, sua madre non aveva mai dato cenni di vita.

Ormai Rebekah ci aveva fatto il callo ed era arrivata a convincersi che non gliene fregava niente. Quando era atterrata al JFK, suo padre e i suoi fratelli la stavano aspettando là, e lei aveva capito subito che lasciare il Regno Unito era stata la cosa giusta da fare. Casa non era un luogo fisico.

Era la sua famiglia, ovunque si trovasse.

E così, quel primo giorno in America, mentre suo padre li riportava a casa in auto, a Brooklyn, e Mike faceva battute sull'accento snob della sorella e Johnny parlava animatamente del romanzo che voleva scrivere, Rebekah aveva pensato di essere finalmente in pace con il mondo.

Ma, come tutte le bugie, anche quella prima o poi si sarebbe sgretolata.

3

Lasciò la strada principale e imboccò il sentiero pieno di dossi che scendeva fino a Simmons Gully. In discesa, ogni buca e ogni sasso sembravano trafiggerla attraverso il sellino e le vibrazioni si irradiavano alle sue braccia e alla sua faccia, ma alla fine, dopo un chilometro e mezzo, il sentiero spianava e si allargava in un'area di sosta fangosa e dissestata.

C'era solo una macchina: la sua Jeep.

Era coperta di foglie cadute, sospinte lì dal vento, ma per il resto era esattamente come l'aveva lasciata. Il finestrino era ancora rotto, la gomma ancora squarciata.

Adagiò la bici a terra, con cautela, improvvisamente impaurita. C'era qualcun altro lì intorno? Si erano appostati nei paraggi in attesa che tornasse a cercare Johnny?

«Johnny?» sussurrò con un filo di voce, timorosa. Osservò la muraglia di alberi che la circondava. «Johnny?» ripeté un po' più forte, poi aspettò una qualunque reazione: un rumore, un movimento.

L'unica risposta che ottenne fu il silenzio.

Si addentrò nella foresta, seguendo lo stesso sentiero che lei e Johnny avevano preso meno di ventiquattr'ore prima. Da qualche parte, lì vicino, c'era un ruscello. Ma il rumore dell'acqua ben presto svanì, gli alberi, le cui radici sbucavano dal terreno come pugni chiusi, si infittirono e il sentiero divenne impercorribile, sommerso sotto le foglie e i rami caduti durante il temporale. Di lì a poco si rese conto di aver smarrito la strada che avrebbe dovuto seguire e di essersene involontariamente aperta un'altra in mezzo a quel labirinto di tronchi. Si era persa.

Andò nel panico.

Mentre tornava sui suoi passi, cercando di ritrovare il sentiero usato il giorno prima, il sentiero che conduceva allo scavo, chiamò: «Johnny!»

Stava urlando; la disperazione la stava rendendo avventata.

«Johnny, sono io! Johnny!»

Se c'era ancora qualcuno, a quel punto doveva averla sentita. Sarebbe andato a cercarla.

Non dovrei urlare così. Non dovrei...

Non le fu dato modo di formulare per intero il suo pensiero.

D'un tratto si sentì spingere e crollò di lato, andando a sbattere contro il tronco di un albero che arrestò la sua caduta. Senza fiato, con le mani sporche di muschio, alzò gli occhi e vide il ramo che era sbucato dal nulla e le aveva dato un colpo sulla gola.

Le si riempirono gli occhi di lacrime.

Le asciugò, provando a ricomporsi, ma crollò in ginocchio e ripensò all'ultima volta che aveva visto Johnny: una sagoma confusa davanti a lei, tra gli alberi, mentre scappavano per salvarsi la vita.

Si abbandonò al pianto, lasciò che la prosciugasse, poi si rialzò in piedi e infilò istintivamente le mani in tasca, in cerca del cellulare. Solo che non c'era. L'unica cosa riconoscibile al tatto erano le chiavi della Jeep.

Il telefono era un lontano ricordo.

Le era stato sottratto per una ragione: non c'erano ripetitori sull'isola, niente cavi telefonici e un'unica torre di trasmissione.

E una torre di trasmissione serviva a poco se non avevi un cellulare.

Riprese il suo cammino a ritroso, nella direzione dalla quale pensava di essere venuta, sprofondando nel fango. Aveva i capelli bagnati, la pelle umida, e all'ombra degli alberi aveva cominciato a tremare. Chiamò il nome di Johnny, poi di nuovo quando ritrovò la strada per il sentiero.

E dopo fece un'altra sosta.

E se il suo cellulare non fosse stato portato via da lì, ma fosse stato gettato da qualche parte nella foresta? Se fosse stato abbastanza vicino, avrebbe potuto usare la funzione Bluetooth della Jeep per collegarsi al telefono e chiamare il 911 dalla macchina.

Il pensiero le diede una scarica di adrenalina.

Si mise a correre.

4

Spalancò la portiera e si mise al volante. Il sedile del passeggero era zuppo di pioggia e coperto di frammenti di vetro, quelli del finestrino rotto; anche il cruscotto era bagnato, il quadro appannato dall'umidità, e c'erano foglie ovunque.

Non se ne preoccupò.

Infilò le chiavi nel blocchetto d'accensione, pigiò il pulsante e sentì il rombo della Cherokee. Il display touch screen del computer di bordo lampeggiò – l'orologio digitale segnava le 14:12 – e il logo della Jeep apparve e scomparve, seguito dalle icone delle applicazioni.

Si sporse in avanti per premere l'icona del telefono, in basso, ma aveva già capito che c'era qualcosa che non andava. Il logo del Bluetooth non era dove avrebbe dovuto essere, cioè sopra l'icona del telefono, e quando passò alla schermata successiva si sentì crollare il mondo addosso: non c'erano dispositivi cellulari connessi. Provò a cercarne uno, sapendo che il suo si sarebbe collegato automaticamente se fosse stato abbastanza vicino, e dopo dieci secondi apparve un messaggio che le confermava che non erano stati trovati dispositivi abbinabili all'auto.

«Merda!»

Sbatté il palmo della mano sul volante, e poi ancora e ancora, con così tanta foga che suonò accidentalmente il clacson.

Il suono riecheggiò con una forza sconvolgente nel silenzio della foresta.

Si accasciò lentamente in avanti, la testa quasi appoggiata sul volante, e osservò gli alberi, avvilita.

«Perché?» mormorò.

Aveva talmente freddo che non si sentiva più le dita.

«Perché proprio a me?»

Il vento smosse delicatamente le foglie cadute all'interno della Jeep.
Si voltò verso il sedile posteriore, in cerca di qualcosa da potersi mettere addosso per scaldarsi, qualunque cosa potesse aver dimenticato il giorno prima.
Ma non c'era niente.
Solo due seggiolini vuoti.

Prima

Kyra non la smetteva di piangere.

«Ky, ti prego.»

Negli ultimi dieci minuti il traffico non si era mosso. Rebekah aveva un mal di testa dietro gli occhi che non riusciva proprio a farsi passare. E poi, ogni volta che pensava a suo padre, sentiva di essere sul punto di scoppiare in lacrime.

Come se non bastasse, lei e Gareth non si erano quasi rivolti la parola dal funerale. Anzi, ora che ci ripensava, erano mesi che non parlavano; di certo non avevano affrontato discorsi di chissà quale spessore. Non si sedevano a tavola insieme a cena. Lui faceva colazione al lavoro. Andavano a dormire a orari diversi perché era lei quella che si svegliava ogni notte, e la sera era sfinita. La sua unica preoccupazione era Kyra, mentre l'unica preoccupazione di Gareth era...

Rebekah ci pensò un attimo.

In realtà non lo sapeva.

Il trillo del suo telefono la riportò al presente. Si collegò alle casse della Cherokee un secondo dopo aver iniziato a vibrare sul sedile del passeggero. Con un tempismo perfetto, sullo schermo del computer di bordo apparve la parola GARETH. Vedere il suo nome la sorprese. Non la chiamava mai dal lavoro.

Accettò la chiamata. «Pronto?»

«Ehi, tesoro.»

Questo la fece subito incazzare. Era la prima volta che provava a parlarle in due settimane, a parte quelle quattro parolette di scuse alla veglia funebre di suo padre, e adesso stava facendo finta che non fosse successo niente.

Visto che Rebekah non rispondeva, Gareth chiese: «Tutto okay?»

Lei scosse la testa, incredula, e fulminò lo schermo con lo sguardo, come se potesse trasmettere la sua rabbia a suo marito. «Mi prendi in giro, Gareth? Secondo te? Pensi che possa essere tutto okay?»

«Senti, Bek...» Una pausa. «Ti ho già detto che mi dispiace.»

«Oh, *quelle* alla veglia erano le tue scuse?»

«Sì. Cioè, no. Voglio dire...»

Tacque.

«Tu non capisci, vero, Gareth?»

«Te l'ho già detto alla veglia. Ero rimasto bloccato nel traffico.»

«Non me ne frega un cazzo, okay? Non me ne frega un cazzo del *perché*, il punto è che *è successo*. Non ti sei scusato come avresti dovuto, sono mesi che scambiamo sì e no due parole e da quando papà è morto non parliamo *affatto*, e adesso tu mi chiami 'tesoro' come se fossi il marito dell'anno.»

«Mi dispiace. Quella relazione doveva essere consegnata...»

«Quale *relazione*? Fai sul serio?»

«È stato un errore provare a consegnarla quella mattina, ora me ne rendo conto. Non volevo mancare al funerale. Ti assicuro che volevo esserci.»

«Ma non c'eri.»

«Lo so» disse lui. «E mi dispiace davvero tanto.»

Sembrava talmente sincero che riuscì a disarmarla. La fece sentire confusa, stordita. In undici anni che stavano insieme, non l'aveva mai visto darsi per vinto tanto facilmente. «Perché mi hai chiamata così di punto in bianco, nel bel mezzo di una giornata lavorativa?»

«Mi dispiace davvero tanto, Bek» ripeté lui.

«Che succede, Gareth?»

«Niente» rispose lui. «Ma tu sei giù. Hai seppellito tuo padre due settimane fa e io ti ho delusa. Mi spiace di non essere stato molto presente. Sto iniziando a pensare di essermi fatto un film al lavoro, che questa promozione non arriverà mai. Tutte queste ore di straordinario che sto facendo sono per farci avere una vita migliore, ma l'unico risultato ottenuto finora è stato farti allontanare. Tu meriti di più.»

Rebekah non sapeva che cosa dire.

«Voglio che ricominciamo a sederci a tavola insieme» continuò Gareth. «Penso che questa dovrebbe essere una nuova regola da seguire. Dopo aver messo Kyra a letto, prepareremo la cena e parleremo.»

Rebekah era sconcertata.

«Sei d'accordo?» chiese Gareth.

«Sì» rispose lei, ancora sorpresa. «Sono d'accordo.»

Kyra si stava calmando, il suo pianto si era ridotto a qualche singhiozzo isolato, e quando Rebekah concluse la chiamata con Gareth e si voltò a guardare sua figlia, provò una sensazione familiare: vide il corpicino di Kyra ancora scosso dai singhiozzi, cosa di cui restava traccia persino quando dormiva; vide il nuovo peluche che stava stringendo a sé, una giraffa rosa, sfuggirle un po' più di mano a ogni sussulto; ricordò il suono terribile della sua voce adirata e la rabbia con cui sgridava la bambina. Era un fallimento.

Non voleva che Kyra la ricordasse così.

Non voleva essere quel genere di madre.

5

Rebekah fissò la giraffa rosa abbandonata tra i due seggiolini, la coda smangiucchiata, il resto del corpo di peluche cosparso di briciole di cibo.

Deglutì per tenere a bada l'emozione.

Non voleva piangere ancora.

Ma era difficile: guardando i seggiolini e la giraffa, si rese conto che non erano passate nemmeno ventiquattr'ore dall'ultima volta che aveva visto le sue figlie, eppure sembravano giorni. Settimane. Pensò a loro, così lontane, a quanta confusione e paura dovevano aver provato quando non era tornata a casa. E il peggio era che non sapeva come contattarle. Non aveva modo di chiamare a casa. Non aveva un cellulare, l'auto era inservibile a meno che non si procurasse una gomma nuova e nessuno sapeva dove si trovasse, né cosa le fosse successo.

E dove diavolo era finito Johnny?

Scesa dalla Jeep, Rebekah tornò nella foresta. Doveva trovare lo scavo. Se avesse ritrovato il posto in cui erano finiti il giorno prima, si sarebbe avvicinata al punto dove aveva visto Johnny per l'ultima volta. Ma più chiamava il suo nome ricevendo in risposta il silenzio assoluto degli alberi, più si sentiva divorare dai dubbi.

Provò a scartare la possibilità che non le stesse rispondendo perché non poteva – l'irreparabilità di quel pensiero l'avrebbe fatta desistere e non poteva permetterselo – e invece si costrinse ad andare avanti, allungando il passo, cercando di scaldarsi per mezzo del movimento, della velocità, facendo ricorso allo sforzo fisico e alla forza di volontà. Era rimasta per mezz'ora nella Jeep con il motore acceso, seduta davanti al riscaldamento, la ventola impostata alla massima potenza, ma adesso aveva di nuovo freddo; era il 31 di ottobre e il terreno non era gelato, ma l'aria sì. L'inverno stava arrivando, e sembrava quasi una minaccia. *Sarà molto peggio di così se non troverai un modo per lasciare quest'isola.*

Poi la sua attenzione fu catturata da qualcos'altro.

Davanti a lei c'era una radura.

Si mise a correre, facendo lo slalom tra gli alberi, cercando di non inciampare, e dopo un minuto uscì dalla foresta e si ritrovò su un appezzamento di terra in pendenza.

Lo scavo.

L'aveva trovato.

Il terreno scendeva di cinque o sei metri in una serie di gradoni simili a scalini. Non c'erano né erba né alberi, nient'altro che terra, e il suolo era stato picconato, scavato e spazzolato per riportare alla luce delle forme sepolte sotto la superficie. Una sottile fettuccia rossa delimitava il sito e ondeggiava ogni volta che il vento si alzava e poi si placava di nuovo. C'erano arnesi da scavo disseminati ovunque.

«Johnny!»

Si guardò attorno. Il sito era completamente circondato da alberi, dal fitto della foresta. Continuando a chiamare il nome di suo fratello, lo esplorò da cima a fondo. «Johnny. Sono io, sono Bek. Johnny!»

Puntando in direzione degli alberi, riprese lo stesso sentiero che avevano seguito solo ventiquattr'ore prima fino a raggiungere il ciglio di un burrone. Sotto di lei, dal fianco della scarpata, sbucavano delle radici.

Le riconobbe immediatamente.

Sotto quelle radici c'era un cumulo di terra smossa di recente.

6

Si rimise in cammino ripensando alla terra smossa. Johnny non era laggiù, sepolto sotto quel fango, ma la sua mente continuava a rievocare quell'immagine. Dubitava che sarebbe mai riuscita a dimenticarla.

E lo stesso valeva per i ricordi legati a quanto accaduto in quel luogo.

Dopo un paio di minuti, però, si fermò di colpo: proprio di fronte a lei, sotto il folto degli alberi e protetta dalle fronde di una vecchia quercia nodosa, c'era l'impronta perfettamente conservata di uno scarpone.

Riconobbe immediatamente lo zig-zag della suola.

Per un attimo si concesse di pensare che potesse essere fresca. Ma poi vide altre impronte di Johnny che si allontanavano da quella davanti alla quale si era fermata, e accanto c'erano altre tracce che appartenevano a lei, e si rese conto di quanto fosse assurda la sua speranza. Erano tutte del giorno prima.

Gridò agli alberi, afflitta e furiosa, e quando si fu sfogata, stremata e con il fiato corto, provò a dare un'occhiata al suo orologio.

Solo che mancava anche quello all'appello.

Gareth le aveva regalato un Maurice Lacroix per il loro terzo anniversario di matrimonio. Gli era costato un mese di stipendio, eppure aveva passato gli ultimi sei mesi sepolto in fondo al cofanetto dei gioielli di Rebekah. Da quando aveva smesso di portarlo, guardava l'ora sul cellulare, ma ogni tanto si ritrovava a tirare su la manica come se avesse ancora l'orologio al polso.

Non aveva la più pallida idea di quanto tempo avesse passato nella foresta. Un'ora? Due? Sapeva soltanto che aveva di nuovo freddo, che la ferita sul viso le pulsava ancora e che la luce si stava affievolendo. Il cielo sopra di lei era sempre terso, ma era color malva, non azzurro.

Sta imbrunendo.

Tornò indietro in direzione dello scavo – senza fiato, fuori allenamento – e capì di essere stata una stupida. Aveva lasciato la torcia all'emporio. Se non avesse trovato subito una via d'uscita dalla foresta, se avesse aspettato che facesse ancora più buio, avrebbe perso completamente l'orientamento.

La paura si abbatté su di lei, più pesante di un macigno.

Si rimise a correre, scivolando sul fango. Non voleva farsi sorprendere dalle tenebre, non là fuori. Continuava a guardarsi indietro, scambiando per passi il battito del cuore che le martellava nelle orecchie, come se qualcuno la stesse inseguendo. Arrivò allo scavo, ma raggiungere quel traguardo non fu affatto una vittoria, perché sapeva che aveva ancora molta strada da fare e che gli altri sentieri erano scomparsi a causa del temporale. Stava per avere una crisi isterica.

Inciampò, si rialzò goffamente, i palmi delle mani impiastrati di terra. Aveva sbattuto forte sul terreno e adesso le faceva male ogni parte del corpo. Quando si rimise in marcia, i rami la schiaffeggiarono, si impigliarono al suo cappuccio, le graffiarono le guance, il collo, il dorso delle mani. Le si gelò il sudore sulla schiena e le gocce che le imperlavano il viso erano ancora peggio, fredde come ghiaccioli. Dopo un po', la fasciatura che aveva usato per coprire la ferita cominciò a staccarsi, allentata dall'umidità. Svolazzava mentre correva, e la garza le ostruiva la visuale.

La strappò via e la gettò a terra.

Non ritroverò mai la strada.

Non ritroverò mai la strada.

Ma alla fine riemerse nel parcheggio.

Si fermò, travolta dal sollievo, e per poco non collassò nello spiazzo, con le mani sulle ginocchia. Faticava a respirare.

Accanto a lei, sferzata dal vento, la sua Cherokee dondolava delicatamente sulle sospensioni, producendo un lieve cigolio. Il rumore la riportò al presente: era a parecchi chilometri dall'emporio, dall'unico posto dove sapeva di poter trovare riparo prima che calasse la sera. Non conosceva il resto dell'isola se non per quel poco che le aveva detto Johnny il giorno prima. Forse c'erano posti migliori dove passare la notte, o dove trovare abiti e cibo, ma non li avrebbe mai raggiunti senza la sua auto.

La bicicletta non poteva più aiutarla.

Doveva cambiare la gomma della Jeep.

Prima

La nuova routine di Rebekah e Gareth durò tre mesi.

Si era fatta sostituire al lavoro – cercando di adattarsi alle esigenze di Kyra, facendo i turni di sera quando Gareth era a casa o di giorno quando la sua migliore amica, Noella, poteva farle da baby-sitter – ma i reparti ortopedici dei due ospedali in cui lavorava erano rimasti a corto di personale, e un poco alla volta si era ritrovata a fare sempre più turni. Più o meno nello stesso periodo, Gareth aveva cominciato a lavorare più ore, a caccia della promozione che gli era stata promessa dal capo. Così, anche se la prima settimana avevano cenato e guardato dei film assieme ed erano andati a letto alla stessa ora, quelle nuove abitudini erano diventate via via più sporadiche.

Ma ci furono anche altri piccoli cambiamenti.

Non appena i loro buoni propositi cominciarono a mostrare le prime crepe, Gareth parve diventare più collerico. Una sera, dopo un affare sfumato, tornò a casa e ruppe un bicchiere lanciandolo contro il muro. Un'altra volta pretese di fare sesso con Rebekah, ma lei era rientrata da un turno in ospedale, era stata in piedi tutta la notte con Kyra ed era stanca morta, perciò gli disse di no.

«Sei *incredibile!*» esclamò lui, e uscì come una furia dalla stanza. Quando fecero sesso, qualche tempo dopo, fu strano e diverso con lei: silenzioso, aggressivo, egoista.

Poi, quando la rabbia sfumò, diventò taciturno, tanto da non rivolgerle neanche la parola quando rientrava a casa, e spariva in camera da letto. Certe notti puzzava di whisky, oppure di tabacco, malgrado le avesse detto di aver smesso di fumare quando si erano conosciuti. E alla fine, qualche sera dopo, gli sentì addosso una traccia di profumo, leggera e difficile da identificare, e fu allora che le tornò in mente la telefonata che le aveva fatto mesi prima dal lavoro, quando le aveva proposto di ricominciare a cenare insieme. Ricordava di aver pensato che non fosse da lui, il fatto che si fosse scusato tanto prontamente per il funerale, per aver fatto tardi. Ma si era *davvero* sentito in colpa per il ritardo o c'era qualcos'altro sotto, qualche altro fantasma da esorcizzare? Odiandosi per quello che stava per fare, la notte dopo aspettò che si fosse addormentato, quindi sgattaiolò di sotto e controllò il suo telefono.

Non riuscì a trovare niente di strano.

I primi di giugno, quasi quattro mesi dopo aver sepolto suo padre, a Rebekah cominciarono a venire delle nausee.

Andò in farmacia a comprare un test, anche se era superfluo. Non aveva bisogno di urinare su un bastoncino per sapere cos'era successo. Il test lo fece comunque, vide comparire due lineette e la stessa mattina, mentre portava Kyra a giocare con la figlia di una delle sue colleghe, telefonò al medico dalla sua Jeep e prese appuntamento per una visita.

E per poco non fece un incidente.

Mentre stava terminando la chiamata, si distrasse per una frazione di secondo e un suv sbucato dal nulla le tagliò la strada. Inchiodò.

Qualcosa le andò a sbattere contro il tallone.

«Stronzo!» urlò, ma l'altra macchina era già sfrecciata via. Il tizio a bordo dell'auto nella corsia accanto alla sua scosse la testa e levò gli occhi al cielo, solidale. Lei alzò le spalle, poi si chinò per vedere cosa le avesse urtato il piede.

Era un cellulare.

Non l'aveva mai visto prima.

7

Rebekah ingranò la retromarcia e diede un filo di gas. La Jeep arretrò di qualche centimetro, ma a sobbalzi: ogni volta che la ruota faceva una rotazione completa, l'intero assale posteriore sembrava abbassarsi prima di ritornare in posizione. Non sapendo che cosa fare e non avendo mai guidato una macchina con una gomma a terra, continuò a premere delicatamente sul freno, sperando che andare il più piano possibile le permettesse di non perdere il controllo dell'auto. Alla fine si ritrovò di fronte all'uscita: il sentiero fangoso e dissestato che risaliva da Simmons Gully fino alla strada principale.

Mise in folle e lasciò che l'auto scivolasse in avanti. All'inizio andò bene: ingranata la marcia e superata l'uscita, la Jeep continuò a muoversi, così diede un po' di gas e imboccò la salita, anche se a strappi e con la gomma squarciata che sembrava girare a vuoto. Andò bene anche quando aumentò la pendenza. Dosò l'uso di freno e acceleratore, cercando di non esagerare in nessuno dei due casi, e la velocità ridotta contribuì a compensare il movimento irregolare della macchina.

A metà salita, però, prese una buca.

D'un tratto, fu come se la Jeep fosse stata inghiottita dal terreno e oscillò malamente verso destra, anche se l'avvallamento non poteva essere così profondo. Rebekah frenò di colpo, allarmata, spaventata. *È tutto okay. È tutto okay.* Provò a calmarsi guardando nello specchietto, vedendo la distanza che era riuscita a percorrere, poi cercò la strada in cima alla salita. Riuscì a scorgere il punto di intersezione tra il sentiero e la strada principale, il passaggio dal fango marrone all'asfalto grigio.

È tutto okay. Non manca molto.

Abbassò delicatamente il piede sul pedale dell'acceleratore.

La ruota girò a vuoto nella buca.

Smise di dare gas, frenò.

Andiamo.

Provò di nuovo, ma non si mosse da lì.

Avanti, ti prego, andiamo.

Diede gas per la terza volta.

La ruota riprese a girare con un rumore simile a un grido straziante. Quando Rebekah si guardò attorno, vide il dirupo e si rese conto che il terreno accanto al sentiero digradava verso il fitto degli alberi. Se fosse finita fuori strada, se la Jeep fosse uscita dalla buca con un'angolazione strana, sarebbe finita nella foresta e avrebbe fatto un volo di quindici metri.

Ti prego. Deve funzionare.

«Deve funziona...»

La sua supplica fu inghiottita dal rombo del motore. Senza darle il tempo di capire, la Jeep fece uno scatto in avanti, strusciando sulle cunette del sentiero ma andando dritta.

Trenta secondi dopo era in cima alla salita.

Non appena toccò l'asfalto, inchiodò e si fermò. Il cuore le martellava contro le costole. La testa le faceva malissimo. I suoi occhi cercarono lo specchietto retrovisore, la ferita sul viso, orrenda e infiammata, i seggiolini dietro, il lunotto posteriore. La strada si snodava oltre il vetro, un arco grigio che seguiva la linea costiera prima di curvare a sinistra.

Il cielo era più scuro in quella direzione, con il giorno che andava ritirandosi da est a ovest e con le nuvole sopra la curva dell'orizzonte.

Diede uno sguardo all'orologio della Jeep.

Quasi le cinque.

Pigiò sull'acceleratore e ripartì alla volta del distributore di benzina.

8

Percorse la strada deserta a velocità più sostenuta, meno preoccupata dagli scossoni della macchina, e superò una serie di edifici abbandonati da tempo.

Johnny le aveva detto che l'isola versava in quelle condizioni dal 1985, quando era stata devastata dall'uragano Gloria. Un tempo veniva pubblicizzata come la versione newyorkese di Martha's Vineyward, un lussuoso luogo di villeggiatura estiva per ricchi e celebrità, ma adesso era tutto uno sfacelo: tegole cadute dai tetti, finestre implose, grondaie spezzate simili a vecchie ossa rotte.

Gloria doveva essersi abbattuta sull'isola con la stessa furia devastante di una piaga biblica.

Arrivata al benzinaio, Rebekah svoltò e si avvicinò al punto dove aveva visto la pila di gomme. Era un distributore molto piccolo: un paio di pompe e un casotto con un'unica finestra, solo che le pompe erano spente e il casotto sembrava chiuso. Si ricordò anche di un'altra cosa che le aveva detto suo fratello: a parte Main Street e l'area del porto, le altre zone non erano servite dalla rete elettrica, perciò dovevano usare i generatori.

Parcheggiò e si avvicinò al casotto.

Dentro c'erano un registratore di cassa e alcuni prodotti in vendita, tipo fusti di olio motore; ma niente da mangiare o da bere, e di sicuro non c'erano vestiti. Si allontanò dalla finestra e girò attorno al prefabbricato. Dietro trovò una porta chiusa a chiave, e anche un generatore, protetto all'interno di un gabbiotto chiuso con un lucchetto.

Rebekah tornò a concentrarsi sulle necessità più impellenti e corse nel piazzale, dove si accovacciò accanto alla gomma a terra della Jeep. Stampigliato su un lato dello pneumatico c'era una specie di numero di serie. Ora doveva soltanto sperare di trovarne uno compatibile.

Memorizzato il numero, raggiunse la montagna di pneumatici neri accatastati in fondo al piazzale. Iniziò a esaminarli, trascinandoli da una parte a mano a mano che li controllava. Alcune gomme erano così vecchie e consumate che non avevano nemmeno un numero, o forse era diventato illeggibile nel corso del tempo. Altre erano sgonfie e avevano perso pressione. Alla fine ne trovò una con un numero simile che sembrava della dimensione giusta. La fece rotolare fuori dalla pila e lontano dalle altre. Era quasi buio, il sole era tramontato, e le faceva male tutto. Si sentiva così stanca, così indolenzita.

E i dubbi stavano riaffiorando.

La parte difficile, cambiare la gomma, doveva ancora venire. Sapeva come fare, almeno in teoria, perché glielo aveva insegnato suo padre quando aveva preso la patente, ma l'aveva seguita personalmente in ogni passaggio e si era assicurato che la sostituisse nel modo giusto. Ne erano passati di anni e, da allora, Rebekah si era sempre piazzata davanti all'officina e aveva aspettato che il meccanico facesse tutto al posto suo.

Poi, però, le tornò in mente una cosa che diceva sempre suo padre.

Gliel'aveva detta la prima volta che le aveva fatto cambiare una gomma, poi nel corso degli anni l'aveva ripetuta a tutti e tre i figli.

«Darsi da fare con impegno è motivo di orgoglio» si ripeté sottovoce.

Fece rotolare la gomma fino alla Jeep.

Prima

Darsi da fare con impegno è motivo di orgoglio.

Il padre di Rebekah non si riferiva soltanto ai lavori manuali, ma anche a tante altre cose per le quali occorreva comunque un certo tipo d'impegno, come chiedere scusa, ammettere un errore, essere onesti, gentili e leali.

Quest'ultima era stata particolarmente importante per lui.

Dopo essere tornato negli Stati Uniti, Henry aveva cominciato a lavorare per il Sessantottesimo distretto della polizia di New York, nel quadrante nord-ovest di Brooklyn. Doveva coprire un'area di appena dieci chilometri quadrati, ma quella era la sua zona, lì c'era la sua gente, e lui la pattugliava con orgoglio. A volte, quando Rebekah e i suoi fratelli erano già più grandi, Henry staccava dal lavoro e li raggiungeva alla loro tavola calda preferita a Macdonald Avenue, e Rebekah gli chiedeva perché a sessant'anni suonati continuasse a fare i suoi giri di ronda a piedi. Aveva avuto più di una possibilità di fare carriera – aveva persino superato gli esami per diventare ispettore – ma la sua risposta a quella domanda era sempre stata la stessa.

«Darsi da fare con impegno è motivo di orgoglio, Bek.»

L'impegno educava alla lealtà e al rispetto, altra cosa che ricordava spesso a tutti e tre, visto che Fiona non si era dimostrata né molto leale né molto rispettosa nei confronti dei figli. Henry non criticava mai Fiona, non la menzionava mai nei suoi discorsi, e Rebekah lo ammirava per questo, ma il riferimento alla madre era sempre implicito. Questo lo avevano capito fin da piccoli. E Rebekah e Johnny lo avevano capito ancora meglio quando, tredici mesi prima che Henry morisse, Mike aveva perso il controllo della sua Tesla sulla Hutchinson River Parkway. L'auto era uscita di strada, si era capovolta, e dopo un volo di trenta metri aveva finito la sua folle corsa in un laghetto artificiale.

Era morto prima che i soccorritori arrivassero sulla scena.

La morte di Mike non era passata inosservata: era il creatore di un'applicazione di successo collegata al mondo dei social media, appariva sempre sui giornali e in televisione, aveva una bellissima villa da cartolina in un quartiere esclusivo di White Plains ed era ricco. La gente lo conosceva. La loro madre, ovunque si trovasse, non poteva non aver saputo della morte del suo ultimogenito, non da ultimo perché l'incidente era avvenuto la sera del suo trentacinquesimo compleanno. Eppure, l'impegno di cui parlava il padre di Rebekah continuava a non valere per Fiona: non aveva mostrato alcuna lealtà, onestà o gentilezza nei loro confronti, non si era mai scusata e non aveva neppure chiamato quando Mike era morto.

Aveva mandato solo un biglietto.

«Le hai detto dove viviamo?» aveva chiesto Rebekah a suo padre quando lo avevano ricevuto. «Sei rimasto in contatto con lei, papà?»

«No» le aveva risposto lui.

«Allora come diavolo faceva a sapere dove spedire questo biglietto?»

«Non lo so, Bek» aveva detto Henry, stanco, distrutto.

«Credo sia stato abbastanza facile scoprirlo» aveva detto Johnny a Bek, cercando come suo solito di allentare la tensione. «Ci sono un sacco di informazioni online sulla morte di Mike. Al telegiornale hanno detto che la sua famiglia vive a Dyker Heights.»

Fiona aveva mandato un altro biglietto quando era morto Henry. Era quasi identico al primo: semplice, bianco, con una pallida rosellina rosa. E in entrambe le occasioni Johnny era stato così cortese da dire che il pensiero era meglio che niente. Ma Rebekah non era d'accordo. Un conto era non andare al funerale dell'ex marito, un altro non presentarsi a quello di suo figlio.

«Quale razza di madre non seppellisce il proprio figlio?» aveva continuato a ripetere.

Johnny aveva fatto spallucce. Tra i tre, era sempre stato il più comprensivo, il più incline a credere nel potere del perdono.

Una volta, verso la fine delle superiori, stava uscendo con una ragazza, Julisa, per la quale stravedeva, ma lei lo aveva tradito dopo sei mesi di frequentazione. Rebekah e Mike gli avevano detto di mollarla, che quello che gli aveva fatto era ingiustificabile, ma Johnny l'aveva ripresa con sé senza esitazioni.

Rebekah ricordava ancora la telefonata fatta al fratello da Londra qualche sera dopo. Era appena tornata da un ritiro con la squadra d'atletica, perché due giorni dopo avrebbe corso i millecinquecento metri nel campionato scolastico nazionale e i suoi tempi erano peggiorati rispetto alla settimana precedente. Era rientrata alla casa dello studente, incazzata e stanca morta, e nel corso della telefonata si era arrabbiata con Johnny e gli aveva detto che così stava permettendo a Julisa di tradirlo di nuovo.

La risposta di Johnny le era rimasta impressa: «Non è così, Bek. Non è affatto così. Le sto dando la possibilità di aggiustare le cose.»

Rebekah non aveva saputo come controbattere.

'Le sto dando la possibilità di aggiustare le cose.'

Era una fortuna che Johnny fosse quello che si ricordava meglio della loro madre, o almeno di una versione di lei. A volte, quando erano più piccoli, lontani dal padre e fuori portata d'orecchio, parlava di Fiona ai due fratelli, di com'era. A dire il vero, le uniche cose che Rebekah sapeva di sua madre venivano proprio da Johnny.

«Com'era?»

Quella era sempre stata la sua domanda preferita, nata dall'incapacità di ricordare qualsivoglia dettaglio dell'aspetto di sua madre all'infuori di una massa di capelli dai colori autunnali.

Johnny rispondeva pazientemente. «Era molto alta» diceva. «Sul metro e ottanta, forse uno e ottantadue. Sapete quant'è?» Rebekah e Mike scuotevano la testa, perciò Johnny si alzava, andava in camera di sua sorella e si metteva davanti all'armadio. «Era alta più o meno così» spiegava, sempre in punta di piedi fino all'adolescenza, quando era finalmente riuscito a indicare l'altezza giusta con la punta delle dita senza doversi allungare. «Ed era magra.»

«Era bella?»

«Molto. Papà diceva che era stupenda. E aveva una carnagione molto chiara, ma non come se fosse malaticcia. Aveva una pelle di porcellana, come Angela.»

Angela era una delle bambole di Rebekah.

Quindi Rebekah chiedeva: «Aveva i capelli rossi, vero?» Anche se sapeva che la risposta era sì. Era l'unica cosa che si ricordava di sua madre.

«Sì» rispondeva infatti Johnny. «Come le foglie d'autunno.»

Sempre così poetico, avrebbe pensato Rebekah tempo dopo, quando erano tutti adolescenti. In quella fase della loro vita, Fiona era diventata un argomento di conversazione meno frequente e, quando veniva fuori il discorso, i toni erano molto diversi.

«Che vada a fare in culo» diceva Mike.

«Mike, non dire così.»

«Perché no, John?»

Lo chiamavano John solo quando le cose prendevano una brutta piega.

«È tua madre.»

«Non è *mia* madre, Johnny. Non è nemmeno *tua* madre, se è per questo. Ha smesso di essere nostra madre quando ci ha abbandonati. Ha i capelli rossi 'come le foglie d'autunno', è 'stupenda' e a tuo dire 'ci faceva sedere in cerchio attorno a lei e giocava con noi'... e per cosa? Per piantarci in asso dieci minuti dopo?»

«Non sappiamo per quale motivo l'abbia fatto.»

«Non c'è *bisogno* di saperlo, Johnny» replicava in genere Mike. «L'unica cosa che ci serve sapere è che ci ha abbandonati. Il resto non conta.»

«Questo non è vero.»

E a quel punto Johnny guardava Rebekah, e lei sosteneva lo sguardo di suo fratello, e almeno per un po' Fiona veniva dimenticata di nuovo.

Ma non del tutto.

Mai del tutto.

9

La chiave inglese le sfuggì di mano. «*Merda.*»

Rebekah era in ginocchio accanto alla ruota, sotto la tettoia del distributore di benzina. Il lavoro era così complicato, così monotono, che la sua mente si era rifugiata nei pensieri che l'avevano sempre consolata nei momenti più bui: la sua famiglia, i suoi ricordi.

Le sue bambine.

Devo tornare a casa.

Penseranno che le abbia abbandonate.

Recuperata la chiave inglese, la usò per stringere l'ultimo bullone, e dei flash a caso le balenarono davanti agli occhi. Come se fossero spezzoni di un video, rivide la prima volta che aveva legato i capelli di Kyra in un codino proprio in mezzo alla testa, una specie di fontanella che si allargava dalla base. Ky aveva capito che era qualcosa di nuovo e diverso e aveva cominciato a toccarsi.

Poi Rebekah tornò al presente, al distributore di benzina.

Si accorse di quanto si era fatto buio, e sì che gli abbaglianti della Cherokee erano accesi. Non riusciva a vedere nulla oltre il piazzale.

Provò a non lasciarsi intimidire, ma quando fece leva sulla chiave inglese per stringere ulteriormente il bullone, stringendo i denti e irrigidendo i muscoli, si ritrovò a fissare l'oscurità, attratta dalle tenebre. Sapeva che di fronte al benzinaio c'erano dei vecchi edifici. Sapeva che l'oceano era là dietro, da qualche parte. Sapeva che il centro abitato si trovava alla sua destra, e che a sinistra c'era la foresta, ma non riusciva a vedere niente di tutto ciò.

Non ho mai visto una notte così buia.

Le venne la pelle d'oca ovunque.

E poi si mosse qualcosa.

Rebekah rimase impietrita. Lasciando la chiave inglese dov'era, si alzò in piedi, lentamente, gli occhi fissi sul punto dove aveva intravisto un movimento. L'unico rumore era quello del vento, che sovrastava quello dell'oceano più distante, ma poi, quando il vento si abbassò, un altro suono riempì il silenzio.

Era una specie di ticchettio?

Che cosa poteva produrre un rumore simile là fuori?

Osservò la gomma a terra, il suo rimpiazzo che attendeva lì accanto, il cric che sbucava da sotto la macchina. Non poteva spostare la Cherokee, fare manovra affinché i fari le rivelassero che cosa c'era là in fondo. E forse non voglio neanche saperlo, pensò, perché a quel punto aveva sentito ticchettare di nuovo. In modo più regolare, quasi uniforme.

«Ehilà?» disse. «Ehi? C'è qualcuno laggiù?»

Si rialzò il vento e, stavolta, un ramo rotolò via dalle ombre, finendo nel cono di luce dei fari. Una seconda folata lo spinse sull'asfalto del piazzale, verso le pompe di benzina. Si fermò a cinque metri da lei, contorto e spezzato nel punto dove era stato strappato via da un albero.

Calò di nuovo il silenzio.

Era davvero quello il rumore che aveva sentito?

Un ramo?

Scrutò l'oscurità per vedere se ci fosse qualcos'altro laggiù, qualunque altro segno di movimento, ma la quiete era quasi assoluta adesso: la notte aveva avvolto tutto il distributore come un muro inviolabile, impenetrabile.

Cambia questa gomma e vattene da qui.

Lanciò uno sguardo alla ruota.

E poi?

Che senso aveva? Anche cambiando la ruota, che cosa avrebbe risolto? Non è che poteva andarsene in auto da quell'isola. Si trovava a più di centosessanta chilometri dalla terraferma, sperduta in mezzo alla vastità dell'Atlantico.

Non c'era anima viva.

Non c'erano barche.

E da lì a cinque mesi nessuno sarebbe tornato sull'isola.

10

Il secondo giorno fu svegliata da un gocciolio. Nell'angolo, dove c'erano gli scaffali con le barrette di cioccolata, la pioggia entrava da una crepa nel soffitto dell'emporio.

Doveva aver pianto durante la notte perché le lacrime, asciugandosi, le avevano lasciato delle scie gelate sulle guance. Non aveva passato neanche un minuto senza pensare alle sue bambine, nemmeno quando aveva sonnecchiato. La sua assenza doveva averle rese inquiete e confuse. E anche se non erano abbastanza grandi per capire fino in fondo la situazione, una parte di loro poteva pensare che Rebekah le avesse *volontariamente* abbandonate.

«Non è così, ve lo assicuro» mormorò. «Non lo farei mai.»

Mai.

Aveva passato la prima parte della nottata in macchina, con il motore e il riscaldamento acceso, ma poi aveva spento la Jeep per paura di finire tutta la benzina rimasta nel serbatoio. Non sapeva se le pompe del distributore fossero rifornite, e cercare di scoprirlo avrebbe comportato avviare il generatore, il che probabilmente l'avrebbe costretta a forzare la serratura del casotto sul piazzale. Prima notte a parte, quando aveva cercato riparo nell'emporio, non aveva mai violato una proprietà privata in vita sua.

Era quasi sicura che stesse arrivando una squadra di soccorso, quasi sicura che a quell'ora Noella o Gareth avessero denunciato la sua scomparsa e fosse solo questione di tempo prima che la polizia arrivasse sull'isola; eppure, dopo due notti lì, nutriva ancora un briciolo di incertezza. Sapeva di aver bisogno di un piano B.

In un modo o nell'altro, *doveva* tornare a casa.

Doveva tornare da Kyra e Chloe.

Nello specifico, questo significava al momento trovare dei vestiti puliti. Significava trovare del cibo che non fosse soltanto cioccolata. Significava trovare una fonte d'acqua, perché aveva già finito quattro delle otto lattine di aranciata rimaste all'emporio. Aveva bisogno di una stufetta elettrica per riscaldarsi, di qualche coperta. Se non ricordava male, Johnny le aveva detto che non c'erano hotel o B&B sull'isola, o almeno nessuno che non fosse stato chiuso e abbandonato tanto tempo prima. Chiunque intendesse fermarsi per qualche tempo usava gli ostelli dei pescatori. Lì avrebbe potuto trovare un materasso e una coperta.

Doveva anche farsi un'idea più precisa della geografia dell'isola così da potersi orientare: non c'erano mappe all'emporio, ma forse, se fosse riuscita a trovarne una, l'avrebbe aiutata a farsi un'idea di dove fosse finito Johnny e di dove avrebbe potuto trovare del cibo. Avrebbe potuto usare il GPS della Jeep, ma su quella mappa erano indicate solo le strade principali. Lei aveva bisogno di una panoramica più grande e dettagliata.

Andò alla finestra per guardare il cielo: stava piovendo di nuovo. Riusciva a sentire l'oceano, ma la finestra era troppo in alto per poterlo vedere.

Stai calma, si disse. Presto sarai fuori da questo incubo.

Prima

Dopo aver trovato il cellulare in auto, Rebekah lo nascose e non fece niente. Era bloccato da un PIN, quindi non poteva accedervi, e quando Gareth non era a casa si ritrovava a oscillare paurosamente tra il credere che dovesse esserci una semplice spiegazione per quel misterioso telefono caduto sotto il sedile anteriore della loro auto e la certezza che suo marito le stesse mentendo. Essendo incinta, però, ogni giorno si sentiva un po' più stanca, e dopo quattro mesi non aveva ancora fatto luce sulla questione.

Quando la pancia iniziò a vedersi, cominciò a ripetersi che, per il momento, era meglio non sapere. L'arrivo del nuovo bambino avrebbe comunque stravolto le loro vite. Rebekah voleva soltanto tornare alla normalità.

Ma degli interrogativi senza risposta non erano mai normali.

Alla fine, qualcosa doveva spezzarsi.

«Vorrei ridurre gradualmente i turni e farmi sostituire per un altro anno.»

Erano in cucina, uno di fronte all'altra, il tavolo un caos di piatti e giocattoli. Erano le 22:30 passate da poco e, su un ripiano, il monitor di Kyra gracchiava a causa di una leggera interferenza.

Gareth si fece rosso in viso. «Mi prendi per il culo?»

Lei lo guardò senza dire niente, una mano sul pancione. Mancavano solo sette settimane alla data prevista per il parto e aveva dolori ovunque: alla schiena, alle gambe, ai piedi.

«Assolutamente no» continuò lui. «È una follia.»

«Perché?»

«*Perché?*»

Gareth aggrottò la fronte e prese le distanze, come se Rebekah fosse una strana creatura che non aveva mai visto prima. La cravatta allentata gli penzolava attorno al collo, come un cappio alla rovescia, e il dietro della camicia era sfuggito alla cintura e gli era uscito dai pantaloni. Erano passate diverse settimane dall'ultima volta che erano stati così vicini, e solo allora lei si rese conto di quanto sembrasse invecchiato. Si notava dagli occhi, dalle rughe attorno, e dal colore della sua pelle: grigia, anemica.

«*Perché*» riprese lui in tono paternalistico, scandendo lentamente «non ce lo possiamo permettere, Bek. Se molli il lavoro, la responsabilità ricadrà soltanto su di me. Questo lo capisci, giusto? Ho già centomila cose a cui pensare, quindi non ho bisogno che i soldi diventino l'ennesimo problema.»

«Possiamo permettercelo» replicò lei con calma.

«Non avrai più un'entrata, Bek.»

«Ma non dovremo pagare il nido. E in più ho messo da parte dei risparmi.»

Gareth si accigliò di nuovo. «Cosa?»

«Coprendo quei turni extra. Ho messo da parte dei soldi.»

«E non ti è venuto in mente di dirmelo?»

«Te l'ho detto, invece» rispose lei. «Ma ovviamente non mi stavi ascoltando.» Cominciò a caricare la lavastoviglie. «Con i miei risparmi siamo coperti per un anno, perciò non ricadrà tutto sulle tue spalle. E non ho detto che mollerò completamente il lavoro, solo che mi farò ridurre gradualmente i turni per poter passare del tempo con Kyra e con la bambina che sta per nascere. Poi, l'anno prossimo, mi metterò a cercare qualcosa di più stabile.»

«Come se fosse facile.»

«No, Gareth, non sarà facile, ma la vita non è facile, no?» Gli lanciò un'occhiata e vide che stava annuendo, ma non perché fosse d'accordo con lei. Era furente. «E comunque, anche volendo, e non è questo il caso, non ci sono posizioni aperte per ortopedici di ruolo, non a New York. Però ho visto che ci sono dei posti a Oklahoma City e a Fort Worth. Ho persino trovato un annuncio in North Dakota. Vogliamo trasferirci tutti lassù, Gareth? Saresti più contento così?»

«Credi di essere tanto furba, vero?»

Rebekah mise l'ultima tazza nella lavastoviglie, chiuse lo sportello e si voltò. «No, non penso di essere furba» disse. «Ma mi piacerebbe provare. Vorrei essere più presente con le bambine.»

Gareth la stava guardando male, gli occhi scuri, pieni di risentimento.

«Anche se non sarà facile.»

Lui scoppiò a ridere. «Hai proprio ragione, cazzo. Mentre io dovrò farmi il culo per pagare le bollette, tu farai yoga e andrai a fare shopping al Pottery Barn. Per te sarà fantastico. Potrai rilassarti a casa mentre io dovrò uscire e...»

«Già, perché crescere due bambine è una passeggiata.»

«Di sicuro è meno stancante che andare a lavo...»

«È meno stancante che andare a lavorare?» Rebekah sentì irrigidirsi ogni muscolo del suo corpo. «Hai davvero avuto il coraggio di dire una cosa del genere? Benissimo, allora perché non facciamo così? Io torno a lavorare a tempo pieno e *tu* ti occupi delle bambine. Potrai cambiare i pannolini...»

«Pannoloni[1].»

«È uguale.»

«Vivi qui da vent'anni, Bek.»

«Sì, e allora?»

«'Ehi, guardatemi, io sono inglese.' Ma ti prego.»

Lo fissò esterrefatta. «Io *sono* inglese, Gareth.»

«Qua non li chiamiamo 'pannolini', lo sai.»

«Che cavolo di differenza fa?»

«È irritante, cazzo. Ecco che differenza fa.»

Nemmeno gli rispose. Era una cattiveria gratuita e lui lo sapeva bene, ma era arrabbiato e stava cercando di ferirla in qualunque modo possibile. Quando si erano messi insieme, Gareth le aveva detto che suo padre era italiano, e quando lei aveva scherzato dicendo che Gareth Russo era il nome meno italiano che avesse mai sentito, lui le aveva spiegato che sua madre era irlandese. Le aveva sempre ripetuto che amava il suo accento inglese, che adorava il modo in cui parlava. Fece un bel respiro e lo guardò negli occhi. «Mi sostieni in questa scelta, sì o no?»

Si guardarono in cagnesco, poi lui se ne andò sbattendo i piedi.

Rebekah capì che forse quello avrebbe segnato il momento in cui la facciata si era finalmente e irreparabilmente crepata una volta per tutte. Nelle settimane prima del parto, Gareth cominciò a tornare a casa sempre più tardi. Girovagava per casa e andava a letto senza dirle una parola. A volte, dopo l'arrivo di Chloe, iniziò ad affacciarsi alla porta della stanza delle bambine prima di rinchiudersi in camera da letto, ma spesso tirava dritto come se non avesse alcun dovere nei

---

1 In originale, differenza tra *nappies* (inglese britannico) e *diapers* (inglese americano). (N.d.R.)

loro confronti, o come se si fosse completamente dimenticato della loro esistenza.

Di lì a poco aveva già ripreso a puzzare di whisky, di profumo, e quando Chloe aveva un mese, Rebekah andò a ripescare il cellulare che aveva trovato in macchina: lo aveva nascosto in un vecchio portagioie sapendo che a Gareth non sarebbe mai venuto in mente di aprirlo. Mentre lo teneva in mano e fissava lo schermo bloccato dal PIN, i ricordi riaffiorarono tutti insieme: le sue scuse, la rapidità con cui aveva ceduto quando lei lo aveva rimproverato per aver fatto tardi al funerale di suo padre. E ricordò anche di essersi domandata se, in realtà, si stesse scusando non per essersi perso l'inizio del servizio funebre, ma per qualcos'altro.

Fu allora che capì che c'era solo un modo per togliersi ogni dubbio.

Doveva sbloccare quel telefono.

11

Strisciò fuori dalla finestra dell'emporio e saltò sul cassonetto.

Aveva le braccia talmente indolenzite che persino alzarle era un'impresa. I palmi delle sue mani puzzavano ancora di metallo, sicuramente per via della chiave inglese. L'aveva stretta così forte, e la sera aveva dovuto penare così tanto prima solo per togliere tutti i bulloni dalla ruota, che anche il semplice aprire le mani quella mattina era un'agonia. Non aveva neanche dormito bene – per il freddo, per la paura – e aveva continuato a ripensare al ticchettio che aveva sentito al distributore. Non era stato il ramo che rotolava via dalle ombre.

Era stato qualcos'altro.

Il fatto che fosse giorno, comunque, la rincuorava. Quando era all'emporio, di notte, almeno aveva con sé una torcia, e il suo chiarore solitario le dava un minimo di conforto. Là al distributore, invece, l'oscurità era stata assoluta. Ecco perché non sarebbe più uscita di notte senza una luce.

Guardò giù, in direzione del porto – le barche sparite, i moli deserti – e poi dall'altra parte, verso Main Street, dietro l'emporio. Era il centro dell'unica cittadina dell'isola, anche se era ben lontana dall'essere una vera cittadina e il nome Main Street era fin troppo altisonante per quella singola striscia d'asfalto fiancheggiata da edifici cadenti. Le cadde l'occhio sul cartello arrugginito in fondo alla salita, sul nome della città scritto a caratteri neri ormai sbiaditi.

HELENA.

Ogni volta che lo vedeva, le riportava alla mente un lontano ricordo: era andata a scuola con una bambina che si chiamava Helena. Erano state amiche per tutte le elementari e avevano passato ore e ore l'una a casa dell'altra. Un giorno, però, il papà di Helena si era ammalato e lei non era andata a scuola per una settimana, e dall'oggi al domani avevano scoperto che la bimba e la sua famiglia si erano trasferiti nello Yorkshire. Qualche sera dopo, trovando Rebekah in lacrime in camera sua, suo padre le aveva chiesto cosa fosse successo, e lei gli aveva detto: «È colpa mia se Helena è andata via.»

«No, tesoro, non è vero» aveva risposto lui. «Perché dovrebbe essere colpa tua?»

«Perché le persone a cui voglio bene mi lasciano sempre.»

Distolse lo sguardo dal cartello, saltò giù dal cassonetto e risalì Main Street. Stando a Johnny, un tempo lungo la strada c'erano gelaterie, chioschi che vendevano granchi e ristorantini, ma ormai le uniche strutture rimaste in piedi erano l'emporio in cui dormiva e un piccolo caccia e pesca, che era poco più che una baracca di legno.

Tutto su quest'isola è solo un ricordo.

Era per il suo aspetto: dopo le devastazioni causate dall'uragano Gloria, niente era mai stato riparato a dovere, solo rattoppato alla meno peggio, oppure i danni erano stati completamente ignorati. Era per il suo essere così remota: tre ore di traghetto a sud di Montauk, a centosessanta chilometri dalla costa e dalla parte sbagliata dell'oceano. Ma, soprattutto, era per il suo essere svanita dai ricordi di chi viveva sulla terraferma, tanto che la maggior parte della gente si era addirittura dimenticata della sua esistenza. Ogni anno, finita la stagione di pesca, chiudeva da novembre a marzo, e anche quando era aperta era visitata soltanto da pescatori e da pochi audaci ricercatori che andavano lì a studiare la fauna marina.

«Per quale caspita di ragione qualcuno dovrebbe venire qui?» si domandò mentre saliva sulla Cherokee.

Lei perché l'aveva fatto?

Si mise al volante e chiuse la portiera. Sono venuta qui per Johnny, pensò. Perché gli voglio bene. Perché era mio fratello.

È mio fratello.

È.

Accese la macchina.

È ancora vivo, Bek.

Per provare a evitare che piovesse in macchina, aveva coperto il finestrino rotto dal lato passeggero con un vecchio telo di nylon strappato che aveva trovato al distributore, ma sotto il bancone dell'emporio c'era un rotolo di cellofan, e adesso avrebbe usato quello al posto del telo: era meno ingombrante e poteva vederci attraverso.

Partì, lasciandosi Helena alle spalle, mentre immagini di Kyra e

Chloe prendevano a danzarle davanti agli occhi – Kyra, due anni e mezzo, che correva dietro a una palla da spiaggia in giardino; Chloe, otto mesi, le guance arrossate e la vecchia giraffa di sua sorella in bocca – e qualunque forza avesse tratto dall'idea che i soccorsi stessero arrivando, dal piano che stava cercando di mettere in atto per sopravvivere abbastanza a lungo per essere salvata, venne meno. Al suo posto arrivò un profondo senso di smarrimento.

Forse Chloe non ne aveva ancora risentito veramente, ma Rebekah non riusciva neanche a pensare a quali effetti negativi potesse avere la sua assenza su Kyra. Non avevano passato una sola notte separate negli ultimi due anni e mezzo.

Non perdere di vista l'obiettivo.

Guardò il mare, in direzione della terraferma. Era una linea grigia e indistinta all'orizzonte. Quel poco di forma che aveva era avvolto da una foschia tremolante.

Qualcuno arriverà.

Tornerai a casa.

Rivedrai le tue bambine.

12

Gli alloggi usati dai pescatori durante la stagione di pesca erano un paio di strutture a due piani sulla costa nord. Sorgevano a diversi chilometri l'uno dall'altro, come se non si sopportassero, e uno guardava l'oceano, l'altro il centro dell'isola, dove si trovava la sua cima più alta, il Nuyáhshá.

Cima era un parolone: l'isola, a quanto Rebekah aveva avuto modo di vedere, era per lo più piatta. C'erano alcuni edifici solitari disseminati su una pendice del Nuyáhshá, ma la cima era più una collinetta che un picco montuoso, e quasi tutti gli edifici erano ridotti in macerie.

Parcheggiò davanti alla prima struttura e scese dalla Cherokee. La pioggia si era tramutata in una sottile acquerugiola, ma faceva comunque freddo e, passando dal calore dell'auto al rigore di quella mattina autunnale, si ritrovò a domandarsi: Se fa già così freddo e siamo solo a novembre, che razza di temperature ci saranno a gennaio?

Scacciò quel pensiero.

Non sarò qui a gennaio.

Ma già mentre se lo ripeteva non era così sicura di crederci, il dubbio continuava ad attanagliarla, e si immaginò ancora lì con la neve che cadeva, i venti impetuosi, nella morsa dell'inverno. Scacciò anche quei pensieri, si concentrò piuttosto sull'ostello dei pescatori. Quando ci girò intorno, con i respiri sotto forma di nuvolette davanti alla faccia, vide delle porte sia sul davanti che sul retro: la seconda era chiusa con un lucchetto, l'altra a chiave.

Tornata sul davanti, esaminò la banale serratura. Sembrava più semplice scassinare quella che forzare un lucchetto, ma sapeva che non sarebbe stato facile. Aveva visto gente che sfondava porte a calci nei film e alla tv, cosa che suo padre aveva sempre detestato. Ogni volta che un attore tirava giù una porta con un singolo calcio, lui diceva: 'Non si può pensare di sfondare a calci una porta chiusa a chiave. Se è un portone esterno, probabilmente è blindato, quindi al massimo vi ci potete giocare la caviglia. Dovete ascoltare il rumore che fa quando ci date un calcio. Se sentite scricchiolare il legno, il gioco è fatto, ma se sentite un rumore sordo, allora è un bel problema. Se sentite un rumore sordo e la porta ha un controtelaio d'acciaio, o ha più serrature, il problema è ancora più grosso.'

Rebekah osservò la porta.

La serratura era una sola, ma il controtelaio era d'acciaio.

Sembrava quasi un portone blindato, ma Rebekah fece comunque un passo indietro e si concentrò sul punto sotto il buco per la chiave. 'Io miravo sempre al catenaccio o alla maniglia' aveva detto suo padre. 'E il calcio va dato con tutta la suola della scarpa. Questo è molto importante, a meno che non vogliate finire al pronto soccorso.' Suola, catenaccio. Fece un bel respiro e sferrò un calcio alla porta.

Non accadde niente.

'Guardate se oscilla. Dovete darle un calcio in quella direzione.'

Controllò. Non poteva oscillare né da una parte né dall'altra, non con il controtelaio che la bloccava. Si preparò e le diede un altro calcio.

Una fitta di dolore le percorse tutta la gamba.

«Merda» mormorò mentre si massaggiava il polpaccio.

Pensò di provare a buttarla giù a spallate.

Ma poi si ricordò di una cosa: 'Mai usare le spalle. Mai provare a tirare giù una porta se non a calci. C'era un poliziotto che conoscevo che ha provato a usare il fianco per sfondarne una e non è riuscito a muovere il collo per quattro settimane. C'era un motivo se usavamo gli Stinger.' Suo padre le aveva detto che gli Stinger erano degli arieti di ferro lunghi settanta centimetri. Pesavano trentacinque chili.

Rebekah tornò alla macchina e prese il cric.

Già che c'era, prese anche la chiave inglese.

Era giunto il momento di passare alla porta sul retro. Né il cric né la chiave inglese erano l'ideale – immaginava che con un piede di porco sarebbe stato molto più facile far saltare il lucchetto – ma si sarebbe dovuta accontentare.

Qua la tecnica non conta, pensò. È solo questione di forza bruta.

Sollevò il cric e lo abbatté sul lucchetto con quanta più forza possibile. Sbatacchiò per qualche secondo contro la porta, poi tornò al suo posto, intatto.

Rebekah strinse ancora più saldamente il cric, le nocche sbiancate dallo sforzo, e colpì il lucchetto per la seconda volta. Stavolta tintinnò, dondolando dentro l'anello della piastra di metallo a cui era attaccato, e alla fine – come un metronomo che rallenta sempre di più – si fermò di nuovo.

Osservò la piastra di metallo. Era un blocco a cerniera: una volta rimosso il lucchetto, la parte imbullonata alla porta si ripiegava su sé stessa. Semplicissimo, pensò amaramente.

Ma forse poteva spaccare una finestra.

Al pianterreno ce n'erano tre, più una rampa di scale di ferro arrugginito che portava all'uscita d'emergenza al primo piano, e lassù ce n'erano altrettante. Tutte le finestre erano protette da sottili sbarre di metallo. Chissà perché: quell'ostello era nel bel mezzo del nulla e, anche quando era aperto, di gente sull'isola ce n'era ben poca. Poi dall'oceano arrivò un boato fragoroso. Rebekah si voltò verso le onde che si infrangevano a riva. Il mare sembrava già piuttosto agitato e, anche se c'era poco vento, le raffiche sollevavano e sparpagliavano ovunque scarti di ogni genere: reti, fili da pesca, pannelli di compensato, bicchieri di carta. Con una brutta tempesta, quei detriti sarebbero stati rimpiazzati da calcinacci, tegole e pezzi di roccia, e il vetro sarebbe stato più inutile di un foglio di carta al momento di proteggere l'interno dell'ostello. Le sbarre servivano semplicemente a contenere i danni.

In una spirale fuori controllo, i pensieri di Rebekah tornarono a convergere sul quesito di prima: chissà come doveva essere l'isola d'inverno. E se fosse stata colpita da un altro uragano?

E se l'avesse sorpresa lì?

Afferrò il cric con entrambe le mani e tornò a concentrarsi sul lucchetto.

Avanti, puoi farcela.

Provò a farlo saltare via dall'anello. Visto che non si rompeva, ci riprovò ancora, e ancora, e ancora. Poi fece una pausa, le spalle che facevano su e giù come pistoni, il cuore che le martellava contro le costole, senza fiato, accaldata. Iniziava a non ricordare per quale ragione stesse provando a entrare in quell'ostello. Non avrebbe dormito lì, perché i soccorsi sarebbero arrivati dalla terraferma, quindi doveva farsi trovare vicino a Helena, all'emporio. Doveva avvistare le barche quando sarebbero arrivate al porto. Allora perché era lì?

Mi servono dei viveri. Mi servono dei vestiti. Mi servono delle coperte.

Strinse di nuovo il cric.

Devo aprire questa porta.

Si rimise all'opera, il dolore alle mani più forte che mai. Le aveva intorpidito tutte le braccia. Stava stringendo talmente tanto i denti che le faceva male persino la mandibola. Ma non si diede per vinta nemmeno quando ridusse il ritmo e i suoi colpi diventarono meno potenti, nemmeno quando il cric iniziò a sfuggirle di mano e i capelli le finirono sul viso a causa del vento.

Poi, proprio quando stava per arrendersi, la fortuna decise di sorriderle.

Il lucchetto tintinnò debolmente.

Ma stavolta cadde anche a terra.

Travis

«Ciao, ragazzi, sono Louise Mason.»

Con le cuffie in testa e il rumore della sala operativa ridotto a un basso ronzio anonimo, Frank Travis vide la donna sorridere alla telecamera. Lo schermo del cellulare era piccolo, ma lui non si perse il suo sorriso: era grande, vivace, sincero. Mentre si presentava, la donna si annodava in vita un grembiule bianco sporco di vernice e si legava i capelli in uno chignon. Una volta pronta, sorrideva di nuovo alla telecamera e aggiungeva: «E questo è il mio studio.»

Aveva trentacinque anni, una stellina tatuata alla base del collo e i capelli rosa. Sulla patente che Travis aveva ripescato dall'archivio della Motorizzazione c'era scritto che erano neri o castano scuri, quindi a un certo punto tra quando era stata emessa a quando era stato girato il video doveva esserseli tinti. Da un certo punto di vista, quel colore le donava. Immaginò che, in vita sua, le avessero donato molte cose.

Louise era in un grande open space e, mentre parlava, gesticolava in direzione di una parete piena di dipinti. Per la maggior parte erano appesi a fili metallici che ciondolavano dal soffitto, ma alcuni erano ancora esposti su enormi cavalletti. Era un tipo d'arte di cui Travis non coglieva il senso, né fingeva di riuscirci, ma aveva letto qualcosa sulle opere di Louise, sulla sua carriera, sulle sue mostre e sulle sue installazioni, e sapeva che parecchia gente capiva benissimo la sua arte: giusto tre settimane prima della sua scomparsa aveva venduto un quadro intitolato Ampia visuale dal tappeto per quattrocentocinquantottomila dollari.

Travis continuò a guardare il video in cui Louise parlava dei lavori che aveva nel suo studio e di una nuova installazione che aveva ideato per il MoMA PS1. L'inaugurazione era stata posticipata di due mesi a seguito della sua scomparsa, ma alla fine la famiglia dell'artista aveva detto al museo che Louise avrebbe voluto che la sua opera fosse mostrata al mondo, perciò Travis aveva *fatto una scappata a Long Island City per vederla di persona. Il museo era gremito: le voci sulla scomparsa di Louise avevano contribuito a richiamare una folla di turisti, tutti accorsi a quella specie di veglia al limite del macabro e del volgare. Travis non amava i luoghi affollati e non aveva gradito nemmeno particolarmente l'installazione artistica, ma aveva sfruttato l'occasione per parlare con gli amici di Louise e con la sua grande famiglia.*

Non che avesse portato a chissà quali risultati.

Si tolse le cuffie e il rumore e il trambusto della sala operativa tornarono a farsi sentire. Sulla parete accanto a lui c'erano due fotografie di Louise: in una aveva i capelli rosa, nell'altra – meno recente, l'immagine meno nitida, gli angoli sciupati – di un colore più vicino al suo castano naturale. Ormai il rosa faceva parte del suo personaggio, ma tra un'apparizione pubblica e l'altra, o quando non era su YouTube, a detta della sua famiglia tendeva a tingerseli di castano o di nero.

Erano di quel colore la notte in cui era svanita nel nulla.

Accanto alle sue fotografie ce n'era un'altra, quella del manifesto affisso dopo la sua scomparsa. Travis osservò quell'immagine, poi le informazioni elencate sotto. LOUISE MASON. DESCRIZIONE: FEMMINA BIANCA, 35 ANNI, ALTEZZA 175 CENTIMETRI, 59 CHILI, CORPORATURA ESILE, CAPELLI NERI/CASTANO SCURI, OCCHI MARRONI. AVVISTATA PER L'ULTIMA VOLTA IN DATA 23 SETTEMBRE 2021. *Sotto ancora c'era il numero diretto del nucleo operativo di Travis, che si occupava della ricerca di persone scomparse. Aveva preparato quel manifesto due settimane dopo la denuncia di scomparsa, quando dal nono distretto la patata bollente era passata a lui. Fino ad allora, e malgrado le proteste dei familiari di Louise, gli agenti dell'East Village si erano divisi tra chi credeva che avesse lasciato volontariamente la città e chi pensava che fosse una trovata pubblicitaria per la sua nuova mostra. A Travis era bastata una semplice chiacchierata con la sua famiglia per scoprire che nessuna delle due ipotesi poteva essere valida. Louise era figlia unica e lei e i suoi genitori erano molto legati; non se ne sarebbe mai andata per così tanto tempo senza avvisarli o farsi almeno sentire.*

Più complicato era capire perché, tra tutti i casi che aveva seguito negli ultimi sei mesi, quello si stesse rivelando il più difficile da risolvere. Forse era per la totale assenza di piste decenti. Il 23 di settembre, alle 18:00, Louise era andata in un hotel dell'East Village per una raccolta fondi, e Travis aveva un'unica immagine sfocata della serata, ripresa da una telecamera di sorveglianza della sala a fianco, di lei che parlava – o almeno così sembrava – con un maschio non identificato nel bar dell'albergo. Quasi nello stesso istante, il suo cellulare agganciava una cella telefonica a un isolato dall'hotel. Questo accadeva alle 21:00.

Alle 21:10 il suo cellulare non dava più cenni di vita.

Era andato all'hotel e aveva parlato con i dipendenti della struttura, aveva stilato una lista dei partecipanti alla raccolta fondi e aveva telefonato a ciascuno di loro. Nessuno ricordava di aver visto Louise lasciare l'albergo quella sera. Era tornato là e aveva requisito i filmati delle altre telecamere, ma gli ambienti videosorvegliati erano meno del previsto e le telecamere attive non erano riuscite a catturare il momento in cui Louise era uscita dall'edificio, perciò l'unica cosa che aveva era un'immagine sgranata di lei al bar dell'hotel e risaliva a quindici minuti prima che sparisse. E persino quella era ben lontana dall'essere una prova schiacciante: Travis non era nemmeno sicuro al cento percento che quella donna fosse Louise. Aveva i capelli scuri quella sera, non rosa, e questo rendeva ancora più difficile essere assolutamente certi che fosse lei. Inoltre, nell'immagine si vedevano soltanto la sua fronte e l'attaccatura dei capelli.

I tabulati telefonici di Louise non indicavano che avesse ricevuto telefonate o messaggi da numeri che non aveva salvato in rubrica, e le uniche persone con cui era stata in contatto nelle ore precedenti alla scomparsa erano amici e parenti che Travis aveva già incontrato di persona, sentito e depennato dalla sua lista. Almeno all'inizio, la pista più promettente era sembrata essere il tizio che Louise aveva cominciato a frequentare qualche settimana prima di sparire e che quella sera era andato con lei in albergo, ma alla fine aveva dovuto scartare anche quella. L'uomo aveva confermato a Travis di averla accompagnata all'evento, ma era dovuto andare via prima perché una delle sue più care amiche era stata portata al pronto soccorso. I tabulati telefonici e i dati del GPS confermavano la sua versione, così come le riprese delle telecamere dell'ospedale e un messaggio geolocalizzato che aveva inviato a Louise per scusarsi dimostrava che alle 21:31, cioè quando il cellulare di lei era già morto da venti minuti, lui era ancora al pronto soccorso.

Perciò, tutto sommato, forse non era così sorprendente che Travis non riuscisse a togliersela dalla testa. Quella era una ricerca molto diversa dalle altre. Louise non era un'adolescente scappata di casa. Non era affetta da demenza.

Era un grosso punto di domanda senza risposta.

Scostò la sedia dalla sua scrivania e, tutto indolenzito e con il ginocchio destro che scricchiolava, si trascinò in cucina. Nell'angolo c'era una macchinetta che faceva un caffè passabile e, mentre aspettava che la sua tazza si riempisse, controllò il cellulare. Qualcuno lo aveva chiamato mentre stava guardando il video. La sua ex moglie, Naomi. Gli aveva mandato anche un sms, poi gli aveva lasciato un messaggio in segreteria.

Travis non si prese la briga di leggere l'sms.

Non ascoltò nemmeno la segreteria.

Si affacciò invece alla finestra più vicina. Era un'opprimente giornata di metà dicembre, con la neve spinta contro il vetro dal vento che soffiava dall'East River. Il freddo era una maledizione per le sue anche e le sue ginocchia, distrutte in tanti anni di placcaggi su un campo da football. Da quando si era operato a una spalla, poi, doveva anche fare i conti con un fastidio costante alla clavicola.

«Come va, Trav?»

Travis si voltò e vide arrivare Amy Houser. Era un'agente sui trentacinque che vestiva con eleganza e con cui aveva fatto coppia durante i suoi primi due anni con il nucleo operativo Persone scomparse. Era stata una buona partner: discreta, rispettosa, sempre con la domanda pronta, sempre con la voglia di imparare. Una sera si erano ubriacati in un bar vicino al mercato del pesce e lei gli aveva raccontato del padre che non aveva mai conosciuto. Travis l'aveva ascoltata in silenzio. Lui e Naomi avevano tirato su due figli, Mark e Gabrielle, e Travis amava entrambi alla follia, perciò non serviva essere uno strizzacervelli per leggere tra le righe di quella confessione: Houser quell'amore non lo aveva mai ricevuto e, in un certo senso, Travis era diventato per lei un padre surrogato.

«Come andiamo, Ames?»

«Ancora con la brodaglia di quella macchinetta, fino alla fine?»

«Non è ancora la fine.» Sollevò la tazza di caffè. «Salute.»

Lei rise e lo vide sorseggiare il caffè con uno schiocco di labbra finale, come a dire che era delizioso, poi chiese: «Come ti senti adesso che il gran giorno si avvicina?»

«Non ci ho pensato più di tanto.»

«Certo.» Non gli credeva. «Festeggerai in grande stile?»

«Perché, si usa festeggiare il pensionamento?»

«Lo sai che è così. Specie quando uno ha solo quarantacinque anni.»

Travis sorrise. «I tuoi conti lasciano parecchio a desiderare, Houser.»

«Cioè? Non hai quarantacinque anni?»

«Te ne sei solo persa altri quindici per la strada.»

«Non li dimostri affatto sessant'anni, Trav.» Gli fece l'occhiolino.

«Ma fino a quando non li avrò compiuti» disse lui «continuerò ad averne fin sopra le orecchie.»

«Qualche caso in particolare?»

«La gente continua a sparire. Che cosa vuoi che ti dica?» Ma Houser sapeva che stava parlando di Louise Mason. Ne avevano discusso un paio di settimane dopo la denuncia di scomparsa, poi di nuovo quando si erano incrociati nei corridoi del Police Plaza dopo che Houser aveva ricevuto una promozione ed era passata alla Omicidi. A Travis restava meno di una settimana di servizio e quello di Louise Mason era l'unico caso che non aveva ancora risolto.

«Ho visto che stavi guardando uno dei suoi dipinti l'altro giorno» disse

Houser, indicando la sua postazione di lavoro. «Certe opere astratte non mi dicono nulla.»

«A me è proprio l'astrattismo in generale a non dire niente, Ames.»

«Ma in quel caso è stato diverso. È per quello che non sono venuta a parlarti. Eri come in trance, Frank, come se ci avessi visto qualcosa.»

Lui capì subito a quale quadro si stava riferendo. Si intitolava Solo ed era l'unico dipinto di Louise che fosse davvero riuscito a comprendere fino in fondo: una sagoma controluce scrutava l'orizzonte dalla cima di una collina mentre il resto del mondo, apparentemente ignaro della sua presenza, era racchiuso nella valle sottostante.

Forse la risposta era lì.

Forse era per quello che non riusciva a togliersela dalla testa.

Perché aveva dipinto il suo pensionamento.

«Lavori su questo caso da quanto? Quasi tre mesi ormai?» chiese Houser, strappandolo ai suoi pensieri. «La vecchiaia ti sta facendo perdere colpi, Trav?»

Lui le sorrise perché sapeva che non stava dicendo sul serio.

«Ti va di parlarne?» lo incalzò.

«Non importa» rispose lui prima di bere un altro sorso di caffè. «Mi sono fatto venire un esaurimento a forza di pensarci. Forse dovrei soltanto lasciar perdere per un po'.»

Houser lo squadrò con sospetto.

Travis sorrise. «C'è qualcosa che ti preoccupa, ispettrice?»

«Dovrai lasciar perdere.»

Non c'era bisogno che aggiungesse altro.

Perché in fondo sapevano entrambi qual era la verità.

Travis non lasciava mai perdere.

Nel medesimo istante in cui Frank Travis salutò Amy Houser per tornare alla sua scrivania con una tazza di caffè tiepido in mano, a due chilometri e mezzo da lì Nick Tillman si fermò in cima alle scale che portavano alla stazione della metropolitana dell'Ottava strada con un cellulare con una scheda prepagata in mano.

Stava chiamando un numero che conosceva a memoria.

Aspettò di sentirlo squillare, gli occhi in constante movimento, perennemente in cerca di volti familiari.

Un clic. «Pronto?»

«Sono io» disse Tillman.

Dall'altro capo della linea, silenzio. La neve vorticava e cambiava direzione, spinta dalle folate di vento. Tillman fece un passo indietro, sfruttando come riparo il vano di una porta.

«Hai qualcosa da riferire?» chiese una voce femminile.

«Nessuna novità.»

«Nessun cambiamento?»

«No.»

Un'altra lunga pausa.

«Quel tizio, quel Travis, ci darà qualche problema?»

Tillman scosse la testa. «Sarà fuori dai giochi tra una settimana.» Controllò la strada, poi la gente che saliva le scale della metropolitana, accertandosi che nessuno potesse sentirlo. «Ma non ti preoccupare. A scanso di equivoci, mi assicurerò che sappia dove guardare.»

«Bene» si limitò a rispondere la donna.

Riattaccò.

Prima

Fingendo di aver dimenticato il pin, Rebekah portò il cellulare di Gareth in un negozio di Dyker Heights per farselo sbloccare. Il commesso le disse che poteva farlo, ma che c'erano buone probabilità che si resettasse completamente e, visto che era un modello datato, che si cancellassero tutti i dati. «È disposta a correre questo rischio?» le chiese il ragazzo.

«Sì.»

«Sicura?»

«Al cento percento» gli assicurò Rebekah, poi portò le bambine in una gelateria sulla Tredicesima Avenue, dove comprò un frullato a Kyra e, mentre Chloe dormiva nel passeggino, le prestò ascolto quando le raccontò di un libro che le avevano letto all'asilo.

Quarantacinque minuti dopo, fece ritorno al negozio.

«Sono riuscito a recuperare *alcune* mail,» le annunciò il commesso «ma un sacco di roba è andata persa con il ripristino. L'avevo avvertita. Con questo tipo di cellulare non si può salvare niente sul Cloud, perché non ha questa funzione, ma per qualche strano motivo a volte l'app delle mail memorizza dei messaggi di posta a caso.»

Lei riprese il telefono che le stava porgendo. «Dei messaggi a caso?»

«Un mix. Ci sono mail che risalgono a due anni fa, ma anche messaggi che ha ricevuto poche settimane fa. I vari scambi di mail sono stati danneggiati durante il reset, perciò potrebbe ritrovarsi con una mail che ha mandato lei, ma non con la risposta che ha ricevuto. Cose di questo tipo. Come le stavo dicendo, è un vecchio modello e ha delle funzionalità strane, che a volte possono risultare imprevedibili.»

Dopo aver capito dov'era l'icona della posta elettronica, Rebekah incurvò le spalle: solo undici mail erano sopravvissute al reset e, a prima vista, non sembravano degne di interesse. Controllò l'indirizzo dell'account di posta, whodges@pyremail.com, quindi il nome associato ad esso.

Willard Hodges.

Chi diavolo era?

Ringraziò il commesso e tornò a casa. Varcata la porta, sistemò le bambine in soggiorno con dei giocattoli, poi si ritirò in cucina e iniziò a spulciare il cellulare. Gran parte delle mail sembravano pubblicità: carte fedeltà di negozi di vestiti che Rebekah non aveva mai sentito nominare; una mail sulla possibilità di organizzare delle conferenze in una cantina nel Nord del Paese; un'altra da parte di una biglietteria online sulle disponibilità per le partite dei Giants; la conferma della registrazione a un sito porno. Fissò la mail di conferma del sito a luci rosse: quello poteva anche essere da lui, ma il resto non aveva molto senso. La sua azienda aveva firmato una convenzione con lo stadio dei Giants e ogni anno Gareth andava a vedere un milione di partite con i clienti, quindi perché avrebbe dovuto provare a comprarsi i biglietti da solo? Inoltre non beveva vino, quindi la cantina sembrava una cosa campata per aria, e i negozi di vestiti erano tutti di fascia alta, non il genere di posto dove di norma sarebbe andato a fare compere. Ciò non significava che l'account *non* fosse suo – poteva benissimo averne uno sotto falso nome – ma le certezze di Rebekah avevano cominciato a sgretolarsi.

Mise giù il telefono e aprì il suo portatile proprio nel momento in cui Kyra entrò in cucina.

«Ho fame, mammina.»

«D'accordo, tesoro. Dammi solo un secondo, okay?»

Kyra iniziò a strattonarle una gamba, il piede, qualunque cosa attorno a cui riuscisse a stringere le sue piccole braccia, e quando questo non funzionò, perché l'attenzione di sua mamma era ancora concentrata sulla ricerca su Google, si limitò a guardarla male. Alla fine Rebekah incrociò il suo sguardo. Un'occhiata assassina.

Poi sfoderò un sorriso – quel momento le concedeva un breve attimo di tregua dal telefono, dal peso dei sospetti – e prese Kyra in braccio, le diede un bacio sulla testa. Controllò Chloe dalla porta della cucina: era sul suo tappetino e stava contemplando la sua giostrina da culla, braccia e gambe in movimento. Kyra cominciò a dare delle manate sulla tastiera del portatile.

«Sta' buona, tesoro, buona» disse Rebekah, e mise giù sua figlia. Sullo schermo c'erano i risultati della sua ricerca su Willard Hodges:

il primo era una pagina di Wikipedia su un politico nato nel 1820. Gli altri erano altrettanto irrilevanti: siti per ricostruire il proprio albero genealogico, un paio di pagine Facebook, blog inattivi.

La devo smettere prima di diventarci pazza.

Chiuse il portatile.

Ma non poteva smettere.

Quella sera Gareth tornò di nuovo a casa tardi. Rebekah rotolò su un fianco per girarsi dalla sua parte, ma non aprì gli occhi perché gli sentì addosso l'odore del whisky e del tabacco.

Nel giro di dieci minuti, lui già russava.

Rimase sdraiata dov'era, decisa a non dare retta al suo istinto: non voleva altri sospetti, altra diffidenza. Voleva soltanto dimenticare di aver trovato quel cellulare.

Solo che non ci riusciva.

Alla fine si tirò su e scostò le coperte. Gareth non si mosse. Entrò in punta di piedi nella stanza delle bambine e verificò che entrambe stessero dormendo, dopodiché scese al piano di sotto. La giacca, il portafogli, le chiavi di casa e il telefono aziendale di Gareth erano sul tavolo accanto alla porta. Rebekah prese il telefono messo in carica, lo staccò dal cavetto e iniziò a controllarlo da cima a fondo. Lo aveva già fatto una volta, nelle settimane che avevano preceduto il ritrovamento del cellulare in macchina, ma stavolta dedicò più tempo alla rubrica, alle chiamate recenti, alle mail, alla cronologia internet e alla fotocamera. Non c'era un Willard Hodges salvato in rubrica, né mail o messaggi inviati da quell'account. Per lavoro Gareth usava Dropbox, che controllò, poi passò al calendario per vedere se le saltasse qualcosa all'occhio. Magari usava i nomi dei suoi clienti per nascondere qualcos'altro: un incontro extra lavorativo, un'ora in un motel, una donna, una tresca.

O magari sono semplicemente diventata paranoica.

Forse il cellulare che aveva trovato in auto era di un collega, o di uno dei suoi amici, o di qualcuno a cui aveva dato un passaggio. Gareth usava la Cherokee per portare i clienti alle partite dei Giants una o due volte al mese. Le parlava spesso dei lunghi viaggi che doveva fare per portare avanti e indietro quelli che vivevano lungo la strada, a Jersey City e a Hoboken. E se il telefono fosse banalmente caduto da una tasca durante uno di quei viaggi?

Ma se invece non fosse andata così?

A impensierirla più di ogni altra cosa era il modello del cellulare: dubitava seriamente che quegli stronzi sempre in tiro con cui lavorava

Gareth potessero avere un telefono così datato e privo di funzionalità, e inoltre sarebbe stato poco pratico. Gran parte del loro lavoro, gran parte delle cose che facevano con i clienti e viceversa, richiedeva l'uso di un Cloud.

Il telefono che aveva trovato aveva a malapena internet.

Sconfitta, Rebekah tornò a letto.

13

Rebekah stentava a credere di avercela fatta. Osservò il lucchetto a terra, sollevò il gancio della serratura e aprì la porta dell'ostello.

Davanti a lei si allungava un corridoio pieno di polvere, a malapena rischiarato dalle finestre dell'edificio.

Si affrettò a entrare e si fermò davanti alla prima porta. Si apriva su una stanza disadorna: due letti, due armadi. Ma i letti erano rifatti. Non avrebbe mai pensato che la vista di una cosa tanto banale come una coperta potesse scatenarle un simile senso di sollievo, e se lo gustò prima di controllare gli armadi. Erano vuoti.

Tornata in corridoio, scoprì che altre due porte conducevano in altrettante stanzette identiche alla prima, mentre quella in fondo portava in una semplice cucina. In un angolo c'era un generatore, ma sembrava fosse stato staccato in vista dei mesi invernali. Era scostato dal muro e una parte del pannello posteriore era stata rimossa. Se fosse stato funzionante, avrebbe potuto scaldare l'acqua per farsi una doccia in uno dei bagni della struttura, ma la delusione per il generatore svanì presto: quando controllò gli armadietti della cucina, trovò delle bustine di tè, del caffè, un paio di barattoli di brodo di pollo, due file di scatolette di zuppa di pesce già pronta, della carne in scatola e una cassa di birra analcolica. Cominciò a radunare tutto provando un'intensa euforia: erano scoperte così piccole, così banali, ma a lei sembrava di aver trovato una miniera d'oro.

Dopo aver caricato tutto il cibo sulla Cherokee, tornò dentro per le coperte, quindi si dedicò alla scelta di un materasso. Prese quello del letto più vicino e lo trascinò fino alla macchina. Caricato anche quello, ebbe un ripensamento: e Johnny?

Anche a lui sarebbe servito un materasso.

Quello, dato che aveva già riempito il bagagliaio della Jeep, non riuscì però a farlo entrare in auto. Spinse con tutte le sue forze, rossa in faccia, ma continuava a piegarsi e a riaprirsi verso di lei. Alla fine, vedendo il secondo materasso scivolare fuori dal portabagagli e cadere sull'erba umida, si arrese.

Aveva davvero bisogno di un materasso per Johnny?

Riuscirò a trovarlo vivo?

Scacciò quel pensiero prima che potesse attecchire e fece un altro tentativo, stavolta mettendosi sotto il materasso e spingendolo con una spalla. Funzionò. All'inizio oscillò da una parte all'altra, ma alla fine scivolò sopra il poggiatesta dei sedili posteriori.

Si fermò un secondo a riprendere fiato prima di tornare dentro e salire al primo piano.

Le stanze di sopra erano pressoché identiche alle loro controparti al pianterreno, ma nell'ultima scovò qualcosa di diverso: un pezzo di carta, piegato a metà e usato come zeppa sotto la gamba di un letto.

C'era stampato sopra qualcosa e questo catturò la sua attenzione.

Si chinò e sfilò il foglio da sotto il letto. Mentre la struttura si inclinava verso di lei, ora traballante, spiegò il pezzo di carta. Il davanti, sbiadito, era coperto da anni di polvere e sporco. Era un vecchio volantino degli anni Ottanta stampato per i turisti, e sul retro c'era una mappa.

Era una mappa dell'isola prima che l'uragano Gloria cambiasse completamente la sua topografia, ma avrebbe comunque fatto al caso suo. Mostrava la configurazione del territorio, il tracciato di alcune strade, le spiagge e le dune, gli estuari e le aree paludose, e l'intera estensione della foresta in cui lei e Johnny si erano addentrati insieme.

Mentre lasciava l'ostello con un forno a microonde e un bollitore sottobraccio, si sentì vagamente ottimista per la prima volta in quarantott'ore. Doveva ancora dare un'occhiata alla seconda struttura, ma si stava facendo buio e per il momento poteva aspettare.

La giornata si era già dimostrata abbastanza proficua.

Tutto d'un tratto, Rebekah ebbe la sensazione di poter resistere sull'isola almeno per qualche giorno, forse persino per una settimana. Se fosse riuscita a ripristinare la corrente nell'emporio, se fosse riuscita a trovare dell'acqua potabile, se fosse riuscita ad accendere una stufetta elettrica, il bollitore e il microonde, sarebbe sopravvissuta fino all'arrivo dei soccorsi.

Perché sarebbero arrivati presto.

Noella era la sua migliore amica. Gareth era l'uomo con cui aveva passato dodici anni della sua vita, e lei era la madre delle sue figlie. A quell'ora dovevano aver denunciato la sua scomparsa.

Be', Noella l'avrà fatto di sicuro.

Pensò a Gareth, alla loro storia turbolenta, al telefono che aveva trovato nella Jeep. Pensò a dove aveva finito per portarla il nome Willard Hodges.

E a quel punto si domandò: per Gareth sarebbe stato più facile se non fosse mai tornata a casa sana e salva?

Prima

Il giorno dopo aver controllato il telefono aziendale di Gareth senza trovare niente, Rebekah andò a parlare con Noella.

Da piccole avevano vissuto nello stesso quartiere, e al liceo Noe era persino uscita con Mike per un certo periodo. Aveva continuato a frequentare casa loro anche dopo aver rotto con lui, e quando Rebekah si era finalmente trasferita a New York, avevano cominciato a passare più tempo insieme ed erano diventate inseparabili.

Ormai era più una sorella che un'amica.

«Perché non cerchi un confronto diretto?» le domandò Noella.

Erano sedute sui gradini davanti alla porta d'ingresso di casa sua, dove viveva con il compagno, Tommy, un corriere dell'UPS. Il suo ex marito era un perfido stronzo e, oltre a essersela dovuta vedere con lui, Noella aveva anche dovuto convivere con il problema delle cisti ovariche, che avevano trasformato ogni suo tentativo di mettere su famiglia in un viaggio lungo e tortuoso, costellato di delusioni e, in definitiva, di insuccessi. Rebekah aveva sempre trovato crudele che Noella avesse dovuto combattere una simile battaglia: sarebbe stata una madre fantastica ed era stata così brava con Kyra e Chloe. Tutte le difficoltà che aveva dovuto affrontare, aggravate dagli esiti disastrosi di certe storie tremende in cui si era imbarcata e dall'incapacità di avere figli, non emergevano mai quando era con le bambine. In quei momenti con loro ogni cosa andava al suo posto, come pezzi di un puzzle che si incastravano alla perfezione.

«Bek?» la incalzò Noella. «Chiedi direttamente a lui.»

«Voglio la verità.»

«Proprio per questo.»

«Voglio avere qualche elemento in più prima di affrontare il discorso con Gareth.»

Noe aggrottò la fronte, socchiuse gli occhi azzurri, i crespi capelli scuri smossi da un filo di vento. «Hai paura di lui?» Si interruppe e scrutò l'amica. «Non avrai paura di lui, vero?»

«No.»

«Hai detto che non ti ha mai picchiata.»

«Infatti.»

«Perché se hai paura di lui, verrò con te e...»

«Non ho paura di lui, Noe.»

«Allora perché perdi tempo a giocare alla piccola investigatrice privata? Aspetta che torni a casa, digli che hai trovato un telefono e vedi come si giustifica. Se esita anche solo per un secondo, capirai che è colpevole. Dammi retta. In genere i traditori non sanno mentire.»

«Magari non mentirà.»

Noe fece spallucce. «Come farai a scoprirlo se non glielo chiedi?»

«Voglio coglierlo in fallo.»

«Perché prendersi tanto disturbo?»

«Non distruggerò il mio matrimonio solo perché ho un brutto presentimento, Noe.»

Lei fece una smorfia. «Hai quel telefono da nove mesi. Pensaci. *Nove mesi*. È giunto il momento di conoscere la verità: su di lui, e sulla donna che sta vedendo alle tue spalle.»

«Devo esserne assolutamente sicura.»

«E come farai a esserne sicura se non affronterai mai il discorso? I fatti parlano chiaro, Bek. Gareth è un bell'uomo. È sicuro di sé, affascinante. Torna a casa tardi ogni sera, puzza di alcol e di profumo. Ti sta tradendo. Io ne sono certa e lo sai anche tu.»

«Io non so *niente*. Non con certezza.»

Noella la guardò come se fosse la donna più ingenua sulla faccia del pianeta. «Bek, torna a casa nel cuore della notte...»

«Lo so, l'hai già detto.»

Noe la scrutò per un attimo, chiaramente combattuta. Forse voleva aggiungere qualcosa, ma alla fine si strinse nelle spalle e salutò le bambine sedute nella Jeep. «Promettimi soltanto una cosa» disse a mezza bocca mentre sorrideva a Kyra. «Se ti sta tradendo, non perdonarlo.»

«Certo che no.»

«Già, be', io un paio di volte ho detto la stessa cosa. Quando becchi il tuo uomo sul fatto, che sia leggendo le sue mail o trovandolo in un motel a scopare con un'altra, esplodi come un fuoco d'artificio. Che vada a farsi fottere, pensi. Quel figlio di puttana non metterà mai più piede in casa mia, pensi. Ma poi passa un po' di tempo e ti rendi conto di quanto si stia male da soli, e lui intanto si ripresenta a casa tua, in lacrime, e ti implora di perdonarlo, e c'è questa vocina nella tua testa che all'improvviso ti dice: 'Forse dice sul serio. Forse è cambiato.' Gli dici comunque di no, ma ormai ti sono venuti dei dubbi. E alla prima occasione in cui le bambine,» indicò la Jeep «si sveglieranno piangendo alle due di notte perché avranno la tosse, la febbre o quello che è, e tu riuscirai a stento a reggerti in piedi perché sarai così stramaledettamente *stanca*, scommetto che l'idea di avere il sostegno di qualcuno, soprattutto di una persona che conosce le piccole, con cui si sentono a loro agio, ti risulterà più che gradita. E senza neanche accorgertene lo farai tornare nella tua vita, comincerai a credere che è cambiato, e lui farà finta che non sia mai successo niente. Ma il punto è questo: qualcosa *è* successo. E se è successo una volta, Bek, succederà di nuovo.»

«Ho capito, Noe. Ho capito.»

«Non sai quanto sia difficile.»

«Posso immaginare.»

Ma Noella stava già scuotendo la testa. «Non sto parlando di essere tradita da uno stronzo.»

«Di che cosa stai parlando, allora?»

«Di sopravvivere da sole.»

2
Punto di rottura

Prima

Rebekah aveva quindici anni quando aveva annunciato per la prima volta a suo padre che voleva fare il medico. Lui le aveva detto che avrebbe dovuto seguire le sue orme e fare la poliziotta, perché era 'tosta', parole sue, e amava fare domande. Dopo aver lasciato l'esercito, una carriera in polizia era stata l'unica strada concepibile per lui, perciò non c'era da sorprendersi che la pensasse così, ma spesso Rebekah si chiedeva se i sette anni trascorsi lontana da suo padre, in un Paese diverso, non gli avessero anche fatto perdere di vista di che cosa era capace: non credeva che avesse la tempra adatta per fare il medico perché non era a conoscenza del suo potenziale. O forse c'era una ragione molto più semplice: suo padre stravedeva per lei e non avrebbe mai voluto che andasse incontro alla stessa delusione che era toccata a Johnny.

Da quando Rebekah ne aveva memoria, Johnny aveva sempre sognato di fare lo scrittore e le sue camerette erano sempre state strapiene di vecchi libri in brossura. Amava la fantascienza e i romanzi dell'orrore, ma la sua vera passione era la Storia: i suoi eroi erano James Michener e Ken Follett, e il suo romanzo preferito era *I pilastri della Terra*. Dopo il liceo, aveva proseguito gli studi al Brooklyn College; presa una laurea in Letteratura, era tornato a casa e aveva scritto il suo grande romanzo americano sulla veranda che dava sul giardino sul retro, un'epopea di settecento pagine ambientata nel 1624, quando i primi olandesi erano approdati sulla punta meridionale dell'attuale Manhattan. E dopo averlo scritto, dopo essersi immaginato in classifica, in giro per il Paese, seduto nelle librerie a firmare copie su copie del suo romanzo d'esordio, aveva cominciato ad accumulare una pila alta trenta centimetri di lettere di rifiuto. Per Johnny era stato un colpo tremendo:

diciotto mesi dopo averlo finito, aveva consegnato il suo libro a una scatola impolverata che aveva nascosto sotto il letto e aveva cominciato a lavorare come commesso in un negozietto di elettronica a Bay Ridge, che in un anno guadagnava quanto Radio Shack guadagnava in un'ora. All'epoca Rebekah non poteva immaginare cosa avesse provato suo padre, ma lo aveva capito quando era diventata mamma: tutti i genitori vogliono che i loro figli ottengano il lavoro migliore e abbiano una vita perfetta, ma non vogliono vederli fallire mentre provano ad arrivare a questi risultati.

Alla fine, comunque, lei non aveva fallito.

Un anno dopo aver conosciuto Gareth in un bar su Madison Avenue, era stata accettata alla facoltà di Medicina della NYU. Quattro anni dopo aveva iniziato un internato al New York Presbyterian e, poco prima del suo primo Natale da medico interno, Gareth l'aveva portata in un ristorante con una splendida vista su Central Park e le aveva chiesto di sposarlo.

Durante i loro cinque anni di fidanzamento avevano accennato spesso all'idea di fissare una data, ma erano entrambi così concentrarti sulle loro carriere che era un discorso che alla fine tendeva sempre a finire in secondo piano. Ma poi, dopo che Mike era morto in quell'incidente stradale, era come se si fosse sbloccato qualcosa: il matrimonio era diventato molto più importante, qualcosa di certo in un momento di enorme incertezza.

Si erano sposati in chiesa a Dyker Heights. Il padre di Rebekah aveva sempre sostenuto di essere un cattolico irlandese, cosa che in parte era vera visto che di cognome faceva Murphy e che i suoi nonni erano originari di Donegal, ma a casa Henry non aveva mai portato avanti grandi tradizioni religiose, e i genitori della loro madre, stando a quanto aveva capito Johnny origliando una telefonata di suo padre, erano testimoni di Geova e venivano dall'Essex.

Ciononostante, Gareth e la sua famiglia avevano voluto una cerimonia cattolica, e questo aveva reso felice anche suo padre. Rebekah non gli aveva dato molto peso sul momento, ma era stato così ovvio quando Henry si era ammalato, poco tempo dopo. Forse a livello inconscio aveva intuito di avere una malattia, un'anguilla che si contorceva dentro una rete; forse aveva presagito che la fine era imminente e tornare in chiesa era stato il primo passo per prepararsi a ciò che lo aspettava.

«È passato così tanto tempo dall'ultima volta che sono andato in chiesa» aveva detto a Rebekah quando erano saliti in macchina. «Spero che lui potrà perdonarmi.»

Lei lo aveva guardato attraverso il velo, senza avere ben chiaro a che cosa si stesse riferendo. «Di chi stai parlando, papà?»

Si era resa conto di averglielo chiesto con voce timorosa, perché si stava domandando se suo padre non stesse perdendo il lume della ragione pochi secondi prima di accompagnarla all'altare nel giorno più importante della sua vita.

Ma poi, quando lui non le aveva risposto, aveva seguito il suo sguardo in direzione delle porte aperte della chiesa e aveva visto a chi si stava riferendo.

Lui, con la L maiuscola.

In fondo alla navata c'era una statua di Gesù Cristo.

«Non ti preoccupare» gli aveva detto lei prima di stringergli la mano, temendo che fosse soltanto nervoso. Qualche giorno prima le aveva detto di non essere preoccupato per il suo discorso, ma forse aveva mentito per proteggerla ed evitare che stesse in pensiero. «Non devi farti perdonare nulla, papà.»

Ma poi le era venuto in mente che non poteva esserne veramente sicura. Non sapeva quanti uomini avesse ucciso in Vietnam. Non sapeva a quante persone avesse sparato facendo il poliziotto. Non credeva che lo avesse mai fatto con piacere, ma sapeva che c'erano tante cose che Henry aveva scelto di non portare a casa mentre lei e i suoi fratelli stavano crescendo. Aveva raccontato qualche aneddoto sul Vietnam, aveva placato la loro curiosità descrivendo com'era fare il poliziotto, ma ai suoi occhi superare l'abbandono della madre era sempre stato un problema più che sufficiente per i ragazzi. E pure quella era una situazione che aveva minimizzato: la verità sul matrimonio dei suoi genitori e sul perché sua madre era andata via. Si era spesso chiesta se non fosse stato lui il motivo per cui Fiona li aveva abbandonati, ma non aveva mai trovato prove a sostegno di quella tesi. Suo padre aveva sempre detto che la decisione di Fiona era stata un fulmine a ciel sereno, e per Rebekah era diventato molto più facile dare tutta la colpa a lei.

Alla fine il matrimonio era stato perfetto. Suo padre al ricevimento aveva tenuto un discorso affettuoso e divertente che avevano apprezzato tutti. Non parlava spesso in pubblico, ma Rebekah ricordava di aver pensato che era stato bravissimo, che aveva un talento naturale. Era stato scherzoso e dolce allo stesso tempo, le sue battute un po' prevedibili ma pronunciate con affetto. Aveva accennato a Fiona, ma solo di sfuggita, e in seguito, quando stavano mangiando, Gareth si era voltato verso di lei, le aveva dato un bacio sulla guancia e aveva detto: «Sono proprio fortunato a far parte della tua famiglia.»

Quelle erano cose che Gareth le ripeteva spesso, soprattutto all'inizio della loro storia. Andava d'accordo con i suoi genitori, anche se suo padre a volte poteva essere inflessibile, ma aveva legato davvero molto con il padre di Rebekah. Al termine del rinfresco, lo avevano trovato addormentato in un angolo, ubriaco, esausto, ed era stato Gareth ad aiutarlo a mettersi in macchina.

Era così facile dimenticarsi di certi momenti.

Ora che il matrimonio di Rebekah e Gareth stava andando a rotoli, era più semplice convincersi che certi istanti non fossero mai esistiti. Ma c'erano stati. Per anni il loro era stato un bel rapporto, affettuoso, con basi solide.

Ma poi era venuto fuori il marcio.

E di lì a breve Rebekah avrebbe scoperto di non conoscere affatto suo marito.

14

Non appena tornò all'emporio, Rebekah passò dieci minuti a penare per aprire la porta principale dall'interno, in modo da non dover passare dalla finestra. Una volta riuscita nell'intento, trascinò dentro il materasso, le coperte, il bollitore e il forno a microonde, poi notò una cosa: il soffitto aveva smesso di gocciolare.

Si sentiva bene: aveva un letto, aveva allineato sul bancone il cibo in scatola, era riuscita a trovare un rubinetto nascosto dall'erba dietro il caccia e pesca e aveva riempito un secchio d'acqua prima che il sole tramontasse del tutto.

Prima di andare a dormire, però, quando l'effetto dell'adrenalina svanì, ricominciò a pensare alle sue bambine. Quando l'emozione minacciò di sopraffarla, le tornò in mente Johnny, e allora sì che perse il controllo. Era la fine del suo secondo giorno da sola, la sua terza giornata piena sull'isola. Nessuno, a parte un fratello che non riusciva a trovare, aveva più sue notizie da due notti. Nessuno sarebbe venuto a salvarla.

Se stessero arrivando, a quest'ora sarebbero già qui.

Sono in trappola.

Si alzò e andò alla porta, l'oceano appena visibile nell'oscurità, tutto il resto avvolto da una tenebra impenetrabile. Le parve di vedere una luce tremolante in lontananza – prima era lì, un attimo dopo era scomparsa – così rimase ferma dov'era per un'ora, a osservare il buio, nel caso riapparisse.

Non lo fece.

Eppure non poteva rinunciare a quell'idea, alla speranza che una nave potesse essere vicina, da qualche parte in quel tratto di mare, in grado di vederla, perciò andò a prendere la torcia e tornò fuori. Johnny le aveva detto che Main Street e il porto erano serviti da una vecchia rete elettrica attivata negli anni Settanta, quando l'isola era ancora una meta turistica, e che l'intento originario era di espanderla anche in altre aree. Ecco perché nell'emporio non c'era un generatore a gasolio. La corrente arrivava da qualche altra parte. Doveva soltanto trovare la cabina.

Se fosse riuscita ad accendere le luci del negozio, avrebbe potuto lasciarle accese per tutta la notte, come una specie di faro. Poi le venne in mente un'altra cosa: studiando la mappa, aveva notato che c'era un vecchio faro sulla costa orientale. Possibile che la lanterna di quel faro funzionasse? E in caso contrario, poteva riattivarla in qualche modo?

Accantonò l'idea.

Ormai erano per la maggior parte comandati a distanza, e se quel faro fosse stato funzionante, Rebekah se ne sarebbe accorta. L'isola era prevalentemente pianeggiante. Calata la sera, niente, nemmeno il Nuyáhshá, avrebbe potuto oscurare il bagliore accecante della lanterna di un faro.

Andò a destra, in direzione del porto, facendo il giro attorno all'emporio. Si ritrovò dietro il caccia e pesca, e per la prima volta si chiese se là dentro ci fossero delle canne da pesca. Non ci aveva mai pensato perché non aveva la più pallida idea di come si facesse a pescare, ma forse, se fosse rimasta a corto di cibo, avrebbe dovuto imparare a farlo.

Già, perché pescare è semplicissimo, pensò con sgomento.

Comunque, per il momento non se ne doveva preoccupare, perciò si concentrò sulla strada che scendeva verso il porto. L'entrata ai moli era sbarrata da un cancello chiuso con lucchetto. Se proprio doveva, pensava di poterlo scavalcare – e poi a separare il porto dal resto dell'isola c'era solo una semplice rete metallica – ma là in fondo c'erano soltanto un parcheggio deserto, il lungo pontile e il casotto della capitaneria di porto.

Risalì Main Street.

La cabina doveva essere lì da qualche parte. Si fece luce con la torcia, dirigendone il fascio a destra e a sinistra, ma all'aperto non serviva a molto e iniziò a rendersi conto che non riusciva a distinguere quasi niente dell'ambiente che la circondava.

Ripensò al distributore di benzina, al ticchettio che aveva sentito, e il ricordo le fece correre un brivido gelido lungo la schiena.

Non mi va più di restare qua fuori.

Tornò di corsa all'emporio.

Quanto odio questo buio.

15

Quella notte sognò.

Ormai era già da un po' che faceva un incubo ricorrente. Non ricordava quando avesse cominciato a sognarlo, sapeva solo che era arrivato e non era più andato via. A volte scivolava nell'abisso e restava lì per qualche tempo, ma alla fine tornava sempre in superficie.

Iniziava con Rebekah in un corridoio ai piani alti di un palazzo residenziale, con una banale moquette marroncina sotto i piedi e vernice color crema alle pareti.

La porta di un appartamento era aperta. Era sempre sulla sinistra, sempre dello stesso celeste chiaro, sempre socchiusa giusto uno spiraglio. Da dentro arrivava una luce soffusa e Rebekah leggeva sempre lo stesso 127 sulla porta, il 7 leggermente storto. La maggior parte della gente non se ne sarebbe neanche accorta, ma lei sì. Ogni volta che si avvicinava, guardava il 7 e pensava: Il sette dovrebbe essere un numero fortunato.

Era un appartamento esclusivo, spazioso, con enormi vetrate che davano sullo skyline di Manhattan. Alla sua destra c'era un mezzanino da cui si accedeva a una scala di vetro e acciaio, e dietro una cucina nera e cromata. Alla sua sinistra una parete di mattoni, dietro la quale si intravedeva la sagoma di un letto.

Partiva una musica.

Da quel momento cambiava tutto. Rebekah era sulla soglia e all'improvviso provava un terrore incontenibile, come se fosse entrata in un luogo proibito. Da quel momento il sogno diventava un incubo a tutti gli effetti. Faticava a respirare. Quando provava a voltarsi, non ci riusciva. I suoi piedi erano sprofondati nel tappeto, d'un tratto non aveva più le scarpe e le fibre del tessuto le artigliavano le dita, contorcendosi come se fossero vive, avvolgendosi attorno ai suoi piedi e alle sue caviglie, inchiodandola al pavimento.

«Penso che dovresti rimanere.»

Sempre la stessa voce.

Né maschile né femminile. Veniva da dietro di lei.

«Penso che dovresti rimanere, Rebekah.»

Non si poteva girare, non poteva vedere chi le stesse parlando, ma non voleva rimanere. Era disperatamente sicura di non voler rimanere. Non lì, né in quel momento né mai.

«Penso che dovresti rimanere.»

«Ti prego, lasciami andare.»

«Penso che dovresti rimanere.»

«Ti prego.»

E poi stava piangendo.

E implorando la voce. Urlando.

«Ti prego, voglio...»

Si svegliò.

Era mattina. Aveva sudato sotto le coperte e, mentre le scostava e le gettava in fondo al materasso, si guardò attorno e provò a non pensare all'incubo. Era stata la versione peggiore che avesse mai sognato fino a quel momento: più disperata, più vivida, tanto che pur essendosi svegliata le sembrava di sentirne ancora i residui sottopelle. Adesso è tutto finito, si disse, ma il pensiero non le diede alcun conforto.

Sapeva che prima o poi sarebbe tornato a turbare il suo sonno.

Come dall'isola, non c'erano vie di fuga.

Prima

Rebekah tentennò per un altro paio di giorni, cercando di capire come muoversi. Frustrata, provò a ricordare perché avesse aspettato nove mesi prima di farsi sbloccare quel cellulare, ma le bastò dare un'occhiata alle figlie, entrambe così piccole, così innocenti, così dipendenti da lei e da Gareth, per capirlo. Non aveva voluto rischiare di distruggere il suo matrimonio prima che Chloe venisse al mondo.

Quindi è stato meglio negare la realtà?

Forse sì, ma ormai non più. Non riusciva più a smettere di pensare al cellulare, non poteva fare a meno di domandarsi se fosse di Gareth, e non saperlo la stava distruggendo. Il problema era uno: anche se lo avesse lasciato da qualche parte in casa, in modo da farglielo trovare per valutare la sua reazione, lui avrebbe comunque potuto negare tutto, perché non c'era niente che lo collegasse a lui. Niente mail, niente messaggi né tantomeno telefonate. Persino il nome associato all'account di posta era un vicolo cieco.

Rebekah continuava a non avere la minima idea di chi fosse Willard Hodges.

In fin dei conti, era pur sempre possibile che il telefono non fosse di Gareth, ma in entrambi i casi doveva sapere la verità, anche se odiava pensare a cosa sarebbe accaduto se avesse ricevuto la risposta sbagliata. Era un pensiero che continuava a tormentarla. Se le cose fossero andate come temeva, Chloe e persino Kyra non avrebbero mai ricordato come era stato vivere tutti e quattro insieme. Il ritratto di una famiglia divisa sarebbe diventato la normalità per loro: così era, così era sempre stato.

Alla fine, però, niente di tutto ciò aveva davvero importanza.

All'inizio di aprile, quattro giorni dopo aver parlato con Noella, che le aveva consigliato di affrontare Gareth in merito al cellulare, Rebekah tornò a casa dopo aver portato le bambine al mercato di Prospect Park e trovò Gareth accasciato sul tavolo della cucina. Aveva aperto una bottiglia di bourbon.

Rebekah aggrottò la fronte. «Che cosa ci fai qui?»

«Mi sono preso il pomeriggio libero» mormorò lui.

Kyra corse da suo padre prima che Rebekah potesse chiedergli perché, e lui la prese in braccio, la fece sedere sulle sue gambe. Si chinò su di lei, le annusò i capelli, la ascoltò mentre gli raccontava che aveva mangiato lo zucchero filato, sorrise quando era opportuno e le fece qualche domanda. Alla fine lanciò uno sguardo a Rebekah: aveva le lacrime agli occhi. Vederlo così la colpì più di uno schiaffo. Indietreggiò, andò a sbattere contro un ripiano.

«Ti va di guardare un po' di tv, tesoro?» propose Gareth a Kyra. La sua voce si perse nella cucina. Nel passeggino parcheggiato tra il tavolo e Rebekah, Chloe stava dormendo come un sasso.

Gareth andò in salotto con Kyra e la fece sedere davanti alla televisione. Quando tornò indietro, si stava asciugando gli occhi con la manica della camicia. Riprese posto sulla sedia di prima.

«Che succede, Gareth?» gli domandò Rebekah, le parole pastose come polvere in bocca. Lo sapeva benissimo che cosa stava succedendo.

Lo aveva visto piangere soltanto una volta in tutti gli anni che avevano passato insieme. Giusto due lacrime, come se un gioco di luce gli avesse reso gli occhi lucidi, pochi istanti dopo la nascita di Kyra. Lo aveva attribuito alla sua educazione, al sangue che gli scorreva nelle vene: anche se suo suocero le era sempre piaciuto, spesso era stato severo con Gareth. Era un perfezionista, una persona intransigente.

«Mi dispiace» mormorò lui.

«Ti dispiace per cosa?»

Gareth deglutì, non disse niente. La fissò e basta.

Rebekah aveva una borsa in spalla e la tracolla le passava tra i seni. Le tasche straripavano di creme, tettarelle di gomma per i biberon, pannolini. Quando pensò alla parola 'pannolini', le tornò in mente l'ultima volta che avevano parlato in quel modo – più o meno nelle stesse posizioni, nella stessa stanza, quattro mesi prima – e Gareth le aveva bruscamente ricordato che in America si chiamavano 'pannoloni'. Aveva sostituito tante parole inglesi con le loro controparti americane da quando si era trasferita negli Stati Uniti, ma ad alcuni termini familiari che amava, come 'mami', non era riuscita proprio a rinunciare, persino quando Kyra aveva invece cominciato a chiamarla 'mammina'[2]. Si sfilò la tracolla facendosela passare da sopra la testa e molto lentamente, come se stesse riesumando delle vecchie ossa da un sepolcro, infilò una mano nella tasca del giubbotto.

Cellulare, non *telefonino*.

Quella era una variante che aveva adottato senza problemi.

Mise il telefono sul tavolo.

«Ti dispiace per questo, Gareth?»

---

2 In originale, differenza tra *mummy* (inglese britannico) e *mommy* (inglese americano). (N.d.R.)

16

Alla fine, un'ora dopo essersi alzata, Rebekah trovò la cabina della rete elettrica: era in un'area recintata scavata in un terrapieno, a cinquecento metri da Main Street.

Ma alla cabina mancava qualcosa.

Una batteria di qualche tipo.

Forzò la porticina della rete e provò comunque ad abbassare e rialzare l'interruttore generale, ma non sentì alcun ronzio e la cabina non diede cenni di vita. Senza non poteva accendere le luci nell'emporio. Anche se avesse trovato una stufa elettrica, non l'avrebbe potuta usare. E come se non bastasse, aveva faticato per nulla portando via dall'ostello il bollitore e il forno a microonde.

Si diede un'occhiata – demoralizzata, con gli stessi vestiti da quattro giorni – e ripensò alle sue bambine. Chissà che cosa stavano facendo in quel momento.

Chi stava badando a loro?

Saltò in auto e tornò verso la foresta per tenere la mente occupata. Percorse i suoi sentieri per tutto il pomeriggio, usando la mappa presa all'ostello per trovare nuove aree che non aveva ancora esplorato. A un certo punto ebbe il timore di essersi persa, e per un attimo si smarrì davvero, ma alla fine ritrovò la strada fino al parcheggio. Salì sulla Jeep, stanca e avvilita, mentre il sole brillava ancora alto nel cielo. Sentiva le gambe pesanti come piombo. Stava morendo di fame. Aveva perso la voce a forza di chiamare il nome di Johnny.

E non lo aveva ancora trovato.

Passò l'intera giornata successiva fuori dall'emporio, a guardare il mare. Quasi non si mosse dall'alba al tramonto.

Quella sera, dopo aver mangiato una scatoletta di zuppa, si accorse che la perdita sul soffitto si era allargata di nuovo e poi si convinse di aver sentito il brontolio distante del motore di una barca. Schizzò in piedi, si precipitò alla finestra e scrutò l'oscurità, sforzandosi di vedere qualcosa. Più si concentrava, più le tornava in mente la luce che pensava di aver intravisto due notti prima. Possibile che fosse davvero passata una barca?

O adesso comincio ad avere anche le allucinazioni?

Quella sera di sicuro non si vedeva un bel niente, e il rumore che pensava di aver sentito continuava a essere inghiottito dal vento, tanto da farle dubitare di aver realmente udito qualcosa. Dopo quaranta minuti, sull'orlo delle lacrime, batté in ritirata e si sdraiò sul suo materasso.

Ma poi lo sentì di nuovo.

Balzò in piedi, ma stavolta corse alla porta. La spalancò, corse sul retro del negozio, che dava direttamente sull'oceano, e strizzò gli occhi. Visto che il brontolio della barca non si faceva sentire, Rebekah cominciò a sventolare furiosamente la torcia da una parte all'altra.

Niente.

Nessun rumore, nessuna luce in mare.

Alla fine si arrese, sentendosi ridicola, e rientrò nell'emporio. Solo che poi, dopo un po', pensò di averla sentita di nuovo la barca, perciò corse fuori per la seconda volta. E per la seconda volta non vide né barche né luci in mare aperto.

Tornò a letto, provò a dormire, chiuse gli occhi e si concentrò sul ritmo delle onde, ma poi le parve di aver sentito ancora quel brontolio.

Si precipitò fuori.

Ancora nulla.

Andò avanti così per tutta la notte.

Prima

Rebekah spinse il cellulare sul tavolo finché non fu proprio sotto il naso di Gareth, ma il viso di lui non lasciava trapelare alcuna emozione.

Stava giocherellando con il bicchiere di bourbon che aveva davanti a sé. Il liquido oscillò verso il bordo del bicchiere e qualche goccia gli si rovesciò sulle dita. «Non avresti dovuto trovare quel cellulare» mormorò a mezza voce.

«Ma non mi dire. Come facevi a sapere che lo avevo io?»

«Kyra mi ha detto di averti sentito parlare con Noella. Mi ha chiesto se avevo un telefono segreto di cui la mammina non avrebbe dovuto sapere niente.»

Per qualche ragione, Rebekah sorrise. Si era preoccupata tanto per le ripercussioni che avrebbe avuto sulle bambine un suo confronto con Gareth, ma alla fine era stata Kyra a fargli capire che era stato scoperto.

«Quando l'hai trovato?» le chiese.

«Dieci mesi fa.»

Lui si accigliò. «Perché non mi ha detto niente per tutto questo tempo?»

«Secondo te, Gareth?»

Per le nostre figlie.

Il nostro matrimonio. La nostra vita insieme.

«Mi dispiace» ripeté.

«Per cosa?»

I suoi occhi la implorarono di risparmiargli una confessione. A Rebekah fischiavano le orecchie. Aveva caldo, avvertiva un senso di oppressione al torace e sapeva che le lacrime stavano arrivando, come un'onda che un poco alla volta si sarebbe infranta a riva.

Non piangere.

«Non avrei mai voluto...» Gareth si interruppe.

«Non avresti mai voluto ferirmi? È un po' tardi per questo, no?»

«Lei è stata solo...»

Si interruppe di nuovo, ma bastarono quelle quattro parole a spezzare il cuore di Rebekah. *Lei.* Voleva davvero sapere chi era?

Aveva importanza ormai?

«Ero così stressato a causa del lavoro. È successo senza che io...» Gareth deglutì. Non riusciva più a guardarla in faccia. «È successo e basta. Continuavo a pensare: la devi smettere. Questa storia deve finire. Ma non ci riuscivo.»

Rebekah sbatté le palpebre. *Non piangere.*

Non per lui.

Non per questo.

«Lavoravamo a questo progetto insieme e...» La sua voce si affievolì di nuovo.

Sei proprio un cliché, pensò Rebekah. Lavoravate a un progetto insieme. È successo e basta. Hai provato a darci un taglio ma non ci sei riuscito. E adesso, mesi dopo, hai finalmente avuto le palle di dirmelo, ma solo perché ho trovato il tuo cellulare. Solo perché sapevi di essere stato beccato.

Non gli disse niente di tutto ciò, lo fissò e basta. Era chiaro che il silenzio lo stava divorando vivo, perciò prolungò la sua agonia, si gustò la sua espressione mortificata, le labbra tese per il dolore e il senso di colpa per quanto era stato costretto a confessare. Poi Rebekah abbassò lo sguardo e controllò Chloe, ancora addormentata nel suo passeggino, ignara di tutto nella beata ignoranza delle sue poche settimane di vita.

Stavolta non riuscì a mandare giù il groppo che le era salito in gola.

Adesso il perché delle mail di quei negozi di vestiti in cui Gareth non aveva mai fatto compere era evidente: non aveva fatto acquisti per sé stesso. Alla fine aveva cercato su Google la cantina dalla quale aveva ricevuto un messaggio e aveva scoperto che era anche un albergo, e pure quello spiegava molte cose.

«Vi siete divertiti su a Nord?»

Lui non riusciva nemmeno a incrociare il suo sguardo.

«Quell'hotel sembrava *davvero* elegante» continuò lei, rigirando il coltello nella piaga. «Stavo provando a ricordare quando mi ci avessi portata.»

Ma entrambi conoscevano la risposta.

Non era andato là con lei.

Prima di Chloe, Rebekah gli aveva proposto di andare via per un fine settimana, loro due e Kyra, da qualche parte lontani dalla città, dove non ci fossero traffico e rumori e potessero dimenticarsi per un po' del lavoro. Ma lui aveva sempre tirato fuori qualche scusa. Era troppo stanco. C'era troppo lavoro. Era troppo costoso.

«Ed era una tifosa dei Giants» proseguì, dandogli il colpo di grazia. «Dev'essere stato fantastico per te. Voglio dire, io non ci ho mai capito niente di football, no?»

«Mi dispiace, Bek» disse lui con un filo di voce.

«Perché Willard Hodges?»

Gareth fece spallucce.

«Da dove hai tirato fuori quel nome?»

«Me lo sono inventato» rispose lui, ma il suo viso tradì qualcosa, e lei non riuscì a capire se fosse pentimento o se le stesse nascondendo qualcos'altro.

Stavolta non aveva più le forze per scoprirlo.

«Te ne devi andare» disse, di nuovo risoluta.

«Bek, aspetta.»

«Ti voglio fuori da questa casa.»

«Senti, Bek, dobbiamo...»

«Ti voglio fuori da questa casa entro stasera.»

«Bek, ti prego.»

«Non voglio vedere la tua faccia, Gareth» disse lei prima di fare un sospiro, lungo e affranto. «Non posso più sopportare la tua vista.»

17

La spia iniziò a lampeggiare.

Rebekah stava tornando alla foresta per rimettersi a cercare Johnny e la preoccupazione per suo fratello l'aveva assorbita talmente tanto che aveva sottovalutato un'altra questione.

La benzina.

La lancetta era già scesa sotto l'ultima tacca. Forse le sarebbe bastata per un altro giorno, due al massimo, ma non avrebbe superato il settimo o l'ottavo giorno sull'isola senza rifare il pieno. Quindi non aveva scelta: doveva trovare un modo per far funzionare le pompe del distributore, e ciò significava forzare altre serrature o rompere altri lucchetti.

Era una prospettiva opprimente e, strada facendo, Rebekah iniziò a faticare a restare sveglia. Quella notte non aveva chiuso occhio perché aveva continuato a sentire – o a pensare di sentire – una barca, e adesso avvertiva tutto il peso della stanchezza sulle spalle. Durante il breve tragitto dall'emporio al distributore si sentì scivolare sul sedile, le calarono le palpebre ed ebbe la sensazione di sprofondare. Alla fine, dopo che le ciondolò la testa per una frazione di secondo, decise di fermarsi.

Strisciò sul sedile posteriore.

Si addormentò quasi immediatamente.

Quando si risvegliò, ormai era primo pomeriggio e il sole di quella mattina era stato rimpiazzato dalla pioggia. Tamburellava dolcemente sul tettuccio, e lei rimase ad ascoltarla per un po', chiedendosi che cosa stessero facendo Kyra e Chloe in quel momento. Stando al computer di bordo della Jeep, era giovedì 4 novembre. Probabilmente erano andate al nido, oppure erano con Noella, o magari Gareth si era preso un permesso dal lavoro per badare a loro. A ottobre Rebekah aveva cominciato a portare le bimbe al parco ogni pomeriggio, così che Kyra potesse correre tra le foglie autunnali. Adorava sentirle frusciare sotto i piedi. Forse era esattamente ciò che avrebbero fatto anche in quel momento se fosse stata a casa con le bambine. O forse avrebbe giocato con Kyra in salotto mentre faceva saltellare Chloe sulle proprie ginocchia.

Forse.

Chissà come faceva Gareth con le piccole la sera. Si era ritrasferito a casa loro, come se Rebekah non lo avesse mai cacciato via? Se lo immaginò nel loro letto, intento a giocare con le figlie, a farle ridere, tutti e tre già pronti a dimenticarsi della sua esistenza. Sapeva che era assurdo, mancava solamente da sei notti, ma non riusciva a non pensarci. Una carrellata di immagini le passò davanti agli occhi, flash di una nuova normalità e in cui le bambine erano cresciute: vide Kyra il giorno del diploma con solo Gareth al suo fianco, i capelli brizzolati; vide Chloe a dieci anni che giocava a calcio nel campetto della scuola, si guardava attorno in cerca di sua madre e trovava soltanto suo padre a bordo campo; e poi immaginò il momento, altrettanto irrazionale, in cui si sarebbero completamente dimenticati di lei, in cui il suo nome non avrebbe suscitato altro che sguardi assenti.

Nella sua testa, le bambine non si sarebbero più ricordate della loro mamma.

Proprio come Rebekah non ricordava più la sua.

18

Arrivata al distributore, parcheggiò accanto a una pompa di benzina e si incamminò verso il casotto. Per la seconda volta si portò dietro il cric e per la seconda volta si accanì contro il lucchetto attaccato alla porta sul retro, la tecnica affinata dall'esperienza all'ostello. Dopo un paio di minuti, saltò via dall'anello e atterrò su una striscia d'asfalto crepata dalle erbacce.

Lo raccolse e si guardò attorno.

Forse le proprietà abbandonate, costruite su un terreno in pendenza tra il distributore e il mare, erano state delle case vacanze. Le finestre che non erano sbarrate erano buie e incrostate di salsedine, come occhi con le cataratte. Gli alberi nei giardini incolti erano cresciuti a dismisura. L'erba alta ondeggiava. Viste da una certa angolazione, le case assomigliavano a vecchie barche di legno che stavano sprofondando in un oceano di verde, le assi esterne piene di buchi che potevano ricordare dei cirripedi. Il ticchettio che aveva sentito proveniva da quelle case? Da una grondaia rotta? Da qualche assicella staccata? Fece indugiare lo sguardo: poteva andare a controllare se proprio voleva risalire all'origine di quel rumore, e magari avrebbe trovato anche delle provviste. Ma, per quanto fosse inspiegabile, non le andava. C'entravano l'isola, i suoi ruderi, l'opprimente senso di solitudine che sprigionavano. Era come se a ciascuna di quelle proprietà disabitate fosse rimasta incatenata una tragedia, come un fantasma.

Entrò nel casotto sul piazzale.

Dentro c'erano due ambienti separati.

Il primo dava sulle pompe e lì c'erano una finestra scorrevole, un bancone, un registratore di cassa e delle scaffalature di metallo sulle quali erano rimasti alcuni articoli.

Olio motore. Liquido per i freni. Antigelo.

Niente cibo né acqua.

Rebekah si avvicinò e, su un ripiano sotto il bancone, vide una vecchia stampante manuale per le carte di credito. Ne aveva trovata una simile nell'emporio. Era logico: senza linee telefoniche, non c'erano neanche collegamenti a Internet e, al di fuori di Helena, il segnale Wi-Fi andava e veniva. Un POS sarebbe stato inservibile.

Tornò sui suoi passi e passò al secondo ambiente.

Era più grande ma altrettanto spoglio: una scrivania in un angolo, una libreria enorme dal lato opposto, gli scaffali stracolmi di manuali e volumi su qualsiasi mezzo meccanico, dalle auto agli aeroplani. Il resto della stanza era stato sorprendentemente trasformato in una specie di monolocale con cucinotto: c'erano un materasso liso gettato sopra la struttura in ferro di un letto singolo, con accanto uno scatolone rovesciato che fungeva da comodino, una lampada, un tavolino da campeggio, un vecchio televisore, un lettore dvd e una pila di dischi. Dietro c'erano un armadio portatile di tessuto con la cerniera tirata su e una griglia da barbecue arrugginita che evidentemente era stata portata dentro per l'inverno.

Rebekah osservò il letto, i libri, la pila di film d'azione, e si chiese come facesse una persona normale a scegliere di vivere una vita così isolata per sette mesi all'anno. Forse non è sempre la stessa persona, pensò, ma anche se il gestore del distributore cambiava a ogni nuova stagione, doveva essere dura. Chiunque mandasse avanti quel distributore passava giorni e giorni senza vedere anima viva, persino a giugno e luglio, quando magari l'isola riceveva in visita quei pochi turisti che volevano vedere le balene, o tra agosto e ottobre, quando arrivavano i pescherecci con le loro reti a strascico per i salmoni. Come facevano a sopportarlo? Perché decidevano di farlo? Scappavano da qualche brutta situazione a casa? O erano attirati dall'isola per qualche altro motivo?

Quel posto nascondeva un segreto?

Rimase imbambolata per un po', pensando ai suoi segreti, a casa sua, ma poi riportò l'attenzione sull'armadio portatile. Abbassò la cerniera. Tutti gli abiti che conteneva erano maschili: una salopette scura, un paio di vecchi maglioni di lana, due magliette, dei pantaloni sporchi di grasso.

Si sarebbe accontentata. Almeno così poteva lavare i vestiti che indossava da sei giorni senza dover girare nuda in attesa che asciugassero. Prese i maglioni, le magliette e i pantaloni appesi sulle grucce, poi le cadde l'occhio su un interruttore rosso al centro di una placchetta bianca, proprio accanto alla porta. Sul pezzetto di nastro adesivo di carta attaccato sotto c'era la scritta: GEN.

Provò un brivido di eccitazione e abbassò l'interruttore.

Sentì un colpo sordo dall'altro lato della parete, come se si fosse riavviato un vecchio motore, e le luci sfarfallarono e si accesero. Si precipitò nella stanza accanto e guardò le pompe.

I contatori si erano resettati e lampeggiavano.

Funziona.

Qualcosa funziona davvero.

Corse fuori, svitò il tappo del serbatoio della Jeep e staccò l'erogatore dalla pompa. Per un attimo lo tenne sospeso a pochi centimetri dall'auto, spaventata al pensiero che non funzionasse, nervosa alla sola idea di provare. Alla fine infilò la pistola nel serbatoio e premette il grilletto.

Il tubo, riempiendosi di benzina, prese a vibrarle sotto la mano.

Rebekah sorrise, vide il suo riflesso sul vetro della pompa e le sembrò da pazzi provare così tanta gioia per il semplice fatto di essere riuscita a fare benzina, ma si godette il momento. Ce n'erano stati così pochi da quella prima sera sull'isola.

Una volta fatto il pieno, tornò nel casotto per spegnere il generatore ma, mentre stava uscendo, qualcosa attirò la sua attenzione.

Prima non ci aveva fatto caso.

Era su uno scaffale in alto, dietro dei fustini di olio motore. Prese lo sgabello da dietro il bancone, ci salì sopra e spostò un fustino di olio.

Là dietro, nascosto, c'era un oggetto che sembrava un cellulare degli anni Novanta.

Solo che non era un cellulare.

Era una ricetrasmittente.

Prima

Nei primi due mesi, valigie alla mano, Gareth andò a vivere in un hotel. La chiamava ogni sera, oppure le mandava un messaggio, ma Rebekah lo ignorava ogni volta che vedeva il suo numero.

Per tutta risposta, lui cominciò a presentarsi a casa.

Si piazzava sui gradini davanti alla porta e si attaccava al citofono finché non era costretta ad aprire per timore che svegliasse le bambine.

«La devi smettere, Gareth» gli disse una sera, tre settimane dopo averlo buttato fuori di casa. La sua auto era parcheggiata di traverso a bordo strada, la ruota davanti quasi sul marciapiede, e lui sembrava appena sceso dal letto.

«Ti prego, Bek.» Aveva gli occhi lucidi.

Ti prego, riprendimi con te.

Malgrado tutto, Rebekah provò un briciolo di compassione per lui. «Hai fatto la tua scelta, Gareth.» Ricacciò indietro il groppo che le era salito in gola. «La colpa è tua.»

«Lo so» disse lui, afflitto, sconfitto. «Lo so.»

«Potrai vedere le bambine ogni volta che vorrai, te l'ho già detto, ma solo quando la smetterai di chiamarmi a ogni ora del giorno. Non voglio più continuare a prendere il telefono e trovare cento chiamate perse o messaggi in cui mi chiedi di perdonarti. Puoi telefonarmi o scrivermi solo se vuoi vedere le bambine. D'ora in avanti funzionerà così. Mi manderai un massaggio, oppure mi farai uno squillo, e ci organizzeremo. È chiaro?»

Lui annuì.

Rebekah richiuse la porta e aspettò di sentire i suoi passi che si allontanavano. E poi, pur cercando di reprimere quell'impulso, cominciò a singhiozzare in modo incontrollabile.

Le nuove condizioni furono rispettate per qualche settimana e, ogni volta che Gareth arrivava a casa per vedere le bambine, lei provava a lasciarlo da solo con loro. Tuttavia, più tempo passava con loro, più tornava a casa, e più sembrava arrabbiato.

Un mese e mezzo dopo, una torrida sera di metà maggio, si presentò ubriaco fradicio poco prima di mezzanotte. Fece irruzione in casa esigendo di vedere le bambine, anche se aveva passato un paio di ore con loro giusto quel pomeriggio.

In quel caso per Rebekah fu più facile mantenere il controllo. «Che diavolo stai facendo, Gareth?»

«A te che sembra?» biascicò lui mentre barcollava lungo il corridoio, le braccia contro la parete per non perdere l'equilibrio.

«Sei ubriaco. Levati dalla testa di salire di sopra...»

«Sono le mie bambine» sentenziò Gareth prima di puntare verso le scale.

Mentre Rebekah lo seguiva e gli diceva di abbassare la voce, ripensò a tutti i momenti in cui suo marito, nel corso delle settimane e dei mesi che avevano portato alla loro separazione, era tornato a casa e non si era nemmeno degnato di andare a vedere le sue figlie. Quando arrivarono davanti alla loro stanza, la rabbia ormai era come un fuoco che le bruciava sottopelle. Ma poi lo vide fermarsi davanti ai lettini delle bambine addormentate, accovacciarsi accanto a loro, prendere le loro minuscole manine nelle sue, e non riuscì più a dire niente. Farlo, urlare e inveire, svegliando le piccole e spaventandole, avrebbe distrutto la sacralità di quella stanza. Con gli animaletti appesi sul lettino, che giravano dolcemente sopra la testa di Chloe. Con le fatine che danzavano sulla carta da parati sopra il letto di Kyra. Con la sua giraffa rosa, già sul pavimento.

Così lo lasciò lì e scese di sotto, e quando Gareth tornò giù, lei lo stava aspettando in salotto. Si fermò sulla soglia, la guardò da lì, come uno spirito rimasto a infestare un luogo al quale non apparteneva più. Questo la portò a chiedersi come sarebbe stato da lì a tre mesi, o a sei. Sarebbe diventato un'ombra ancora più pallida dell'uomo che era stato un tempo? O quella era soltanto una fase, la tappa di un viaggio che avrebbe portato a un risentimento maggiore?

«Grazie» le disse.

Rimasero a fissarsi per qualche secondo.

Poi lui se ne andò.

E alla fine, invece di peggiorare, le cose migliorarono: Gareth smise di bere e iniziarono a stabilire una nuova routine, e i primi di giugno si trovò un appartamento a quattro isolati da casa. Rebekah si preparò al momento in cui avrebbe cominciato a lamentarsi per gli accordi presi, all'amarezza e alle litigate furiose, ma non andò così. Semmai, l'appartamento e il fatto che gli permettesse di passare a prendere le bambine ogni volta che le telefonava sembravano averlo galvanizzato. Andava a prendere Kyra e Chloe, le riportava sempre a casa in orario, e Rebekah non dovette mai alzare la voce per ricevere sostegno economico.

Sullo sfondo c'era sempre lo spauracchio del divorzio, la tensione nell'attesa di capire chi tra i due lo avrebbe tirato ballo per primo o avrebbe trascinato l'altro da un avvocato, ma non erano ancora pronti ad affrontare quel discorso. Più andavano avanti così, in una separazione di fatto che non avrebbe dovuto funzionare ma chissà perché invece funzionava, più Rebekah tornava a concentrarsi sugli altri aspetti della sua vita. Di tanto in tanto usciva a bere con Noella. Un paio di volte andò al cinema con Johnny. Vedeva le amiche per un caffè mentre Gareth badava alle bambine e ricominciò a fare più turni al lavoro. A metà settembre, sei mesi dopo la loro rottura, stavano ancora collaborando in modo positivo. Per quanto fosse strano, sentiva di aver ritrovato qualche piccola gioia.

Questo fino a quando non la chiamò una sua amica, Kirsty Cohen.

E cioè quando Rebekah commise un terribile errore.

19

Portò la ricetrasmittente davanti alla finestra del casotto del distributore. *Ti prego, accenditi. Ti prego, accenditi.* E lo fece: lo schermo diventò arancione e al centro lampeggiarono un paio di volte le parole VHF MARINO GALLEGGIANTE.

Ho una radio.

«Ho una radio!» ripeté a voce alta, fuori di sé dalla gioia.

Sul lato sinistro dello schermo apparve un grosso 16, a destra tutta una serie di icone minuscole e in fondo una specie di barra del segnale simile a quella di un cellulare. Il segnale poteva arrivare a cinque tacchette, ma solo tre erano nere. Questo voleva dire che aveva segnale?

Le ricetrasmittenti VHF funzionavano così?

Esaminò i bottoni sotto lo schermo. Una freccia in su e una in giù. Un'icona che assomigliava al tasto per ricaricare le pagine sul web. Due semicerchi, uno con scritto sopra CALL ENT SET UP, l'altro con le parole MEME ESC. Su un altro tasto c'erano due numeri, 16/9, e sotto altri tre bottoni: WX, H-M-L e SCAN. Non aveva la più pallida idea di che cosa stessero a indicare quelle sigle, ma sapeva cosa significava la parola SCAN.

Pigiò quel tasto.

Lo schermo diventò grigio e la scritta 'Scansione in corso...' apparve al posto delle icone. Rebekah la fissò stupita, senza muoversi di un solo millimetro per paura che il minimo movimento potesse farle perdere il segnale. L'attesa era estenuante, i puntini dopo le parole 'in corso' continuavano a dissolversi e a riapparire uno dopo l'altro. «Avanti» lo esortò. «Andiamo, ti prego.» Incrociò le dita nella speranza che trovasse qualcosa, qualsiasi cosa: un canale utilizzato da qualcuno, una voce, una persona con cui poter parlare, il minimo cenno di vita.

Lo schermo tornò alle impostazioni iniziali.
«Cosa?» Sgranò gli occhi. «Che cos'è successo?»
Pigiò di nuovo il tasto SCAN.
Stavolta, temendo che la sua mano non fosse abbastanza ferma, appoggiò la ricetrasmittente sul bancone. Si chinò sopra il dispositivo e osservò i puntini che apparivano e scomparivano, ancora e ancora. Stavolta non provò a esortarlo, non lo incitò a captare qualcosa, nel caso la prima volta si fosse portata iella da sola. Si rese conto di quanto fosse folle quel pensiero – che un pezzo di plastica potesse essere esortato a fare qualcosa, che potesse decidere di prendersi gioco di lei – un attimo dopo averlo formulato.
Lo schermo si resettò di nuovo.
«Merda.»
La barra del segnale era passata da tre a due tacchette, ma se funzionava come un cellulare avrebbero dovuto essere sufficienti per avviare una comunicazione.
Prese la ricetrasmittente e ne esaminò la parte superiore.
Sopra c'era una rotella con la scritta CANALE.
La girò e vide i numeri sullo schermo scendere fino a 1. Nell'altra direzione arrivavano a 26. Dopo aver ricontrollato che il volume non fosse disattivato, provò a sintonizzarsi su ogni canale.
Solo interferenze.
Ritentò, fermandosi più a lungo, concedendo almeno un minuto di tempo a ciascun canale di frequenza. Per quasi mezz'ora non fece altro che passare da un canale all'altro, aspettando e ricominciando da capo ogni volta che non riceveva alcun segnale, nessuna voce. A un certo punto, più o meno a metà processo, sul canale 16, sentì qualcosa di diverso: un'interferenza, proprio come le altre volte, ma poi udì qualcosa di simile a una voce.
Parole.
Indecifrabili, ma presenti.
Quando afferrò la ricetrasmittente per rispondere, per poco non le sfuggì di mano. Se la portò all'orecchio, pigiò il bottone laterale per parlare, ma ormai si sentiva soltanto il solito fruscio di fondo. Non si fece scoraggiare da questo. «Ehi? Pronto? Salve, c'è nessuno?» Si schiarì la voce, ci riprovò: «Vi prego. Mi chiamo...»
Tacque.
Era saggio rivelare il suo nome? Non sapeva chi diavolo ci fosse in linea. E se era lui?
E se era l'uomo dagli occhi verdi?

La sua mente tornò alla foresta, al cumulo di terra smossa all'ombra delle radici esposte. Così si ritrovò a esitare, non sapeva neanche se le convenisse usare di nuovo la ricetrasmittente.

Ma poi pensò: e se invece è una barca dei soccorsi?

Doveva correre il rischio.

Doveva scoprirlo.

«Vi sto chiamando» disse, e si interruppe di nuovo. *Chiamando? Questi aggeggi si usano per chiamare? Si dice così?* Decise che non aveva importanza. Per il momento doveva soltanto comunicare a qualcuno che era in trappola. Niente nomi, niente dettagli. Poi avrebbe provato a capire con chi sta parlando. «Vi prego. Se riuscite a sentirmi, ho bisogno di aiuto.»

Rilasciò il bottone laterale.

Aspettò. Niente.

«Vi prego» ripeté, il microfono premuto contro le labbra, stringendo il dispositivo come se ne andasse della sua vita. «Se riuscite a sentirmi, ho bisogno di aiuto. Sono intrappolata qui. Non posso tornare a casa. Ho bisogno di aiuto!»

Aspettò di nuovo.

Sentì il solito ronzio, proprio come prima.

Ma poi udì qualcos'altro.

Cercò di non pensare alla pioggia sulla tettoia della pompa di benzina, al rifrangersi delle onde dell'oceano.

«...per le...»

Due parole.

Pigiò di nuovo il bottone. «Ehi! C'è nessuno?»

Si rimise in ascolto.

Interferenze. Nessuna voce.

Nessun'altra parola.

«Pronto?» ripeté per l'ennesima volta. «Questo è un sos! Vi prego, qualcuno mi aiuti! sos! Questo è un sos! Ripeto, sos! *Vi prego!*»

L'unica risposta che ottenne fu il solito disturbo di sottofondo.

Ma poi: «...occidentale... una posizione...»

La voce le aveva appena chiesto una posizione?

La *sua* posizione?

Lanciò un'occhiata alla ricetrasmittente, al numero del canale di frequenza. Si era appena tradita? Provò un tuffo al cuore. *Potrebbe veramente essere lui. Occhi Verdi. Forse stava aspettando questo momento. Forse stava aspettando che io e Johnny dessimo cenni di vita.*

Controllò il segnale: soltanto due tacche.

Era per quello che la voce andava e veniva?

Corse fuori, sul piazzale, tenendo la ricetrasmittente davanti a sé. Girò attorno al distributore per provare a prendere meglio il segnale ma, per sua sorpresa, trovò qualcosa di completamente diverso: una vecchia Ford Explorer nera e sporca di fango, su dei blocchetti di cemento, seminascosta tra le erbacce e i cespugli. Salì sul cassone del pick-up e sollevò la ricetrasmittente sopra la testa.

Sempre due tacche.

«Vi prego» scandì lentamente, cercando di esprimersi in modo chiaro. «Se riuscite a sentirmi, ho bisogno di aiuto. Mi hanno lasciata qui. Vi prego, venite ad aiutarmi.» Poi, mentre urlava «sos!» a ripetizione, le parve di sentire una risposta.

Parole a malapena comprensibili, ma erano pur sempre qualcosa.

«...occidentale... sola...»

Sola, o isola?

Frustrata, Rebekah si guardò attorno.

In lontananza si scorgeva la cima del Nuyáhshá.

Doveva raggiungere un punto più alto.

20

Rebekah andò più veloce che poteva.

Il Nuyáhshá era alto come un palazzo di dieci piani, ma sembrava più grande perché era largo, un tozzo monticello coperto d'erba, alberi e sentieri melmosi.

Negli otto minuti di viaggio dal distributore provò ripetutamente a usare la ricetrasmittente, ma non riuscì a captare nessun'altra comunicazione. Mentre si inerpicava a piedi sulla montagnola, iniziò ad avvertire tutta l'inutilità della sua ricerca di una forma di vita dall'altra parte di un'onda radio, ma continuò a salire, senza fiato e accaldata, quasi febbricitante, con tutti gli strati di vestiti che aveva ancora addosso.

Quasi in cima, dove il sentiero diventava più ripido, con i polmoni in fiamme, le tornò in mente quando correva per la scuola, quando quella per lei sarebbe stata una passeggiata. Sembrava passata una vita. Faticava a riconoscersi in quella ragazza.

In cima il sentiero faceva un'ultima curva a gomito prima di spianare in quella che doveva essere stata un'area picnic. Non c'erano alberi lassù, solo un paio di panche piene di vecchi graffiti colorati e di nomi, cuori e messaggi incisi nel legno. Rebekah lesse alcune date: risalivano tutte a prima del 1985, alcune addirittura all'inizio degli anni Sessanta. Questo sembrava sottolineare il declino dell'isola: una volta era stata una calamita che attirava turisti da tutta la costa orientale, adesso era solo un fantasma che infestava l'oceano.

Rebekah si fermò, si guardò attorno in tutte le direzioni.

La pavimentazione sotto i suoi piedi era formata da lastroni di cemento che traballavano quando spostava il peso. Da lassù si godeva di una vista priva d'ostacoli sull'oceano, una veduta a trecentosessanta gradi che comprendeva soltanto la grigia immensità dell'Atlantico e poi, giusto una sagoma indistinta, il profilo più scuro della terraferma verso nord. A soli centosessanta chilometri di distanza. Era più o meno la stessa distanza che aveva percorso in macchina per andare a trovare Mike quando viveva a White Plains. Ora, pensò mentre contemplava la vastità del mare e la sua superficie perfettamente intatta data l'assenza di barche, centosessanta chilometri sembravano una distanza siderale. Da lì non riusciva a scorgere nemmeno un punto di riferimento che le indicasse dov'era Montauk.

Controllò la ricetrasmittente.

Ancora due tacche.

Premendo il bottone laterale, ripeté per l'ennesima volta le stesse parole: «Ho bisogno di aiuto. Vi prego, c'è qualcuno?» Tacque e si mise in ascolto.

Crepitii, le solite interferenze.

Osservò il numero 16 sullo schermo. Era il canale di frequenza su cui era già sintonizzata la ricetrasmittente quando l'aveva accesa. Questo voleva dire che era il canale migliore per mettersi in contatto con qualcuno? Possibile che fosse un canale per le emergenze?

Sapeva che esistevano dei canali di questo tipo perché l'aveva letto da qualche parte, o forse l'aveva visto alla tv. *Vorrei che tu fossi qui con me, papà. Tu sapresti che cosa fare.* Mentre le nuvole correvano rapide sopra la sua testa e il vento si alzava e poi cessava di colpo, Rebekah ricominciò a sintonizzarsi su tutti e ventisei i canali.

Alla fine, dopo quasi un'ora, si arrese.

Con le lacrime agli occhi, provò a pigiare tutti i tasti, provò ad alzare e abbassare il volume in un ultimo tentativo disperato dettato dalla rabbia e dalla frustrazione.

«Vaffanculo!»

Scagliò la ricetrasmittente giù dalla collina, la vide ruzzolare sul terreno e poi fermarsi. Era stato stupido da parte sua, soprattutto perché la luce del giorno si stava affievolendo, ma Rebekah non si mosse e per qualche minuto si abbandonò al pianto, prima di scendere a passo pesante per andare a recuperare il dispositivo.

Quando tornò alla macchina, le ombre della sera avevano già cominciato ad asserragliare l'isola. Seduta in auto con il motore acceso, fissò l'oscurità, poi riprese la strada da cui era venuta. Fu solo quando superò il distributore e le case abbandonate che il peso devastante dei risultati che aveva – o non aveva – raggiunto dopo sei giorni sull'isola la colpì come un pugno allo stomaco: aveva una ricetrasmittente ma non sapeva come usarla; aveva un tetto sopra la testa ma non aveva elettricità; aveva da mangiare ma avrebbe finito le scorte prima che l'isola riaprisse al pubblico; aveva dei vestiti di ricambio ma erano troppo grandi e l'avrebbero ostacolata nei movimenti.

D'un tratto, persino i piccoli trionfi le sembrarono dei fallimenti.

Era lontana da casa da quasi una settimana e la sua assenza, come quella di suo fratello, non poteva essere passata inosservata. Il capo di Johnny al negozio, i suoi colleghi, i suoi amici: nessuno di loro poteva essersi messo in contatto con lui. E a quell'ora Noella o Gareth avevano sicuramente segnalato la loro scomparsa. Non era da Rebekah non tornare dalle sue bambine. Per quale motivo non avrebbero dovuto denunciare la sua scomparsa?

Ma una volta formulata, la domanda le assestò un duro colpo: non le veniva in mente un solo motivo per cui Noella non avrebbe dovuto contattare la polizia, mentre era più facile immaginare perché Gareth avrebbe potuto decidere di non farlo, era più facile immaginare di quali vantaggi avrebbe goduto se Rebekah non fosse mai tornata a casa. Per quanto avessero gestito bene la separazione, senza di lei le bambine sarebbero state soltanto sue. Gareth avrebbe ottenuto la custodia esclusiva delle figlie. Basta presentarsi a casa a orari prestabiliti. Basta udienze in aula ora che lui e Rebekah avevano finalmente deciso di separarsi ufficialmente. Non avrebbe neppure corso il rischio che il giudice se ne uscisse con una decisione imprevedibile, tipo limitare le sue visite alle bambine.

Sarebbe stato tutto così semplice.

Ma era *davvero* capace di concepire una cosa simile? E anche se fosse, perché Noella non avrebbe dovuto chiamare la polizia? Per un breve istante, con quella seconda domanda che le ronzava in testa, si rivide in cucina con Gareth, quando lui aveva ammesso di averla tradita, e le tornò in mente un altro piccolo dettaglio di quel giorno, ma anche dei giorni e delle settimane a seguire: non gli aveva mai chiesto come si chiamava la donna che aveva frequentato. Non l'aveva mai voluto sapere.

E se fosse stata Noella?

Avvertì un senso di vuoto alla bocca dello stomaco.

Non era Noe. Non è possibile.

Ma per quanto provasse a scacciare quell'idea, non riusciva ad accantonarla del tutto. Perché ormai non riusciva a pensare ad altro che alle parole che le aveva detto Noe qualche giorno prima della confessione di suo marito. 'Gareth è un bell'uomo. È sicuro di sé, affascinante.

È giunto il momento di conoscere la verità: su di lui, e sulla donna che sta vedendo alle tue spalle.' E mentre i sospetti su Gareth e Noella si consolidavano, Rebekah comprese anche la reale gravità della situazione.

Forse i soccorsi non sarebbero mai arrivati.

Casa

A fine giornata, Frank Travis tornò a casa sua, nel Queens. Era una casa stretta e lunga, con dei gradini di mattoni rossi per raggiungere la porta d'ingresso e assicelle di legno come finitura esterna al pianterreno. Ogni volta che parcheggiava nel vialetto e spegneva il motore, riusciva ad avvertire gli echi della famiglia che aveva vissuto lì. Erano passati quattro anni da quando Mark si era trasferito sulla costa occidentale per lavoro, due anni e mezzo da quando Gaby era andata all'università e molti di più da quando Naomi aveva detto al marito che non voleva più stare con lui, ma le reminiscenze di ciascuno di loro erano rimaste.

Dentro, la cucina era la stessa di sempre: in tutto il tempo che aveva vissuto lì, Travis non aveva modificato quasi niente, non solo perché i pensili e i ripiani erano ancora buoni, ma anche perché ogni cosa racchiudeva dei ricordi. Un graffio accanto al lavandino dove Mark, da adolescente, non aveva usato il tagliere. Un piccolo buco nel cartongesso quando i ragazzi avevano litigato. Minuscoli segni a matita accanto alla porta, dove ogni anno Travis aveva misurato le loro altezze fino a quando, improvvisamente, erano diventati adulti e se n'erano andati. Una delle tante ragioni per cui Naomi aveva deciso di lasciarlo – oltre a una relazione extraconiugale durata due anni – era la sua totale mancanza di interesse nei confronti della manutenzione della casa. Ma la verità era che Travis non era disinteressato o incapace di pensare alla casa, era solo che non lo aveva mai reputato così importante. Alla fine di ogni turno rientrava stremato, sia mentalmente che fisicamente, la testa piena di immagini di cui avrebbe fatto volentieri a meno, perciò non gli passava neanche per l'anticamera del cervello di investire altrettante energie per montare un avvolgibile. In tutti quegli anni in polizia, non era mai riuscito a dimenticare le scene che aveva visto sul lavoro. Quindi, quando tornava a casa, l'unica cosa che gli premeva era abbracciare i suoi figli.

Di sopra, si fece una doccia e si cambiò. Poi, mentre fuori ricominciava a nevicare, prese il cellulare e mandò un messaggio a Mark e a Gaby. Mark lavorava a Los Angeles, qualcosa nel campo dei videogiochi, Travis non aveva capito bene; Gaby era all'ultimo anno di università e studiava Teatro alla Northwestern.

Una volta inviati gli sms, controllò la segreteria e ascoltò il messaggio che gli aveva lasciato Naomi qualche ora prima. 'Sono io' diceva, il suo cantilenante accento del South Carolina volutamente smorzato. 'Mi devi ancora dei soldi per l'ultimo semestre di Gaby. Posso darti un po' di tempo perché so che stai faticando economicamente' – l'intonazione data alle ultime cinque parole ricalcava perfettamente quello che erano: una critica – 'ma anche la mia pazienza ha un limite, Frank. Quei soldi me li devi. Non costringermi a chiamare Nat Stramer.'

Nat Stramer era il suo avvocato.

Naomi era una delle ragioni per le quali Travis faceva ancora l'investigatore malgrado i suoi cinquantanove anni suonati: in realtà si era ritirato dall'arma a quarantacinque, dopo ventiquattro anni di servizio, e mentre prendeva la pensione si era buttato nel settore privato. Ma poi l'azienda per cui lavorava era fallita e Naomi gli aveva chiesto il divorzio. Un anno dopo, grazie a Nat Stramer, Travis aveva ricevuto l'ordine di versare all'ex moglie metà del fondo pensionistico che aveva maturato durante gli anni in cui erano stati sposati, ed era per quello che era tornato al NYPD, *solo non per la Omicidi stavolta.*

Sentì vibrare il cellulare e sullo schermo apparve un messaggio di Gaby.

'Ehi, papà. Qua tutto bene. Ti va di fare due chiacchiere? Baci'

Le telefonò subito. «Ehi, piccola» la salutò non appena gli rispose. «Non voglio disturbarti se hai da fare.» Ma non fece in tempo a dirlo che pensò: Ti prego, dimmi che non hai da fare. Voleva parlare con lei. Sentiva terribilmente la mancanza di entrambi i figli.

«No, tranquillo, papà. Che combini?»

«Oh, niente di che» rispose lui, sollevato. «Mi sto solamente rilassando un po' a casa. Non vedo l'ora di vederti per Natale.»

«Anch'io. Sei da solo stasera?»

«No, dopo verranno a trovarmi degli amici» mentì, perché sapeva che sua figlia si sarebbe preoccupata se le avesse detto che era di nuovo solo, e non voleva che questo la distogliesse dai suoi ultimi mesi di università.

Ciononostante, Gaby disse: «Sto in pensiero per te sapendoti tutto da solo in quella casa. Perché non mi permetti di crearti un profilo su un sito di incontri? Sei un ottimo partito.»

«E tu sei troppo buona, tesoro.»

«Dico sul serio. Voglio solo che tu sia felice.»

Sei parole che lo fecero ammutolire.

Deglutì, inaspettatamente sopraffatto dal suo commento, dalla sua dolcezza. Gli tornarono in mente tutte le volte che si era seduto sul portico in giardino e aveva guardato Gaby e suo fratello giocare insieme, e poi certi momenti della loro adolescenza, persino i litigi, persino quando uscivano sbattendo la porta dopo una discussione, quando a Travis veniva da pensare: Non voglio che crescano ancora. Non voglio che vadano via. I miei figli e il mio lavoro, sono le uniche cose che ho. Sono le mie uniche ragioni di vita.

Forse sarebbero sempre state le uniche.

La donna fissava il televisore senza realmente vedere che cosa stesse trasmettendo. Aveva in mano una fotografia, se la rigirava tra le dita.

«Vuoi ancora un po' di vino?»

La voce di Axel la strappò ai suoi pensieri.

«No» rispose lei, continuando a giocherellare con la foto. Poi si rese conto che Axel la stava osservando con più attenzione, che aveva visto la fotografia. «Sto bene così» aggiunse. «Tu vai pure a letto, se vuoi.»

Lui annuì, ma non si mosse.

«Sicura che sia tutto okay?» le chiese. Stavolta lo mise davvero a fuoco, e Axel la prese per una risposta, perché un attimo dopo stava annuendo di nuovo. «Vabbè, a domani allora.»

Aspettò che se ne andasse, lo vide voltarsi ai piedi delle scale, la preoccupazione dipinta sul volto, poi salire i gradini fino a essere inghiottito dall'oscurità. Sentì i suoi movimenti al piano di sopra, il parquet che scricchiolava, e infine riportò l'attenzione sulla fotografia che stringeva tra le dita.

Quello scattato davanti a una casa a Brooklyn, su per giù dieci anni prima, era un ritratto di famiglia.

Un padre.

I suoi due figli.

E sua figlia.

Prima

Rebekah e Kirsty Cohen si erano conosciute alla Columbia, dove avevano frequentato lo stesso corso di Biologia. Kirsty era una rossa dal carattere vivace che amava andare a ballare, ed erano andate subito d'accordo. Avevano lo stesso senso dell'umorismo, cosa che rendeva tutto più facile, ma avevano anche altre cose in comune: anche Kirsty veniva da una famiglia piena di maschi, solo che lei aveva quattro fratelli maggiori e due di loro erano già dottori. Uno si era specializzato in Cardiologia alla Johns Hopkins. A volte, quando la famiglia di Kirsty era in città, Rebekah si sentiva intimidita e si vergognava a parlare della sua vita. La mamma e il papà di Kirsty avevano mandato avanti per trent'anni un'enorme azienda pubblicitaria in città e ogni volta che le chiedevano dei suoi genitori, dei suoi fratelli, lei diceva che sua madre era morta quando era ancora giovane, che Mark prima dell'incidente era stato uno sviluppatore di app di successo e che Johnny scriveva romanzi storici. Questo era vero soltanto in parte, e dopo era divorata dal senso di colpa, ma certe bugie erano meno umilianti della verità.

Le due ragazze erano state praticamente inseparabili fino al diploma, quando Rebekah aveva deciso di restare a New York per studiare medicina alla NYU, mentre Kirsty si era trasferita a Baltimora, seguendo le orme di suo fratello alla Johns Hopkins. Per quanto un tempo potesse essere sembrato improbabile, alla fine avevano quasi smesso di sentirsi. Ma non del tutto: nel corso degli anni si erano tenute in contatto via mail e per messaggio – non molto spesso, ma abbastanza – e ogni tanto, quando Kirsty tornava a trovare i suoi genitori, si incontravano in città.

Ecco come mai si erano riviste anche a metà settembre. Kirsty aveva chiamato Rebekah per dirle che tre ragazze con cui avevano studiato alla Columbia sarebbero state in città durante lo stesso fine settimana, e che stava pensando di organizzare una rimpatriata. «Con tanto di serata per locali a New York» aveva scherzato al telefono.

«E chi lo regge più l'alcol?» aveva risposto Rebekah.

Kirsty era scoppiata a ridere. «Chi pensi di prendere in giro, Murphy? Sei irlandese.» L'aveva sempre chiamata Murphy, persino dopo che Rebekah aveva sposato Gareth e aveva preso il suo cognome. «Ti mando un messaggino con i dettagli.»

Così, un umido sabato sera, Gareth andò a fare da baby-sitter alle bambine e Rebekah prese un Uber per andare in città. Kirsty aveva prenotato un tavolo alla paninoteca sull'angolo tra la Centoquattordicesima e la Broadway, dove le cinque amiche andavano sempre ai tempi della scuola e, per quanto il locale avesse subìto una trasformazione dai gusti un po' hipster e i panini costassero il doppio rispetto al 2002, servivano ancora il frappè al burro d'arachidi e riuscirono a sedersi allo stesso posto di un tempo accanto alla finestra.

Finito di cenare, presero un altro Uber per raggiungere il Renaissance, sempre sulla Broadway, perché una di loro conosceva il responsabile del bar dell'hotel e pensava che avrebbe offerto a tutte un giro di bevute. Dopo averla vista flirtare scandalosamente con lui per cinque minuti, Rebekah dovette constatare che aveva funzionato, perché ottennero un tavolo con una vista pazzesca su Times Square e sui suoi cartelloni pubblicitari che illuminavano la notte.

Se ne andarono intorno alle ventitré, dopo altri cinque giri di bevute, tutte quante ubriache o almeno sulla buona strada per arrivare a perdere il controllo. Ai tempi della scuola Rebekah era sempre stata quella che reggeva meglio l'alcol, e a quanto pareva le cose non erano cambiate più di tanto, perciò quando Kirsty se ne uscì con l'idea di andare allo Zee Club, sulla Quarantacinquesima, Rebekah guidò la spedizione, abbastanza alticcia da pensare che ricorrere al suo ricercato accento inglese per convincere i buttafuori avrebbe permesso a tutte e cinque di saltare la fila. Aiutò più il fatto che fossero tutte attraenti e, una volta dentro, presero altri drink e si lanciarono in pista.

Nell'arco dell'ora successiva, mentre i bassi facevano tremare l'edificio, Rebekah e Kirsty si separarono dal resto del gruppo e, qualche tempo dopo, Rebekah perse di vista anche l'amica.

Poi non capì più nulla.

Si svegliò con un mal di testa allucinante, di quelli che martellano così forte dietro la fronte da dare l'impressione che gli occhi stiano per scoppiare. All'inizio, quando si stiracchiò nel letto, non si accorse di nulla se non della brutalità dell'emicrania, dell'arsura che aveva in bocca e del senso di nausea che le stava risalendo in gola. Ma poco alla volta, prendendo maggiore consapevolezza dell'ambiente che la circondava, iniziò a notare anche altre cose: rumori che non appartenevano al quartiere in cui viveva con le bambine; il profumo floreale delle lenzuola sotto di lei; la consistenza del materasso e il suo silenzio quando si girò su un fianco, mentre le reti del suo cigolavano ogni volta che cambiava posizione.

Aprì gli occhi.

Era in una stanza che non conosceva.

«Buongiorno» disse una voce alla sua sinistra.

In piedi accanto al letto c'era un perfetto sconosciuto.

21

L'orologio a parete segnava le 01:30 del mattino.

Rebekah era sveglissima, la testa affollata di immagini alle quali non riusciva a sfuggire. Gareth. Noella. L'idea di loro due insieme. Fu assalita da un pensiero tremendo, che Noe, non avendo mai avuto figli e portando addosso le cicatrici di anni di infertilità, non voleva che Rebekah tornasse a casa perché desiderava avere Kyra e Chloe tutte per sé, e quando lo scacciò a balenarle nella mente fu qualcosa di peggio: ricordi di lei e Johnny che scappavano nella foresta per mettersi in salvo. Sentì la sua voce che la chiamava tra gli alberi. Ricordò la concitazione di quegli istanti. Poi lo rivide nei minuti precedenti, quando erano ancora insieme: terrorizzato, in lacrime.

Dove sei andato, Johnny?

Fuori si sentivano gracchiare gli uccelli, i loro battiti d'ali e il rumore del mare che sciabordava contro i frangiflutti del porto. Un tempo amava l'oceano. Le tornò in mente quando andavano tutti e quattro in vacanza a Union Beach e ripensò a quanto la rilassasse allora il rumore dell'acqua. Era liberatorio, la ninnananna perfetta.

Adesso era il rumore della prigionia.

Alle 02:00, assetata, si alzò per andare a bere. Alle 2:30 si alzò di nuovo e si affacciò alla finestra. Non c'era niente da vedere, solo uno scorcio nero come ebano.

Le poche volte che riusciva a prendere sonno, dormiva male. Certe notti la paura era così incontenibile da essere un peso tangibile, un capo d'abbigliamento che non poteva sbottonare e togliersi di dosso. Si svegliava di soprassalto nel cuore della notte, ridestandosi da un sogno, un sacco di notti da *quel* sogno, incapace di sfuggirgli, i piedi incollati alle fibre del tappeto, e quando vedeva l'emporio non riconosceva il posto. Per un attimo il panico le comprimeva il torace, gonfiandosi come un palloncino. Non riusciva a respirare. E poi si ricordava di tutto.

Sono sull'isola.

Sto aspettando dei soccorsi che non arriveranno mai.

Si alzò e andò alla porta per ricontrollare che fosse chiusa a chiave. Da lì non poteva vedere Main Street e, in fondo, era un bene. Preferiva non riuscire a vedere fuori perché, per quanto fosse un pensiero aberrante, non voleva che qualcuno potesse guardare dentro. La mente gioca brutti scherzi, soprattutto quando è calato il sole. Sapeva che non c'era nessun altro là fuori.

Ma questo non rendeva meno reali le sue paure.

Tornata a letto, restò sdraiata con la torcia accesa, il cui fascio di luce disegnava una V sul pavimento. Chiuse gli occhi, si concentrò sulle macchie rosse che tingevano la parte interna delle sue palpebre e provò a pensare a qualcosa di bello, a Kyra e Chloe. Era la loro settima notte senza di lei, ma cercò di immaginarsi in camera con loro, di sentire i respiri leggeri delle due bimbe che dormivano.

'Adesso sono a casa' immaginò di dire alle figlie. *Sono a casa.*

Poi sentì qualcosa.

Aprì gli occhi. Quando il vento attorno all'emporio si placò per un istante, il rumore tornò a farsi sentire. Arrivava dal mare. Non era un uccello. Non erano le onde.

Era un motore.

Fece uno scatto verso la finestra, si arrampicò sul bancone e, nella foga, per poco non cadde. Ricordò com'era andata l'ultima volta che le era parso di sentire una barca, ma ci mise solo un secondo a capire che stavolta era diverso.

In mare c'era un peschereccio.

Merda. È reale.

È davvero laggiù.

Afferrò un paio di pantaloni, si infilò le scarpe da ginnastica e aprì la porta mentre si stava ancora mettendo il giubbotto. Salendo in macchina, controllò di nuovo: era ancora là, ancora diretto a nord, oltre la foresta al largo della costa est dell'isola.

Mise in moto la Jeep, fece inversione e imboccò Main Street, di nuovo in direzione del distributore. Di tanto in tanto intravedeva il peschereccio che avanzava lentamente sulle acque nere, ma a un certo punto gli alberi a bordo strada si infittirono e in un attimo perse di vista la barca.

Proseguì, superò la svolta per il Nuyáhshá, poi il distributore, il piede premuto sull'acceleratore. Il peschereccio era sparito e dieci minuti dopo si rese conto di non averlo più visto nemmeno una volta, ma non si lasciò demoralizzare. *Continua ad andare. Continua ad andare e basta.* Alla fine raggiunse l'estremità dell'isola, un complesso di tre case danneggiate dall'uragano che delimitavano il punto più a est della costa raggiungibile in macchina.

Davanti a lei si allungava una striscia di spiaggia, incuneata tra il mare da una parte e la foresta dall'altra. Gli alberi erano storti e spogli, talmente strapazzati dal vento che i loro rami sembravano ripiegati su loro stessi.

Non riusciva più a vedere la barca da nessuna parte.

Ma vide qualcos'altro.

La luce di una torcia, nella foresta.

Prima

Lo sconosciuto si avvicinò al letto. «Buongiorno» ripeté.

Rebekah afferrò il lenzuolo e se lo tirò su fino al mento, coprendosi dal collo in giù. L'uomo si era legato un asciugamano attorno ai fianchi e sembrava appena uscito dalla doccia. Aveva in mano una tazza di caffè fumante. La mise sul comodino, poi fece un passo indietro. Evidentemente si era accorto della sua confusione.

«Non riesco a ricordare se ieri sera ci siamo presentati» disse, ma non con arroganza, non come se la mancanza di presentazioni fosse una conquista di qualche tipo, una storia sulla quale scherzare con gli amici. «Io mi chiamo Daniel.»

Le tese una mano.

Rebekah vide che non portava anelli, ma esitò comunque, e quando lui si rese conto che non gliel'avrebbe stretta, la riabbassò con aria palesemente ferita.

Lei si guardò di nuovo attorno. «Che diavolo è successo?»

L'uomo aggrottò la fronte.

«Io non...» La voce di Rebekah si affievolì. «Io non mi ricordo niente.»

«Ci siamo conosciuti ieri sera allo Zee.»

Sentì che stava per venirle da vomitare. Non aveva mai fatto niente del genere prima di allora. Non era il tipo da avventure occasionali. Non faceva sesso con gli sconosciuti. Non andava a casa di estranei dopo averli appena conosciuti in un locale, soprattutto adesso che aveva trentanove anni e un po' di esperienza alle spalle.

Solo che stavolta l'ho fatto.

È andata esattamente così.

Muovendosi a disagio, pensò a Gareth. Era la prima volta che usciva con qualcuno da quando si erano separati. Non stavano insieme, quindi non avrebbe dovuto avere alcuna importanza se andava a letto con qualcun altro, ma purtroppo, almeno per lei, ce l'aveva. Avevano trovato un equilibrio, lavorandoci per gradi, e Rebekah era riuscita a dettare termini e condizioni. Gli errori di Gareth, i mesi che aveva passato con un'altra donna, portandola in alberghi di lusso e a fare shopping in città, e il fatto che lei gli fosse sempre e comunque stata fedele, le davano un certo potere. Non lo sfruttava spesso, ma sapeva di poterlo fare. E in tutto quel tempo aveva sempre potuto ripetere a Gareth: «Ti ho amato finché non mi hai spezzato il cuore. Mi fidavo di te. Io non mi sarei mai comportata in modo così squallido e menefreghista.»

E invece adesso?

Non lo aveva tradito, ma la sensazione era quella. Svegliarsi nel letto di uno sconosciuto di cui non conosceva nemmeno il nome, ubriacarsi al punto da non ricordare nemmeno l'atto in sé: sembrava lo stesso genere di arma che aveva usato contro Gareth.

«Ti senti bene?» le chiese Daniel.

Aveva molti più anni di lei, forse cinquantacinque, ma era avvenente, con i lineamenti marcati, garbato nei modi e fisicamente in forma. Ricontrollò il suo anulare, cercando non un anello ma un segno, la prova che fosse un uomo sposato che si era tolto la fede. Ma non c'era. Quello era un piccolo punto a suo favore, e inoltre sembrava sinceramente sorpreso dalla sua reazione, che era un altro punto per lui: se era così sorpreso, evidentemente si aspettava che si ricordasse di lui e della notte che avevano trascorso insieme. Così, a prima vista, non sembrava il tipo d'uomo che si sarebbe approfittato di una donna talmente ubriaca da perdere letteralmente i sensi.

Rebekah cercò di concentrarsi su quel poco che ricordava.

Erano andate allo Zee, avevano ballato, poi aveva perso Kristy di vista. Il suo ultimo ricordo era di essere tornata in pista a cercare le sue amiche, poi nei bagni, al guardaroba, e di aver provato a chiamare un Uber. Ma quello era successo dentro il locale o fuori? E poi?

«Adoro il tuo accento inglese.»

Rebekah lanciò uno sguardo allo sconosciuto. Asciugamano a parte, era ancora nudo, ma questo adesso sembrava imbarazzarlo: aprì l'armadio e prese una maglietta. La indossò, si passò una mano tra i capelli e indicò una foto incorniciata. «Mio nonno era di Portsmouth» disse, e Rebekah vide che appesa al muro c'era una vecchia mappa dell'Hampshire, punteggiata di nomi in inglese arcaico. «Amo la Gran Bretagna. Ci sono stato un sacco di volte.»

Lei lo fissò senza aprire bocca.

«Tu da quale parte vieni?»

«Senti... Daniel, giusto?» Si interruppe, deglutì. «Non ricordo molto di questa notte, e svegliarmi così... non è da me. Non è una cosa che faccio abitualmente.»

Lui annuì. «Lo capisco. Nemmeno io.»

Lo squadrò con attenzione, cercando di capire se stesse mentendo.

«Dico sul serio.» Alzò le mani. «Non sono il tipo e, credimi, ero sorpreso quanto te quando mi sono svegliato e ti ho trovata qui.» Sorrise, un sorriso gentile. «So che potrà sembrarti una balla, ma non è così. È la verità.»

Rebekah lo stava ancora scrutando.

«Non posso biasimarti se sei diffidente.»

«È solo che...» Si interruppe.

«Non serve che ti giustifichi.»

«No, è solo che ho un vuoto, tutto qua.»

«Se può consolarti, anch'io ho qualche buco nei ricordi, però so che a un certo punto ci abbiamo dato dentro di brutto con gli shottini, e credo sia per questo che mi scoppia così tanto la testa.» Le indicò la tazza che le aveva portato, il caffè ancora fumante sul comodino. «Ho anche dell'aspirina, se ne hai bisogno.»

Rebekah si guardò attorno per l'ennesima volta. Non aveva ancora mollato il lenzuolo, ma il nodo che le aveva stretto lo stomaco stava cominciando ad allentarsi. «Cambridge» disse.

«Come, scusa?»

«Cambridge. Sono nata a Cambridge.»

Il viso di Daniel si illuminò. «Oh, wow, io *amo* Cambridge. È una città davvero fantastica. Un mio amico ha fatto il dottorato lì. Sono andato a trovarlo un paio di volte. Comunque, sembra che tu viva negli Stati Uniti già da parecchio tempo.»

«Ventun anni. Vivo qua da quando ne avevo diciotto.»

«Ah, ecco. Questo spiega come mai siamo riusciti a contaminare quel bellissimo accento.» Le sorrise di nuovo.

«Mio padre» disse lei. «Papà era di Brooklyn.» Quando guardò di nuovo Daniel, la sua maglietta umida, l'asciugamano attorno ai suoi fianchi, ricominciò a sentirsi più scombussolata di prima. «Ora probabilmente dovrei andare. Mi sento uno schifo, ho mille cose da fare e...» Pensò alle bambine. Si sentì trafiggere dal senso di colpa. Aveva almeno mandato un messaggio a Gareth per dirgli che non sarebbe tornata a casa? «Senti, io non avrei dovuto. Io... Io ho... A casa ho...»

Lui alzò entrambe le mani.

«Capito» si limitò a dire.

«Sono certa che sei una brava persona, ma...»

«Ho capito, davvero.»

«Grazie» disse lei.

Daniel parve intuire che aveva bisogno di un po' di privacy, perciò si alzò e uscì dalla camera da letto, chiudendosi la porta alle spalle.

Rebekah tirò un sospiro.

Voleva soltanto dimenticare quanto accaduto.

Ma non poteva.

Quando tornò a casa, Gareth la stava aspettando sulla porta mentre Kyra giocava con una palla. Dopo aver dato il tempo a Rebekah di dare un abbraccio alle bambine, non appena furono da soli, però le chiese: «Perché non mi hai mandato un messaggio? Ero preoccupato per te, Bek.»

«Sono una donna adulta, Gareth.»

«Lo so, ma...»

Lo guardò con un'altra fitta di rimorso: diceva sul serio. Era stato in pensiero. Si preoccupava ancora per lei.

Ora di sicuro non poteva più dirgli niente.

«Ho passato la serata con Kirsty e...» *Non ricordo nemmeno il nome dell'uomo con cui sono andata a letto.* «Ci siamo ubriacate. Mi dispiace.»

Si sentiva gli occhi di Gareth addosso. Aveva capito che non era finita lì?

«Ma adesso credo di aver capito perché avevo smesso di fare certe cose» aggiunse, e poi strizzò gli occhi. Non riusciva a guardarlo in faccia. «Mi dispiace tanto. Le bambine hanno fatto le brave?»

Quando riaprì gli occhi, lui stava sorridendo e stava fissando Kyra con uno sguardo adorante. «Sono state fantastiche. È stato bellissimo passare del tempo con loro.»

Dopo che Gareth se ne fu andato, Rebekah represse tutte le emozioni che provava. Quando Kirsty la chiamò per chiederle cos'era successo e dov'era finita, si limitò a dirle che non se lo ricordava, perché almeno in quello c'era un fondo di verità.

E poi, nei giorni e nelle settimane successive, quando era da sola a casa, quando pensava al tradimento di Gareth, a come lo aveva buttato fuori di casa, il senso di colpa tornava a consumarla viva, più corrosivo di un acido. A volte lo metteva a tacere ricordandosi che non stavano più insieme, che era lui quello che avrebbe dovuto soffrire, non lei.

Ma in genere aveva paura che le sue azioni potessero turbare l'equilibrio che avevano trovato.

Immaginava la conversazione che avrebbe seguito una sua eventuale confessione.

E, soprattutto, immaginava che Gareth le avrebbe chiesto chi era l'uomo con cui era andata a letto, al che avrebbe dovuto ammettere che non ne aveva avuta la più pallida idea fino alla mattina dopo, quando si era svegliata nel suo letto.

22

La luce di una torcia, nella foresta.

Spense il motore e, lasciando la portiera spalancata, si mise a correre lungo la spiaggia, con le scarpe che sprofondavano nella sabbia. La costa più avanti curvava verso sinistra e fu allora che scorse un pontile davanti a sé. Era piccolo, una traballante passerella di legno sospesa sopra il pelo dell'acqua, ma la sua attenzione non era stata attirata dal pontile.

Era stata attirata dal peschereccio che era ormeggiato là.

Quello che aveva visto in mare.

Sotto l'effetto di una scarica di adrenalina, Rebekah allungò il passo e gridò al vento: «Ehi! Aiutatemi! Aiutatemi!» Non era sicura che qualcuno riuscisse a sentirla, ma vedeva ancora le torce, sottili fasci di luce color avorio che cambiavano direzione nel folto della foresta. «Ehi!» urlò di nuovo, sbracciandosi. «Ehi, mi hanno abbandonata...»

Un rumore squarciò il silenzio della notte.

Rebekah si fermò di colpo, e fu una battuta d'arresto talmente brusca e improvvisa che si sbilanciò e atterrò in ginocchio sulla sabbia.

Un colpo di pistola.

Guardando la foresta, tra i contorni dei tronchi degli alberi, riuscì a distinguere due fasci di luce che perlustravano la zona. Sentì anche delle voci.

Voci maschili. Due uomini.

Rebekah non si mosse. Anche volendo, non ci sarebbe riuscita. Il terrore l'aveva paralizzata. Non sapeva se avanzare o battere in ritirata, continuava a pensare soltanto a una cosa. *E se fosse lui?*

L'uomo con gli occhi verdi.

Alla fine riuscì a rimettersi in piedi e si voltò nella direzione da cui era venuta. Da lì non riusciva a vedere la Jeep – si mimetizzava con il colore della notte dietro l'insenatura della costa – e non riuscì a scorgerla neppure quando la luna fece capolino tra le nuvole e la spiaggia luccicò tra tante sfumature di grigio diverse. Era più vicina al peschereccio e al pontile che alla sua auto.

Dovrei scappare?

E se invece erano i soccorsi in cui aveva tanto sperato?

Pensò al colpo di pistola. Se erano dei soccorritori, perché erano armati? Prese ad avanzare molto lentamente, seguendo la luce delle torce. Era spaventata, ma doveva sapere. Quando arrivò al limitare degli alberi, vide che la foresta finiva a strapiombo in una specie di gola, con un dislivello di almeno tredici metri. Gli uomini erano dall'altra parte del canalone, nel fitto degli alberi.

Rebekah esitò di nuovo.

Di certo non erano della guardia costiera, altrimenti perché arrivare a bordo di un peschereccio? Ma non erano nemmeno pescatori, perché la stagione di pesca del salmone finiva a ottobre. E poi, che cosa stavano cercando in una foresta alle tre del mattino? Perché avevano sparato?

Il timore le serpeggiò nel cuore, sotto le costole.

Perché lo sapeva.

In cuor suo, lo sapeva perfettamente. E mentre scivolava pian piano giù dal pendio, verso il sentiero in fondo al canalone, all'improvviso sentì il leggero scricchiolio di un passo.

Le si gelò il sangue.

Era vicino.

Facendo un passettino verso destra, trovò riparo dietro il tronco di un albero e provò a localizzare l'origine del rumore. Lì per lì non riuscì a vedere niente.

Ma poi sbucò tra gli alberi.

Un uomo con una torcia frontale.

La luce intensa non le permetteva di vederlo bene in faccia, ma poi tirò fuori il cellulare e, quando lo sbloccò, il debole bagliore blu dello schermo gli illuminò i lineamenti del viso: la mandibola, la bocca, infine gli occhi.

Rebekah lo osservò con il cuore in gola.

Era proprio lui, come aveva immaginato.

L'uomo che aveva cercato di ucciderla.

23

Occhi Verdi.

Era proprio lui.

La luce della sua torcia lampeggiava come un cuore pulsante, smorzandosi ogni volta che registrava l'impatto del piede sul terreno. Fissava il cellulare, gli occhi che brillavano illuminati dallo schermo, la pelle olivastra rischiarata dal bagliore bluastro. Nell'ultima settimana, cioè da quando l'aveva aggredita, si era fatto crescere la barba, forse per coprire i tagli e i lividi, ma Rebekah lo avrebbe riconosciuto ovunque.

Stava seguendo il sentiero sul fondo del canalone e non alzava mai gli occhi, le dita in movimento sullo schermo. Non sapeva che Rebekah lo stava osservando, a pochi metri di distanza, ancora viva e vegeta. Pensava che il suo corpo fosse altrove, nella foresta, in via di decomposizione, smembrato dagli animali. Eppure aveva paura. Talmente tanta che era come un tremore nelle ossa.

L'uomo si fermò ai piedi del pendio, proprio davanti all'albero dietro il quale si era nascosta.

Aveva sempre lo sguardo fisso sul cellulare, ma adesso gli stava vibrando tra le mani, un ronzio sommesso che riecheggiava nella quiete della foresta. *Ti prego, non rispondere. Ti prego, continua a camminare. Ti prego, vattene e basta.*

Lui si portò il telefono all'orecchio. «Sì?» fece, poi si guardò attorno e si voltò verso di lei. «No, non l'avevo sentito squillare. Qua non c'è campo.»

«Hai appena usato la pistola?»

Per un attimo Rebekah riuscì chiaramente a sentire la voce della persona che lo aveva chiamato.

«Sì, ci sono delle puzzole da queste parti.»

«Stai scherzando?»

«Non voglio mica prendermi la rabbia.»

«Non dovremmo nemmeno essere qui, stupido idiota!»

«Calmati, siamo fuori stagione» disse Occhi Verdi prima di spostarsi leggermente, e la replica di chi lo aveva chiamato fu smorzata dal suo corpo. «No» aggiunse. «Te l'ho già detto, non è qui.» Una breve pausa. «Non era questa parte della foresta. Eravamo altrove.»

L'uomo si voltò di nuovo.

Il tronco che Rebekah stava usando come nascondiglio, il terreno, tutto parve prendere fuoco; le fronde, le foglie e i rami attorno a lui furono investiti da un fascio di luce. Sussultò e chiuse gli occhi, drizzò le orecchie, e la sua mente le propose una serie di immagini di lui che risaliva di corsa il pendio, diretto verso di lei, la pistola spianata davanti a sé.

«Non so dove sia» disse Occhi Verdi.

Rebekah tirò un sospiro di sollievo.

«Non si capisce di notte.» Gli vide cambiare di nuovo direzione, poi il vento si alzò e le portò altri strascichi della telefonata. «Questo posto è come un labirinto. Che vuoi che ti dica?»

«Non voglio che tu dica niente» replicò la voce al telefono, chiara come se fosse a un passo da entrambi. «Voglio solo che ti sforzi di ricordare dove l'hai vista per l'ultima volta.» Occhi Verdi si voltò di nuovo, scrutò la foresta. «Il suo corpo dovrebbe marcire in un cazzo di buco.»

L'uomo si rimise in marcia, puntando nella direzione opposta rispetto a quella da cui era venuto. Ben presto diventò impossibile carpire le risposte che giungevano dal suo interlocutore. Rebekah riusciva a sentire solo l'uomo con gli occhi verdi, il suo lieve accento latinoamericano, il suo tono aggressivo, minaccioso.

«E comunque, anche se non riuscissi a trovarla, ora che qualcuno rimetterà piede da queste parti, posto che qualcuno arrivi fin qua, le sue ossa saranno state sparpagliate per tutta la foresta dagli animali.» Si fermò, scrutò attentamente il sottobosco. Aveva visto – o pensava di aver visto – qualcosa. Chi lo aveva chiamato doveva essersi accorto dell'attimo di esitazione. «Non è niente.» Ricominciò a camminare. Senza fretta, con cautela. «Se vuoi che ti dica dov'è il suo corpo, dovremo tornare con la luce del giorno.»

Si fermò ancora, si voltò, lo sguardo rivolto verso lo stesso punto sul quale si era concentrato qualche secondo prima. Rebekah lo imitò: forse aveva visto un animale. «No, non sto dicendo che stiamo perdendo tempo» continuò, gli occhi fissi sul solito punto, abbassando il volume della voce mentre dava un'occhiata agli alberi. «Ma questa foresta è più grande di quanto ricordassi e al momento è buio pesto. Se tornassimo di giorno, trovarla sarebbe più facile.» Si rimise in cammino. «Non sono d'accordo. Andrà tutto bene. Non verrà nessuno fino ad aprile.»

Ormai era a una trentina di metri da lei. Presto la distanza non le avrebbe più permesso di afferrare alcuna parola, perciò Rebekah fece un passo avanti, d'istinto e senza riflettere, cercando di avvicinarsi per poterlo sentire con maggior chiarezza.

Non appena alzò il piede e lo riabbassò, vide l'angolo ritorto di un ramo sotto la suola della scarpa.

Ma ormai era troppo tardi per fare marcia indietro.

Nel silenzio della foresta, il ramo si spezzò con uno schiocco secco.

Prima

Rebekah continuò a sentirsi intontita per un mese intero. La sera, dopo aver messo a letto le bambine ed essere rimasta in casa da sola, provava a guardare la tv, oppure prendeva un libro, o si distraeva con il portatile. Qualunque cosa pur di evitare che la sua mente la riportasse nell'unico posto che non voleva più rivedere.

La camera da letto di uno sconosciuto.

Portava le bambine a Prospect Park e le lasciava correre tra le foglie che avevano iniziato a cadere, e si incontrava con le colleghe con cui lavorava in ospedale che avevano a loro volta dei figli. Lei e Gareth portarono persino le bimbe al cinema, tutti e quattro insieme, anche se fu un disastro, perché Chloe pianse per quasi tutto il film, e Rebekah e Gareth finirono per perdere la pazienza, sgridarono le figlie e poi se la presero l'una con l'altro. Tenersi occupata con il lavoro invece la aiutò: non pensava più di tanto al suo errore e, non appena lei e Gareth ristabilirono l'equilibrio che avevano trovato da quando si erano separati, pian piano la sua vita tornò alla normalità.

L'ultima settimana di ottobre, quando l'autunno iniziò a stringere la città nella sua morsa e le giornate si accorciarono, Rebekah invitò Noella a cena, e mentre erano sedute in cucina a bere vino e le braciole sfrigolavano in padella, per poco non le confessò tutto. Sapeva che Noe non l'avrebbe giudicata, che quasi sicuramente le avrebbe detto che era positivo per lei, che era importante che uscisse e si divertisse, che passasse del tempo a fare cose che un'adulta single avrebbe *dovuto* fare. Le avrebbe detto: 'Le tue figlie sono la cosa più importante, la gioia più grande della tua vita, Bek, ma quando si tratta di cambiare pannoloni e pulire vomito, chiunque a un certo punto arriva al limite.' Ciononostante, quella notte di bagordi e sesso con uno sconosciuto la faceva impallidire dalla vergogna.

«Ti senti bene, tesoro?»

Rebekah alzò gli occhi. «Sì, sto bene.»

«Sicura?»

Noe la stava scrutando con attenzione.

«Sì, sicurissima» rispose lei, e si alzò per andare a controllare le braciole. Poi lanciò uno sguardo a Noe. La stava ancora fissando, come se avesse intuito che c'era qualcosa che non andava. Rebekah fece spallucce. «È solo che ultimamente penso spesso a papà. Voglio dire, presto saranno già due anni.» Fece una pausa, incapace di incrociare lo sguardo dell'amica perché quella era una bugia, una bugia crudele: suo padre le mancava moltissimo, ma non aveva pensato all'anniversario della sua morte. «Stento a credere che il tempo sia volato in questo modo.»

«Lo so, tesoro» disse Noella. «Con gli anniversari è dura. La gente pensa che la parte più difficile sia quando una persona muore, ma non è così. Dopo che è venuta a mancare mia mamma, ricordo di aver pianto come una fontana ogni volta che era il giorno del suo compleanno. Spesso piangevo anche il Giorno del Ringraziamento, e solo perché mi mancavano le sue patate arrosto.»

Rebekah sorrise, poi si voltò in direzione della porta: Kyra era entrata in cucina con la sua giraffa rosa in mano.

«Ky, dovresti essere a letto.»

«Non ho sonno, mammina.»

«Su, è l'ora di fare la nanna.»

Ma Kyra andò da Noe e le fece scivolare le braccia attorno alla vita, aggrappandosi con tutte le sue forze, perché a due anni e mezzo aveva già capito come guadagnare tempo. «Ciao, zia Noe» disse con aria innocente, e Rebekah e Noella repressero un sorrisetto.

«Ehi, tesorino.»

Kyra la strinse forte e Noe ricambiò l'abbraccio.

«Tua mamma ha ragione, Ky. Non vorrai mica essere stanca domattina, no?» Ma Kyra le seppellì il viso contro la pancia.

«Forza, signorinella, andiamo a letto» ribadì Rebekah, e allungò una mano.

Kyra la prese con riluttanza.

Rebekah lasciò Noe a guardia delle braciole e portò la figlia al piano di sopra. La lucina notturna proiettava sul soffitto le ombre degli animali della giostrina e, nella culla dall'altra parte della stanza, Chloe dormiva profondamente. Rebekah mise a letto Kyra e, quando sua figlia le chiese di restare con lei, si sdraiò al suo fianco e cominciò ad accarezzarle i capelli. La bimba ci mise poco a crollare, il suo respiro si fece più regolare, ma Rebekah si trattenne ancora un po', godendosi quel momento con le sue bambine. Sentiva Noe in cucina, impegnata a finire di preparare una cena alla quale era stata invitata come ospite, ma sapeva che non le sarebbe importato.

Alla fine scivolò giù dal letto, diede un bacio a Kyra, accostò la porta e scese di sotto. A metà scala si fermò davanti a una foto appesa alla parete. C'erano lei, Johnny, Mike e papà, ed era stata scattata in quella tavola calda di Macdonald Avenue dove andavano sempre a cena insieme, due settimane prima che Mike perdesse la vita. Guardando i loro volti, provò l'ennesima fitta di rimorso per la bugia che aveva detto a Noe poco prima. Quando era stata l'ultima volta che si era *davvero* presa un momento per ripensare a suo padre? Forse una settimana prima. Forse due. Ma quanto tempo era passato dall'ultima volta che aveva pensato a Mike? Un mese? Due? Di più?

Basta rimuginare sugli sconosciuti. I suoi occhi si posarono prima su suo padre, poi su Mike, e alla fine indugiarono su Johnny. *È ora che mi concentri sulle persone che amo.*

24

Non appena il ramo si spezzò, l'uomo si voltò di scatto.
I suoi occhi scandagliarono il terreno a meno di un metro da lei.
Merda. Oh, merda.
Rebekah cercò istintivamente riparo e tornò dietro l'albero che aveva usato come nascondiglio, la schiena contro il tronco, le mani premute sulla corteccia, il cuore in gola.
A un tratto, i suoi polmoni sembravano essere diventati di piombo.
Quasi non riusciva a respirare.
Chiuse gli occhi, si sforzò di sentirlo, ma lui era sul sentiero, non nel sottobosco come lei, e sul sentiero c'erano solo erba e fango secco.
Non faceva alcun rumore.
Scappa.
Devi scappare.
Osservò il pendio da cui era scesa. Lassù c'era la spiaggia. Da là avrebbe dovuto fare uno scatto fino alla macchina. Sarebbe riuscita a percorrere cinquecento metri senza essere catturata? Cosa sarebbe successo se l'avessero presa? Sapevano che era viva. Sapevano che era...
Crac!
Si bloccò.
Il rumore era arrivato da un punto alle sue spalle, dal canalone. Era lui. Stava guardando su, nella sua direzione.
A neanche tre metri da lei.
«Che cosa è stato?»
Era così vicino che Rebekah riusciva di nuovo a sentire la persona con cui era al telefono.
«Hai trovato qualcosa?»
La luce della torcia rischiarò il terreno alla sua destra. Lei non si

mosse. Con la coda dell'occhio, vide la luce spostarsi verso sinistra, superando il tronco dietro il quale si stava nascondendo. Fu così che notò che l'albero accanto era spezzato e che la parte superiore era caduta al suolo. La torcia frontale dell'uomo indugiò sui rami a terra, come se stesse cercando di capire se fosse stato l'albero a fare quel rumore, oppure qualcos'altro.

«Ci sei ancora?»

«Sì» sussurrò Occhi Verdi.

«Che sta succedendo?»

Il suo silenzio parve durare un'eternità, e nella mente di Rebekah presero forma altre immagini: lui che risaliva di soppiatto il pendio, lei che non se ne accorgeva, una mano che sbucava dall'oscurità e la afferrava per la gola.

«Niente.»

La voce era ancora alla stessa distanza di prima.

Tirò l'ennesimo sospiro di sollievo.

«Non possiamo tornare di giorno.»

«Perché no?»

«Non hai sentito quello che ti ho detto mentre venivamo qua? L'intera area è sorvegliata dai federali. È una delle principali tratte di spaccio della coca.»

«E allora?»

«E allora, se ci sorprendono in zona, ci bombarderanno di domande.»

«Possiamo sempre mentire.»

«No, non possiamo mentire. Non abbiamo neanche un permesso per attraccare qua, né di giorno né di notte. Almeno di notte abbiamo il favore del buio. Di giorno non abbiamo nulla. Non possiamo sperare di cavarcela con qualche cazzata se non abbiamo un permesso. E comunque, se mentiamo ci faranno altre domande. E altre domande significano altri poliziotti. Mi sono già sbarazzato di un problema per quello stronzo. Non voglio che questa storia si complichi di nuovo. Merda, perché non l'hai semplicemente seppellita come ti avevo detto di fare?»

«Ci sono state delle complicazioni. Le cose si sono messe male. Non avevo più tempo.» Quella di Occhi Verdi fu una risposta troppo fiacca, se ne accorse persino Rebekah, e doveva averlo notato anche lui perché poi ritrovò un piglio più deciso: «Tu non sai com'è andata. Non eri qua.»

«No, lo so che non c'ero. È questo il problema.»

«Lei e suo fratello...»

Rebekah si irrigidì alla menzione di Johnny. La rabbia attenuò la sua paura. *Che cosa hai fatto a mio fratello?*

L'hai ucciso?

«Le cose non sono andate come previsto» concluse l'uomo. «Tutto qua.»

«Ma va?»

«Aggiusterò tutto» disse, e riattaccò.

Rebekah rimase ferma dov'era e osservò il pendio. Ma poi lo sentì, più avanti rispetto a prima. Si stava schiarendo la gola mentre si allontanava sul sentiero. Alla fine trovò il coraggio di sporgersi per dare un'occhiata: era così lontano che un attimo dopo l'oscurità lo inghiottì completamente.

Ripensò alle parole che aveva appena sentito.

'Perché non l'hai semplicemente seppellita come ti avevo detto di fare?'

Forse l'avrebbe fatto se l'avesse vista, ma si era nascosta in un canalone più ripido e inaccessibile di quello. Forse l'avrebbe fatto se non avesse avuto i minuti contati e non se la fosse dovuta vedere con Johnny.

Provò a non soffermarsi troppo sull'idea che suo fratello fosse morto. Quell'eventualità l'aveva sfiorata più volte da quando lo aveva perso di vista e aveva iniziato a cristallizzarsi dopo che aveva passato così tanto tempo a cercarlo, invano, nella foresta. Ma forse c'era ancora una speranza. Il fatto che non fosse riuscita a trovarlo poteva indicare che era ancora vivo? Magari si era messo in salvo anche lui dopo che si erano separati? Non aveva trovato né il suo corpo né una fossa scavata tra gli alberi, e Occhi Verdi aveva detto che le cose non erano andate come previsto. Forse Johnny se l'era cavata davvero.

La dura realtà la riportò al presente. Se era ancora vivo, perché non riusciva a trovarlo? La foresta era fitta, e forse raggiungeva un paio di chilometri nel punto di maggior estensione, ma il resto dell'isola era una sottile striscia di terra brulla e spoglia: trentanove chilometri quadrati di edifici in rovina. Non c'erano nascondigli. E se invece aveva trovato un modo per lasciare l'isola, se era per quello che non riusciva a trovarlo lì, perché non aveva lanciato l'allarme?

Chiuse gli occhi.

Lascia perdere e concentrati.

Provò a immaginare chi potesse essere il secondo uomo, quello al telefono. Aveva detto che l'area era sorvegliata dai federali, e magari era vero, ma fino a quella notte Rebekah non aveva visto né sentito neanche una barca, perciò, se c'erano navi da pattuglia in mare, dovevano essere molto al largo. Anche questo era spaventoso, perché stava a indicare che i soccorsi *non* stavano arrivando. Tuttavia, una minuscola consolazione c'era: quegli uomini temevano di essere sorpresi sull'isola, persino nel cuore della notte. E se erano così preoccupati, non si sarebbero trattenuti a lungo.

'E comunque, se mentiamo ci faranno altre domande' aveva detto l'uomo al telefono. 'E altre domande significano altri poliziotti. Mi sono già sbarazzato di un problema per quello stronzo. Non voglio che questa storia si complichi di nuovo.'

Lanciò uno sguardo al sentiero sul fondo del canalone. Qual era il problema di cui si era sbarazzato? E chi era lo 'stronzo' a cui aveva accennato?

Rebekah continuava a non avere la benché minima idea del motivo per cui qualcuno potesse volerla morta, ma adesso capiva perché avevano scelto quel luogo. L'uomo con gli occhi verdi aveva detto che la foresta era un labirinto, e aveva ragione: file serrate di alberi tra cui era facile perdersi, una macchia fittissima nella quale era incredibilmente difficile orientarsi una volta abbandonati i sentieri. E aveva ragione anche su un'altra cosa: se fosse morta, se il suo corpo fosse stato lasciato lì, ora che qualcuno lo avesse trovato – se *mai* lo avessero trovato – di lei probabilmente sarebbero rimaste soltanto le ossa. Sarebbero passati come minimo cinque mesi, verosimilmente di più se si calcolava che erano in pochi, persino durante la stagione di pesca, a sbarcare sull'isola. Gli insetti e gli animali avrebbero finito di profanare il suo cadavere molto prima che qualcuno lo trovasse.

Solo che non aveva importanza, perché non era morta.

Ma loro pensavano che lo fosse.

E questo le dava un vantaggio.

Prima

Il giorno dopo aver avuto Noella a cena, Johnny si presentò a casa sua di buon mattino, senza preavviso, con le guance arrossate e un pacchetto in mano. Rebekah lo fece entrare e, quali che fossero le preoccupazioni che turbavano suo fratello, svanirono nel preciso istante in cui vide Kyra. Lei gli corse incontro a braccia aperte, e Johnny la tirò su e la fece piroettare in aria, cantandole *American Pie* come faceva sempre, solo che modificava le parole del testo, dicendo *Ky Ky* al posto di *Bye Bye*. Poi la prese in braccio, sorreggendola nell'incavo del gomito mentre lei giocava con i suoi capelli rossi, e si dedicò a Chloe. Per lei aveva una canzoncina diversa, questa inventata di sana pianta perché non riusciva a farsi venire in mente nemmeno una canzone famosa con delle parole che facessero rima con *Chloe*. Tanto per lei non faceva differenza: Johnny le diceva che era morbidosa e coccolosa, e che un giorno l'avrebbe presa in sposa, e la bimba ridacchiava felice. Rebekah sistemò Kyra in salotto con uno xilofono, mise Chloe nel suo girello e portò suo fratello in cucina.

«Oh, quasi dimenticavo» disse lui, consegnandole il pacchetto.

Rebekah osservò il regalo. «È il mio compleanno?»

«L'ho vista e ho pensato a te.»

Slegò il fiocco e tolse il coperchio dalla scatola. Dentro c'era una piccola palla di neve: sotto il vetro c'era una figurina che correva in mezzo a un parco in miniatura.

«E questa?» domandò mentre la tirava fuori dalla scatola.

«Avevi quella palla di neve quando eravamo bambini, in Inghilterra, ma si ruppe. La fece cadere Mike dalla tua scrivania, credo. Comunque, c'è una signora tedesca che vive nel mio palazzo e fa palle di neve, e quando ho visto questa ho pensato a te. Quello, a proposito, dovrebbe essere Central Park.» Johnny fece spallucce, come se fosse un gesto da niente, ma Rebekah stava già ricacciando indietro le lacrime. Non aveva mai dimenticato la palla di neve che aveva da bambina. Dentro c'era una donna con i capelli rossi, con il Big Ben alle sue spalle. A volte aveva chiesto a Dio di farla diventare piccola piccola per entrare nella palla di vetro, sotto la neve che cadeva, e poter chiedere alla donna dai capelli rossi perché fosse andata via.

«È bellissima, Johnny.»

«So che è un pensiero sdolcinato.»

Rebekah mise giù la palla di neve e gettò le braccia al collo del fratello. «No, è fantastica» disse, e sentì una nota di sorpresa nella propria voce, ma quella piccola dimostrazione d'affetto non avrebbe dovuto sorprenderla. Johnny era fatto così. Era sempre stato fatto così.

«Stamani la mia macchina non è partita» annunciò lui quando si staccarono. Le sue guance non erano più arrossate, e le bambine – come pure la reazione di Rebekah di fronte alla palla di neve – sembravano aver cancellato anche le ultime tracce di preoccupazione dal suo viso. Quello era un altro lato del carattere di suo fratello che aveva sempre amato: non si fissava quasi mai sulle cose. Forse perché era uno scrittore, un sognatore, un romantico, perennemente convinto che il futuro serbasse sempre qualcosa di positivo.

«Hai capito quale potrebbe essere il problema?» gli chiese Rebekah.

Lui scosse la testa. «No.»

«Quindi non ti converrebbe portarla dal meccanico e via?»

«Oh, sì» fece lui. «Certo, non è quello. Oggi sono di riposo, perciò non è un problema, e domani potrei prendere la metropolitana per andare al lavoro. E pure il giorno dopo. Non mi ricordo quando ho il prossimo turno.»

Lei aggrottò la fronte, non capiva dove volesse andare a parare.

«E allora qual è il problema? Sono i soldi?»

«No, no. Non è questo.» Fece una smorfia. «So che probabilmente è una perdita di tempo, ma stavo pensando di iniziare a scrivere un altro romanzo. Non riesco a togliermi questa idea dalla testa.»

Quella non era affatto la risposta che si era aspettata.

Per qualche motivo, Rebekah pensò a Kirsty, ai suoi genitori, a tutte le bugie che aveva raccontato nel corso degli anni quando si era vantata del fratello scrittore. Aveva sempre sminuito i suoi successi immaginari, dicendo che i suoi libri erano fuori stampa, perché non voleva che le chiedessero dove potevano trovarli.

«Ma è splendido, Johnny» disse, e si sentì subito in colpa. Era splendido per lui, perché stava nuovamente inseguendo il suo sogno, o era splendido per lei, perché se suo fratello fosse riuscito a farsi pubblicare un romanzo non si sarebbe più dovuta vergognare del suo vero lavoro?

«Dici davvero?» le domandò lui.

Ma Rebekah aveva perso il filo del discorso e non riusciva a pensare ad altro che alla brutta persona che era diventata, una persona spaventosamente vuota. Suo fratello era tutto per lei. Lo adorava.

«Bek?» la incalzò. «Non pensi che sia uno sbaglio?»

«No, certo che no. È davvero splendido, Johnny.»

Il suo entusiasmo parve ringalluzzirlo.

«Hai mai sentito parlare di Crow Island?» le chiese.

«Mi pare» rispose Rebekah, e riempì il bollitore. «È lì che vuoi ambientare il tuo romanzo?»

«Già» confermò lui prima di scostare una sedia dal tavolo. «È un'isola a centosessanta chilometri da Long Island, a sudest della costa. In pratica è a tre ore di traghetto da Montauk.» Rebekah si voltò a guardarlo, sentì con quanta passione parlava. Si entusiasmò per lui, e quella fu una sensazione completamente disinteressata. La fece sentire subito meglio. «In realtà si chiamerebbe Cruys Island,» continuò suo fratello «dal nome dell'esploratore che la scoprì nel 1694, Matthijs Cruys, ma quando gli inglesi la comprarono dagli olandesi, non riuscendo a pronunciarne correttamente il nome, la chiamarono Crow Island, perché oltretutto ospitava enormi colonie di corvi pescatori.» Notò l'espressione di sua sorella e fece una smorfia. «Scusami, ti sto annoiando. Comunque, ora è un'isola fantasma. Per un po' è stata una meta turistica abbastanza gettonata, ma poi negli anni Ottanta un uragano l'ha rasa al suolo. Adesso è aperta al pubblico solo da aprile a ottobre, per soddisfare l'industria ittica, e a volte ci vanno anche dei ricercatori, tipo biologi marini e studiosi di questo tipo, perché ci sono foche e balene al largo della costa settentrionale. Perlopiù, però, è frequentata solo da pescatori.»

Ora Rebekah cominciava a capire. I ricercatori erano potenziali fonti di informazioni per le ricerche che Johnny avrebbe dovuto svolgere per scrivere il suo libro, e se doveva andare a Crow Island per parlare con loro, di certo non ci sarebbe potuto arrivare con un'auto in panne.

«Sì» disse.

Johnny si accigliò. «Sì?»

«Sì, puoi prendere in prestito la mia Jeep.»

Lui scoppiò a ridere. «Sono così prevedibile?»

«Già» rispose lei con un sorriso, e si mise a preparare il tè. «È per questo che mi hai preso la palla di neve? Per intenerirmi?»

Glielo chiese, ma conosceva già la risposta. Johnny non era fatto così. Certi sotterfugi richiedevano del cinismo.

«No» disse lui. «Ti giuro che non è così.»

«Lo so. E puoi prendere la mia macchina.»

«Grazie, Bek. Sei fantastica.»

Lei lo abbracciò di nuovo. «Lo so.»

«Ho fissato un incontro con un curatore del museo di Storia naturale per questo sabato e mi serve un'auto affidabile. Non voglio mancare all'appuntamento. Questo tizio è là dall'aprile scorso per delle ricerche sulla tribù Niantic, e l'ho subissato di mail per quasi tre mesi per convincerlo a incontrarmi. Voglio ambientare il libro sull'isola nell'anno dello sbarco di Cruys, e in pratica questo tizio è il maggior esperto mondiale del periodo, nonché del posto.»

Poi, però, la sua espressione si annuvolò.

«Che cosa c'è che non va?» gli domandò Rebekah.

«Spero solo che non sia un errore.» Johnny fece tamburellare un dito sul tavolo. «Sai, correre dietro a quest'idea, provare a fingere di essere un vero scrittore.»

«Tu *sei* un vero scrittore.»

«Bek, non vale se non hai mai pubblicato un libro e l'unica persona che ha davvero letto quel fiasco che è stato il tuo unico romanzo è tua sorella.»

Lei gli diede un pugnetto scherzoso sulla spalla. «Su col morale, okay? Sono *io* quella che ha buttato fuori di casa a calci suo marito, quindi sono *io* quella dovrebbe piangersi addosso, non tu. Non hai ancora firmato un contratto con un editore? Scriverai nei giorni liberi dal lavoro? E allora? Chi se ne frega! Di qui a qualche anno, quando questo libro finirà sugli scaffali di tutte le librerie e il *New York Times* farà carte false per intervistarti, ne sarà valsa la pena. Giusto?»

Johnny la guardò con diffidenza.

«*Giusto*?»

Suo fratello sorrise. «Sei straordinaria, lo sai, vero?»

Quella sera Rebekah si perse una chiamata da parte di Kirsty.

O meglio, decise di non rispondere.

Rimase a guardare il cellulare che si era illuminato sul comodino finché non smise di vibrare. In genere le avrebbe fatto piacere parlare con lei, ma se stava provando a contattarla così a ridosso dell'ultima uscita insieme il motivo poteva essere uno solo: voleva parlare di quella serata. Aveva saputo dell'uomo che aveva conosciuto nel locale. Voleva i dettagli, voleva spettegolare.

Rebekah spense il cellulare.

25

Continuò a muoversi.

Non aveva idea di dove stesse andando.

Davanti a lei, l'uomo con gli occhi verdi si guardò attorno, poi tirò dritto per la sua strada. Rebekah allungò il passo. Si stava facendo largo tra un folto di querce rinsecchite e, più avanti, si intravedevano la spiaggia e l'oceano, e sulla destra il peschereccio attraccato al pontile.

Accorciate le distanze, rallentò e notò anche qualcos'altro.

Un'altra sagoma tra le ombre.

Si tuffò dietro il cespuglio di ammofila più vicino, il rumore mascherato dal rifrangersi delle onde dell'Atlantico, e rimase sdraiata sulla pancia, sperando di non essere stata vista. I ciuffi d'erba gialla erano bagnati dagli spruzzi del mare, ma Rebekah non si mosse. Con il mento affondato nella sabbia, mise di nuovo a fuoco la sagoma, tra lei e la spiaggia.

Era un altro uomo.

Riusciva a vedere la sommità della sua testa, a notare che aveva i capelli rasati, ma non riusciva a capire da quale parte stesse guardando.

«Niente?» domandò.

Era l'uomo della telefonata. Riconobbe la voce.

Occhi Verdi scosse la testa.

«Riattaccami un'altra volta in faccia come hai fatto prima» disse il tizio della telefonata «e ti sventro come un pesce.» Fece un passo avanti, emergendo dalle ombre. «Sei solo un sottoposto, ricordatelo.»

Rebekah si irrigidì. L'uomo aveva un accento newyorkese e sembrava più basso di Occhi Verdi, ma era più robusto: piazzato e muscoloso, come un lottatore. Non lo riconobbe, ma bastava guardarlo per capire che tipo era. Di uomini come lui ne aveva visti tanti al pronto soccorso. Si piazzavano davanti all'entrata, in attesa. Fingevano di essere fratelli o cugini per scoprire se il paziente sarebbe sopravvissuto. Ma non erano mai familiari. Al massimo erano messaggeri o spie, mandati a scoprire se tizio o caio erano morto. Il più delle volte erano il motivo per cui le vittime erano finite su un tavolo operatorio. Erano gli uomini che avevano premuto il grilletto, o spinto il coltello tra le costole di quei disgraziati.

«Quindi siamo venuti fin qua per nulla?» continuò l'uomo, chiaramente infastidito dal silenzio del suo compare. E stavolta si voltò a guardarlo, la rabbia incisa nei lineamenti del viso. «Lima.»

Lima?

Occhi Verdi, l'uomo che aveva provato a ucciderla, si chiamava Lima. Ora era certa di non conoscerlo e di non averlo mai incontrato in vita sua. Pertanto, perché un perfetto sconosciuto voleva vedere lei e Johnny morti?

«È là da qualche parte.»

«Questo l'hai già detto» replicò freddamente l'altro.

Lima si voltò verso la foresta e la sua torcia illuminò un punto a un metro e mezzo da Rebekah. Le si fermò il cuore. Non mosse nemmeno un muscolo, lo osservò e basta: vide la pistola alla cintura, un coltello in un fodero. Chissà se era quello che aveva usato per squarciarle la gomma posteriore della Jeep.

Aspetta un secondo. La Jeep.

Non era più accanto al sito dello scavo. Era parcheggiata in fondo alla spiaggia, a cinquecento metri da lì. E se quei due avessero deciso di tornare a cercarla? Cosa sarebbe successo se fossero tornati allo scavo e avessero scoperto che non era più lì? Avrebbero capito che era ancora viva.

Cazzo.

Doveva correre alla macchina?

No, aspetta, calmati.

Erano arrivati in barca e l'avevano ormeggiata lì, sulla costa est. Dato che con quel buio non riuscivano neanche a orientarsi tra gli alberi, non si sarebbero avventurati nel cuore della foresta alla ricerca del sito archeologico. Se avessero avuto un'auto sarebbe stato diverso – avrebbero potuto aggirare il problema passando dalla strada principale – ma a piedi era lunga se non conoscevano esattamente il percorso, e avevano già detto di non potersi trattenere più di tanto.

«So che ho combinato un casino.» La voce di Lima la riportò al presente. Si era inaspettatamente fatta incerta. «Ho combinato un gran casino.»

«Se aggiusterai le cose, non lo verrà a sapere nessuno.»

«E come?»

Ma l'altro si era voltato. La luce della luna gli rischiarava la parte superiore del viso, le orbite nere come pozze di petrolio. Stava scrutando gli alberi, come se si fosse sentito osservato.

«Hain? Aggiustarle come?»

Hain.

Ora conosceva i nomi di entrambi.

«Aspettando» rispose Hain.

Lima aggrottò le sopracciglia. «Aspettando? Ma che dici?»

«Non possiamo farci trovare qua: stiamo ficcanasando nel cuore della notte, senza un permesso, fuori stagione. Si insospettirebbero perché *è* una cosa sospetta. E dopo non potremmo più tornare. Se ci trovano qua, ci faranno una multa e finiremo nel loro radar.»

Rebekah lanciò uno sguardo alla barca.

E in quel momento le venne in mente una cosa: e se avesse provato a raggiungerla? Avrebbe potuto usarla per scappare? Avrebbe saputo guidarla? Più avanti c'era un sentiero che correva più o meno parallelo alla spiaggia e che poteva usare per arrivare alla barca.

«Quindi che cosa vuoi fare?» chiese Lima.

Hain non rispose, e in quel silenzio Rebekah lanciò un'altra occhiata alla barca. Sarebbe stato un rischio insensato.

E quei due avevano delle pistole.

«Hain?»

«Ovunque sia il suo corpo, non andrà da nessuna parte di qui alla prossima primavera. Qua quando tira vento fa un freddo polare, ma così a ridosso dell'oceano l'aria è sempre umida, quindi marcirà alla svelta. Tuttavia, anche se gli animali la smembreranno come hai detto tu, e anche se di qui all'anno prossimo non saranno rimaste che ossa e polvere, se qualcuno verrà qua e noi non ci saremo sbarazzati di lei, quel poco che sarà rimasto basterà a renderci tutto più difficile. Non possiamo lasciarla là fuori in eterno. Sarebbe una prova troppo schiacciante.»

«Quindi vuoi aspettare fino all'anno prossimo?»

«Fino al primo aprile dell'anno prossimo. Quel giorno saremo già qua.»

«Vuoi aspettare che l'isola riapra al pubblico?»

«Esatto.» Hain annuì. «Questo posto riaprirà tra cinque mesi e ripartiranno anche i collegamenti con i traghetti. Prendendo il traghetto, non dovremo preoccuparci che i federali possano fermarci e farci domande a cui non vogliamo rispondere. Non dovremo mostrare a nessuno i nostri documenti. Facendo così, non dovremo neanche preoccuparci di richiedere un permesso. Veniamo qua, andiamo nella foresta, la troviamo e seppelliamo quel che è rimasto di lei. Potremo portare anche il pick-up e il rimorchio. Dovremo sbarazzarci anche della sua auto, visto che tu non hai pensato di prenderle le chiavi prima di ucciderla.»

«Come facevo a riportare indietro due macchine, più la nostra?»

«Infatti non dovevi riportarle tutte. Dovevi riportare indietro la tua e la *sua*, non la tua e l'altra.»

«Con tutto quello che è successo, ho semplicemente...»

«Dimenticato di prendere le sue chiavi. Hai fatto un casino.»

La tensione tra i due tornò a riaccendersi.

«Vabbè» fece Hain. «Il punto è che la sua auto è rimasta dove l'ha lasciata. Quando torneremo qua, ad aprile, varranno le stesse regole alle quali ti saresti dovuto attenere la scorsa settimana: se portare via la Jeep sarà troppo rischioso, la bruceremo sul posto. Se invece vedremo che possiamo farla arrivare sulla terraferma senza destare sospetti, e questa sarebbe la soluzione preferibile, la riporteremo in città e la schiacceremo come una scatoletta.» Fece una pausa e osservò prima la foresta, poi Lima, con una cupa risolutezza stampata in faccia. «Faremo in modo che questa cagna non sia mai esistita.»

Prima

Il giorno dopo aver dato il permesso a Johnny di prendere in prestito la sua macchina, il New York Presbyterian la chiamò alle sei del mattino, prima che le bambine fossero in piedi, svegliandola da un sonno profondo. Le chiesero se poteva andare a coprire il primo turno: tra ferie e congedi per malattia, erano a corto di chirurghi ortopedici.

Gareth era via per lavoro e Noella era da suo padre, e anche se Johnny era fantastico con le nipoti, non le aveva mai tenute con sé dalla mattina alla sera. Quindi, se Rebekah voleva andare, l'unica vera alternativa era il nido. Per quanto le maestre fossero brave con le bambine, odiava lasciare Kyra e Chloe per così tante ore, ma voleva ingraziarsi l'ospedale: adesso che era da sola aveva bisogno di soldi, e questo significava inevitabilmente fare più turni.

Alla fine la giornata si rivelò piuttosto tranquilla.

Aveva fatto il suo internato al Presbyterian, perciò le piaceva tornare là, anche se il reparto le riportava alla mente turni interminabili, quando le era capitato di lavorare da mezzanotte a mezzanotte. In teoria la legge prevedeva che non facesse più di ottanta ore alla settimana o tredici ore di fila, ma aveva imparato in fretta che le regole valevano poco o nulla in campo pratico. C'erano state volte in cui si era portata a casa un record di cento ore settimanali, con tante nottate piene di cosiddetti 'lavoracci' da specializzanda: compiti monotoni come sostituire le sacche delle flebo, registrare i risultati degli esami del sangue e accompagnare i pazienti a fare ecografie e lastre. Le piacevano sia l'ospedale che il personale, ma quegli anni non le mancavano affatto.

Un'ora prima di uscire e andare a prendere le bambine, le chiesero di andare a visitare un paziente che probabilmente si era rotto un polso. Sembrava una cosa semplice, ma quando arrivò in reparto vide che la situazione era più complessa di quanto fosse stato ipotizzato all'inizio, perciò fece tardi. Si presentò all'asilo alle otto passate, e la struttura aveva chiuso già da mezz'ora. Le maestre erano arrabbiate perché avevano dovuto aspettare il suo arrivo, le bambine erano stanchissime e agitate, e anche se cercò di farle mangiare subito e di metterle a dormire, né Kyra né Chloe volevano collaborare e Rebekah dovette fare i conti con un'ora e mezzo di strilli.

Alla fine si addormentarono, ma erano quasi le dieci di sera.

Stremata, Rebekah uscì in punta di piedi dalla loro stanza e si accasciò su un gradino a metà scala. Ci mise dieci minuti buoni a riprendersi, e quando lo fece si ritrovò a osservare la foto che la ritraeva insieme a Johnny, Mike e suo padre nella loro tavola calda preferita.

Si alzò e la staccò dal chiodo.

Ripensò alla bugia che aveva detto a Noella, al fatto che ultimamente aveva pensato spesso a suo padre. I suoi occhi passarono da lui a Mike, poi si scusò con entrambi prima di farli scivolare in secondo piano nei suoi pensieri. Lei e Johnny erano seduti al loro fianco, allo stesso tavolo che sceglievano sempre nei mesi invernali, quando faceva troppo freddo per mangiare fuori.

Ogni volta che si incontravano, le conversazioni tendevano a ruotare attorno a Mike perché era quello con la vita di gran lunga più interessante ed era un gran chiacchierone. Tra tutti, avevano un insieme così strano di accenti – Johnny, con la sua parlata angloamericana, e Rebekah, con il suo inglese infarcito di un'infinità di espressioni tipicamente americane – che spesso la gente stentava a credere che fossero imparentati, ma Mike sembrava nato e cresciuto a New York, e le sue storie sembravano le più avvincenti. Spesso Henry gli faceva domande del tipo: «Che cosa ne è stato della biondina con cui stavi uscendo?» e Mike coglieva sempre la palla al balzo. Avrebbe potuto essere tacciato di arroganza, ma la sua autoironia lo proscioglieva da ogni accusa. Scherzava molto sulla sua imbranataggine, o sul fatto che la sua ultima app era stata un successo solo perché nessuno si era ancora reso conto che era un imbroglione.

L'ultima volta che erano usciti tutti e quattro insieme faceva freddo, gli alberi erano scheletrici e dalle griglie della metropolitana uscivano sbuffi di vapore caldo, come se fosse la terra stessa a respirare. Johnny aveva portato papà, così come faceva sempre negli ultimi anni, e Rebekah era arrivata poco dopo, completamente fusa, non solo perché si era fatta un turno da diciotto ore, ma anche perché all'epoca era al settimo mese di gravidanza. Mike era arrivato con mezz'ora di ritardo, e a quel punto gli altri avevano già ordinato al posto suo ed erano al secondo giro di bevute, o di Diet Coke, nel caso di Rebekah. Non appena si era seduto al loro tavolo accanto alla finestra, accanto ai binari della sopraelevata che assomigliavano al ventre di una bestia mastodontica, Mike aveva detto: «Qualcuno di voi si ricorda di quella ragazza con cui uscivo in passato? Alice?»

Loro tre lo avevano guardato con facce inespressive.

«Stiamo parlando di dieci, forse dodici anni fa.»

Rebekah aveva lanciato un'occhiata a Johnny, che aveva fatto spallucce, ma era chiaro che nessuno di loro si ricordava di Alice. Mike, apparentemente scandalizzato, si era passato una mano tra i folti capelli neri e si era rivolto al padre.

«E tu, papà? Ti ricordi di Alice?»

Henry non aveva risposto, ma la sua bocca si era incurvata in un sorrisetto divertito. Faceva sempre quella faccia prima che suo figlio si lanciasse in una delle sue storie.

«Nessuno di voi si ricorda di lei?» aveva chiesto Mike.

Johnny aveva sorriso. «Mikey, non per nulla, ma stando all'ultimo calcolo ufficiale, le tue ex fidanzate ammontano a un milione e seicentomila...»

«Sono *serio*, Johnny.»

Lo avevano guardato tutti, presi alla sprovvista, e il sorriso era svanito dalla faccia del padre. Mike aveva fissato la sua birra, la condensa che stava colando sul collo della bottiglia.

«Che cavolo di problema hai?» aveva chiesto Rebekah, infastidita dal cambiamento improvviso del fratello, già suscettibile di suo per il lavoro e la fatica di portarsi dietro dodici chili di peso aggiuntivo.

«Che cavolo di problema ho?» Lui aveva alzato lo sguardo dalla bottiglia e per un attimo i suoi occhi avevano sfavillato nella luce soffusa del ristorante. «Sono uscito con Alice per sei mesi e voi non vi ricordate di lei. Pensate che sia giusto?»

«Figliolo, perché è così importante per te?» Henry si era rivolto al figlio con voce pacata e aveva allungato la mano fragile e coperta di vene verso quella di Mike.

«Vi chiedo scusa» aveva mormorato lui.

«Scusa per cosa?» gli aveva chiesto suo padre.

Rebekah aveva rivisto in Johnny e Mike la stessa reazione che quella domanda stava scatenando in lei: di un ricordo che riaffiorava, di un fantasma che si risvegliava. Da piccoli, era la domanda che Henry poneva a ciascuno di loro dopo che avevano fatto qualcosa di sbagliato. Si asteneva dal rimproverarli e li sottoponeva a un lungo silenzio contrariato, e quando alla fine tornavano sui loro passi per chiedergli scusa, lui faceva sempre la stessa domanda a tutti.

'Scusa per cosa?'

«È morta proprio oggi» aveva risposto Mike con un filo di voce.

«Cavolo» aveva detto Johnny. «Mi dispiace, fratello.»

Mike lo aveva guardato. «Si è buttata da un palazzo.»

«Merda.» Rebekah era rimasta a bocca aperta. «Mi dispiace tanto, Mike.»

«Mi ha telefonato una settimana fa, di punto in bianco, e io non riuscivo neanche a ricordarmi chi fosse.» Mike aveva tolto l'etichetta dalla sua bottiglia. L'aveva stesa sul tavolo e aveva cominciato a ripiegarla in quadratini sempre più piccoli. «Penso che abbia chiamato tutte le persone che l'hanno ferita» aveva borbottato. «Io le avevo fatto del male e quasi non mi ricordavo di lei.»

«Non sei responsabile per quello che ha fatto» aveva detto Johnny.

«Forse invece sì, John.»

«No, Mikey. Non puoi vivere chiedendoti se ogni singola decisione che hai preso dieci anni fa avrà delle ripercussioni su qualcun altro.»

«Johnny ha ragione, figliolo» aveva detto Henry.

Ma quella non era la riposta che voleva Mike, o quantomeno non era riuscita a consolarlo. «Non voglio essere uno di quelli che si dimenticano delle persone che hanno incrociato sul loro cammino» aveva detto, e in quel preciso istante Rebekah aveva pensato di non aver mai visto suo fratello così poco spavaldo, così afflitto da un gesto, da una scelta, dalle sue conseguenze. «Devo cominciare a dare più valore a ogni momento. Non voglio essere una persona che si dimentica delle cose davvero importanti.»

La mattina dopo, quando prese il cellulare, Rebekah stava ancora pensando a quella sera, alle parole di Mike, a ciò che si era ripromessa dopo la serata con Kirsty. *Basta rimuginare sugli sconosciuti. È ora che mi concentri sulle persone che amo.*

«Bek?» disse Johnny quando rispose al telefono. «Va tutto bene?»

«Sì, sto bene. È solo che ho pensato un sacco a papà, e a Mike, e mi sono resa conto che non riesco a ricordare quando è stata l'ultima volta che abbiamo passato più di un'ora insieme. Noi due da soli, dico. Penso sia stato il giorno del funerale di papà, quando siamo andati a Union Beach. Ricordi?»

«Certo che me lo ricordo.»

«Sono passati quasi due anni.»

Ripensò a ciò che aveva detto Mike quella sera alla tavola calda: 'Devo cominciare a dare più valore a ogni momento.' Peccato non avesse mai avuto la possibilità di farlo. Due settimane dopo, era morto in quell'incidente. Ma Rebekah era ancora viva, e anche Johnny.

«Ho chiesto a Noe di badare alle bambine questo sabato» aggiunse.

Un silenzio confuso. «Di che stai parlando?»

«Tra due giorni devi partire per Crow Island, no?» Rebekah guardò Chloe, nel girello ai suoi piedi, e Kyra, che stava giocando con i suoi Lego. «Perché non andiamo insieme?»

Quella sera, dopo aver messo a letto Chloe e aver permesso a Kyra di giocare per un quarto d'ora con la palla di neve di Johnny, Kirsty le telefonò di nuovo. Vedendo il cellulare che scivolava sul tavolo del soggiorno, Rebekah si sentì infastidita dall'insistenza dell'amica. Non le andava di parlare della loro serata per locali.

Non le andava di parlare di ciò che era accaduto.

Per lei non era divertente.

Quando il telefono smise di squillare, vide che le aveva lasciato un messaggio in segreteria. Pensò di ignorarlo, o di cancellarlo. Ma Kirsty avrebbe continuato a chiamarla fino a quando non l'avesse ricontattata.

Ascoltò il messaggio.

'Ehi, ciao Murphy, sono io. Io, ehm... è così imbarazzante. Volevo soltanto...' Lì si interrompeva, la linea riempita soltanto dal silenzio. 'Ecco, volevo parlarti di una persona.'

E poi le diceva chi.

La telefonata

Travis stava sonnecchiando davanti al televisore quando il suo cellulare cominciò a vibrare. Ci mise un po' a ritrovare l'orientamento, anche se era sempre stato cosciente della tv in sottofondo, dei rumori delle macchine in strada, dei cani che abbaiavano, degli aerei che superavano il JFK *per atterrare a LaGuardia. Cercò a tentoni i suoi occhiali – aveva preso l'abitudine di indossarli ogni volta che rispondeva al telefono, nel caso si fosse dovuto appuntare qualcosa – e afferrò il cellulare.*

Era Amy Houser.

«Ames?» Controllò l'orologio. Era l'una del mattino. «Tutto okay?»

«Io sto bene, Trav.»

Era ancora in ufficio: sentiva i telefoni, le voci, i rumori della sala operativa, e poi rammentò che gli aveva detto che avrebbe lavorato fino a tardi quella settimana.

«Forse ho qualcosa per te» annunciò lei.

Lui si accigliò. «Cioè?»

«In merito al caso di cui stavamo parlando oggi.»

«Louise Mason?»

«Già, l'artista.» Houser tacque per un secondo, i suoi movimenti e il crepitio della linea rimbombarono dall'altoparlante del cellulare. «Il telefono sulla tua scrivania non ha fatto altro che suonare per tutta la sera... tipo incessantemente. Stavo iniziando a incazzarmi di brutto, come tutti gli altri ragazzi della squadra, perché insomma, lo sai anche tu che i turni di notte sono già abbastanza pesanti senza che i telefoni continuino a squillare come se fossero le nove del mattino. Quindi niente, alla fine mi sono alzata e ho provato a staccare quel maledetto aggeggio dalla presa, ma poi ha ricominciato a squillare. Perciò ho pensato, e che diavolo?»

Stava per sganciare una bomba.

Travis se lo sentiva.

«Chi era?» chiese.

«Un maschio. Non so dirti altro. Comunque, non mi sono persa in chiacchiere e gli ho chiesto subito se aveva telefonato anche prima, e lui mi ha risposto di sì. Al che gli ho detto: 'Se vuole parlare con il nucleo Persone scomparse, dovrà richiamare domani mattina.' Ma non gli interessava fare conversazione. Si è limitato a dire: 'Ho saputo che sta cercando l'artista. Digli di riprendere in esame il fidanzato.'»

Travis si sentì percorrere da un brivido.

«La persona in questione sei tu, immagino» aggiunse Houser.

«Non ha detto altro?»

«No. Ha riattaccato subito dopo.»

Travis prese il suo taccuino.

«Perché non ti ha chiamato in orario di ufficio?» domandò Houser.

«Perché non voleva che rispondessi io.»

Houser esitò un attimo. «Questo non ha senso.»

«Sì, se pensa che potrei riconoscere la sua voce.»

Travis sfogliò le pagine del suo taccuino finché non arrivò quasi all'inizio, alla sezione dedicata all'uomo che Louise stava frequentando prima di sparire. Il fidanzato. Lo aveva cancellato dalla lista dei sospetti perché aveva un alibi di ferro: aveva lasciato la serata di raccolta fondi prima del previsto per andare al pronto soccorso, perché una cara amica di famiglia si era sentita male. Più tardi, quella notte, aveva mandato un messaggio a Louise dall'ospedale per scusarsi, ma a quel punto il suo cellulare era già spento. Possibile che avesse mentito?

«Trav?»

«Grazie per avermi avvertito, Ames.»

«Figurati.»

Travis riattaccò, poi si mise a rileggere gli appunti che aveva preso dopo aver sentito per la prima volta il fidanzato di Louise, a ottobre. Una volta finito, tornò indietro di qualche pagina e ricontrollò i suoi dati personali: data di nascita, numero di previdenza sociale, esperienze lavorative, precedenti.

Solo che non ne aveva.

La fedina penale di Johnny Murphy era immacolata.

3
La prigione

26

Rebekah dormì poco e nulla quella settimana.

Ogni volta che chiudeva gli occhi, le pareti dell'emporio le si chiudevano attorno e lei si ritrovava sulla spiaggia. Spiava Hain e Lima, che dicevano di voler tornare il primo di aprile per trovare il suo corpo e seppellirlo. Ma che cosa sarebbe successo quando non fossero riusciti a trovarlo?

Passò intere giornate a rimuginarci su, meditando sui dettagli, sulle diverse reazioni che avrebbero potuto avere. Non dormiva bene da talmente tanto tempo che cominciò a perdere la lucidità e la capacità di ragionare con chiarezza, e con la stanchezza i suoi pensieri divennero più irrazionali, più ingenui, iniziò ad accarezzare strane idee, come che quei due si dimenticassero di prendere il traghetto, o arrivassero e si perdessero nella foresta.

Nel cuore della notte, spaventata, confusa e sola com'era, quel tipo di errori banali che in cuor suo sapeva che non avrebbero mai commesso iniziarono a diventare plausibili, addirittura probabili. Ma poi, il dodicesimo giorno, avvolta nelle coperte prese all'ostello e incapace di restare sveglia un solo minuto di più, Rebekah chiuse gli occhi al calar del sole e non si mosse fino alle undici del giorno dopo.

Al risveglio aveva le idee molto più chiare.

Quando una ricerca nella foresta non avrebbe riportato alla luce il suo cadavere, Hain e Lima si sarebbero interrogati sul motivo di tale insuccesso. Se avesse riportato la Cherokee a Simmons Gully, forse avrebbe guadagnato un po' di tempo, ma prima o poi avrebbero comunque capito che era ancora viva. Lima aveva commesso un errore quel giorno, l'aveva ammesso lui stesso, e questo avrebbe contribuito a rafforzare l'idea che fosse sopravvissuta. Alla fine sarebbero sicuramente tornati al porto. Sarebbero andati lì e avrebbero aspettato. Avrebbero osservato i passeggeri pronti a imbarcarsi sul traghetto a fine giornata. Avrebbero controllato ogni singola faccia fino a quando non avrebbero trovato quella che stavano cercando.

La sua.

Poi, però, le venne in mente un'altra cosa. Aveva cominciato a raccogliere ciottoli da una spiaggia sulla costa occidentale, uno per ogni giorno trascorso sull'isola. Li stava impilando uno sopra l'altro davanti all'emporio, non solo per ricordarsi da quanto tempo mancava da casa, ma anche per tenere il conto dei giorni. Per il momento aveva quindici ciottoli. Quando Lima e Hain sarebbero tornati sull'isola, quando la nuova stagione sarebbe cominciata, ne avrebbe avuti 152.

Giorno 15 di 152.

Doveva sopravvivere per quattro mesi e mezzo.

Cadde in depressione, precipitò nel suo baratro.

Usciva di rado per paura che Hain e Lima tornassero e la sorprendessero in giro per l'isola, e quando lo faceva, per andare in cerca di cibo, di una stufa al cherosene per scaldare il negozio gelido, non si spingeva mai troppo lontano, e si guardava costantemente le spalle, paranoica, tesa, spaventata da ogni suono, terrorizzata da ogni minimo movimento. Dopo una settimana smise di avventurarsi fuori. Prese ad arrampicarsi sul bancone per osservare il mare. A volte si rendeva conto di essere sporca, sentiva la puzza di sudore che le impregnava la pelle e i vestiti; allora capiva che stava perdendo il controllo. In genere, comunque, non le interessava: restava lì, nell'emporio, e fissava il vuoto.

Crollava ogni volta che pensava alle bambine. Non aveva nemmeno una loro foto da guardare. Il suo portafogli, dove teneva sempre una foto di loro tre scattata al mercato di Prospect Park un mese dopo la nascita di Chloe, le era stato rubato da Lima, che le aveva portato via anche il cellulare. Cominciava a temere di aver dimenticato i loro visi, i loro occhi, i loro sorrisi.

Provava a ricordare com'era sdraiarsi accanto a Kyra, ad accarezzarle i capelli mentre prendeva sonno, ma non ci riusciva. Non sapeva se il girello di Chloe fosse giallo o rosso. Una sera restò sveglia per quattro ore cercando di ricordare se tra gli animali della sua giostrina ci fossero delle zebre o dei leoni. Diventò così assurdamente importante che cominciò a pruderle dappertutto. Il prurito era talmente insopportabile che finì per scarnificarsi un braccio con le unghie.

Il giorno dopo si trascinò fino alla Jeep per vedere se fossero rimasti dei cerotti, perché all'emporio non ne aveva più. Anche se l'aria era gelida, non si prese nemmeno la briga di vestirsi: uscì in maglietta, mutande e scarpe da ginnastica. Cercò dappertutto, ma non riuscì a trovarli.

Però notò qualcos'altro.

La data.

Era apparsa sul display del computer di bordo quando aveva aperto la portiera, ma era così presa dalla ricerca dei cerotti, così allo sbando a livello emotivo, che lì per lì non se n'era nemmeno accorta. Ma scendendo la vide.

Era il 25 novembre.

Il Giorno del Ringraziamento.

Fino a quel momento, finché non si era vista riflessa nel finestrino, non si era resa conto di quanto fosse diventata un fantasma, di quanto si fosse lasciata andare in così poco tempo. Ma l'immagine su quel vetro – seminuda, i capelli arruffati, i denti sporchi – era così magra, così fosca, che non riusciva neppure a riconoscersi. All'inizio, quando era arrivata sull'isola, si stava ancora portando dietro quei chiletti in più presi durante la seconda gravidanza, ma adesso, dopo quasi un mese, erano spariti. Il suo corpo era diventato spigoloso, la pelle tesa sulle ossa, e anche il suo colorito era cambiato. Aveva sempre avuto un minimo di abbronzatura, un bel colore dorato, come il primo accenno di autunno. Adesso era pallida e gelata.

Scoppiò in lacrime alla vista del suo riflesso, della data sul cruscotto. Immaginò le bambine a pranzo con Gareth, con *Noella*, e non appena scacciò quell'immagine, sempre restia ad accettare che fosse vero, pensò e ripensò a che cosa avrebbe detto Kyra a proposito del fatto che lei non era lì con loro, a che cosa avrebbe pensato Chloe, anche se era ancora troppo piccola per capire che sua madre era sparita. Versò fiumi di lacrime, abbandonandosi a un pianto che la buttò fisicamente a terra, finché le immagini delle figlie non divennero frammentarie e disordinate, e si dissolsero come quelle di un vecchio film.

A terra, in ginocchio, si lamentò come un animale ferito.

Aveva finalmente toccato il fondo.

Prima

Il traghetto per Crow Island partiva alle otto in punto. Il viaggio durava tre ore e la nave doveva uscire dal porto di Montauk, girare attorno a Montauk Point e quindi proseguire in direzione sudest per centosessanta chilometri, attraversando l'Atlantico. Johnny le disse che l'isola era sullo stesso parallelo di Philadelphia, ma dopo un po' le risultò difficile immaginare che si trovassero sullo stesso parallelo di qualunque altro posto al mondo, perché a un certo punto si ritrovarono circondati solamente dall'oceano.

Rebekah era seduta nel salottino passeggeri e osservava la terraferma che svaniva alle sue spalle, la linea della costa che scivolava nel mare. Era il penultimo giorno della stagione e il traghetto era quasi vuoto. Dentro c'erano due uomini, uno in tuta da lavoro, l'altro con un'incerata addosso, e una ragazzetta dall'aria annoiata, neanche ventenne, che si occupava del bar. Fuori, sul ponte, il tizio che stava fumando una sigaretta era lo stesso che si era imbarcato con un furgone per i traslochi.

Johnny tornò da lei, la borsa del portatile in spalla, i caffè in mano e un biscotto nella sua confezione di plastica tra i denti. «Tieni» disse mentre le porgeva la tazza e si sedeva al suo fianco. «Come ti senti?»

Rebekah gli vide scartare il biscotto. Non era la prima volta che lasciava le bambine, ma era la prima volta che era così lontana da loro.

«Sto bene» rispose, anche se l'espressione di Johnny indicava che aveva capito che era una bugia. «Davvero» aggiunse, perché non gli voleva rovinare la giornata ancora prima di arrivare. Quella mattina, quando era passata a prenderlo, era così emozionato per il viaggio, all'idea di rimettersi a scrivere, di fare ricerche e per l'opportunità di intervistare un vero e proprio esperto in materia.

«Le bambine staranno con Noe per tutta la giornata?» le chiese.

«Sì, e stasera le darà il cambio Gareth.»

«A che ora gli hai detto che saresti tornata?»

«Non gli ho dato un orario preciso. Più tardi chiamerò Noe per sapere come sta andando e le farò sapere. Non abbiamo avuto tempo per parlarne stamattina.»

Gli fece l'occhiolino per sdrammatizzare, ma quella levataccia era stata stressante e destabilizzante, e quello era uno dei motivi per cui si sentiva un po' scombussolata: per andare da Noe alle 04:30 ed essere da Johnny alle 04:50, aveva dovuto svegliare le bimbe alle 04:00. Non l'avevano presa bene. Erano assonnate, scontrose, si erano lamentate per tutto il tragitto fino a casa di Noe e Rebekah le aveva dovute lasciare in un mare di lacrime per arrivare in tempo da suo fratello. Se fosse passata a prenderlo in ritardo, non avrebbero avuto abbastanza tempo per attraversare Long Island e raggiungere Montauk prima che il traghetto delle otto partisse.

«Il traghetto per Montauk parte alle 20:00» mormorò Johnny prima di offrirle mezzo biscotto. «Dovresti essere a casa per le dieci e mezza. Più o meno.»

«Ottimo» disse Rebekah. «Noe è fantastica con le bambine.»

Johnny sorseggiò il suo caffè ma continuò a guardarla. «Apprezzo molto che tu sia venuta, Bek. Malgrado lo schifo d'anno che hai appena passato tra Gareth, il lavoro, le bimbe e tutto il resto, hai comunque trovato del tempo per me.»

Lei ripensò a Mike, a ciò che aveva detto quella sera alla tavola calda. 'Devo cominciare a dare più valore a ogni momento.'

«Mi fa piacere essere qui con te, Johnny.» Gli posò la testa sulla spalla e lui appoggiò la guancia sui suoi capelli. «Perciò questo posto chiude domani, eh?»

«A Halloween, già.»

«È proprio da te aspettare fino all'ultimo minuto, fratellone.»

«Sai come sono fatto» replicò lui. «Sempre organizzatissimo.»

«Sempre.»

«Domani tu e le bimbe andrete a fare dolcetto o scherzetto?»

«Oh, sì» rispose lei. «Insieme a un gruppo di vicini. Kyra è così elettrizzata. Chloe invece... be', direi che per lei è indifferente.» Sorrise. Poi le tornò in mente un'altra cosa: «Oh, quasi dimenticavo. L'altro giorno mi ha chiamato Kirsty e mi ha lasciato uno strano messaggio.»

«Kirsty Cohen?» Johnny la guardò stupito.

«Ha detto che voleva parlarmi di una persona.»

Suo fratello aggrottò le sopracciglia.
«E quella persona sei tu. Qualche idea del perché?»
«No» fece lui.
«Potrebbe avere a che fare con la donna che ti ha fatto conoscere?»
«Louise?» Johnny distolse lo sguardo, si voltò verso l'oblò. «Ne dubito. Non la sento da settimane.»
«Oh.» Rebekah provò a decifrare la sua espressione. «Mi dispiace, John.»
Lui si strinse nelle spalle.
«Forse Louise vuole rimettersi in contatto con te.»
Johnny continuava a evitare il suo sguardo.
«Ne dubito» mormorò di nuovo.

A Rebekah venne in mente solo più tardi che, nella fretta, non aveva mai detto a Noella dove stavano andando lei e Johnny. Al telefono, quando avevano preso accordi, le aveva detto che sarebbero stati fuori per tutto il giorno, poi era passata a spiegarle a che ora avrebbe lasciato le bimbe da lei, perché le era sembrato più importante. Non avevano avuto modo di approfondire il discorso perché Noe doveva scappare per andare a un incontro di lavoro. Rebekah non aveva parlato del viaggio nemmeno con Gareth, a parte per dirgli che lei e Johnny sarebbero stati via per l'intera giornata e che Noe gli avrebbe portato le bambine in serata. E quella mattina, alle quattro e mezzo, lei era così stanca e le bambine così agitate che, ancora una volta, non aveva avuto occasione di spiegare a Noe nel dettaglio dove stavano andando.
«Per prima cosa andremo a Long Island» le aveva detto mentre aiutava le figlie a scendere dai seggiolini. Chloe stava piangendo come una fontana e Kyra aveva continuato a farle sempre la stessa domanda: «Dove vai, mammina? Dove vai, mammina? Dove vai?»
«Mamma va a fare un giro con lo zio Johnny, Ky. Ti prego.»
Aveva messo Chloe in braccio a Noe, poi era corsa dall'altro lato della macchina, aveva controllato l'ora sul cellulare ed era sbiancata, in ansia al pensiero di perdere il traghetto.
«Una volta arrivati a Long Island,» aveva ripreso il filo del discorso mentre slacciava la cintura del seggiolino di Kyra «prenderemo...»
«Bek.»
«Prenderemo...»
«*Bek*» aveva ripetuto Noe, allungandosi sopra il sedile per posarle una mano sul braccio. «Calmati. Mi chiami dopo, okay?»
Allora Rebekah aveva annuito, aveva sorriso all'amica e guardato

Kyra. Gli occhi di sua figlia si stavano riempiendo di lacrime. «Mi dispiace, angelo mio» le aveva detto prima di chinarsi e darle un bacio. «Mami ti vuole un mondo di bene.»

Qualche istante dopo, quando si era rimessa al volante della Jeep, aveva fatto ciao con la mano alle bimbe attraverso il parabrezza.

Stavano piangendo tutte e due.

«Proverò a chiamarti da Montauk» aveva detto a Noella dal finestrino aperto, ma l'amica l'aveva solamente salutata con la mano.

Con il motore acceso, non l'aveva sentita.

E poi, mentre faceva manovra per uscire dal vialetto, mentre dava un'ultima occhiata alle bambine, era arrivata la parte peggiore: Kyra.

Non era più in lacrime.

Stava allungando le braccia verso di lei, come se Rebekah stesse per precipitare in un profondo buco nero.

27

Rebekah si svegliò di colpo, l'immagine di Kyra – le sue braccia tese verso di lei la mattina che l'aveva lasciata a casa di Noella – impressa sulla retina.

Si girò su un fianco. Era tutta indolenzita, ma non per lo sforzo fisico. Era per la mancanza di esercizio. Quelle settimane di inattività la stavano distruggendo, le avevano anchilosato gli arti. Scostò le coperte e per un po' rimase a fissare la perdita sul soffitto che sgocciolava nel secchio che ci aveva messo sotto.

Il ricordo di Kyra le si riaffacciò alla mente.

Era l'ultima immagine che le sarebbe rimasta di sua figlia? Il vago accenno di un viso dall'altro lato del finestrino di un'auto? Perché non aveva comunicato a Noa dove stavano andando? Perché non l'aveva sentita quando le aveva detto che l'avrebbe chiamata da Montauk? *O forse mi ha sentita, ma ha fatto finta di non capire. Forse non è la persona che credevo di conoscere.*

No. Rebekah chiuse gli occhi. *No.*

Si sforzò di rievocare un'immagine della donna che, in cuor suo, sapeva essere la vera Noella. La sua migliore amica. Una sorella. E poi ripensò alle parole che Noe aveva *sicuramente* sentito quella mattina, alle informazioni che lei e Gareth potevano fornire alla polizia. L'unica cosa che aveva certamente sentito era 'Long Island', perciò agli agenti avrebbe riferito quello, e le ricerche sarebbero partite da lì.

Rebekah ebbe un tuffo al cuore.

Long Island occupava un'area di più di 3564 chilometri quadrati, ossia una superficie tre volte più grande rispetto a quella di New York City. E non solo: le scomparse sarebbero state denunciate alla polizia di New York, ma smistate ai distaccamenti delle contee di Nassau e

Suffolk, facendo affidamento su un tipo di cooperazione che Rebekah aveva visto molto di rado in campo medico e che non era emersa nemmeno dai racconti di suo padre. Quando pensò a lui, la sua voce risuonò come un'eco nella sua testa: 'I poliziotti sono le persone più altruiste e al tempo stesso egoiste che conosca. Il caso a cui stai lavorando, quella è l'unica cosa che conta. Tutto il resto è irrilevante.' Ma anche ammesso che un certo grado di cooperazione tra poliziotti invece ci fosse, che cosa avrebbero potuto fare? Forse provare a controllare i filmati delle telecamere stradali. Forse a casa di Johnny c'erano delle ricerche per il libro che aveva in programma di scrivere, o il nome del curatore del museo di Storia naturale che avrebbe dovuto incontrare. Forse, alla fine, si sarebbero resi conto che Long Island non era la destinazione finale del loro viaggio.

Ma sembrava un'impresa a dir poco ardua.

Se la polizia aveva scoperto dove erano andati lei e Johnny, perché non era ancora arrivata? E comunque, un normale agente sarebbe davvero riuscito a rimettere insieme le tappe del viaggio di un'auto partita da Brooklyn basandosi solamente sulle telecamere stradali? Seguendola ininterrottamente per duecentocinque chilometri di autostrada? Era più probabile che la polizia entrasse in casa di Johnny e la mettesse a soqquadro o che le loro denunce di scomparsa finissero in un armadietto insieme ad altri mille verbali simili? Con così tanti casi analoghi al mondo, almeno stando a quanto aveva visto lavorando in ospedale, due adulti senza problemi mentali o precedenti penali sarebbero stati abbandonati al loro destino fino a quando non fosse saltata fuori una pista interessante.

L'unico dubbio che aveva era dato dai cellulari.

Sia lei che Johnny avevano i loro telefoni quando erano arrivati, e prima di essere catturati li avevano usati per provare a contattare casa. I cellulari dovevano aver agganciato la cella telefonica dell'isola. Quindi la polizia non aveva controllato i loro tabulati? Quella era la primissima cosa che avrebbero dovuto fare. Una volta controllati i tabulati e notato il traffico telefonico, avrebbero avuto l'ultima posizione di Rebekah e Johnny.

Eppure non erano ancora arrivati.

I suoi pensieri furono mandati in frantumi dal verso stridulo di un corvo pescatore. Lo vide volare davanti alla finestra – una macchia nera – con il cuore che le palpitava nel petto. Erano passate due settimane e mezzo da quando Hain e Lima erano venuti sull'isola e lei aveva ancora i nervi a fior di pelle. Ma non poteva andare avanti così.

Qualcosa doveva cambiare.

Doveva provare a voltare pagina.

Doveva lavare i vestiti, e sarebbe stato scomodo e complicato farlo nel secchio in cui stava raccogliendo l'acqua che gocciolava dal soffitto. Doveva scendere in spiaggia e lavarli in mare. Aveva anche bisogno di cibo. Le erano rimaste cinque scatolette – poteva farsele durare per una settimana se le usava morigeratamente – e aveva già svuotato la dispensa del primo ostello. Poteva provare a cercare una canna da pesca, ma proprio come ultima risorsa. Ci sarebbero voluti giorni, settimane, prima che imparasse a usarla con sufficiente maestria per procurarsi le quantità di pesce di cui aveva bisogno, e persino di più per capire quali erano i punti più pescosi dell'isola. Prima di arrivare a tanto, avrebbe provato a razziare il secondo ostello, poi avrebbe setacciato anche il resto dell'isola: doveva ancora esplorare tutta la costa nord e quella occidentale, dove c'era il faro, e gran parte dell'entroterra. In cuor suo non si aspettava di trovare chissà cosa: persino la vecchia mappa, disegnata quando l'isola era ancora fiorente, segnalava pochi punti di interesse da quelle parti. Ma doveva provare.

Nascondersi non era più un'opzione.

Doveva combattere.

28

Si arrampicò sui cancelli che separavano la zona portuale e Main Street. Erano incatenati e chiusi dall'interno con un lucchetto, perciò, anche armata di cric, non poteva forzarli senza scavalcare la recinzione.

Arrivare in cima e saltare giù dall'altra parte fu relativamente semplice, perché la maglia metallica dei cancelli forniva appigli ideali. Di nuovo con i piedi per terra, si occupò del lucchetto. Era la terza volta che provava a romperne uno con il cric, e ogni volta diventava più abile. Lo fece saltare via dall'anello nel giro di un paio di minuti.

Al di là di un piccolo parcheggio vuoto e del cemento crepato della banchina, non c'era niente a parte il casotto di legno della capitaneria di porto. Voleva dargli un'occhiata, ma prima andò allo scalo di alaggio, fino all'acqua che lambiva il lastrone di cemento, e iniziò a togliersi i vestiti sporchi.

Il freddo era pungente, ma si tolse tutto.

Quando arrivò all'intimo, l'istinto la portò a esitare, le mani pronte a sganciare il reggiseno, e si voltò nella direzione da cui era venuta. Era così strano spogliarsi in quel modo, in un posto che almeno d'estate avrebbe considerato un luogo pubblico. Mentre i suoi occhi passavano in rassegna gli edifici sbarrati su Main Street, il vento fece frusciare le fronde degli alberi. Fece cigolare anche una vecchia banderuola sul tetto di una casa. Ma non si mosse nient'altro.

Nessuno mi sta osservando.

Pensò a Hain e Lima, poi cercò la linea indistinta della terraferma all'orizzonte, oltre il braccio di mare. Il vento riprese a soffiare, persino più gelido di prima, e lei rabbrividì. Dopo essersi tolta la biancheria, si mise i vestiti che aveva trovato al distributore. Erano vecchi, ammuffiti e puzzavano di chiuso. Nonostante la maglietta, la lana del maglione le diede una sensazione di prurito, ma la sopportò e infilò anche i pantaloni sporchi di grasso.

Rimise le scarpe da ginnastica senza i calzini, le ripulì un po' dal fango e poi lavò ogni indumento immergendolo nell'acqua, sciacquandolo bene, strofinandolo con un pezzo di sapone che aveva trovato all'ostello e poi strizzandolo. Quando ebbe finito, le sue mani si erano trasformate in due blocchi di ghiaccio. Recuperati gli abiti umidi, si incamminò verso l'emporio, ma poi si ricordò del casotto della capitaneria di porto.

La porta era chiusa a chiave, non con un lucchetto.

Forzare la serratura sarebbe stato più complicato.

Sempre ammesso che ne valesse la pena. Fissati all'esterno c'erano due cartelli metallici – IN CASO DI EMERGENZA CHIAMARE IL 911, e sotto PRONTO INTERVENTO – che per un attimo riaccesero le sue speranze, ma quando salì su un blocco di calcestruzzo e sbirciò dentro dall'unica finestra, non vide niente di particolarmente interessante.

Dentro non c'era neanche spazio per muoversi: vide scaffalature ovunque, barattoli pieni di chiodi, viti, attrezzi e pezzi di ricambio. Notò una cassetta del pronto soccorso appesa a una parete, ma per il resto non c'era niente di utile. Prima di Hain e Lima, prima di scoprire che avevano in mente di tornare, avrebbe pregato di imbattersi in una radio più facile da usare rispetto a quella che aveva trovato al distributore, ma adesso era stranamente combattuta: e se ne avesse trovata una e fosse riuscita a inviare un sos ma quei due avessero captato il suo messaggio? Sapeva che non era possibile restare sintonizzati su un canale radio ventiquattr'ore su ventiquattro, sette giorni su sette, per quattro mesi, ma questo non le impediva di avere paura. Perché non era irrazionale pensare che stessero ascoltando il traffico radio di quella parte della costa. Non era irrazionale pensare che a un certo punto, se fosse riuscita a mettersi in contatto con qualcuno, potessero sentirla.

Spostò il peso da un piede all'altro e aguzzò la vista, in cerca di un altro mezzo di comunicazione. Dopo le difficoltà incontrate con l'uso della ricetrasmittente, aveva pensato a modi alternativi per mettersi in contatto con il mondo esterno, tipo raccogliere della legna, salire sul Nuyáhshá e accendere un fuoco. Accendendolo dopo il tramonto e alimentandolo per tutta la notte, dovevano esserci buone probabilità che qualcuno prima o poi lo scorgesse dalla terraferma.

Ma c'era un però: e se Hain e Lima avevano dei complici a Montauk?

E se era proprio lì che i frequentatori abituali del posto si ritiravano per l'inverno, in casette disseminate lungo la costa, con l'isola sempre in vista?

Riteneva altamente improbabile che Hain e Lima avessero detto a qualcuno che cosa avevano fatto sull'isola – sarebbe stato ammettere di aver commesso un omicidio – ma non era così inverosimile che avessero pagato qualcuno per essere tenuti informati sulle barche dirette a Crow Island, o nel caso in cui qualche sconosciuto si fosse presentato a Montauk e avesse mostrato un certo interesse per l'isola. Forse avrebbero pensato alla polizia, o magari alla guardia costiera, ma un fuoco avrebbe rappresentato un punto di domanda molto più grande. Come aveva fatto, di punto in bianco e in pieno inverno, a scoppiare un incendio sul punto più alto dell'isola?

Fanculo, vada per la radio, perché qua si è a corto di opzioni a meno di non voler restare fino ad aprile. Ma poi venne assalita dalla solita incertezza, una paura così schiacciante che le sembrava di annegarci dentro. Voleva vivere. Voleva tornare dalle sue bambine e, al momento, godeva di un grande vantaggio: Hain e Lima pensavano che fosse morta.

Le comunicazioni radio e i fuochi erano fuori discussione.

Doveva trovare un altro modo.

Prima

L'isola era sempre più vicina. Rebekah infilò una mano in tasca e tirò fuori il cellulare. Nessun segnale. Johnny le aveva assicurato che una volta arrivati sarebbe riuscita a prendere la linea. Doveva chiamare Noella per chiederle come stavano le bambine, perché non aveva avuto la possibilità di farlo al porto di Montauk: con il traffico trovato in autostrada, erano arrivati in ritardo all'imbarco e il traghetto era partito un minuto dopo che erano saliti a bordo, e l'attimo dopo ancora aveva perso completamente il segnale.

Per un po' era stato liberatorio fare qualcosa di diverso rispetto a cambiare pannolini e preparare pappette per le figlie, ma ora si sentiva confusa, in ansia al pensiero di essere così lontana da loro, e quando sul molo ormai in vista scorse un cartello scrostato con scritto HELENA, iniziò a chiedersi se avesse fatto bene ad accompagnare Johnny. E se le bambine stavano ancora piangendo e Noella non era riuscita a calmarle?

Qualche istante dopo, però, tornò il segnale e il cellulare le vibrò sul palmo della mano. Era un messaggio. Noe le aveva mandato una foto di lei e delle bambine a Coney Island, la ruota panoramica visibile alle loro spalle.

> Che freddo stamani in spiaggia! Ma non così tanto da rinunciare a un bel gelato. Da leccarsi i baffi! Qua tutto bene. Tu divertiti e saluta J. E rilassati! Baci, Noe

Non appena il traghetto rallentò, dal finestrino vide un uomo sul pontile, alcuni veicoli nel parcheggio oltre i moli e un altro uomo che stava risalendo la strada principale di Helena. Dopo aver dato un ultimo sguardo alla foto di Noella, Kyra e Chloe, Rebekah rimise il cellulare in tasca.

«Okay, fratellone» disse. «Andiamo a cercare il tuo esperto.»

Si sentiva meglio, più positiva: dopo l'intervista potevano andare a sedersi in spiaggia o, se avesse trovato il coraggio, a pagaiare nelle acque gelide dell'oceano, oppure potevano prendere dei gelati e respirare un po' di aria di mare. Avrebbero avuto qualche ora per fare qualunque cosa volessero, per essere loro stessi, per sentirsi liberi. E in quel momento si ripromise che si sarebbe goduta ogni minuto di quell'avventura fuori città – fuori dai suoi soliti schemi – insieme al fratello per cui stravedeva.

Johnny le disse che il curatore del museo aveva preso una camera in un ostello di pescatori sulla costa nord dell'isola ma che lavorava nella foresta, dove stava facendo delle ricerche sulle tribù Niantic che un tempo vivevano su Crow Island.

«Sai almeno che aspetto ha questo tizio?» gli domandò lei mentre lasciavano il centro abitato.

«No, ma mi ha detto di chiamarlo quando saremo vicini.»

Rebekah annuì e osservò il panorama fuori dal finestrino.

«Quando è stata l'ultima volta che sei venuto qui?»

«Anni fa» rispose Johnny. «Quando ero fissato con Colombo.»

Si riferiva a Cristoforo Colombo: intorno ai vent'anni, Johnny, Mike e altri ragazzi del quartiere avevano cominciato a esplorare edifici abbandonati. La maggior parte di loro lo aveva fatto per il gusto del brivido, mentre l'interesse di Johnny era più accademico: era appassionato di Storia, sempre in cerca di ispirazione, e diceva di trovare uno strano senso di pace nei corridoi vuoti e silenziosi delle vecchie strutture disabitate. Quella stessa passione doveva averlo portato ai pochi edifici rimasti in piedi dopo la furia dell'uragano Gloria.

«Quest'isola ha del potenziale» commentò Rebekah.

Suo fratello non le rispose.

«Voglio dire, scommetto che era un bel posto prima dell'uragano.»

Johnny stava ripassando i suoi appunti: le domande che aveva preparato per il curatore, i dettagli che doveva verificare, una breve sinossi del suo romanzo. Nemmeno la ascoltava, ma lei non se la prese. Aveva notato che stava iniziando a farsi prendere dall'ansia e che aveva assunto un'espressione preoccupata.

«Non penserà che sei un povero fallito» disse.

Johnny alzò gli occhi dai suoi fogli. «Come?»

«So a cosa stai pensando. Non sei un vero autore, non hai ancora pubblicato un libro. Ma se gliene fosse fregato qualcosa, non avrebbe accettato di incontrarti, dico bene?» Dato che suo fratello continuava a non rispondere, stavolta gli lanciò un'occhiata. «Dico bene?»

«Non voglio che pensi di aver perso tempo, tutto qua.»

Rebekah si accigliò. «Credi che ti abbia fatto fare tutta questa strada solo per poterti dire in faccia che non sei all'altezza di Ken Follett?»

Johnny sorrise. «È solo che ci tengo tanto.»

«Lo so, e andrà bene.»

Il curatore si chiamava Karl Stelzik. Johnny provò a chiamarlo mentre percorrevano la strada principale dell'isola, una panoramica ad anello chiamata Loop, solo che il suo cellulare era sempre staccato. Gli lasciò un messaggio in segreteria, poi un altro, ma più si allontanavano da Helena, più la copertura di rete peggiorava.

Dieci minuti dopo trovarono l'ostello in cui alloggiava Stelzik, un palazzotto squadrato coperto da un sottile velo di salsedine.

Dentro, le luci erano spente.

«Spero non sia un brutto segno» mormorò Johnny prima di scendere dall'auto e incamminarsi verso la porta. Provò ad aprirla, ma era chiusa. Suonò il campanello e aspettò una risposta.

Nell'attesa, Rebekah accese la radio. Cambiò canale, provando a sintonizzarsi su varie stazioni, ma non c'era ricezione. Rassegnandosi, sbloccò il telefono per riguardare la foto di Noella e le bambine a Coney Island, i loro sorrisi, il gelato sulle guance di Kyra.

Inaspettatamente, si sentì assalire di nuovo dal panico. I suoi occhi indugiarono sul viso di Kyra, sulle stesse fossette che aveva anche Gareth, sui suoi riccioli, e poi passarono a Chloe, seduta sul suo passeggino, con il visino corrucciato, imbacuccata in una tutina da neve.

Un attimo dopo era già fuori dalla Jeep, il cellulare tenuto in alto, sorretto da entrambe le mani. Prese a girare in tondo attorno alla macchina per ritrovare il segnale. Non appena vide apparire una tacca, compose subito il numero di Noella.

«Ehi, mammina» rispose l'amica.

La linea era disturbata, la voce debole e distante.

«Ehi, Noe, va tutto bene?»

«Certo, perché non dovrebbe?»

«Io, ehm... non lo so. È solo che...» Rebekah deglutì. *Che cavolo di problema ho?*

«Tu stai bene, tesoro?» le chiese Noella.

«È solo che... volevo sapere come stavate, tutto qua.» Si sforzò di mantenere un tono calmo e rilassato. «Che bella la foto che mi hai mandato. Grazie.»

«Che succede, Bek?»

Noe aveva capito tutto.

Rebekah lanciò un'occhiata all'ostello. Johnny stava ancora aspettando davanti alla porta. I loro sguardi si incrociarono e lui alzò le mani, poi scosse la testa.

«Non lo so» ammise, quasi più a sé stessa che all'amica, e poi buttò fuori il fiato, neanche lo avesse trattenuto per giorni. «È stupido, lo so, ma avevo una strana sensazione.»

«Una sensazione?»

«Ho sentito il bisogno di chiamarti.»

«Be', puoi smetterla di preoccuparti. Noi stiamo bene. Vero, tesorini?» Una breve pausa. Del vento a rendere ancora più confuso il crepitio sulla linea.

«Mammina?»

A Rebekah si strinse il cuore. «Ky?»

«Gelato, Mammina!»

Rebekah scoppiò a ridere. *Va tutto bene. Stanno bene. Poche ore e sarò di nuovo a casa.* «Lo so che avete preso il gelato, piccola» disse alla figlia. «Scommetto che era delizioso.»

Nessuna risposta stavolta, solo uno schiocco di labbra.

Rebekah sorrise. «Devi fare la brava con zia Noe, d'accordo?»

«D'accordo.»

«Mami torna domani.»

«Va bene, Mammina.»

«Ti adoro, piccola. Dai un bacio a tua sorella da parte mia.»

Noe tornò al telefono. «Rilassati, Bek. È tutto sotto controllo.»

«Lo so. Scusami.»

Johnny stava tornando indietro, perciò Rebekah saluto e riattaccò. Suo fratello aprì la portiera, gli occhi ancora fissi sull'ostello. «Nessuna risposta» disse. «E il suo cellulare è sempre spento.»

Si vedeva che era scocciato.

Quando erano piccoli, era Mike la testa calda. 'Mikey lo Psicopatico' come lo chiamava lei. Era quello che rispondeva di più e che rimuginava più a lungo su ogni parola fuori posto. Spesso si arrabbiava perché non aveva pazienza, né la capacità di ammettere che gli altri potessero commettere degli errori. Per lui era molto più semplice dire a qualcuno che cosa doveva fare, come doveva ragionare o che cosa doveva accettare. C'era una certa ironia nel fatto che alla fine fossero stati proprio quei difetti a renderlo un imprenditore di successo. Rebekah gli aveva sempre voluto un bene dell'anima, anche quando litigavano. Era intelligente, divertente e irritante, ma era così diverso da Johnny che a volte veniva da chiedersi come facessero a essere fratelli. Johnny non perdeva quasi mai la pazienza. Ascoltava sempre quello che avevi da dire. Rebekah non riusciva a ricordare di averlo mai sentito parlare male di qualcuno, nemmeno dei compagni di scuola che per un certo periodo lo avevano preso di mira, sfottendolo per il suo accento angloamericano, per il suo abbigliamento e per il fatto che preferiva dipingere anziché fare sport.

«Che vuoi fare?» gli chiese quando lo vide sbiancare. Per la rabbia, per la frustrazione.

«Sarà impegnato da qualche parte, immagino» rispose Johnny.

Era così gentile, e sempre tanto buono. Non che Mike non lo fosse stato, ma la bontà di Johnny aveva radici diverse, non era contaminata dagli scoppi d'ira e dalle scenate alle quali Mike a volte dava libero sfogo.

«Quindi qual è la prossima mossa, fratellone?»

Lui guardò prima l'ostello, poi lei.

«Passiamo al piano B» disse.

29

Rebekah si addentrò nella foresta.

Erano passate quasi quattro settimane dall'ultima volta che era andata a cercare Johnny come si doveva e in un certo senso le sembrava di averlo tradito, ma una parte di lei non voleva riprendere le ricerche. Era dicembre. Era iniziato il suo secondo mese sull'isola. Era lì da trentaquattro giorni e, per quanto si fosse impegnata, non aveva mai trovato tracce di lui.

La risposta poteva essere una sola.

'Ci sono state delle complicazioni' aveva detto Lima a Hain quella notte in spiaggia. All'epoca aveva accarezzato l'idea che le complicazioni fossero sorte perché Johnny era scappato, aveva lasciato l'isola e denunciato l'accaduto. Ora sembrava una speranza infantile, semplicistica e ingenua. Quel giorno c'erano state delle complicazioni perché Lima non aveva avuto il tempo di tornare indietro e seppellire il corpo di Rebekah, non perché fosse successo qualcosa con Johnny. Con Johnny non c'erano state complicazioni.

Lima lo aveva ucciso, e poi lo aveva seppellito.

Arrivare ad ammetterlo con tanto candore la lasciò di stucco. Scrutò la foresta. Si era portata dietro la mappa su cui erano indicati dei vecchi sentieri, ma le bastò guardarsi attorno per aprire gli occhi alla realtà: quei sentieri, ovunque fossero stati, erano spariti da tempo.

Non avrebbe mai ritrovato suo fratello.

Controllò una dopo l'altra ogni parte dell'isola, usando la mappa. Andava in auto, scendeva dalla macchina, esplorava la zona in cerca di cibo, vestiti e qualunque cosa potesse tornarle utile, come i vecchi razzi di segnalazione trovati in una casa decrepita sulla costa nord, e se ne usciva a mani vuote, ci metteva una croce sopra e passava alle successive. Era un lavoro noioso, incessante e ripetitivo, e il fatto che la mappa fosse così datata non le era di grande aiuto: molti punti di riferimento, tipo il vecchio mulino accanto al faro, erano stati abbandonati o spazzati via.

Alla fine arrivò al secondo ostello.

Dall'esterno la struttura sembrava molto simile a quella che aveva già razziato, solo molto più piccola: si sviluppava su un solo piano, con quattro finestre per lato.

E poi c'era un'altra differenza. I due ingressi, davanti e dietro, erano chiusi a chiave, non con un lucchetto. Le finestre erano identiche a quelle dell'altro ostello – sbarrate, con i vetri rinforzati – e, se voleva entrare, non poteva contare sulla solita strategia.

Fece un giro attorno all'edificio.

Le due porte non sembravano particolarmente robuste – il legno era sfaldato e deformato, probabilmente a causa degli schizzi d'acqua salata dell'oceano – perciò era abbastanza sicura di poterle aprire, ma doveva trovare qualcosa di simile a un piede di porco da usare come leva.

Risalì sulla Cherokee, prese la mappa e disegnò un quadrato sulla costa nord, più o meno dove si trovava l'ostello. Doveva essere stato costruito dopo l'uragano Gloria, perché in quel punto, sulla mappa, c'era la sagoma grigio-azzurra di un edificio diverso, con la didascalia: MUSEO. C'era anche una freccia che puntava verso un riquadro informativo che descriveva il museo, che aveva ospitato 'un'impressionante collezione di reperti delle tribù Niantic e dei primi coloni europei, incluse monete, coltelli con manico d'osso e capi di vestiario del periodo'.

Il museo era sparito, così come la sua collezione di reperti.

Mise un punto interrogativo accanto al quadrato che aveva disegnato sulla mappa per ricordarsi di tornare a controllare.

Fino a quel momento, non aveva avuto fortuna.

Ma la ruota stava per girare.

30

Il faro sorgeva in fondo a una striscia di terra chiamata Schooner Point. Il suo impiego originario era stato sospeso molto prima dell'uragano, ma dovevano averlo tenuto aperto per i turisti, perché sulla mappa erano indicati i prezzi e gli orari di visita. Rebekah immaginava che un tempo dovesse essere di un bel bianco immacolato, quasi accecante alla luce del giorno, ma la vernice si era sfaldata come pelle morta e adesso ricordava un dito congelato, annerito e putrefatto. Avvicinandosi, le parve quasi di sentire la puzza di marcio nell'aria.

Parcheggiò la Jeep su una toppa di cemento crepato e osservò il faro attraverso lo strato di cellofan con cui aveva coperto il finestrino.

Dopo aver recuperato la torcia dal bagagliaio, seguì una passerella di legno che si snodava in mezzo alle dune. C'era ancora il sole che di tanto in tanto faceva capolino dietro le nuvole, ma era inverno e la luce si stava già affievolendo. Tirò su la cerniera del giubbotto e imboccò un viottolo. Il mattonato rosso era sconnesso e traballava sotto le sue scarpe da ginnastica, come il pavimento di una casa degli specchi.

Strano ma vero, la porta del faro era aperta.

Niente fino a quel momento era stato così semplice, quindi ebbe un attimo di esitazione. Alla fine, quando allungò la mano e tirò la porta verso di sé, si rese conto di essere nervosa e si preparò al peggio.

Ma ad attenderla non c'erano strane sorprese.

Qualcuno si era semplicemente dimenticato di chiudere a chiave.

Entrò nei vecchi alloggi del custode del faro, spogliati di qualsiasi cosa potesse tornarle utile, quindi rischiarò l'angolo a destra con la sua torcia e vide una scala a chiocciola. Da qualche parte sopra la sua testa, un uccello sbatté le ali, infastidito dal fascio di luce sulle pareti imbiancate.

Salì fino alla lanterna.

La stanza era esagonale, con un diametro di circa dodici metri, anche se dall'interno sembrava più piccola a causa delle dimensioni della lanterna. Le vetrate regalavano una visuale perfetta di tutta l'isola, mentre l'immensità dell'Atlantico si allungava a perdita d'occhio ovunque si voltasse. A centosessanta chilometri di distanza, a nord-ovest, la terraferma era solo una macchia all'orizzonte. Ed era l'unica cosa visibile in lontananza. Nelle altre direzioni non c'era niente. Solo l'oceano infinito e la curva della Terra.

Girando attorno alla lanterna, cercò segni di vita in mare aperto e studiò ogni parte dell'isola, perché dall'alto era diverso. Osservarla da lassù le permetteva di confermare l'idea che si era fatta, di controllare le aree che aveva già esplorato e, eventualmente, di trovarne altre che magari le erano sfuggite.

E fu allora che le cadde l'occhio su un agglomerato di costruzioni alla sua sinistra, tutte con i tetti di lamiera ondulata.

Sorgevano sulla costa opposta rispetto alla terraferma, in fondo a un sentiero che si staccava dal Loop. Per qualche motivo, scendendo al faro dall'ostello non l'aveva visto.

Ma non erano state le costruzioni ad attirare la sua attenzione.

Era stato ciò che c'era dietro.

Un motoscafo.

Prima

Rebekah stava seguendo le indicazioni di Johnny, ma per poco non mancarono la deviazione per Simmons Gully. Il piano B era raggiungere il sito dove stava lavorando Karl Stelzik.

La strada sterrata era piena di buche, coperta da una spruzzata di brina e quasi completamente oscurata dagli alberi, ma arrivati in fondo Rebekah parcheggiò accanto a una Chevy Traverse sporca di fango e capì subito che lo avevano trovato. I sedili posteriori erano abbassati e il pianale di carico era pieno di attrezzature e arnesi da scavo. Attaccato al parabrezza dell'auto c'era anche un adesivo del museo di Storia naturale con scritto STAFF.

«Be', il piano B sembra già più promettente del piano A» commentò.

«Speriamo» disse Johnny, poi aspettò che chiudesse la macchina per guidarla tra gli alberi.

Rebekah si era messa un vecchio paio di scarpe da ginnastica e dei jeans ancora più vecchi, perciò non era preoccupata per il fango, ma, man mano che si addentrarono nel bosco, vide che era quasi del tutto ghiacciato.

Passarono quindici minuti, poi altri dieci, e altri dieci ancora, e alla fine domandò: «Hai almeno una vaga idea di dove sia questo scavo?»

«Non penso sia molto lontano» rispose suo fratello, ma non sembrava molto convinto.

Un istante dopo, sprofondò in una pozza nascosta dai rami di un albero e si ritrovò con l'acqua fino alle caviglie.

«Oh, e che cavolo» mormorò, lo scarponcino e l'orlo dei pantaloni completamenti zuppi.

«Tutto okay?» gli chiese Rebekah.

Johnny arrossì per l'irritazione.

«Ah, è così frustrante» disse, minimizzando come al solito.

Rebekah immaginava non fosse solo infastidito dal piede bagnato o dalla ricerca finora infruttuosa di Stelzik, ma che si sentisse anche in colpa per averla trascinata fin lì, sebbene fosse stata lei a offrirsi di accompagnarlo. Avrebbe voluto rassicurarlo, ma a dire il vero anche lei cominciava a innervosirsi. Quello non era come starsene seduti sulla spiaggia ad ascoltare il rumore del mare. Non avevano iniziato la giornata in un locale pittoresco con vista sull'oceano, gustandosi una fetta di torta accanto a un bel fuocherello crepitante. Era partita sapendo che l'isola era spartana, ma non immaginava così tanto. E non aveva pensato che avrebbero dovuto scarpinare.

«Mi dispiace» disse Johnny.

«Perché non provi a chiamarlo di nuovo?» gli propose.

Le mostrò il cellulare. «Non c'è segnale.»

Rebekah controllò il suo. Non prendeva.

«Penso che dovremmo tornare indietro» disse allora.

Johnny le lanciò un'occhiata.

«Non sappiamo dove stiamo andando e non sappiamo dove diavolo sia questo tizio. Stiamo solamente seguendo un sentiero nel bel mezzo del nulla.»

«Ha detto che il sito dello scavo era quaggiù.»

Rebekah guardò un punto alle spalle del fratello, dove il sentiero svaniva del tutto. «Quaggiù dove? Probabilmente ci siamo già fatti due chilometri di strada. Siamo quasi a fine stagione e l'ostello dove ti ha detto che avrebbe alloggiato sembrava deserto. Non sappiamo neanche se sia ancora qui.»

«Se Stelzik è già andato via» osservò Johnny «perché la sua macchina è ancora là?»

Rebekah fece spallucce.

Quando suo fratello fece un passo verso di lei, il rumore dell'acqua nel suo scarponcino, che aveva effettivamente del comico, gli strappò un sorriso. «Oh, suvvia, Bek. Vuoi dire che non ti stai divertendo?»

Lei non riuscì a fare a meno di ricambiare il sorriso.

Johnny dondolò sui talloni, producendo lo stesso rumore di prima. «Che ne dici se facciamo un patto?» le propose con la stessa voce dolce che usava sempre quando erano piccoli, quando la avvertiva di non prendere papà per il verso sbagliato o quando le parlava di Fiona. «Altri dieci minuti e, se non lo troviamo, ci rigiriamo e...»

Un rumore squarciò il silenzio attorno a loro.

Si scambiarono uno sguardo.

«Che diavolo è stato?» domandò Johnny.
Ma lo sapeva benissimo.
Lo sapevano entrambi.
Qualcuno stava urlando.

31

Ci volevano dieci minuti a raggiungere le costruzioni che aveva visto dal faro.

Mentre era al volante, ripensò al motoscafo che aveva individuato dall'alto e iniziò ad avere paura. Non era l'idea di usare la barca a spaventarla, anche se non aveva esperienza in materia, quanto il pensiero di portarla in mare aperto. La vastità dell'oceano, la sua ferocia, la sua imprevedibilità.

Quando arrivò, vide che tutte le costruzioni a parte una erano crollate: l'unica ancora in piedi era una specie di laboratorio e, dietro due cancelli socchiusi, c'erano banchi e arnesi da lavoro.

E la barca.

Sembrava davvero enorme fuori dall'acqua.

Era rossa, con le parole *Chrysler Marine* scritte su una fiancata. Sopra era aperta, senza una copertura né un tettuccio, solo una specie di parabrezza davanti, dove c'era il timone. Ma il vero colpo di fortuna stava nel fatto che era già su un rimorchio.

Spalancò i cancelli e in un angolo trovò anche una barca a remi: qualcuno la stava dipingendo ma aveva lasciato il lavoro a metà. Tolta la barca a remi di mezzo, entrò a retromarcia con la Cherokee e provò ad attaccare il rimorchio al gancio da traino della Jeep. Il rimorchio era pesante, ma dopo un paio di tentativi – e un notevole sforzo muscolare – riuscì a infilare correttamente il gancio al suo posto. Poi controllò l'ora.

Quasi le quattro.

Mancavano circa trenta minuti al tramonto, quindi nel giro di un'ora non ci sarebbe più stata luce. Quando guardò la barca dietro la Jeep, capì di non avere molta scelta.

Avrebbe dovuto aspettare l'indomani mattina.

***

Il giorno dopo continuò a piovere dall'alba al tramonto. Osservò il cielo dalla finestra dell'emporio, aspettando che il tempo migliorasse, ma non ci furono schiarite.

Il giorno dopo ancora era sempre brutto, la pioggia incessante. Si fece un giro in macchina, con la barca e il rimorchio ancora attaccati dietro, di nuovo in cerca di cibo e vestiti, ma non trovò né l'uno né gli altri.

Il terzo giorno, finalmente, spuntò il sole.

Rebekah si alzò presto e percorse la breve distanza che la separava dal porto. Le ci vollero un paio di tentativi per riuscire ad allineare il rimorchio con lo scalo di alaggio, ma alla fine, andando pian piano in retromarcia, le ruote del rimorchio entrarono in acqua, seguite dalla barca.

Non sapeva quanto scafo dovesse entrare in acqua, perciò si fermò non appena vide sparire poco più di metà rimorchio, spense il motore della Jeep, scese e sganciò la barca. La vide scorrere sui cilindri, un centimetro alla volta, finché non iniziò a scivolare all'indietro.

Finendo in mare.

Senza ormeggi, il vento iniziò subito a spingerla alla deriva. Rebekah si precipitò giù dallo scivolo, prima bagnandosi le scarpe, poi i pantaloni, e cercò di aggrapparsi alla fiancata del motoscafo. Mancò la presa e per poco non perse l'equilibrio. Al secondo tentativo non ebbe maggior fortuna e, quando alla fine riuscì a trovare un appiglio, ormai era a quasi quaranta metri dallo scalo di alaggio, a mollo fino alla vita e con la pelle gelata sotto i vestiti.

Si arrampicò sulla scaletta di metallo agganciata a poppa e salì a bordo. La barca non aveva un tettuccio, quindi non poteva ripararsi dal freddo, ma trovò uno scomparto con una giacca a vento, una coperta e un'altra cassetta del pronto soccorso. Tirata su fino al mento la cerniera della giacca e con la coperta avvolta attorno alle spalle, Rebekah tornò a poppa. Ai suoi piedi c'era un tubicino che doveva essere quello della benzina. Inginocchiandosi accanto al motore fuoribordo, sganciò una leva e lo calò in acqua, poi riattaccò il tubicino.

Quindi provò a metterlo in moto.

Niente.

Tentò di nuovo, e ancora, provando e riprovando. Ogni volta il motore rantolava per un paio di secondi, come un vecchio asmatico, ma poi moriva. Non si diede per vinta, ma dopo un po' smise persino di borbottare e Rebekah pensò di averlo ingolfato – o, peggio ancora, che non ci fosse più benzina nel serbatoio.

Si lasciò cadere sul ponte.

Provando a mantenere la lucidità, si immerse di nuovo nelle acque gelide e usò una delle cime per legare la barca a un anello saldato accanto allo scalo di alaggio.

Poi tornò all'emporio per cambiarsi.

Indossava ancora i vestiti trovati al distributore, ma adesso poteva rimettere i suoi, che a quel punto erano asciutti. Non aveva altre scarpe, perciò si infilò di nuovo quelle bagnate.

Dopodiché tornò alla barca.

Solo che era cambiato qualcosa.

Il motoscafo era sparito.

Prima

Rebekah e Johnny si misero a correre, seguendo le urla, e ben presto raggiunsero una radura. Dal lato opposto, dove il sentiero si perdeva tra altri alberi, videro un borsone strapieno di attrezzi.

Un kit da scavo.

«Dottor Stelzik?» chiamò Johnny.

C'era una strana quiete nella foresta: il canto degli uccelli si era interrotto e non c'era nemmeno un alito di vento. Rebekah aveva perso l'orientamento ed era perplessa.

«Dottor Stelzik?» ripeté Johnny.

Lanciò un'occhiata a sua sorella. Stavano pensando alla stessa cosa: l'uomo che avevano sentito urlare era il dottor Stelzik?

Raggiunsero l'altro lato della radura.

Lì la foresta era più fitta, il sentiero più difficile da seguire, ma un minuto dopo si ritrovarono al cospetto di un'altra radura, in cima a un pendio scosceso.

Laggiù in fondo c'era un uomo.

Giaceva a pancia in giù, immobile.

«Dottor Stelzik!» esclamò Johnny.

Rebekah sentì i muscoli contrarsi, fu percorsa da un brivido. Era morto? Johnny, allarmato, iniziò a scendere da un argine lungo il fianco dello scavo.

«Johnny...»

Ma lui non si fermò, tutta la sua attenzione era concentrata su quell'uomo. Non appena Rebekah si guardò attorno e scrutò il sito racchiuso dalla foresta, capì che c'era qualcosa che non andava.

«Johnny» ripeté, più forte stavolta, con più decisione.

«Che c'è?»

Non sapeva come spiegarglielo. «C'è qualcosa che non va» mormorò, gli occhi fissi sull'intrico di alberi che li circondavano, sui rami che scricchiolavano come lo scafo di una vecchia barca di legno. Suo fratello si era già rimesso in movimento e stava accorciando la distanza che lo separava dal curatore del museo.

Datti una calmata, si disse, ma poi ebbe dei flash di Kyra e Chloe. Non dovevo venire qui, non dovevo...

«Bek!» urlò Johnny. Stava girando il corpo. «Bek!» la chiamò di nuovo. «Che cosa stai aspettando?»

Lei corse giù, il cuore a mille, e si fermò accanto al fratello. L'istinto e l'esperienza presero il sopravvento, come se fosse sotto le luci bianche di una sala operatoria e non a chilometri da casa, nel cuore di una foresta sperduta.

«Pensi che sia lui?» domandò, cercando di sentire dei gorgoglii per capire se le vie respiratorie di quell'uomo fossero ostruite dal vomito o da altri liquidi. «Pensi che sia il dottor Stelzik?»

«Questo era qua per terra accanto a lui» disse Johnny.

Un portafogli con dei bancomat e degli scontrini. Rebekah tirò fuori un paio di carte di credito, tutte intestate a KARL STELZIK, e la sua attenzione fu attirata da qualcos'altro.

Aveva del sangue tra i capelli.

«È vivo, Bek?»

Lei si chinò e gli tastò il polso.

«È vivo» disse.

Johnny tirò un sospiro di sollievo. «Allora che cos'ha che non va?»

Rebekah gli diede un'occhiata ed esaminò ogni centimetro di pelle esposta prima di scostargli i vestiti in cerca di ferite o sangue.

Non c'era nient'altro.

Solo un taglio sulla testa.

Si trascinò in avanti, in ginocchio, e si chinò sopra la sua faccia per aprirgli la bocca e controllargli le vie respiratorie. Il respiro era regolare, normale. Non si sentivano gorgoglii. Non aveva con sé l'attrezzatura medica e non poteva controllare adeguatamente i suoi parametri vitali, ma non sembrava avesse problemi a respirare e, non appena provò a procedere con una normale manovra per valutare le reazioni muscolari esercitando una certa pressione sul trapezio, Stelzik sussultò.

Rebekah prese il suo cellulare e usò la funzione torcia per controllargli le pupille: si restrinsero subito, simultaneamente. Rimossa la luce, le pupille si dilatarono. Avrebbe potuto fare di più, ma senza l'attrezzatura adatta molte procedure erano difficili da eseguire, e l'esperienza le diceva che certi esami non erano nemmeno necessari.

«Credo che se la caverà» annunciò a Johnny.

Non fece in tempo a dirlo che Stelzik cominciò a riprendere conoscenza. Lei arretrò, gli fece spazio, e vide come gli fremevano le palpebre. L'uomo si mosse, poi aprì gli occhi. Non appena la mise a fuoco, si lasciò sfuggire un gemito.

«Come si sente, dottor Stelzik?»

Lui gemette di nuovo, fece una smorfia, e Rebekah si guardò attorno.

«Dobbiamo fargli avere dell'acqua» disse a Johnny.

«Siamo passati accanto a un ruscello venendo qua» rispose lui, e non perse tempo, perché risalì subito sulla cresta dello scavo, diretto verso un vecchio secchio che avevano visto prima.

«Come si sente, dottor Stelzik?» Rebekah ripeté la domanda al curatore del museo.

L'uomo si mise a sedere.

«Bene» bofonchiò intontito. Si massaggiò l'occhio destro con due dita. «Ho un po' di mal di testa.» Guardò lo scavo, poi la foresta, quindi di nuovo Rebekah. «Mi scusi, ma non credo di ricordare...»

«Io sono Rebekah» si presentò lei. «E sono venuta con mio fratello, John Murphy. Dovevate vedervi all'ostello presso cui lei alloggia, ma, be'...» Lo indicò, alludendo al fatto che era sdraiato a terra. «Immagino che adesso sappiamo perché non si trovava là.»

Lui abbozzò un sorriso. «Devo aver perso i sensi» disse.

«Si ricorda perché?»

Stelzik deglutì, come se avesse un raschio in gola.

«Dottor Stelzik?»

«Karl» disse lui. «No, non direi.»

«Ha del sangue tra i capelli.»

Si sfiorò il taglio sulla cute con la punta delle dita.

«Sembra sia caduto» indicò Rebekah.

«Se è così, non me lo ricordo.»

Lo osservò con maggiore attenzione. Era più giovane di quanto avesse immaginato – trentotto o trentanove anni, quaranta al massimo – e, nonostante avesse del fango sulle guance e i capelli scompigliati, era atletico e avvenente.

Qualche istante dopo, Johnny rifece capolino in cima allo scavo, un secchio nella mano destra, il corpo che pendeva a sinistra per controbilanciarne il peso.

«Inizia a sentirsi un po' meglio, Karl?» chiese Rebekah al dottor Stelzik.

«Un pochino» confermò lui, anche se non sembrava molto convinto.

E poi un rumore.

Veniva dalla foresta.

«Johnny» disse Rebekah. «Fermati.»

Suo fratello si fermò a metà discesa. «Perché?» chiese, confuso. «Bek, che ti prende?»

Ma in quel momento qualcosa emerse dall'erba.

Denti scoperti e ingialliti.

Rebekah si rimise lentamente in piedi, le mani davanti a sé. Era un cane, un golden retriever: aveva del sangue su un orecchio, un sottile filo di bava rossa che gli arrivava fino alla mascella.

«Calmo» mormorò all'animale. «È tutto okay.»

Il cane ringhiò.

«È tutto okay. Calmati.» Al suono della sua voce, l'animale sembrò tentennare e si abbassò sulle zampe posteriori, avvicinandole al corpo in segno di sottomissione. Rebekah lanciò un'occhiata a Johnny, gli comunicò con lo sguardo di restare immobile, quindi riportò l'attenzione sul cane. «È tutto okay» ripeté. «Calma.»

Ci fu un lungo attimo di silenzio.

Poi, mezzo secondo dopo, il cane si lanciò all'attacco.

32

Il motoscafo non c'era più.

Com'era possibile che fosse sparito?

Ma poi lo vide. Seminascosto dal molo, già a una sessantina di metri dallo scalo, e stava andando alla deriva tirandosi dietro la cima come se fosse il filo di una maglia che si stava disfacendo.

Rebekah iniziò a togliersi più in fretta che poteva gli strati superiori di vestiti fino a restare in intimo e maglietta, calciò via le scarpe da ginnastica, ma il vento che increspava la superficie dell'acqua le fece ritrovare la lucidità: era sull'isola da cinque settimane, era dicembre, le temperature erano scese sottozero, non conosceva le maree o le correnti in quella parte del mondo.

Poteva raggiungere la barca a nuoto, ma poi?

Le acque dell'Atlantico erano gelide e non c'era alcuna garanzia che il motore partisse, perché non sapeva nemmeno se ci fosse benzina.

Quasi nuda e con la pelle arrossata dal freddo, si accovacciò al limitare dell'acqua e le lacrime le annebbiarono di nuovo la vista.

Ma poi si ricordò della barca a remi.

Si rivestì e prese la Jeep per tornare alla rimessa. Trascinò fuori la barca, la spinse sul rimorchio, e quando finì di legarla aveva le mani escoriate e bruciate dalle funi ed era in un bagno di sudore. Si fermò a riprendere fiato, i muscoli indolenziti, e osservò l'oceano: il cielo era sereno e il mare sembrava calmo.

Di nuovo al porto, spinse la barca a remi giù dal rimorchio e dallo scalo d'alaggio, cercando di concentrarsi soltanto su quel compito e non sulla paura al pensiero del viaggio che la aspettava. La barca dondolò non appena finì in mare, dondolò di nuovo quando ci salì sopra, e per poco uno dei remi non scivolò via dallo scalmo prima che riuscisse a riacciuffarlo e a ritirarlo a bordo. Ma poi, finalmente, Rebekah si sedette, impugnò entrambi i remi e cominciò a muoversi.

Mentre affondava con forza i remi in acqua per evitare il motoscafo che aveva dovuto abbandonare, dei detriti galleggianti cozzarono violentemente contro la carena della barca. Alla fine superò il motoscafo, superò i pezzi di legno trasportati dalla corrente, superò anche il porto, e l'unica cosa che rimase davanti a lei, attorno a lei, era l'oceano. Per un attimo fu quasi esaltante.

La sensazione non durò a lungo.

Più si spingeva al largo, più il mare si increspava e la sballottava, tanto che sembrava avercela con lei. Il vento era poco più che un sussurro, ma la barca dondolava paurosamente, inclinandosi da una parte all'altra ogni volta che le onde dell'Atlantico si schiantavano contro lo scafo.

Remò più forte, più veloce, mettendo a dura prova ogni singolo muscolo. Pian piano l'acqua iniziò a cambiare colore, passando dal verde al blu e poi al grigio, e Rebekah si guardò attorno, scrutò disperatamente l'orizzonte oltre quella vasta distesa d'oceano in cerca della terraferma, di un piccolo promemoria che le ricordasse che era laggiù, da qualche parte. Per quanto ancora avrebbe dovuto remare prima di cominciare a scorgere Montauk?

Dopo un po', anche se il freddo era ancora pungente, i remi cominciarono a scivolarle dalle mani perché aveva i palmi sudati. Era fuori allenamento, faticava a respirare, aveva i muscoli in fiamme e si era spinta abbastanza a largo da iniziare a sentirsi vulnerabile: un granello di polvere in confronto all'immensità dell'oceano.

Si voltò a guardare Helena. Si era allontanata di un paio di chilometri dalla costa, forse qualcosina di più, e in lontananza, dall'altro lato dell'isola, le nuvole avevano cominciato a addensarsi e ingrossarsi. Rebekah le osservò per un lungo istante. Non aveva cibo con sé, e niente da bere. Non aveva un giubbotto salvagente. Nella fretta di andarsene, non aveva portato neanche l'essenziale. *Che diavolo sto facendo?*

«Voglio solo tornare a casa» mormorò.

L'oceano era silenzioso.

«Voglio rivedere le mie bambine.»

Esalò quelle parole in un soffio di voce, come se fossero le sue ultime volontà. E anche se le veniva da piangere, stavolta si trattenne, lasciò crescere l'emozione dentro il suo petto. Sembrava scaturire dal profondo del suo essere, da una parte nascosta di lei, e prese a pulsare così forte da diventare un vero e proprio dolore fisico.

Permise a quella sensazione di andare e venire, un'ondata dopo l'altra, finché non ritrovò la calma. Ma a quel punto il tempo stava già cambiando. Si era alzato il vento e le nuvole avevano cambiato forma, erano diventate più scure.

Questa non è un'isola, pensò.

Rigirò la barca.

Questa è una prigione.

Prima

Quando il cane partì alla carica, Rebekah arretrò e inciampò sulla fettuccia che delimitava il perimetro dello scavo, perdendo immediatamente l'equilibrio.

Distese le braccia all'indietro per attutire la caduta e vide Johnny passare all'azione. «Bek!» esclamò suo fratello, poi fece uno scatto verso di lei e lasciò cadere il secchio d'acqua, che si rovesciò a terra.

Ma il cane non stava puntando Rebekah.

Stelzik sollevò un braccio a protezione del viso e del collo giusto un attimo prima che l'animale spiccasse un balzo e gli addentasse il polso. L'uomo lanciò un grido di dolore e l'urlo, straziante e terribile, si propagò tra gli alberi come l'onda di un maremoto. Provò a scrollarsi il cane di dosso, a liberare il braccio dalla stretta dei suoi denti, ma l'animale non voleva saperne di lasciarlo andare. Con le zampe cercava di trovare appigli sul suo corpo e le unghie gli stavano lacerando la camicia. Tuttavia, non appena Rebekah si rimise in piedi, il cane spalancò le fauci e, un secondo dopo, si dileguò tra gli alberi.

Stelzik si stava rotolando sul terreno e gemeva, con il sangue che gli colava sul braccio. Quando Rebekah si inginocchiò accanto a lui per controllargli le ferite, che erano profonde ma meno gravi del previsto, Johnny cercò di capire dove fosse andato il cane.

«Roxie» mormorò Stelzik mentre teneva il braccio insanguinato premuto contro il petto, come se fosse fasciato. «Quella era Roxie. È il mio cane. Non so che cosa le sia preso.» Tentò di ricomporsi. «La porto qua con me ogni giorno da sette mesi, ma oggi... oggi è completamente impazzita.»

Rebekah scrutò la foresta.

Erano stati attirati lì perché avevano sentito urlare, ma forse non erano urla, forse era Stelzik che chiamava Roxie.

«Ha fatto l'antirabbica?»
«Ha tutte le vaccinazioni in regola.»
«Si è ferita negli ultimi giorni?»
«No.»
«Si è azzuffata con qualche altro animale?»
«No, assolutamente.»
«E non è mai stata male durante la vostra permanenza qua?»
«No, è sempre stata benissimo.»

Johnny era andato a recuperare il secchio in cima allo scavo e, quando tornò da loro, lo poggiò a terra accanto al curatore del museo. Stelzik iniziò a raccogliere l'acqua chiudendo la mano a coppa e la usò per sciacquarsi il braccio. I segni dei denti del suo cane, simili a monetine nere, erano visibili lungo la cresta del radio, e aveva dei graffi sul petto, sottili strisce rosse che si intravedevano dagli squarci aperti sulla camicia.

«Penso di essere scivolato» mormorò Stelzik.

«Scivolato?»

Lanciò uno sguardo a Rebekah. «Ecco perché ho perso i sensi. Roxie ha iniziato a dare di matto ed è scappata nella foresta, e quando ho provato a inseguirla sono scivolato nel fango. Mi fa male qua.» Si toccò di nuovo il taglio sulla testa.

«Dobbiamo medicare queste ferite» disse Rebekah.

«Non ho niente che possa fare al caso nostro qua con me.»

«Nessun problema, ho il necessario in macchina.»

Lui la osservò con attenzione. «Sembra che sappia il fatto suo.»

«Dopo otto anni di studi e un internato, penso di aver imparato come si medica una ferita.»

«È un medico?»

Lei confermò con un cenno del capo, poi insieme a suo fratello lo aiutò a mettersi seduto.

«Secondo lei che cos'ha Roxie che non va?» chiese Stelzik.

«Non lo so» ammise Rebekah. «Ma penso che dovremmo scoprirlo, quindi dobbiamo andare a cercarla. Karl, c'è qualche struttura sanitaria sull'isola?»

«No, solo un armadietto con dei medicinali.»

Probabilmente era più fornito del kit che aveva in macchina.

«E dove?» chiese.

«All'ostello dove alloggio.»

«Riesce a camminare?»

Lui annuì. «Credo di sì.»

Lo aiutarono a rimettersi in piedi e Johnny si fece avanti. «Non ci siamo ancora presentati ufficialmente, dottor Stelzik. Io sono John Murphy, molto piacere.»

«Piacere mio, John» rispose l'altro mentre provava a muovere qualche passo. «Mi spiace soltanto che abbiate dovuto trovarmi in queste condizioni pietose.» Lanciò un'occhiata a entrambi. «Ho lasciato la mia Chevy nel parcheggio. Immagino siate venuti in auto anche voi. Magari lei potrebbe guidare la mia, Johnny, così avremo modo di parlare mentre andiamo all'ostello.»

«Non voglio che si senta obbligato a...»

«Non si preoccupi» lo interruppe Stelzik, abbozzando un sorriso. «Davvero. È il minimo che possa fare per sdebitarmi per il vostro aiuto.» Il suo sorriso svanì non appena tornò a guardare gli alberi. «Che cosa facciamo con Roxie?»

«Intanto la portiamo alla mia auto e le fasciamo il braccio» rispose Rebekah. «Poi io e Johnny torneremo qua e proveremo a cercarla.»

«Grazie infinite» disse Stelzik, e Rebekah gli sorrise, anche se in realtà non le andava di tornare nella foresta. Non le andava di cercare un cane che poteva essere pericoloso.

Voleva soltanto dimenticare quella giornata.

Alle prime luci dell'alba

Non riuscendo a prendere sonno dopo la chiamata di Amy Houser, Travis andò in ufficio presto. Per prima cosa recuperò la registrazione della telefonata presa da Houser la sera prima, quindi si trasferì alla sua postazione di lavoro.

'Digli di riprendere in esame il fidanzato.'

La linea cadeva prima che Houser avesse modo di replicare e la registrazione si interrompeva. Travis la fece ripartire da capo: aveva l'impressione che l'informatore anonimo avesse provato a modificare la sua voce, oppure a camuffare un accento. L'enunciazione era artificiosa, le parole troppo calcate.

Il tabulato diceva che la chiamata era partita da una cabina telefonica di Greenpoint. Travis tornò alla sua scrivania e fece un giro di telefonate per provare a capire quante telecamere coprissero quell'area di Brooklyn. La risposta era non molte, di certo troppo poche per sperare di ottenere l'immagine decente di una persona. Ma questo, in cambio, poteva anche significare due cose.

Primo, che il tizio che aveva chiamato stava cercando di sviare o intralciare le indagini perché sapeva cos'era successo a Louise Mason e temeva che Travis potesse riconoscerlo e identificarlo se si fossero incontrati di persona.

Secondo, che quel tizio se la stava facendo sotto dalla paura.

Travis tirò a sé il suo taccuino e lo sfogliò fino a trovare la pagina che aveva riempito di appunti quando aveva fatto la sua prima chiacchierata con l'uomo con cui usciva Louise.

Johnny Murphy.

Che l'informatore anonimo avesse paura di Murphy? Che avesse assistito a qualcosa? Se temeva delle ritorsioni, una soffiata anonima all'una del mattino, quando Travis non era in ufficio e non poteva fargli altre domande, appariva come una scelta perfettamente sensata.

Travis prese il taccuino e il fascicolo del caso per andare nella sala video, due piani più su. Mentre aspettava l'ascensore, ricontrollò gli appunti e ripensò a

Johnny Murphy, poi le porte si aprirono con un Ding! e lui si ritrovò inaspettatamente al cospetto dell'ispettore capo, Katherine McKenzie.

«'giorno» fece lei.

Evidentemente stava andando all'ultimo piano.

«Buongiorno, capo» rispose Travis mentre entrava in ascensore. Pigiò il bottone per andare all'ottavo piano e lanciò una rapida occhiata a McKenzie. Era sulla cinquantina, alta e magra. L'aveva sempre trovata attraente, ma sorrideva poco e questo a volte le dava un'aria troppo severa.

«Siamo mattinieri quest'oggi?»

«In realtà stavo solamente cercando di concludere le ultime cose.»

«Quindi è rimasto in ufficio per tutta la notte?»

«No» disse Travis con un sorriso, rendendosi conto di essere stato frainteso. «Questione di giorni e veleggerò verso le gioie della vita da pensionato, perciò intendo concludere in modo definitivo.» Sollevò il suo taccuino. «Mi è rimasto solo quest'ultimo caso spinoso che si rifiuta di collaborare.»

McKenzie lo adocchiò per un momento e l'ombra di un sorriso le fece fremere gli angoli delle labbra. Travis trovava che le donasse. «Lei è l'ispettore Travis, giusto?»

Lui annuì. «Sì, signora.»

Non aveva mai lavorato direttamente con lei, ma aveva sentito dire che era in gamba e che aveva buona memoria per i nomi. Secondo alcuni era anche inflessibile. Certi investigatori, senza farsi sentire e solo alle sue spalle, la chiamavano 'la Lesbica' perché era single, non si era mai fatta vedere alle feste del NYPD con un compagno e, ai loro occhi, il suo orientamento sessuale spiegava perché fosse una con le palle. Travis non sapeva se fosse gay o no, ma era una donna in un ambiente prevalentemente maschile, quindi quel nomignolo era fin troppo scontato. Lui, dal canto suo, preferiva ascoltare le persone di cui si fidava: Amy Houser aveva fatto carriera al Quarantesimo distretto sotto McKenzie e gli aveva detto che era una donna diretta e decisa, ma se lavoravi sodo e facevi le cose giuste, non badava a chi eri, da dove venivi o qual era la tua storia, ti spalleggiava sempre e comunque.

Houser gli aveva detto che al Quarantesimo avevano coniato una specie di tormentone: 'La McKenzie non l'ammazzi; provaci e so' cazzi.'

«Mi spiace che stia per lasciarci, ispettore Travis» commentò lei, strappandolo ai suoi pensieri.

Quando incrociò il suo sguardo, vide che diceva sul serio e riuscì anche a leggere tra le righe: stava andando in pensione non perché lo voleva, ma perché ai vertici del NYPD c'era un nuovo pezzo grosso secondo il quale Travis era solo una reliquia costosa. McKenzie gli stava facendo capire che non era d'accordo con quella scelta, ma che di fronte a certe decisioni aveva le mani legate.

«La ringrazio, capo.»

Le porte dell'ascensore si aprirono all'ottavo piano.

«Buona caccia, ispettore» lo salutò McKenzie.

Travis imboccò il corridoio per raggiungere la sala video e ricominciò a pensare alla pensione e a come avrebbe passato le sue giornate dopo una vita in polizia. Più di una volta aveva accarezzato l'idea di trasferirsi al Sud: un paio di vecchi colleghi del NYPD erano andati in Carolina, o magari poteva arrivare addirittura in Florida, dove non conosceva nessuno ma dove gli inverni non erano mai rigidi come a New York.

Solo che non aveva ancora deciso.

C'era un'altra cosa di cui lo aveva sempre accusato Noemi, un'altra ragione che gli aveva dato per lasciarlo: non aveva forza di volontà. Non portava mai a termine un progetto e non aveva voglia di provare cose nuove. «Tu hai paura» gli urlava dietro. «Hai paura di qualsiasi cosa all'infuori di questo.» Intendeva il suo lavoro. Intendeva New York. Ma la verità era che non aveva mai avuto paura. Come avrebbe potuto fare il poliziotto, come avrebbe potuto esaminare la scena di un omicidio, vedere tutte le atrocità che un uomo era in grado di fare a un altro essere umano, se fosse stato uno che si spaventava facilmente? No, non aveva paura: alla fine era semplicemente arrivato a capire che non voleva trasferirsi altrove e iniziare una nuova vita con Noemi. E ora che lei lo aveva lasciato, ora che i ragazzi erano volati via dal nido, continuava a non volerlo fare neanche da solo.

Raggiunse la sala video e, anche se non c'era anima viva in giro, si richiuse la porta alle spalle per non essere disturbato. Dopodiché spinse una sedia davanti a un piccolo monitor nell'angolo, aprì il fascicolo del caso e ripescò un dvd dalla sua bustina di plastica.

Da quando le telecamere avevano fatto la loro comparsa, Travis aveva cercato di filmare ogni colloquio. Non era obbligatorio per legge e molti poliziotti non si prendevano la briga di accendere il registratore fino al primo interrogatorio formale, ma se la persona con cui parlava era d'accordo, Travis preferiva filmare tutto. Anche se gli appunti che prendeva erano dettagliati, la pagina non poteva restituirgli l'atteggiamento dei suoi interlocutori: il modo in cui reagivano di fronte a nuove domande alle quali non potevano essere preparati, il linguaggio del corpo, le loro espressioni. Alcuni colleghi ridevano di lui, spesso apertamente; li aveva sentiti mentre dicevano che lo faceva perché la sua memoria cominciava a fare acqua da tutte le parti e senza i video si confondeva e non si ricordava più chi era chi. Ma lui ignorava tutti quei commenti. In momenti come quello, quando aveva la sensazione di aver combinato un casino, i video diventavano una risorsa insostituibile. Non c'erano ambiguità in quei filmati.

Erano capsule del tempo perfettamente conservate.

Mise il dvd nel lettore.

Quando il caso di Louise era approdato sulla sua scrivania, Travis era andato a parlare con chiunque fosse entrato in contatto con lei la notte della scomparsa e nei giorni precedenti. La lista includeva Johnny Murphy, i genitori dell'artista, i suoi amici, le persone che avevano partecipato alla serata e il personale dell'hotel, il Royal Union dell'East Village, dove si era svolto l'evento benefico. Lì era dove era stata vista per l'ultima volta e l'ultima immagine di lei viva era quella che Travis stava fissando da più di tre mesi: Louise che parlava con un uomo non meglio identificato al bar dell'hotel, meno di venti minuti prima di sparire.

Il colloquio sul dvd aveva avuto luogo a casa di Murphy, a Bay Ridge, sull'Ottantunesima strada. Murphy aveva detto a Travis che lui e sua sorella avevano ereditato la proprietà dal padre, ma che sua sorella viveva a Windsor Terrace. Aveva verificato e confermato l'informazione. Anzi, aveva verificato e confermato tutto. Ma era proprio quello il punto. Forse era tutto un po' troppo perfetto.

Sullo schermo apparve un primo piano di Murphy.

Stava fissando il vuoto.

'Okay, signor Murphy' diceva Travis nel video, dietro la telecamera, e comunque Murphy non si voltava verso di lui. 'Vorrei che mi parlasse di Louise Mason.'

Prima

Tornati alla Cherokee, Rebekah prese quello che era rimasto nel kit del pronto soccorso che teneva nel portabagagli. Per quanto avessero un brutto aspetto, i morsi sul braccio di Stelzik erano meno gravi e profondi del previsto, ma senza la giusta attrezzatura medica era impossibile verificare se fossero infetti. Di conseguenza, non potevano dedicare troppo tempo alla ricerca del cane: malgrado l'aggressione, riteneva poco probabile che Roxie avesse la rabbia, ma nella foresta c'erano puzzole, pipistrelli e procioni, tutti possibili portatori del virus, perciò non poteva escluderlo a priori. Forse Stelzik era stato infettato, e questo lo rendeva una bomba a orologeria.

Doveva ricevere una dose di antirabbica, e in fretta.

Mentre gli fasciava il braccio, lui continuò a ripetere che voleva tornare indietro a cercare Roxie, a dire che non era colpa loro se il cane era scappato, ma Rebekah sapeva che lei e Johnny avrebbero fatto prima da soli. Stelzik era ancora scosso, perciò, dopo che ebbe aperto la sua Chevy, gliela fecero mettere in moto per accendere il riscaldamento, lo lasciarono seduto lì e ripresero lo stesso sentiero di prima.

«Farà meglio a rilasciarti un'intervista con i controfiocchi» borbottò Rebekah.

«Pensi che abbia contratto la rabbia?»

Arrivarono in cima allo scavo e videro l'erba in fondo al sito, che era ancora arrossata dal sangue di Stelzik. «Non credo» rispose.

«Allora che cosa gli è preso a quel cane?»

Rebekah si guardò attorno. «Forse ha avuto paura.»

«Di che cosa?»

Superato il sito archeologico, si addentrarono nella foresta, dove la luce sembrava quasi smorzata. I raggi del sole filtravano solo in un paio di punti, trafiggendo le fronde degli alberi come sottili lance di luce e creando un'atmosfera fuori dal tempo che non era sicura le piacesse più di tanto.

«Di che cosa ha avuto paura?» ripeté Johnny.

Rebekah lanciò un'occhiata a suo fratello. La stava guardando in modo diverso, con il viso in ombra e un'espressione che non riusciva a interpretare fino in fondo.

«Non lo so, Johnny» rispose, poi sentì il bisogno impellente di telefonare a Noella. Per quanto fosse irrazionale, doveva chiederle se le bambine stavano bene. «Tu hai segnale?»

«Una tacca.»

«Io neanche quella» disse, e osservò il fitto degli alberi quasi al limitare della foresta. Quando lui le passò il cellulare, compose il numero di Noe senza staccare gli occhi dalla vegetazione, in cerca del cane.

'Ciao, sono Noella. Lasciate un messaggio e vi ricontatterò il prima possibile.'

La segreteria.

Rebekah incurvò le spalle, demoralizzata. *Questo viaggio è uno schifo assoluto.*

«Noe, io, ehm...» Si interruppe. «Chiamami quando senti questo messaggio, okay?» Spostò il pollice sopra il tasto per terminare la chiamata. *Va tutto bene. Ora puoi riattaccare.* Ma non lo fece. Disse: «Devi telefonare al numero di Johnny.» Aspettò un attimo, come se una parte di lei fosse in attesa di una risposta. «Volevo soltanto...» Si schiarì la voce. «Be', ci sentiamo dopo.»

Riattaccò e tornò a concentrarsi sugli alberi.

Johnny era andato avanti senza di lei.

«Risolviamo questa storia una volta per tutte» gli disse.

Ma suo fratello non le rispose.

Si limitò a farle strada nel cuore della foresta.

4

Radici

Prima

Rebekah aveva salvato la vita a molte persone, ma di Ramón non si sarebbe mai dimenticata.

Il suo nome completo era Ramón Alejandro Cortez. Moro e attraente, aveva appena compiuto diciannove anni ed era negli Stati Uniti con una borsa di studio per meriti sportivi. Dopo il suo arrivo al pronto soccorso, quando le infermiere dell'ospedale gli avevano vuotato le tasche, avevano trovato una patente costaricana e un telefono pieno di foto dei suoi familiari: madre, padre, fratelli, sorelle. Ramón appariva in quasi tutti gli scatti, gli occhi vivaci e un sorrisone a trentadue denti. Rebekah era sempre riluttante a dare credito a certe foto, perché in genere erano tutte menzogne – sorrisi falsi, pose ostentate, gente che si abbracciava in modo innaturale – ma in quelle di Ramón c'era qualcosa di genuino. Forse perché quei ritratti di famiglia le ricordavano i suoi, quelli con suo padre e i suoi fratelli. Racchiudevano una verità, una fondatezza, qualcosa di inspiegabile ma ugualmente reale, cosa che Rebekah non era mai riuscita a ritrovare, nemmeno prima della separazione, nelle sue foto con Gareth.

Ramón era stato estratto dalle lamiere di un'auto dopo un incidente in autostrada, a Long Island. Il suo amico francese, a New York con la stessa borsa di studio, andava troppo veloce. Aveva sbandato sul ghiaccio e perso il controllo della sua Toyota. Stando ai testimoni oculari, l'auto aveva fatto un triplo testacoda e si era poi ribaltata sul tettuccio, slittando sull'asfalto e finendo davanti a un camion che aveva frenato, sì, ma non in tempo. L'amico era morto sul colpo, al momento dell'impatto, e la fidanzata di Ramón, che viaggiava dietro senza la cintura, aveva riportato un grave trauma cranico. Erano riusciti a portarla al pronto soccorso, ma era morta un'ora dopo.

Ramón era arrivato con una frattura all'anca, delle costole rotte, un polmone perforato e la gamba destra mozzata all'altezza del ginocchio. Rebekah aveva visto tutta una sfilza di traumi e ferite raccapriccianti nel corso del suo internato in ortopedia, quindi il corpo di Ramón non le aveva mostrato niente che non avesse già visto almeno un centinaio di volte. La combinazione di auto sportive e ragazzi troppo giovani per guidarle tendeva a fornire una dieta piuttosto regolare di arti amputati, ossa in mille pezzi e deformità varie.

Ma Ramón non le era rimasto impresso per le sue ferite.

Qualche giorno dopo il suo arrivo in ospedale, quando si era svegliato dal coma, tutto bendato e attaccato alle flebo, aveva guardato le persone radunate nella sua stanza con gli occhi iniettati di sangue e aveva provato a dire qualcosa. I suoi genitori erano arrivati dalla Costa Rica mentre era in coma, e in quel momento, seduti al suo capezzale, avevano cominciato a parlare in spagnolo. Sua madre aveva ringraziato Dio perché si era svegliato e suo padre, con le lacrime agli occhi, aveva stretto la mano del figlio. Quando Ramón aveva riprovato a parlare, suo padre gli aveva sfiorato delicatamente il braccio con l'altra mano, per rassicurarlo sul fatto che erano lì.

Ma Ramón non stava parlando con loro.

Aveva sbattuto le palpebre, poi aveva messo a fuoco Rebekah, la donna in camice bianco in fondo alla stanza che stava osservando la famiglia Cortez con una cartelletta medica stretta al petto.

«Il piede?» aveva chiesto.

Evidentemente aveva avvertito qualcosa non appena si era risvegliato: una mancanza, un'assenza. E poi aveva fatto i conti con la realtà, abbassando lo sguardo a metà letto. Le dita dei piedi, la caviglia, lo stinco, il polpaccio; tutta la gamba dal ginocchio in giù non c'era più.

C'erano diverse soluzioni grazie alle quali avrebbe potuto ritrovare la mobilità, protesi artificiali che, volendo, gli avrebbero permesso di nascondere la verità sotto un paio di pantaloni. Sarebbe stato in grado di camminare, correre e andare dove voleva, di guidare, andare in barca e arrampicarsi. Avrebbe persino potuto ricominciare a giocare a pallone. Avrebbe avuto la possibilità di giocare in giardino con i suoi figli.

Ma la perdita fisica, in realtà, era solo una piccolissima parte del trauma che aveva vissuto. Ecco cosa aveva imparato Rebekah quel giorno, cosa avrebbe imparato a riconoscere con il tempo. Era per quello che non si sarebbe mai dimenticata di Ramón, perché era la prima volta che lo vedeva con i suoi occhi, di persona, e non sotto forma di parole sulla pagina di un manuale di psicologia. Ramón era un ragazzo gentile che nei giorni successivi avrebbe parlato con Rebekah e le infermiere, sempre con garbo, con educazione, e con un forte accento spagnolo, ringraziandole perché si stavano prendendo cura di lui e chiedendo a ciascuna di loro come stavano.

Ma qualunque ambizione avesse avuto prima dell'incidente, qualunque sogno stesse inseguendo, adesso era ridotto in cenere: tifosi, soldi, giocare in quei giganteschi stadi europei che sembravano spuntare dal terreno come dei colossei illuminati a giorno.

Si ricordava di Ramón non perché era una giovane vita andata in fumo, ma perché, dopo averle chiesto del piede, l'aveva guardata con un'espressione che da quel momento in poi sarebbe arrivata a conoscere fin troppo bene. Quella che diceva: 'Tu pensi di avermi salvato la vita. Pensi di aver fatto la cosa giusta.'

'Ma avresti dovuto lasciarmi morire.'

'Sarebbe stato meglio morire.'

33

Il giorno dopo aver tentato, invano, di raggiungere la terraferma con due barche completamente diverse, Rebekah ripensò a Ramón per la prima volta dopo chissà quanti mesi, e soprattutto all'espressione sul suo viso. Erano cinque settimane che non vedeva le sue bambine. I soccorsi non erano mai arrivati, né stavano arrivando. Ogni tentativo di lasciare l'isola – sia che volesse provare a chiedere aiuto via radio, ad accendere un fuoco o a remare per centosessanta chilometri – comportava dei rischi enormi. Non solo c'era il rischio di un fallimento, ma anche che il minimo successo potesse essere stroncato sul nascere da Hain e Lima, visto che avrebbero scoperto che era ancora viva. Sarebbe stato più semplice se, come Johnny, anche lei non fosse mai uscita viva dalla foresta?

Richiamò alla mente il viso di Ramón, la sua espressione. *Può la morte essere peggio di questo purgatorio?*

A quell'ora Kyra e Chloe, Noella, Gareth, gli amici e chiunque avesse saputo che Rebekah e Johnny erano partiti il 30 di ottobre e non erano mai tornati a casa dovevano essere giunti alla conclusione che se ne fossero andati per sempre. Tutte quelle persone, incluse le sue figlie – forse loro specialmente, data l'età – avrebbero sicuramente cominciato a voltare pagina, magari un poco alla volta, in modo a malapena percettibile, ma ogni giorno che Rebekah mancava da casa era un giorno in più sulla strada della ripresa. Loro sarebbero andate avanti, mentre lei era intrappolata lì: era alla quinta settimana di una condanna a cinque mesi e mezzo di prigionia, era già rimasta senza cibo, e anche se per miracolo fosse riuscita a resistere fino all'ultimo giorno di marzo, ventiquattr'ore dopo quei due uomini sarebbero saliti su un traghetto per tornare a cercarla. Quanto ci avrebbero messo a capire che era ancora viva? E poi? Si sarebbe battuta per salvarsi?

L'idea era ridicola. Come pensava di cavarsela contro due assassini? Non sapeva neanche sparare. Quindi che senso aveva continuare a resistere se, alla fine di quelle ventidue settimane, sarebbe morta poche ore dopo la riapertura dell'isola? Meglio non dare quella soddisfazione ai suoi assassini. Meglio farla finita prima che diventasse ancora peggio.

Meglio morire subito.

Per due giorni non si alzò quasi mai dal suo materasso. La depressione la colpì di nuovo, come se il mondo le fosse crollato addosso: quasi non toccò quel poco di cibo che le era rimasto, dormì e basta, e il solito sogno ricorrente si ripresentò la seconda notte. Era così vivido che l'isola sembrava aver cessato di esistere: passava dal corridoio all'appartamento, vedeva il 7 storto sulla porta, e non appena il tappeto iniziava a muoversi sotto i suoi piedi, quando le sue fibre cominciavano ad attorcigliarsi attorno alle sue caviglie, lei sentiva tutto, ogni sensazione, ogni tocco, ogni odore.

«Penso che dovresti rimanere, Rebekah.»

Quando si svegliò, sudata e con il cuore in gola, fu un sollievo, ma non durò a lungo. Si guardò attorno nell'emporio fiocamente illuminato, vide gli scaffali quasi vuoti, pieni di ciarpame che non l'avrebbe aiutata né a sopravvivere né a fuggire, e il suo umore precipitò ancora più in basso.

Ma mai una sola volta pensò seriamente di poterla fare finita. Immaginò in che modo avrebbe potuto farlo – tagliandosi le vene, sfondando una vetrata nella stanza della lanterna e buttandosi dal faro – ma in cuor suo sapeva che non avrebbe mai avuto il coraggio di andare fino in fondo. E da qualche parte dentro di lei, appena sotto la superficie del pensiero razionale, c'era anche il motivo per cui non poteva: le sue figlie.

Se c'era una sola possibilità – per quanto al momento le apparisse remota – di rivederle, di abbracciarle, di tornare a casa da loro, doveva andare avanti.

Il giorno dopo ci fu una tempesta in piena regola, con tuoni e fulmini da fine del mondo, e dopo il temporale la crepa sul soffitto si allargò talmente tanto che una parte dell'intonaco si staccò, atterrando con un tonfo sordo sul pavimento dell'emporio.

Le temperature, già sotto lo zero, calarono ulteriormente.

Devo trovare un altro riparo, pensò.

Consultò la mappa e vide un paio di aree lungo la costa nord che non aveva esplorato, poi si vestì e salì sulla Cherokee.

Doveva anche rifare il pieno di benzina.

Aveva intenzione di andare a ovest e iniziare dalla costa nordoccidentale dell'isola, invece alla fine andò dall'altra parte, in modo da potersi fermare al distributore.

Sembrava una decisione così insignificante in quel momento.

Ma fu proprio quella decisione a cambiare tutte le carte in tavola.

34

Rebekah vide i numeri sul display della pompa di benzina aumentare vertiginosamente. Non aveva idea di quanta riserva fosse rimasta e, in realtà, odiava doverci pensare. Forse l'unica cosa che le forniva una qualche forma di svago era la possibilità di esplorare l'isola. Aveva quasi dimenticato che cosa fosse la vera libertà – poter andare dove voleva, il conforto di una sicurezza assoluta, la possibilità di stare con le persone che amava ogni volta che le andava – ma la macchina ne era un piccolo assaggio, e le stava a cuore.

Mentre faceva il pieno, le cadde l'occhio sulla Ford Explorer sporca di fango lasciata sui blocchetti accanto al casotto sul piazzale. L'aveva trovata la prima volta che era andata lì, nascosta dall'erba e dalle piante rampicanti, e ogni volta che tornava lì provava a immaginare di chi potesse essere. A volte si ritrovava persino a fantasticare su tutta una storia che la riguardava.

Dato che sulle ruote c'era uno strato di fango alto un dito – ma anche per la targa illeggibile e il parabrezza impolverato – si era detta che il proprietario doveva vivere in un posto sperduto, dove non c'erano strade asfaltate. Un giorno aveva pulito una parte del finestrino dal lato guida e aveva sbirciato dentro: lattine schiacciate, pacchetti di patatine e incarti di panini disseminati sui tappetini. C'era anche un borsone vuoto, e sulla cerniera un portachiavi con una fotografia: era di un bell'uomo sui quarant'anni con una donna della stessa età, sulla cima di qualche montagna. Non c'erano tracce di bambini, né nella foto né altrove, perciò Rebekah aveva deciso che il proprietario dell'auto non ne aveva potuti avere. Lo aveva chiamato Steve, perché le ricordava vagamente un dottore con cui aveva lavorato che si chiamava così.

«Come andiamo oggi, Bek?»

Questa era l'altra cosa che aveva iniziato a fare.
Immaginare delle conversazioni con lui.
«Buongiorno, Steve.»

Stava lavorando sotto il cofano, le maniche arrotolate, un cappellino da baseball dei New York Mets in testa. Portava sempre lo stesso cappellino; lo aveva anche nella foto sul portachiavi. Si era fatto crescere la barba dall'ultima volta che avevano parlato, e Rebekah pensava che gli stesse bene. Era un uomo attraente, sia dal vivo che nella foto, ma a volte – certo non nell'immobilità della fotografia – era difficile capirlo perché si poneva in modo un po' rude, dovevi penare per tirargli fuori quel suo bel sorriso, e un sacco di gente non aveva la pazienza necessaria.

Ma Rebekah sì.

Ci si era messa d'impegno, perciò ogni volta che tornava al distributore Steve le sorrideva subito, ed era sincero, e quando parlavano era aperto e onesto con lei, perché con il tempo si era conquistata la sua fiducia.

Sentì gracchiare un corvo.

A volte, come in quel momento, Rebekah si accorgeva di essersi persa nelle sue fantasie. Era consapevole di quanto fosse ridicolo per una donna adulta costruirsi una vita immaginaria con un uomo che non aveva mai conosciuto. Altre invece si lasciava trasportare, definiva con dovizia di particolari ogni dettaglio della vita di Steve, perché l'alternativa era restare da sola nel piazzale di un distributore, circondata solo da corrosione ed erbacce.

«Stavo pensando a una cosa» disse.

Steve non alzò gli occhi, continuò a fare quello che stava facendo. *«Pensavi, eh?»* replicò, le labbra tese in una smorfia perché stava cercando di allentare qualche pezzo del motore. *«Guarda che non è mica una buona idea.»*

Rebekah sorrise.

«Stavo pensando al tuo portachiavi.»

A quel punto lui le lanciò un'occhiata.

«Come mai non hai mai avuto figli, Steve?»

Lui rimase immobile per un momento, come fermo nel tempo, poi sgusciò via da sotto il cofano. *«Be'»* disse, poi mise giù una chiave inglese e lanciò un lungo sospiro. C'era tristezza nella sua espressione, ma Rebekah capì che stava cercando di reprimerla. Non gli piaceva farsi prendere dall'emotività: ecco perché si strofinava sempre la faccia, usando la mano per nascondere la bocca e gli occhi.

«Non devi dirmelo per forza se non ti va di parlarne.»

«No, non è questo...» Si strinse nelle spalle. *«È solo che... be', è una storia piuttosto triste.»*

Rebekah annuì. Lo aveva immaginato.

«Io e April, che sarebbe mia moglie, ci abbiamo provato per tanto tempo. Dio se ci abbiamo provato.» Di nuovo quel sorriso, ma stavolta era segnato dal dolore. *«Venivamo entrambi da famiglie numerose e i bambini... erano ciò che desideravamo più di ogni altra cosa. Voglio dire, quando abbiamo iniziato a provarci noi stessi eravamo poco più che bambini. Io avevo ventitré anni, April ventuno, e non abbiamo mai dubitato che sarebbe successo. Eravamo giovani, in salute, ci davamo dentro in continuazione. Ci sembrava semplicemente impossibile che non potesse succedere. Ma intanto il tempo passava: prima un anno, poi due. Il terzo siamo andati da un dottore.»* Si massaggiò di nuovo la bocca e abbassò la tesa del cappellino per nascondere gli occhi. *«Hai mai sentito parlare dell'endometriosi?»*

Rebekah provò un senso di vuoto allo stomaco. *«Sì.»*

«Ecco, April aveva quel problema lì. Rende difficile restare incinta. Cazzo, quasi impossibile quando è in forma grave, e nel caso di April era grave. Aveva tremendi dolori mestruali. Le faceva male quando, ecco... facevamo sesso. I campanelli d'allarme c'erano tutti, ma noi non ne sapevamo nulla. Ripeto, eravamo soltanto degli stupidi ragazzini. All'epoca era tutto così semplice. Facevi sesso senza protezioni e restavi incinta. Nove mesi dopo ti ritrovavi con un pargoletto tra le braccia, questa creaturina perfetta che era l'unica cosa che desideravi nella tua vita.» Fece una pausa e inghiottì il groppo che gli era salito in gola, provando a fingere che non gli si fosse incrinata la voce. *«Dicevano che potevamo fare l'inseminazione artificiale.»* Un'altra alzata di spalle. *«Dicevano che c'era un modo per aggirare il problema, ma da dove li tiravamo fuori diciassettemila dollari? Io facevo il meccanico, April la maestra. I nostri genitori erano poveri in canna. Non avevamo soldi. Non avevamo risparmi. Quando ci siamo sposati, sapevamo che non saremmo mai stati ricchi, ma non ci importava perché ci amavamo. All'inizio pensi che l'amore sia l'unica cosa che conta. Voglio dire, io e April ci amavamo da impazzire. Un amore come il nostro non si è mai visto, Bek. E i nostri figli, li avremmo amati ancora di più. Da morire. Sarei andato alle partite di baseball con mio figlio e mi sarei travestito in giardino per la mia bambina, e mi sarei goduto ogni singolo secondo insieme a loro. Ma poi ti crolla tutto il mondo addosso e ti rendi conto di una cosa: che 'l'amore trionfa sempre' è solo una frase da cartolina. Come Babbo Natale. Sono cose che si dicono quando...»*

La pistola della pompa scattò verso di lei.

Era di nuovo al distributore. Un venticello leggero soffiò sul piazzale, facendo ondeggiare l'Explorer abbandonata sui blocchetti, e Rebekah si rese conto di essere in lacrime. Sentendosi una stupida, si asciugò gli occhi e controllò lo schermo della pompa: 61 DOLLARI E 44 CENTESIMI.

Quando rimise a posto la pistola, si chiese che cosa avrebbe pensato suo padre se avesse visto che stava rubando sessanta dollari di benzina. C'erano due pompe e funzionavano entrambe, ma per adesso stava usando sempre la solita, facendosi durare la riserva rimasta. Immaginava che suo padre avrebbe capito. Avrebbe voluto che sopravvivesse, che conservasse quel minimo senso di libertà che le dava la macchina. *Mi preoccupa di più sapere che parli con un amico immaginario, tesoro.*

Riportò lentamente lo sguardo sull'Explorer, e Steve era di nuovo sotto il cofano.

«Scusami, Bek» le disse. *«Forse ho esagerato un po'.»*

Non riusciva a guardarla.

Era imbarazzato.

«Non ti preoccupare, Steve. Non posso certo biasimarti.»

«È andata male, tutto qua. Quando abbiamo scoperto che non potevamo avere figli, io e April abbiamo dato di matto. Abbiamo perso la testa. Della serie, siamo diventati cattivi con chi aveva dei bambini. E persino di più con quelli che secondo noi non meritavano di averne. A volte...» Si interruppe e alla fine alzò gli occhi. Il cappellino e il cofano dell'Explorer gli lasciavano in ombra gran parte del viso, ma per Rebekah fu sufficiente. Quello che stava per dire non sarebbe stato piacevole. *«Merda, è davvero difficile da ammettere, ma a volte vedevamo quei bambini, vedevamo le mamme e i papà che si erano ritrovati con quei fardelli e pensavamo: noi potremmo dargli una vita migliore. Potremmo portarli via e fargli avere quello che meritano.»*

Continuò a fissarla.

«Che c'è?» gli chiese Rebekah.

«Niente.»

«No, che c'è? Dimmelo, ti prego.»

«Niente» ripeté Steve. *«Una cretinata.»* Si interruppe di nuovo, poi sollevò la tesa del cappellino e Rebekah riuscì a guardarlo negli occhi. Si erano riempiti di lacrime. *«È che sono preoccupato per te, Bek. Perché non so, magari i pensieri che venivano a me e a April, cioè, questa folle idea di rapire un bambino, di dargli una nuova vita lontano dai genitori che non lo meritano o che non sono in grado di crescerlo, sono gli stessi che vengono a Noella quando vede le tue bambine.»*

Rebekah tornò di colpo al presente, nel piazzale.

«No» mormorò, poi di nuovo ma con più decisione. Riavvitò il tappo del serbatoio e controllò che il cellofan aderisse ancora al finestrino e alla portiera dal lato passeggero, quindi si mise al volante della Jeep. I suoi occhi vagarono in direzione della Ford Explorer. Era chiusa. Impolverata. Dimenticata. La sua era solo una stupida fantasia. Steve non era reale. Niente di tutto ciò che aveva immaginato era reale.

Sei tu che l'hai reso reale.

Lui ha solamente dato voce ai tuoi pensieri.

Ma in realtà non credeva che Noella stesse cercando di portarle via le sue bambine, giusto? Ripensò a Gareth, a loro due insieme, al fatto che nessuno era venuto a soccorrerla, che non aveva neanche visto l'ombra di una lancia di salvataggio in cinque settimane, e poi le tornò in mente qualcos'altro.

Lei e Johnny nella foresta, l'ultima volta che aveva visto suo fratello.

Quello che avevano trovato quando erano andati a cercare Roxie.

E l'ultima telefonata che aveva fatto a Noella.

Prima

Rebekah chiamò Roxie, più con una vana speranza che con una reale aspettativa, e Johnny si unì al coro. «Roxie!» urlarono, ma le loro voci sembravano perdersi immediatamente tra gli alberi della foresta, fitta e impenetrabile.

Dopo un chilometro il terreno cominciava a scendere. Lì gli alberi erano spezzati e rachitici. Sembravano corpi fusi.

«Questo posto mi dà i brividi» ammise Rebekah.

Più suo fratello avanzava, meno si sentiva a suo agio: le era venuta la pelle d'oca e sentiva il battito del proprio cuore nelle orecchie. Presero direzioni diverse, senza allontanarsi tanto da non riuscire più a vedersi ma quanto bastava per coprire più terreno. Si ricongiunsero dopo cinque o sei minuti, i respiri affannati.

«Allora, che cosa vuoi fare?» le chiese Johnny.

«Io ne ho abbastanza. Voglio andare a casa.»

«E Stelzik?»

«Andiamo a vedere quali medicine ci sono all'ostello, ma dovrà fare delle analisi, forse anche una dose di antirabbica, quindi dovrà tornare sulla terraferma insieme a noi.»

Johnny annuì. «D'accordo.»

D'un tratto, il telefono cominciò a vibrargli nella tasca dei pantaloni. Chiaramente sorpreso di avere ricezione nel cuore della foresta, lo tirò fuori e lo mostrò a Rebekah. «È Noe.»

Emozionata, lei tirò un sospiro di sollievo.

«Noe?» rispose, prendendo il cellulare da Johnny.

«Ehi, Bek. Tutto okay, tesoro?»

La linea era disturbata.

«Dal messaggio che mi hai lasciato sembravi in preda al panico.»

«Lo so, scusami.» Rebekah si stropicciò un occhio, poi guardò la foresta, gli alberi, il terreno ghiacciato. «Ti racconterò tutto quando arriveremo a casa, ma in sostanza questo viaggetto non si sta rivelando rilassante come speravo. Sarebbe stato meglio andare alle terme.» Sembrava una battuta, ma non lo era. Ripensò a ciò che aveva provato mentre stava aspettando Johnny davanti all'ostello del dottor Stelzik, o poco prima che lei e suo fratello tornassero nella foresta per cercare il cane: era come se, con tutta quella distanza a separarle, il cordone che la legava alle sue figlie si fosse irrimediabilmente allentato.

«Bek?»

«Oggi penso di essermi resa conto che non sono ancora pronta a stare così lontana dalle bambine. So che sembrerà assurdo, visto che sono estenuanti, ma è così. Tu non c'entri nulla, Noe, te lo assicuro. Mi fido ciecamente di te. È solo che io... io...»

Rebekah si interruppe. *Non riesco a stare senza di loro.*

«Ho capito, tesoro.»

Ma c'era qualcosa di strano nella voce dell'amica? Una punta di delusione? Era amareggiata? Non voleva ferirla. Era sempre stata la sua roccia.

«Le bambine stanno bene con me, Bek» aggiunse Noe.

«Lo so benissimo.»

«Staranno sempre bene con me.»

Rebekah lanciò un'occhiata a Johnny. La stava guardando, in attesa.

«Vuoi parlare con Kyra?» chiese Noella.

Sì, fu il primo pensiero di Rebekah. Sì, ho un disperato bisogno di parlare con lei. Ma esitò a darle una risposta. Devo far capire a Noe che mi fido di lei. Devo chiarire questo punto. «No, tranquilla. Non voglio disturbarla.» E poi, mentre mandava giù la delusione per non aver parlato con la figlia, le venne in mente una cosa. «Aspetta, continuo a dimenticarmi di dirti dove siamo. Sai, per qualsiasi cosa...»

Per qualsiasi cosa?

Ma Noella non rispose.

«Noe?»

Nessuna risposta.

«Ehi, ci sei?»

Non sembrava esserci più nessuno in linea.

«Noe, mi senti? Siamo in un posto chiamato Crow Island, a circa centosessanta chilometri da Montauk. Johnny voleva...»

Cadde la comunicazione.

Rebekah guardò lo schermo del cellulare, poi suo fratello.

Noella le aveva appena riattaccato in faccia?

«Va tutto bene?» le domandò Johnny.

No, dev'essere un problema di segnale.

«Sì» disse mentre gli restituiva il telefono, ma non sembrava molto convinta. Sospirò. «Vabbè. Andiamo. Voglio tornare a casa.»

Il latrato di un cane.

«Vieni» disse Johnny, e si affrettò a seguire il suono, addentrandosi ancora di più nella foresta. Rebekah provò a tenere il passo, ma dopo un paio di minuti si fermarono di nuovo. Il cane aveva smesso di abbaiare.

Di Roxie non sembrava esserci traccia.

«Che idiozia» mormorò. «Non abbiamo idea di dove sia.»

Johnny non le rispose e, di spalle, continuò a scrutare il sottobosco. Guardando nella stessa direzione, Rebekah notò un canalone alla loro sinistra, tre o quattro metri più in basso, seminascosto da una fila di alberi grigi e striminziti.

«Che cosa stai guardando?» chiese. Non sembrava esserci niente laggiù. «Hai visto il cane?»

«No» rispose Johnny.

Rebekah si stropicciò di nuovo un occhio. Era stanca morta. Ma poi vide qualcosa con la coda dell'occhio, stavolta a destra: un groviglio di radici affioranti che sbucava dal terreno sul fianco del pendio. Sopra, le fronde e i rami erano talmente sottili che la brina era riuscita a posarsi sul terreno. Non ce n'era molta, giusto una chiazza solitaria.

Bianca e fitta come farina.

«Che dici, vogliamo andare?» domandò Johnny.

«Sì» rispose lei. «Sì, andiamocene da questo posto.»

Ma non si mosse.

Non riusciva a distogliere lo sguardo dalla chiazza di brina.

Perché aveva visto qualcos'altro.

Era proprio al limitare della parte gelata, così fuori luogo, così in contrasto, così discrepante, che ci mise un po' a razionalizzare.

«Bek?»

Alla fine, seppure con riluttanza, si voltò a guardare suo fratello.

«John, penso ci sia un corpo laggiù.»

35

Al volante della Cherokee, nel piazzale del distributore deserto, Rebekah ripensò a ciò che avevano trovato nella foresta e poi a quell'ultima conversazione con Noella. Aveva tentato di dirle dove si trovavano – anzi, glielo aveva proprio detto – ma Noe non le aveva risposto. Fino a quel momento si era convinta che fosse caduta la linea.

Ma forse non era così.

Forse Noella aveva sentito benissimo. Forse...

Tic. Tic. Tic.

Rebekah rimase pietrificata.

Smise di pensare a Noella e guardò fuori dal parabrezza. Davanti a lei, dall'altra parte della strada, attorno alle case abbandonate non si muoveva foglia.

Ma l'aveva sentito. Lo aveva sentito forte e chiaro.

Lo stesso rumore dell'altra volta.

Si voltò di scatto, la portiera ancora aperta, e scese dalla Jeep per guardare le case da sopra il cofano. Il rumore era venuto da là, ne era certa. Si concentrò e cercò di ignorare il sibilo sommesso del vento che spirava dall'oceano.

Tic. Tic. Tic.

Sì, era lo stesso rumore che aveva sentito qualche settimana prima, solo che allora era buio pesto e non aveva capito da quale direzione provenisse.

Girò intorno al muso dell'auto, lo sguardo fisso sulle case e una mano sul cofano, come se una parte di lei stesse cercando di appigliarsi a una qualche certezza. Sentiva la sabbia e lo sporco sotto le dita, ma dall'altra parte della strada non c'era niente. Nessuno. Che cos'era allora quel rumore?

Tic. Tic. Tic.

Sentirlo per la terza volta le fece accapponare la pelle.

Poi: un movimento.

Lo scorse con la coda dell'occhio.

Si voltò giusto in tempo per vedere un'ombra che svaniva dietro la casa in fondo. *Che diavolo era?* Aveva il cuore in gola.

L'istinto le diceva di risalire in macchina e andarsene, ma non poteva. Non ora. Se non era da sola, lo doveva sapere.

Ma com'è possibile che ci sia qualcun altro?

Corse ad aprire il bagagliaio, prese un martello dalla cassetta degli attrezzi che aveva rifornito nel corso delle sue esplorazioni dell'isola, e poi, stringendolo così forte da sbiancarsi le dita, attraversò la strada, diretta verso le case.

«Ehilà?» disse.

La sua voce fu portata via dal vento. Superò uno steccato e avanzò in mezzo all'erba alta del giardino di una casa.

«Ehilà?»

Diede una sbirciata ai giardini sul retro da un varco tra due case. Attorno a lei, l'erba ondeggiava e si piegava.

«Ti ho visto, quindi puoi anche uscire allo scoperto.»

Sembrava così infantile, così patetica.

Dopo aver preso un bel respiro, avanzò lentamente, facendosi largo tra le erbacce e le ragnatele che si erano praticamente fuse alle pareti esterne delle case. Quando raggiunse i giardini, si fermò a osservare quel mare d'erba, i rami degli alberi carichi di foglie dorate. C'erano attrezzature da esterni disseminate ovunque: tavoli capovolti, sedie rotte, vecchi barbecue arrugginiti. Nel giardino accanto c'era un'amaca sfilacciata. Era legata solo a un tronco, perciò l'altra estremità penzolava fino a terra.

«Ehilà?»

Proseguì passando accanto ai portici, oltre una staccionata bianca che un tempo separava le due proprietà ma che adesso giaceva sul prato, strapazzata da una delle tante tempeste. In alcuni punti l'erba le arrivava alla vita, opaca e fittissima. Più avanzava, più era complicato farsi un'idea dell'ambiente che la circondava. Il vento si stava rialzando: l'erba si piegava e si incurvava, le foglie frusciavano, le porte cigolavano sui cardini e le finestre vibravano.

«Smettila di nasconderti» mormorò con voce implorante.

Adesso sembrava disperata.

Si avvicinò a un portico, si sedette su uno scalino e aspettò. Dopo quaranta minuti, il cielo si scurì e arrivarono le prime nuvole cariche di pioggia. Sull'isola aveva imparato a riconoscere i fenomeni atmosferici, cosa che in città non si era mai presa il disturbo di osservare – non aveva mai avuto bisogno di farlo – e capì che stava per scoppiare un altro temporale. Riusciva a percepirlo, come una corrente sotterranea.

Mi sono sbagliata? Ho le allucinazioni? Sento rumori che non esistono? Ripensò alla sua conversazione con Steve. *Forse sto impazzendo.*

Si guardò di nuovo attorno, ma il ticchettio di prima era sparito. Non sentì niente a parte il vento, il ruggito distante dell'oceano e la lenta danza dell'erba. Demoralizzata, si alzò per tornare all'auto.

E fu allora che capì che non stava affatto impazzendo.

Aveva semplicemente visto un fantasma.

Prima

Rebekah scese nel canalone.

«Se è veramente un corpo, non dovremmo chiamare la polizia?» le domandò Johnny dall'alto.

Si voltò a guardare il fratello e vide che stava avendo la sua stessa reazione: la pelle d'oca, il cuore che martellava contro la cassa toracica.

Non era l'idea di un cadavere a spaventarla – ne vedeva di continuo: ne aveva visti un'infinità durante il tirocinio, sulle barelle, negli obitori, subito dopo che i polmoni collassavano, il cuore si fermava e il cervello moriva – ma la sua presenza lì, in quel posto isolato, lontano da tutto.

Si rimise in marcia tra le foglie cadute, lo sguardo fisso sul corpo anche se qualcosa le diceva di fermarsi. Era un uomo. Aveva del sangue sulla fronte, schizzi rosso cupo lungo l'attaccatura dei capelli diradati e sopra un'arcata sopraccigliare. Già da lontano si fece un'idea della causa di tutto quel sangue, e avvicinandosi capì di avere ragione.

Un foro di proiettile.

«Che cazzo di casino» disse Johnny, e doveva aver visto meglio il corpo perché si stava facendo prendere dal panico. Era raro sentirlo imprecare. «Dovremmo chiamare la polizia, Bek.»

«Lo so.»

«Tipo *subito.*» Gli tremava la voce.

«Okay, chiama.»

Johnny tirò fuori il cellulare e lo tenne sollevato sopra la testa per cercare di ritrovare il segnale.

«E che cavolo» borbottò. «Dobbiamo tornare indietro, dove ha chiamato Noe.»

L'uomo morto indossava una camicia a quadri e dei pantaloni marroni, scarponi neri da lavoro e una giacchetta aperta che era rimasta impigliata a una radice, attorcigliandosi attorno al suo busto. Aveva un colorito grigio, stava perdendo fluidi e la pelle era piena di vesciche: il processo di decomposizione era iniziato, ma per il momento sembrava riguardare perlopiù gli organi interni. Il suo sistema circolatorio si era riempito di diossido di carbonio, la cui tossicità stava avvelenando le cellule, divorate dagli enzimi. Quando Rebekah si avvicinò, sentì l'odore del cadavere e vide che aveva un occhio aperto e appannato.

«È morto da un po'» disse. «Forse da un giorno.»

Sentì Johnny arrivare alle sue spalle, il fruscio delle foglie sotto i suoi piedi, ma non distolse lo sguardo dall'uomo morto: sulla sessantina, capelli e barba ingrigiti, la pelle delle mani macchiata e piena di vene. Una parte del corpo era ancora nascosta dalle radici contorte che sbucavano dalla sponda del canalone, ma quella visibile era più che sufficiente. C'era una specie di piattaforma naturale sopra di lui, in cima alla scarpata, e Rebekah immaginò che si fosse trovato lassù prima di finire dov'era finito.

Qua c'è qualcosa che non torna.

Non appena formulò il pensiero, si rese conto di quanto fosse stupido – avevano appena trovato un cadavere con una pallottola in testa – ma non era soltanto per il corpo. Aveva avuto la stessa sensazione ancora prima di lasciare il sito dello scavo.

«Bek?»

Lanciò uno sguardo a Johnny.

«Hai sentito quello che ti ho detto?» la implorò mentre le andava incontro, gli occhi intenti a scrutare la foresta, lo sguardo che si spostava rapidamente di albero in albero. «Dobbiamo tornare indietro dove avevamo segnale.»

«Dammi due secondi» disse lei.

«Bek, dobbiamo chiamare il 911.»

Si fermò a pochi passi dall'uomo. Il piede che prima non riusciva a vedere era intrappolato in un groviglio di radici, girato in modo innaturale. Era rotto, come la caviglia. Anche il braccio era rotto, il gomito piegato al contrario, il polso schiacciato sotto l'avambraccio. Doveva essere caduto dall'alto e aver colpito con forza il terreno, e l'unica magra consolazione era che probabilmente doveva essere già morto.

Il proiettile era ancora dentro la testa, da qualche parte: non c'erano fori di uscita. Quando si sporse per controllare, vide che il cranio era parzialmente fracassato, la pelle coperta di sangue, lacera, il che sembrava confermare l'idea che fosse precipitato a peso morto.

«Bek. Andiamocene da questo ca...»

Dall'alto giunse il rumore di qualcosa che si spezzava.

Si voltarono di scatto, alzarono gli occhi verso la piattaforma naturale che avevano notato prima. Qualcuno li stava osservando da lassù, dal ciglio del costone.

«Dottor Stelzik?»

La voce di Johnny era confusa, ansiosa.

Ma, sopra di loro, Karl Stelzik non rispose.

Li osservava e basta, i capelli ritti in testa, vestito con abiti diversi rispetto a quando lo avevano lasciato al parcheggio. Quando alzò il braccio destro, Rebekah vide la benda con cui l'aveva fasciato sbucare da sotto la manica del parka, le macchie di sangue in prossimità dei morsi. Lanciò un'occhiata all'uomo morto ai loro piedi, poi riportò l'attenzione su Stelzik, in cima al canalone, con una pistola in mano.

Solo che quello non era Stelzik.

Stava semplicemente fingendo di essere lui.

Il vero Karl Stelzik giaceva accanto a lei con una pallottola in testa.

36

Non appena riemerse dal varco tra le due case, Rebekah sentì di nuovo quel rumore.

Tic. Tic. Tic.

Stavolta, però, veniva da una direzione diversa.

Dal piazzale del distributore.

Sollevato il martello, strisciò fuori dall'erba alta, superò lo steccato caduto che delimitava i prati e tornò in strada senza mai distogliere lo sguardo dal casotto dietro le pompe di benzina. Se là c'era qualcuno, non aveva via d'uscita. Poteva soltanto venire verso di lei.

Era in trappola.

«So che sei lì.»

Il suo tono di voce espresse una sicurezza che non provava affatto.

Le finestre del casotto erano coperte da un velo di salsedine, quindi era difficile vederci attraverso, ma se qualcuno era entrato là dentro, la porta avrebbe dovuto essere aperta, e invece era chiusa. Questo significava che l'intruso doveva essere andato dietro l'Explorer.

«Non ha alcun senso nascondersi» disse. «Tanto vale che...»

Una sagoma sbucò da dietro il casotto.

Sbigottita, Rebekah incespicò e si fermò.

La sagoma esitò, semicelata dalle ombre ma chiaramente rivolta verso di lei. Aveva una ferita accanto all'orecchio e l'infezione aveva fatto gonfiare quel lato della testa, chiudendo l'occhio sinistro, ma con quello buono trovò e fissò Rebekah.

«Roxie?»

Il cane si mosse, producendo con le unghie il distintivo *Tic. Tic. Tic* sull'asfalto, poi si fermò, distolse l'attenzione da Rebekah e la riportò sulle case.

«Roxie? Ti ricordi di me?»

L'animale sembrava agitato, spaventato dalla sua presenza, ed era chiaramente sofferente. Per il momento, però, era ancora immobile, fermo al limitare della piazzola.

«È tutto okay» disse Rebekah. «È tutto okay, bellezza.»

Provò pian piano ad avvicinarsi, mettendo un piede davanti all'altro come se stesse camminando su una fune sospesa. Non appena fece un passo, Roxie si irrigidì e Rebekah si fermò. Non la voleva spaventare.

Rimasero impalate una di fronte all'altra, poi Rebekah rabbrividì e Roxie parve tremare a sua volta, la pelliccia solleticata e arruffata dal vento, come se fosse stata accarezzata contropelo.

«Sei reale?» domandò Rebekah.

Roxie sbatté le palpebre.

«Da dove arrivi?» Scrutò la strada. «Come hai fatto a sopravvivere per tutto questo tempo?»

Roxie rimase ferma dov'era, una visione in forma animale che temeva potesse essere un miraggio, un segno chiaro e innegabile della sua pazzia.

«Pensavo fossi morta.»

Il cane guaì e uggiolò.

«È tutto okay, bellezza» ripeté Rebekah mentre allungava una mano verso di lei. «Ti ricordi di me, vero? Non ti farò del male. Voglio aiutarti.» Fece un altro passo in avanti. «Sono un medico, posso...» Si interruppe.

È un cane, Bek.

All'improvviso, Roxie si mise a tremare.

Lì per lì Rebekah non capì perché, ma poi abbassò lo sguardo: aveva involontariamente fatto uno scatto verso di lei, avvicinandosi senza rendersene conto.

«Aspetta» disse, e il movimento fece tremare di nuovo il cane. «Aspetta» ripeté. «Aspetta, Roxie. Aspetta, non voglio farti...»

Ma il cane scappò via.

«No!» urlò Rebekah. «No, no, no!»

Le corse dietro, seguendola tra le case prima che scomparisse tra l'erba.

«Roxie!»

Prima ci aveva visto giusto: stava arrivando un temporale, il cielo si era annuvolato e il vento stava aumentando. Le assicelle di legno che si erano staccate sbattevano contro i muri delle case. L'erba si gonfiava e si appiattiva. Mentre si guardava disperatamente attorno, tutto nei giardini si muoveva, ma del cane non c'era più traccia.

Roxie era sparita.

«Ti prego, cucciola» mormorò Rebekah, sconsolata. «Ti prego, torna indietro.»

Ma il cane non riapparve.

E poi, un attimo dopo, le cose riuscirono soltanto a peggiorare.

37

Tra le case, tornando alla macchina, mentre faceva un passo verso destra per evitare un'assicella di legno che il vento stava finendo di staccare dal muro, la punta della sua scarpa da ginnastica sollevò qualcosa.

Si fermò e si chinò.

Era in mezzo all'erba.

Si accovacciò e lo raccolse. Era un portafogli sporco, il cuoio scolorito, di quelli che si aprivano a libretto per rivelare una tasca orizzontale, tre portacarte vuoti e una finestra trasparente per le fotografie. Dentro c'erano due dollari e una patente scaduta da tempo. Conteneva anche dei vecchi biglietti da visita spiegazzati.

PAUL CONNORS.
MECCANICO – EAST HAMPTON / MONTAUK

La foto nella finestra trasparente ritraeva una famiglia: un uomo, che doveva essere Paul Connors, una donna e due bambini dai visetti angelici, un maschio e una femmina, entrambi biondissimi.

Erano di fronte a una Ford Explorer nera.

Steve.

Rebekah sentì un tremore in gola quando tirò fuori la patente. Era scaduta da tre anni ed era rimasta lì per tutto quel tempo, smarrita in un prato. Connors aveva trentotto anni. Era alto un metro e ottantotto, pesava ottantasei chili e aveva gli occhi celesti come i suoi figli. Era un ex militare ed era un donatore di organi.

Non aveva dovuto lottare per avere dei bambini.

Non si chiamava Steve.

In cuor suo, Rebekah non aveva mai creduto alla storia che si era inventata, ma darle voce nella sua testa, trastullarcisi, era stato un modo per ancorarsi a una sorta di normalità. Steve era stato una via di fuga dall'anormalità della sua esistenza. Era stato la sua zavorra.

Ma adesso non c'era più.

Proprio come Roxie.

Proprio come tutte le altre persone della sua vita.

Mentre attraversava la strada deserta per tornare al distributore, tenne gli occhi aperti e incitò mentalmente Roxie a tornare indietro. Visto che non riappariva, ricominciò a chiamarla per nome.

Ma fu tutto inutile.

Dopo un po' iniziò a dubitare di sé stessa. L'aveva vista davvero? Altrimenti che cosa significava? Stava impazzendo sul serio? Possibile che quello fosse il primo sintomo di una forma di schizofrenia scatenata dalla solitudine e dal silenzio?

Lanciò uno sguardo all'Explorer, ma lì non c'erano risposte, e quando arrivò alla Jeep, con la portiera ancora aperta, osservò il proprio riflesso nel finestrino. Fu come guardare la faccia di un'estranea, gli occhi segnati dal peso di tutto il tempo passato da sola, la pelle del viso talmente scavata, talmente tesa sulle ossa, che sembrava stesse rimpicciolendo.

«Stai perdendo la testa» sussurrò.

Le labbra del suo riflesso ripeterono le stesse parole, e quello parve spezzare l'incantesimo. Salì in macchina, chiuse la portiera, e mentre metteva in moto ripensò a una celebre massima sulla follia, al fatto che i pazzi ripetevano sempre la stessa azione all'infinito aspettandosi un risultato diverso. Ecco che cosa aveva appena fatto chiamando Roxie. Non aveva fatto altro che ripetere un nome per venti minuti di fila.

Chiuse gli occhi.

E poi, dal sedile posteriore: un rumore.

Ci mise un po' a capire da dove provenisse. Rebekah guardò giù, dietro il sedile del passeggero.

Due occhi, di cui uno gonfio e semichiuso, la stavano fissando.

Il colloquio

«Okay, signor Murphy. Vorrei che mi parlasse di Louise Mason.»

Era il 12 ottobre e Travis era a casa di Johnny Murphy, sull'Ottantunesima strada. L'uomo annuì, ma a quanto pareva non sapeva da dove cominciare.

«Ha proprio una bella casa» disse Travis osservando il salotto. Era una bugia a fin di bene: la casa era carina, ma niente di speciale. Stava semplicemente cercando di mettere l'altro a suo agio e di rompere il ghiaccio.

«Grazie» rispose educatamente Murphy, e finalmente alzò gli occhi.

«Vive qui da tanto tempo?»

«Sì, è dove siamo cresciuti.» Si guardò attorno, poi riportò l'attenzione sull'ispettore. «Mio padre era un poliziotto, come lei.»

«Davvero?»

«Già, Sessantottesimo distretto, sulla Sessantacinquesima strada.»

«Non lo sapevo.»

Murphy annuì di nuovo. Travis si appuntò di verificare, nel caso potesse essere una valida pista da seguire, poi controllò la telecamera per assicurarsi che l'inquadratura fosse corretta. Nell'angolo in alto erano riportate la data e l'ora.

«Okay» ripeté. «Siamo pronti?»

Murphy fece cenno di sì con la testa.

«Signor Murphy, può confermare davanti alla telecamera che accetta di essere ripreso?» Lui glielo confermò, e disse a Travis di chiamarlo Johnny. «La ringrazio, Johnny. Okay, adesso cerchiamo di partire con il piede giusto, d'accordo? Come ha conosciuto Louise Mason?»

«Tramite un'amica in comune.»

«E chi sarebbe questa amica?»

«Si chiama Kirsty Cohen.» Murphy fissava ora Travis, ora la telecamera, come se non sapesse dove guardare, e Travis si chiese se fosse per il disagio o se stesse tentando di nascondere qualcosa. «A dire il vero» continuò «forse

'amica' è un parolone. Un tempo veniva spesso a casa nostra perché lei e mia sorella andavano a scuola insieme, studiavano Medicina. È così che ho conosciuto Kirsty. Poi lei è andata a Baltimora, si è specializzata là, mentre Bek è andata alla NYU, *ma si rivedono ogni volta che Kirsty torna in città, e ogni tanto passa a farmi un saluto.» Si interruppe e aggrottò le sopracciglia, come se fosse confuso. «Non saprei, direi che siamo amici, ma è più che altro un'amica di Bek.»*

«Bek è sua sorella?»

«Sì, mi scusi. Rebekah, con la kappa e una acca in fondo.»

«Quindi sono state Rebekah e Kirsty a farle conoscere Louise?»

«Più Kirsty. È un tipo abbastanza mondano: va a un sacco di feste, frequenta locali esclusivi, perciò conosce un sacco di gente e immagino che lei e Louise si siano incontrate così. Bek mi ha detto che lei e Kirsty si sono sentite alla fine di agosto, e che Kirsty le ha menzionato una sua amica, Louise, alla quale voleva trovare un fidanzato.»

«E Rebekah le ha fatto il suo nome?»

Murphy annuì. «Ha dato il mio numero a Kirsty. Immagino che Bek abbia pensato che potessimo formare una bella coppia.»

«Perché?»

«Louise è un'artista, io faccio lo scrittore.» Ma poi Murphy si interruppe di nuovo, chinò leggermente il capo. «Be', mi piacerebbe fare lo scrittore» ammise. «Suppongo sia più corretto dire così.»

«Lei lavora in un negozio di elettronica, giusto?»

Murphy fece cenno di sì, ma sembrava contrariato, forse perché Travis lo aveva riportato con i piedi per terra. Lanciò un'occhiata alla telecamera. «Diciamo che sembravamo abbastanza simili. Eravamo più o meno coetanei. Quando Bek ha trovato una foto di Louise online, ho pensato che fosse davvero carina e, anche se a dire il vero non conoscevo i suoi lavori, poi ho scoperto che era un'artista di grande successo. In tutta onestà, all'inizio ero stupito che volesse uscire con uno come me, ma alla fine mi sono detto: che cos'ho da perdere?»

«Quando siete usciti per la prima volta?»

«Mmm, la prima settimana di settembre, credo.»

«E dove siete andati?»

«Dato che abitava a pochi chilometri da qui, a Park Slope, siamo andati in un ristorante italiano proposto da lei sulla Quinta Avenue. Un locale molto carino. Siamo stati bene.»

«E poi che cos'è successo?»

Travis vide che Murphy stava cercando di fare mente locale: aveva un atteggiamento pacato, parlava a voce bassa, sembrava nervoso. Ma quest'ultimo det-

taglio non destava ancora alcun allarme, perché Travis aveva capito da tempo che essere messi di fronte a una telecamera poteva creare un certo livello di ansia in alcuni dei suoi interlocutori. I pro, tuttavia, superavano i contro: nervosismo ed evasività non erano la stessa cosa, e per il momento le risposte di Murphy sembravano sincere.

Travis ripeté la domanda. «E poi che cos'è successo?»

«Ci siamo scritti un paio di volte, e ci siamo sentiti al telefono» disse Murphy, e Travis consultò subito i tabulati che si era fatto inviare per avere un riscontro: i dati combaciavano. «Poi siamo usciti di nuovo a cena insieme la settimana dopo.»

«E poi?»

«Siamo usciti una terza volta il week-end successivo. In quell'occasione siamo andati a vedere una mostra al Guggenheim» rispose Murphy «sull'età d'oro di Hollywood. Hollywood Babylon. *È stato interessante.»*

«Quindi stava andando tutto per il meglio?»

«Dal mio punto di vista, stava andando alla grande.»

«E da quello di lei?»

Murphy fece spallucce. «A me non sembrava che ci fosse qualcosa che non andava. Voglio dire, se fosse stato un vero disastro, non mi avrebbe mai invitato a quella raccolta fondi.» Travis controllò di nuovo i suoi appunti: la mostra c'era stata di sabato, il 18 settembre. L'evento, e quindi il loro quarto appuntamento, il giovedì dopo, il 23. Murphy si stropicciò gli occhi, nascondendo momentaneamente il viso, ed era la prima volta che Travis non aveva una chiara visuale della sua espressione. «Sono passato a prenderla e siamo andati in hotel, e poi ho ricevuto una telefonata.»

«Da parte di chi?»

«Dal vicino di una mia cara amica» rispose. «Noella.»

Travis gli chiese nome, cognome e indirizzo, dopodiché, e stavolta osservando Murphy con maggiore attenzione, domandò: «E che cosa voleva il suo vicino?»

«Dirmi che Noella era stata portata di corsa al pronto soccorso.»

«Perché?»

«Dolori addominali. Sospetta appendicite.»

«Quindi questo vicino di casa ha contattato lei?» chiese Travis.

«Il compagno di Noella, Tommy, non c'era. Il vicino aveva provato a chiamare Bek, ma stava facendo il bagno alle bambine e non ha sentito il telefono, perciò sì, alla fine ha contattato me.»

«E lei ha deciso di andare?»

«Ho detto a Louise che mi dispiaceva tanto, ho aspettato che entrasse e poi sono tornato a Brooklyn. Noe era stata portata al pronto soccorso di Langone.»

«Ha riparlato con Louise quella sera?»

«No.»

«Le ha mandato soltanto un messaggio?»

«Sì» confermò Murphy. «Quando i medici mi hanno detto che Noe stava bene, sono uscito e le ho mandato un messaggio per dirle che mi dispiaceva di averla piantata in asso in quel modo, ma lei non ha risposto...» La sua voce si affievolì, ma il resto della frase gli si leggeva in faccia: e adesso sappiamo anche perché. «Ho provato a scriverle di nuovo il giorno dopo, ma niente, così l'ho chiamata e le ho lasciato un messaggio in segreteria. Dato che continuava a non rispondere, alla fine... be', ho pensato che...» Un'alzata di spalle.

«Ha pensato che non volesse più rivederla?»

«Già» rispose Murphy, gli occhi di nuovo bassi, perciò la telecamera stava inquadrando la sommità della sua testa. Intrecciò le dita. «Ho pensato di averla davvero delusa, mollandola davanti all'albergo in quel modo.»

«D'accordo» disse Travis, poi tacque e lo osservò in silenzio. Murphy non si mosse, si limitò a fissare un punto davanti a sé. Era uno sguardo che aveva visto un milione di volte nelle sale degli interrogatori: stava ricordando. Travis doveva soltanto capire se stava ripensando a qualcosa che gli aveva già detto o a qualche dettaglio che aveva omesso. «C'è qualcos'altro che vorrebbe dirmi, Johnny?»

Murphy alzò gli occhi, l'espressione più difficile da decifrare, e scrollò la testa. «No, non penso» mormorò.

O qualcosa c'era, invece?

«Ne è sicuro?»

«Sì» confermò lui.

Travis lo scrutò per qualche altro secondo, poi sfoderò un sorriso. «Be', d'accordo» disse. «Allora direi che abbiamo finito.» Ma non si alzò dalla sua sedia, restò dov'era fingendo di prendere appunti. Era una strategia vecchia maniera: prolungare l'attimo di silenzio, renderlo imbarazzante in modo che il sospettato – confuso e inquieto – si rimettesse a parlare al solo scopo di riempirlo, facendosi sfuggire qualcosa che non aveva in programma di dire. Travis era assolutamente sicuro che Murphy, timido e introverso come sembrava essere, avrebbe odiato il senso di disagio causato da una situazione come quella.

Ma si sbagliava.

Murphy rimase seduto tranquillo, continuò a osservarlo senza dire una parola finché a Travis non rimase altro da fare che dichiarare concluso il loro colloquio.

Prima

«Che cosa diavolo sta succedendo?» domandò Rebekah, tradita dalla sua voce.

Ma l'uomo che fingeva di essere Karl Stelzik non le rispose: scese dalla piattaforma di fango e radici, poi dalla sponda del canalone, senza mai staccarle gli occhi di dosso. E per la prima volta poté notare quanto fossero verdi, quanto poco si addicessero al suo viso: come gemme luccicanti sepolte nella terra.

Continuò a scendere con cautela, un passo dopo l'altro, finché non raggiunse il sentiero. A quel punto spostò la sua attenzione sul corpo che avevano rinvenuto tra le radici dell'albero.

Con la pelle d'oca e il cuore a mille, Rebekah osservò il polso dell'uomo, il sangue che aveva imbevuto le bende, e fece due più due: Roxie aveva aggredito il falso Stelzik perché quel tizio aveva ucciso il vero Stelzik, ossia il suo padrone. L'unica cosa che non tornava era perché lei e Johnny lo avessero trovato privo di sensi quando erano arrivati al sito dello scavo. In quel caso non stava fingendo.

Non serviva essere un medico per capirlo.

«Senta, non so che cosa pensi che sia successo» iniziò a dire Johnny, avvicinandosi istintivamente a sua sorella «ma noi siamo solo turisti, completamente estranei a...» Si interruppe e lanciò uno sguardo al corpo di Karl Stelzik, e Rebekah pensò di riuscire a leggergli in faccia il resto della frase, rimasta inespressa: 'A questo, a questa violenza, a questo omicidio. Per noi è roba dell'altro mondo.' Fino a quel momento suo fratello aveva dimostrato una calma sorprendente, almeno in apparenza, ma adesso aveva preso a sbattere nervosamente le palpebre.

«Si tratta di un grosso errore» aggiunse Rebekah, una mano in alto.

«Eccome, hai proprio ragione» confermò l'uomo.

Era di New York. Prima aveva mascherato il suo accento: Rebekah pensava di aver sentito un accenno di cadenza slava nella sua voce, in linea con il suo cognome, ma forse era stata una messinscena, parte di quella farsa.

L'uomo fece un passo avanti.

Adesso a separarli c'erano sì e no tre metri. Rebekah non era mai stata tanto vicina a una pistola. A volte, da ragazzi, i suoi fratelli erano andati al poligono per imparare a sparare. Henry pensava fosse utile saperlo fare, specie in America, e infilare una pistola nella fondina faceva parte della sua routine quotidiana tanto quanto abbottonarsi la divisa blu e appuntarsi il distintivo al petto.

Rebekah invece era rimasta in Europa fino a diciotto anni, in un Paese dove si registravano sessanta sparatorie all'anno, non al giorno, e dopo il suo arrivo a New York non le era mai interessato imparare. Le armi le facevano paura. Le facevano più paura adesso che quando era più giovane, perché aveva visto i loro effetti nel reparto di Ortopedia: come frantumavano le ossa e bucavano i tessuti, come laceravano, perforavano e distruggevano tutto.

«Non diremo niente a nessuno.» Il tono smanioso di suo fratello la riportò nella foresta. «Non so che cosa pensi che sia successo, ma noi non abbiamo fatto nulla. Giuro.» Lanciò una rapida occhiata a Stelzik, alla posa grottesca del suo corpo. «Se ci lascia andare, ce ne andremo da qui e non diremo niente a nessuno.»

Ma l'uomo li osservava e basta.

«La prego» mormorò Johnny. «Questa è una follia.»

«Deve aver frainteso» intervenne Rebekah, cercando di spalleggiare il fratello, e le parole le uscirono di bocca in modo altrettanto impetuoso. «Deve averci scambiati per qualcun altro. Noi non siamo nessuno. Non abbiamo la più pallida idea di cosa sia accaduto.»

Stavolta l'uomo accennò un sorriso, come se la scena lo stesse divertendo. «Sembrate... com'è che si dice? Storditi.» L'ultima parola la pronunciò con accento inglese, in una chiara imitazione della parlata di Rebekah.

«Questo è assurdo» replicò lei. «Io neanche la conosco.»

«Non c'è bisogno che tu mi conosca, tesoro.»

L'uomo guardò prima lei, poi Johnny.

«Ho combinato un casino.» Indicò un punto in direzione dello scavo con la pistola. «Sto cercando di ritrovare quel maledetto cane da quando ho fatto fuori Stelzik, e questa mattina l'ho visto tra gli alberi, l'ho inseguito e sono inciampato come un vecchio rincoglionito.»

Guardò di nuovo entrambi con un'espressione quasi comica stampata in faccia, come a dire 'Da non credere, eh?', neanche stesse descrivendo un incidente di poco conto. Il terrore si impadronì di Rebekah, facendola rabbrividire da capo a piedi. Quell'uomo non dava peso a quello che stava dicendo, a quello che stava confessando, e la disinvoltura con cui aveva parlato dell'omicidio, della caccia al cane, le spiegò anche perché: sarebbero morti lì.

«Ho sbattuto la testa su quel vecchio pezzo di roccia che Stelzik stava dissotterrando e *sbam*, ho perso i sensi.» Si massaggiò la cute, le dita sulla ferita. «Comunque, questo poteva essere un bel problema, perché poteva impedirmi di fare quello per cui sono venuto su questa cazzo di isola sperduta nel nulla. Insomma, guardate che razza di posto.» Agitò la pistola, puntandola verso gli alberi. «Persino i paesi più sottosviluppati hanno internet e linee telefoniche funzionanti. È un miracolo che abbiano una torre di trasmissione. Cristo, è addirittura un miracolo che ci sia l'acqua corrente. Ma vabbè. Quando mi sono ripreso, e voi due eravate lì, lo sapete che cosa ho provato?» Scosse la testa. «Sollievo. Puro sollievo. Non avete capito che vi stavo cercando perché siete venuti voi da me. Mi avete risparmiato di dovervi dare la caccia. Non dovrò trattenermi neanche un secondo più del necessario su questo schifo d'isola.»

Rebekah riportò gli occhi sul corpo di Stelzik.

«Non capisco.» Le si stava incrinando la voce e le parole le rimasero bloccate in gola. «Che cosa abbiamo fatto? Che cosa ha fatto Stelzik?»

«Stelzik? Dettagli.»

La sua espressione cambiò istantaneamente, come se si fosse spenta una luce. Rebekah notò per la seconda volta quanto fossero verdi i suoi occhi, ma il resto del suo viso era opaco come la notte. Lanciò uno sguardo a Johnny, vide che era sul punto di scoppiare a piangere, e di conseguenza anche lei cominciò a singhiozzare.

«La prego» lo implorò. «Non so che cosa pensi che...»

«Stai zitta» sibilò l'uomo. Puntò la pistola verso le radici dell'albero. «Arrampicatevi lassù, tutti e due. Facciamola finita.»

38

Nei giorni successivi, Rebekah medicò e fasciò la ferita di Roxie, la lavò, le preparò una cuccia, la portò a fare delle passeggiate e la scarrozzò sulla Jeep. Razionò con cura il poco cibo che le era rimasto, dividendolo in due pile, ma al loro quarto giorno insieme, il suo quarantacinquesimo sull'isola, erano rimaste con due scatolette di zuppa. Sapeva che doveva trovare un modo per entrare nell'ostello in cui aveva alloggiato Stelzik, altrimenti sarebbero morte di fame, ma mentre stavano percorrendo a piedi un sentiero, inaccessibile in auto, i suoi piani cambiarono.

Inaspettatamente, perse Roxie.

Il cane si infilò tra alcuni cespugli, talmente in fretta da sparire ancora prima che Rebekah se ne rendesse conto. «Che cosa stai facendo?» le urlò dietro.

Ma dalla vegetazione non giungeva alcun suono, nessun latrato.

Rebekah si lanciò all'inseguimento e finì per prendere un altro sentiero sinuoso che portava a una radura. Il vento soffiava tra gli alberi producendo un sussurro delicato, ma quando si placò riuscì a sentire qualcosa.

Una serie di colpetti sordi, come degli schiaffi.

Era prima mattina e la luce era tenue, perciò fece marcia indietro fino alla Jeep, prese la torcia e tornò sui suoi passi. Ben presto risbucò nella radura di prima: l'erba era stata appiattita dalla gelata, che ci aveva disegnato sopra una specie di motivo a spirale, e alla sua destra c'erano delle formazioni rocciose addossate agli alberi. Ricordavano delle torri di granito. Al centro vide una specie di caverna nella quale si poteva entrare passando da una piccola fenditura verticale.

Rebekah rischiarò la crepa con la sua torcia e si avvicinò di qualche passo, cercando di puntare il fascio di luce in modo da riuscire a vedere l'interno dell'antro.

«Roxie?» chiamò con voce incerta.

La luce tremolava sulla roccia, allargandosi via via che si avvicinava, ma dentro era sempre buio.

«Ehilà?» disse, e la sua voce riecheggiò e tornò indietro amplificata. «Rox? Sei qua?»

Niente.

«Rox? Sei qui?»

Qualcosa schizzò fuori dall'oscurità e la colpì al petto come un pugno. Barcollando all'indietro, Rebekah perse l'equilibrio e cadde a peso morto, sbattendo la schiena contro l'erba congelata, più dura di un lastrone di cemento. Prima ancora di capire cosa fosse successo, un'altra macchia confusa uscì dalla caverna, e poi ancora, una dopo l'altra, ombre nella luce pastosa del mattino.

Pipistrelli.

Ne continuavano ad arrivare, dapprima singolarmente, poi a gruppi. Volarono in cerchio sopra la radura, i rumori dell'isola rimpiazzati dal battito delle loro ali, e poi, avvitandosi su loro stessi, tornarono tutti insieme nella caverna.

Rebekah osservò la fenditura.

«Rox?» ripeté. «Roxie?»

Nella sua mente serpeggiò un pensiero, gelido come la mano che si portò alla gola: e se, entrando là dentro e disturbando i pipistrelli, fosse stata morsa? D'istinto, cominciò a scuotere la testa.

La rabbia no.

Ti prego, la rabbia no.

Ma poi il cane riapparve, arrivando dalla sua sinistra.

Zampettò nella radura e guardò ora lei ora la caverna, come se non capisse il motivo di tanta confusione o perché fosse riversa sulla schiena su un fazzoletto d'erba ghiacciata. Quando strusciò il muso contro la sua gamba, Rebekah si rimise in piedi, poi scoppiò a ridere vedendo con che cosa era tornato il cane. «Tu sei un genio, ragazza mia, lo sai?»

Roxie aveva un coniglio morto in bocca.

Rebekah era stata talmente occupata con il bottino di Roxie – carne fresca – da non essersi accorta che il tempo stava cambiando. Quando raggiunsero la Cherokee, aveva già cominciato a diluviare.

Seduta in macchina con i tergicristalli in azione, valutò l'idea di andare all'ostello – era quello il piano originario dopo la passeggiata –

ma alla fine decise di cambiare programma. Quando a Crow Island arrivava un temporale, non era mai un acquazzone passeggero: quelle nuvole sembravano portare più pioggia che altro, ma se si fosse alzato il vento, allora sì che sarebbero stati guai. Aveva perso il conto delle volte in cui, nelle sei settimane passate sull'isola, aveva visto oggetti pesanti volare come giocattoli. Una notte, mentre stava osservando la furia della tempesta dalla finestra dell'emporio, un tavolo da picnic era stato sollevato da terra e scaraventato contro un edificio.

Non appena Roxie si fu seduta accanto a lei, Rebekah imboccò il Loop e guidò in direzione di Helena.

«Di norma non ti perdonerei per aver ucciso un coniglio, Rox,» disse mentre la pioggia flagellava il parabrezza «ma a mali estremi, estremi rimedi.» Grattò la pancia al cane ma tenne gli occhi sulla strada: il temporale stava peggiorando a vista d'occhio. I tergicristalli non riuscivano a stare al passo della pioggia.

Dato che non riusciva più a vedere la strada, Rebekah rallentò e osservò l'oceano nella speranza di trovarci un po' di conforto, una luce nel cielo. Ma l'Atlantico era solo un muro di foschia, tranne per un puntino nero, una capocchia di spillo nella nebbia.

Rallentò ancora di più e si concentrò sul puntino.

Stava diventando sempre più grande.

39

Stava piovendo talmente forte che, per un attimo, perse di vista il puntino, ma poi sbucò da una densa cortina di pioggia, più grande di prima.

È un elicottero.

Spalancò la portiera della Cherokee e disse a Roxie di restare seduta. Il cane, che sembrava confuso, saltò dal sedile del passeggero a quello del guidatore, ma fece come le era stato detto. Rebekah richiuse la portiera per evitare che potesse scappare, poi andò subito ad aprire il portabagagli. Dentro c'erano i vecchi razzi da segnalazione che aveva trovato in una casa sulla costa nord. Non li aveva mai usati, ma non c'era tempo per fare una prova.

Ne prese uno e corse verso un tratto più aperto del Loop. La pioggia nel frattempo continuava a cadere incessante, scrosciava sull'asfalto, e i canali di scolo erano ostruiti dalle foglie morte. Dopo essersi messa in posizione, già bagnata fradicia, si concentrò sul razzo che aveva in mano: le due estremità erano chiuse da tappi, uno bianco e uno rosso, ma solo quello rosso veniva via. Lo tolse e provò a capire come funzionava il resto: la carica esplosiva era contenuta all'interno del tubo, sul quale c'era una striscia abrasiva, ruvida come carta vetrata, mentre un'altra striscia simile era incorporata nella parte esterna del cappuccio.

L'elicottero era ancora in mare aperto, a una sessantina di chilometri dalla costa, forse di più, e Rebekah non voleva accendere il razzo troppo presto, perciò iniziò ad agitare le mani sopra la testa, saltellando sul posto.

«Ehi!» urlò sotto la pioggia, anche se sapeva che non l'avrebbero mai sentita. «Ehi! Guardate qua!»

L'elicottero continuava ad avvicinarsi.

Lei aspettò.

Aspettò ancora.

Ma un certo punto cominciò a virare.

«No!» urlò. «No, aspettate!»

Era ancora a una cinquantina di chilometri dalla costa, ma non poteva più permettersi di aspettare: cominciò a strofinare il tappo rosso sulla striscia abrasiva del tubo.

Non si accendeva.

«Merda.»

Ci riprovò. Ancora niente.

«Forza, andiamo.»

Ancora, ancora, ancora.

«FORZA!»

E alla fine, con uno sbuffo di fumo, il bengala si accese.

Sollevò di scatto le braccia, in alto sopra la testa, e le agitò avanti e indietro disegnando scie di fumo rosso nell'aria. Per un attimo perse di vista l'elicottero, poi lo ritrovò sullo sfondo del cielo color granito.

E quando lo vide si sentì raggelare.

Si era già allontanato così tanto che non riusciva più a distinguerne nemmeno un dettaglio, neanche i finestrini. L'intera fusoliera era solo una macchiolina confusa tra le nubi temporalesche.

«Ehi!» urlò di nuovo, con il bengala che le fumava ancora in mano. «Aspettate! ASPETTATE!» gridò talmente forte che per poco non si strozzò da sola, sventolando il razzo più furiosamente che mai, le spalle in fiamme per lo sforzo.

Ma ormai l'elicottero era solo un puntino distante.

«Vi prego, tornate indietro» mormorò, e alla fine riabbassò le braccia. Il razzo di segnalazione le scivolò dalle dita e cadde a terra. «Sono ancora viva.»

Prima

«Muovetevi.» L'uomo con gli occhi verdi li incitò con la pistola. «MUOVETEVI!» ripeté quando non reagirono, e un passo alla volta, a malapena in grado di percorrere i pochi metri che li separavano dal punto dove sarebbero stati uccisi, Rebekah e suo fratello cominciarono ad avanzare. Johnny andò per primo: era ancora davanti a lei, stava ancora cercando di proteggerla.

«C'è stato un equivoco» disse di nuovo Rebekah. «Noi neanche la conosciamo.»

«Chiudi il becco e vai là» ordinò l'uomo, continuando a usare la pistola per indicarle dove. Erano arrivati alla base del pendio, dove il canalone risaliva verso la piattaforma naturale. Da quella posizione, il corpo di Stelzik era quasi al loro stesso livello.

«Si tratta di soldi?» domandò Johnny, che si stava sforzando di mantenere la calma. «Perché se si tratta di soldi, possiamo trovare una soluzione. Quando torneremo a casa...»

«Lei non tornerà a casa, John.»

L'intera foresta parve tremare, ma quando lanciò uno sguardo a suo fratello, Rebekah vide che si era accigliato. Aveva una faccia strana. Sembrava confuso.

«Johnny? Che cosa sta succedendo?»

«Non lo so, Bek» mormorò lui.

Rebekah guardò prima lui, poi l'uomo con la pistola. Suo fratello le aveva appena mentito? «Che cosa sta succedendo?» chiese di nuovo. «Johnny, che cosa...»

«Non lo so che cosa sta succedendo!» esclamò lui, chiaramente frustrato.

Rebekah provò a prenderlo per mano, ma non riuscì neppure a sfiorargli le dita. Era più avanti rispetto a lei e stava fronteggiando l'uomo armato.

«La prego» stava dicendo. «La *scongiuro*. Lasci andare mia sorella. È una mamma. Ha due bambine piccole. Non è giusto.»

«Stai zitto» ripeté l'uomo prima di controllare la sua pistola.

«La prego» lo implorò anche Rebekah.

«Non supplicare, tesoro. Non ti si addice.»

«Ma perché? Che cosa le abbiamo fatto?»

Lui alzò gli occhi e la guardò. «A me? Niente. È proprio questo il punto. Ora arrampicatevi fino a quelle radici e facciamola finita.»

Cominciarono a salire trascinandosi dietro le gambe, le ossa pesanti. Ormai stavano piangendo tutti e due. La cosa che le faceva più male era vedere suo fratello così vulnerabile. A metà salita, Rebekah tese di nuovo il braccio e stavolta riuscì ad afferrargli la mano.

Per qualche ragione, ripensò alla loro vecchia casa sull'Ottantunesima strada, quella a cui aveva fatto ritorno dopo aver lasciato Londra. Si rivide sul portico insieme a Johnny, con il sole che faceva scintillare le finestre. Vide anche suo padre, al barbecue, le bistecche che sfrigolavano sulla brace. E vide Mike, che rideva.

E poi Kyra e Chloe.

Le bambine non erano mai state in quella casa. Non avevano mai conosciuto Mike, e Chloe non aveva mai conosciuto il papà di Rebekah. Quella casa era venuta prima di loro, quando Rebekah aveva stravolto la sua vita, diventando un medico, una moglie e poi una ex. Ma nella sua testa riuscì a immaginare chiaramente le bambine, Kyra a nove o dieci anni, Chloe che camminava, i loro sorrisoni.

«Datevi una mossa.»

La voce dell'uomo la strappò ai suoi ricordi. Erano quasi arrivati alle radici: mancavano solo un paio di passi.

Rebekah strinse ancora più forte la mano di suo fratello.

«Ti voglio bene, Johnny.»

«Anch'io» sussurrò lui.

Non riusciva a ricordare quando fosse stata l'ultima volta che le aveva detto che le voleva bene con tanto sentimento. Forse perché non l'aveva mai fatto.

«È tutta colpa mia, Bek» aggiunse. «È tutta colpa mia.» Poi la strinse talmente forte da ovattare il suono del suo pianto, violento, disperato, irrevocabile. Quando la lasciò andare, Rebekah lo sentì sospirare, sentì il suo corpo irrigidirsi completamente, e poi si ritrovarono lì.

Accanto al cadavere di Stelzik.

Si voltarono e guardarono giù, continuando a tenersi per mano. L'uomo adesso era molto più vicino, a neanche un metro da loro.

«Datemi i vostri telefoni» ordinò. Johnny si frugò nei pantaloni, tirò fuori il cellulare e lo gettò ai suoi piedi. Lui lo lasciò a terra e spostò la sua attenzione su Rebekah. «Sei sorda?»

Lei infilò una mano in tasca.

Non voleva dargli il suo cellulare: era come un cordone che la legava al mondo esterno, alla sua famiglia, alle sue bambine. Ma ormai che differenza faceva?

Sarebbero stati uccisi lì.

E, dal modo in cui la stava guardando, capì anche un'altra cosa.

Sarebbe morta per prima.

40

Roxie la osservava dal sedile del passeggero. Evidentemente aveva percepito un cambiamento nel suo stato d'animo, ma non sapeva come aiutarla. Mentre la pioggia tamburellava sul tettuccio della Jeep, strofinò il muso contro il seno di Rebekah. Lei abbassò lo sguardo sul cane, sull'occhio buono, scintillante e marrone, sulla benda bianca che copriva l'altro, e lo cinse con un braccio.

Roxie uggiolò, però si lasciò stringere.

Tornate all'emporio, Rebekah riuscì ad accendere un fuoco usando la tettoia esterna come riparo, le vecchie tavole di legno di uno steccato e lo Zippo che aveva trovato la prima notte. E quella sera lei e il cane mangiarono il coniglio.

Dopo quasi sette settimane di cibo in scatola e barrette di cioccolato, lo trovò delizioso anche se era stoppaccioso e troppo cotto. Scuoiare il coniglio era stato orribile, e non perché fosse schizzinosa, ma perché le aveva portato via un sacco di tempo. Comunque, ne era valsa la pena. Come al solito, divise la carne per farla durare quanto più possibile e per accompagnarla si arrangiò con alcune mele marroni e bacate: le aveva trovate in un vecchio frutteto non lontano dal faro, e anche se tutti gli alberi erano quasi completamente spogli e la frutta che era caduta a terra era ridotta in poltiglia o era stata mangiata dai vermi, ce n'erano abbastanza per riempire mezzo secchiello.

Quando le aveva tagliate, scartando le parti marce, quelle marroni e gli insetti che si erano annidati nella buccia e nella polpa delle mele, si era resa conto che a casa le avrebbe buttate nel cestino della spazzatura senza pensarci due volte. Ma lì, sull'isola, erano più dolci del miele. Aveva trovato una specie di ciotola per Roxie, che in realtà era una sacca impermeabile per i secchi da pesca, e si erano sistemate dietro l'emporio, sul marciapiede della strada principale, avvolte in una coperta.

«Oggi è stato uno schifo» disse mentre grattava la pancia del cane, ancora affranta per l'elicottero che era andato via. «Ma almeno abbiamo mangiato meglio del solito.»

Roxie era troppo impegnata a masticare il coniglio per risponderle.

Le accarezzò la testa e le orecchie. «Sai,» continuò «a casa ci sono due bambine alle quali farebbe tanto piacere conoscerti, un giorno o l'altro.» Il cane la guardò, sbatté le ciglia, e Rebekah cominciò ad avvertire tutto il peso di quell'affermazione.

Roxie le strofinò il muso contro la gamba.

L'occhio ferito era ancora coperto da una garza che il cane provava continuamente a scrollarsi di dosso, ma il gonfiore era diminuito e Rebekah contava di toglierglіela già l'indomani. Le aveva trovato una spina nella palpebra e la pelle attorno si era infiammata, ma stava guarendo. Mentre continuava ad accarezzarla, si concesse di ripensare alle sue figlie, di aggrapparsi al loro ricordo.

«Andresti pazza per loro, Rox» disse, la mano sulla testa del cane. «Kyra ha quasi tre anni ed è intelligentissima. So che sono di parte, ma è la verità. Ha proprio preso dalla sua mamma, che cosa ti devo dire?» Le fece l'occhiolino. «Chloe, lei è un tesoro, ma diventerà un terremoto. Il giorno prima di venire qui, l'ho capito dalla sua faccia che stava già pensando di scappare dal girello. Fissava il salotto come se si stesse dicendo: 'Posso farcela. Stai a vedere.'» La pelliccia di Roxie era morbida e calda sotto i suoi polpastrelli, quasi rassicurante, ma pensare alle sue figlie le fece calare addosso un velo di tristezza. «Tu sei l'unica ragione per cui sono ancora qui, Rox, lo sai, vero?»

L'animale la guardò.

«No, non ne hai la più pallida idea.»

Il cane sbatté le palpebre, l'occhio buono concentrato sul viso di Rebekah.

«Non so se riuscirò a tornare a casa viva» continuò, stavolta passando la mano sulla pancia di Roxie, che si alzava e si abbassava a ogni respiro. «Non so neanche se sopravviverò fino ad aprile, quando questo posto riaprirà al pubblico. Voglio dire, dobbiamo tirare avanti per quanto? Altri tre mesi e mezzo?» Lanciò un sospiro e davanti a lei si formò una nuvoletta di vapore. «Guarda quanto fa freddo già adesso. Dovrai trovare un sacco di conigli se vogliamo evitare di morire di fame.»

Sorrise al cane.

«Ma di una cosa sono assolutamente sicura. Ho ancora la possibilità di tornare a casa dalle mie bambine, e non ha niente a che vedere con me.»

Rebekah si accoccolò accanto all'animale, cingendolo di nuovo con un braccio.

Per tutta risposta, Roxie appoggiò la testa sulla sua coscia.

«È solo grazie a te.»

Prima

Rebekah gettò il cellulare ai piedi dell'uomo e chiuse gli occhi.

Le sue dita erano intrecciate a quelle di suo fratello.

Stava aspettando lo sparo, che il rumore squarciasse il silenzio della foresta, che la potenza del proiettile strappasse la sua mano dalla presa di Johnny.

Ma non accadde.

Sentì Roxie prima di vederla: uno scalpiccio alla sua sinistra, lo scricchiolio dell'erba gelata, poi il gemito di dolore dell'uomo che era venuto a ucciderli.

Spalancò gli occhi.

L'uomo cadde a terra. Sentì il rumore del corpo che rotolava giù dalla discesa, vide il cane lanciarsi all'inseguimento, i denti snudati, una zampa sulla sua faccia. Non appena finì sul sentiero, il cane lo aggredì di nuovo, lo graffiò con ferocia e ostinazione. Rebekah lanciò uno sguardo a Johnny e capì che stavano pensando alla stessa cosa. *Ora.*

Quella era la loro occasione.

Scappiamo.

Recuperò il cellulare e scattarono in direzione del sentiero dal quale erano arrivati. Alle loro spalle, il cane ringhiò, l'erba gelata scricchiolò di nuovo e l'uomo disse qualcosa – un grido, quasi uno strillo, parole incomprensibili – e poi, all'improvviso, sentirono uno sparo.

Ha appena ucciso Roxie.

Rebekah non poteva guardarsi indietro. Allungò il passo e puntò verso il fianco del canalone, verso il sentiero principale che li avrebbe ricondotti allo scavo. C'erano quasi quando un altro sparo riecheggiò tra gli alberi e il proiettile colpì un tronco alla loro sinistra. Esplose, pezzi di corteccia le schizzarono negli occhi e, quando Johnny raggiunse il sentiero in cima alla salita, Rebekah inciampò e cadde carponi. Cominciò a gattonare, gli occhi chiusi, irritati dalla polvere, ferendosi le mani sui rami spezzati.

Si sentì afferrare per le braccia e trascinare fino al sentiero principale, poi risuonò un altro sparo. Johnny la tirò su di peso e, quando Rebekah sbatté le palpebre per scacciare le lacrime, lo vide davanti a sé, le mani sulle ginocchia. Un terzo sparo, un quarto. Il primo colpì un altro albero, l'altro si perse nella foresta. Si gettò uno sguardo indietro, da sopra la spalla. Un occhio era ancora chiuso, l'altro appannato e lacrimoso, ma fu sufficiente.

Stava arrivando.

Si rialzò e si mise a correre, seguendo Johnny sul sentiero. L'occhio continuava a lacrimare, ma aveva recuperato la vista e ripensò a tutte le corse che aveva fatto da ragazzina. I risultati ottenuti in pista le avevano fatto vincere una borsa di studio per frequentare una scuola privata. Sentì risuonare un altro sparo. Stavolta non stava correndo per tagliare un traguardo.

Stava correndo per salvarsi la vita.

Un altro colpo di pistola. Un altro ancora.

Era il sesto? Il settimo?

Provò a pensare a quanti colpi avesse una pistola, a quanti ne contenesse una come quella che aveva quell'uomo, e a quanti gliene fossero rimasti, ma già il semplice correre un passo dopo l'altro e guardare dove stava mettendo i piedi stava richiedendo tutta la sua concentrazione e le sue energie. Davanti a lei, Johnny smanacciava per scostare i rami, ma si voltava costantemente per assicurarsi che Rebekah fosse ancora dietro di lui.

L'ennesimo sparo.

E poi un altro quasi in contemporanea.

Stavolta, però, Rebekah perse l'equilibrio.

Ci mise una frazione di secondo a reagire, elaborare e capire cosa fosse successo. Poi abbassò lo sguardo e vide un buco nel suo giubbotto. Il proiettile aveva perforato il tessuto, a pochi millimetri dal suo fianco sinistro, dal buco fuoriusciva dell'imbottitura bianca e il foro aveva i bordi anneriti. In quell'attimo di distrazione, però, aveva perso di vista i contorni del sentiero. Inciampò su una radice affiorante. Cadde in avanti, andando a sbattere contro un albero.

Diventò tutto nero.

Durò un paio di secondi.

Quando ricominciò a mettere a fuoco la foresta, confusa, vide l'uomo – a una quindicina di metri da lei – voltarsi nella sua direzione. Si guardò attorno per capire se suo fratello fosse nei paraggi, ma era sparito. Non si era accorto che era caduta.

Johnny era scomparso più avanti, dove gli alberi formavano una specie di tunnel che inghiottiva il sentiero e le fronde si sovrapponevano. Rebekah lanciò un'occhiata all'uomo, ancora più vicino, la pistola spianata, poi di nuovo al sentiero. Quando suo fratello sarebbe tornato indietro a cercarla – perché lo avrebbe fatto, lo sapeva – sarebbe diventato un bersaglio fin troppo facile. Il sentiero si allargava dopo una curva cieca, quindi non avrebbe mai visto l'uomo fino a quando non sarebbe stato troppo tardi.

Non tornare indietro per me, Johnny.

Ti prego, non tornare indietro.

Ma poi sentì che la stava chiamando.

«Bek?»

La sua voce, concitata e disperata.

«Bek!»

Si rialzò di scatto.

In quel preciso istante, l'uomo la scorse e sparò tra gli alberi. Quando il proiettile le sibilò accanto e si conficcò in una quercia pallida e rinsecchita alla sua destra, Rebekah corse via dal sentiero, via da Johnny, nel cuore della foresta, guardandosi indietro per assicurarsi che l'uomo la stesse seguendo. Lui lasciò a sua volta il sentiero per inseguirla nel sottobosco, strappando con mani e gambe i ramoscelli e le piante che gli si paravano davanti. Rebekah sentì suo fratello chiamarla di nuovo per nome, ma il suono della sua voce era più lontano, ovattato, come se a separarli ci fossero le pareti di una stanza, e alla fine i rumori cambiarono: c'erano solo quelli prodotti da lei, che incespicava, e dal suo inseguitore, che la inseguiva con il fiato corto.

Le sparò di nuovo.

La mancò per un pelo, un sibilo alla sua destra, quindi lei andò a sinistra, sfruttando un varco tra gli arbusti per provare a cambiare direzione. Da qualche parte, talmente lontano che non poteva neanche essere sicura di non esserselo immaginato, Johnny la chiamò di nuovo, poi il terreno diventò più irregolare. Mentre gli alberi attorno a lei si infittivano, il tappeto della foresta si infossava. Rebekah infilò il piede in un buco e il dolore per la botta si propagò in tutta la gamba, dalla caviglia all'anca. Era a malapena riuscita a sfilarlo che con l'altro piede finì in un'altra buca, meno profonda ma più larga, e stavolta si storse la caviglia.

Cadde.

Le mani attutirono la caduta, ma l'impatto fu comunque violento. Le faceva male tutto. Era così spaventata che le battevano i denti. Si rialzò con una spinta, inciampò, andò a sbattere contro un albero e, nello slancio, diede una spallata anche a quello accanto.

Cadde una seconda volta.

Sotto di lei, intanto, la conformazione del terreno era cambiata di nuovo: ora declinava davanti ai suoi occhi, e Rebekah riuscì a sentire qualcosa. Ne fiutò persino l'odore: sale.

Si stava avvicinando alla costa.

Forse là troverò aiuto. Si rimise in piedi. *Potrebbero esserci delle persone o delle barche da pesca.* Si guardò indietro per vedere dove fosse il suo inseguitore, per vedere quanto terreno avesse guadagnato, e rimase interdetta.

Dov'era andato?

Uno sparo riecheggiò alle sue spalle.

Il proiettile le passò così vicino che avvertì lo spostamento d'aria dietro la testa. La sua prima reazione istintiva la portò a farsi scudo con il braccio, a proteggere gli occhi, il cranio, anche se ormai era troppo tardi, anche se la carne e le ossa del braccio avrebbero avuto la stessa utilità di un foglio di carta se il colpo successivo fosse andato a segno. Nel momento in cui sollevò il braccio, vacillò, spostando il peso, e così facendo mise il piede in un'altra buca. Il cellulare le cadde dalla tasca, seguito da una manciata di spiccioli.

E poi si sentì mancare il terreno sotto i piedi.

Stavolta non c'era niente che potesse arrestare la sua caduta.

Era finita su uno strapiombo: era arrivata sul ciglio di un altro burrone, ma questo, pur essendo più piccolo, era più profondo, e nascosto da una serie di arbusti. Finì proprio in mezzo ai cespugli, se ne portò dietro alcuni nel tentativo di aggrapparsi a qualcosa e colpì con forza la parete del canalone. Ruzzolò una, due volte, prendendo velocità, e ogni volta che il suo corpo colpiva il terreno ghiacciato era come se dentro di lei esplodessero delle granate. A metà discesa, qualcosa di appuntito le graffiò la testa – un ramo, una radice, il dolore paragonabile a una fiammata immensa sul viso e lungo il collo – e poi atterrò di peso in un letto di foglie secche e la forza dell'impatto la lasciò senza fiato. Le foglie morte le volarono attorno. Poi ricaddero sul suo corpo e lo avvolsero come un bozzolo. E Rebekah rimase immobile.

Fissò il cielo sopra di lei.

Era grigio, come la pelle di un cadavere.

Ci siamo?

È finita?

Provò a portarsi una mano alla faccia, per cercare la ferita che sentiva bruciare accanto all'orecchio destro, ma era come se si fosse spezzato qualcosa dentro di lei. Le braccia non rispondevano ai suoi comandi. Aveva il petto in fiamme. Faticava a respirare e, quando provò a schiarirsi la gola, rantolò. Qualche secondo dopo, i contorni si sfocarono. Aveva del sangue negli occhi.

Per un attimo vide rosso.

E poi, per la seconda volta, tutto diventò nero.

Ore mancanti

Travis mise in pausa il dvd del suo colloquio con Johnny Murphy.

C'erano un paio di momenti ai quali non aveva prestato troppa attenzione la prima volta che lo aveva guardato e ai quali non aveva dato grande importanza nemmeno quando aveva riesaminato il filmato: le pause tra le parole o dopo le frasi, i momenti in cui Murphy aveva chinato la testa, le sue dita intrecciate, gli occhi che rifuggivano lo sguardo di Travis e si posavano sulla telecamera. Erano tutte inezie, probabilmente insignificanti, ma prese nota del minutaggio dei vari fotogrammi in modo da poterli ricontrollare con calma. Una volta finito, riportò la sua attenzione sullo schermo, sul fermo immagine di Johnny Murphy.

Riprendi in esame il fidanzato, aveva detto il tizio della telefonata.

Ma che cosa doveva riesaminare?

Travis riaprì il suo taccuino.

Fin dal primissimo giorno aveva controllato tutti i database per vedere se Murphy avesse dei precedenti, una macchia qualsiasi sulla sua fedina penale, ma era pulito: nemmeno uno straccio di multa per divieto di sosta. Il suo alibi per la notte della scomparsa era confermato dai tabulati telefonici e dalle riprese delle telecamere stradali: aveva lasciato Louise all'albergo alle sei del pomeriggio, e i dati del suo GPS *dimostravano che era andato al pronto soccorso dell'ospedale universitario di Langone a Brooklyn, proprio come aveva dichiarato. A scanso di equivoci, Travis aveva visionato i filmati delle telecamere dell'ospedale e Murphy era apparso in un video, all'entrata; l'orario, oltretutto, coincideva con quello del messaggio ricevuto dal cellulare di Louise, quello che le aveva inviato un minuto dopo per scusarsi per averla 'abbandonata'. A ottobre, dopo la loro chiacchierata informale, questo era stato sufficiente per cancellarlo dalla lista dei sospettati.*

A due mesi di distanza, tuttavia, forse erano emerse delle potenziali lacune.

Il filmato visionato da Travis copriva solo un breve periodo – dalle 21:29 alle 21:51 – nel quale Murphy era visibile all'ingresso del pronto soccorso. Prima di quel lasso di tempo, i suoi movimenti erano molto meno chiari; anzi, il suo cellulare sembrava essere stato spento dalle 19:01, cioè quando era arrivato in ospedale, alle 21:29, quando appariva per la prima volta nel video. Travis aveva notato quell'anomalia poco dopo averlo sentito e lo aveva ricontattato per chiedergli delucidazioni, ma Murphy gli aveva dato una giustificazione credibile: era in un ospedale, in un ambiente dove un cellulare poteva interferire con certe aree dell'edificio, con certe attrezzature, e di conseguenza era stato invitato a spegnere il telefono dal personale medico.

Ma poteva avergli mentito?

Forse l'aveva spento perché non voleva essere rintracciato, e questo perché quelle due ore e ventotto minuti in cui il suo cellulare risultava spento coincidevano con l'orario in cui Louise era stata vista per l'ultima volta alla raccolta fondi. Coincidevano anche con quel nanosecondo in cui aveva intravisto Louise ricontrollando i filmati delle telecamere del Royal Union Hotel: alle 21:01, nel bar dell'albergo. Dieci minuti dopo, il suo cellulare non dava più cenni di vita. Entrambi gli eventi si inserivano in una finestra temporale nella quale Murphy avrebbe avuto la possibilità di tornare là. Quelle due ore e ventotto minuti gli avrebbero fornito tutto il tempo necessario per tornare dall'ospedale all'albergo e quindi ripresentarsi al capezzale della sua amica Noella per mandare un messaggio di scuse a Louise. La domanda era: perché? Perché proprio quella sera, mentre la sua amica stava male? Perché in generale?

Travis non poteva rispondere a quelle domande perché Murphy era ancora un enigma. Quindi il prossimo passo sembrava ovvio.

Doveva parlare di nuovo con lui.

Nick Tillman sedeva in un angolo di una caffetteria a Sunnyside e stava controllando l'ora. Sul tavolo davanti a lui c'era un blocchetto per gli appunti. Aveva già riempito quasi tutte le pagine.

Preferiva la carta al telefono perché era più facile disfarsene. Con i telefoni era più complicato. Potevi bruciarli, farli a pezzi, gettarli in un fiume o seppellirli sottoterra, ma lasciavano sempre qualche traccia: un singolo messaggio o una ricerca su internet e in un attimo finivi su qualche server. A vita. Era un'idea che detestava.

Finito in un sorso il caffè che aveva ordinato, andò a pagare al bancone. La donna alla cassa provò ad attaccare bottone e lui si sforzò di darle corda – l'esperienza gli aveva insegnato che era più semplice ricordarsi di una persona sgarbata che di una persona cortese – quindi lasciò la caffetteria e uscì nella neve.

C'era una cabina telefonica a un paio di isolati da lì.

La donna rispose dopo il quarto squillo.

«Travis non sa più dove sbattere la testa» disse Tillman.

Lei rimase in silenzio.

Per tutta risposta, lui chiese: «C'è qualcosa che non va?»

«Dammi un secondo» fece lei.

Lo lasciò in attesa.

«Okay» disse alla fine, tornando in linea. A Tillman parve di sentire una porta che si chiudeva in sottofondo. «Dovevo aspettare che Axel se ne andasse» spiegò. «Non voglio che senta certi discorsi.»

Axel.

Se non stavano attenti, Axel poteva diventare un problema, ma questo Tillman non lo disse ad alta voce. Per adesso, come al solito, avrebbe tenuto la bocca chiusa.

«Nick, sto dando un'occhiata al materiale che mi hai appena mandato» continuò la donna. Il fruscio delle pagine che venivano sfogliate. Poi il ticchettio di una tastiera. «Che cosa ne pensi di Johnny?»

«Che cosa ne penso in che senso?»

«Lo credi davvero capace di fare una cosa del genere?»

Tillman scrutò la strada. «Quando parliamo di belle donne come Louise Mason» rispose «gli uomini sono capaci di qualunque cosa.»

I fiocchi di neve si rincorrevano sul parabrezza della sua auto mentre procedeva sull'interstatale in direzione sud. Alla sua destra, sotto le travi d'acciaio della superstrada, Travis vide le luci di alcuni lampeggianti, i loro colori che tingevano gli edifici limitrofi, le sirene che urlavano e poi scemavano allontanandosi da lui.

Non aveva fatto altro che pensare a Louise Mason da quando era uscito dal suo ufficio, nel tentativo di far collimare ciò che sapeva con ciò che sospettava. Aveva la mente affollata di immagini: lei nelle foto che gli erano state fornite dai suoi genitori, lei nel video girato dal padre a una cena. Louise aveva proposto un brindisi in onore dei suoi genitori che festeggiavano l'anniversario di nozze con parole dolci e spiritose. Questo l'aveva avvicinato ancora di più a lei. Quando pensava a Louise, comunque, pensava soprattutto al terribile errore che poteva aver commesso sottovalutando l'uomo con cui stava uscendo.

Prese l'uscita per l'Ottantaseiesima strada e si diresse verso la Terza Avenue. Lì, tra un alimentari e un'estetista specializzata in ricostruzione unghie, c'era il Bay Ridge Electronics.

Il negozio dove lavorava Johnny Murphy.

Trovò parcheggio a un isolato di distanza. Mancava meno di una settimana alla vigilia di Natale, perciò c'erano luci e decorazioni ovunque. Mancavano più o meno gli stessi giorni al suo ritiro dalle scene: alle 17:00 del 23 dicembre, Travis sarebbe uscito dalla porta principale del Police Plaza per andare a una festa di pensionamento dall'altra parte della strada. Dopodiché sarebbe tornato in una casa vuota e avrebbe detto addio per sempre al suo ufficio.

Alla sua scrivania. Ai suoi casi.

A Louise.

Allungò il passo, camminando più veloce, la città stretta nella morsa del freddo.

Ho cinque giorni, pensò. Cinque giorni per risolvere questo caso.

Quando arrivò al negozio, si fermò davanti alla vetrina punteggiata di cristalli di ghiaccio e sbirciò dentro. Sulla porta c'era un cartello con scritto CHIUSO, *ma vide dei movimenti all'interno. Bussò e, dopo un po', un ragazzo asiatico sulla trentina si avvicinò all'entrata.*

«Non siamo aperti prima delle dieci» capì dal labiale.

Travis accostò il distintivo al vetro.

L'asiatico cambiò faccia – sorpreso, confuso, poi preoccupato: perché un poliziotto si era presentato lì di prima mattina? – ma poi aprì la porta e si affacciò fuori.

«Posso aiutarla, agente?» chiese.

«Ispettore. Sto cercando Johnny Murphy.»

Il ragazzo aggrottò le sopracciglia.

«Non sono riuscito a contattarlo né a casa né al cellulare» lo incalzò Travis, ma nel frattempo sorrise per assicurargli che non c'era niente di cui doveva preoccuparsi.

«Johnny non è qui» rispose l'asiatico.

«Non è venuto al lavoro?»

«No.»

«E ha fornito qualche motivazione?»

«No. Voglio dire, manca da sette settimane.»

Stavolta toccò a Travis inarcare le sopracciglia. «Da sette settimane? Che sta dicendo?»

«Pensavo che la polizia ne fosse al corrente.»

«Al corrente di cosa?»

«Lui e sua sorella» disse il ragazzo. «Sono scomparsi.»

5

La tempesta

Prima

L'oscurità iniziò gradualmente a cedere il passo a un tenue chiarore grigiastro.

Contraendo i muscoli della faccia, Rebekah sentì tirare la pelle e capì che era per il sangue che si era congelato e seccato sul suo viso. La ferita era sopra la mandibola, vicino all'orecchio; ogni minimo movimento le procurava delle fitte al naso e alla fronte, e anche al collo e alle spalle.

Provò a sbattere le palpebre.

Non ci riuscì.

Sentiva l'odore del sangue, il suo sapore, ma il problema erano soprattutto gli occhi. Se provava ad aprirli, non ci riusciva: il sangue rappreso, fungendo da adesivo, le aveva incollato insieme le ciglia.

Alla fine riuscì a spalancarli, e quando vide dov'era si ricordò della caduta, del terreno che le franava sotto i piedi, dell'ultimo disperato tentativo di aggrapparsi a qualcosa mentre ruzzolava giù. Il tutto era durato pochi secondi, ma questo l'aveva soltanto portata a sottovalutare l'entità del volo che aveva fatto. Quel canalone era più profondo di quello in cui avevano trovato Stelzik, le sue pareti più ripide, quasi verticali. Se fosse scesa a piedi, avrebbe dovuto farlo tenendo il peso a monte, aiutandosi con una mano, oppure scivolando sul sedere.

E poi pensò a un'altra cosa.

Perché era ancora viva?

Dov'era l'uomo che aveva cercato di ucciderla?

Raggelò rivedendo i suoi occhi verdi, ricordando che cosa aveva fatto a Stelzik, a Roxie, come aveva costretto lei e Johnny a raggiungere quel punto tra le radici per ucciderli. E poi, quando pensò a suo fratello, andò nel panico. E lui dov'era finito? Quell'uomo lo aveva inseguito?

Johnny era morto?

Il solo pensiero le serrò la gola.

Sollevò lentamente una mano, i muscoli indolenziti, quindi provò a spostare il resto del corpo. Aveva dolori al fianco sinistro, alla testa, al collo, e giù fino al centro del torace. Dopo un paio di tentativi andati a vuoto, riuscì a sedersi e provò a muovere le gambe. Stava cercando di capire se si fosse slogata, fratturata o rotta qualcosa. Miracolosamente, gli unici danni riguardavano il viso. Se lo sfiorò con due dita.

La ferita sembrava brutta.

La pelle era slabbrata e, quando provò a mettersi in ginocchio, sentì un rivolo di sangue fresco sgorgare dal taglio e colarle sullo zigomo. Là fuori, nel cuore di una foresta, e soprattutto dopo un volo come quello che aveva fatto, era molto probabile che la ferita fosse sporca, piena di terra. Doveva ripulirla e medicarla.

Usando un albero vicino come appiglio, si rialzò in piedi. Le sue ossa scricchiolarono. Si tastò le tasche in cerca del cellulare. *Merda.* Niente telefono, ma aveva ancora le chiavi della Cherokee.

Quando si guardò attorno, quando osservò il fondo del canalone, gli arbusti, le piante e i cespugli, rammentò perché non aveva più il cellulare: le era caduto dalla tasca dei pantaloni. Aveva perso anche delle monete. Il telefono era lassù da qualche parte, in cima alla scarpata.

Carponi, si arrampicò sulla parete del burrone.

Le sembrava di essere un'ultracentenaria, pesante come piombo. Le sue mani si sporcarono, si coprirono di fango, di foglie, e di cristalli di ghiaccio. Quando arrivò in cima, si pulì dal sangue con la manica del giubbotto, senza fiato per lo sforzo, e iniziò a setacciare il terreno in cerca del cellulare. Alla fine trovò il punto dal quale era precipitata nel canalone, la terra smossa, le sue impronte visibili. Da vicino, le monete disseminate tra le foglie luccicavano come gioielli.

Ma il cellulare non c'era.

Deve averlo preso lui.

Scrutò la foresta con l'improvviso terrore che questo facesse parte del gioco, che l'uomo fosse ancora lì nei paraggi, appostato da qualche parte, dove lei non poteva vederlo. Ma allora perché l'aveva lasciata in vita?

Recuperati gli spiccioli, si guardò di nuovo attorno. Il sentiero che aveva lasciato, quello che avevano seguito lei e Johnny per tornare al sito dello scavo, era a malapena visibile tra gli alberi. La zona era avvolta dalla quiete. L'intera foresta sembrava avvolta dalla quiete: mentre era svenuta, il vento era calato e il tempo era cambiato. Il cielo non era più azzurro, ma un tappeto infinito di nuvole grigie. E faceva persino più freddo di prima. L'aria era pungente. In preda alla disperazione, si rimise a cercare il cellulare, non solo per poter fare una telefonata, ma anche per capire che ore fossero.

Non sapeva per quanto tempo fosse rimasta priva di sensi.

Un minuto? Cinque? Di più?

Devo trovare Johnny.

Tornò sul sentiero e tentò di allungare il passo. Avrebbe voluto correre, ma temeva che l'uomo potesse sentirla o vederla. Sotto le fronde degli alberi, nel tratto dove aveva visto Johnny per l'ultima volta, si rese conto di quanto faceva freddo. Il giubbotto e il cappuccio della sua felpa erano bagnati, pieni di fango e foglie. Riusciva ancora a sentire il sangue e la saliva che le si erano seccati sul viso. Si asciugò la guancia con la manica, sporcandosi le labbra di sangue, e per un attimo le venne in mente di provare a chiamare suo fratello. Si fermò giusto in tempo, ripensando all'aggressore. Se era nei paraggi, avrebbe capito subito che era uscita dal canalone.

Si incamminò in direzione dell'auto.

Le ci vollero venti minuti per arrivare alla Jeep e strada facendo non trovò tracce né di Johnny né dell'uomo dagli occhi verdi.

Dove sei, John? Ti prego, dimmi che non sei morto.

Non posso farcela da sola.

E poi notò che la Chevy di Stelzik era sparita.

L'aveva presa quell'uomo?

Si guardò attorno e intravide il proprio riflesso nel parabrezza della Cherokee. Si avvicinò al vetro. Aveva un lato del viso coperto di sangue, che si era incrostato soprattutto vicino all'orecchio, dove c'era una specie di buco. Il taglio era persino peggio di quanto avesse pensato quando lo aveva tastato con le dita – più nero, più profondo – e, quando provò a pulirsi la guancia, scoprì che era quasi tutto sangue rappreso. Usò un po' di saliva, con l'unico risultato di spalmarselo ancora di più sul viso. Sembrava che le fosse esploso in faccia un barattolo di vernice rossa.

Accostandosi al vetro, girò la testa per esaminare la ferita e le venne in mente una cosa.

Tornò con la memoria agli istanti che avevano preceduto la caduta: un proiettile le era passato vicinissimo al viso, tanto che aveva sentito lo spostamento d'aria. Era stato quello a sbilanciarla e a farle perdere l'equilibrio.

Si era ferita cadendo nel canalone.

Aveva sbattuto la testa contro qualcosa.

E poi era svenuta, aveva continuato a perdere sangue ed era rimasta sdraiata a terra, perfettamente immobile, con quel lato del viso rivolto verso l'alto.

Era rimasta lì immobile perché aveva perso conoscenza.

Ma se l'uomo si era affacciato al ciglio del burrone, se aveva guardato giù e l'aveva vista sul fondo del canalone, e soprattutto se aveva visto tutto quel sangue, la forma e l'aspetto della ferita accanto al suo orecchio, forse aveva tratto una conclusione diversa: aveva pensato di averla uccisa. Allora la sua attenzione doveva essersi immediatamente spostata su Johnny, convinto di essere stato la causa della caduta di Rebekah, il motivo del suo volo.

Ecco perché non era più lì.

Ecco perché Rebekah respirava ancora.

Quell'uomo pensava di averle sparato in testa.

41

Rebekah tornò al secondo ostello armata di attrezzi. Era riuscita a procurarsi un martello da carpentiere e un vecchio scalpello da usare come leva per aprire la porta.

Era una bella giornata, il sole splendeva, ma era la seconda settimana di dicembre e le temperature erano calate drasticamente: là di fronte all'ostello, con Roxie al suo fianco che ansimava impaziente, l'unica cosa che riusciva a vedere era il respiro che le si condensava davanti al viso.

Il legno si scheggiò non appena infilò la parte piatta del martello tra la porta e il telaio. I bordi del legno erano marci, umidi e morbidi, e non ci mise molto a staccarne qualche pezzetto. La parte più ostica era quella attorno alla serratura: era stata riparata.

Ti prego, fa' che qua dentro ci sia del cibo.

Tornò all'attacco con il cane che le scalpitava attorno alle gambe, ansioso di entrare tanto quanto lei. Rebekah cominciò a sentirsi accaldata sotto gli strati di vestiti, ma le gocce di sudore che si formavano sulla pelle esposta all'aria si trasformavano immediatamente in ghiaccio. Si tolse il giubbotto, ma con il vento glaciale che spirava dal mare non riuscì più a capire se aveva caldo o freddo, come se fosse febbricitante.

Roxie iniziò a grattare alla porta.

«Levati di mezzo, Rox» disse Rebekah, frustrata.

Si rimise all'opera, ma dopo qualche minuto la porta era ancora intatta e non aveva fatto progressi. Non aveva neppure scalfito la serratura.

«Come diavolo facciamo a entrare?»

Poi le venne un'idea.

Tornò alla Cherokee con il cane alle calcagna, fece manovra sull'erba davanti all'ostello e si avvicinò all'ostello in retromarcia. Scesa dall'auto, aprì il portabagagli e prese una corda. Ne annodò un'estremità attorno alla maniglia della porta e legò l'altro capo al gancio di traino della Jeep.

Con Roxie ancora seduta sul sedile posteriore, perché evidentemente aveva intuito che stava per succedere qualcosa, Rebekah ingranò la prima e diede un filo di gas. Pochi secondi e iniziò a sentire la corda che si tendeva.

Quando le fece raggiungere la massima estensione, accelerò delicatamente.

L'erba era umida e, in un primo momento, le ruote girarono a vuoto e l'auto non si mosse. Ritentò con la stessa delicatezza, gli occhi sugli specchietti per vedere se stesse succedendo qualcosa. Roxie non sapeva dove guardare: girava la testa da una parte all'altra, verso Rebekah e verso il lunotto posteriore.

«Forza» sussurrò.

Le ruote girarono di nuovo a vuoto.

«Forza.»

Roxie abbaiò.

«Andiamo, stupida...»

Sentì un tintinnio sopra il ronzio del motore e, un secondo dopo, qualcosa si schiantò contro il bagagliaio dell'auto. Lì per lì non riuscì neanche a capire se il piano avesse funzionato o se si fosse semplicemente staccato il gancio.

Scese.

A terra, accanto alla Cherokee, c'erano la targa e un pezzo di plastica venuto via dal paraurti – dove era rimasto un brutto segno – quello a cui era per l'appunto attaccata la targa.

Poco male.

Corse alla porta. Ciondolava dai cardini, non più attaccata al telaio, e la maniglia si era spezzata a metà. Erano venuti via anche dei pezzi di legno.

La porta era aperta.

Rebekah lasciò Roxie libera di esplorare e corse difilato in cucina. Superando delle camere da letto, vide che erano identiche a quelle dell'altro ostello: semplici e spartane, con i letti rifatti.

In cucina, cominciò subito ad aprire i vari armadietti.

Provò un'istantanea ondata di sollievo vedendo il cibo in scatola, capendo a colpo d'occhio che quelle scorte sarebbero bastate almeno per altre sei settimane, forse un paio di mesi se continuava a razionare bene quello che mangiavano. Prese ravioli, tonno, carne in scatola, altre zuppe di pesce e un sacco di fagioli: precotti e secchi, piccanti e insaporiti con prosciutto e wurstel di pollo. Era tutta roba che non avrebbe mai mangiato a casa, ma adesso quei barattoli rappresentavano la sua unica salvezza.

Da qualche parte, al piano di sopra, il cane cominciò ad abbaiare. «Rox?» la chiamò. «Che combini?»

Altri latrati.

Rebekah salì e la trovò nell'ultima camera sulla sinistra.

Si fermò sulla soglia.

Roxie stava girando in tondo al centro della stanza. Era eccitata, confusa, e il motivo era evidente: aveva sentito un odore che conosceva.

L'odore di una persona che aveva amato.

Quella era la camera in cui aveva alloggiato Stelzik.

Rebekah si inginocchiò e provò ad accarezzare il cane. «È tutto okay, Rox» mormorò. «È tutto okay.» Ma mentre lo diceva la sua mente era già passata ad altro, a cosa avrebbe potuto trovare nella stanza di Stelzik.

Forse un indizio sul perché era stato ucciso.

Forse la ragione per cui avevano provato a uccidere anche lei.

Prima

A un palmo dal finestrino della Cherokee, Rebekah osservò la ferita alla testa, il taglio che sembrava un foro di proiettile, e poi notò qualcos'altro, dall'altro lato dell'auto.

Il finestrino non c'era più.

Era stato rotto.

Nello shock scatenato dalla vista del proprio riflesso, non se n'era minimamente accorta, ma quando corse attorno al muso della Jeep e guardò dentro dal finestrino, vide i vetri disseminati sul sedile del passeggero.

Anche dentro mancava qualcosa.

La telecamera con il GPS.

Era attaccata al parabrezza e non era mai stata accesa, ma adesso al suo posto era rimasto solo un cerchio di colla sul vetro. Non riusciva neanche a ricordare quando fosse stata l'ultima volta che l'aveva usata. Gareth l'aveva comprata poche settimane prima della loro rottura, dicendole che le usavano tutti, che in caso di incidente le avrebbe risparmiato un sacco di noie con gli assicuratori. Da come gliel'aveva messa, le era sembrato un insulto, un commento offensivo sul suo stile di guida, ma in quegli ultimi giorni non aveva più le forze per litigare con lui per ogni minima cosa. Solo che adesso l'avevano portata via, e lei non capiva perché.

Perché rompere un finestrino per prendere una telecamera?

Si mise al volante e accese la Jeep. Non appena mise in moto, guardò l'orologio digitale al centro della console: le 14:58. Aveva perso la cognizione del tempo e non aveva la più pallida idea di quanto tempo avessero trascorso nella foresta, perciò non sapeva quanto distacco le avesse dato Johnny o se fosse effettivamente andato via. Osservò quell'intrico di alberi attraverso il parabrezza sporco di polvere e fango, preoccupata al pensiero che provare a cercare aiuto potesse essere la mossa sbagliata. E se invece Johnny era ancora là da qualche parte? Se era ferito? E se era morto?

Si concentrò sull'unica cosa che contava: trovarlo. E per trovarlo aveva bisogno di aiuto. La foresta era troppo grande perché la potesse esplorare da sola, i sentieri troppo difficili da seguire. Aveva bisogno di qualcuno che conoscesse la zona.

Ingranata la retromarcia, provò a fare manovra, ma capì che c'era qualcosa che non andava nel preciso momento in cui le ruote cominciarono a girare. La macchina sembrava sbilanciata, come se un peso la facesse pendere dal lato sinistro.

Scese di nuovo e andò verso il portabagagli.

La ruota posteriore era stata squarciata, tagliata talmente in profondità che la gomma si era ripiegata su sé stessa. Nella fretta non l'aveva neanche notato.

Le venne voglia di mettersi a urlare.

Aprì il bagagliaio per cercare la ruota di scorta malgrado fosse già sicura di non averla. Quando avevano comprato l'auto, il venditore aveva spiegato a Gareth come funzionava il kit per gonfiare le gomme, ma serviva a poco quando il danno era sulla parte laterale dello pneumatico. Come volevasi dimostrare, il kit fu l'unica cosa che trovò.

Richiuse il portellone.

E adesso?

Non aveva né cellulare né macchina e doveva farsi quasi due chilometri di salita per raggiungere il Loop. Ma era la sua unica possibilità.

La strada sterrata era dissestata, piena di buche e avvallamenti, e a metà salita cominciò a piovere. Di lì a poco le crepe nel fango iniziarono a sciogliersi e Rebekah a scivolare, sferzata dal vento che faceva volare via le foglie dagli alberi.

Quando finalmente arrivò in cima, le nuvole erano persino più compatte di prima, aggrovigliate come matasse di lana. In lontananza, una cortina di pioggia era calata sul mare come il sipario di un teatro, e poi il cielo plumbeo fu rischiarato da un lampo di luce bianca.

Stava arrivando un temporale.

Controllò a destra e a sinistra, sperando di vedere un'auto, un camion, una persona, qualunque cosa. Ma la strada era deserta, fatta eccezione per le sagome tremolanti di una serie di edifici, più o meno visibili sotto gli scrosci di pioggia, e alcuni rifiuti, forse caduti da un camion: c'erano frammenti di legno e fascette di plastica disseminati sull'asfalto.

La strada più breve per tornare a Helena era a destra, ma gli edifici che aveva visto erano a sinistra, perciò andò prima da quella parte. Se erano abitati, forse avrebbe trovato aiuto.

Le gocce di pioggia le pungevano la faccia, sottili come aghi. Si era bagnata risalendo fino al Loop, ma adesso aveva anche freddo: le si erano appiccicati addosso i vestiti, come una seconda pelle, e quando arrivò nei pressi della prima costruzione aveva cominciato a rabbrividire.

Era orribile, cadente, con un tetto grigio scuro e senza finestre sul davanti. Provò ad aprire la porta. Era chiusa a chiave. Cominciò a prenderla a pugni e, quando non ottenne risposta, andò a controllare il cortile sul retro. Era pieno di ciarpame, un cimitero di vecchi attrezzi e veicoli smembrati. Era chiaro che quel posto era disabitato da anni.

Il cielo fu squarciato da un altro fulmine.

La seconda casa era a un paio di minuti dalla prima, ma capì che era abbandonata prima ancora di raggiungerla. Le finestre erano sbarrate e una parte del tetto era crollata. Quella dopo era nelle medesime condizioni. L'unica differenza era che in giardino c'era una roulotte. Rebekah salì la scaletta e bussò alla porticina. Le pareti della roulotte vibrarono sotto i suoi pugni.

«Ehilà?» urlò sotto la pioggia. «C'è nessuno?»

Provò a bussare anche alla porta di casa, ma era tutto chiuso. Non c'era nessuno. Da nessuna parte.

Doveva tornare al traghetto.

Là avrebbe trovato aiuto.

Si rimise in marcia. In tutto ciò continuava a piovere e cominciava anche a imbrunire, quindi dovevano essere le quattro passate.

Il giorno prima, con Chloe in braccio e Kyra attaccata alle gambe, ricordava di aver aperto la porta di casa e di aver visto il cielo iniziare a tingersi di rosa dalle finestre della cucina. Ricordava che Kyra le aveva chiesto se poteva guardare la tv, poi di aver sentito la sigla di *Dora l'esploratrice* che arrivava dal salotto. *Dora,* questo Rebekah lo aveva imparato a forza di vederlo, iniziava ogni giorno alle quattro in punto ed era una specie di scialuppa di salvataggio. Era una pausa di trenta minuti ininterrotti sotto forma di cartone animato. In quella breve mezz'ora, le sue bambine si sedevano in soggiorno a guardare *Dora* e Rebekah le poteva coccolare un po'. Non doveva fare niente, non doveva preparare da mangiare; loro non si dimenavano per sfuggirle e lei non doveva rimproverarle o convincerle con le buone a comportarsi bene.

C'erano soltanto loro tre.

Provò a rievocare altre scene della sua vita, ricordi in grado di darle la forza e le energie di cui avevano bisogno ossa e muscoli, come se non fosse bagnata fradicia, congelata ed esausta, e per un po' funzionò: si immaginò Kyra che giocava con i suoi Lego sul pavimento del salotto, Chloe che allungava le manine verso i pupazzetti appesi sopra il suo girello.

Stava pensando a Kyra, alle strutture che costruiva con i Lego e al rumore che facevano i mattoncini quando alla fine la torre crollava, quando le immagini delle sue figlie cominciarono a sgranarsi. E mentre il vento si alzava e la pioggia la fustigava senza sosta, la disperazione iniziò a prendere il sopravvento.

Perché proprio a me?

Provò a calmarsi, a ripensare a ciò che le aveva detto Johnny, a rassicurarsi: il traghetto sarebbe ripartito alle cinque, quindi aveva ancora tempo. Se lo avesse perso, sarebbe stato un problema, ma non insormontabile. L'isola chiudeva il giorno dopo. Sarebbe tornata a casa l'indomani. E se avesse dovuto aspettare fino al giorno dopo, avrebbe avuto più tempo per trovare suo fratello.

Guardò il mare attraverso quel muro di pioggia. Qualche secondo dopo, una luce bianca fece risplendere l'orizzonte. La tempesta era ancora abbastanza lontana, ma si stava avvicinando, avanzava a vele spiegate verso di lei, verso l'isola, come una nave da guerra.

E poi, a poco a poco, mise a fuoco qualcos'altro. Non un ricordo, ma un oggetto reale davanti a sé, nel presente, vago e impreciso.

Si mise a correre.

42

Stelzik aveva messo una scrivania in un angolo e sopra c'era ancora il suo portatile, con accanto una pila di libri, un pacco di appunti e pagine con i buchi inserite in un raccoglitore. Per prima cosa Rebekah andò a controllare l'armadio: dentro c'erano parecchie scatolette di cibo per cani e, sopra, dei vestiti da uomo. Stelzik, il *vero* Stelzik, non era un omone, perciò sospettava che i suoi abiti potessero andarle; meglio, di sicuro, di quelli che aveva trovato al distributore.

Roxie, nel frattempo, stava continuando a girare in tondo.

Rebekah chiamò a sé il cane mentre spostava l'attenzione sulla scrivania del suo padrone, ma concentrarsi era difficile: Roxie continuava a muoversi e si fermava solo di tanto in tanto per annusare il letto sfatto, il materasso, le lenzuola e le coperte.

«È tutto okay, Rox» disse Rebekah. «Ti capisco.»

La stanza non era niente di che, ma Roxie aveva vissuto lì per quasi sette mesi. Era stata lì con Stelzik quasi ogni giorno. E adesso lui non c'era più.

Più o meno.

Riusciva ancora a sentire il suo odore dappertutto.

Alla fine il cane si fermò. Rebekah le aveva tolto la garza dal muso: anche se era guarita, la ferita era ancora un po' arrossata, e Roxie sbatteva spesso la palpebra, come se le desse ancora fastidio. E in quel momento, quando si sedette e incurvò le spalle, le sembrò così umana.

Inconsolabile. Affranta.

Rebekah le accarezzò la testa. «Ti capisco» ripeté. «Ti capisco più di quanto immagini.»

Poi andò a controllare la scrivania di Stelzik.

Trovò tre quadernetti. Uno era pieno di appunti e uno era stato lasciato a metà, mentre il terzo era vuoto. Rebekah sfogliò le pagine bianche dell'ultimo.

All'emporio, stava usando la parte interna di una scatola di cereali per fare delle liste del cibo e delle provviste, per annotare ciò che aveva, ciò che le mancava e quanto le sarebbero durate le scorte. Ma il quadernetto era molto meglio e le avrebbe anche permesso di fare qualcos'altro.

Era dal suo primo giorno sull'isola che stava cercando di capire per quale motivo lei e Johnny fossero stati presi di mira. Perché Hain e Lima li volevano morti? Cosa mai potevano aver fatto? Rebekah era un medico e una mamma. Johnny era uno scrittore senza pubblicazioni all'attivo e lavorava come commesso in un negozietto di elettronica. Non aveva alcun senso. Era rimasta sveglia la notte cercando di fare chiarezza, ma i suoi pensieri si erano dissolti fin troppo spesso in un caos. Era il genere di caos in cui i suoi amici e i suoi familiari non avevano mai denunciato la sua scomparsa, nel quale Noella le aveva portato via le sue bambine, nel quale Gareth piangeva lacrime di coccodrillo ogni volta che qualcuno gli chiedeva dove fosse Rebekah e lui diceva che non lo sapeva.

E pensava di continuo anche a Johnny, ai piccoli dettagli che le erano rimasti impressi nella memoria quell'ultimo giorno insieme. Come quando suo fratello aveva implorato Lima di risparmiarli, offrendosi di pagarlo una volta tornato in città, ma Lima lo aveva messo a tacere e, puntandogli contro la pistola, aveva detto: 'Lei non tornerà a casa, John.' Lei, non tu. Non tu e tua sorella. Non entrambi. Solo Rebekah. *Lei* non tornerà a casa. Quindi era sempre stata lei il bersaglio principale? E che dire dell'espressione di Johnny dopo quella risposta? Le era sembrato perplesso?

Come se si fosse sentito tradito.

Ma aveva davvero interpretato bene quell'espressione?

O era soltanto il terrore del momento?

Roxie si strusciò contro la sua gamba. Rebekah le passò una mano sul dorso e riportò l'attenzione sul quaderno, cercando di accantonare ogni pensiero. Si concentrò piuttosto su ciò che le avrebbero permesso di fare quelle pagine vuote: appuntarsi tutto, con calma, meticolosamente, e cercare di ricavarne un senso. Poi lanciò un'occhiata al cane e le venne un'altra idea.

Dovette fare un paio di viaggi avanti e indietro per portare le coperte nella stanza di Stelzik, e poi tutte le scorte che aveva messo da parte nel corso di quelle sette settimane. Roxie era sempre più eccitata e, quando ebbero finito, si mise a correre per il corridoio.

Rebekah era rimasta all'emporio solo per l'oceano, per avvistare i soccorsi di cui aveva atteso l'arrivo. Ma ormai aveva perso le speranze. Era possibile che tornasse un elicottero, e in quel caso avrebbe goduto di una buona visuale dalle finestre al primo piano dell'ostello, mentre sembrava abbastanza improbabile che una barca, quantomeno una che non avesse niente a che fare con Hain e Lima, passasse così vicina alla costa da poterla vedere. Era giunta alla conclusione che le rotte dei pescherecci dovessero essere molto più lontane, perché in sette settimane non aveva avvistato niente in mare, il che significava che in quel periodo dell'anno i pescatori non si avvicinavano abbastanza all'isola per notare la sua presenza, figurarsi per allertare i soccorsi.

Ciononostante, dopo aver chiuso il negozio e aver messo una tavola davanti alla finestra che aveva rotto, Rebekah scrisse SOS sul legno con la vernice che aveva trovato al distributore. Poi raccolse alcuni sassi, dei calcinacci e dei pezzi di intonaco abbandonati in mezzo ai cespugli poco lontano dalla strada e andò al porto. Mentre Roxie aspettava pazientemente, usò quel materiale per lasciare una serie di messaggi anche nel parcheggio deserto: AIUTATEMI e MANDATE I SOCCORSI e MI HANNO LASCIATA QUI.

Tornò all'ostello prima che calassero le tenebre.

Usò la corda che aveva rimesso in auto per bloccare la porta dall'interno e la legò a un corrimano di metallo, poi si spostò in cucina per ricontrollare il generatore. L'aveva già fatto prima e, proprio come nell'altro ostello, era chiaro che era stato staccato tutto. Passò un po' di tempo ad armeggiare con i cavi, giusto per, ma era stato tolto qualcosa dal pannello frontale, una batteria o una fonte di alimentazione, perciò il sogno di una doccia calda si infranse rapidamente.

Risalì in camera.

Roxie si era acciambellata ai piedi del letto di Stelzik, ignorando completamente la cuccia che le aveva preparato. «Non dormirò sul pavimento, se era questo il tuo piano.» Rebekah sorrise e andò alla scrivania.

Appeso al muro c'era un calendario: poteva usarlo al posto dei ciottoli con cui si era arrangiata all'emporio per tenere il conto dei giorni.

E poi c'era il portatile.

Lo aprì, certa che fosse morto dopo mesi di inutilizzo, invece si accese.

Aveva ancora il novanta percento di batteria.

Afferrata una coperta da mettersi attorno alle spalle, si sedette e usò il cursore per aprire alcune cartelle. Per fortuna Stelzik non le aveva protette con una password, perciò poteva accedere a tutto, ma le fu presto chiaro che non c'era niente di interessante. Quasi tutti i documenti erano copie scannerizzate di manuali, appunti che aveva preso o articoli che aveva scritto.

Aprì le mail.

Non c'erano nuovi messaggi in arrivo perché mancava la connessione a internet, e quando si guardò attorno non trovò né un telefono né un router. Forse Stelzik aveva usato il suo cellulare come hotspot ogni volta che aveva avuto la necessità di inviare una mail. Passò un paio di minuti a frugare tra le sue cose per vedere se riusciva a trovarlo, ma non c'era. Molto probabilmente lo aveva preso Lima, proprio come aveva preso quelli di Rebekah e Johnny.

Ricontrollò la posta in arrivo.

E stavolta le cadde l'occhio su un dettaglio.

Diede una scorsa ai messaggi. Più li scorreva, più aveva una conferma di cosa mancava all'appello. Controllò nel Cestino giusto per essere sicura, ma era vuoto.

La paura le annodò lo stomaco.

Si tirò indietro, allontanandosi dallo schermo, come se una parte di lei non volesse vedere, e in quel momento la sua mente la riportò al giorno in cui Johnny era andato a casa sua, quando le aveva chiesto di poter prendere in prestito la sua macchina. «Ho fissato un incontro con un curatore del museo di Storia naturale per questo sabato» le aveva detto. «L'ho subissato di mail per quasi tre mesi per convincerlo a incontrarmi.»

Peccato che lì non ci fossero le mail di Johnny.

Nemmeno una.

Lui e Stelzik non si erano mai scritti.

Prima

Helena. Adesso Rebekah riusciva a intravederla da lontano.

Spinse al massimo, più veloce, il Loop deserto davanti a lei, come una strada alla fine del mondo.

Non ti fermare.

Sentì lo scoppio di un tuono. Provò a contare i secondi tra un rombo e l'altro, provò a calcolare quanto fosse lontana la tempesta e quanto tempo le fosse rimasto.

Non ti fermare.

Continuava a ripeterselo, correndo a testa bassa per via della pioggia, ma a un certo punto, complice il buio, si rese conto di essere uscita fuori strada.

Si fermò, esausta: la striscia d'asfalto era a una quindicina di metri da lei, ma persino una piccola deviazione come quella aveva il sapore di una sconfitta.

Si trascinò di nuovo sulla carreggiata, concentrandosi sulla linea gialla, ma aveva perso il ritmo e stava tremando in modo incontrollabile. Un minuto dopo, un fulmine – terrificante, bellissimo – squarciò le nuvole sopra di lei.

E fu allora che intravide la bicicletta.

Era appoggiata a una vecchia rimessa. La ruota posteriore, che era sollevata da terra, girava ogni volta che si alzava il vento, e ogni volta produceva un cigolio sommesso. Rebekah si affrettò a raggiungerla e per poco non scivolò sull'acqua che stava tracimando dalle canalette di scolo.

Staccò la bici dalla rimessa e la spinse in strada. Una gomma era sgonfia e il manubrio leggermente storto, ma non aveva importanza. Saltò in sella e cominciò a pedalare.

La pioggia cadeva in orizzontale e, quando un tuono esplose proprio sopra di lei, Rebekah vacillò e per poco non perse il controllo. Poi, d'un tratto, la strada iniziò a scendere. All'inizio dolcemente, poi la discesa diventava più ripida, e a quel punto riuscì a vedere chiaramente Helena: i tetti grigi, il porto.

Sono quasi arrivata, Johnny. Sono quasi al porto. Troverò qualcuno che conosce la foresta e verremo a cercarti, te lo prometto. Ti prego, fa che non sei morto, John. Ti prego, a che non sei morto. Fa che non...

Frenò di colpo.

La bici stridette. Il suono fu talmente forte da sovrastare il ringhiare del vento e il tamburellare incessante della pioggia sull'asfalto.

Non c'era neanche una luce accesa a Helena.

Nessuna macchina, nessun veicolo.

Nessun traghetto al porto.

Era passata un'ora e mezza, forse qualcosa di più, da quando era partita dalla foresta, perciò aveva già immaginato che avrebbe perso il traghetto di ritorno. Non la sorprendeva che non ci fossero barche al porto. Ma dov'era finita la gente che lavorava lì? Perché non c'erano auto nel parcheggio?

Perché non c'erano segni di vita?

Da lontano e con il buio non l'aveva notato, ma adesso sì: le case erano chiuse, le finestre e le porte sbarrate e protette da tavole di legno.

Non erano misure di protezione in vista della tempesta.

Erano misure di protezione in vista dell'inverno.

«No, no, no» mormorò sotto la pioggia.

Scese dalla bicicletta e la lasciò cadere. Sferragliò sull'asfalto, ma lei si era già messa a correre scendendo Main Street, tra le finestre degli edifici sbarrate, e con ogni forma di vita svanita.

In più, i cancelli del porto erano chiusi e incatenati.

Il lucchetto dal lato opposto sembrava sbeffeggiarla.

«No!» urlò, ma la sua voce si perse nel vento. *Dev'esserci un errore. Dev'essere uno scherzo. Non può essere vero. Non può essere.* Lanciò un grido nell'oscurità, ma il suono le si smorzò nel petto e dalla sua gola sfuggì solo un debole gemito, simile al lamento di un animale ferito.

Se ne sono andati.

Sono già andati via tutti.

Si voltò a guardare Main Street.

Johnny le aveva detto che quello era il *penultimo* giorno della stagione. Ne avevano parlato sul traghetto proprio quella mattina. Anche se sembrava passato un secolo, ricordava esattamente le sue parole:

Halloween era l'ultimo giorno di apertura. Ma adesso la realtà diceva un'altra cosa: l'isola non chiudeva il giorno dopo. Aveva chiuso quel giorno.

Quindi John si era sbagliato.

Oppure aveva fatto di peggio.

Le aveva mentito.

43

Il portatile di Stelzik morì quindici minuti dopo.

Rebekah fissò lo schermo nero e anche il resto della stanza piombò nell'oscurità, perché fuori era calata la notte. Allungò un braccio per prendere la torcia, l'accese e riportò l'attenzione sul computer. Perché non c'erano mail di Johnny nella casella di posta di Stelzik? Le aveva cancellate? Allora perché non erano nel Cestino? Lanciò uno sguardo a Roxie, che la stava osservando, e mormorò: «Chi è che svuota il Cestino dopo aver cancellato le mail?»

Forse qualcuno lo faceva, forse *Stelzik* lo faceva, ma sembrava una cosa molto strana e calcolata. Quel giorno, quando le aveva chiesto in prestito la macchina, Johnny le aveva detto che lo stava tampinando da tre mesi. Davvero lo aveva esasperato con le sue richieste insistenti? Era per quello che Stelzik si era preso il disturbo di cancellare tutte le mail di suo fratello dal suo portatile?

No, non aveva alcun senso.

Se era così infastidito, perché aveva accettato di incontrarlo?

Si voltò di nuovo a guardare Roxie, pervasa da un disagio crescente che si stava allargando a macchia d'olio.

Possibile che Johnny le avesse *davvero* mentito?

Perché?

Chiuse gli occhi, disgustata, e la sua mente rievocò l'immagine della palla di vetro che le aveva regalato. Kyra l'aveva capovolta un'infinità di volte per guardare la neve che cadeva giusto la sera prima che Rebekah partisse per l'isola. Rivide suo fratello con il pacchetto regalo in mano, un paio di giorni prima, quando gliel'aveva portata. 'L'ho vista e ho pensato a te' le aveva detto.

Tornò ancora più indietro con la memoria, scavando tra i ricordi migliori, cercando di immergersi nelle certezze che potevano darle, e si soffermò su un episodio in particolare.

Quando aveva diciassette anni ed era al penultimo anno di superiori, Johnny era volato a Londra per andare a trovarla. Era riuscito a vendere, per la prima e unica volta, un racconto da cinquemila battute a una rivista letteraria della West Coast ed era stato pagato quattrocento dollari. Quando glielo aveva annunciato per telefono, euforico all'idea di essere pubblicato, le aveva detto che avrebbe usato quei soldi per andare a trovarla. Rebekah gli aveva detto che non ce n'era bisogno, che avrebbe dovuto usare quei soldi per sé stesso, ma lui aveva insistito. «Mi manchi» le aveva detto, e più lei e suo fratello ne avevano parlato, più si erano emozionati al solo pensiero. Gli avrebbe mostrato di nuovo la città, tutte le cose che erano cambiate da quando la famiglia si era trasferita in America; e quando lei sarebbe stata a scuola, lui sarebbe andato a visitare la British Library, Baker Street, il cimitero di Highgate, le case di Keats, Dickens e Samuel Johnson.

Era atterrato a Heathrow una mattina piovosa e Rebekah lo aveva aspettato agli arrivi, felicissima che fosse lì. Avevano riso in metropolitana, mettendosi al corrente delle rispettive novità. Avevano lasciato i bagagli in albergo, una squallida pensioncina vicino agli alloggi di Rebekah che Johnny aveva già pagato da casa, e avevano riso per l'aria sinistra della receptionist, che li aveva portati a ribattezzare la struttura Bates Motel. Poi erano andati in centro, dritti in un pub, Rebekah su di giri perché era con suo fratello, Johnny leggermente intontito dal jet lag. Le aveva detto che era bello essere di nuovo in Inghilterra, che era contento di condividere quei momenti con lei nel Paese in cui erano cresciuti. Era esattamente quello che si era aspettata da lui: parole dolci, sincere, affettuose. Non era bravo a dimostrare il suo affetto, non le diceva mai che le voleva bene, ma non era necessario: come loro padre, riusciva a trasmetterlo con gli sguardi, o spendendo tutti i soldi che aveva in un volo.

Ma poi il ricordo andò in frantumi e i suoi pensieri si fecero più cupi, perché ripensò all'ultimo giorno della stagione. Johnny le aveva detto che l'isola chiudeva il 31 ottobre, mentre in realtà chiudeva il giorno prima. La sera che era arrivata a Helena sotto la pioggia era confusa, aveva messo in dubbio le ragioni di suo fratello, un uomo che pensava di conoscere meglio di chiunque altro, ma alla fine lo aveva attribuito a un errore, non a un gesto premeditato. Confondersi con le date, dimenticare i piccoli dettagli, questo era da lui e lo era sempre stato. Johnny era un sognatore. Era spesso distratto perché era un creativo.

Ma lei si fidava di suo fratello. Non era capace di mentire, non era crudele, non era cattivo.

Ma poi il ricordo di quel viaggio a Londra tornò a serpeggiarle nella mente.

I primi due giorni erano stati perfetti, loro due più felici che mai. Erano andati per musei, avevano mangiato fish & chips accanto al Tamigi, parlando per ore e ridendo ancora di più. E poi, la terza sera, erano usciti con le amiche di Rebekah. Non vedeva l'ora che conoscessero suo fratello. Era così orgogliosa di lui.

E alla fine quella era stata una delle serate peggiori della sua vita.

Lo sconosciuto

«Non le è mai sembrato che ci fosse qualcosa che non andava nella vita di Rebekah?»

Travis si fece un po' più avanti sul divano, la penna sospesa sopra il taccuino. Davanti a lui, Noella Sullivan scosse la testa e lanciò un'occhiata alla telecamera che aveva sistemato di fronte a lei: «A dire il vero, a me sembrava stesse bene. Era un po' stressata, forse. Sa, per il fatto di dover lasciare le bambine, di dover arrivare da John entro una certa ora, ma niente di preoccupante.»

Erano nel salotto di Noella, piccolo ma accogliente, con dei paesaggi irlandesi appesi alle pareti. C'erano delle mensole con alcune fotografie, tutte di lei con la famiglia Murphy, e in particolare con le figlie di Rebekah. Travis le indicò e disse: «A quanto pare era la sua baby-sitter di fiducia.»

Lo disse con un sorriso, ma la reazione di lei fu minima e distaccata. «Sì» confermò. «Amo quelle bambine. Adesso è importante che abbiano un po' di stabilità.»

Travis annuì, cercando di capire se ci fosse qualcosa da interpretare nella risposta che aveva deciso di dargli, poi bevve un sorso della bevanda che aveva chiesto. Fece una smorfia. Noella gli aveva preparato del tè alla menta. Era stata Gaby a dirgli che doveva prendere l'abitudine di bere delle tisane, indicazione che spesso aveva trascurato, ma a quattro giorni dalla pensione stava provando a darsi un'altra possibilità.

«Perché beve una cosa che non le piace?»

Lanciò uno sguardo a Noella, che adesso sembrava divertita. Non l'aveva ancora vista sorridere: era una persona gradevole e sembrava preoccupata per i suoi amici, ma era chiaro che si era anche fatta una corazza. Sapeva che aveva trentasei anni, ma ne dimostrava di più, aveva qualche capello bianco e sembrava più matura. Chissà che cosa le era capitato per trasformarsi in quel modo. Ricambiò il suo sorriso e disse: «Mia figlia dice che devo ridurre i caffè che prendo.» Buttò un occhio sui suoi appunti. «Quindi Rebekah non le ha mai detto dove stessero andato lei e Johnny?»

«Andava talmente di corsa. L'unica indicazione che ho avuto è stata Long Island.»

«Se andava di corsa, probabilmente dovevano essere da qualche parte a una determinata ora» osservò Travis, e più che una domanda la sua era un'affermazione.

«Johnny aveva un appuntamento.»

«Si sa con chi?»

«No. Bek ha detto soltanto che era per il libro che stava scrivendo.» Noella fece una pausa per riflettere, l'espressione pensierosa. «Immagino che siano dovuti partire così presto per incontrare la persona con cui doveva parlare Johnny.»

«Ma ha detto che poi vi siete risentite, giusto?»

«Sì, un paio di volte.»

«E non le ha detto niente nemmeno allora?»

«Rispetto a dove si trovava?» Noella scrollò la testa. «No. So che adesso sembrerà assurdo, ma il discorso non è mai venuto fuori. Non era per niente tranquilla al pensiero di essere così lontana dalle bambine, visto che al massimo le aveva lasciate solo per andare negli ospedali della città, quando era di turno, e non credo che avesse messo in conto di poter sentire così tanto la loro mancanza. Abbiamo parlato di quello. E poi c'erano un sacco di problemi di ricezione.»

«Continuava a cadere la linea?»

«Cadeva la linea, oppure non aveva proprio segnale.»

Travis prese altri appunti, cercando di pensare alle zone di Long Island dove la ricezione potesse essere così inaffidabile. Non ce n'erano molte: nelle contee di Suffolk e Nassau vivevano quasi tre milioni di persone, sette e mezzo se si contavano anche Brooklyn e il Queens. L'isola era grande. Era popolosa e aveva una buona copertura di rete. Fece tamburellare la penna sul taccuino e ripensò alla levataccia di Johnny Murphy e sua sorella. «Rebekah ha mai accennato al fatto di dover prendere una barca?»

Noella aggrottò la fronte. «Una barca?»

«Un traghetto, magari?»

Lei scosse di nuovo la testa. «No, non mi risulta.»

Travis mise un punto di domanda accanto alla parola 'Traghetto'. Avrebbe dovuto verificare. C'erano centinaia di isole nel Long Island Sound, ma molte erano inaccessibili, mentre le barche che partivano per quelle raggiungibili in genere salpavano dal Connecticut, non da Montauk. Comunque, per ora non c'erano indicazioni del fatto che i Murphy avessero preso un traghetto.

«Non può semplicemente controllare i suoi tabulati telefonici o qualcosa del genere?»

«Sì» confermò lui. «Li ho richiesti alla sua compagnia telefonica.»

«Così potrà vedere dov'è andata.»

Travis annuì. «Questa è la speranza.» Si sforzò di bere un altro sorso di tè, quindi cambiò argomento. «A settembre è stata portata di corsa al pronto soccorso, giusto?»

Noella si accigliò, presa alla sprovvista.

«E Johnny quella sera è venuto a trovarla in ospedale.»

«Sì, è così. È stato carinissimo.»

Travis sfogliò le pagine del suo taccuino per tornare alla sequenza temporale che si era appuntato, quella che includeva le due ore e ventotto minuti nelle quali Murphy aveva spento il cellulare. «Sa se John è rimasto con lei per tutto il tempo?» domandò.

Lei si accigliò di nuovo.

«Potrebbe aver lasciato l'ospedale per andare altrove?»

«No» rispose Noella. «Non che io ricordi.»

«È sempre stata cosciente quella sera?»

Stava cerando di ricordare. «Non saprei» ammise alla fine.

«Sono venuti a trovarla altri amici o familiari?»

«Il mio compagno era via per lavoro e mio padre è molto debole e malato, quindi è venuto solo Johnny» disse con una punta di tristezza. Travis spostò l'attenzione sulle foto appese nel suo salotto: suo padre era l'unico familiare che le era rimasto. Massaggiandosi una guancia, Noella aggiunse: «Mi hanno fatto un'anestesia totale.» Fece spallucce. «Forse ero ancora addormentata quando è arrivato John. Perché me lo chiede?»

«Per avere un quadro completo, tutto qua.»

«Un quadro completo della mia appendicectomia?»

Travis sorrise. Era sveglia. «Sto semplicemente cercando di farmi un'idea di che persona sia.»

Noella lo studiò con attenzione, come se non gli credesse fino in fondo, ma alla fine gli indicò una foto appesa al muro, con lei al centro, Johnny Murphy, sua sorella e altri due uomini, uno giovane e uno più anziano. Travis sapeva chi erano perché aveva fatto ricerche sulla famiglia Murphy. Aveva persino indagato sulla morte del fratello minore, Mike, ma non c'era niente di sospetto in quell'incidente, solo stupidità: un ragazzo troppo giovane alla guida di un'auto troppo potente.

«Vuole sapere che tipo di persona è Johnny?» chiese Noella, stavolta con un tono leggermente più distaccato, gli occhi ancora puntati sulla foto di famiglia. «Chieda in giro e tutti le diranno esattamente la stessa cosa. In pratica è l'uomo più buono, gentile e generoso che abbia mai conosciuto in vita mia.»

Travis tornò a casa e riguardò il video di Noella, poi si preparò un piatto di pasta, perché era stanco ed era la cosa più semplice da cucinare. Alle sette in *punto, aprì il suo portatile e aspettò di essere contattato su Zoom. La chiamata arrivò alle 19:15.*

«Scusi il ritardo» disse Kirsty Cohen.

Era una donna sui trentacinque, ordinaria, con una frangia biondo rame e una carnagione pallida. Travis se la ricordava – dalla loro prima conversazione dopo la scomparsa di Louise – come una persona energica, collaborativa, e che parlava un sacco. Chiaramente era appena tornata dal lavoro: aveva ancora il cartellino al collo.

«Nessun problema» replicò Travis mentre apriva il taccuino a una pagina vuota. «Com'è il tempo laggiù a Baltimora?»

Glielo aveva chiesto solo per metterla a suo agio, ma Kirsty si dilungò per dieci minuti buoni, parlando di tutta la neve che stava cadendo nel Maryland. Alla fine dovette interromperla. «È venuta fuori una cosa» annunciò «e vorrei discuterne con lei.»

«Oh, okay. Qualche novità su Louise?»

«Non so se ne è al corrente, ma la sua amica Rebekah Murphy e suo fratello Johnny sono scomparsi.»

Lei sgranò gli occhi. «Cosa?»

«Quindi non lo sapeva?»

«No, non ne avevo la minima idea.»

«Sono scomparsi sette settimane fa.»

«Cosa?» ripeté Kirsty, e stavolta si portò una mano alla bocca. «Sta scherzando? Ma è terribile. Che cosa è successo?»

«Ho appena cominciato a lavorare sul loro caso» spiegò lui, gli occhi attirati dal calendario appeso alla parete, che lo portò a pensare: e ci lavorerò solo per altri tre giorni.

«Ispettore Travis?»

Tornò al presente. «Suppongo che ultimamente non abbia avuto contatti con Rebekah, quindi.»

«No, non la sento da un po'. Ho provato a chiamarla un mesetto fa, forse qualcosa di più...» La voce di Kirsty si affievolì. «A dire il vero, se dice che sono passate sette settimane, dovevo essere in città quando sono scomparsi. L'ho chiamata e non mi ha risposto, così ho riprovato un paio di volte. Volevo parlare con lei.»

«Di cosa?»

«Be', sa...»

Si stava impappinando da sola.

Travis aspettò.

«Be', ecco, di Johnny.»

«Come mai?»

Stavolta vide del rimorso nei suoi occhi.

«Kirsty?»

«Lei mi stava facendo tutte quelle domande su di lui, su che cosa ne pensasse Louise delle loro uscite insieme, e mi è venuto in mente soltanto dopo che, be', che la polizia potesse essere arrivata a pensare... ecco, che potesse essere un sospettato.»

Travis la lasciò andare avanti.

«Volevo soltanto parlarne con Bek.»

«Perché?»

«Non lo so. Volevo soltanto...» Fece una piccola smorfia, poi la connessione saltò per un attimo e la sua immagine tremolò sullo schermo. «Non che lo volessi mettere in guardia o cose del genere, glielo assicuro. Volevo soltanto...»

Di nuovo, Travis non disse niente, aspettò e basta.

«Volevo sapere che cosa ne pensasse Bek, tutto qua. Voglio dire, lei lo conosce meglio di chiunque altro, e che Johnny potesse essere coinvolto in una cosa come la scomparsa di Louise...» Si interruppe per l'ennesima volta. «Mi sembrava veramente assurdo. Lo conoscevo un pochino e sapevo che Louise si sarebbe innamorata di lui. Che poi, insomma, i fatti mi hanno dato ragione, perché dopo la prima uscita Louise mi ha detto che era un ragazzo davvero carino. Che era timido, un po' introverso, ma un vero gentiluomo. Con me, con Louise, con tutti. Rebekah parlava sempre così bene di lui. Ma poi, non lo so, mi è... mi è tornato in mente...»

Tacque.

Travis si sporse in avanti, in attesa di capire che cosa gli stesse celando. Poi, visto che lei non apriva più bocca, la incitò: «Cosa? Che cosa le è tornato in mente, Kirsty?»

«Non so» ripeté lei. «Una cosa che mi disse Bek quando eravamo al college, una sera che era parecchio ubriaca.»

Travis si avvicinò ancora di più allo schermo. «Che cosa?»

«Che c'era stato un incidente, alla fine degli anni Novanta.»

«Un incidente?»

«A Londra.»

«A Londra?» Travis aggrottò le sopracciglia. «In Inghilterra?»

«Sì» confermò Kirsty. «Bek disse che Johnny aveva dato un po' di matto...»

L'ennesima pausa, una smorfia.

Travis aspettò.

«Disse soltanto che quella notte capitò qualcosa, e che quando lo guardò negli occhi fu come guardare uno sconosciuto.»

Prima

Rebekah aveva scelto quel pub perché sapeva che Johnny, essendo un grande fan dei film, lo avrebbe apprezzato. Era a Holloway Road, a meno di un chilometro dai suoi alloggi, ed era stato ricavato all'interno di uno splendido cinema storico in stile art déco chiamato Regal. Il pub occupava il vecchio foyer nel cinema, al quale i suoi arredi – le sedie di legno, i pavimenti in marmo, i disegni geometrici e le mattonelle a losanga – davano una meravigliosa eleganza d'altri tempi. Sulla parete dietro il bancone c'erano enormi locandine di *La fiamma del peccato* e *Il mistero del falco*, che erano un'altra ragione per cui aveva scelto quel locale: Johnny adorava entrambi i film e da piccoli li avevano guardati a ripetizione.

«Wow» fece non appena entrarono. «Che figata.»

«Lo sapevo che ti sarebbe piaciuto» replicò Rebekah. Dato che erano arrivati presto, il pub era relativamente tranquillo e riuscirono ad accaparrarsi il posto migliore: una panca a mezzaluna davanti a un tavolo di metallo ricavato dallo scheletro di un vecchio proiettore.

«È fantastico» disse Johnny mentre si accomodavano a un tavolo. «Grazie per avermi portato qui, Bek. È il massimo.»

Le amiche di Rebekah iniziarono ad arrivare poco dopo le cinque e, anche se suo fratello non era mai troppo a suo agio in mezzo alla gente, soprattutto con persone che non conosceva, fece del suo meglio per lei. Fu dolce e divertente, lasciò che Rebekah raccontasse storie di quando erano piccoli e ascoltò educatamente quando la conversazione si spostò sulla scuola, gli insegnanti, gli ultimi pettegolezzi sugli altri studenti. A un certo punto, forse dopo il quarto giro di bevute, Rebekah si sporse verso di lui per chiedergli come andava, e Johnny le disse che si stava divertendo. Ma non era del tutto vero, e lei lo sapeva:

alcune sue amiche lo coinvolgevano nelle discussioni, ma quasi tutte, compresa Rebekah, erano diciassettenni armate di documenti falsi e spavalderia, e con l'ingenua convinzione che le loro storie fossero le più divertenti, le più importanti, le uniche degne di essere ascoltate.

Con il passare delle ore, il pub si affollò e alla fine si riempì di tifosi dell'Arsenal e degli Spurs. Alle otto, a Highbury, si sarebbe disputato un derby londinese, e anche se a Holloway Road c'erano parecchi agenti in borghese, principalmente chiamati a tenere separate le due tifoserie, alcuni sostenitori delle due squadre si erano imbucati al Regal e si erano accalcati davanti al bancone.

Quarantacinque minuti prima del calcio d'inizio, Rebekah si offrì di andare a ordinare un altro giro di bevute, perché con tutta quella ressa il Regal aveva smesso di chiedere i documenti.

Mentre aspettava in fila, un tizio sulla cinquantina, con una maglietta degli Spurs tesa sopra una pancia da alcolista, la urtò arretrando dal bancone e si rovesciò mezza pinta di birra sulle scarpe. «E che cazzo» borbottò prima di voltarsi, furioso, scuro in volto. Quando vide Rebekah, la sua rabbia si dissolse istantaneamente. La squadrò e le fissò il seno. «Tutto okay, cocca?»

Lei si limitò ad annuire.

«Intendi chiedere scusa, quindi?»

«Per cosa?»

«Secondo te?» Sollevò la sua pinta di lager. «Mi sono rovesciato mezza birra sulle scarpe perché mi sei venuta addosso.»

«Sei *tu* che sei venuto addosso a *me*.»

Dietro di lui, un altro tizio allungò il collo per guardarla. «Che cosa abbiamo qui?» chiese l'amico.

«Una smorfiosetta presuntuosa, a quanto pare» rispose l'altro, ma poi le fece l'occhiolino, come a dirle di non preoccuparsi. «Sto scherzando. Sei uscita con le tue amiche?»

«E a te che importa?»

L'uomo scrutò la sala alle sue spalle, cercando di trovare il tavolo a cui era seduta. E lo trovò: non fu difficile, perché Johnny a parte era pieno di diciassettenni.

«Cristo santo» mormorò, attirando l'attenzione del suo amico per indicargli la tavolata. «Sbarazziamoci di quel finocchio e andiamo a fare un po' di danni laggiù, Woody.»

Rebekah scosse la testa. «Andatevene al diavolo.»

«Che hai detto?» fece il cinquantenne, che era quasi arrivato a sfiorarla con il corpo.

«Ho detto,» rispose Rebekah, fronteggiandolo malgrado fosse il doppio di lei «perché non ve ne andate a vedere la partita?»

L'uomo sfoderò un sorrisetto odioso.

«Senti che lingua lunga» commentò Woody, l'amico, ma l'altro lo zittì. Stava ancora fissando Rebekah e aveva ancora quel sorrisetto stampato in faccia.

«Vedete di lasciarmi in pace» disse lei.

«A quelle come te la boccuccia va chiusa con qualcosa» rispose l'uomo prima di scolarsi la birra. Anche mentre beveva, non le staccò mai gli occhi di dosso. «Come te la cavi a pecorina, cocca?»

Stavolta Rebekah preferì non rispondere, sperando di cavarsela con il silenzio. Si voltò a guardare il suo tavolo e vide che le sue amiche erano impegnate a chiacchierare, ignare di quello che stava succedendo. Ma poi Johnny lanciò un'occhiata alla sala del pub, la cercò tra la folla, e la trovò.

«Potrei insegnarti io, se vuoi» stava dicendo l'uomo.

«Crepa» mormorò lei.

«Ohhh, sì» continuò lui, poi guardò l'amico e assunse un'espressione estatica, fingendo di godere. «Ohhh, dimmi qualche parola sporca, tesoro. Sì, mi piace.» I due uomini scoppiarono a ridere. «Scommetto che lo prendi anche nel culo.»

Sghignazzarono come due iene.

Rebekah tentò di attirare l'attenzione del barista.

Ti prego, vieni a servirmi.

«Seriamente, però, da dietro ti piace, cara?»

Ti prego.

I due amici scoppiarono di nuovo a ridere.

«Va tutto bene, Bek?»

Rebekah si voltò e si ritrovò Johnny a un centimetro dalla spalla destra. Lui guardò i due uomini, poi lei. Non era certo un gigante, ma in quel momento preferiva averlo al suo fianco che doversela cavare da sola. Suo fratello si mise in mezzo tra lei e i due amici.

«Occhio alle chiappe, Woody» commentò il cinquantenne.

Risero di nuovo, ma l'atmosfera era chiaramente cambiata.

«Sembra proprio che sia scoccata l'ora dei froci» aggiunse Woody.

«Perché non la fate finita?» disse Johnny.

«Ciao, Big Jim.»

Ci riprovò. «Fatela finita, okay?»

Il tizio gli andò addosso a muso duro, così vicino che i loro nasi quasi si sfiorarono. «Io la faccio finita quando cazzo mi pare e piace.» Gli diede una spallata. Johnny incespicò e urtò Rebekah, che a sua volta finì addosso alla gente dietro di lei. Sapeva che stava odiando quella situazione, che era spaventato, che in certi frangenti era peggio di un pesce fuor d'acqua, ma fece quello che ci si aspettava da un fratello maggiore.

Si fece di nuovo avanti, invadendo il loro spazio.

«Penso che dovresti darti una calmata.»

«Altrimenti?» ringhiò l'uomo.

«Ho solo...» Johnny lanciò uno sguardo a Rebekah.

«Altrimenti? Vuoi fare a botte?»

Suo fratello si ritrovò con degli schizzi di saliva in faccia.

«Vuoi fare a botte?»

«Lasciala in pace» ripeté mestamente mentre si asciugava la saliva dalla guancia. «Goditi la tua partita e lasciala in pace.»

«'Goditi la tua partita'... che checca del cazzo.»

«Come ti pare, basta che la lasci in pace.»

«Altrimenti?»

«Ora basta.»

«Basta? Lo decido io quando...»

Johnny lo afferrò per il collo, stringendogli la gola. Accadde tutto talmente in fretta, in modo così fulmineo e inaspettato, che Rebekah ci mise un po' a elaborare. Non riusciva neanche a ricordare di avergli mai sentito alzare la voce, e in vent'anni era abbastanza certa che non avesse mai messo le mani addosso a nessuno. Quando veniva preso in giro e spintonato dai compagni di scuola, non contrattaccava mai. Mike gli ripeteva sempre che doveva reagire, ma lui non lo faceva. Invece in quel momento l'aveva fatto: stava spingendo l'uomo a terra, lo mandò a sbattere contro un tavolo vicino, facendo cadere gli sgabelli, rovesciando i bicchieri, le esclamazioni e le grida del personale del pub soffocate dalla musica di sottofondo.

Rebekah osservò l'uomo seduto sul pavimento, a gambe divaricate, un insieme di shock e rabbia dipinti sul volto, e poi Johnny, che pure avendo visto arrivare i buttafuori non aveva ancora finito. Passò al suo amico, Woody, lo prese per i capelli, per la pelle in eccesso del collo, e gli sbatté la testa contro il bancone. Woody si ripiegò su sé stesso come un foglio di carta, lo sterno premuto contro il bordo stondato del bancone, il viso sulla superficie di legno. Si ruppe il naso e iniziò a sputare sangue.

Johnny si voltò e si chinò sull'uomo ancora a terra. «Io ti ammazzo, cazzo.»

Gli sputò addosso quelle parole, violente, devastanti, e tra tutti i ricordi di quella notte che rimasero impressi a Rebekah, persino ad anni di distanza, i più vividi erano due facce. Innanzitutto quella di Johnny: c'era un tale rancore del suo sguardo, una rabbia che non solo non aveva mai visto nei suoi occhi, ma di cui non lo credeva nemmeno capace. Fu talmente scioccante per lei che, nelle ore successive, si convinse di essersi sbagliata, che l'emozione del momento le avesse giocato un brutto scherzo.

E poi la seconda faccia, quello dell'uomo finito a terra. Vide la sua furia, la rabbia di cui lui sì che era capace, ma che non appena si alzò, non appena incrociò lo sguardo di Johnny, si dissolse nel nulla.

Suo fratello lo aveva intimidito.

Quando arrivarono i buttafuori, uno prese Johnny per un braccio, l'altro aiutò il cinquantenne a rialzarsi, e tutto cambiò, come se lo strappo si fosse ricucito da solo. Johnny guardò sua sorella e disse: «Mi dispiace, Bek.» Era di nuovo suo fratello, nel panico, preoccupato, la voce sottile. Glielo ripeté anche mentre veniva portato fuori, un buttafuori già al telefono con la polizia.

Ma Rebekah non avrebbe mai dimenticato quella notte.

O lo sconosciuto che aveva preso il posto di suo fratello.

44

Il distributore era avvolto dalle tenebre.

Inondò di luce il piazzale con i fari della Cherokee e corse sul retro del casotto con Roxie alle calcagna. Una volta dentro, Rebekah accese il generatore, aspettò che si ridestasse con un ronzio e, non appena le lampadine sopra la sua testa si accesero, andò nell'ufficetto sul davanti.

Era tornata armata del portatile di Stelzik.

La batteria era completamente scarica, perciò non diede cenni di vita neanche quando provò a collegare il cavo e ad accenderlo. Mentre faceva tamburellare impazientemente le dita sulla scrivania, sentì Roxie sfiorarle le gambe nel passarle accanto per annusare il pavimento dell'ufficio. Quando abbassò lo sguardo, diede un'occhiata ai jeans che indossava: si era rimessa i suoi vestiti, ma fino a quel momento non si era resa conto di quanto fossero sporchi. Sangue. Fango. Macchie d'erba. Si era strappata una tasca il primo giorno lì, perciò il lembo di tessuto le ciondolava sopra la coscia. Ripensandoci, le tornarono in mente anche le parole di Johnny: 'Domani è l'ultimo giorno.'

Non sapeva ancora se si fosse sbagliato o se le avesse mentito.

Riportò l'attenzione sul portatile e riprovò ad accenderlo. Stavolta funzionò: lo schermo nero diventò azzurro e cominciò a caricare.

Aprì le mail di Stelzik. Quando aveva usato il computer all'ostello, la casella di posta era già aperta, probabilmente perché il pc era stato lasciato acceso ed era solamente andato in standby. Ora che lo aveva riavviato, però, doveva aspettare che le schede aperte si ripristinassero.

Cliccò sull'icona di Gmail e diede un'altra occhiata ai messaggi. Voleva accertarsi di non essersi sbagliata e che non ci fossero effettivamente stati scambi di mail tra Stelzik e suo fratello.

Non c'erano.

Ricontrollò anche la posta inviata e il Cestino, poi aprì altre cartelle create da Stelzik, nelle quali aveva archiviato messaggi importanti, ricerche e scansioni di documenti.

Niente.

Passò alla cronologia del browser.

Le ultime tre voci riguardavano l'account Gmail: Posta in arrivo, Cestino e Posta inviata.

Osservò le date e gli orari.

Sabato 30 ottobre.

Dalle 14:45 alle 15:03.

Ebbe un flash di sé stessa che tornava alla Cherokee dopo essere stata data per morta nella foresta e si ricordò di aver visto che erano le 14:58. Mentre lei, spaventata e confusa, perdeva sangue e si domandava che fine avesse fatto suo fratello, qualcuno era andato lì, nella stanza di Stelzik, e aveva passato diciotto minuti al suo computer. Tra le 14:45 e le 14:56 aveva ficcanasato nella posta in arrivo, dalle 14:56 alle 15:00 in quella inviata e gli ultimi tre minuti li aveva dedicati al Cestino. Le mail di Johnny e Stelzik erano state cancellate in quei diciotto minuti? Aveva una sua logica: se qualcuno era andato lì con l'intento di cancellare dei messaggi, prima aveva dato un'occhiata a quelli ricevuti, poi a quelli inviati e alla fine si era assicurato che anche il Cestino fosse vuoto.

Ma chi era stato?

Lima? Hain?

Johnny?

Se erano stati Lima e Hain, perché non avevano direttamente portato via il pc o, quantomeno, cancellato la cronologia del browser? Così avrebbero lasciato meno punti di domanda. Attraverso la cronologia era ancora possibile ricostruire che cosa era stato fatto su quel portatile.

E poi c'era un altro mistero.

Possibile che nessuno avesse notato l'assenza di Stelzik a New York? Come Rebekah, anche lui non era tornato a casa l'ultimo giorno della stagione, quindi perché qualche suo familiare, o almeno qualche suo conoscente, non aveva dato l'allarme? Nel suo caso, le persone con cui lavorava dovevano sapere dov'era. Doveva aver detto a qualcuno che stava andando a Crow Island.

Ma poi ebbe la sua risposta.

Prima non l'aveva notata, ma ricontrollando trovò una mail tra la posta inviata a cui non aveva prestato attenzione. Era stata mandata alle 14:57 del 30 ottobre. L'orario coincideva con quanto aveva già scoperto attraverso la cronologia e, soprattutto, dimostrava che chiunque avesse usato il pc non si era limitato a cancellare dei messaggi.

L'aveva usato anche per mandare delle mail.

45

La mail era stata inviata a un certo Gideon Burrows, del museo di Storia naturale. Stelzik, o chiunque si stesse spacciando per lui, aveva detto a Burrows che aveva deciso di prolungare il suo soggiorno sull'isola, di trattenersi per l'inverno, perché era a un passo dal fare 'una grande ed entusiasmante scoperta'.

> Ho già preso accordi per farmi riportare a New York non appena avrò finito.
> Ci risentiamo.

Prima o poi, visto che Stelzik non avrebbe più dato sue notizie, qualcuno avrebbe cominciato a farsi qualche domanda, ma forse quello era il motivo per cui il portatile non era stato portato via. Essendo ancora lì, con la cronologia intatta, insieme ai vestiti e agli effetti personali di Stelzik, sarebbe parso molto meno sospetto. Il suo corpo era sepolto accanto alle radici di un albero, nel cuore della foresta, ma se non lo avessero mai ritrovato, non ci sarebbero state prove del fatto che era stato assassinato, e data la sua apparente decisione di restare da solo sull'isola anche nei mesi invernali, la sua scomparsa sarebbe stata attribuita a un incidente. Quella sarebbe stata l'unica conclusione logica. Per un attimo le parve di sentire suo padre, che elencava le ovvie conclusioni a cui sarebbero arrivati: 'È scivolato da qualche parte e ha sbattuto la testa. È caduto in mare. Forse arriveranno persino a ipotizzare che si sia tolto la vita.'

Rebekah si ritrovò ad annuire, come se suo padre fosse lì con lei. Comunque, a prescindere dall'idea che si sarebbero fatti Burrows e il resto dello staff del museo, la plausibilità della ragione del non ritorno di Stelzik era condizionata da una cosa che Hain aveva detto a Lima la notte che li aveva seguiti sulla spiaggia: 'Hai portato via l'auto sbagliata.' Hain voleva la Cherokee, non la Chevy di Stelzik. Se la Chevy fosse rimasta lì, avrebbe fatto il loro gioco, corroborando la storia della permanenza di Stelzik sull'isola, dove poi era inaspettatamente perito in modo accidentale.

Rebekah ricontrollò la posta in arrivo, la rubrica, le cartelle in cui aveva salvato delle fotografie, provando a capire perché nessuno, a parte Gideon Burrows, avesse notato l'assenza di Stelzik. Il motivo emerse un poco alla volta: Stelzik non era sposato, non aveva figli, nessun familiare che lo stesse cercando.

Si scostò dallo schermo, turbata da ciò che aveva visto. Possibile che Johnny avesse davvero giocato un ruolo in tutto ciò?

Scosse la testa. Voleva scacciare quel pensiero, ma non ci riusciva, non del tutto. C'erano troppi elementi contro di lui: non aveva più rivisto suo fratello da quando era caduta nel canalone, gli orari sul portatile di Stelzik combaciavano perfettamente con l'idea che fosse andato lì, e il ricordo di quella sera a Londra era ancora vivido nella sua memoria. E c'era anche qualcos'altro, un dettaglio al quale inizialmente non aveva quasi dato peso: la telefonata di Kirsty prima che lei e suo fratello partissero per l'isola. Le aveva detto che le voleva parlare di Johnny e, quando Rebekah gli aveva chiesto spiegazioni in merito, lui le aveva detto che non sapeva che cosa potesse volere. Stava mentendo anche in quel caso? Perché Kirsty le voleva parlare di Johnny?

E poi, mentre fissava il portatile, le cartelle dell'account di posta di Stelzik, si accorse di non aver controllato lo Spam.

Lo aprì.

C'era un solo messaggio.

Era una mail ricevuta il pomeriggio del 29 ottobre, il giorno prima che lei e Johnny arrivassero sull'isola. Quel giorno, quando avevano trovato Stelzik nella foresta, Rebekah aveva ipotizzato, dalle condizioni del corpo, che fosse morto da ventiquattr'ore, quindi era possibile che non avesse mai letto quel messaggio. Questo avrebbe certamente spiegato perché era ancora nella cartella dello Spam.

Non che ci fosse molto da leggere, comunque.

Era una mail vuota.

Confusa, spostò l'attenzione dalla finestra del messaggio alle righe sopra, al nome del mittente e al suo indirizzo.

Ci mise un secondo a riconoscere il nome.

E il mondo le crollò addosso.

Dubbi

L'ultimissimo venerdì di servizio, Travis fece colazione alla sua scrivania e passò tre ore al telefono con la MET di Londra. Alla fine, dopo essere stato messo in attesa per la centesima volta, riuscì a parlare con un tizio che si offrì di aiutarlo. Nel giro di due ore, la copia di un verbale di arresto di vent'anni prima approdò nella sua cartella di posta elettronica.

Cominciò a leggere.

Johnny Murphy non era mai stato formalmente incriminato, quindi il verbale non chiariva tutti i particolari, ma in sostanza si capiva che aveva mandato un tizio in ospedale e che ne aveva minacciato un altro dicendogli che lo avrebbe 'ammazzato'. Kirsty Cohen aveva detto a Travis che, stando a sua sorella, quella sera Murphy sembrava un'altra persona, dettaglio confermato dal verbale. Lui non aveva negato che la situazione gli era sfuggita di mano né che aveva esagerato – anzi, si era preso tutta la colpa – ma aveva detto che i due uomini avevano tenuto un comportamento 'aggressivo e inappropriato' nei confronti di Rebekah, e che 'era chiaro che lei non stava riuscendo a occuparsene da sola.' Per qualche ragione, Travis ripensò al momento in cui aveva provato a metterlo a disagio con il vecchio trucchetto del silenzio. Aveva tentato di metterlo in imbarazzo, certo che fosse il genere di persona che odiava certe situazioni, invece Murphy era rimasto seduto tranquillo e aveva aspettato una sua mossa. Aveva cercato di fregarlo.

Ma forse era stato Murphy a fregare lui.

Ormai era attanagliato dai dubbi. Non poteva negare l'esistenza di quel verbale di arresto, non poteva negare che, in fondo in fondo, Murphy era un uomo capace di ricorrere alla violenza. Accettato quello, doveva anche accettare il fatto che poteva aver rapito Louise Mason. Perché si trattava di questo: di un rapimento. Erano passati tre mesi dall'ultima volta che era stata vista all'evento. Non c'erano state segnalazioni o presunti avvistamenti. Ormai era impossibile credere che se ne fosse andata di sua spontanea volontà.

Tuttavia, Travis aveva escluso Murphy dalla lista degli indagati già a ottobre. L'istinto, all'epoca, lo aveva spinto a credere che gli stesse dicendo la verità. Tutti i conoscenti di Murphy che aveva sentito allora – tutti i conoscenti con cui aveva riparlato anche di recente, come Noella Sullivan – gli avevano detto che era un bravo ragazzo. Aveva contattato l'ospedale in cui era stata portata Noella e gli era stato confermato che gli infermieri esortavano pazienti e familiari a spegnere i cellulari in certe aree della struttura, che era esattamente ciò che aveva fatto Murphy. Quello giustificava le due ore di buco. Inoltre, c'era un altro dettaglio che non gli tornava: perché lasciare l'ospedale e rifarsi tutta quella strada per tornare all'albergo? Logisticamente parlando, era una scocciatura enorme. Ciò non significava che non lo avesse fatto, ma Travis ne dubitava.

E, a dire il vero, aveva un altro tarlo ancora in testa: tutto quel rinnovato interesse per Johnny Murphy era partito da una telefonata anonima ricevuta al lavoro, nel cuore della notte, da un uomo che non si era voluto identificare e che non era nemmeno rimasto in linea. Ma, visto che Travis era alla disperata ricerca di un elemento che gli permettesse di risolvere quel caso, e visto che il suo tempo era agli sgoccioli, si era buttato a capofitto su quella pista.

Ora, però, non sapeva più chi stesse dicendo la verità.

Non sapeva chi stesse mentendo.

E aveva solo quattro giorni per scoprirlo.

46

Rebekah fissò il nome del mittente, l'indirizzo mail della persona che aveva mandato un messaggio senza testo a Karl Stelzik.

Willard Hodges.

Quello era il nome dell'account associato al cellulare che aveva trovato in macchina. La stessa mail che Gareth aveva usato per prenotare camere d'albergo e comprare vestiti firmati a un'altra donna.

Il suo pseudonimo. La sua identità segreta.

Il nome che ha usato per tradirmi.

Fissò la mail con le lacrime agli occhi, incapace di comprenderne il significato. «Mi stai davvero facendo questo?» singhiozzò.

Prima Johnny. Ora quello.

«Mi stai *davvero* facendo questo?»

Gemette nel silenzio del distributore, poi si coprì gli occhi con una mano, piombando nell'oscurità.

Ma ormai non riusciva a pensare ad altro che a Gareth.

A pensare a quel giorno, quando era tornata a casa e lo aveva trovato da solo in cucina con una bottiglia di bourbon. 'Mi dispiace, Bek' le aveva detto. E poi le aveva detto che Willard Hodges era un nome che si era inventato.

Un nome a caso.

Irrilevante.

Riaprì gli occhi e guardò lo schermo.

Solo che non era affatto irrilevante. Gareth aveva contattato Karl Stelzik. Ma perché? E come faceva a conoscere quell'uomo?

Provò a calmarsi, a riordinare in qualche modo le idee.

Attraverso Johnny, sicuramente, altrimenti non si spiegava. Lui e Gareth non erano mai andati molto d'accordo, nemmeno nei momenti migliori del loro matrimonio, e i rapporti si erano incrinati ancora di più quando Gareth aveva fatto tardi al funerale di Henry. Non si erano più sentiti dalla separazione.

Che tu sappia.

Cercò di togliersi anche quel pensiero dalla testa. Non doveva distrarsi. E se invece Johnny e Gareth avessero *davvero* tramato insieme alle sue spalle? Ma perché?

E il messaggio?

Era vuoto.

Di fatto, non c'era un messaggio.

Quindi che cos'era? Una prova per vedere se la mail di Stelzik funzionava? Che cosa significava? Che era coinvolto anche Stelzik? Il giorno in cui Lima aveva provato a uccidere lei e Johnny, aveva detto che Stelzik era solo un 'dettaglio'. Questo voleva dire che aveva un ruolo secondario, e non centrale, in tutta quella storia.

O forse no.

Osservò di nuovo la mail, poi chiuse di scatto il portatile. Non sapeva che cosa era successo.

Ma lo avrebbe scoperto.

47

Nei giorni successivi, con Roxie sdraiata al suo fianco o impegnata a vagare per i corridoi deserti dell'ostello, Rebekah scrisse tutto sul quaderno che aveva trovato nella camera di Stelzik. Passò ore e ore a cercare collegamenti diretti tra Gareth e Stelzik, ma l'unico elemento in comune era Johnny. Non riusciva a capire se Stelzik e Johnny avessero unito le forze per attirarla sull'isola – e se sì, perché? – o se fossero stati Johnny e Gareth a tramare alle sue spalle, e Stelzik ci fosse solo finito in mezzo. Ma questo, dati i rapporti tra suo fratello e il suo ex, sollevava altrettante domande. Se escludeva Johnny, restava soltanto Gareth, il che la riportava a un'idea che l'aveva già sfiorata in passato: che Gareth volesse sbarazzarsi di lei e che Noella fosse la ragione per la quale si era inventato un'identità falsa, quella di Willard Hodge.

Ma ci credeva davvero?

Suo marito era capace di ingannarla, questo era sicuro, ma poteva davvero credere che la volesse morta? Poteva davvero credere che Noella, la sua migliore amica, in pratica una sorella, avesse avuto una storia con suo marito e fosse diventata complice di un piano per liberarsi di lei una volta per tutte? E Johnny? Dentro di lei resisteva ancora qualcosa, un minuscolo barlume di speranza: la certezza che l'uomo con cui era cresciuta, persino l'uomo che aveva intravisto quella sera a Londra, semplicemente non fosse capace di un gesto così subdolo. E se credeva a questo, doveva fidarsi anche di Noella. Quindi restava soltanto Gareth.

E fu allora che comprese il suo errore, quando si accorse di aver tralasciato due pezzi del puzzle, due persone che erano *sicuramente* coinvolte in tutta quella storia.

Hain e Lima.

Non appena si concentrò su di loro, cominciò a trovare un filo logico che rispondeva ad alcune domande, specialmente all'assenza di mail tra Stelzik e Johnny. Anche se continuava a ronzarle in testa un dubbio, due sere dopo aveva fogli sparpagliati per tutta la stanza, attaccati alle pareti, sulle ante dell'armadio, persino sulla porta chiusa, e il quadro generale le si presentò con chiarezza: era molto più probabile che fossero stati Hain e Lima, e non suo fratello, a cancellare gli scambi di mail tra Stelzik e Johnny.

Il curatore del museo era morto da almeno un giorno quando lo avevano trovato. E ricordò anche qualcos'altro. Mentre li teneva sotto tiro con la pistola, Lima aveva detto: 'Sto cercando di ritrovare quel maledetto cane da quando ho fatto fuori Stelzik.' Se aveva ragione lei e il suo cadavere era là da ventiquattr'ore, Roxie doveva aver vagato da sola per la foresta per altrettanto tempo, quindi Lima era sull'isola dal giorno *precedente* al loro arrivo. Doveva essere andato là per occuparsi prima di Stelzik.

Osservò una delle pagine del quaderno che aveva attaccato al muro. Sopra ci aveva scritto un'unica domanda, quella che si faceva sempre suo padre prima di iniziare a lavorare su un caso.

PERCHÉ?

Tanto per cominciare, arrivare un giorno prima aveva dato tempo a Lima di occuparsi di Stelzik, il 'dettaglio'. Se Stelzik fosse stato lasciato in vita e poi interrogato dagli agenti che stavano cercando Rebekah e suo fratello, avrebbe potuto dire che era stato contattato da Johnny. Ma non era finita lì: dopo ore passate ad aprire e chiudere file e applicazioni, Rebekah si era imbattuta in un registro delle attività del portatile. Ci aveva messo un po' a capirlo, non era certo un'esperta, ma alla fine aveva iniziato a notare un dettaglio ricorrente: l'indirizzo IP di Stelzik cambiava di continuo.

La potenziale spiegazione fu una doccia fredda.

Qualcuno accedeva al suo portatile da remoto.

Lo avevano spiato.

E se Hain e Lima avevano tenuto d'occhio le sue mail, era altrettanto probabile – anzi, era sicuro – che avessero fatto lo stesso con le mail di Johnny. Non solo avevano scoperto che aveva fissato un appuntamento con Stelzik per incontrarlo a Crow Island il 30 di ottobre, ma anche, e forse questo era ancora più inquietante, che Rebekah sarebbe andata con lui. Il fatto che lo sapessero indicava che avevano spiato fino all'ultimo anche lei, perché si era proposta di accompagnarlo sull'isola solo un giorno e mezzo prima della partenza. Era stata una decisione dell'ultimo minuto, e Hain e Lima avevano reagito immediatamente. Ma l'aspetto più spaventoso di tutti era che Rebekah aveva acconsentito ad andare con suo fratello nel corso di una telefonata, non via mail. Quindi Hain e Lima non controllavano soltanto il suo account di posta. Tenevano sotto controllo anche il suo cellulare.

Su un altro pezzo di carta che aveva attaccato all'anta dell'armadio aveva scritto e sottolineato le parole COMBINAZIONE PERFETTA. Ecco che cos'erano la decisione di Rebekah e Crow Island. L'intervista di Johnny e la sua offerta di accompagnarlo in macchina li avevano portati su un'isola che non solo era quasi del tutto deserta, ma anche a più di centosessanta chilometri dalla terraferma, con una foresta fittissima – un enorme luogo di sepoltura – nella quale potevano tranquillamente sparire senza essere visti da nessuno.

Ma, alla fine, rimaneva sempre quella domanda solitaria: perché?

Roxie saltò sul letto, strappandola ai suoi pensieri, e si infilò di muso sotto le coperte. Dato che era metà dicembre e il freddo era veramente pungente, Rebekah le permise di accoccolarsi al suo fianco e riportò l'attenzione sulla parete. Per la prima volta, però, il suo sguardo non approdò sul solito PERCHÉ?, ma sul calendario di Stelzik.

Osservò i giorni che aveva sbarrato con una croce, la data, e il resto svanì. Smise immediatamente di pensare al perché qualcuno avesse spiato lei e Johnny, al perché avessero provato a ucciderli. Al suo posto giunse un potente, incontenibile e paralizzante senso di vuoto.

Natale.

Nella sua mente vide le bambine che ridevano eccitate attorno all'albero, i giocattoli nuovi sparpagliati ai loro piedi, e a quel punto crollò. Fu travolta da una rapida successione di immagini di vita quotidiana, a casa sua, e tutti i suoi dubbi su Gareth, su Noella, tornarono di colpo ad assalirla.

Si rannicchiò, si chiuse in sé stessa. Pianse, pronunciando ad alta voce i nomi delle figlie, come se questo potesse riavvicinarla a loro, come se fossero di nuovo a casa insieme, come se non fosse mai successo niente.

Come se non avessero mai provato a ucciderla.

Come se non avesse mai dovuto chiedersi perché.

Prima

«Perché?» Scrollò la testa. «*Perché?*»

Erano davanti ai cancelli dell'alloggio studentesco di Rebekah e, in fondo alla strada, un treno della metropolitana sfrecciò rumorosamente sotto gli archi di un ponte. L'aria era elettrica, e non c'entrava niente con la pioggia. Era la mattina dopo l'arresto di Johnny.

«Mi dispiace tanto, Bek» rispose lui, a capo chino.

«Dispiace anche a me.»

«So che ti ho messa in imbarazzo.»

«Ti sei messo in imbarazzo tu, John.»

Lui annuì, alzò gli occhi, non disse niente.

«Non sapevo neanche che tu fossi capace di fare una cosa simile. È questo che sei?»

Johnny aggrottò la fronte. «No» rispose.

«Allora come diavolo mi giustifichi quello che è successo?»

Lui la fissò, poi distolse lo sguardo, come se non sapesse da che parte cominciare. Il treno scomparve in lontananza.

«Ti ricordi del mio primo anno al liceo?»

Rebekah lo guardò sorpresa. «Cosa?»

«Il mio primo anno.» Tacque e fece un respiro profondo. «Quando quei ragazzi a scuola mi hanno preso di mira. Ricordi che ne ho parlato a te, Mike e papà?»

«E questo che cavolo c'entra, John?»

«La persona che sono oggi» disse lui «è stata forgiata da quegli episodi. A voi ho raccontato qualcosa, ma non tutto. Ho cercato perlopiù di dimenticare. Ero un ragazzino di quindici anni, con quello stupido accento che non sono mai riuscito a perdere, né americano né inglese, né carne né pesce. Sono arrivato a odiarlo.»

Gli brillavano gli occhi. Ne soffriva ancora.

Perché gliene stava parlando?

«Tu non avresti avuto problemi in America, a scuola con me e Mike. I ragazzi avrebbero sentito il tuo accento e avrebbero pensato: 'Questa è inglese' e la storia sarebbe finita lì. Forse ti avrebbe persino resa popolare. Mike se l'è sempre cavata alla grande perché sembrava nato e cresciuto a New York. Nel mio caso, invece, l'accento ha fatto sì che i miei compagni mi notassero. Mi accusavano di essere un falso, uno che provava a imitare la parlata inglese o quella americana. Certi giorni era talmente dura che smettevo completamente di parlare. Tenevo la bocca chiusa e restavo in assoluto silenzio. Ma così mi hanno notato ancora di più. Le cose che amavo fare, non lo sport, non la matematica o le scienze, ma leggere, scrivere, l'arte, sono diventate un'ulteriore differenza. Mi sono sempre sforzato di essere invisibile, di non dare nell'occhio qualunque cosa facessi dal momento che mettevo piede a scuola, ma non ha mai funzionato.»

Le lanciò uno sguardo. Aveva gli occhi umidi.

«Johnny, io...»

«Non mi davano tregua» continuò lui, la voce rotta. «Mi rinchiudevano in bagno, mi spingevano contro gli armadietti, mi rubavano e mi strappavano i libri, buttavano le pagine nella spazzatura o nei gabinetti e tiravano lo sciacquone. Tornavo a casa e mi lanciavano addosso di tutto. Mi facevano dei balletti attorno, imitando il mio accento, dandomi del ritardato e del finocchio. Nessuno dei miei compagni voleva passare del tempo con me. Era come una malattia contagiosa. Se venivano sorpresi insieme a me...» Si interruppe. «A casa non mi andava di parlarne. Volevo soltanto tornare a casa. In un posto sicuro. Quindi, quella sera al pub... è venuto fuori tutto. Avrei voluto farlo così tante volte, l'avevo sognato così tante volte. Ma mi ero sempre tirato indietro. Ero sempre stato Johnny, il ragazzino che subiva in silenzio. Johnny, quello tranquillo, l'artista, il solitario, il patetico.» La guardò di nuovo. «Con quei due stronzi, Bek, non sono più riuscito a mandare giù il rospo.»

«Johnny...» Rebekah deglutì. «Io non...»

«Non lo sapevate perché non *volevo* che lo sapeste. Non volevo che a casa capiste quanto era dura per me.»

«Perché?»

«Perché mi sentivo debole, credo. E solo. Le uniche volte che mi sentivo normale erano quando ero con te, papà e Mike, quando eravamo in famiglia. Non volevo parlarvene perché non volevo che mi trattaste in modo diverso. Era grazie a quella normalità che evitavo di impazzire. E per quanto possa sembrare strano, penso che una parte di me... fosse gelosa di te, Bek.»

«Di me?» Rebekah si accigliò. «Perché?»

«Sai qual è la differenza tra te e me?» Aspettò una risposta, ma a lei non veniva in mente niente: non sapeva perché mai potesse essere geloso di lei. «Tu non lasci niente al caso, non tiri avanti con la vaga speranza che poi andrà meglio, o che le cose si risolveranno grazie a una genialata improvvisa, come faccio io. Tu usi la logica. Se hai un problema, tu ci lavori, lo risolvi e tiri dritta per la tua strada. Assomigli così tanto a papà che a volte fai quasi paura. Penso che avesse ragione, sai? Saresti stata una bravissima poliziotta.» Abbozzò un sorriso, ma parve costargli uno sforzo enorme. «Allora, non vuoi sapere perché sono geloso di te, Bek?»

La pioggia stava aumentando.

La città era più rumorosa che mai.

Ma tutto parve svanire in secondo piano.

«Perché tu sai reagire.»

48

'Perché tu sai reagire.'

Le parole di Johnny le tornarono in mente poco prima di andare a letto, la vigilia di capodanno. Quando si svegliò, il giorno dopo, in lei era cambiato qualcosa. Era quasi impercettibile, ma c'era: una determinazione che non provava da molto tempo.

Devo farmi trovare pronta.

A gennaio fece così freddo che uscì soltanto quando Roxie aveva la necessità di fare i suoi bisogni. Per settimane le temperature non risalirono praticamente mai sopra lo zero, con ghiaccio e nevischio quasi ogni giorno. Sfruttò il suo tempo al chiuso per buttare giù ogni idea, allargandosi al corridoio del primo piano, dove attaccò alle pareti altri pezzi di carta. Ognuno era leggermente diverso dall'altro. Perlopiù venivano dal quaderno nuovo di Stelzik, ma aveva anche trovato dei cartoncini colorati al piano di sotto. Quando li finì, iniziò a usare vecchi fogli ingialliti di giornale e pagine di riviste rimaste lì. Da principio aveva usato i cartoncini nel tentativo di assegnare un colore alle varie ipotesi che esplorava, ma ben presto il sistema era naufragato: non c'erano abbastanza cartoncini e i colori non erano neanche lontanamente sufficienti, perciò prese a scrivere tutto in maiuscolo, con il pennarello più grande che riuscì a trovare, in modo da poter leggere chiaramente ogni parola persino da lontano.

A febbraio il cielo si rasserenò, ma l'aria era ancora gelida. L'ostello durante il giorno sembrava un iglò, di notte era ancora peggio, e allora capì perché la gente abbandonasse l'isola durante i mesi invernali. Il freddo pungente, il vento incessante, le tempeste che la flagellavano tre o quattro volte a settimana e sembravano voler sradicare l'intera struttura dalle sue fondamenta: era brutale e feroce. Ma il maltempo non la distolse dal suo lavoro.

Semmai, stare così tanto al chiuso le fu di aiuto.

A fine febbraio aveva già riempito un lato del corridoio, da cima a fondo, con un elenco di tutte le cose di cui era necessario occuparsi prima che iniziasse la stagione. In genere, dopo essere uscita a fare rifornimenti, dopo essersi assicurata di avere abbastanza cibo per un'altra settimana, la sua attenzione si spostava su un'altra questione: trascinava una sedia in corridoio, si avvolgeva in una coperta e rifletteva sul *come*. Come fare a lasciare l'isola il primo di aprile. Come andarsene senza essere notata. Come chiamare la polizia e quanto le sarebbe convenuto attendere prima di farlo.

L'idea di chiamare subito i soccorsi, di chiedere a qualche passeggero appena sceso dal traghetto di prestarle il cellulare, senza neanche tentare la fuga era quantomai allettante. Continuava a pensarci. E certe notti si domandava se un telefono fosse davvero così necessario. Non appena Hain e Lima fossero partiti alla volta della foresta per andare a cercare il suo corpo, avrebbe potuto fare una scenata a Helena, mettersi a urlare e rivolgersi alle autorità portuali appena tornate su Crow Island. Da come avevano parlato quando erano scesi insieme sull'isola, era evidente che non volevano far sapere a nessuno che cosa stavano combinando. Eppure, non riusciva a togliersi del tutto dalla testa alcuni dubbi.

E se non stavano agendo da soli?

Ormai l'idea che Hain e Lima avessero conoscenze e complici sull'isola si era radicata nella sua mente e non voleva più abbandonarla. Se c'era anche una sola remota possibilità che fosse vero, chiedere aiuto sarebbe stato rischioso.

Quindi, alla fine, decise di attenersi al piano originario.

Andarsene dall'isola.

Dare l'allarme dalla terraferma.

Solo che anche allora, anche dopo aver maturato la sua scelta, non riuscì comunque a rilassarsi. Non solo perché due assassini stavano per tornare a cercarla. Non solo perché il loro arrivo la spaventava così tanto da toglierle il respiro. Il problema era che c'era un'unica via di fuga dall'isola, ed era il traghetto.

Alle diciassette in punto, quando sarebbe partito, Rebekah si sarebbe fatta trovare a bordo.

E non riuscendo a trovare il suo corpo nella foresta, una volta capito che non era morta, Hain e Lima avrebbero fatto la stessa cosa.

49

Il corridoio di fogli non era l'unico progetto di Rebekah.

Aveva anche ricominciato a correre.

Usava un paio di pantaloncini da jogging di Stelzik, una sua maglietta e il vecchio maglione di lana che aveva trovato al distributore.

All'inizio riuscì a percorrere sì e no due chilometri, che ai tempi del liceo non erano neanche un riscaldamento, ma un poco alla volta, con il passare dei giorni e delle settimane, allungò le distanze, aumentò il ritmo, andando ad allenarsi sulle strade deserte e coperte di ghiaccio, sapendo che doveva migliorare velocità e resistenza.

I primi di marzo si accorciò i capelli con un paio di forbici poco affilate che aveva trovato in un cassetto della cucina, seduta davanti allo specchio nella stanza di Stelzik. Il taglio non era preciso, ma andava più che bene. Per correre era l'ideale, perché così i capelli non le finivano più in faccia quando si alzava il vento, e da quel momento in poi lavorò per superare i suoi limiti. Di domenica si faceva tutto il giro del Loop, trentasette chilometri in totale, perché le dava la sensazione di avere il controllo su qualcosa, di essere forte e di avere uno scopo. Per tre ore e mezzo non pensava a nient'altro. Quando correva, doveva soltanto macinare terreno con un unico obiettivo in mente: diventare indistruttibile prima che l'isola riaprisse al pubblico.

A volte, quando tornava all'ostello, sentiva l'eco della voce di suo padre, come portata dal vento. Rivedeva sé stessa e Mike nel giardino davanti a casa loro, sull'Ottantunesima strada, dopo una corsa, e suo padre sul portico che continuava a ripetere a suo fratello di fare un po' di stretching: 'Se non fai stretching' gli diceva 'ti assicuro che domani mattina camminerai come John Wayne.' Allora Mike faceva qualche esercizio controvoglia, e il giorno dopo, invariabilmente, scendeva in cucina fingendo di stare bene, quando in realtà riusciva a malapena a muoversi.

A marzo intensificò di nuovo gli allenamenti e percorse distanze sempre più lunghe, sfruttando il clima più mite e le barrette di cioccolato dell'emporio per fare il pieno di energia. Sapeva che doveva migliorare e prepararsi al peggio. E più correva, più l'attività fisica l'aiutava a concentrarsi quando tornava all'ostello. Con il cuore che le batteva all'impazzata e i vestiti madidi di sudore, a volte si sedeva a guardare i fogli che aveva attaccato alla parete del corridoio – storti e sovrapposti, con pezzi di nastro adesivo ovunque, pieni di scarabocchi e parole buttate giù in una calligrafia confusa che solo lei riusciva a decifrare – prima di fare qualsiasi altra cosa, incluso lo stretching. «Scusa, papà» mormorava, accantonando gli esercizi per potersi concentrare sul suo collage.

Ben presto quella dei PERCHÉ? diventò la sezione predominante del corridoio, quella davanti alla qualche passava più tempo e alla quale continuava ad aggiungere materiale. E tra i 'perché?' c'era la parte sulla quale si concentrava di più in assoluto.

A chiunque, vedendola, sarebbe sembrata solo una valanga disordinata di nomi.

Per Rebekah, quella era una lista dei sospettati.

50

All'inizio, a gennaio, la lista era cominciata con solo cinque pezzi di carta, tutti strappati a mano dal quaderno di Stelzik. I bordi erano irregolari e le dimensioni variavano un po', ma non aveva importanza. Si era inginocchiata in corridoio, aveva messo in fila i fogli e sopra ciascuno aveva scritto un nome. Johnny. Gareth. Noella. Hain. Lima.

Sotto, su un altro pezzo di carta, aveva scritto un possibile movente. Con Hain e Lima era stato complicato. Non aveva idea del motivo per cui la volevano morta, non sapeva neanche chi fossero e come o quando le loro strade si fossero incrociate, quindi si era concentrata solo su quello che sapeva: il loro aspetto fisico, cosa si erano detti quella notte sulla spiaggia. Su un altro foglio ancora aveva scritto la stessa domanda che aveva messo sotto i loro nomi: 'Agiscono da soli o hanno dei complici?'

Poi si era dedicata agli altri.

Dopo aver scritto 'Complice di Hain e Lima?' sotto gli altri tre nomi, si era accinta a cercare possibili moventi per Johnny, Gareth e Noella. Usando un rotolo di spago che aveva trovato all'emporio, aveva cominciato a tracciare collegamenti tra un nome all'altro, e i pezzi di spago tagliati con un coltello da cucina indicavano un nesso sicuro. La cosa era diventata più semplice man mano che aveva attaccato altri nomi alla parete: c'era un nesso sicuro tra Gareth e Karl Stelzik per via della mail; ce n'era un altro tra Johnny e Kirsty Cohen, che aveva aggiunto a sua volta alla lista, sulla base del fatto che i due si conoscevano, ma anche perché Kirsty l'aveva chiamata per parlarle di Johnny il giorno prima che partissero per l'isola.

Aveva aggiunto sempre più nomi nell'arco dei giorni e delle settimane successive: dottori con cui aveva lavorato, altre mamme che conosceva, amici dei tempi della scuola, un paio di persone con cui aveva discusso aspramente nel corso degli anni. Aveva persino scritto il nome di Daniel in cima a uno dei pezzi di carta, e quello di altri uomini con cui era andata a letto prima di conoscere Gareth, sforzandosi di ricordare se durante quelle relazioni ci fossero stati avvenimenti degni di nota. Non le risultava. Uno degli ultimi nomi della lista era quello di suo padre, anche se era morto da più di due anni e quindi era difficile immaginare in che modo potesse essere collegato a tutta quella storia. Forse attraverso una persona che aveva arrestato. Forse qualcuno stava cercando di vendicarsi.

Anche se in certi casi aveva dovuto lavorare d'immaginazione, sotto ogni nome aveva elencato le cose fatte con quella persona, eventi oppure occasioni memorabili che potessero avere un nesso con quanto le era successo sull'isola. Aveva soprattutto provato a pensare a momenti in cui lei e Johnny avevano fatto qualcosa insieme come coppia con ogni data persona. Questo la riportava immancabilmente a Gareth e Noella, forse anche a Kirsty, ma Rebekah faticava a ricordare altre conoscenze in comune. Ciononostante, era ragionevole supporre che la ragione scatenante per cui Lima li voleva morti fosse qualcosa che lei e suo fratello avevano fatto insieme.

Dopo settimane di collegamenti e riflessioni, continuava a tornare sempre ai soliti cinque nomi. I primi tre erano delle persone a lei più vicine: Gareth, per quella mail inviata a Stelzik e la storia con una donna di cui Rebekah non aveva mai voluto sapere niente; Noella, perché le aveva detto che Gareth era un bell'uomo, sicuro di sé e affascinante, e per quell'ultima telefonata nella foresta, quando era rimasta in silenzio dopo che le aveva detto che si trovavano a Crow Island e poi le aveva forse riattaccato in faccia. E infine c'era Johnny. In cuor suo voleva ancora credere che suo fratello non avesse niente a che fare con quanto accaduto, ma c'erano piccole domande alle quali non sapeva rispondere e dettagli che non poteva ignorare: il modo in cui era sparito nel nulla quando Rebekah era caduta nel canalone; l'errore sul giorno di chiusura dell'isola; la faccia che aveva fatto mentre aspettavano di essere uccisi, quando le aveva detto che era tutta colpa sua.

Il quarto nome era l'altra ragione per cui non poteva ancora escludere suo fratello: Kirsty Cohen. Perché sotto il suo nome e sotto quello di Johnny, collegato da pezzi di spago che univano i loro fogli a un altro pezzo di carta, c'era un altro nome ancora: 'Louise'. La donna con cui stava uscendo suo fratello, la donna di cui avevano parlato brevemente sul traghetto. Johnny era stato restio ad affrontare il discorso, ma a Rebekah non era sembrato insolito perché era sempre stato piuttosto riservato per quanto riguardava la sua vita sentimentale. In effetti, era già capitato anche in passato. Non parlava mai delle sue frequentazioni finché non pensava che potessero trasformarsi in qualcosa di più serio.

Quella con Louise non era andata in porto.

Rebekah non l'aveva mai incontrata di persona, non sapeva niente di lei, nemmeno il cognome, ma per qualche motivo aveva deciso che non voleva più uscire con Johnny ed era stata Kirsty a farli conoscere, da lì i punti interrogativi.

Più di frequente, però, l'occhio le cadeva su un quinto nome che aveva aggiunto in seguito, sempre nella stessa sezione di parete. Si era svegliata nel cuore della notte, infreddolita, con un nubifragio che picchiava con forza contro le finestre dell'ostello, e aveva ricominciato a pensare ai perché. Ed era stato allora che si rese conto di essersi scordata di una persona.

Sua madre.

Non sapeva niente di lei, stentava addirittura a ricordare che aspetto avesse, ma questo era solamente un elemento di disturbo in più. Era più verosimile che quell'incubo fosse stato causato dalle azioni di una persona come Johnny, di cui Rebekah si fidava e che conosceva da tutta la vita, o da una persona che si era già dimostrata capace di abbandonate i suoi tre figli piccoli? I biglietti di condoglianze non contano, pensò, ricordando le buste che avevano trovato nella cassetta della posta dopo la morte di Mike e di suo padre.

Non riusciva nemmeno a immaginare dove o come la vita di sua madre, qualunque cosa ne avesse fatto, si fosse incrociata di nuovo con la sua e con quella di Johnny, quindi figurarsi perché qualcuno potesse volerli morti per questo motivo, ma tra tutte le persone a cui aveva pensato – tra tutti i nomi che aveva aggiunto e con cui aveva tappezzato le pareti dell'ostello, tutte le teorie che aveva formulato e provato a tenere in piedi con argomentazioni convincenti – quella che conosceva meno era proprio sua madre.

Per Rebekah, Fiona Camberwell era una perfetta sconosciuta.

Un molo in pieno inverno

Vide Axel dal salotto, tutte le luci spente, l'unico bagliore quello che proveniva dal televisore che stava trasmettendo la replica di un vecchio programma. Stava rientrando a casa, facendo più piano possibile, e si fermò di colpo, la porta ancora aperta e la neve che volteggiava dentro. Alzò gli occhi per guardare in cima alle scale. Stava cercando di capire se l'avesse svegliata e sembrava sinceramente preoccupato.

Il più delle volte, aveva un occhio di riguardo.

«Ehi» disse lei.

Si voltò nella sua direzione, notò la tv accesa, la luce che baluginava in corridoio dipingendone le pareti e il pavimento, poi fece un passo avanti, le suole delle scarpe che scricchiolavano sul parquet.

«Oh» fece lui. «Ciao. Pensavo che fossi già andata a dormire.»

«Mi sono messa a guardare un po' di tv.»

Axel avanzò, si fermò sulla porta del salotto. Il televisore gli rischiarava solo metà viso, perciò dava quasi l'impressione che portasse una maschera.

«La giornata è andata bene?» gli chiese.

«È stata lunga.»

«Anche se è tardi, pensavo di ordinare qualcosa da mangiare.»

«Okay.» Le sorrise. «Buona idea.»

«Scegli tu.»

Ma lui la scrutò con attenzione: aveva capito che c'era qualcosa che non andava.

«Tutto bene?»

«Sì, benissimo.»

«È solo che sembri un po'...»

Si scambiarono uno sguardo e lui non aggiunse altro, perché sapeva che cosa c'era che non andava e non c'era bisogno di ripeterlo. Entrò in salotto, lanciò un'occhiata alla tv che stava trasmettendo a volume spento una replica di LA Law. *«Oh, questa me la ricordo» disse, illuminandosi e voltandosi a guardarla come se avessero appena lasciato in sospeso una conversazione completamente diversa. Come se non avesse alcun pensiero al mondo. «Questa è la puntata in cui Rosalind finisce in quell'ascensore...»*

Lei lo ascoltò in silenzio.

«Oh, ci siamo» continuò Axel, sorridendo di nuovo e avvicinandosi al televisore. I fiocchi di neve caduti ai suoi piedi si stavano sciogliendo sul parquet. «Qua è dove precipita nel vuoto.» Ridacchiò e si accomodò sul bracciolo del divano. «Ecco, adesso.»

Sullo schermo, le porte di un ascensore si aprivano e un personaggio della serie, non accorgendosi che la cabina non era arrivata al piano, cadeva nel vuoto.

«Accidenti» mormorò lui. «Che volo.»

Le lanciò un'occhiata e le sorrise di nuovo, e lei ricambiò, e quando Axel si voltò di nuovo verso la televisione, continuò a guardarlo, a rimuginare. Cominciò a pensare ai rapporti umani, a come si evolvono nel corso del tempo, e a come a volte, per quanto fosse dura, non ti lasciassero scelta.

A volte dovevi soltanto andartene.

La mattina dopo, sul presto, Tillman stava aspettando su una panchina in fondo al molo numero 15. La città era assediata dal freddo, il cielo color canna di fucile, pesante come un soffitto sul punto di crollare. Con il vento gelido che soffiava dal fiume e la neve che vorticava a intervalli irregolari, era il luogo ideale dove incontrarsi. Lei non incrociò anima viva né quando attraversò il piazzale né quando si fece tutto il pontile di legno sbiancato dal sole. Nessuno era così coraggioso – o così stupido – da stare là fuori.

Nessuno, tranne loro.

Si accomodò accanto a lui e si strinse nel cappotto. Seduto al suo fianco, Tillman non si mosse, gli occhi fissi sul fiume. Aveva tirato su il bavero del soprabito e si era avvolto una sciarpa attorno alla bocca, ma aveva comunque la pelle arrossata dal freddo e gli occhi lucidi. Disse: «Chiunque abbia preso la decisione di darsi appuntamento qui è chiaramente un idiota.»

Era una battuta. L'aveva proposto lui.

Rimasero in silenzio per qualche secondo, perché entrambi sapevano che cosa erano venuti a fare e nessuno dei due voleva affrontare per primo il discorso, ma poi Tillman spostò il peso sulla panchina, si voltò a guardarla e chiese: «Che vuoi fare?»

«Voglio provare a fingere che questa conversazione non stia avendo luogo» rispose lei, sbirciandolo con la coda dell'occhio. Sorrise, ma fu un sorriso triste, fugace.

«Possiamo aspettare» disse Tillman.

«A che pro?»

Lui fece spallucce. Il suo silenzio era un atto di generosità. Aspettare non avrebbe giovato a nessuno. Avevano un problema che prima o poi avrebbero dovuto affrontare.

«Ascoltami» disse. «A Travis, con oggi, restano soltanto tre giorni di servizio. A quanto ho saputo, ha fatto zero progressi. Si è arenato e c'è dentro fino al collo, senza appigli per uscire dal pantano in cui è finito. Non ha uno straccio di possibilità di risolvere il caso primo di andarsene, perciò possiamo aspettare e vedere se qualcuno prenderà le redini al posto suo. Può anche darsi, ma nel frattempo possiamo temporeggiare e prendere una decisione quando arriverà il momento.» Tillman fece una pausa perché si era rialzato il vento, più freddo e tagliente rispetto a prima. Si strinse la sciarpa attorno al mento. «Ma lo sai meglio di me...» La guardò. «Anche se il caso di Louise Mason verrà archiviato e dimenticato, rimarrà sempre in un cassetto da qualche parte. Tutta questa storia continuerà a incombere su di noi.»

Lei osservò un aeroplano che riemergeva dalle nuvole, come un delfino che si tuffava tra le onde dell'oceano. Stava virando verso di loro, diretto a Newark. Per un attimo pensò di scappare, di salire su un aereo e sparire una volta per tutte. Poi domandò: «Com'era?»

«Chi, Louise?»

«No.» Lei scrollò la testa. «Rebekah.»

Tillman la scrutò con sospetto. «Non lo so.»

«Non l'hai mai incontrata?»

«No.»

«Ho saputo che era un medico.» Notò la preoccupazione sul volto di Tillman. Temeva che stesse perdendo il filo. «Tocca studiare tanto per diventare medico.»

«Tocca studiare tanto per fare un sacco di cose» tagliò corto lui, forse giustamente.

Quella era una discussione che non li avrebbe portati da nessuna parte e se continuava a ignorarlo e a fare domande, alla fine l'unica a rimetterci sarebbe stata lei. Doveva apparirgli così fragile e indecisa, quando invece avrebbe dovuto essere spietata e determinata.

Rebekah non era la ragione per cui erano lì.

E nemmeno Louise.

«Dagli ancora un po' di tempo» disse alla fine.

51

Il 10 di marzo le pompe del distributore rimasero a corto di benzina.

Rebekah non si era mai aspettata che le bastasse fino all'ultimo mese, ma ciononostante, quando la pistola della pompa scattò a vuoto, provò comunque un'acuta fitta di dispiacere. Mancavano ancora ventidue giorni all'arrivo del traghetto e, in quel terribile incubo senza fine che era stato il suo soggiorno forzato sull'isola, la Jeep, correre e Roxie erano state le sue uniche gioie.

Aveva abbastanza carburante nel serbatoio per riportare la macchina allo scavo, perciò prese il Loop in direzione est, con Roxie seduta dietro che la osservava percependo che era turbata, e imboccò la strada sterrata che scendeva a Simmons Gully.

Arrivata in fondo, parcheggiò l'auto dove l'aveva lasciata l'ultimo giorno della stagione, spense il motore e rimase seduta al volante per qualche secondo. Dal lato passeggero, il cellofan teso sopra la portiera vibrava a causa del vento.

«Lo so, Rox. È stupido essere tristi per una macchina.» Rebekah le posò una mano sulla testa. «Eppure...» *Per poche ore al giorno, per quanto sembri ridicolo, essere in auto era come essere libera. Avevo la possibilità di scegliere.*

Per poco che fosse, era come avere una vita.

Scese e strappò il cellofan dal finestrino, quindi pulì la Jeep, togliendo tutto ciò che sapeva di non averci lasciato dentro il giorno in cui lei e Johnny erano arrivati sull'isola.

Alla fine lei e Roxie tornarono all'ostello a piedi.

Poi, usando la bicicletta per girare per l'isola, Rebekah cominciò a riparare ciò che aveva rotto. In alcuni casi non c'era niente da fare, come per i lucchetti che aveva distrutto, ma fece del suo meglio. Voleva che tutto apparisse relativamente nella norma in vista dell'arrivo di Hain e Lima.

Si sbarazzò dell'sos che aveva dipinto sulle tavole di legno con cui aveva sbarrato l'emporio e raccolse tutti i sassi che aveva usato per scrivere gli altri messaggi al porto. Buttò via i ciottoli che aveva usato per tenere il conto dei giorni prima di trasferirsi all'ostello. Per le barche con cui aveva provato a lasciare l'isola non poteva fare nulla: il motoscafo era stato spinto al largo e si era arenato a mezzo miglio dalla costa; la barca a remi era stata riportata a riva da una tempesta e una parte dello scafo si era rotta andando a schiantarsi contro le pareti di cemento del porto. Provò a spingerla sullo scalo di alaggio, ma era troppo pesante.

Dopodiché iniziò a preparare uno zaino con tutto l'essenziale di cui avrebbe avuto bisogno. C'erano barrette di cioccolato e pacchetti di patatine non ancora scaduti all'emporio e ci riempì le tasche laterali del borsone che Stelzik aveva lasciato nell'armadio.

Rovesciò nel lavandino due bottiglie di aranciata e le riempì di acqua piovana, che aveva raccolto in un secchiello da pesca. Prese anche una cassetta del pronto soccorso e dei vestiti lavati. Erano i suoi, quelli con cui era arrivata sull'isola. Aveva deciso che per il viaggio di ritorno avrebbe indossato i pantaloni di Stelzik e il maglione che aveva trovato al distributore.

C'erano due ragioni.

Lima sapeva com'era vestita l'ultimo giorno della stagione – felpa, jeans e scarpe da ginnastica – e anche posto che non se lo ricordasse perfettamente, magari rivederla con gli stessi abiti gli avrebbe rinfrescato la memoria.

E poi i vestiti potevano fungere da travestimento. Questo faceva anche parte del motivo per cui si era tagliata i capelli, per cui si era allenata così tanto, correndo sempre di più, usando mattoni e blocchetti di cemento come pesi di fortuna: doveva apparire più robusta e muscolosa perché voleva passare inosservata.

Voleva spacciarsi per un uomo.

52

C'era una sola cosa con la quale non aveva ancora avuto il coraggio di fare i conti.

Roxie.

Odiava doverlo ammettere, ma nel momento in cui Hain e Lima sarebbero scesi dal traghetto, il cane l'avrebbe messa in pericolo. Lima l'avrebbe riconosciuta: Roxie lo aveva aggredito e lui non era più riuscito a localizzarla. Aveva provato a spararle e l'aveva mancata. Era andato a cercarla e non l'aveva trovata. Con tutta probabilità, non rivedendola, il pensiero non l'avrebbe nemmeno sfiorato: avrebbe dato per scontato che fosse morta, incapace di sopravvivere da sola ai rigidi mesi invernali.

Rebekah tentennò per giorni, scervellandosi per trovare un modo per portarla con sé, per cercare di nasconderla, ma per quanto si fosse affezionata a lei, Roxie era un animale, di conseguenza era imprevedibile. E l'imprevedibilità l'avrebbe tradita.

L'avrebbe fatta ammazzare.

Così, la sera prima della riapertura dell'isola, con le giornate un po' più lunghe e l'aria un po' più mite, Rebekah chiamò Roxie nella stanza accanto a quella in cui si erano sistemate. Lì c'erano delle coperte, due ciotole di cibo per cani e un secchio d'acqua. «Non riuscirò a farlo domani mattina» le sussurrò. Aveva gli occhi pieni di lacrime.

L'animale guardò prima lei, poi il cibo.

«Non ce la faccio nemmeno adesso.» Si accovacciò e allungò le braccia, e Roxie andò da lei. «Ti voglio bene, Rox» disse, il viso sepolto nella pelliccia del cane. «Non ce l'avrei mai fatta senza di te.» Il cane girò la testa e provò a strusciare il muso contro la guancia di Rebekah. «Tornerò a prenderti...»

Te lo prometto.

Ma c'era una ragione per cui non poteva dirlo a voce alta: non poteva fare alcuna promessa. Non sapeva se sarebbe riuscita a tornare. Malgrado tutti i preparativi in vista dell'arrivo del traghetto, tutte le cose che aveva riparato, tutti i modi in cui aveva cercato di nascondere il fatto che era ancora viva, c'era una tacita verità che non riusciva a trovare il coraggio di affrontare: era sopravvissuta per cinque mesi, quasi completamente da sola, su un'isola a centosessanta chilometri da ogni cosa, e l'indomani mattina avrebbe potuto scoprire che era stato tutto inutile.

L'indomani mattina avrebbe potuto essere morta.

Piangendo, Rebekah si rialzò e uscì dalla stanza.

E poi ci chiuse Roxie dentro.

Attendismo

Prima di andare a dormire, Travis finì di leggere La gatta sul tetto che scotta. *La sera prima, al telefono, Gaby gli aveva detto che lo stava studiando per la messa in scena di fine semestre e che le era stata assegnata la parte di Maggie. Gli era sembrata entusiasta, quindi le aveva detto che era splendido anche se non aveva idea di come fosse la parte. Non sapeva nemmeno di cosa parlasse la storia. In pausa pranzo si era fatto un paio di isolati a piedi per andare in una libreria sulla Broadway, aveva comprato una copia del romanzo e si era portato il libro, un panino al roast beef e una bibita in sala relax. Aveva scoperto che Maggie era una delle protagoniste, perciò si era fatto un selfie con il libro in mano e lo aveva mandato a Gaby, scrivendole che era orgoglioso di lei.*

Lo aveva letto dieci secondi dopo, ma non gli aveva risposto. Travis aveva immaginato che fosse occupata – magari stava provando, o forse era uscita a godersi la vita notturna di Chicago prima di tornare a casa per Natale – quindi non aveva insistito. Non voleva diventare una scocciatura per i suoi figli, specialmente quando li vedeva così poco. Mark non aveva ancora risposto al messaggio che gli aveva mandato due giorni prima, anche se, come sua sorella, lo aveva visualizzato. Non era così insolito: era sempre stato molto più indipendente di Gaby, molto più inaffidabile persino quando vivevano tutti insieme, quindi Travis cercava di non prenderla sul personale.

Ciononostante, doveva ancora capire se al mondo esistesse un'invenzione peggiore della doppia spunta blu di WhatsApp, ma non ne era così sicuro.

Mise giù il libro, si tolse gli occhiali da lettura e osservò la neve che cadeva fuori dalla finestra. Era stata una giornata gelida: la città rabbrividiva dal freddo, il fumo usciva dalle griglie di aerazione della metropolitana e le bocchette di ventilazione sbuffavano come mantici. Sebbene avesse passato lì cinquantanove anni della sua vita, Travis odiava gli inverni a New York e, quando ci ripensò, ripensò anche al suo pensionamento, agli amici che potevano aiutarlo a trasferirsi al Sud. Chissà cosa avrebbe pensato Naomi se avesse fatto una cosa così di getto, se un giorno l'avesse chiamata da Charleston o da Myrtle Beach per dirle che si era sbagliata su di lui. Ma poi gli cadde l'occhio sul comodino, sul libro, sul cellulare, sui messaggi senza risposta, e si chiese cosa fosse peggio: starsene da solo dove si trovava, o starsene da solo lì.

Poi si concentrò su qualcos'altro. Accanto al telefono c'era un fascicolo color pastello che si era portato a casa dall'ufficio. Era una denuncia di scomparsa.

In realtà erano due.

Una per Johnny Murphy, una per sua sorella.

Era il 20 di dicembre. Loro erano scomparsi il 30 di ottobre. Sette settimane e due giorni, e nessuno dei due aveva dato cenni di vita. Travis si allungò e raccolse il fascicolo, aprendolo alla prima pagina.

Erano partiti di prima mattina per andare da qualche parte a Long Island, dove Murphy aveva fissato un appuntamento con qualcuno per parlare di un nuovo libro che aveva intenzione di scrivere. Sua sorella aveva deciso di accompagnarlo solo all'ultimo minuto: parlando con la polizia, Noella Sullivan aveva detto che Rebekah era una mamma a tempo pieno, che aveva bisogno di prendersi una pausa dalle bambine e che non vedeva l'ora di passare un po' di tempo con suo fratello.

Travis non sapeva come interpretare la decisione della sorella di andare con Murphy, soprattutto perché era stata una cosa dell'ultimo minuto. Sfogliò le pagine del fascicolo pur sapendo che lì non avrebbe trovato le risposte che stava cercando: la compilazione iniziale di un verbale di scomparsa era un esercizio meramente formale, e le ricerche vere e proprie non erano mai decollate. L'agente che aveva redatto il verbale aveva lasciato la polizia due giorni dopo, quindi l'indagine aveva cominciato immediatamente a fare acqua da tutte le parti. Murphy e sua sorella non erano persone vulnerabili e non avevano problemi mentali, quindi non erano stati considerati una priorità fin dall'inizio, e con il passare del tempo erano finiti nel dimenticatoio.

Non erano state attivate nemmeno le procedure di base.

Prima che Travis si interessasse al caso, la polizia non aveva sentito nessuno a parte Noella. Non avevano richiesto i tabulati telefonici dei Murphy e non avevano neanche provato a contattare i commissariati di Long Island per vedere se loro avessero qualcosa. Travis si era attivato subito e, anche se era già andato a sbattere contro qualche muro, soprattutto con la polizia di Long Island, almeno aveva ristretto il campo delle ricerche. Aveva persino ottenuto un mandato per entrare in casa di Murphy, sull'Ottantunesima strada, dove aveva trovato libri di consultazione e appunti sul romanzo che intendeva scrivere, ma nessun riferimento diretto alla persona che era andato a intervistare. Non *c'erano computer in casa, quindi immaginava che Murphy lo avesse portato con sé a Long Island, il che aveva senso visto che stava facendo delle ricerche. Travis aveva trovato ben poco anche nella vita di sua sorella, Rebekah. Il suo ex marito gli aveva concesso di entrare in casa sua, a Brooklyn, dove avevano vissuto insieme prima della separazione, e aveva controllato le sue mail usando un portatile che aveva lasciato lì. Se Rebekah e suo fratello avevano parlato del viaggio, lo avevano fatto solo per telefono o di persona.*

Era finito in un vicolo cieco.

Stessa storia con il laboratorio.

Lo avevano chiamato prima che arrivasse a casa. Aveva prelevato dei campioni di saliva dagli spazzolini da denti di Murphy e sua sorella, ma il suo contatto in laboratorio gli aveva detto che potevano volerci fino a dodici settimane per avere il profilo completo del DNA di due persone scomparse, forse anche di più. Questo significava che avrebbe dovuto aspettare come minimo tre mesi prima di poter confrontare i loro profili con quelli presenti nei loro archivi.

E lui tre mesi non li aveva.

Non aveva nemmeno tre giorni pieni.

Mise il fascicolo sul letto e provò a trovare una soluzione alternativa. Poteva richiamare la MET di Londra e chiedere se avessero una copia digitale delle impronte di Murphy, in modo da poterle confrontare con quelle presenti nei loro database locali e nazionali, ma sapeva che era improbabile. Murphy non era mai stato incriminato, e questa era la prima ragione per cui era quasi impossibile che avessero archiviato le sue impronte digitali. In secondo luogo, Murphy era stato in Gran Bretagna una sola volta – la settimana che aveva passato con sua sorella – da quando la famiglia si era trasferita a New York, ergo non poteva essere stato schedato in seguito, nel corso di un viaggio successivo. E poi c'era il fatto che l'arresto era avvenuto vent'anni prima, e l'agente della MET con cui aveva parlato gli aveva detto che l'unico motivo per cui il verbale dell'aggressione di Murphy era ancora nei loro computer era perché l'uomo a cui aveva dato un pugno in quel pub era un pregiudicato che stavano tenendo d'occhio dal 1995. Quella era anche la ragione per cui non aveva sporto denuncia: non voleva che la polizia ficcasse troppo il naso nella sua vita.

Continuando a spremersi le meningi, Travis allungò una mano verso il comodino per recuperare un'altra cosa che teneva lì: un'agendina di pelle rossa.

Quella di Louise Mason.

La sfogliò per l'ennesima volta, la familiarità con il contenuto delle sue pagine pari a quella con il fascicolo del suo caso. Tracciò le linee della calligrafia di Louise, gli svolazzi, le ripetizioni. C'era una copia di tutto – gli appuntamenti, gli eventi mondani – sul suo cellulare, ma i suoi familiari gli avevano detto che teneva anche un'agenda fisica in caso di smarrimento del telefono, e anche perché amava scrivere. Per certi aspetti era una all'antica, gli aveva detto sua mamma, in lacrime, senza riuscire a pronunciare più di un paio di frasi senza scoppiare a piangere, e quando Travis aveva messo piede nello studio di Louise, e poi nelle stanze e nei corridoi del suo appartamento, l'aveva visto con i suoi occhi: centinaia di penne, tante quante i pennelli, inclusi pezzi d'antiquariato in cofanetti da collezione. Ne aveva fotografati alcuni e li aveva cercati online. Valevano migliaia di dollari.

Il suo telefono trillò per notificargli l'arrivo di una mail.

Prese il cellulare senza aspettarsi chissà cosa, ma quando vide l'oggetto della mail si sentì percorrere da un brivido: la compagnia telefonica lo aveva avvisato che per i tabulati di Murphy e sua sorella ci sarebbero voluti dai tre ai cinque giorni.

Erano bastate trentasei ore.

Non aspettò, non provò a trasferirli sul portatile dove di certo li avrebbe potuti visionare meglio, li aprì subito.

Dopo aver dato una breve occhiata alle telefonate effettuate nelle ultime due settimane prima delle scomparse, passò immediatamente all'ultima pagina del file, quella che gli interessava realmente.

Era lì che avrebbe trovato le celle a cui si erano agganciati i cellulari.

E quel dato gli avrebbe fatto capire dove erano andati i Murphy.

53

Il sogno ricorrente di Rebekah cominciò a riemergere dall'oscurità nel corso della settimana che portava al primo di aprile, all'inizio sotto forma di spezzoni, flash che andavano e venivano quando finalmente scivolava nel sonno. Riconosceva lo scenario ma non percepiva la solita paura. Più che un sogno erano sequenze di immagini, mai completamente a fuoco, come se una parte dell'incubo stesse ancora crescendo e prendendo forma nell'ombra.

Forse contribuiva anche il fatto che più si avvicinava il primo giorno della stagione, più faticava a prendere sonno. La sera si sdraiava a letto e restava sveglia per ore, ad ascoltare i cigolii e i rumori dell'ostello, tormentata da scene catastrofiche in cui non riusciva ad arrivare al traghetto, oppure ci riusciva, ma solo per scoprire che Hain e Lima la stavano aspettando a bordo. E alla fine, quando si addormentava, altri incubi le affollavano la testa, un fiume torrenziale e malsano dal quale non riusciva a sfuggire: vedeva Johnny che cadeva in un burrone nella foresta, insanguinato e ferito, e lei non era mai abbastanza vicina per afferrarlo in tempo; vedeva Noella e Gareth a letto insieme, le lenzuola attorcigliate intorno ai loro corpi; e vedeva sua madre, poco più che una macchia confusa e uno sprazzo di capelli rossi, sempre di spalle, che correva via malgrado Rebekah la implorasse di tornare indietro. Una notte sognò la casa sull'Ottantunesima strada, dove sua madre non era mai stata. Entrava e la trovava seduta a tavola a parlare con Johnny, e quando la vedevano arrivare si interrompevano, e sua madre, una figura senza volto, si alzava e se ne andava.

Si svegliava sudata e con il respiro affannato, e più i sogni andavano avanti, più cominciavano a ripetersi, a fondersi insieme e quindi a trasformarsi in qualcos'altro. E poi, gli ultimi giorni prima dell'arrivo del traghetto, Rebekah giunse finalmente a capire in che cosa si stavano trasformando: in qualcosa di più familiare e più terrificante.

'Penso che dovresti rimanere, Rebekah.'

Era di nuovo in quel palazzo residenziale.

Nell'appartamento 127.

E non poteva scappare.

L'incubo si ripresentò l'ultima notte.

Le parve subito una versione più spaventosa del solito, ma sul momento non riuscì a capire perché. Era nello stesso corridoio di sempre, con le solite pareti color crema e la moquette marrone.

Ma c'era qualcosa di diverso.

Stavolta c'era Roxie in fondo al corridoio, parzialmente celata dalle ombre. Il cane la guardava e, quando Rebekah avanzava, quando si avvicinava alla porta aperta dell'appartamento, Roxie cominciava a uggiolare. Era orribile, lo stesso verso che aveva fatto quando l'aveva chiusa a chiave nella stanza accanto, ore prima, e adesso, in quel corridoio, era ancora peggio. Ogni guaito era un colpo al cuore.

«Mi dispiace tanto, Roxie» le diceva nel sogno. «Mi dispiace tanto.»

Ma poi arrivava alla porta dell'appartamento. Vedeva il numero 127, il 7 storto, e pensava sempre la stessa cosa, che il sette doveva essere un numero fortunato, e quando si voltava verso Roxie, il cane era sparito. Il corridoio era deserto.

«Roxie?»

Dentro l'appartamento partiva una musica. Non riusciva a capire che genere fosse, non lo aveva mai capito, era solo presente, ma stavolta sembrava più forte, più oscura e molto più fastidiosa. Non appena spingeva la porta e la spalancava, sentiva le fibre del tappeto sotto i piedi nudi.

Cominciavano a contorcersi e a muoversi.

Le avvolgevano i piedi, la immobilizzavano, le risalivano su per le caviglie e le strisciavano su per i polpacci, verso l'interno coscia. E poi quella voce alle sue spalle, né maschile né femminile, solo orribile, cominciava a ripetere la solita frase: *'Penso che dovresti rimanere.'* Solo che stavolta non erano solo parole, ma uno stridore straziante.

«*Penso che dovresti rimanere.*»

E lei voleva disperatamente andarsene.

«*Penso che dovresti rimanere, Rebekah.*»

«Ti prego, lasciami andare.»

«*Penso che dovresti rimanere.*»

«Ti prego, voglio svegliarmi.»

E alla fine si svegliò di soprassalto, senza fiato, come se fosse appena tornata su da un'immersione. Si guardò attorno, quasi convinta che non fosse finita, che ci fosse un secondo incubo nascosto all'interno del primo. Ma era sveglia, madida di sudore. Quando scorse il proprio riflesso nello specchio, vide che aveva la canottiera bagnata e le guance rigate di lacrime.

La luce filtrava dalla finestra.

Lanciò uno sguardo alla porta della stanza di fronte, quella in cui aveva rinchiuso Roxie, dall'altro lato del corridoio. Avrebbe voluto chiamarla, vederla e stringerla a sé, ma non lo fece. Invece poggiò i piedi a terra, con la pelle che continuava a formicolarle come nel sogno. Sulla mano destra, lungo il palmo, c'erano dei minuscoli segni rossi a forma di mezzaluna: aveva stretto talmente forte i pugni da farsi uscire il sangue con le unghie.

Chiuse gli occhi per qualche secondo e fece dei bei respiri.

È finita. Rilassati. È finita.

Guardò l'ora indicata dalla sveglia sul comodino accanto al letto di Stelzik. Erano le 8:56. Aveva messo la sveglia alle nove. Il traghetto sarebbe arrivato alle undici e, dalle prove che aveva fatto nei giorni precedenti, sapeva che ci volevano trenta minuti per arrivare dall'ostello al porto in bicicletta. Ciò significava che aveva ancora un'ora abbondante per prepararsi, cambiarsi e verificare di aver preso tutto quello di cui aveva bisogno.

Spenta la sveglia, scese dal letto e iniziò a prepararsi: si lavò, si vestì, si assicurò di pettinarsi come aveva programmato. Alla fine aveva optato per una riga laterale e fissò i capelli con un po' di cera che aveva trovato tra gli effetti personali di Stelzik. Sapeva che i suoi lineamenti non erano particolarmente mascolini, ma il taglio corto ingannava un po' e i vestiti da uomo confondevano ancora di più le idee.

Si mise davanti allo specchio e si esaminò con attenzione, lo stomaco attorcigliato dalla paura. Aveva immaginato la sua morte così tante volte che ormai non sapeva se fosse più spaventoso morire sull'isola, prima ancora di riuscire ad avvicinarsi al traghetto, o arrivare a un passo dalla vittoria, assaporare il successo e provare un senso di libertà solo per poi vederseli strappati via. C'era persino una parte di lei che aveva paura di lasciare l'isola: non era casa sua, non lo sarebbe mai stata, eppure alla fine aveva trovato una specie di stabilità, soprattutto dopo essersi imbattuta in Roxie. C'era una sorta di sicurezza nella quotidianità che si erano costruite insieme.

Ma poi pensò alle sue bambine e ricominciò a controllarsi i capelli, i vestiti, lo zaino, rovesciandone il contenuto sul letto.

Fu allora che le cadde l'occhio sul calendario di Stelzik.

Era attaccato al muro. Fino al giorno prima, per settimane, era stato circondato da pezzi di carta, una scia di fogli che arrivava fino in corridoio, un sentiero che si era creata per provare a capire i come e i perché. Adesso era sparito tutto. Aveva tolto ogni foglio, la lista dei sospettati, lo spago, i suoi tentativi di ricollegare tutto quello che sapeva. Aveva fatto fagotto e messo tutto nello zaino.

L'unica cosa rimasta appesa al muro era il calendario.

Era del museo di Storia naturale e ogni mese era rappresentato da un animale diverso. Non era ancora arrivata alla pagina di aprile, perciò c'era ancora quello di marzo, una iena striata.

Sotto c'erano i giorni e le varie date.

Ciò che aveva catturato la sua attenzione era una scritta stampata nella casella del 13 marzo.

Non l'aveva notata diciannove giorni prima, non solo perché era stampata in caratteri molto piccoli, ma anche perché era stata completamente assorbita dalla sua missione, dalle sue liste, dai fogli da attaccare al muro, dai fili di spago da tendere da una sezione all'altra.

Ma adesso che l'aveva vista, le si era gelato il sangue.

Sotto il 13 marzo c'erano due parole.

Lanciò uno sguardo alla sveglia e vide che erano le 10:15. Partendo subito, avrebbe dovuto avere tutto il tempo per arrivare al traghetto, per essere al porto molto prima dell'arrivo di Hain e Lima sull'isola. Ma aveva commesso un errore.

Un terribile errore.

Ricontrollò le due parole stampate sul calendario.

ORA LEGALE.

Il 13 marzo era cambiata l'ora, e questo significava che in quel momento non erano le 10:15.

Erano le 11:15.

Hain e Lima erano già lì.

Parte seconda

6
La riapertura

54

Davanti a lei, Helena era assediata dalla foschia.

Rebekah si avvicinò da nord, preferendo una serie di sentieri secondari alla strada più agevole e all'asfalto liscio del Loop. Non voleva correre il rischio di essere vista da Hain e Lima. A quell'ora dovevano essere quasi certamente arrivati alla foresta, ma non voleva dare niente per scontato.

Quando uscì allo scoperto alle porte della cittadina, si innervosì vedendo due persone su Main Street, ma non erano gli uomini venuti a seppellirla. Un tizio stava indicando l'ingresso dell'emporio, la porta che aveva forzato lei, l'altro gesticolava in direzione del porto. Provò a girare al largo per paura di essere notata, ma poi uno dei due la guardò e distolse subito l'attenzione. Non sembravano interessati a lei, ma ogni faccia che vedeva, ogni volta che qualcuno si voltava verso di lei e le rivolgeva un semplice sguardo, equivaleva a un evento epocale. Le sembrava di essere rimasta sull'isola per un'eternità, intrappolata da sola in quella terra di mezzo, muta, invisibile, dimenticata; il ricordo di una donna che un giorno era partita da Long Island e non aveva mai fatto ritorno a casa.

Prese fiato e si sforzò di restare concentrata sull'unica cosa che contava: tornare a casa. Trovò un ciglio erboso che dava sul versante ovest di Helena, un punto che aveva scovato qualche giorno prima: da lì poteva vedere chiaramente tutta la cittadina, ma anche mettersi al riparo in caso di necessità.

I suoi occhi cercarono il casotto di legno della capitaneria di porto.

Ricordava di averci sbirciato dentro dalla finestra, mesi prima, in cerca di una radio. Non era mai riuscita a entrare. Adesso c'era un uomo davanti all'entrata, stava guardando il traghetto attraccato al molo, e la porta alle sue spalle era spalancata. Rebekah seguì il suo sguardo e diede una rapida occhiata al traghetto, la rampa abbassata, l'interno vuoto. Tornò a concentrarsi sul capitano del porto. Era sulla cinquantina, barba bianca e pancia che sporgeva sopra la cintura allacciata su un paio di jeans cascanti. Poi le cadde l'occhio proprio sulla cintura. C'era attaccato qualcosa.

Un cellulare.

Osservò i cartelli di metallo affissi al casotto – IN CASO DI EMERGENZA CHIAMARE IL 911 E PRONTO INTERVENTO – e capì che, anche se non avesse avuto un cellulare appeso alla cintura, il capitano doveva avere accesso a una ricetrasmittente VHF. Doveva avere vari strumenti per contattare la terraferma, per chiamare la polizia senza indugio.

No, attieniti al piano.

Non sai di chi ti puoi fidare.

Seppure a malincuore, distolse l'attenzione dal capitano e osservò di nuovo il traghetto. Si era svuotato. I passeggeri arrivati senza macchina, se ce n'erano, erano già scesi; i veicoli, a parte due pick-up nel parcheggio, erano già lontani dal porto. Possibile che uno di quei mezzi fosse di Hain e Lima? Non li vide da nessuna parte e ricordò di averli sentiti parlare di un rimorchio. Ne avrebbero avuto bisogno per riportare la sua Cherokee sulla terraferma. Quindi era più probabile che i pick-up fossero dei due uomini che stavano parlando davanti all'emporio.

O del capitano del porto.

Gli lanciò un'altra occhiata. Era entrato nel casotto ed era tornato fuori con una tazza di caffè.

Stava armeggiando con il cellulare.

Ha segnale.

Rebekah scrutò Main Street, il punto dove si collegava al Loop. Non c'erano auto lassù. Di Hain e Lima neanche l'ombra. Poteva raggiungere il capitano del porto, il suo telefono, nel giro di pochi secondi. Una sola telefonata e l'avrebbero tratta in salvo.

No. Chiuse gli occhi. *Attieniti al piano.*

Dopo un paio di minuti di attesa, aprì il suo zaino e tirò fuori la sveglia di Stelzik. Erano le 12:17. Il traghetto non sarebbe ripartito prima delle 17:00. Voleva davvero aspettare altre cinque ore quando c'era un cellulare funzionante a meno di duecento metri da lei? Guardò il capitano. Poteva chiamare subito la polizia. A quell'ora avrebbe già potuto farlo, e i soccorsi si sarebbero già mossi. Paura, coraggio, indecisione: fu travolta da mille sensazioni contemporaneamente.

Hain e Lima non sono qua.

Attieniti al piano.

Sono occupati dall'altra parte dell'isola.

No, piantala.

Non avrai più un'occasione come questa.

Prendi quel telefono e fai quella telefonata.

No.

A quest'ora poteva già essere tutto finito.

No. È troppo rischioso.

A quest'ora poteva essere tutto finito. Ora saresti al telefono con le tue bambine...

Il suo corpo si mosse ancora prima che il suo cervello se ne rendesse conto.

Schizzò in piedi e partì di gran carriera, lasciando la bici nell'erba, scese Main Street e varcò i cancelli del porto. Fu in quel momento che il capitano la vide. Stava correndo, quasi inciampò. Più si avvicinava, più lui assumeva un'espressione preoccupata.

«Tutto bene, signore?» le chiese, e lei si fece prendere dal panico. Era travestita da uomo, ma aprendo bocca si sarebbe tradita immediatamente. Non si era mai esercitata. Non aveva mai pensato al fatto che avrebbe dovuto parlare con qualcuno. E adesso? Poteva fingere di avere un accento straniero? Parlare con voce profonda? *Stupida.* D'un tratto si odiò per la sua stupidità, per la sua impulsività. *Brutta stupida. Dovevi restare dov'eri.*

«Signore? Tutto okay?»

Incrociò lo sguardo del capitano del porto. Si era fermata a pochi passi da lui, senza fiato, gli occhi pieni di lacrime. La gentilezza sul viso di quell'uomo, nel sorriso che gli tendeva gli angoli della bocca, riuscì a disarmarla. Era passato così tanto tempo dall'ultima volta che aveva visto segni di bontà in un'altra persona che quasi non riusciva a ricordare come fosse.

«Io, ehm... mi chiamo...» Ammutolì. La voce che aveva sentito era esattamente la sua. *Che faccio? Come parlo?*

Il capitano si accigliò, e Rebekah si rese conto che nel preciso istante in cui aveva parlato – nonostante l'abbigliamento, nonostante i capelli, nonostante le ore passate davanti allo specchio per travestirsi – lui aveva capito che era una donna.

«Ehm...» Ora non sapeva più come rivolgersi a lei. «Signorina?»

«Mi chiamo Rebekah» disse lei.

Il nome non gli diceva nulla, questo era evidente.

«Va tutto bene, Rebekah?» le domandò.

«No» rispose. «Sono rimasta intrappolata qui.»

Lui appoggiò il caffè. «Cosa?»

«Sono rimasta intrappolata qui per cinque mesi.»

Il capitano fece una faccia strana, non capendo se stesse scherzando oppure no. «Lei è...» Lanciò un'occhiata al traghetto. «È sull'isola da Halloween dell'anno scorso?»

Rebekah annuì, deglutì.

Lui sembrava rimasto senza parole. «Cosa... come?»

A lei si mozzò il respiro. Le si appannò la vista.

Diglielo. Devi dirglielo.

«Qualcuno ha tentato di uccidermi.»

55

Il capitano del porto le disse che si chiamava Caleb.

Le scaffalature all'interno del casotto erano stracariche, ma l'attenzione di Rebekah fu catturata dalla ricetrasmittente VHF. Era sulla scrivania, chiaramente portata quella mattina, perché non c'era quando aveva sbirciato dentro. In alto c'era un tasto arancione per lanciare l'SOS.

«Dobbiamo chiamare la polizia» disse Caleb, e intanto la osservava con curiosità, forse persino diffidenza. Faticava ancora a comprendere l'enormità della sua dichiarazione. «È veramente rimasta sull'isola per tutto questo tempo?»

Rebekah aggrottò le sopracciglia. «Perché dovrei mentire?»

Lui alzò una mano. «Non la sto accusando.»

«Lo so, è solo che...» Prese un bel respiro. «Mi scusi. Sono venuta qua con mio fratello e non so dove sia finito.»

«Vi siete separati?»

«Nella foresta, quando hanno cercato di ucciderci. Non so se Johnny sia vivo o morto. Non so se sia stato seppellito laggiù da qualche parte o se sia riuscito a tornare a casa.»

Ma la domanda che si era fatta ogni santo giorno negli ultimi cinque mesi era un'altra: se era *davvero* riuscito a tornare a casa, se era ancora vivo, perché non aveva mandato i soccorsi?

«Il tizio che ha tentato di uccidermi è qua adesso.»

«Sull'isola?»

Rebekah annuì, ma Caleb aveva una faccia strana. La stava solamente assecondando? Non le credeva? Aveva fatto bene a fidarsi di lui? Ricominciò ad andare nel panico – il senso di oppressione al torace, un nodo alla gola – ma cercò di ritrovare la calma, di respirare, di riflettere. Ormai era in ballo e doveva ballare. Aveva fatto la sua scelta decidendo di non seguire il piano.

Caleb lanciò uno sguardo fuori dalla finestra, verso il parcheggio deserto e l'oceano. «Okay, be', la cosa più importante è che adesso sta qua con me, al sicuro.» Rebekah non sapeva se fosse così vero e nemmeno lui sembrava troppo convinto. Stava chiaramente cercando di definire una linea d'azione. «Mi stava dicendo che il tizio che ha tentato di ucciderla le ha preso il cellulare?»

Alla menzione del cellulare, Rebekah tornò sull'attenti. «Posso usare il suo telefono?» chiese. «Devo chiamare a casa. Devo parlare con le mie bambine.»

Caleb staccò il cellulare dalla cintura.

E in quel momento Rebekah pensò a Hain e Lima.

Il traghetto era attraccato da meno di un'ora e mezzo, quindi, dato che ignoravano che non avrebbero mai ritrovato il suo corpo, probabilmente erano ancora nella foresta, tra gli alberi.

Probabilmente.

Ma non poteva esserne certa.

Guardò fuori dalla finestra, tra la foschia che aleggiava sopra il porto, poi abbassò lo sguardo, si rimirò le mani giunte in grembo. Aveva le unghie sporche di terra e fango, segni dei cinque mesi che aveva passato lì, cercando di sopravvivere senza alcun aiuto, incrostate malgrado le avesse lavate mille volte. Aveva piccoli tagli ovunque, lividi su braccia e gambe. Spesso le facevano male il collo e la testa, certi giorni peggio di altri, per via della caduta nel canalone. Aveva medicato, cucito e fasciato la ferita, aveva tolto i punti quando era guarita, ma era sempre lì. E quando vide lo sporco sotto le unghie, ogni promemoria di ciò che aveva vissuto, il dubbio ricominciò a divorarla. *Quest'uomo non può proteggermi.*

Dovevo seguire il piano.

«Signorina?»

Rebekah alzò gli occhi.

Caleb le stava porgendo il cellulare.

Lo prese. «Grazie» disse, e ogni dubbio svanì non appena guardò lo schermo: in alto a destra c'era il nome del gestore telefonico, accanto quattro tacche di segnale.

È reale. Sta succedendo davvero.

Finalmente poteva chiamare a casa.

E poi qualcuno bussò alla porta del casotto.

Una nuova vita

Travis si svegliò con il rumore del vento alle finestre. Rimase sdraiato per qualche secondo, in dormiveglia, in ascolto del maltempo, del suo ritmo, del ronzio del quartiere. Poi si girò su un fianco e guardò l'ora.

Erano le nove e venti.

In una vita passata, a quell'ora sarebbe già stato in ufficio da due, tre ore. Svegliarsi presto aveva sempre fatto parte della sua routine, un'abitudine presa i primi tempi in cui aveva iniziato a fare l'ispettore. Prima si svegliava, più tempo aveva per lavorare in tranquillità. La tranquillità lo aveva sempre aiutato a concentrarsi. A volte, in quelle prime ore del mattino, un'indagine riusciva a prenderlo così tanto che, quando alzava gli occhi credendo che fosse passata mezz'ora, in realtà era già pomeriggio.

Ma quei tempi erano finiti.

Si sedette sul bordo del letto e si guardò allo specchio. Aveva le spalle anchilosate. Le ruotò, avvertendo la solita fitta all'anca, e fissò il riflesso del sessantenne che gli restituiva lo sguardo. Negli ultimi due mesi aveva messo su qualche chilo di troppo e pian piano aveva iniziato a notarsi sia sulla pancia che sul viso; barba e capelli erano ancora abbastanza neri, ma più si lasciava crescere la barba, più spuntavano peletti grigi. La differenza più grande era più difficile da individuare: sembrava rimpicciolito, meno imponente, come se avesse perso per strada una parte di sé, o l'avesse abbandonata definitivamente. Se fosse stato seduto a un tavolo degli interrogatori, il poliziotto che era stato un tempo avrebbe guardato quella versione di sé stesso e avrebbe visto un uomo segnato da una tristezza tangibile, come un livido sulla pelle. Era come se stesse piangendo la scomparsa di qualcuno.

O di qualcosa.

«Papà?»

Distolse l'attenzione dallo specchio. Gaby era appoggiata allo stipite della porta e Travis capì che doveva essere lì già da un po'. Lo stava osservando con aria perplessa. «Buongiorno, tesoro» le disse, sforzandosi di sorridere.

«Tutto okay?»

«Io sì, e tu?»

Gaby fece spallucce.

Si era messa un suo vecchio accappatoio, enorme per lei, e aveva i capelli bagnati. Era una ventunenne alta e bionda e assomigliava incredibilmente a sua madre; solo il sorriso era quello di Travis. Era identico al suo, ed era per questo che amava farla ridere. Quando rideva cambiava completamente espressione, e questo contribuiva a cancellare la somiglianza con Naomi, promemoria degli innumerevoli modi in cui la sua ex moglie aveva cercato di distruggergli la vita dopo il divorzio.

Aveva permesso che il rancore di Naomi venisse portato all'esasperazione, anche se nel corso degli anni aveva fatto del suo meglio per spiegare le cose a Gaby e Mark. Negli ultimi dieci giorni, tuttavia, era stato particolarmente importante mantenere il controllo, seppellire la rabbia che provava nei confronti dell'ex moglie e cercare di dimenticarla, perché altrimenti si sarebbe aperta una voragine tra lui e i suoi figli. Forse meno con Mark che con Gaby: suo figlio era già tornato a Los Angeles ed era più come Naomi: composto, pragmatico, a volte distaccato. Gaby era diversa, più simile a lui, molto più espansiva ed equilibrata. Non aveva certo bisogno che Travis le ricordasse in quanti modi Naomi aveva trasformato la sua vita in un inferno, quanti soldi gli aveva spillato, quanto lo aveva ferito con ogni suo commento velenoso.

Perché Naomi era morta da poco.

«Oggi potrei fare un salto al cimitero» disse Gaby.

Travis annuì.

«Vorrei mettere dei gigli sulla tomba di mamma.»

«Giusto, tesoro. Lei amava i gigli. È una buona idea.»

Sua figlia lo scrutò con curiosità. «Non ti va di venire con me?»

«Non è questo» disse lui, anche se non era del tutto vero. «Mi farebbe tanto piacere accompagnarti, ma ho appuntamento con Amy Houser a mezzogiorno.»

«La tua amica della polizia?» Un sorriso tese gli angoli delle labbra di Gaby. «È impegnata con qualcuno?»

Travis rise. «Potrei essere suo padre, tesoro. Comunque no, non so se frequenta qualcuno. Non le ho mai chiesto della sua vita sentimentale, sarebbe inquietante. Ma anche se fosse, sono abbastanza sicuro che Amy, o qualunque altra donna sotto i cinquantacinque anni se è per questo, non sia interessata a un vecchio che passa le sue giornate a guardare la tv avvolto in un accappatoio di spugna.»

Gaby scoppiò a ridere.

Quanto amava il suono di quella risata.

«Vorrei soltanto che tu incontrassi qualcuno» disse lei.

Era diventato un ritornello familiare nel corso degli anni, ma a lui non dava fastidio. Glielo diceva a fin di bene. Amava sua figlia e sapeva che a preoccuparla era il pensiero di saperlo da solo per il resto della sua vita. La verità era che certe persone non erano destinate alla vita di coppia, erano destinate a stare da sole, ma tirò fuori la solita replica di rito: «Guarda che io sono felice, tesoro. Non devi preoccuparti per me, davvero.»

Solo che ogni volta che lo diceva non sapeva mai se le stesse mentendo oppure no; non si sentiva veramente infelice, solo un po' perso. Gli mancavano terribilmente il lavoro e la vecchia quotidianità. Ecco perché se n'era andato – e lo aveva visto anche guardandosi allo specchio – con la morte nel cuore. Perché era così.

Erano passati tre mesi dal giorno in cui era andato in pensione.

E stava ancora piangendo il lavoro che aveva perso.

56

Rebekah era talmente presa dal cellulare di Caleb che, in un primo momento, nemmeno si accorse che avevano bussato alla porta, e quando se ne accorse il capitano stava già aprendo. Guardò prima lui, poi la finestra, e dal vetro l'uomo che stava aspettando fuori con una specie di volantino in mano.

«Come va, vecchio mio?»

Al suono della sua voce, il tempo parve rallentare.

Era lui.

Oh, merda. È Lima.

«Io tutto bene» rispose Caleb.

«Ottimo. Riconosci questa donna?»

A Rebekah si fermò il cuore. Vide sbucare dalla porta la mano di Lima, la foto che la ritraeva. Da vicino capì che era quella della sua patente. Posò gli occhi su Caleb, poi scivolò giù dalla sedia, in ginocchio, e gattonò sotto la scrivania. Quando si rese conto di aver fatto una stupidaggine – così si era messa in trappola, si era resa un facile bersaglio – ormai era troppo tardi: il capitano del porto stava rispondendo.

«No» disse. «Non ha un'aria familiare. Chi è?»

Gli lanciò uno sguardo. Lui non si voltò; non girò la testa, e neppure gli occhi. Non si mosse di un millimetro.

Sta cercando di proteggermi.

«Nessuno ha chiesto di lei?» chiese Lima. «Non hai visto la sua auto? Una Cherokee blu?»

Aveva ignorato la domanda di Caleb, ma quella non era l'unica cosa che l'aveva colpita: perché stava chiedendo della Jeep se doveva averla vista parcheggiata a Simmons Gully?

«No» si limitò a dire Caleb.

«Quindi non l'hai vista?»

«No.»

Un attimo di silenzio.

Ma era cambiato qualcosa, l'atmosfera sembrava più pesante. Lima ha intuito qualcosa, pensò Rebekah. Cominciò a pruderle la gola, come se le fosse andato di traverso un insetto.

E poi le cadde l'occhio sul cellulare.

Chiama il 911.

Pigiò il 9 e il tasto suonò debolmente.

All'interno del casotto, riecheggiò come un grido. Rebekah abbassò al massimo il volume e si accinse a comporre il resto del numero, ma a quel punto Lima si era rimesso a parlare: «Sicuro che nessuno sia venuto a chiedere di lei o della sua macchina?»

«Sicurissimo» ribadì Caleb.

Di nuovo la sua auto.

Perché stava chiedendo dell'auto?

Ci arrivò un secondo dopo. *Merda. La gomma.* L'ultimo giorno della stagione, Lima l'aveva squarciata con un coltello, ma lei l'aveva cambiata. Ecco perché era venuto via dalla foresta. Ecco perché era tornato subito a Helena. Ecco perché era lì: perché aveva dato un'occhiata alla gomma nuova della Jeep e aveva capito che era successo qualcosa.

«Quante domande» commentò Caleb. «Cos'è, sei un poliziotto?»

«Già, qualcosa del genere.»

«Qualcosa del genere? E che significa?»

Basta, Caleb, pensò Rebekah. Non lo provocare. Lascia che se ne vada. Sopra di lei, dalla finestra alla sua sinistra, riusciva a scorgere il ciglio erboso da cui era venuta.

Perché non era rimasta là?

Perché non aveva seguito il piano?

Pigiò il tasto 1 sul cellulare.

«Allora, sei un poliziotto o no?» insistette Caleb. Stava tentando di aiutarla, stava cercando di ottenere qualche risposta, ma in realtà stava solamente peggiorando le cose.

Smettila di fare domande.

Un altro 1.

«Se sei un poliziotto, dov'è il tuo tesserino?»

Rebekah era rimasta con il dito sospeso sopra il tasto verde. Finché Lima restava lì, non poteva parlare con la polizia.

Fissò quel 911 sullo schermo.

«Dov'è il mio tesserino?» ripeté Lima dalla porta.

Rebekah si guardò attorno in cerca di un'arma. Sugli scaffali tra lei e Caleb c'era una chiave inglese. Non era molto pesante, ma a mali estremi poteva andare.

Iniziò a gattonare in quella direzione.

A metà strada, si fermò di colpo. Proprio alla destra di Caleb c'erano altri scaffali, e la sua mano si stava muovendo in quella direzione, fuori dalla visuale di Lima.

No, Caleb.

Ti prego, non farlo.

Stava provando a prendere un martello.

57

«Allora?» lo incalzò Caleb. «Dov'è il tuo tesserino?»

Essendo sgusciata via dalla scrivania, adesso Rebekah riusciva a scorgere parte del profilo di Lima. Quando il capitano gli chiese ancora del tesserino, lui si voltò a guardare il parcheggio. Ci mise un secondo a capire perché: si stava assicurando che non ci fosse nessuno.

Ma Rebekah non ebbe nemmeno il tempo di formulare il pensiero per intero.

In un battito di ciglia, Caleb fu spinto indietro, verso gli scaffali dai quali aveva provato a prendere il martello, e andò a sbattere contro la parete opposta. Barattoli di chiodi, vecchi pezzi di ricambio e pelli di daino gli si rovesciarono addosso. Non fece in tempo a cadere che Lima entrò nel casotto, si chinò e lo prese per il collo.

L'altra mano era dentro il giubbotto.

Sta prendendo la pistola.

Rebekah si diede una spinta e schizzò in avanti. Vide lo stupore negli occhi di Lima, l'orrore, la sua pelle abbronzata che sbiancava alla vista di una donna che credeva morta. Poi spostò l'attenzione sugli scaffali accanto a lei: non sapeva che cosa mancasse all'appello, sapeva soltanto che aveva preso qualcosa. Tentò di tirarsi su, di voltarsi, di estrarre la pistola. Ma lei gli era già addosso.

La chiave inglese calò con forza sulla sua tempia.

Produsse un rumore sordo, come quando si lascia cadere una fetta di carne cruda su un tagliere, e Lima crollò goffamente in avanti, verso destra, andando a sbattere contro le scaffalature. Stringeva la pistola, ma era intontito: la cercò con lo sguardo, gli occhi non riuscivano a metterla a fuoco, le mani intente a cercare appigli sul pavimento.

Rebekah lo disarmò con un calcio, facendogli spalancare le dita.

Quando la pistola tintinnò sul pavimento, a lui cedettero le braccia e cadde a terra. Atterrò su un tappeto di chiodi da carpentiere e, pungendosi, lanciò un grido di dolore. Tentò subito di rimettersi in ginocchio, ma era stordito. Non riusciva a ritrovare l'equilibrio. Premendogli un piede sulla schiena, Rebekah lo spinse giù.

Non aveva un piano, non sapeva che cosa fare, e in quel momento si ricordò di Caleb: era accasciato contro gli scaffali, immobile. Nel trambusto, gli era caduto in testa il pezzo di un motore e adesso stava sanguinando. Era privo di sensi.

Lima invece aveva ricominciato a muoversi.

Merda.

Diede un'occhiata prima a lui, poi a Caleb, quindi si voltò a controllare il parcheggio: un Dodge Ram nero stava scendendo verso il porto da Main Street e si stava tirando dietro un rimorchio con un altro veicolo caricato sopra: la sua Cherokee.

Incrociò lo sguardo dell'uomo alla guida del pick-up.

Hain.

Rebekah afferrò il suo zaino e si precipitò fuori dal casotto. Sentì il pick-up di Hain sgassare nel parcheggio alle sue spalle, ma non si voltò. Si arrampicò su un muraglione di cemento, una difesa contro il mare grosso in caso di tempesta, e trenta secondi dopo raggiunse Main Street e cominciò a cercare aiuto. Ma non c'era nessuno in giro. Helena era deserta.

«Aiuto!» urlò disperata. «*Aiutatemi!*»

Corse verso l'emporio in cui aveva dormito per mesi, ripensando agli uomini che aveva visto quella mattina. Aveva immaginato che fossero i proprietari del negozio. Aveva dato per scontato che avrebbero aperto subito.

Ma si era sbagliata.

L'emporio era chiuso e non c'era anima viva in giro. Andò in fondo a Main Street, verso il caccia e pesca.

Anche quello era chiuso.

In preda al panico, diede una rapida occhiata al resto degli edifici sbarrati, agli altri negozi che davano sulla strada principale. Non ce n'era nemmeno uno aperto. Non c'erano segni di vita. C'erano solo Hain, Lima, Caleb e lei.

Ma poi riemerse da dietro il caccia e pesca e osservò il parcheggio in fondo alla discesa, a una sessantina di metri da lei.

Il traghetto.

C'erano due uomini dietro la vetrata che dava sul ponte.

«Aiuto!» urlò, sbracciandosi a più non posso. «Aiutatemi, mi hanno aggredita!» Nessuno dei due si voltò a guardare nella sua direzione. Non potevano sentirla da quella distanza. «Aiutatemi! Vi prego, aiuta...»

Ammutolì di colpo.

Hain era arrivato ai piedi della rampa. I loro sguardi si incrociarono, la sua espressione cupa come la notte. E poi le disse qualcosa.

Non riuscì a sentirlo.

Ma lesse il labiale.

'Sei morta, cazzo.'

Tornò sui suoi passi per risalire Main Street mentre Hain faceva uno scatto verso il suo Ram. Poteva correre, era in forma, poteva macinare chilometri e chilometri senza mai fermarsi, ma c'era una cosa che non poteva fare.

Non poteva seminare una macchina.

Sentì il rombo del motore alle sue spalle, il peso delle gomme del Ram sulla rampa del porto.

E le venne un'idea.

Un'idea stupida, una mossa disperata.

La soluzione

Travis si fece una doccia e scese al piano di sotto.

Il funerale di Naomi era la principale ragione per cui si era svegliato così tardi: la sera prima, dopo aver lasciato Mark all'aeroporto intorno alle nove, lui e Gaby si erano visti con alcuni vecchi amici di famiglia in un locale su Hillside Avenue e avevano bevuto troppo. L'alcol e il dolore per un lutto non sono un'accoppiata vincente, e quando erano tornati a casa Gaby era scoppiata in lacrime e aveva pianto per la morte di sua madre. Aveva singhiozzato quasi ogni santo giorno negli ultimi due mesi, da quando, di punto in bianco, a Naomi era stato diagnosticato un cancro in fase terminale, e i ragazzi avevano cominciato a fare avanti e indietro a ogni nuova diagnosi, ogni volta che i medici ripetevano che non le restava molto da vivere e lei invece dava segni di ripresa.

Nelle tre occasioni in cui Travis era andato a trovare l'ex moglie – perché gli era sembrata la cosa giusta da fare nelle sue ultime settimane di vita – lei gli aveva detto che era stato un marito di merda, dando voce alle solite critiche di sempre, e lui le aveva permesso di sfogarsi, perché non aveva senso litigare un'altra volta. Era quello il vero motivo, a prescindere dagli impegni presi con Amy Houser, per cui non voleva portare dei fiori sulla tomba di Naomi, in un tetro cimitero a pochi passi dalla superstrada che portava a Long Island.

Quindi, dopo essersi fatto una doccia ed essere sceso, si accomodò di fronte a Gaby al tavolo della cucina. Mangiarono delle uova, bevvero del caffè e parlarono degli impegni di lei, e alle dieci Mark gli mandò un sms per dirgli che il volo per Los Angeles era andato bene, che era già al lavoro e che gli mancavano tanto. Travis archiviò il messaggio, mettendolo insieme agli altri ricevuti nel corso degli anni in cui suo figlio aveva scritto cose inaspettate o si era mostrato insolitamente affettuoso. Travis si era sempre dovuto sforzare più con Mark che con Gaby, ma era per quei momenti, per quanto rari, che ne era valsa la pena.

«Pensi che la gente abbia quello che si merita, papà?»

Travis alzò gli occhi dal cellulare.

«Voglio dire, hai seguito un sacco di casi nella tua carriera, giusto?» Gaby giocherellò con le uova che aveva lasciato nel piatto. «Non so, la storia di mamma e tutto il resto mi ha fatto pensare al tuo lavoro.»

Lui rimase a guardarla per un momento, aspettando che continuasse.

«Deve averti portato a farti chissà quante domande sulla vita» disse lei; sembrava avere qualche difficoltà ad articolare i suoi pensieri adesso, dopo il trauma dell'ultima settimana. Mise giù la forchetta. «Cioè, come hai fatto a razionalizzare tutto?»

Travis si strinse nelle spalle. «Non penso sia possibile.»

«Non ci hai mai provato?»

Si allungò per prendere la mano della figlia e stringerla delicatamente. Sulle prime pensò di smussare gli angoli della sua risposta per non dirle cose che, a ventiquattr'ore dalla morte di sua madre, la schiacciassero completamente. Ma non voleva mentire. Non adesso, non oggi. Così le strinse di nuovo la mano, la guardò negli occhi e disse: «Mi sono unito al NYPD nel 1983 e, in trentasei anni di carriera, ho visto cose che non avevano alcun senso. Vai in certi posti, sulle scene del crimine, e vedi che cosa è in grado di fare un essere umano a un suo simile, e devi prenderti un attimo per provare a schiarirti le idee. Perché è impossibile capire. Cioè, tutte le regole che ci siamo dati, non solo attraverso un pezzo di carta ma nella vita, leggi che non dobbiamo scrivere e sbandierare ai quattro venti ma che seguiamo e basta, su quelle scene del crimine sono andate a farsi benedire. Tu te ne stai lì e pensi: come si può arrivare a tanto? All'inizio c'era sempre una piccola parte di me, una vocina nella mia testa, che diceva: 'Non risolverai mai questo caso perché non puoi comprenderlo. Questo crimine è così efferato, così brutale, così indicibilmente atroce, e tu sei una persona troppo ordinaria.'»

«Quindi mi stai dicendo che certe cose non posso essere razionalizzate?»

«Non lo so di preciso, tesoro, ma posso dirti che cosa ho imparato facendo il poliziotto, perché penso sia molto simile a quello che ho imparato nella vita. Era un lavoro incredibile e terrificante. Mi stupiva e mi riempiva di gioia, e poi, l'attimo dopo, non solo mi prendeva alla sprovvista, mi faceva proprio crollare il terreno sotto i piedi. Lo amavo e lo odiavo. Mi faceva sentire dio e poi mi feriva profondamente. Saranno passati centinaia di casi sulla mia scrivania, e nel complesso credo di aver fatto un buon lavoro. Ho commesso degli errori, però ho fatto anche delle cose buone. Ma lascia che te lo dica, è molto più difficile ricordare le cose buone che quelle che ti hanno fatto penare. I casi che non ho risolto, dove c'è chi l'ha fatta franca, quelli bruciano ancora.»

Dopodiché le disse che le voleva bene e intuì a cosa stava pensando. Credeva che le cose che le aveva detto, che aveva imparato facendo il poliziotto, fossero un'allegoria di ciò che sentiva lei per la morte di sua madre. Probabilmente pensava che nel discorso sui casi irrisolti – che bruciavano ancora, che oscuravano i suoi successi – ci fosse un'analogia con il dolore che stava provando lei. La morte di una persona cara metteva in secondo piano più di mille momenti belli.

Ma la sua non era un'allegoria.

Era una descrizione letterale del suo stato d'animo: della sua frustrazione per i fallimenti, per essere stato costretto ad andare in pensione prima del tempo, per aver dovuto voltare le spalle a tre persone.

Louise Mason.

Johnny Murphy.

E sua sorella, Rebekah.

Le scomparse dei Murphy gli erano piovute tra capo e collo quell'ultima settimana, e non aveva fatto altro che sbattere contro una serie di muri. Persino i tabulati telefonici, la sua più grande speranza per scoprire dove fossero andati quel giorno, erano stati un buco nell'acqua. Ricordava la sera in cui aveva ricevuto i file, l'eccitazione che aveva provato, il brivido e poi l'amara delusione. Le celle agganciate dai cellulari gli avevano permesso di ricostruire i loro movimenti, dalle loro case a Brooklyn a Long Island, al porto di Montauk, e da lì fino a un isolotto chiamato Crow Island, a più di centosessanta chilometri dalla costa. Travis aveva subito ricollegato l'isola a certi criptici appunti che aveva trovato a casa di Johnny Murphy, e i tabulati gli avevano anche confermato una cosa alla quale aveva pensato anche prima: che i due fratelli erano andati a Long Island per prendere un traghetto.

Più tardi, quello stesso giorno, Johnny e sua sorella avevano ripreso il traghetto e la superstrada. Poi, per ragioni che non riusciva a comprendere, avevano imboccato l'I-95 in direzione nord, verso il Connecticut, e i loro cellulari si erano spenti alle porte di Stamford, a circa venticinque chilometri da casa loro. Perché erano andati da quella parte? Che cosa c'era in Connecticut? Nessuno dei due sembrava avere amici o parenti in quello Stato. Aveva allertato le pattuglie stradali, ma l'auto di Rebekah, una Jeep Cherokee, non era mai stata avvistata né a Stamford né nei dintorni, e da quel momento in poi i due cellulari non erano mai stati riaccesi.

Era stata quella sera, tre giorni prima di andare in pensione, che il caso si era arenato. Non era mai riuscito a capire che cosa fosse successo ai fratelli Murphy. Non aveva trovato una soluzione a quel rompicapo.

E non l'aveva trovata nemmeno nel caso di Louise Mason.

Con lei ci aveva provato per tre mesi, poi aveva raddoppiato gli sforzi quando era scomparso anche Johnny Murphy – perché in cuor suo sapeva che i due casi erano collegati, che uno si inseriva nell'altro – ma alla fine con Louise aveva fallito. Non era riuscito a trovarla e, peggio ancora, non aveva mai dato una risposta alla sua famiglia. Louise, Johnny Murphy, sua sorella: erano diventate tre persone che aveva dovuto abbandonare al loro destino.

Fino a quel momento, forse.

Si preparò e andò a incontrare Amy Houser.

58

Un'idea stupida, una mossa disperata.

Era così azzardata, così sconsiderata, che al solo pensiero Rebekah rischiò di inciampare, come se le sue gambe si stessero opponendo alle immagini che stavano prendendo forma nella sua testa.

Si voltò, cercò di ignorare tutte le ragioni per non farlo, si tenne vicina agli edifici che davano su Main Street perché la celassero alla vista di Hain, nel parcheggio, e tornò in cima alla discesa che conduceva al porto. Arrivata al caccia e pesca, si fermò e si nascose dietro l'angolo del negozio.

Il pick-up era quasi alla sua altezza.

Rinculò e, schiena al muro, restò in attesa. Fu allora che il dubbio la attanagliò, seguito da una paura che rasentava l'isteria: stava tremando, aveva le lacrime agli occhi e la testa in fiamme. Quando sentì arrivare il Ram, con il cigolio del rimorchio attaccato dietro, si accorse di essersi rotta un'unghia premendola con forza contro i mattoni del muro.

Il pick-up girò l'angolo senza fermarsi e risalì la strada nella direzione da cui era venuta. Rebekah si staccò dal muro e si lanciò all'inseguimento, mettendosi nella scia del rimorchio affinché Hain, controllando dagli specchietti, non potesse vederla.

Doveva mettercela tutta per stargli dietro.

Strinse i denti.

Il cuore le batteva all'impazzata.

Sull'isola era arrivata a toccare punte di dieci chilometri all'ora, ma adesso doveva fare di meglio se voleva tenere il passo del pick-up e del rimorchio che sobbalzava lentamente su Main Street, ormai prossimo ad arrivare in cima alla salita.

Distese le braccia, sfiorò la ribalta di metallo del rimorchio con la punta delle dita. *Forza.* Non appena le ruote del Ram avessero toccato l'asfalto del Loop, sarebbe finita. Ci riprovò, cercò di aggrapparsi a qualcosa, il fiato corto, il battito del cuore che le rimbombava nelle orecchie. *Puoi farcela. Forza, puoi farcela.* Tentò ancora, e ancora, le sue dita si chiusero attorno al metallo, poi scivolarono. Le parve di cadere, pensò che fosse finita.

Ma si era aggrappata.

Trascinata dal veicolo, rischiò di perdere il passo, ma alla fine riuscì a sfruttare lo slancio per spiccare un salto. Piantò i piedi contro la sponda. Lo zaino le sbatté contro la schiena.

Scavalcata la ribalta, si accovacciò un attimo per riprendere fiato. A destra e a sinistra c'erano i chiavistelli che tenevano su la sponda posteriore. Tolse il primo proprio nel momento in cui il Ram arrivò in cima a Main Street. Strisciando verso l'altro, si fece scivolare di spalla lo zaino e aprì la cerniera della tasca in alto. Dentro c'erano le chiavi della sua auto.

Sfilò il secondo chiavistello.

La sponda si ribaltò, colpì l'asfalto sollevando una pioggia di scintille, e Rebekah sentì frenare il pick-up: Hain aveva capito che era successo qualcosa.

Rebekah non perse tempo. Raggiunse il lato di guida, aprì quanto più possibile la portiera e si mise al volante. Lanciò uno sguardo al finestrino rotto, ai vetri disseminati sul tappetino. Vide la giraffa rosa di Kyra e i peli di Roxie sul sedile posteriore. Chiuse la portiera e girò la chiave.

L'auto si accese.

Buttò un occhio sulla spia della benzina per capire quanta ne fosse rimasta. Meno di un quinto del serbatoio. Provò a non lasciarsi demoralizzare. *Posso allontanarmi da Helena, posso trovare le persone che ho visto questa mattina. Devo solo guadagnare tempo e trovare aiuto.*

Ingranò la retromarcia.

La Jeep cadde subito giù dal rimorchio e l'impatto con l'asfalto fu talmente forte che Rebekah si ritrovò sbalzata in avanti e sbatté la fronte contro il volante. Intontita, sentì l'auto sbandare, fuori controllo.

Inchiodò.

Il contraccolpo la sbalzò di nuovo in avanti. Vide i fanalini posteriori del rimorchio avvicinarsi sempre di più, poi l'auto terminò il suo testacoda e si fermò. Ma dietro di lei, visibile dallo specchietto, era apparsa una figura, in cima alla rampa del porto, accanto al caccia e pesca.

Lima.

Sterzando di colpo, usando sia la strada che il ciglio erboso per fare inversione, pestò il piede sull'acceleratore. La Cherokee schizzò in avanti e sfrecciò verso Lima, che lì per lì non si mosse; forse stentava a credere ai suoi occhi, forse non si era ancora ripreso del tutto. Quando capì che cosa stava succedendo e cercò di tirare fuori la pistola, Rebekah provò a metterlo sotto.

Si tolse di mezzo gettandosi sull'asfalto, e quando si rialzò e puntò in aria la pistola, Rebekah stava già girando l'angolo. Stava lasciando Helena nella direzione opposta rispetto alla foresta e all'ostello, verso il faro e la costa ovest.

Superò le sagome delle proprietà abbandonate avvolte dalla foschia, sapendo che stava andando troppo veloce, che era da pazzi su strade come quella. Ma continuò a dare gas, il piede premuto sull'acceleratore.

Più andava verso nord, più la nebbia si diradava, finché non se la lasciò completamente alle spalle. Spuntò il sole, il cielo terso e la spiaggia di ciottoli apparvero alla sua sinistra, seguiti dal faro. Ai suoi piedi c'erano delle piscine naturali e Rebekah vide che la porta era ancora aperta, che sbatteva a causa del vento.

Rallentò leggermente e si sporse in avanti, socchiudendo gli occhi. Le era sembrato di vedere un movimento dietro la porta, nell'oscurità all'interno del faro.

Aveva davvero visto qualcosa?

O lo aveva semplicemente immaginato?

Controllò nello specchietto, in cerca di segni di Hain e Lima, quindi riportò l'attenzione sul faro. Doveva andare a controllare? Doveva fare finta di nulla? Era combattuta e non sapeva cosa fare.

Prese una decisione quando arrivò alla svolta: imboccò il sentiero che portava al lembo di costa su cui sorgeva il faro, con i sassi che tintinnavano sotto il telaio della Cherokee, e suonò il clacson. Iniziò con qualche colpetto, ma poi, avvicinandosi, tenne il pugno premuto al centro del volante.

Nessuna reazione.

Nessun movimento.

Poi sentì qualcosa: una vibrazione distante, un ronzio inghiottito dal rifrangersi delle onde. Ci mise un secondo a capire che cosa fosse.

Cominciò a fare manovra.

Fu allora che lo intravide in mezzo alla nebbia, a sprazzi, come un fantasma che appariva e svaniva nel nulla. E poi, alla fine, emerse dalla foschia.

Il pick-up.

Si erano sbarazzati del rimorchio.

E stavano venendo a prenderla, più veloci che mai.

59

Diede gas.

Tornando verso il Loop, vide dallo specchietto il polverone che si stava sollevando dietro di lei, un vortice grigio e marrone di terra e ghiaia. Alla sua destra, mentre la Jeep continuava a sobbalzare sul terreno dissestato, il Ram riapparve nel suo campo visivo, una sagoma nera e sfuocata, ma capì subito che stava prendendo velocità, sentiva il rombo del motore sopra il fragore delle onde.

Sterzò a sinistra non appena raggiunse il Loop, nella direzione opposta rispetto al pick-up, verso la costa nord. Nemmeno frenò. L'auto sbandò, la curva troppo secca e veloce, e finì nella corsia opposta. Per un lungo e terribile istante non riuscì a riprendere il controllo del mezzo: il motore vibrava come se stesse per esplodere, il muso rivolto verso il ciglio d'erba e un piccolo folto d'alberi. Se una sola ruota fosse finita fuori strada, tutta la macchina le sarebbe andata indietro.

La riprese all'ultimo secondo, correggendo la traiettoria e tornando in carreggiata. Pestò subito sul pedale dell'acceleratore e la Jeep singhiozzò, sussultò, ma alla fine iniziò a prendere velocità. Aveva perso secondi preziosi e sapeva che il pick-up stava recuperando terreno, ma almeno aveva ripreso il controllo della Cherokee.

Più accelerava, più sentiva uno strano ticchettio provenire dal motore, come se sotto il cofano ci fosse qualcosa che non andava, una bomba a orologeria di cui era iniziato il conto alla rovescia. Provò a ignorarlo e controllò lo specchietto. Ormai il Ram era sempre più vicino, tanto che riuscì a vedere chiaramente i suoi due inseguitori, le loro facce, i loro lineamenti, e qualcosa di peggio.

Lima si stava sporgendo dal finestrino.

E impugnava una pistola.

Lo sparo risuonò con forza, squarciò la quiete pomeridiana come il ruggito di un aereo da caccia. Rebekah avvertì come uno strappo sotto di sé, per un attimo pensò che le avesse fatto saltare una gomma, ma poi si rese conto di aver spostato il piede sul freno.

Riportò gli occhi sullo specchietto, su Lima, gli vide prendere di nuovo la mira.

Fa' qualcosa. Muoviti.

Davanti a lei la strada iniziava a curvare verso destra, costeggiando una vecchia segheria chiusa da tempo. L'aveva visitata dopo averla trovata sulla mappa. Di fronte alla segheria c'erano dei pini.

Un altro sparo. Un terzo.

Un proiettile rimbalzò sulla carrozzeria della Jeep, producendo una nota acuta, quasi da cembalo. Quando guardò nello specchietto, Lima aveva ancora l'arma puntata davanti a sé, il polso appoggiato sul telaio nero del finestrino per dare stabilità al braccio. Se avesse colpito una gomma, avrebbe perso il controllo della macchina.

Magari andando a schiantarsi contro i pini alla sua destra.

Magari capovolgendosi.

Doveva impedire a Lima di mandare a segno quel colpo. Doveva mettere la parola fine a quell'inseguimento. La loro auto era più veloce, più nuova, più potente. Continuava a guadagnare terreno. Lei stava già andando a tavoletta. Non poteva accelerare più di così.

E poi le venne in mente una cosa.

Forse non è necessario.

Inchiodò.

Frenò così di colpo che ogni oggetto a bordo della Jeep finì davanti e la giraffa rossa colpì il parabrezza davanti a lei. La cintura di sicurezza le mozzò il respiro, tendendosi tra i suoi seni, e il dolore si diramò ovunque.

Silenzio.

E poi il caos: lo stridio dei freni, le gomme che fischiavano, il motore su di giri quando provarono a cambiare direzione all'ultimo secondo. Ma erano talmente vicini che evitare l'impatto era impossibile.

Il Ram sterzò violentemente verso destra, andando a sbattere contro la Jeep e frantumandole un fanalino posteriore. L'abitacolo tremò e la Cherokee fu spinta in avanti, dondolò e si fermò.

Alla sua destra, dal finestrino rotto, vide il pick-up uscire di strada. Mezzo secondo dopo, andò a schiantarsi contro un albero e finì la sua corsa a pochi metri dal Loop, all'ombra della segheria, il cofano accartocciato come un foglio di giornale. I due uomini furono sbalzati in avanti e gli air bag esplosero in faccia a entrambi.

Dopodiché, come in un video messo in pausa, non si mosse più niente.

C'era solo il fumo che continuava a uscire con un sibilo dal cofano distrutto. La testa di Hain ciondolava contro la portiera, gli occhi chiusi. Non sapeva se fosse vivo o morto, ma di sicuro era privo di sensi. Accanto a lui, Lima era ancora vivo, ma sotto shock. Rebekah controllò la strada dallo specchietto.

Si doveva rigirare?

Doveva tornare a Helena?

Doveva chiamare la polizia prima che quei due si riprendessero completamente, e c'era un solo modo per farlo. Aveva notato il cellulare in carica sopra il cruscotto del Ram. Era rimasto attaccato al cavo malgrado l'impatto: se fosse riuscita a prenderlo, avrebbe potuto chiamare subito la polizia.

Senza indugi, senza attese.

Ma prima doveva salire sulla loro auto.

Ancore di salvezza

Travis lasciò la sua macchina a Gaby per andare al cimitero e si fece dare uno strappo fino alla stazione della metropolitana, sulla Quarantaseiesima strada. Mentre il vagone sfrecciava sottoterra, diretto in città, ripensò alla conversazione che aveva avuto con sua figlia quella mattina, e a dove lo aveva portato.

Ai casi che non era riuscito a risolvere.

Si tastò i pantaloni e sfilò dalla tasca il suo vecchio taccuino, quello che aveva usato al NYPD *dopo essersi unito al nucleo operativo Persone scomparse. Era pieno zeppo di appunti, dalla prima all'ultima pagina. Dopo aver parlato con Gaby, era salito in camera sua e aveva rovistato tra una pila di scatole di scarpe, ed era laggiù, sepolto in una scatola insieme a tutti gli altri taccuini che aveva comprato e finito. Erano una testimonianza di trentasei anni di successi e fallimenti, un testamento della sua vita da poliziotto impresso nero su bianco con l'inchiostro. Ne aveva sfogliati alcuni, ricordando altri casi che aveva seguito e risolto, e poi, temendo di lasciarsi distrarre, li aveva riseppelliti nell'armadio. Tutti tranne uno.*

Quello.

Quello che conteneva i suoi appunti su Louise Mason.

E su Johnny e Rebekah Murphy.

La gente saliva e scendeva dalla metro, le fermate si susseguivano, ma Travis quasi non se ne accorgeva. Tutto era cominciato con Louise, perciò ripartì da lì. Era un caso che conosceva a memoria e i dettagli della sua scomparsa erano marchiati a fuoco nella sua mente. A colpirlo in modo particolare era stato il rapporto che la legava ai suoi genitori, la disperazione che avevano provato quando, pochi giorni prima di andare in pensione, era tornato da loro per comunicare a entrambi che non aveva ancora trovato la loro figlia. Spesso, di notte, quando non riusciva a dormire, restava sdraiato al buio, osservava il soffitto della sua stanza e si metteva nei loro panni, immaginava che a essere scomparsa fosse Gaby, e provava tutto quello che stavano vivendo i genitori di Louise. Il dolore era immenso.

Murphy e sua sorella non li conosceva altrettanto bene, ma, a prescindere da cosa fosse successo, Travis era convinto che le loro scomparse fossero collegate a quella di Louise. Non era mai riuscito a dimostrare un coinvolgimento di Murphy, e inoltre l'istinto gli diceva che lui non c'entrava niente. Non corrispondeva al profilo di un rapitore, e sua sorella non avrebbe mai abbandonato le sue bambine.

E poi c'erano quelle celle telefoniche agganciate dai loro cellulari, quella deviazione in Connecticut per motivi che non comprendeva. E più non capiva, più il senso di frustrazione aumentava.

Quando aveva lasciato la polizia, aveva pensato di chiedere un favore a qualcuno, a un vecchio collega che magari si sarebbe lasciato convincere a fare qualche ricerca al suo posto, recuperando documenti e seguendo altre piste, ma Louise e Murphy erano scomparsi da parecchio tempo. Mancavano da mesi. C'erano centinaia di altri casi che venivano prima dei loro, crimini confermati, omicidi, stupri e rapine a cui dare la priorità. E forse c'era anche un'altra ragione più pressante per cui Travis non riusciva a passare il testimone: nessuno conosceva quei casi quanto lui, e non si fidava di nessuno.

Ma poi lo aveva chiamato Amy Houser.

Amy Houser sarebbe stata la sua àncora di salvezza.

Travis aspettò Houser su una panchina in fondo a Columbus Park, accanto ad alcuni bambini che stavano giocando ad arrampicarsi. Faceva freddo ma loro si stavano divertendo, e mentre li osservava, mentre sorrideva sentendoli strillare felici, si chiese se sarebbe mai diventato nonno. Forse di lì a qualche anno Gaby gli avrebbe dato un nipotino, ma non Mark; aveva già messo in chiaro che non voleva avere figli e, quando l'aveva detto a suo padre, Travis aveva avvertito una strana fitta di rimorso, come se la colpa potesse essere riconducibile a lui: a errori che aveva commesso come genitore, a tutte le volte che non era stato a casa quando avrebbe dovuto, alle attenzioni che, non volendo, aveva mancato di dare ai suoi figli. Malgrado il lavoro molto impegnativo, aveva sempre pensato di essere stato un buon padre, ma la confessione di Mark lo aveva colpito, aveva iniziato a mettere radici, e in un paio di occasioni, dopo il pensionamento, dando il buongiorno all'ennesima giornata da affrontare da solo, si era chiesto se quella solitudine non fosse una specie di punizione.

«Tutto okay, Trav?»

Non aveva visto arrivare Houser.

«Come va, Ames?»

«Tutto bene.» Guardò l'orologio. «Scusa il ritardo. Sono rimasta bloccata nella riunione più lunga e noiosa della storia. Per farmi perdonare ti offrirò il pranzo.»

Travis si alzò. «Non è necessario.»

«Bisogna sempre dare una mano agli anziani» disse lei, facendogli l'occhiolino, e quando si incamminarono verso Mulberry Street, verso il cuore di Chinatown, lo prese a braccetto e iniziò a metterlo al corrente delle ultime novità in ufficio. Gliene fu davvero grato: fu come tornare alla normalità, rientrare a far parte di un mondo che conosceva.

Alla fine, sotto la neve che continuava a cadere, Houser mormorò: «Mi dispiace tanto per Naomi.»

Travis abbozzò un sorriso. «Grazie, piccola.»

«Tu come ti senti?»

«Non so...» rispose con un'alzata di spalle. «Provo sensazioni contrastanti.»

Houser si limitò ad annuire. Travis le aveva parlato del suo matrimonio.

Andarono a mangiare in un ristorante cantonese su Mott Street.

A pranzo parlarono un sacco di lavoro, dei cambiamenti voluti dal nuovo direttore, poi Houser lo sorprese dicendogli che aveva ricevuto una promozione e che era passata all'unità che lavorava ai casi irrisolti.

«Ma è fantastico, Ames.»

Lei gli sorrise. «Grazie, Frank.»

«Farai faville con quella squadra, lo sai, vero?»

Houser lo guardò con chiara ammirazione – non solo per le sue capacità professionali – e Travis si rese davvero conto di quanto gli mancassero le persone con cui aveva lavorato, specialmente lei. Gli mancava vederla ogni giorno. Fatta eccezione per quella sera in cui si erano ubriacati e gli aveva parlato del padre che non aveva mai conosciuto, Houser non era mai stata una che si apriva molto, ma negli anni Travis aveva imparato a conoscerla: era divorziata, andava in palestra, allenava una squadra di softball che militava nel campionato giovanile delle forze dell'ordine e aveva una conoscenza quasi enciclopedica di film d'azione degli anni Ottanta. Da un lato gli era sempre piaciuto non conoscerla fino in fondo, perché col passare del tempo avevano continuato a scoprire cose nuove e interessanti l'uno dell'altra.

«Trentasette anni e sei già vicecapo» aggiunse Travis. «Di qui a qualche anno dirigerai tutta la baracca.»

«Che ti devo dire? Ho imparato dal migliore.»

Continuarono a mangiare e Travis le chiese ancora della promozione. «Quindi è questo che hai in serbo per me? Casi irrisolti?»

«Già» confermò Houser mentre prendeva un gamberetto con i bastoncini. «È fatta al novantanove percento. Devi solo venire al Plaza per le ultime for-

malità. Ovviamente avrai di nuovo accesso al nostro sistema, quindi certi elementi vogliono assicurarsi che tu non sia solo un ciarlatano.»

Gli fece di nuovo l'occhiolino, ma Travis quasi non se ne accorse: stava pensando all'accesso ai database. Era esattamente ciò che gli serviva. Ecco perché Houser era la sua àncora di salvezza. Per quanto provasse a negarlo, perché stravedeva per la collega e rivoleva il suo lavoro, e per quanto si sentisse in colpa, perché quel pranzo con lei non era realmente disinteressato, avere di nuovo accesso al sistema era il vero motivo per cui era andato lì: doveva rientrare in quei database. Aveva bisogno degli archivi della polizia.

Perché era lì che poteva trovare i Murphy.

Era lì che poteva ancora trovare Louise Mason.

60

Quando Rebekah si avvicinò al Ram, nessuno dei due uomini parve accorgersi di lei.

Hain era ancora a capo chino, gli occhi sul volante che si era piegato verso di lui. Lima aveva appoggiato una mano sul navigatore in frantumi e stava cercando di liberare le gambe per uscire dal veicolo. Il cellulare era tra loro, collegato alla porta usb al centro della console. Per staccarlo doveva sporgersi sopra Hain. E se si fosse svegliato? Lima poteva ancora avere la pistola a portata di mano.

Si fermò di colpo, poi si costrinse ad avanzare. Non l'avevano ancora notata, ma a ogni tentativo di scendere dalla macchina, Lima sembrava recuperare le forze. Dopo un po' cambiò strategia: si appoggiò al sedile e diede un calcio a piedi uniti alla portiera.

Rebekah corse verso il cassone del pick-up per avvicinarsi da dietro al finestrino aperto di Hein. Riusciva a vederlo dallo specchietto retrovisore, la testa ancora ciondoloni. Sembrava svenuto: aveva gli occhi chiusi e perdeva sangue dalla testa rasata, un perpetuo stillicidio che stava colando anche sulla fiancata dell'auto.

Era quasi arrivata all'altezza della spalla di Hain quando Lima spalancò la sua portiera. Quando questa tornò indietro per la forza del colpo, la bloccò con la suola dello scarpone. In quel momento parve anche prendere coscienza di dov'era e di come era finito lì. Cominciò a guardarsi attorno: vide i danni riportati dal Ram, vide Hain, poi la Cherokee.

Mi sta cercando.

Rebekah si accovacciò a terra.

Sotto il livello del finestrino, però, era cieca. Poteva soltanto sentire: Lima era ancora in macchina, probabilmente stava cercando di sgusciare fuori. Scrutò la strada – in quel momento desiderava soltanto vedere un'altra auto – poi la segheria, sapendo che da lì non sarebbe giunto alcun aiuto. Più avanti c'erano solo alcuni edifici, grigi da quella distanza. Erano almeno a un chilometro e mezzo da lì. Possibile che là ci fosse qualcuno?

Lima era sceso dalla macchina, davanti agli alberi.

Se voleva prendere il cellulare, doveva farlo subito.

Procedendo di lato come un granchio, raggiunse il finestrino e sbirciò dentro. Da lì aveva una chiara visuale del busto di Lima dall'altro lato del pick-up. Si stava muovendo, spostava il peso da un piede all'altro come se stesse cercando di vedere meglio la Cherokee e Rebekah. Quando fece un passo a sinistra, vide che zoppicava leggermente. Si era ferito.

Girò la testa, ricontrollò la posizione di Hain. Non si era mosso.

Però aveva aperto gli occhi.

Le si mozzò il fiato in gola e, quando restò pietrificata, lui alzò un braccio e tentò di afferrarla per il collo. Rebekah si tirò indietro appena in tempo, ma sbatté la testa contro il tettuccio sopra il finestrino. Riuscì comunque a eludere la sua presa e gli diede una manata in faccia.

L'impatto le fece vibrare tutta la mano, fino al polso.

«Hain?»

Lima si voltò di scatto, controllò la situazione dalla portiera aperta.

E il suo sguardo incrociò quello di Rebekah.

«BRUTTA STRONZA!»

Non poteva girare attorno al muso dell'auto senza dover superare anche i pini, perciò cominciò a zoppicare verso il cassone, trascinandosi dietro il piede.

Rebekah infilò una mano all'interno dell'abitacolo e cercò di prendere il cellulare.

Non si muoveva.

Ritentò e notò due pulsantini identici ai lati del portacellulare in cui era inserito il telefono. Li schiacciò e riprovò a prendere il cellulare.

Non si staccava.

Buttò un occhio su Hain e vide che stava riprendendo conoscenza. Si allungò ancora di più, il cuore che le martellava contro le costole, e non appena chiuse le dita attorno al telefono, non appena riuscì a staccarlo dal portacellulare, cominciò a indietreggiare.

Ma Hain provò di nuovo ad afferrarla.

«No!» urlò lei. «Lasciami andare!»

«Ferma quella puttana!» gridò Lima dalla sua destra. Era da qualche parte dietro il pick-up. Si stava ancora trascinando dietro il piede.

Rebekah armeggiò con la mano libera e tentò di colpire Hain in faccia, al collo, ovunque, ma lui si scansò, evitò tutti i suoi schiaffi.

Strinse la presa attorno al suo braccio.

«No!» urlò di nuovo lei, poi gli diede una gomitata, e stavolta lo prese all'altezza della gola. Hein mollò immediatamente la presa e torse il busto, ma sollevò anche le braccia e le diede un colpo, facendole volare via di mano il cellulare. Lo vide sbattere sul volante, rimbalzare sul cruscotto e saltare fuori dal finestrino dal lato passeggero.

No.

Atterrò tra i pini.

No, no, no.

Rebekah sgusciò fuori dal Ram, sopra il corpo di Hain, e cercò Lima. Era dietro di lei, accanto al cassone della macchina. Ghignava come un pazzo e aveva in mano la pistola.

Girò sui tacchi e lanciò uno sguardo alla Jeep. Era troppo lontana. Non sarebbe riuscita ad arrivare neanche a metà strada prima che Lima finisse di girare attorno al pick-up. E a quel punto si sarebbe ritrovata con un bel proiettile nella schiena.

Quindi le restava un'unica opzione.

Scappare.

61

Passò dalla strada all'erba e infine tra gli alberi, dove le condizioni di luce cambiarono e il vento si placò. Alle sue spalle, Lima si era rimesso a urlare. Poi risuonò un colpo di pistola. Un rumore funesto, uno schianto che squarciò l'aria. Un secondo sparo, un terzo, un quarto. Ma non riusciva a vederla e non aveva idea di dove fosse.

Si stava facendo prendere dal panico.

La mente di Rebekah rievocò un'immagine speculare a quella – lei e Johnny che scappavano per salvarsi a vita, cinque mesi prima – e allungò il passo. Sentiva l'adrenalina che le scorreva nelle vene, l'aria sul viso. Era di nuovo a scuola, tra le righe bianche di una pista di atletica.

I pini si diradarono e la segheria si erse davanti a lei, come un titano riemerso dalle profondità della terra. Stava in piedi per miracolo, le finestre rotte, il tetto di lamiera di arrugginito. Di fronte c'era un enorme campo incolto e pieno di buche, sommerso dall'erba alta quasi quanto lei in alcuni punti, e disseminato di cataste di legna coperte di muschio.

Prima di farsi inghiottire dall'erba, guardò il sentiero a sinistra della segheria, quello che aveva percorso con la Jeep quando era andata a cercare legna asciutta per l'inverno. In auto era l'unico modo per andare e venire. Era anche una scorciatoia che permetteva di raggiungere il tratto del Loop che serviva la costa nord dell'isola. Se andava da quella parte, si sarebbe avvicinata agli edifici che aveva visto prima.

Là potrebbe esserci qualcuno.

Fece uno scatto verso il sentiero.

Ti prego, fa' che ci sia qualcuno.

Fu allora che la vide.

La Cherokee.

Si fermò di colpo, rischiando di inciampare. Lima aveva anticipato la sua mossa. Stava risalendo il sentiero, usando la sua auto per tagliarle la strada.

Merda.

Si guardò attorno, spaventata, disperata. L'ultima volta che era stata lì, d'inverno, quando le temperature erano scese sottozero, tutto ciò che non era stato compattato dalle gelate era spazzato dalle inclementi raffiche di vento che soffiavano dall'Atlantico. Ora che era primavera, sembrava un posto completamente diverso.

Tornò nel campo incolto.

L'erba era talmente alta, talmente fitta, che ostacolava i suoi movimenti. Più avanzava, più era difficile capire in quale direzione stava andando e perse il senso dell'orientamento. Senza la neve e le gelate, l'erba non aveva nulla che la tenesse immobile: quando l'aria era ferma, Rebekah riusciva a vedere il sentiero e la Cherokee che lo stava percorrendo, ma quando si alzava il vento, l'erba prendeva a ondeggiare come un mare in tempesta e si gonfiava attorno a lei, confondendola, intrappolandola.

Rallentò.

Cercò di fare il punto della situazione: riusciva a sentire l'oceano e il borbottio della Cherokee sopra il sussurro dell'erba e capì che poteva usare quei suoni per orientarsi. L'oceano era alle sue spalle, dietro ai pini. La Cherokee alla sua sinistra, a nord. La segheria era proprio davanti a lei, e di lato vide una vecchia rampa parzialmente crollata, quella che un tempo veniva usata per far scivolare le tavole pronte per essere caricate sui camion nel cortile antistante. Poteva usarla per entrare nella segheria. Una volta dentro, poteva provare a uscire dall'altra parte e tornare sul Loop, più avanti. Lima non se ne sarebbe neanche accorto.

Ma poi, all'improvviso, cadde.

Si ritrovò nel fango ancor prima di capire che cosa fosse successo. L'impatto, come un pugno in mezzo al petto, la lasciò senza fiato. Intontita, si voltò per vedere su cosa fosse inciampata. A poco più di un metro da lei c'era un ciocco di legno semicelato dall'erba.

Ogni singola parte del corpo le faceva un male cane.

Aveva sbattuto la spalla e la caviglia.

Si mise carponi, poi si rialzò in piedi e sentì una fitta lancinante alla gamba. Sbirciando tra i fili d'erba agitati dal vento, intravide la Jeep.

La macchina era ferma. Le portiere aperte.

Dentro non c'era nessuno.

Mi sta cercando.

Provò a nascondersi in mezzo all'erba che si muoveva. L'unica cosa che sentiva era il battito del suo cuore che le martellava nelle orecchie, un rimbombo assordante che copriva ogni altro suono. Non sapeva cosa fare perché non sapeva dove fosse Lima. Quegli istanti tra i pini, i pochi secondi in cui aveva assaporato la vittoria, il senso di libertà che aveva provato scappando tra gli alberi, sapendo di essere più veloce di loro, sembravano solo un lontano ricordo.

«Rebekah?»

Raggelò.

Era lui.

Ed era proprio accanto a lei.

Riunioni

Quando tornarono al Police Plaza, Houser dovette chiedere a Travis di registrarsi all'ingresso. Una piccola formalità che lo stranì comunque, perché era anche un po' deprimente: era andato e venuto da quell'edificio per undici anni da quando era entrato a far parte del nucleo operativo Persone scomparse e non si era mai dovuto fermare all'accettazione. Ma adesso era soltanto un civile, un visitatore. Un incarico da consulente esterno e un paio di accessi ai database del NYPD *non avrebbero certo cambiato le cose.*

Presero l'ascensore per raggiungere gli uffici della squadra di Houser. Era un gruppo ristretto e Travis conosceva soltanto un agente. Houser lo presentò agli altri. Una volta finito, disse: «E adesso è tempo di andare a conoscere il capitano.»

Tornarono agli ascensori.

«Perché il capitano è a un piano diverso?» chiese Travis.

«È tutta la mattina che è in riunione. Ha preso il comando appena un mese fa, perciò si sta ancora rimettendo in pari. È originaria del Queens, ma era vicecapo a Newark.»

Houser pigiò il tasto per salire al decimo piano.

«Una donna capitano e una donna vicecapo» commentò Travis mentre le porte dell'ascensore si chiudevano. «Stiamo facendo progressi. Non mi stupisce che si siano sbarazzati di un dinosauro come me.»

«Non si sarebbero dovuti sbarazzare di te e non sei un dinosauro» disse Houser prima di dargli una piccola spallata. «Un uomo di Neanderthal, al limite.»

Travis stava ancora ridendo quando si aprirono le porte dell'ascensore. Si incamminarono verso un ufficio sulla destra, tutto vetrate e avvolgibili di metallo. Dentro c'erano due donne più o meno della stessa età: una la riconobbe, l'altra no.

«Conosci il capo ispettore?»

«Ci siamo incrociati una volta in ascensore» rispose Travis, osservando McKenzie dalla vetrata dell'ufficio. Era seduta alla scrivania e stava scrivendo qualcosa. Accanto a lei c'era il capitano di Houser, che stava parlando con McKenzie ma stava anche fissando Travis. Nonostante il vetro, lui notò il colore rosso fuoco dei suoi capelli e i suoi occhi azzurrissimi: erano stupendi, come un cielo d'estate, ma erano in contrasto con il resto del viso.

Aveva un'aria feroce.

«Hai detto che vi siete incrociati in ascensore?» Houser bussò alla porta, poi ammiccò in modo quasi comico. «Travis, vecchio marpione.»

«Entra pure, Amy» disse McKenzie prima che lui potesse rispondere alla sua battuta.

Entrarono e Houser chiuse la porta. Presentò Travis a McKenzie, poi al capitano Walker.

Walker non aprì bocca.

«Prego» disse McKenzie. «Accomodatevi.»

Travis prese posto accanto a Houser.

«Credo di averla già incontrata, Frank» continuò McKenzie. Lui ripensò a tutte le voci che giravano su di lei, al soprannome che le avevano dato alcuni colleghi maschi – 'la Lesbica' – e in particolare al fatto che, a detta loro, non sorrideva mai, forse perché ne era fisicamente incapace. «Qualche giorno prima che andasse in pensione.»

Lui annuì. «Me lo ricordo, capo.»

«Era prima mattina.»

«Esatto.»

«È riuscito a chiudere il caso su cui stava lavorando?»

Travis lanciò un'occhiata a McKenzie, poi a Walker e infine a Houser. Conoscevano già la risposta, perché dovevano aver visionato tutti i suoi fascicoli, i casi a cui aveva lavorato e quelli che non era riuscito a risolvere, quindi l'unica cosa che volevano da lui era la risposta giusta.

«No» confessò. «Purtroppo il giorno prima di lasciare la polizia mi sono dovuto recare dai genitori della donna che stavo cercando di ritrovare e ammettere di non essere stato in grado di rintracciarla.»

Non era il momento di inventarsi balle per salvare la faccia. Quella era una prova.

McKenzie si limitò ad annuire.

Walker si sporse dalla sua sedia. «So che ha lavorato qua per molto tempo, Frank, e apprezzo che sia tornato a darci una mano. Io sono arrivata solo quattro settimane fa, quindi devo ancora ambientarmi e conoscere tutti un po' meglio. Lei non la conosco se non per quello che ho letto dai rapporti, ma sarò molto sincera con lei. Anche a Newark, non sono mai stata particolarmente favorevole ad affidare le indagini a collaboratori esterni, persino quando si tratta di ex agenti con la sua esperienza.» Quasi non muoveva un muscolo mentre parlava, come se il suo viso fosse una maschera di gesso, e a Travis parve di sentire un vago accento, non di New York, anche se Houser gli aveva detto che veniva da lì, e nemmeno del New Jersey, dove aveva lavorato prima di approdare da loro. Era un accento che veniva da più lontano, ma era talmente leggero che non riusciva a capire da dove. Lei intanto stava dicendo: «Detto ciò, ho saputo che è stato un ottimo agente, apprezzo la sua onestà e la vicecapo Houser dice che possiamo fidarci di lei, quindi per ora questo è sufficiente. Ci è stato dato mandato di riprendere in mano vecchi casi che hanno buone probabilità di essere risolti, e questa ovviamente è una buona notizia, ma abbiamo anche più di dodicimila omicidi irrisolti negli archivi di sotto, reati per cui dobbiamo tornare indietro fino alla metà degli anni Ottanta, e questa non è una buona notizia. Abbiamo bisogno di lei per cominciare ad archiviarne alcuni.»

«Sì, signora.»

Walker, come McKenzie, si limitò ad annuire, poi l'ispettore capo passò a illustrargli i termini del contratto che avrebbe dovuto firmare, incluso il compenso che avrebbe ricevuto. Non era molto, ma a lui andava bene così. Non era tornato per i soldi.

«D'accordo, Frank, e grazie ancora per essere tornato» disse McKenzie concludendo l'incontro. Si alzò e gli strinse la mano mentre Walker apriva la porta. Un attimo dopo Travis e Houser erano di nuovo in ascensore.

«Be', sembra simpatica» commentò lui non appena le porte si furono chiuse.

Houser sorrise. «Quale delle due?»

«Walker.»

«Sono due donne tutte d'un pezzo.»

«Altroché.»

«Ma tu ci sai ancora fare, Trav.»

Lui si accigliò. «In che senso?»

«Sai che cosa dicono di McKenzie, no? O meglio, una delle cose che dicono di lei, cioè che è fisicamente incapace di sorridere?» Houser fece spallucce. «Be', a te ha sorriso. Penso che tu le piaccia.»

Travis si mise a ridere. «Cazzate.»

«Dico sul serio. Usciresti mai con una collega?»

Le porte dell'ascensore si riaprirono.

«Ha dieci anni meno di me.»

«E allora?»

«È capo ispettore.»

«E allora?»

Ripensò a lei e al sorriso che gli aveva rivolto quella mattina in ascensore, la settimana prima che andasse in pensione, quando gli aveva fatto capire che non era d'accordo con chi voleva allontanarlo dalla polizia. Ricordava di aver pensato che quel sorriso le donasse. Era una donna attraente, in gamba. Malgrado le sue riserve, doveva ammettere che aveva qualcosa che lo attirava.

«E comunque, credo sia gay.»

«Questa è solo una voce di corridoio.»

«Perciò non lo è?»

«Non lo so» disse Houser. «Nessuno ha mai avuto il coraggio di chiederglielo.»

Erano arrivati agli uffici della squadra Casi irrisolti. Houser lo portò agli armadietti portadocumenti e cominciò a rovistarci dentro.

«E Walker, invece?» domandò Travis.

«Perché? Preferisci lei?»

«No, da dove viene?»

«Te l'ha detto lei stessa. Lavorava a Newark.»

«No, da dove viene nel senso dov'è nata? Ha uno strano accento.»

«Oh.» Houser tirò fuori dei fascicoli. «Non lo so. Mi pare di aver capito che si è trasferita qua dall'Inghilterra intorno agli anni Ottanta.»

62

«Rebekah?»

La voce di Lima sembrava così vicina che avrebbe tranquillamente potuto essere a un passo da lei. Si accucciò lentamente e appoggiò le mani sul terreno fangoso per mantenersi in equilibrio mentre il vento soffiava tra i pini, dal mare, facendo ondeggiare l'erba alta.

«Rebekah?»

Stavolta la voce pareva arrivare da dietro di lei, ma quando girò la testa non riuscì a vedere niente.

«Non posso farti tornare a casa, Rebekah.»

Adesso le sembrava di averlo di nuovo di fronte. *Che diavolo sta succedendo?* Si voltò in tutte le direzioni e si rese conto che stava sfruttando il vento, la sua capacità di trasportare i suoni e nasconderne la vera origine. Iniziò a indietreggiare di qualche centimetro. Ogni volta che si alzava il vento, lei arretrava verso la segheria; ogni volta che si placava lei si fermava, riappoggiava le mani a terra e non si azzardava a muoversi se non per guardarsi attorno.

Lo scivolo accanto alla segheria era proprio di fronte a lei: svaniva e riappariva alla vista a seconda di come si spostavano i fili d'erba. Era a una trentina di metri. Doveva provare a raggiungerlo o restare nascosta?

Il terrore avvampò come un rogo.

Provò a placare il tremore delle mani, provò a recuperare un briciolo di calma, e in quel momento, quasi a quattro zampe, le cadde l'occhio su un punto alla sua destra, visibile attraverso un piccolo varco nell'erba.

Era lui.

Era a meno di dieci metri da lei.

Le dava le spalle, una sagoma in controluce nella luce burrosa del sole che aveva fatto capolino sopra la segheria. Lungo il fianco, rivolta verso terra e premuta contro la sua gamba, c'era la pistola. L'erba ondeggiò e cominciò a nasconderlo alla vista.

Rebekah non mosse nemmeno un muscolo.

Lo osservò e basta, cercando di non fare rumore. Un passo verso destra, poi un altro, ed ecco che era di nuovo svanito.

«Rebekah?»

La sua voce fu portata via dal vento.

«Sai che non posso lasciarti scappare.»

Sollevate le mani dal terreno – le impronte dei palmi perfettamente impresse nel fango, come un calco di bronzo – Rebekah ricominciò a muoversi e ad allontanarsi dalla voce, dalla segheria. Dapprima in ginocchio, per restare quanto più possibile vicina al terreno, poi in posizione accosciata.

Fu allora che intravide qualcosa all'ombra di un grosso ceppo di legno: un pezzo di metallo arrugginito. Sembrava un arnese di qualche tipo. Da un lato aveva una specie di rotella e sotto una lama seghettata. Non sapeva che cosa fosse e non le interessava: l'importante era avere un'arma.

Strisciò in avanti e lo recuperò.

Dove sei, stronzo?

L'erba attorno a lei sembrava pulsare.

Avanti.

Accovacciata com'era, svettava sopra di lei.

Avanti, lo so che sei...

Rimase pietrificata.

C'era qualcosa che non tornava.

Il vento si era fermato completamente. Ma se non c'era vento, com'era possibile che l'erba continuasse a muoversi? Eppure era proprio così. Ondeggiava dietro di lei, alle sue spalle.

C'è qualcuno che la sta spostando.

Si voltò di scatto, ruotando sulle punte dei piedi, pronta a darsi una spinta con la mano per rialzarsi, ma ormai era troppo tardi: le era già arrivato addosso, un'ombra nell'erba.

Uno sparo squarciò il silenzio.

63

Rebekah si sbilanciò e cadde all'indietro. Non appena toccò terra, si aspettò di sentire il dolore, una fitta lancinante là dove il proiettile di Lima le aveva trapassato le carni, ma non provò niente del genere. Quando si guardò – il petto, la pancia – non vide fori d'entrata.

L'aveva mancata?

Da quella distanza?

Alzò gli occhi e scrutò il muro d'erba che la circondava. Lima era sparito. Non riusciva più a vederlo da nessuna parte. Si tirò su, restò accucciata nel caso fosse ancora vicino.

Che diavolo è successo?

Fu allora che notò il sangue sull'erba.

Una striscia color cremisi sui ciuffi alla sua sinistra. Poi vide anche delle impronte: maschili, grandi, un 44 o un 45.

Sembravano andare all'indietro.

Si voltò verso il punto dove era caduta e trovò il pezzo di metallo arrugginito che voleva usare come arma. Dopo averlo raccolto, lo strinse con forza e ricontrollò l'erba davanti a sé, dove era macchiata di sangue.

Qualcosa si mosse.

Lo vide con la coda dell'occhio.

Ruotò di nuovo sulle punte dei piedi, in direzione della Cherokee, il cuore che le martellava nelle orecchie. Di Lima nessuna traccia. Là non c'era nessuno.

Si voltò verso il sangue.

Fece un passo avanti. Un altro.

Il sangue era fresco, colava in sottili rivoli rossi. Allungò una mano per scostare delicatamente l'erba, l'arma stretta nell'altra.

E poi lo vide.

Lima giaceva accanto a una catasta di legname marcito. Era caduto in posizione scomposta, spinto indietro dalla forza del proiettile che gli aveva centrato la faccia. Rebekah fece un altro passo avanti, si sporcò il braccio sfiorando l'erba coperta di sangue, ma quasi non se ne accorse. Quello a terra era proprio lui, lo sguardo vitreo, il foro d'entrata un paio di centimetri sopra l'occhio sinistro.

Allarmata, si voltò e intravide la sagoma di un'altra persona. Non appena la scorse, le tornò in mente che prima non era riuscita a determinare la posizione di Lima, che aveva pensato che si stesse prendendo gioco di lei, girandole attorno.

Ma adesso sapeva che non c'era soltanto Lima là fuori.

C'era anche Hain.

Arretrò lentamente, un passettino dopo l'altro, cercando di fare meno rumore possibile, stringendo l'arma con talmente tanta forza da lacerarsi la pelle.

Hain stava venendo verso di lei.

Ora riusciva a vederlo.

Sollevò il pezzo di metallo che stava brandendo. Doveva colpirlo prima che prendesse la mira. Doveva colpirlo prima che avesse la possibilità di premere il grilletto.

Avanti, figlio di puttana.

Poi una mano scostò l'erba, seguita da un braccio, da un volto, da un corpo, e non era affatto Hain.

Era un uomo che non aveva mai visto prima.

Aveva una pistola, la bocca dell'arma rivolta verso il basso, e si fermò non appena la vide, alzò una mano come per tranquillizzarla.

«È tutto okay, Rebekah» le sussurrò con un filo di voce.

Si chinò lentamente, lasciò la pistola a terra.

«È tutto okay, te l'assicuro. Non voglio farti del male, piccola.»

La traversata

Quella sera, dopo aver lavato i piatti e mentre Gaby era su FaceTime con un'amica di Chicago, Travis andò a sedersi a tavola con i fascicoli dei dieci casi irrisolti che gli erano stati dati da Houser. Erano tutti omicidi.

Prese il portatile per entrare nel NCIC *con le credenziali fornite da Houser e li ritrovò tutti e dieci nel sistema. In linea generale, il contenuto dei fascicoli cartacei rispecchiava quello che era stato copiato nel computer, ma alle versioni digitali mancavano alcuni piccoli dettagli presenti negli appunti presi a mano. Non era insolito. Nel corso degli anni aveva lavorato con un sacco di poliziotti per i quali il fascicolo fisico era la Bibbia, la massima autorità, e la versione sul* NCIC *un mero esercizio di copiatura. Lui aveva sempre cercato di dare la stessa importanza a entrambi, ma c'erano ben pochi dubbi sul fatto che le copie cartacee avessero un'anima, una chiarezza, che quelle digitali non sarebbero mai riuscite a replicare.*

«Tutto okay, papà?» Gaby era sulla porta, alle sue spalle.

«Sì, tesoro, tutto okay.»

«Che fai?»

«Sto dando un'occhiata al materiale che mi ha dato Amy.» Vide che sua figlia aveva il telecomando in mano. «Vuoi vedere qualcosa alla tele?»

«Alle nove danno La cosa.*»*

«Oh, caspita. Un grande classico.»

«'C'è qualcosa che non va in Blair.'»

Travis rise. Quando vivevano ancora tutti insieme, si era ritagliato un momento di vita domestica con i suoi figli guardando con loro vecchi classici del cinema horror. Naomi non aveva mai mostrato grande interesse per il cinema, e a lui non era mai importato: quando lei usciva, o a volte persino quando era a casa, si metteva comodo sul divano, con i suoi figli accanto, a guardare film come La cosa. *Era una tradizione ancora viva: un paio di sere prima del funerale di Naomi, quando erano tutti e tre insieme, si erano messi a parlare dei romanzi di Stephen King e la serata era finita con una maratona di film –* Misery, Shining *e* Carrie *– che era andata avanti fino alle tre del mattino.*

«Vuoi che prepari dei pop-corn?» chiese Gaby.

«Oh, puoi scommetterci. Dammi un secondo e ho finito.»

Travis riportò gli occhi sul portatile, chiuse la schermata di accesso del NCIC *e aprì la cartella 'Montauk' che aveva salvato sul desktop. L'aveva creata un'ora prima, dopo che Amy Houser era giunta per l'ennesima volta in suo soccorso. Tre o quattro anni prima aveva lavorato a un caso – stupro e omicidio – con un investigatore della contea di Suffolk, ma a lui era tornato in mente solo perché glielo aveva menzionato nel corso di quel primo pranzo insieme, quattro settimane prima di andare in pensione. Quando Houser aveva iniziato a dirgli che avrebbe dovuto lavorare con un poliziotto di Long Island, Travis aveva pensato subito a Johnny e Rebekah Murphy. Così, prima di lasciare il Police Plaza, quando Houser gli aveva dato i dieci fascicoli che adesso aveva sparpagliato di fronte a sé, le aveva chiesto se potesse chiedere un favore da parte sua a quel collega della contea di Suffolk.*

«Perché?» aveva domandato lei.

«Mi servirebbero dei filmati.»

Houser lo aveva guardato con sospetto.

«Tranquilla» aveva detto lui. «Non ruberanno tempo al lavoro che sto facendo per te.»

«Per quale caso ti servono, allora?» Non fece in tempo a chiederlo che si rispose da sola. «Aspetta, stai ancora cercando di fare luce sulla scomparsa di quell'artista?»

«Probabilmente non mi porteranno da nessuna parte.»

«Ma potrebbero?»

«Potrebbero» aveva risposto Travis con un'alzata di spalle.

Lo aveva fissato per qualche secondo, chiaramente combattuta. «Proverò a chiedere, Frank, ma non mi metterai nei guai, vero?»

«No» aveva risposto lui. «Non lo farei mai.»

«Perché ti ho appena portato su da Walker, da McKenzie, e ho garantito per te. Sai che se scoppierà qualche casino mi spediranno a fare l'ausiliare del traffico.»

«Non succederà. Hai la mia parola.»

Glielo aveva promesso, e per Houser era stato sufficiente.

Travis si concentrò sul portatile. Nella cartella 'Montauk' c'erano due file. Il primo si chiamava '30-10-21_mattina' e, quando ci cliccò sopra, sullo schermo apparve un'immagine del porto di Montauk: il parcheggio, la biglietteria sotto un tendone verde, il pontile che si allungava sull'acqua e un traghetto con la scritta CROW LINE *su un fianco.*

Il video iniziava alle 7:00, un'ora prima che il traghetto partisse per Crow Island, e il parcheggio era quasi deserto. Dopo aver aumentato la velocità del filmato, Travis osservò il susseguirsi di immagini: la rampa del traghetto, l'interno in grado di ospitare dalle venti alle venticinque vetture, a seconda delle dimensioni. Vide i membri dell'equipaggio che si affaccendavano attorno alla barca e, in basso, le prime macchine che aspettavano di salire a bordo.

Alle 7:30, rimesso il video a velocità normale, prese il suo taccuino e cercò una pagina, quasi in fondo, dove si era scritto le posizioni delle celle alle quali si erano agganciati i cellulari di Johnny Murphy e sua sorella. Avevano preso la superstrada fino a Montauk, poi erano sbarcati a Crow Island.

Sullo schermo, il traghetto iniziò a riempirsi.

Non salirono molti veicoli, perché il 30 ottobre era l'ultimo giorno della stagione, e questo gli facilitò le cose al momento di individuare l'auto che stava cercando.

Una Jeep Cherokee.

Usando le altre credenziali fornite da Houser, entrò nel database della Motorizzazione e controllò la targa per assicurarsi che la Cherokee fosse quella intestata a Rebekah Murphy. Era la sua. Sulla carta di circolazione c'era ancora il cognome che aveva preso da sposata, Russo, ma Travis sapeva – grazie alla sua chiacchierata con Noella – che Rebekah era tornata al cognome da nubile dopo essersi separata dal marito. La Jeep scomparve dentro il traghetto e, poco prima delle 8:00, la rampa venne tirata su. Qualche minuto dopo il traghetto uscì lentamente dal porto di Montauk.

Il video finiva così.

Aprì il secondo, che si chiamava '30-10-21_sera'. Il filmato iniziava alle 19:30. Il traghetto emergeva un poco alla volta dall'oscurità, come un mostro marino ridestatosi dal fondo dell'oceano. Poco prima delle 20:00 cominciavano le manovre di avvicinamento al molo da cui era partito quella mattina.

Travis riportò subito il video alla sua velocità normale.

La rampa veniva abbassata, rivelando tutte le auto e i veicoli che erano tornati sulla terraferma per l'inverno. Li vide scendere, guidati da un membro dell'equipaggio, e ogni volta che sbucava un nuovo mezzo Travis si annotava la targa. Ne stavano scendendo più di quanti ne fossero partiti: l'ultimo traghetto della stagione aveva riportato a casa chi aveva passato i mesi estivi sull'isola.

Ma la Jeep Cherokee non c'era.

Era un'ipotesi su cui aveva rimuginato da quando era andato in pensione, sulla base di un presentimento che un poco alla volta si era fatto largo tra i suoi pensieri: Johnny Murphy e sua sorella non erano mai tornati indietro. Ecco perché l'appello che aveva lanciato alle pattuglie della stradale non aveva mai avuto riscontri in Connecticut. Se erano davvero andati a Stamford, avevano usato un'altra auto, ma era molto più probabile che non avessero mai lasciato l'isola.

Solo i loro cellulari erano tornati sulla terraferma.

Quello era un depistaggio, un modo per confondere le idee e spingere uno come Travis a seguire tutta un'altra pista.

E per un bel pezzo aveva pure funzionato.

Con il sangue che gli ronzava nelle vene, ridusse il video a icona, riaprì la pagina della Motorizzazione e inserì le targhe di tutti i veicoli che erano scesi dal traghetto il 30 di ottobre. Ogni volta che passava a una persona nuova, tornava al filmato per confrontare la foto sulla patente con quel poco che riusciva a vedere del viso del conducente. Era un lavoro lungo.

Qualche minuto dopo, Gaby tornò dal salotto con il telecomando in mano. «Papà, vieni a vedere il film?»

«Arrivo, tesoro. Dammi altri cinque minuti, okay?»

Le immagini di alcune auto erano più chiare di altre, ma in linea generale riuscì a controllare tutte le vetture e a confrontare le facce dei guidatori con le foto sulle patenti con un discreto livello di accuratezza.

Tuttavia, in un caso c'era qualcosa che non tornava.

Si trattava di una Chevy Traverse bianca. Stando alla Motorizzazione, il veicolo apparteneva a un certo Karl Stelzik, ma Stelzik era un signore con i capelli bianchi, sulla sessantina. Nel video, l'uomo al volante era più giovane: tra i trentacinque e i trentotto anni, capelli neri, occhi vivaci.

Travis aprì un'altra scheda sul browser.

Dopo essere entrato nel database nel NYPD, inserì il nome di Stelzik nel motore di ricerca per vedere cosa potesse saltare fuori: un verbale, un arresto, qualunque cosa.

Invece trovò tutt'altro.

Anche Stelzik era scomparso.

7
Il segreto

64

Seduta con Frank Travis all'ombra del faro, Rebekah seguì i progressi della polizia, che era apparsa a un'ottantina di chilometri dalla costa. C'erano cinque imbarcazioni che scintillavano sull'acqua, una con due volanti, un'ambulanza e un mezzo che a detta di Travis era un laboratorio mobile.

Al suo fianco, lui taceva, attento a darle tempo e modo di riprendersi. Dopo aver sparato a Lima alla segheria, l'aveva condotta lontano dal corpo, verso la Cherokee. Quando aveva chiamato i soccorsi, Rebekah non era più riuscita a trattenersi: era scoppiata a piangere. Anche se era al telefono, Travis era tornato indietro, aveva aperto la portiera e le aveva posato una mano sulla spalla. E poi, quando aveva terminato la chiamata, era rimasto lì con lei in attesa dell'arrivo della polizia, in silenzio, permettendole di sfogarsi.

Alla fine gli chiese se poteva usare il suo cellulare per chiamare a casa. Lui glielo porse, le disse che le avrebbe lasciato un po' di privacy e tornò accanto al corpo di Lima, e per un attimo Rebekah rimase seduta a fissare il telefono, perché stentava a credere che stavolta non l'avrebbero fermata. *Parlerò con le mie bambine. È il momento che aspettavo da mesi.* L'aveva pensato anche con Caleb, nel casotto della capitaneria di porto, ma quell'opportunità le era stata portata via. Stavolta non c'era nessuno che potesse impedirle di farlo. Doveva soltanto comporre il numero.

Solo che non sapeva che cosa dire.

Come faceva a giustificare cinque mesi di assenza a due bambine troppo piccole per capire? Per Kyra e Chloe, tutto era bianco o nero.

Un giorno la loro mamma era andata via.

E non era più tornata a casa.

Per adesso mi basterà sentire le loro voci.

Peccato che non si ricordasse il numero di cellulare di Noella, o di Gareth, e quando pensò a lui le tornò in mente anche il messaggio che aveva trovato tra le mail di Karl Stelzik. Alzò gli occhi e vide Travis in mezzo all'erba alta. Non lo conosceva, eppure le ispirava fiducia, quindi non doveva preoccuparsi di cosa poteva o non poteva aver fatto Gareth. Non adesso. Travis l'avrebbe protetta dal suo ex marito e da chiunque altro volesse ancora farle del male. Sennò perché si era fatto tutta quella strada per trovarla? Perché aveva indagato sulla sua scomparsa? Perché aveva fermato gli uomini che stavano cercando di ucciderla?

Abbassò gli occhi sul cellulare e compose il numero di casa. Il suo pollice indugiò un attimo sul tasto verde, poi inoltrò la chiamata.

Squillava, ma non rispondeva nessuno.

Con il cuore che le batteva forte nel petto, riattaccò e si chiese cosa potesse significare quel silenzio, già nel panico all'idea che fosse successo qualcosa di terribile, ma poi si calmò e contattò il servizio clienti dell'elenco abbonati. Non ricordava a memoria il numero di Noella. L'operatrice inoltrò la chiamata e Rebekah rimase in ascolto di una lunga serie di squilli prima che entrasse la segreteria.

'Ciao, sono Noella. Lasciate un messaggio e vi ricontatterò il prima possibile.'

Il suono della voce di Noe la fece piangere di nuovo, ma riattaccò prima di sentire il segnale acustico, non volendo che Noella, o chiunque altra persona a lei cara, venisse a sapere che era ancora viva da un messaggio registrato. Come ultima spiaggia, richiamò il servizio clienti e chiese di essere messa in contatto con la Mendelson, l'agenzia pubblicitaria per cui lavorava Gareth. Quando le rispose una centralinista, Rebekah chiese di lui.

«Non posso aiutarla, signora» disse la centralinista.

«Perché no?»

«Temo che qua non ci sia nessun Gareth Russo.»

Rebekah aggrottò la fronte. «Come, scusi?»

«Il signor Russo ha lasciato l'azienda a fine febbraio.»

«*Cosa?* E dov'è andato?»

«Non saprei dirglielo, signora.»

Rebekah riattaccò con la testa nel pallone e un senso di nausea in gola. Gareth aveva lasciato il lavoro... per un altro impiego? O aveva lasciato proprio New York? Aveva portato con sé le bambine? Provò a ricordare il nome del posto dove lavorava Noella, provò a pensare a chi poteva chiamare oltre loro.

«Tutto okay, piccola?» le chiese Travis, che era tornato alla macchina.

«Non sono riuscita a parlare con nessuno.»

Non voleva crollare di nuovo. Sapeva di essere molto più forte adesso, molto diversa dalla persona che era stata abbandonata sull'isola. Ma ora che era a un passo dal tornare a casa, dal rivedere le sue bambine – a un passo dalla fine di quell'incubo – il suo corpo era scosso dai brividi.

«Va tutto bene» la rassicurò Travis.

«Voglio solo parlare con loro.»

«Lo so.»

«Non riesco a contattare il mio ex, e neanche la mia migliore amica.»

«Non ti preoccupare, li contatteremo noi per te, d'accordo?»

«Hanno detto che Gareth ha lasciato il lavoro, e non so se questo significa che...»

«Rebekah.» Lui la interruppe e le sorrise, le disse di respirare. «Va tutto bene» ripeté. «Non devi più preoccuparti di nulla. Stasera tornerai a casa.»

Tornerò a casa, senza mio fratello.

«Si è saputo niente di Johnny?»

«No» rispose Travis. «Non ancora.»

Sembrava dispiaciuto, come se rimpiangesse di non poter aggiungere altro, una teoria in grado di spiegarle cosa ne fosse stato di Johnny, di darle un briciolo di speranza, ma evidentemente non era riuscito a inventarsi nulla. Nell'arco di quei cinque mesi, Rebekah si era concessa di aggrapparsi a quella speranza. Si era persino concessa di immaginare una fuga, un atto di coraggio, che avesse permesso a suo fratello di uscirne indenne.

Ma la sua era solo una fantasia.

Non appena aveva deciso di accantonare i suoi sospetti, di rassegnarsi a quella che in cuor suo sapeva essere la verità su suo fratello, aveva capito che Johnny non l'avrebbe mai lasciata lì, neanche se l'avesse creduta morta. Sarebbe comunque tornato a cercarla.

Il motivo per cui non l'aveva fatto era anche troppo ovvio.

65

Travis le disse che dovevano andare a recuperare la sua auto per riportarla al faro prima che arrivassero i rinforzi. L'aveva lasciata sul Loop, a nord della segheria. Di lì a poco raggiunsero il Dodge Ram vicino al ciglio della strada, il cofano accartocciato, il parabrezza sfondato. Vedendo il sedile del guidatore vuoto, Rebekah provò un improvviso senso di terrore. «E Hain?»

Travis si voltò a guardarla. «È scomparso.»

«Scomparso?»

«Era già sceso dal pick-up quando sono passato di qua in macchina.»

Aveva ragione: Hain non c'era, ma c'erano tracce del suo passaggio. Una leggera scia di sangue si allontanava dalla portiera e attraversava la strada in direzione del faro. Quando parcheggiarono e scesero, Travis controllò dentro, ma trovò solo altro sangue. La scia proseguiva oltre il faro e si interrompeva in riva al mare.

«C'era una barca ormeggiata qua?» chiese a Rebekah, pensando che Hain potesse essersi allontanato via mare, ma lei non riusciva a ricordare. Era passata accanto al faro così tante volte, ma non aveva mai visto una barca, oppure non aveva mai pensato di controllare: le barche erano diventate un promemoria della sua fuga andata in fumo e un emblema delle sue peggiori paure.

Rivolti nella direzione in cui pensavano che Hain potesse aver tentato la fuga, rimasero a fissare l'oceano in cerca di scie, di qualsiasi traccia di moto ondoso, ma il mare era un'immensa tavola grigia, perfettamente piatta.

«Potrebbe essere ancora sull'isola» disse Rebekah dopo qualche istante, orripilata all'idea.

«Se è così, lo troveranno» le assicurò Travis, indicando l'acqua e le lance della polizia che si stavano avvicinando alla costa. «Se è ferito, non riuscirà ad andare lontano. E se si sta nascondendo da qualche parte, useranno i cani. Fiuteranno il suo odore dal pick-up.»

Alla menzione dei cani, Rebekah ripensò a Roxie, a quando l'aveva rinchiusa in quella stanza dell'ostello, al fatto che era ancora là dentro, ed ebbe un tuffo al cuore. Le parole le uscirono di bocca come un fiume in piena: disse a Travis di lei, gli spiegò dov'era, e lui le assicurò che sarebbero andati a prenderla dopo l'arrivo delle autorità. «Dobbiamo aspettare e vedere come vogliono procedere i colleghi» aggiunse.

Rimasero in silenzio per qualche momento, senza provare alcun imbarazzo, e poi, un poco alla volta, cominciarono a parlare dell'isola, degli eventi che avevano portato Rebekah a essere lasciata lì, di come aveva fatto a sopravvivere per così tanto tempo. Parlarono della notte in cui Hain e Lima erano sbarcati sulla spiaggia in cerca di un corpo da seppellire, il suo, e poi di Caleb, e a Rebekah tornò in mente che era rimasto nel casotto della capitaneria di porto, ferito da Lima. Travis chiamò uno degli agenti con cui si era messo in contatto, gli disse di mandare subito dei paramedici a Helena, e poco dopo videro una delle barche virare verso il porto.

«Come hanno fatto a lasciarmi qui, Frank?»

Lui annuì, perché probabilmente si era aspettato quella domanda. «Mi sono informato. Gli addetti giù al porto dovrebbero registrare le targhe dei veicoli che vanno e vengono dall'isola, in modo da sapere chi parte e chi resta. Voglio dire, è piuttosto essenziale quando si è così lontani dalla terraferma, su un'isola che chiude per cinque mesi l'anno. Invece, dalle telefonate che ho fatto, pare che questa prassi sia stata abbandonata qualche anno fa. I visitatori sono perlopiù pescatori, e hanno tutti le loro barche, perciò le autorità dell'isola sono diventate meno attente.»

Rebekah chinò il capo.

«Mi dispiace, piccola.»

«E allora tu come hai fatto a trovarmi?»

«Hai mai sentito parlare di una certa Louise Mason?»

Tornò con la mente al corridoio dell'ostello, alla parete che aveva allestito. Non conosceva il cognome di Louise e quella donna non era mai stata sulla sua lista dei sospetti, ma uno spago aveva collegato il suo nome a quello di una persona di cui aveva sospettato.

Suo fratello.

«Era la donna con cui usciva mio fratello.»

«Esatto. È scomparsa lo scorso settembre.»

«Anche lei?»

Travis annuì di nuovo. «Tuo fratello è l'ultima persona che l'ha vista viva. Devo ammettere che per un po' ho pensato che Johnny c'entrasse qualcosa. Ho ricevuto una telefonata anonima, di quelle che cambiano tutte le carte in tavola, così sono tornato sui miei passi e ho tentato di parlare di nuovo con lui. È così che ho scoperto che voi due mancavate da casa dal 30 ottobre. Tre scomparse, e due persone, Louise e tuo fratello, chiaramente collegate tra loro.» Fece una smorfia, come se non gli andasse di ripensare ad alcune teorie e decisioni che aveva preso prima di quel momento. «Ora mi chiedo se il tizio della telefonata anonima non sia uno dei due che è tornato qua a cercare il tuo corpo. Non riesco a capirne il motivo, ma forse avevano la sensazione che mi stessi avvicinando troppo alla verità. Forse volevano far ricadere la colpa su Johnny per proteggersi.»

Quindi le disse delle celle telefoniche. «E poi c'era un'altra cosa che non tornava: perché in Connecticut? Non mi risultava che aveste amici o parenti da quelle parti. La tua Cherokee non era stata avvistata né a Stamford né nelle vicinanze. Ho persino ricontattato la stradale dopo essere andato in pensione, e a febbraio e a marzo le ricerche non avevano ancora dato risultati, quindi ho iniziato a pensare che fosse l'ennesimo depistaggio. Ho capito di aver ragione quando ho messo le mani su alcuni filmati del porto di Montauk, girati il 30 ottobre: Lima è sceso dal traghetto al volante della Chevy di Stelzik. Ha portato i vostri cellulari in Connecticut per sviare la polizia, sapendo che avrebbero agganciato le celle telefoniche della zona. Da quello che mi hai detto tu, sembra che Hain volesse la tua macchina, ma Lima ha dimenticato di prendere le chiavi della Jeep prima di provare a ucciderti, quindi alla fine avrà pensato che tanto valeva sbarazzarsi della Chevy di Stelzik. In ogni caso, il piano doveva essere lo stesso: agganciare quelle celle telefoniche e condurre la polizia in un altro Stato, in un vicolo cieco.»

Sorrise, ma era un sorriso triste, quasi mortificato. «Ho visto i filmati del porto di Montauk una settimana fa, e aspettare altri sette giorni prima di poter venire qui è stata un'agonia. Non posso neanche immaginare come sia stato per te. Se fossi stato ancora in polizia, avrei potuto prendere subito il mare con una squadra di agenti e scoprire che cos'era successo. Avevo pensato di allertare una mia amica, una poliziotta del NYPD, ma lei, non so, non era... non...» Sembrava combattuto.

«Frank?»

«Scusami. Non è niente. È solo che questa mia amica mi ha affidato un compito che non ha niente a che vedere con questo, ha garantito per me davanti ai grandi capi di New York e mi ha fatto un favore enorme procurandomi quei filmati di Montauk, quindi non volevo trascinarla in questa storia.» Fece un'altra pausa, ma sul suo viso continuava ad aleggiare un'ombra che Rebekah non riusciva a interpretare. Era dovuta a questa amica del NYPD? «Perciò niente, sono rimasto ad aspettare con le mani in mano questo benedetto traghetto, sperando di trovare delle risposte, per otto lunghi giorni. E sai qual è stata la prima cosa che ho visto quando sono arrivato a Montauk e mi sono fermato nel parcheggio?»

Rebekah fece cenno di no con la testa.

«Lima. Era là, in quel parcheggio, e stava aspettando il traghetto. Poi ho visto questi tizi arrivare a bordo di un pick-up, con un rimorchio al seguito. Uno è sceso per andare in bagno e, quando si è voltato, l'ho visto in faccia, ed era lo stesso che avevo visto nel filmato di ottobre, quello che stava guidando la macchina di Stelzik...»

«Quindi li hai seguiti?»

«Puoi scommetterci, senza farmi vedere. Se era stato uno di loro a fare quella telefonata anonima per dirmi di Johnny, c'era la possibilità che mi riconoscesse. All'epoca, all'inizio della mia carriera, sono finito anche sui giornali, e probabilmente quei tizi avevano fatto le dovute ricerche. Per l'auto ero tranquillo, perché l'ho presa a noleggio, ma non potevo rischiare di avvicinarmi troppo e farmi notare. Ecco perché sono salito per ultimo sul traghetto, ed ecco perché sono rimasto sempre in macchina. Non mi sono mai mosso da lì per tutta la traversata. E poi, quando siamo arrivati sull'isola, loro sono andati verso est, verso il sito dello scavo. Originariamente avevo pensato di parlare con la capitaneria di porto per vedere se qualcuno avesse tue notizie, ma questo prima che Lima si presentasse a Montauk. Ho dovuto stravolgere i miei piani. Li ho aspettati in cima alla strada che porta a Simmons Gully, nascosto dietro quel vecchio edificio abbandonato, e quando sono riapparsi, un'ora e mezzo dopo, avevano la tua Cherokee sul rimorchio. Vederla è stato un colpo al cuore, perché sapevo che cosa significava per te, e per Johnny. Se si stavano liberando di una prova del genere, poteva esserci un solo motivo. Comunque, loro stavano litigando. Li ho visti. Ora so che stavano già iniziando a dubitare che tu fossi morta.»

Ecco come mai Lima era tornato al porto.

Ecco perché aveva mostrato a Caleb la sua fotografia.

«Hain voleva fare benzina, così ha lasciato Lima in cima a Main Street e si è rigirato. Ecco perché era da solo. Non potevo continuare a seguire Hain, le strade sono deserte e se ne sarebbe accorto subito, ma non potevo nemmeno restare seduto in auto a controllare le loro mosse sperando che non mi vedessero. Non avevo la minima idea che tu fossi nel casotto della capitaneria di porto, altrimenti sarei venuto da te.»

«Lo so» disse Rebekah.

Travis scosse la testa, come se ancora rimpiangesse di non averlo fatto.

«Dato che non potevano lasciare l'isola prima che ripartisse il traghetto, ho capito di avere il vantaggio del tempo. Prima di venire qua ho parlato con un collega di Karl Stelzik al museo di Storia naturale, un certo Gideon Burrows, l'uomo che ha denunciato la sua scomparsa, e mi ha detto che Stelzik alloggiava in un ostello sulla costa nord. Ho pensato di andare a controllare. Sapevo che probabilmente Stelzik era sepolto qua, ma nonostante questo, nonostante avessi visto la tua Cherokee su quel rimorchio e temessi che anche tu e tuo fratello foste morti, non avevo ancora trovato tracce di Louise.»

«E non hai trovato nulla all'ostello?»

«No» rispose. «Non ci sono neanche arrivato. Ero sul Loop, a nord della segheria, quando ho sentito un botto tremendo. Ho fatto subito inversione.»

Era quello dell'incidente, quando Hain e Lima erano andati a schiantarsi contro l'albero.

«Tieni» disse poi Travis. Le stava porgendo il suo cellulare con un accenno di sorriso sulle labbra. «Quell'amica del NYPD di cui ti stavo parlando, le ho scritto dopo che hai provato a contattare le tue bambine e le ho chiesto di trovarmi un paio di numeri.»

Fissò il telefono per una frazione di secondo, come se gli stesse comunicando qualche tacito messaggio, poi glielo porse di nuovo.

Rebekah prese il cellulare. Sullo schermo c'era un sms, da parte di una donna salvata come 'Amy', che conteneva due numeri.

Quello di Gareth. Quello di Noella.

«Scommetto che ci sono due bambine che hanno tanto bisogno di sentire la loro mamma.»

Con le dita che le tremavano, Rebekah premette il pollice sul numero di Gareth.

Quando iniziò a squillare, controllò l'ora: erano da poco passate le quattro del pomeriggio, quindi probabilmente non era ancora tornato a casa. Le bambine dovevano essere al nido e lui da qualche altra parte. *Sempre ammesso che abbiano gli stessi orari o vadano ancora allo stesso nido. Sempre ammesso che Gareth non sia tornato a casa mia.* Magari aveva deciso di cambiare vita. Magari era andato a vivere con la donna con cui l'aveva tradita. Magari le bambine adesso vedevano lei come madre, come nuova presenza fissa nelle loro vite, come unica...

«Pronto?»

C'era una voce in linea.

66

Per un attimo, il tempo parve fermarsi.

«Pronto?» ripeté la voce.

«Gareth?»

Una lunga pausa angosciosa.

«Bek? Bek, sei tu?»

«Sì» rispose Rebekah, euforica, incerta, confusa. Il telefono aveva squillato talmente a lungo che era arrivata a convincersi che non le avrebbe mai risposto.

Ora che l'aveva fatto, non sapeva cosa dire.

«Bek? Ci sei?»

«Sì. Sì, ci sono.»

«Dove diavolo eri finita?» Gli si incrinò la voce, oscillando tra la rabbia e il sollievo. «Ti credevamo morta. Non hai mai chiamato, non hai...»

«Qualcuno ha tentato di uccidermi.»

Quelle parole lo fecero ammutolire. «Cosa?»

«Qualcuno... ha tentato di uccidermi» ripeté lei, ma ora si stava perdendo le parole, si stava impappinando nel tentativo di trattenere le lacrime. «Io e Johnny siamo venuti su un'isola e qualcuno ha tentato di ucciderci, e non so che cosa sia successo a John, ma io sono stata abbandonata qua. Non potevo tornare a casa da...»

Non riuscì ad andare avanti, si asciugò gli occhi.

«Bek?»

«Sono rimasta qua da sola per cinque mesi.»

«Su un'isola?»

«Sì, a largo di Montauk.»

«Merda, Bek. Stai bene?» Gareth parve rendersi subito conto di quanto fosse stupida quella domanda perché riformulò. «Voglio dire, sei ferita? Devo chiamare la...»

«Sto bene. La polizia è già qui.»

Lanciò uno sguardo a Travis. Erano tornati indietro di un paio di chilometri, verso Helena, per raggiungere un pontile che si allungava verso l'oceano. Era il punto d'attracco più vicino al faro. Travis l'aveva lasciata seduta in macchina ed era sceso a incontrare gli altri agenti che stavano sbarcando dalle loro lance.

«Merda» ripeté Gareth. «Bek, io... non riesco a crederci.»

«Lo so» disse lei.

«Vuoi che venga a prenderti da qualche parte?»

«No, tranquillo. Presto tornerò a casa.» Tirò su col naso. *Presto tornerò a casa.* Stentava a crederci persino adesso, e darsi la possibilità di farlo era persino più difficile. «Non sapevo se eri al lavoro oppure no» disse, e la banalità della frase, la sua assoluta ordinarietà, il bisogno estremo di dire una cosa così semplice e prosaica, la fece scoppiare di nuovo a piangere.

«Bek?»

«Scusami» disse lei.

«Non ti preoccupare. Ho trovato un nuovo impiego e il pomeriggio adesso lavoro da casa, da quando... be', da quando te ne sei andata, cioè, da quando sei scomparsa...» Si interruppe. Non sapeva come definire la situazione che gli aveva appena descritto. «Dall'anno scorso. Insomma, dallo scorso novembre. Le bambine la mattina vanno al nido, poi le passo a prendere e le porto qua. Non fanno altro che interrompermi mentre sono in videochiamata.» C'era del divertimento nel suo tono di voce, un amore profondo per le loro figlie. «In realtà ce la stiamo cavando abbastanza bene» aggiunse, ma poi tacque di nuovo, accorgendosi di quanto potesse sembrare insensibile un'affermazione del genere.

Rebekah ripensò alla mail che Gareth aveva mandato a Stelzik, alla sua lista dei sospetti, alle domande che esigevano delle risposte, ma poi passò tutto in secondo piano. «Posso parlare con le bambine?»

«Sì» rispose Gareth. «Certo, assolutamente.»

«Sono lì?»

«Sì, sono qui.»

Ma stavolta c'era una punta di esitazione nella sua voce.

«Sì» ripeté. «Dammi solo un secondo.»

Gli sentì mettere giù il telefono e urlare: «Kyra! Kyra, vieni qui, tesoro!» E poi un rumore di passi leggeri, il cigolio delle vecchie tavole di legno, Gareth che saliva le scale, e dopo ancora un attimo di silenzio.

E in quel silenzio Rebekah capì una cosa, ne ebbe la certezza assoluta.

Ha detto alle bambine che sono morta.

Ecco perché aveva lasciato lì il cellulare invece di portarlo su con sé. Ecco il motivo della sua esitazione, del suo tentennamento. Alla fine, forse dopo due o tre mesi di assenza, senza segni di lei e Johnny, senza indicazioni su dove fossero andati o sul perché non fossero tornati a casa, si era reso conto di dover dire a Kyra – perché Chloe era ancora troppo piccola – la verità, o almeno una possibile verità. Le aveva spiegato perché la mamma non viveva più con loro, perché come prima cosa ogni mattina non facevano più colazione insieme, perché non era lì per rimboccarle le coperte prima di andare a dormire.

Aveva detto a Kyra che Rebekah era morta.

Perché era quello che pensava fosse successo.

«Pronto?»

La sua vocina giunse dal nulla.

«Ky?»

Nessuna risposta.

«Ky? Sei tu, piccola mia?»

Sembrava essere caduta la linea.

«Kyra? *Kyra*?»

Perché non rispondeva?

Non risponde perché non sa chi sei.

Sono diventata un'estranea.

Non si ricorda della mia voce.

«Ky, va tutto bene, sono io. Sono la tua mami.»

Un silenzio ancora più lungo, più terribile.

«Ky» singhiozzò Rebekah. «Ti ricordi di mamma, vero?»

Ma ancora una volta non le rispose nessuno, non sentiva nemmeno il fruscio del respiro di sua figlia, e crollò definitivamente. Si accasciò in avanti, sul cruscotto, e le emozioni la travolsero tutte insieme: lacrime impetuose come i venti che avevano flagellato l'isola; un senso di abbandono, brutale come tutti i giorni che aveva dovuto passare da sola; un dolore reale come i tagli che si era fatta sulla pelle, come i lividi, come le slogature. Con la coda dell'occhio vide Travis che la osservava dal pontile, ma non poteva aiutarla.

Nessuno poteva aiutarla.

«Dio ti ha rimandata da noi?»

Per un attimo le si fermò il cuore.

«Ky?»

Rebekah si asciugò gli occhi, il naso.

«Dio ti ha rimandata da noi?» ripeté Kyra con voce sottile, reticente, le parole venate da una timidezza inconsueta. Ma era lei. Quella era la voce che Rebekah aveva sperato di risentire negli ultimi centocinquantadue giorni.

«Sì, piccola mia» rispose. «Dio mi ha rimandata da voi.»

«Perché papà aveva detto che eri in paradiso.»

Deglutì. «Lo so.»

«Sei ancora in paradiso?»

Rebekah si asciugò di nuovo gli occhi. «No, tesoro» mormorò con dolcezza. «No, non sono più in paradiso. Sto tornando da voi. Sono quasi a casa.»

67

Gli investigatori si ricavarono un angolo nell'emporio, dove allestirono un tavolo con delle sedie e tutto il necessario per interrogarla. La gente del posto aveva detto agli agenti che in genere il proprietario del negozio non arrivava mai prima di maggio, ma a un certo punto Rebekah li sentì parlare al telefono con lui, per spiegargli che cosa stavano facendo. Il soffitto gocciolava ancora e l'acqua era traboccata dal secchio che aveva lasciato lì. Dopo un po' arrivo un pescatore per riparare il danno e, mentre lavorava, continuò a lanciarle una serie di occhiate.

Rivolta verso la porta, con una coperta attorno alle spalle e dell'acqua sul tavolo, Rebekah vide Frank Travis parlare con un'investigatrice della contea di Suffolk. Erano passate quattro ore da quando l'aveva trovata davanti alla segheria, tre da quando aveva parlato al telefono con Kyra e Gareth, e due da quando i poliziotti avevano deciso di portarla a Helena per interrogarla. Travis le aveva detto che la scientifica era ancora al faro e stava lavorando sul pick-up alla luce soffusa del tramonto; anche le squadre di ricerca erano impegnate a setacciare l'isola per scovare Hain.

Per il momento, però, non avevano trovato niente.

L'investigatrice con cui stava parlando Travis si chiamava Bowners ed era una donna magra e attraente, sui quarantacinque anni. Lui, al confronto, non avrebbe potuto essere più diverso. Tanto per cominciare aveva almeno dieci anni più di lei, fisicamente si stava lasciando andare e i capelli erano più grigi che neri, mentre la barba, pur essendo più scura nei punti dove era più folta – sul mento, lungo le basette – si stava tingendo d'argento. A un certo punto, parlando con Bowners, aveva tirato fuori un taccuino e degli occhiali da lettura, ma la cosa buffa era che non lo facevano sembrare più vecchio. Trasmetteva una tale energia, una tale vitalità. Era una cosa che Rebekah aveva notato anche nei medici a fine carriera: sentivano la mancanza del lavoro, persino dei suoi aspetti peggiori, e qualunque cosa tornassero a fare – alcuni finivano in cliniche private, altri a insegnare – era come se dentro di loro si riaccendesse qualcosa. Sfuggivano allo spauracchio della pensione come se avessero aperto i denti di una tagliola.

Travis e Bowners conclusero la loro conversazione e scomparvero in fondo alla strada, ma Travis tornò indietro qualche minuto dopo.

C'era qualcuno con lui.

«Roxie!»

Non appena sentì la voce di Rebekah, il cane cominciò a tirare al guinzaglio. Travis sorrise anche se faticava a tenere l'animale, tanto si dimenava per liberarsi, e Rebekah si alzò subito da tavola. Roxie le saltò addosso, talmente eccitata che non sapeva neanche da quale parte girarsi. Per tutta risposta, Rebekah la strinse forte a sé, chiudendo gli occhi e godendosi il momento.

Rimasero così per parecchio tempo.

Qualche minuto dopo, Bowners entrò nell'emporio.

«Ciao, Rebekah» disse mentre si sedeva accanto a Travis. «Ci siamo incontrate prima. So che vuoi tornare a casa. Cinque mesi da sola in questo posto...» Lasciò la frase in sospeso. «Il problema è che siamo a più di centosessanta chilometri dalla terraferma, su un'isola con poco segnale telefonico, senza internet né presidi della polizia. Se aspettiamo di tornare a Montauk, rischiamo di perdere troppo tempo e dettagli potenzialmente importanti. Vorrei raccogliere le tue dichiarazioni a caldo prima di partire. Per te va bene?»

«Credo di sì» rispose Rebekah.

«Vorrei anche filmare la nostra chiacchierata, perciò vado un secondo a prendere una telecamera» aggiunse Bowners, che uscì e si incamminò in direzione del porto, dove Rebekah aveva visto parcheggiata una camionetta della polizia. Pensando al porto, le tornò in mente Caleb e chiese a Travis come stava.

«È ancora presto per dirlo, ma penso che se la caverà.»

Lei annuì e riportò gli occhi verso la finestra. Doveva chiedergli anche un'altra cosa, ma non era così sicura di voler conoscere la risposta.

«Johnny lo hanno ritrovato?»

Travis tese le labbra. «Non ancora. Mi dispiace, Rebekah.»

Ma non era tutto.

«Frank?»

Stava guardando un oggetto che Bowners aveva portato con sé e lasciato accanto alla sedia, quindi Rebekah non era riuscita a capire cosa fosse. Quando Travis alzò gli occhi, le parve turbato.

«Hanno trovato questo» disse, e mise l'oggetto sul tavolo. Era una bustina di plastica trasparente con scritto sopra REPERTO. Dentro c'era un portafogli.

Rebekah si sentì morire.

«Era di Johnny, suppongo.»

Lei annuì. «Dov'è stato trovato?»

«Al faro.»

«Al faro? Perché era lì?»

«Non lo sappiamo ancora» rispose Travis.

«Ma il suo corpo non c'era?»

Il suo corpo.

Malgrado tutto, non riusciva a immaginarselo in quel modo. Provò a capire come aveva fatto a non trovare il suo portafogli giù al faro, e la risposta le si presentò nel giro di pochi secondi: perché non lo aveva mai cercato lì.

«No» sussurrò Travis. «Non lo abbiamo ancora trovato. Mi dispiace, piccola.»

Dopodiché rimasero in silenzio.

«Sai,» disse lui dopo qualche istante «prima non te l'ho detto, ma quando avevo otto anni sono stato qui con i miei genitori.» Stava osservando Main Street, perso nei suoi ricordi. «Insomma, visto quanto sono vecchio, puoi immaginare quanto tempo sia passato.» Fece una smorfia scherzosa. «Crow Island era una meta ambita negli anni Sessanta. Ricordo che un'estate, durante le vacanze, mio padre sorprese me e mia madre. Ci portò a Montauk con la sua AMC tutta scassata, con le portiere arrugginite e sospensioni più rigide di quelle di un carrarmato, e ci disse che avremmo preso un traghetto. Eravamo senza parole. Crow Island era per gente ricca. Non fraintendermi, alloggiammo nell'hotel più economico dell'isola, una vera bettola, perché mio padre non poteva permettersi di meglio, ma io e mia mamma eravamo al settimo cielo. Già era una fortuna potersi concedere una vacanza, e noi eravamo addirittura a Crow Island.»

«Anche per noi era così.»

«Davvero?»

«Ti ho detto che mio padre era un poliziotto, no?»

«No, ma lo sapevo. Quando ho parlato con Johnny, l'anno scorso, mi ha detto che vostro padre lavorava al Sessantottesimo distretto.»

Una breve pausa alla menzione di Johnny.

«Comunque,» continuò Rebekah «uno stipendio da poliziotto, tre figli, fatti i tuoi conti. Io ho vissuto in Inghilterra fino ai diciotto anni, e quando tornavo in America per le vacanze estive andavamo sempre nel solito posto, nel New Jersey, a Union Beach. Il motel si chiamava J. Era l'unico posto che papà potesse permettersi, ma a noi piaceva da matti.»

Travis annuì. «Tuo padre è venuto a mancare un paio di anni fa, giusto?»

«Esatto.»

«E l'altro tuo fratello?»

«Mike?» Rebekah abbozzò un sorriso. «Già, è morto anche lui.»

E in un attimo ebbe di fronte agli occhi il quadro generale, nudo e crudo. Suo padre era morto. Mike era morto. E adesso anche Johnny.

Era l'ultima Murphy rimasta.

«Vuoi sapere una cosa buffa?» le chiese Travis. D'un tratto sembrava più vecchio, più stanco. «Quando sono arrivato a Montauk, questa mattina, ho avvertito un assurdo e inopportuno senso di nostalgia per quest'isola. Ma nonostante tutto, nonostante la paura mi avesse chiuso lo stomaco, mi sono ritrovato a pensare a me e a mia mamma in spiaggia, a costruire castelli di sabbia.»

Un altro fremito sul suo viso.

«Ma sai, è cambiato tutto non appena è partito il traghetto. Tutto è tornato a fuoco. Non solo perché avevo riconosciuto Lima e l'istinto mi diceva che lui e Hain avevano in mente qualcosa, e nemmeno perché sapevo che tu, tuo fratello e Louise eravate in qualche modo collegati, e che se i vostri casi erano collegati, pur non potendo ancora dimostrarlo, era ragionevole pensare che i responsabili fossero gli stessi. Ma non è stato per questo. È stato più che altro perché non riuscivo a fare a meno di pensare che tu e Johnny foste sepolti qua da qualche parte, e che gli uomini che stavo seguendo l'avrebbero fatta di nuovo franca, proprio come con Louise. È stato pensare al fallimento a restituirmi la concentrazione necessaria, perché ero sicuro che avrei fallito anche con voi, proprio come ho fallito con Louise.»

Lanciò uno sguardo a Rebekah, e a lei parve commosso. All'inizio pensò che stesse compiangendo Louise, che magari fosse ancora in pena per lei. O forse era un residuo d'emozione, l'eco dello sforzo fatto al momento di prepararsi al peggio, quando aveva pensato di trovare tutt'altro sull'isola. La storia che si ripeteva.

Ma non era quello.

«Stamani sono andato a Montauk pensando che non ti avrei mai ritrovata viva. Non ci ho creduto neppure per un secondo, e invece sei qua perché hai lottato con tutte le tue forze. Il modo in cui sei sopravvissuta, le battaglie che hai affrontato, credo siano la cosa più coraggiosa che abbia mai visto in vita mia.» Si voltò verso di lei, gli occhi umidi. «Quindi quello che sto cercando di dirti, anche se so che è chiederti molto... anzi, è chiederti troppo, più di quanto dovrei, perché so che l'unica cosa che vuoi è tornare alla tua vita di sempre, tornare subito a casa dalle tue bambine, è che ho bisogno che tu faccia ancora un piccolo sforzo, Rebekah.»

Bowners stava tornando.

«La chiave sei tu, piccola.»

«La chiave?»

Lui la guardò negli occhi. «Non so perché ti volessero morta, non ho la più pallida idea di che cosa sia successo a Louise, ma una cosa l'ho capita.»

Si sporse verso di lei.

«La risposta è dentro di te.»

Identità

Era in taxi, di ritorno a casa, quando Tillman la chiamò al cellulare. Il giorno prima le aveva dato il numero di una nuova SIM *prepagata che stava usando, e lei lo aveva subito imparato a memoria, perciò lo riconobbe immediatamente. Sapeva anche che non l'avrebbe mai contattata senza un buon motivo.*

Accettò la chiamata. «Sono le due del mattino.»

«Già, be', dobbiamo parlare di una cosa.»

«Alle due del mattino?»

«Potremmo avere un problema.»

«E non può aspettare fino a domattina?»

«Si tratta di Travis.»

Lei trattenne il fiato. «Cioè?»

«E anche di Axel.»

Cercò di ritrovare la calma. «Okay.»

«Forse è meglio se ne parliamo di persona.»

Quindi il problema era grosso e potenzialmente spinoso. Si irrigidì, poi provò a pensare a dove incontrarlo. Non lo voleva a casa sua. Per quanto possibile, stava cercando di evitare di vederlo, specialmente adesso. Si era fatta un gran mazzo per ottenere quel nuovo incarico. L'ultima cosa di cui aveva bisogno erano domande quando aveva a malapena messo piede nel nuovo ufficio. Disse: «Pensavo fosse tutto risolto.»

«Ci avevamo messo solo una pezza, io te l'ho sempre detto.» Tillman era nervoso, lo capì dal suo tono di voce. «E adesso vengo a scoprire che Travis si è rimesso a lavorare su vecchi casi irrisolti. Hai idea di quanto sia stata stupida questa mossa?»

«Il caso di Louise Mason è stato archiviato.»

«E io ti garantisco che riportando indietro Travis dal regno dei morti quel caso non resterà archiviato ancora a lungo.»

«Ho scelto io i casi da affidargli.»

«Proprio non ci arrivi, eh? Travis non è un coglione. È in gamba. Sa il fatto suo. E tu gli hai appena dato accesso al sistema.»

Lei avvertì un brivido di paura.

«Io te l'ho detto fin dall'inizio. Quello che abbiamo fatto quella sera con Axel è stato solo per arginare i danni. Prima o poi sarebbe saltato di nuovo fuori e adesso ne pagheremo le conseguenze. Axel è un grosso problema. Lo è sempre stato.»

Lei chiuse gli occhi. Sapeva che quel giorno sarebbe arrivato, lo stesso Tillman l'aveva avvertita l'ultima volta che si erano visti di persona, sulla panchina in fondo al molo 15. Anche se gli aveva chiesto di temporeggiare, anche se Tillman aveva esaudito il suo desiderio, stavolta sapeva che non poteva guadagnare altro tempo. Ormai era inevitabile.

Quando riaprì gli occhi, scorse il suo riflesso nel finestrino del taxi, il cellulare all'orecchio. Tranne per i capelli, appariva esangue, pallida come un fantasma, un'anima tormentata, senza alcun legame.

Non aveva persone care. Né una casa.

Né una famiglia.

«Pensi che Travis sospetti di me?» chiese.

«No.»

«Pensi che sappia chi sei?»

«No, sicuramente no.»

«Come fai a esserne così sicuro?»

«Perché ho cambiato identità dopo quella raccolta fondi.»

Lei lanciò uno sguardo al taxista, rendendosi improvvisamente conto che era in grado di sentire almeno la sua parte di conversazione. Abbassò la voce e disse: «Non me l'avevi detto. Hai cambiato identità la sera della raccolta fondi? Perché?»

«Secondo te?»

Era una domanda stupida.

Lo sapevano entrambi che cosa era successo quella sera.

«Il nome Nick Tillman è finito dritto nel cesso nel preciso istante in cui il tuo prezioso Axel ha fatto la sua comparsa in scena.» Un silenzio schiacciante, come il peso degli ultimi sei mesi. «La colpa è sua. È Axel la ragione per cui continuiamo a sbatterci ancora oggi, a mesi di distanza, e cerchiamo di rattoppare le falle di una nave che sta affondando. Qua è Axel il problema.»

Guardò la strada davanti a sé, dal parabrezza del taxi, e vide l'oscurità dell'Holland Tunnel.

Era come una bocca pronta a inghiottirla.

«Tillman, so che dobbiamo farlo, ma...»

«Hain» si sentì rispondere. «D'ora in avanti puoi chiamarmi semplicemente Hain.»

68

Nelle quattro ore successive, Rebekah raccontò a Bowners tutto quello che voleva sapere. Quando finirono, fuori la strada era buia e deserta, il traghetto già ripartito. Anche le attività della polizia si erano ridotte. Dalla sua posizione riusciva ancora a vedere delle volanti, ma i lampeggianti erano spenti.

«Mi spiace di averti dovuto fare così tante domande» disse Bowners mentre il cappuccio della sua penna grattava delicatamente sulle pagine del suo blocchetto per gli appunti. Malgrado la telecamera, si era scritta praticamente tutto. «Dico sul serio» aggiunse, e la guardò. «Anch'io ho dei figli. Dev'essere stato un inferno per te.»

Rebekah si limitò ad annuire. Che altro c'era da dire? «Hain è ancora sull'isola?» domandò.

«No» rispose Bowners. «Temiamo di no.»

A Rebekah si attorcigliò lo stomaco.

«Crediamo possa essersi allontanato in barca.» Bowners alzò una mano, come se avesse riconosciuto la sua reazione. «Tranquilla, lo troveremo. E fino ad allora ci assicureremo che tu e la tua famiglia siate protetti. Ho parlato con i colleghi del NYPD e hanno già mandato alcuni agenti a casa tua.»

Degli agenti sorvegliavano casa sua, dove dormivano le sue bambine: prima di quell'esperienza non lo avrebbe mai ritenuto possibile, l'avrebbe vista come una cosa che succedeva soltanto ad altre persone. Adesso era persino peggio di quello che aveva già passato.

«I nomi Lima e Hain» continuò Bowners «sono soltanto degli pseudonimi. Non siamo riusciti a risalire a 'Hain', quale che sia il suo vero nome, ma sembrano esserci dei collegamenti con l'identità rubata a un certo Nick Tillman. Il vero Tillman, però, è morto dieci anni fa. Quanto a 'Lima', abbiamo trovato un documento: si chiamava Lorenzo Selestino. Era nato a Lima, in Perù, il che giustifica la scelta del soprannome. Stiamo seguendo alcune piste, ma aveva dei precedenti e si era fatto cinque anni a Rikers, quindi riteniamo che 'Hain' abbia trascorsi abbastanza simili. Avrà dei precedenti. Dobbiamo soltanto trovarli. Questo naturalmente solleva delle domande sul perché abbiano deciso di usare sempre dei soprannomi, anche quando erano da soli o pensavano di esserlo. La risposta più ovvia sarebbe: per ridurre i rischi di essere identificati.» Bowners ricontrollò i suoi appunti. «Ma c'è una cosa che non riesco a capire» disse «e so che ha destato qualche perplessità anche a Frank. Perché Lima è venuto sull'isola da solo per uccidere te e tuo fratello? Non abbiamo trovato alcuna traccia di Hain nei filmati di Montauk.»

Rebekah fece spallucce. «Non ne ho idea.»

«Ma hai detto che quella notte sono tornati entrambi, che ti è sembrato che fosse Hain il capo.»

«Mi ha dato quell'impressione, sì.»

«Se il capo era lui, perché lasciare tutto il lavoro a Lima?» Bowners non lo stava chiedendo a lei. «Sarebbe stato molto meno rischioso se fosse venuto anche Hain. Tu non lo avevi mai incontrato prima, vero? Ne sei assolutamente sicura?»

«No, mai.»

«E non hai mai conosciuto nemmeno Louise Mason, dico bene?»

«Non di persona, no.»

«Quindi la conoscevi solo tramite Johnny?»

«E Kirsty Cohen.»

Bowners agitò la penna. «Giusto. La tua amica Kirsty. Quella che ha combinato un appuntamento per Louise e Johnny?»

«Sì.»

«Ma Johnny pensava che Louise non fosse interessata a lui.»

«So che le aveva mandato un paio di messaggi dopo l'evento benefico, forse l'aveva persino chiamata, ma lei non gli aveva più risposto. Non me ne ha mai parlato più di tanto.»

«Di Louise? Ed era una cosa insolita?»

«Nient'affatto. Johnny era molto riservato riguardo alla sua vita privata. Non amava parlare delle sue storie finché non era sicuro che fosse il caso di farlo e che la donna con cui stava uscendo fosse seriamente interessata a lui.» Rebekah ripensò alla confessione che le aveva fatto dopo l'incidente a Londra. «Johnny aveva sempre paura di essere ferito. Però penso che Louise gli piacesse.»

Per un attimo su di loro calò un silenzio da funerale. Louise gli piaceva, lui sembrava piacere a lei, e in un'altra vita forse sarebbero finiti insieme. Ma non in quella.

Travis si fece più avanti con la sedia.

«Okay, ecco che cosa sappiamo della notte in cui Louise è scomparsa nel nulla» disse, e aprì di fronte a sé un taccuino. Ogni centimetro delle varie pagine era pieno zeppo di appunti, diagrammi e numeri di telefono, persino sui margini. «Il 23 settembre dell'anno scorso è andata con tuo fratello al Royal Union Hotel, nell'East Village, per un evento a scopo benefico. Volevano raccogliere fondi per una onlus chiamata One Life, Second Chance. Louise era una delle madrine della serata e si era offerta di dipingere alcuni ritratti da mettere all'asta. Comunque, appena arrivati Johnny riceve una telefonata dall'ospedale e scopre che la vostra amica Noella è stata ricoverata per un'appendicite, così lascia Louise all'evento, si assicura che varchi sana e salva le porte dell'albergo e torna a Brooklyn. Louise entra...» Travis si interruppe: un fremito, un lungo sospiro. «E a fine serata scompare nel nulla.»

«Nessuno ricorda di averla vista?» domandò Rebekah.

«In tanti ricordano di averla vista all'evento, ma nessuno ricorda di averla vista andare via. Il massimo che sono riuscito ad avere è un possibile avvistamento di lei al bar dell'hotel.» Aprì il taccuino all'ultima pagina, dove c'era una specie di astuccio stracolmo di fogli. Tolto l'elastico, tirò fuori tutto. Quasi tutti i fogli erano piegati a metà, inclusa la fotocopia di una foto scura e sfocata: il fermoimmagine di un video delle telecamere di sicurezza. «Questo è il bar dell'hotel» disse, spingendo la foto verso Rebekah. «La telecamera è nel corridoio, e questo non ci è stato d'aiuto, ma penso che quella sia la testa di Louise.» Puntò il dito sulla parte superiore e non meglio identificabile di una faccia, oscurata dalla gente e dalle porte aperte del bar. «Stava parlando con qualcuno.»

Il dito di Travis si spostò su una seconda faccia, persino più confusa della prima, ai margini della foto. Era un uomo, bianco o ispanico, immortalato mentre sorrideva. Se ne intravedeva il profilo, ma a parte quello era impossibile capire chi fosse: lo scatto era stato ingrandito e l'immagine era sgranata.

«Si sa chi sia?» chiese Rebekah.

«Potrebbe essere Hain.»

Rebekah si chinò sulla foto.

«O forse era Lima.» Travis ripescò altri due fogli piegati a metà, li aprì e li mise sul tavolo. «Queste sono immagini più nitide del bar prima che Louise sparisse» disse, e le mostrò la seconda foto.

Era un altro fermoimmagine preso dalla stessa telecamera. Quello mostrava soprattutto l'atrio, il bar appena visibile in fondo a sinistra. Evidentemente la telecamera si muoveva. C'erano clienti che parlavano nell'atrio, che entravano dalle porte d'ingresso o che aspettavano in fila al bancone della reception.

Lo scatto era scuro, la risoluzione mediocre.

Lo sguardo di Rebekah indugiò sul bar nell'angolo a sinistra.

Ci mise un po' a capire che cosa avesse attirato la sua attenzione, ma poi mise a fuoco il gruppo di uomini accanto alla porta del bar: cinque, forse di più, un groviglio di braccia e gambe. Uno reggeva la porta, tenendola aperta, come se fosse in procinto di andarsene. Era impossibile capire chi fosse, perché, tranne per la manica della giacca, era oscurato proprio dalla porta; era altrettanto impossibile distinguere gli altri, quantomeno singolarmente, perché gli smoking e i completi scuri li rendevano un'unica massa omogenea, e alcuni erano persino rimasti fuori dall'inquadratura. Le uniche facce chiaramente visibili erano due: quella del cameriere in secondo piano...

E quella di un'altra persona.

Alzò gli occhi. «E quello chi è?»

Indicò un uomo. Data la distanza dalla telecamera, i suoi lineamenti apparivano sfocati, ma Rebekah vide che era bianco, che aveva i capelli neri o castano scuri e che era uno dei più alti del gruppo. Indossava un completo grigio scuro, camicia bianca e cravatta nera. Gli occhi erano solo due pozze nere oscurate dalle luci del bar.

Travis si sporse per vedere. «Non lo sappiamo. Non c'è modo di sapere con esattezza chi si trovasse in albergo quella sera, perché anche se ho i nomi di tutti gli invitati all'evento, il bar dell'hotel era aperto al pubblico. Poteva entrare chiunque.» Inclinò leggermente la testa per osservare meglio l'uomo in questione. «Perché? Pensi di conoscerlo?»

Bowners usò un dito per capovolgere la prima immagine del bar presa dalla telecamera di sicurezza, quella in cui Travis era convinto ci fosse Louise che parlava con un naso, una bocca e un sorriso, e la accostò all'altra affinché Rebekah le potesse mettere a confronto. «Prenditi il tuo tempo» disse con calma.

Ma non era calma, si capiva.

«Non so se...» Rebekah tacque. «Non credo di conoscerlo.»

Ma poi guardò di nuovo il volto di quell'uomo.

O forse sì?

Avvicinò la foto.

Fissò quel viso per qualche altro secondo.

E lo shock la travolse come un treno in corsa.

Prima

Dopo essersi rivestita Rebekah uscì dal bagno, e lo trovò impegnato a rifare il letto. Le dava le spalle, chino sul materasso. Si era messo una canottiera bianca e i pantaloni grigi di una tuta. Non si era accorto della sua presenza. Non sapendo cosa fare, lei lo osservò dalla porta, poi si guardò attorno: casa sua era carina, accogliente, con delle vecchie foto di New York appese alle pareti, il profumo del caffè e del bacon che veniva dalla cucina alla loro sinistra, e il salotto, oltre una porta aperta di fronte alla camera da letto, inondato dalla luce del sole. Sopra il letto, appesa a un muro di mattoncini rossi, c'era una maglietta incorniciata e autografata, con il nome HENRY stampato sopra il numero 14.

«Ti piace il calcio?»

Lui si voltò, sorpreso, poi seguì lo sguardo di Rebekah e vide la maglietta. «Oh.» Sorrise. «Sì, sono un grande tifoso. Thierry Henry era il mio idolo.»

Non sapendo che cos'altro aggiungere, lei si limitò ad annuire.

E ancora una volta pensò che era attraente. Lei aveva trentanove anni e lui ne aveva almeno quindici in più, con i capelli e la barbetta brizzolati, ma che gli donavano. Era in forma, allenato. Si prendeva cura di sé stesso.

«Senti» disse lui di punto in bianco. «Mi dispiace davvero tanto per...» Non concluse. *Per tutto: per ieri sera, per essermi ubriacato così tanto da non ricordare nulla, nemmeno il tuo nome.* «Magari possiamo riprovarci» aggiunse con un altro sorriso, porgendole la mano nella speranza che l'accettasse. «Ciao, io sono Daniel.»

Lei ebbe un attimo di esitazione.

Ma poi gli strinse la mano.

«Ciao» disse. «Io sono Rebekah.»

Si scrutarono senza riuscire a farsi venire in mente nient'altro con cui riempire il silenzio. Poi lui si lasciò sfuggire un risolino imbarazzato, lei lo imitò, e questo sembrò allentare la tensione.

«Sento di dover essere sincero con te» continuò Daniel. «C'è un'altra persona nella mia vita, e immagino valga lo stesso per te.»

Lei fece una smorfia. «Nel mio caso la storia è un po' più complicata.»

«Okay» fece lui, e Rebekah apprezzò che non le chiedesse ulteriori spiegazioni. Non voleva dargliene. «Prima dicevo sul serio, però. Di solito non faccio certe cose. Non sono fatto così. Io e lei... non lo so... direi che stiamo attraversando un momento un po' particolare, ma questa non vuole essere una scusa. Non ero uscito a caccia ieri sera, te l'assicuro. Non lo farei mai.»

E per qualche motivo, anche se non sapeva nulla di lui a parte il nome, Rebekah volle credergli. Sembrava così sincero, una persona così seria. Sentì l'inaspettato bisogno di parlargli di Gareth, della loro separazione, perché il discorso dell'attraversare 'un momento un po' particolare' descriveva perfettamente anche il loro rapporto: si stavano separando, lei era ancora ferita per il suo tradimento, ma avevano raggiunto un equilibrio e, anche se non avevano mai parlato di tornare insieme, non litigavano più e non stavano cercando di voltare pagina.

Che cos'era quello se non un momento un po' particolare?

«Non penso che le dirò di ieri sera» confessò Daniel, e la pelle attorno ai suoi occhi si increspò, come se quell'ammissione per certi versi lo facesse stare male.

Rebekah non sapeva come replicare perché non sapeva cosa fosse peggio: ammetterlo o nasconderlo. La seconda opzione – nasconderlo, dimenticarlo – le sembrava la migliore, ma era una decisione che avrebbe avuto le sue ripercussioni. Si conosceva, perciò sapeva che sarebbe stata scossa da un fremito ogni volta che avrebbe cercato, per quanto possibile, di fare pace con quanto accaduto quella notte. Era fatta così. Quindi scrollò la testa e disse: «No, nemmeno io. È troppo...» Non le veniva in mente un'altra parola in grado di descrivere la sua situazione se non quella di prima: 'complicata'. Era così banale, ma la inquadrava alla perfezione.

Daniel sorrise, forse nel tentativo di sdrammatizzare, e poi calò di nuovo un silenzio imbarazzato e inelegante. Si guardarono e basta, senza sapere cosa aggiungere.

«Be', forse è meglio che vada» disse alla fine Rebekah.

«Ricordi il film *Un piedipiatti a Beverly Hills*?»

Lei aggrottò la fronte, presa alla sprovvista.

«Non temere» continuò lui, alzando una mano. «Arrivo subito al dunque. Quello che voglio dire è che quel film, quando uscì negli anni Ottanta, ebbe un successo *enorme*. Io andavo alle superiori. Ero un adolescente e pensavo che fosse una figata pazzesca, e la cosa più figa di tutte, oltre al fatto che io e miei amici sapevamo a memoria tutte le battute di Eddie Murphy, era che avevo lo stesso cognome del suo personaggio.»

Rebekah continuava a non capire. E allora?

Lui notò la sua confusione e scosse la testa, mortificato. «Perdonami. Quello che stavo cercando di dirti, forse in modo molto astruso, è che magari, visto che mi chiamo Daniel Foley, alla fine le cose diventeranno... meno complicate.»

Le stava dicendo che gli piaceva.

E che voleva conoscerla meglio.

Rebekah lo guardò, notando per l'ennesima volta quanto era bello, educato e un po' goffo, autoironico e umile, e provò uno strano brivido.

Anche lui aveva qualcosa che le piaceva.

Ma poi scacciò quel pensiero dalla testa. La sua vita era già un gran casino. Quello avrebbe soltanto peggiorato le cose, e lei doveva riportarle alla normalità, non all'esasperazione.

«Okay» disse lei.

«Okay» ripeté lui, e sembrava rincuorato dal fatto che non fosse scappata a gambe levate. Le sorrise di nuovo: aveva un bel sorriso. «Be', ora sai dove abito.»

Rebekah annuì.

«E sai come mi chiamo.»

«Sì» disse lei. «Daniel Foley.»

«Axel Foley» la corresse.

«Come?»

«Era il nome del personaggio di Eddie Murphy in *Un piedipiatti a Beverly Hills*» disse lui «perciò hanno iniziato tutti a chiamarmi così. Gli amici, intendo.»

Rebekah annuì di nuovo.

«Per loro non sono Daniel» concluse. «Per gli amici sono Axel.»

Dietro le quinte

Sei mesi prima

Il parcheggio era tranquillo.

Quello era un colpo di fortuna.

Hain uscì dall'ascensore e si mise a cercare la Lexus. La trovò in fretta, il cofano più lungo rispetto alle auto parcheggiate accanto, il muso che sbucava come quello di un animale pronto a uscire allo scoperto. Si guardò intorno, si assicurò che non ci fosse nessun altro su quel livello, poi si avvicinò all'angolo vicino alla rampa. Mentre camminava, ripassò la storia di Stewart Laurence Hain, tutti i dettagli che si era già inventato. Il tempo di Nick Tillman era scaduto. Quell'identità se l'era bruciata. Se l'era bruciata nel preciso istante in cui Axel lo aveva chiamato per dirgli che cos'era successo. Per quanto fosse stato attento, Tillman era una pista che poteva ricondurre a quell'istante. Hain no. Quella di Hain era un'identità nuova di zecca che non portava da nessuna parte.

I sedili anteriori della Lexus apparvero alla vista.

Axel era seduto al posto di guida, le mani sul volante, i primi bottoni della camicia slacciati e la cravatta allentata. I loro sguardi si incrociarono attraverso il parabrezza.

Hain fulminò Axel con gli occhi.

Allungò il passo e continuò a scrutare il parcheggio, cercando segni di movimento nei pressi dell'ascensore, persone in arrivo, al telefono, che fumavano in qualche angolo. Aveva ancora campo libero. Quando arrivò a pochi metri dalla Lexus, Axel tirò giù il finestrino, ma Hain non aspettò che si abbassasse del tutto: spalancò la portiera.

«Scendi» sibilò.

«Grazie per essere ve...»

«Scendi, cazzo.»

Axel ubbidì.

«Abbottonati la camicia e sistemati la cravatta.»

Mentre Axel seguiva le sue istruzioni, Hain diede l'ennesima occhiata al garage. «Qualcuno ti ha visto venire qua?»

Axel scosse la testa. «No.»

«Ne sei sicuro?»

«Sicurissimo.»

Hain osservò l'abitacolo della Lexus.

«E adesso che faccio?» gli chiese Axel.

«Abbassa la voce.»

«Adesso che faccio?» ripeté, stavolta con un filo di voce.

«Tu non devi fare niente.»

Axel aggrottò le sopracciglia. «Cioè?»

Hain distolse l'attenzione dall'abitacolo, osservò Axel, il viso in fiamme per la rabbia. Aveva una gran voglia di uccidere quel coglione, di strangolarlo, di picchiarlo. Invece fece un bel respiro e disse: «Cioè non devi fare niente. Adesso tornerai di sopra e farai finta che non sia successo nulla.»

Si fissarono a vicenda.

Hain aggrottò la fronte. «Che c'è? È chiedere troppo?»

«No, è solo che...»

«Cosa?»

«Non so che cosa dire agli altri.»

Hain gli rivolse un lungo sguardo furente. «Mi prendi per il culo?»

«No, io...»

«Sei il più grande bugiardo che abbia mai conosciuto. Non fai altro che sparare cazzate. Lo fai di continuo. Sei fatto così. Immagina di esserti semplicemente fatto l'ennesima strafica e sono certo che riuscirai a inventarti qualcosa di credibile.»

«Okay» mormorò di nuovo Axel, avvilito.

«La gente non dovrà sospettare di niente. Ora devi tornare di sopra ed essere il solito Axel, o Daniel, o come cazzo ti sei presentato stasera.»

«Lo so.»

«Quindi datti una sistemata.»

Axel si sistemò i vestiti. I capelli.

«Se non sarai convincente» continuò Hain «saremo entrambi fottuti.»

Axel non gli rispose.

Hain fece un passo verso di lui. «Hai capito?»

Axel fece cenno di sì con la testa.

Hain lo prese per il collo. «A me non sembra che tu mi stia ascoltando.» Parlava a denti stretti e quelle parole gliele sputò in faccia. «Non finirò dentro per questo, mi hai sentito?»

Axel provò ad annuire, ma non riusciva a muovere la testa.

«Mi hai sentito?»

«Ti ho sentito» rantolò.

Hain continuò a stringere per qualche istante, tenendolo contro la macchina, le unghie affondate nel suo collo. Poi allentò la presa e fece un passo indietro.

Guardò di nuovo dentro la Lexus.

E i suoi occhi incrociarono quelli privi di vita di Louise Mason.

8

Libertà

69

Nella tarda serata del primo aprile, venerdì, sei mesi dopo la scomparsa di Louise Mason, e dodici ore dopo che Travis aveva preso un traghetto per Crow Island e aveva scoperto che Rebekah era ancora viva, un corpo fu ritrovato a Fort Washington Park, sotto il George Washington Bridge. La vittima, un maschio bianco sui cinquantacinque anni, sembrava essersi tolto la vita scavalcando il parapetto del ponte e lanciandosi nel vuoto.

L'uomo in questione si chiamava Daniel Foley.

Axel, per gli amici.

Non era sposato, i suoi genitori erano morti quando aveva all'incirca vent'anni, non aveva fratelli e non sembrava che stesse frequentando qualcuno al momento del decesso. Ma Foley non era un recluso. Anzi, tutto il contrario. Questione di poche ore e gli agenti del Trentatreesimo distretto erano riusciti a farsi un'idea piuttosto chiara del soggetto, non da ultimo grazie ai colleghi di Retrigram, il colosso dei social media per il quale aveva lavorato come pubblicitario negli ultimi vent'anni e tra i quali godeva di una certa popolarità. Lo avevano definito 'gentile' e 'generoso', dotato di un 'fantastico senso dell'umorismo', e sebbene non avesse grandi qualifiche accademiche – si era laureato in Economia a Staten Island a venticinque anni suonati, dopo aver precedentemente lasciato gli studi – secondo alcuni era una persona davvero brillante. Tutti quelli che conoscevano Daniel 'Axel' Foley, dai compagni di scuola con cui era rimasto in contatto ai colleghi di Retrigram, si erano detti scioccati dalla notizia. Uno aveva dichiarato: «Se mi avessero chiesto di fare il nome della persona meno incline a togliersi la vita, di sicuro avrei pensato a lui. Axel non si faceva mai prendere dall'ansia, non si scoraggiava mai. Non aveva poca autostima, non era mai triste, non era un indolente. Non aveva perso peso e non aveva mai lamentato problemi di insonnia... voglio dire, che io sappia non soffriva di depressione. Non riesco a pensare a un solo motivo per cui possa essersi buttato.»

Eppure l'aveva fatto.

Il giorno dopo, di conseguenza, gli agenti del Trentatreesimo cominciarono a valutare l'idea che Foley potesse essere stato spinto. Un omicidio avrebbe giustificato il perché di un gesto all'apparenza così estremo, così poco da lui.

Ma non riuscirono a trovare prove del fatto che qualcuno lo avesse seguito fino al luogo del suicidio.

Le telecamere attorno al ponte mostravano Foley che camminava sulla Centosettantottesima strada e poi svoltava a sud, su Haven Avenue, una spirale d'asfalto che si immetteva nella superstrada a otto corsie. Da lì proseguiva sul ponte, fino al primo pilone. Nei minuti successivi nessun altro pedone usciva dallo stesso sottopasso imboccato da Foley e nessuno andava verso ovest, verso il New Jersey, quindi non c'era nessun altro sul ponte in quel momento. Quando gli investigatori visionarono tutti i filmati di quella notte, presi da tre telecamere diverse che riprendevano tre punti separati, ottennero sempre la stessa cosa, ma da angolazioni diverse: Daniel Foley e il suo salto nel vuoto.

Si era trattato al cento percento di un suicidio.

L'unico problema era che non si capiva perché lo avesse fatto.

Ma poi, ventiquattr'ore dopo, il pomeriggio del 2 aprile, il corso delle indagini cambiò quando un'ispettrice della contea di Suffolk incontrò gli agenti del Trentatreesimo distretto e disse loro che forse aveva qualcosa; o meglio, qualcuno.

Una certa Rebekah.

70

Alla fine Travis disse a Rebekah di Daniel Foley, della ricerca di risposte rispetto al suo suicidio, ma per buona parte della serata, dopo averlo riconosciuto nella foto dell'hotel, era stata tenuta all'oscuro di tutto.

Travis e Bowners erano usciti dall'emporio e lei era rimasta lì con Roxie, ad accarezzare il cane, confusa, ferita e imbarazzata per aver dovuto raccontare i dettagli della notte passata con Foley.

Il responsabile della scomparsa di Louise Mason.

Forse il responsabile di tutto quello che le era successo.

Durante la sua permanenza sull'isola, pur avendo affisso il suo nome nel corridoio dell'ostello, non aveva mai preso seriamente in considerazione l'idea che quanto accaduto potesse avere a che fare con lui, in parte perché le altre teorie – gli altri sospetti – sembravano più fondate. Una notte di sesso con una sconosciuta non sembrava un valido motivo per volerne la morte, non lo era, e a dire il vero continuava a non avere molto senso. Era stata una scappatella. Non c'erano stati retroscena. Foley le aveva mentito quando le aveva detto che era impegnato in una relazione, ma la gente lo faceva di continuo. In genere però fingeva di non averla, un'altra relazione.

Tornando a New York, Travis provò ad aiutarla a fare chiarezza, ma era difficile perché lui per primo non disponeva di tutti gli elementi, e più si avvicinavano a casa, più lei andava nel pallone. Era stanca morta, fisicamente ed emotivamente provata, ma soprattutto inaspettatamente spaventata al pensiero di rivedere le sue bambine. Aveva perso molto peso, aveva una grossa cicatrice sulla faccia e non aveva mai portato i capelli così corti in vita sua. E se una volta varcata la porta di casa non l'avessero riconosciuta? Se avessero voluto stare con Gareth e non con lei?

Quando presero l'uscita per Brooklyn e lasciarono l'interstatale, ormai non ragionava più. Roxie si stava agitando sul sedile posteriore, il naso premuto contro il vetro e la città che le sfrecciava davanti agli occhi. Non sapeva dov'erano né dove stavano andando. Accanto a Rebekah, Travis per un po' rimase in silenzio, ma alla fine cercò di rassicurarla: «Andrà tutto bene, piccola, vedrai.»

Si fermarono davanti a casa sua.

C'era un agente in divisa fuori dalla porta.

Rebekah osservò le finestre del salotto, vide le tende che ondeggiavano, poi Noella che sbirciava fuori. I loro sguardi si incrociarono. Non appena Noe iniziò a salutarla con la mano, a Rebekah si riempirono gli occhi di lacrime. Travis le posò una mano sul braccio, e un attimo dopo Noe si stava precipitando fuori dalla porta. Gareth la seguì un secondo dopo, con Chloe in braccio, mezza addormentata. E alla fine, con esitazione e nascondendosi dietro la gamba di suo padre, apparve anche Kyra. Attraverso il finestrino, Rebekah le sentì dire: «Guarda, papà, c'è un cagnolino in macchina» e indicò Roxie.

Capendo la situazione, il poliziotto di guardia si fece da parte e salutò Rebekah con un cenno del capo. Lei scese dall'auto, si asciugò gli occhi con la manica del maglione che le avevano procurato Bowners e gli agenti della contea di Suffolk, e a quel punto Noe si staccò dal gruppo e le corse incontro.

Le gettò le braccia al collo. «Non farlo mai più» disse, le labbra premute sulla guancia di Rebekah, che ricambiò l'abbraccio. Quando si separarono, Rebekah guardò di nuovo la casa, Gareth e le bambine che avevano sceso i gradini, Chloe crollata sulla spalla di suo padre.

Gareth le rivolse un sorriso mortificato. «Scusami. Ho provato a tenerla sveglia.»

Distese il braccio libero per abbracciarla, e Rebekah baciò la testa di Chloe, il naso, le guance, inspirando a pieni polmoni il profumo di sua figlia. La riempì di baci – ancora e ancora – e le accarezzò delicatamente il faccino. La pelle di sua figlia era così morbida e le sue dita così callose, così rovinate e piene di tagli, che ebbe il timore di farle male, ma la bambina continuò a dormire profondamente.

«Ciao, mammina.»

Rebekah abbassò gli occhi. Kyra era stata incoraggiata a farsi avanti, e forse Gareth l'aveva persino istruita su cosa dire. Rebekah si inginocchiò sul marciapiede per essere al suo livello. Era cresciuta così tanto in cinque mesi.

«Ciao, tesoro. Ti ricordi di me?»

Lei fece cenno di sì.

«Non ti sei dimenticata della tua mami, vero?»

«Che cos'è?» Kyra indicò con un ditino la cicatrice sul viso di sua madre. «Hai fatto a botte con qualcuno?»

«No» disse Rebekah. «Ho fatto un incidente.»

«Ti fa male?»

«Non più.»

Gli occhi di sua figlia cercarono di nuovo la macchina.

«Quello è il tuo cagnolino?» domandò.

«No, ma mi sono presa cura di lei.»

«Come si chiama?»

«Roxie.»

Kyra si mise a ridacchiare. «È un nome buffo.»

«Perché è un cane buffo.»

Si guardarono di nuovo, e Rebekah disse: «Non sai quanto mi sei mancata.»

E poi strinse sua figlia e non la lasciò più andare.

71

La ragione del suicidio di Daniel Foley divenne evidente non appena Rebekah lo ebbe identificato. Bowners, che aveva subito iniziato a collaborare con gli inquirenti di New York, consegnò i due scatti dell'hotel al laboratorio del NYPD. Grazie ai programmi di riconoscimento facciale, i tecnici furono in grado di dimostrare che l'uomo identificato da Rebekah e l'uomo con cui stava parlando Louise al bar erano la stessa persona. Per togliersi ogni dubbio, i tecnici usarono una foto di Daniel Foley fornita dai suoi colleghi di Retrigram per confrontarla con le altre. Era lui.

La persona che stava parlando con Louise era Foley.

Rebekah lo venne a sapere da Travis, che a sua volta era stato informato da Bowners. Le chiese di tenere l'informazione per sé perché sapeva che Bowners non avrebbe approvato, ma era chiaro che era combattuto, turbato da troppe domande rimaste senza risposta. Quello era uno dei motivi per cui, trentasei ore dopo il loro ritorno a Brooklyn, il suo secondo giorno a casa, tornò a farle visita.

Roxie andò ad accoglierlo all'ingresso, abbaiando e zampettando sul posto, e quando lui si chinò a giocare con lei, Rebekah capì con certezza che avrebbe tenuto il cane. Non c'erano più dubbi. Roxie sarebbe rimasta lì. Avrebbe sbrigato le pratiche necessarie non appena quella storia fosse finita.

Prima o poi.

Qualche ora prima, seduta davanti alla finestra a osservare il sorgere del sole, si era detta che doveva soltanto accettare la libertà ritrovata per far sì che diventasse realtà. Adesso era chiaro che si stava soltanto illudendo.

Finché non avessero catturato Hain, lei era confinata in casa.

Rebekah sistemò le bambine in salotto con un paio di episodi di *Dora l'esploratrice* e portò Travis in cucina.

«Qualche novità sulla mail inviata da Gareth a Stelzik?» gli chiese a bassa voce, anche se Gareth era al lavoro e dubitava che le bambine potessero sentirla. Doveva sapere.

«Ho chiesto a Bowners e mi ha detto che uno dei tecnici è risalito a un indirizzo IP in California.»

Rebekah aggrottò le sopracciglia. «In California?»

«L'indirizzo IP appartiene a...» Controllò sul suo taccuino. «Una VPN. Sai cos'è? Io no fino a ieri sera. Virtual Private Network, una specie di muro che scherma la tua vera posizione e il tuo indirizzo IP.»

«Quindi non sappiamo se l'abbia inviata Gareth oppure no?»

«Secondo te può aver usato una VPN?»

Ci pensò un attimo: era possibile, ma questo avrebbe indicato un livello di cautela e accortezza che di certo non aveva mostrato quando aveva dimenticato il cellulare in auto, dandole la possibilità di trovare l'account di posta di 'Willard Hodges' e le sue mail.

Non è stato Gareth, è stato qualcun altro.

Provò un sollievo immenso, perché questo voleva dire che lei e le bambine erano al sicuro in casa con Gareth, che lo conosceva *davvero*, che il suo ex marito era ancora lo stesso uomo che aveva sposato, nel bene e nel male. Lanciò un'occhiata a Travis e, per l'ennesima volta, capì che erano sulla stessa lunghezza d'onda: malgrado avessero passato poco tempo insieme, era come se si comprendessero senza dover dire una sola parola.

Nemmeno lui pensava che fosse stato Gareth.

Ma c'era ancora da capire perché Stelzik avesse ricevuto quel messaggio.

«Se diamo per assodato che Hain e Lima potevano accedere alle tue mail e al tuo cellulare,» disse Travis «penso sia legittimo supporre che avessero accesso anche a quello di Gareth, incluso l'indirizzo mail che stava usando con la sua amante. Secondo me, anche se dovremo aspettare di avere conferme in tal senso, hanno mandato quella mail per confondere le acque. Da un lato è stata una mossa astuta, perché questo è il genere di pista che un poliziotto non può ignorare, che ti fa perdere giorni e settimane, e quando ti rendi conto di essere finito in un vicolo cieco ormai gli hai dato il tempo di rattoppare altre falle. È una strategia che Hain aveva già impiegato in passato. Ricordi quando ti ho parlato della telefonata anonima, quando mi ha detto di concentrarmi di nuovo su tuo fratello?»

Rebekah annuì, ma era più interessata all'espressione di Travis, al velo di tristezza che gli aveva annuvolato il viso dopo l'accenno alla telefonata anonima. Inclinò la testa. «Tutto okay, Frank?»

«Sì» fece lui, grattandosi il mento. «È solo che ho un'altra domanda a cui devo ancora dare una risposta, e non so se voglio davvero conoscerla.»

«Possiamo parlarne, se vuoi.»

«Grazie, piccola» rispose lui, e poi le sorrise. «Magari più tardi.»

Lei annuì di nuovo, non volendo insistere, ma era chiaro che il problema era quella telefonata. Alla fine, comunque, tornarono a parlare di Bowners.

«Bowners è dell'idea che Foley abbia assassinato Louise la sera della raccolta fondi» continuò Travis dopo che Rebekah ebbe preparato del caffè. «O poco tempo dopo. Con quello che sappiamo su di lui, ritengo altamente improbabile che sia stato un gesto intenzionale o premeditato. Se fosse stato un serial killer, se uccidere fosse stato nel suo DNA, dubito che saresti uscita viva da casa sua la mattina dopo aver...» Lasciò la frase in sospeso. Sapeva che le faceva ancora male ripensare a ciò che aveva fatto con Foley. «Comunque, visto che era un uomo single, attraente e di successo, credo proprio che avesse uno stuolo di donne, forse pensava addirittura di essere irresistibile. Questo spiegherebbe senz'altro il suo interesse per Louise: lei stava uscendo con Johnny e non era in cerca di avventure, ma era espansiva, piacevole nei modi, e poi era bella. Forse Foley ha frainteso, forse ha cercato di costringerla a fare qualcosa che non voleva, e magari lei si è arrabbiata e...»

Rebekah poteva immaginare l'epilogo.

Ma c'era qualcosa che non tornava. «Il punto» disse lei «è che ha cercato di uccidermi, o almeno Lima ci ha provato, molto probabilmente dietro istruzione di Hain e Foley. Forse Foley non era un assassino, ma mi voleva morta.»

Travis annuì.

«Ma perché? Solo perché ho fatto sesso con lui?»

Travis consultò il suo taccuino. «Abbiamo scoperto che la tua amica Kirsty ha frequentato lo stesso liceo di Foley. Non erano compagni di scuola perché lei ha quindici anni meno di lui, ma Foley faceva parte di un programma di tutorato insieme ad altri ex alunni e passava parecchio tempo con gli studenti. Deve averlo conosciuto così, ma poi mi è stato detto che Kirsty e suo marito sono diventati piuttosto noti nei salotti dell'East Coast e hanno cominciato a muoversi negli stessi ambienti di Foley.» Lanciò uno sguardo a Rebekah.

E lei capì dove stava andando a parare.

Questo spiega come hai fatto a finire a letto con lui.

«In un certo senso» continuò Travis «Kirsty ha assunto un ruolo abbastanza centrale in tutta questa vicenda, anche se involontariamente. Ha conosciuto Louise attraverso One Life, Second Chance. Louise patrocinava la fondazione e Kirsty era nel consiglio di amministrazione. Conosceva te dai tempi della scuola e conosceva Foley perché frequentavano gli stessi ambienti. Era inevitabile che lei, Louise e Foley finissero a quella serata insieme, perché Retrigram è uno dei più grandi sostenitori della fondazione. L'unica persona che non era là quella sera era Johnny.»

Lui fece una pausa, e Rebekah immaginò che entrambi si stessero facendo lo stesso film: Noella non chiamava Johnny dall'ospedale, Johnny non doveva lasciare Louise all'evento, Foley non poteva restare da solo con lei.

«Comunque» riprese Travis «riavvolgiamo il nastro fino al sabato prima, l'11 settembre, quando Kirsty torna a New York per il fine settimana. Tu e le tue amiche uscite, e finite allo Zee Club. Tu hai detto che è stata Kirsty a suggerire quel locale, e lei lo ha confermato anche a Bowners: conosce il proprietario dello Zee, sempre attraverso qualche fondazione. Ecco perché siete andate lì, e anche Foley è là perché si dà il caso che gli uffici di Retrigram siano vicini allo Zee Club, quindi è un luogo di ritrovo abituale per il personale dell'azienda. Kirsty conosce Foley, vi presenta, e poi...» Si interruppe per l'ennesima volta.

Ma niente di tutto ciò rispondeva alla domanda. Perché Hain e Lima avevano tentato di ucciderla? Solo perché era andata a letto con Daniel Foley?

Travis aveva ripreso il filo del discorso: «Forse Foley ha offerto un passaggio a Louise, ci ha provato con lei e la cosa gli è sfuggita di mano...» Si fermò. Quello era il culmine di sei mesi di ricerche. Quelle erano le risposte che aveva sempre cercato, ma una parte di lui non voleva accettarle. «È una teoria che sembra confermata dagli ultimi eventi: sei mesi dopo aver ucciso Louise, scopre che sei ancora viva, e il senso di colpa, le potenziali ripercussioni e via dicendo diventano un peso troppo grande per lui, per cui sale sul George Washington Bridge e si butta.»

In salotto, Kyra urlò un numero in spagnolo.

«Già, ma perché ha provato a fare fuori anche me, Frank?»

Travis diede uno sguardo ai suoi appunti con un'espressione affranta. «Hain e Lima ti stavano tenendo d'occhio. Leggevano le tue mail e ascoltavano le tue telefonate. A quanto pare, tutto questo interesse potrebbe essere il risultato di una conversazione tra Hain e Foley successiva alla morte di Louise. Forse Hain ha chiesto a Foley se ci fossero altre donne che potevano dargli dei problemi.»

«E lui ha fatto il mio nome?»

«Proprio così.»

«Perché avrei dovuto dargli dei problemi?»

Aveva la sensazione di essere un disco rotto.

Travis lanciò un sospiro. «Ci sto arrivando» disse. «Non penso che fossero preoccupati per Foley. A preoccuparli era il fatto che le azioni di Foley, cioè l'omicidio di Louise, le sue avventure, quella notte con te, potessero compromettere il gradino successivo della scala.»

Rebekah si accigliò. «Il gradino successivo della scala?»

Travis annuì.

«Intendi la persona superiore a Foley?»

«Esatto» rispose. «La persona per cui lavora davvero Hain.»

Un messaggio

Due giorni prima di prendere il traghetto per Crow Island, Travis era tornato al Police Plaza per parlare con Amy Houser dei casi irrisolti che gli aveva affidato. Da quando aveva visto i video delle telecamere del porto di Montauk, aveva avuto non poche difficoltà a concentrarsi su altro a parte le scomparse di Louise Mason e dei Murphy, ma negli ultimi sei giorni aveva cercato di fare qualche progresso anche con i casi di Houser. Quando era arrivato, lei lo stava già aspettando all'ingresso.

«Come andiamo, Trav?»

«Tutto bene, capo» aveva risposto lui, anche se non era vero. Era nervoso. Non dormiva come si doveva da quasi una settimana e le ore di sonno perso gli si vedevano in faccia.

«A me sembri stanco» aveva detto Houser. «Resti sveglio a lavorare tutta la notte?»

«Mi conosci, Ames. Non ho mezze misure.»

Lo aveva condotto in una sala riunioni dove avevano dato un'occhiata ai vari fascicoli, uno dopo l'altro. Alla fine avevano deciso che ce n'erano due da riprendere subito in esame.

Poi Houser lo aveva portato su, dalla sua squadra.

Quando erano entrati, il capitano Walker aveva alzato gli occhi. Era seduta in un ufficetto in un angolo e aveva tirato su le tapparelle per vedere tutto il piano. Riconoscendo Travis, si era alzata e lo aveva raggiunto.

«Signor Travis» lo aveva salutato.

Il fatto che lo avesse chiamato 'signore' e non 'ispettore' lo aveva colpito, anche se tecnicamente era corretto: non ci avrebbe nemmeno fatto caso se non l'avesse detto con disprezzo, come se fosse una critica.

«Capitano» aveva risposto lui.

Mentre Houser frugava nei cassetti dell'armadietto portadocumenti e tirava fuori altri fascicoli da dare a Travis, Walker era rimasta lì impalata. Lo stava mettendo a disagio, ma forse non se n'era accorta o non le importava. Quando le aveva lanciato un'occhiata, gli era sembrata stressata: alcune ciocche di capelli, di un rosso fuoco, le erano sfuggite dalla crocchia; la sua pelle aveva un colorito giallognolo.

«Da quale parte dell'Inghilterra viene?» le aveva chiesto.

Lei aveva aggrottato la fronte. Forse non era in grado di portare avanti una conversazione amichevole. O più probabilmente stava cercando di capire che cosa avesse da rimetterci a dirglielo. Sembrava una persona poco incline a rivelare dettagli della propria vita privata, e questo era uno dei motivi per cui Travis le aveva fatto quella domanda. Per qualche ragione, quel 'signore' lo aveva infastidito, come il suo starsene lì a fissarlo, come se lui fosse una presenza sgradita e poco raccomandabile, da tenere d'occhio.

«Non sono inglese» aveva detto alla fine.

«Oh, pensavo di aver capito così. Mi avevano detto...»

«Be', chiunque gliel'abbia detto si è sbagliato.»

Houser aveva sbattuto un cassetto ed era tornata da lui con una pila di fascicoli.

Mentre li stava appoggiando su una scrivania, Walker aveva aggiunto: «Be', è stato un piacere rivederla, signor Travis. Dopo mi consulterò con Amy per vedere che cosa ci ha portato.» Ciò detto – e anche in quel caso gli era sembrato un insulto – era tornata nel suo ufficio, aveva chiuso la porta e abbassato le persiane.

«Non sapevo che un essere umano potesse mantenere una temperatura corporea al di sotto dello zero assoluto» aveva mormorato Travis a Houser, che era scoppiata a ridere. Poi si erano voltati verso il suo ufficio, per capire se li stesse osservando.

«Lo ammetto» aveva detto Houser. «Ci mette un po' a sciogliersi.»

«Come i ghiacciai.»

Houser aveva messo una mano sulla pila di fascicoli. «Ho ancora un paio di casi da affidarti,» aveva detto «ma a suo tempo ci ha lavorato un collega della Omicidi, quindi ieri gli ho chiesto di dare una breve occhiata alle varie carte, sai, per rinfrescarsi la memoria, per vedere se gli tornava in mente qualcosa che non era stato messo nero su bianco. Ci credo poco, ma non si sa mai. Se aspetti un attimo qui, vado a prendere anche quei fascicoli.»

«Certo.»

Houser si era incamminata verso gli ascensori.

In sua attesa, Travis si era avvicinato alla pila di fascicoli e aveva iniziato a sfogliarne uno. Era un omicidio avvenuto nel marzo del 1999: un taxista era stato ucciso con un colpo d'arma da fuoco nel suo taxi, alle cinque del mattino, mentre sostava sotto il cavalcavia di Brighton Beach Avenue. Più andava avanti con la lettura, però, più i suoi pensieri prendevano a vagare liberamente, e in un attimo si ritrovò a pensare al traghetto che avrebbe preso due giorni dopo, a ciò che aveva visto in quei filmati e a cosa avrebbe trovato sull'isola.

E se alla fine fosse tornato a casa con più interrogativi di prima?

Il telefono sulla scrivania di Houser aveva cominciato a squillare.

Era una chiamata esterna.

Aveva lanciato uno sguardo all'apparecchio, presumendo che avrebbe risposto un altro membro della squadra. Visto che continuava a squillare, però, si era guardato attorno e aveva notato che erano già tutti al telefono.

Aveva sollevato la cornetta. «Casi irrisolti?»

«C'è Houser?»

Una voce maschile.

«Non è alla sua scrivania al momento. Posso riferirle un messaggio?»

«Chi parla?»

«Ehm, sono Frank Travis.»

C'era stata una lunga pausa. Non si sentiva alcun rumore in sottofondo: né voci, né traffico. Niente.

Poi l'uomo aveva chiesto: «Travis?»

Lui aveva aggrottato la fronte. Da come aveva pronunciato il suo nome, sembrava conoscerlo, perciò Travis aveva cercato di capire se fosse una voce che aveva già sentito da qualche parte. «Sì, sono io» aveva risposto. «Sono Travis. Chi parla?»

Ma era caduta la linea.

Una frazione di secondo dopo, quando aveva scostato la cornetta dall'orecchio e aveva fissato il telefono, si era sentito attraversare da un brivido.

Travis sapeva chi era.

Aveva già sentito quella voce.

Era lo stesso uomo che aveva chiamato lo scorso dicembre, gli ultimi giorni di lavoro di Travis. Era l'uomo che aveva lasciato detto di riprendere in esame Johnny Murphy. Quando se ne era reso conto, aveva anche preso coscienza di un'altra cosa: il fattore che avevano in comune entrambe le telefonate.

La persona che aveva ricevuto quel messaggio a dicembre.

La persona a cui era squillato il telefono in quel momento.

Amy Houser.

72

«È coinvolto anche qualcun altro?»

Travis annuì. «Una persona che ha molto di più da perdere.» Fece una pausa, un fremito sul viso, come un'ombra che si spostava. «Le azioni di Foley, inclusa la notte passata con te, potevano nuocere a questa persona, comprometterla, forse a livello professionale. Sappiamo per quale motivo la morte di Louise sarebbe stata un problema, un omicidio è un problema per chiunque, ma adesso dobbiamo capire perché anche tu costituivi un pericolo. Dobbiamo capire se altre donne con cui è stato in passato siano state prese di mira come te. Insomma, Foley non era sposato, non sembrava avere una compagna, perciò a chi importava con chi andava a letto? Invece a qualcuno importa eccome, al punto che Lima ha tentato di ucciderti. Quindi adesso le domande sono tre. Perché preoccuparsi di chi si portava a letto Daniel Foley? Che cosa rende queste donne così pericolose per la persona per cui lavora Hain? E chi è questa persona?»

Ma c'era ancora qualcosa sul viso di Travis, una specie di tormento legato a quell'ultima domanda, e stavolta le ricordò così tanto suo padre, l'espressione affranta che non lo aveva mai abbandonato nelle settimane dopo la morte di Mike, che Rebekah riuscì a leggerlo come un libro aperto. Si sporse leggermente sul tavolo, avvicinandosi, e chiese: «Frank, tu sai chi è questa persona?»

Lui la guardò e un sorriso gli incurvò gli angoli della bocca. «I colleghi con cui lavoravo mi chiamavano 'la Sfinge' perché ero bravo a non mostrare le mie emozioni durante gli interrogatori. Evidentemente ho perso il mio tocco.»

«Quindi sai chi è questa persona?»

«Ho un sospetto.»

«Chi?»

Lui fece una smorfia. «Ti spiace se per adesso evitiamo di parlarne? So che non è una risposta soddisfacente, ma voglio essere sicuro prima di iniziare a lanciare accuse.» Diede un'occhiata al salotto, oltre la porta aperta, e osservò le bambine. «Ma se i fatti mi daranno ragione, be'... mi si spezzerà il cuore.»

Rebekah provò a capire di chi stesse parlando. Una persona che conosceva? Un collega con cui aveva lavorato?

Un poliziotto?

Alla fine Travis riprese il suo taccuino e, dopo averlo sfogliato un po', ricominciò a parlare. «Sulla bacheca Facebook di Foley, i ragazzi di Bowners hanno trovato una foto di lui con alcuni amici in un ristorante. C'è un tizio in secondo piano. Pensano che potrebbe essere Hain.»

Tirò fuori un foglio dal taschino della camicia.

Era la fotocopia di una foto. In primo piano c'era Foley, insieme a cinque uomini e tre donne. C'erano altre facce dietro di loro, inclusa una leggermente nascosta tra le ombre del ristorante.

L'aveva cerchiata in rosso.

«Non è chiaro se fosse lì con il gruppo» disse Travis, indicando il viso dell'uomo «o se sia stato immortalato per caso, ma in ogni caso non sembra felice di essere stato fotografato. Questo è proprio il genere di atteggiamento che ci si aspetta da un uomo che usa un'identità falsa anche quando pensa di essere da solo. Bowners e i suoi stanno contattando tutte le persone presenti in questa foto per vedere se qualcuno è in grado di identificare Hain.»

«A me sembra proprio lui» mormorò Rebekah, ricordando l'uomo sull'isola, la sua faccia, la sensazione delle sue mani attorno alla gola.

«Lo penso anch'io» confermò Travis.

L'unica differenza era che in entrambe le occasioni in cui lo aveva visto di persona, in carne e ossa, Hain aveva i capelli rasati a zero e non portava la barba. Nella foto con Foley aveva un accenno di barbetta e una folta capigliatura.

«Ho la netta sensazione che Foley e Hain si conoscessero bene,» continuò Travis «altrimenti questa foto è la coincidenza più assurda della storia. E se partiamo dal presupposto che Hain è l'uomo a cui rivolgersi quando c'è qualche casino da sistemare, è molto probabile che abbia aiutato Foley a nascondere le sue tracce dopo l'omicidio di Louise. Quanto a te e Johnny, credo che a questo punto sia abbastanza sicuro che l'obiettivo principale fossi tu. Hanno preso di mira anche

Johnny perché quel giorno tu e lui eravate insieme sull'isola, e forse anche perché era stato con Louise la notte in cui è stata uccisa, aveva parlato con lei e le aveva mandato dei messaggi. Era legato a lei. So che è crudele, ma è stata una specie di due per uno. Visto che avrebbe raggiunto una destinazione così remota come Crow Island, e specialmente sapendo che sareste andati insieme, era un'occasione troppo ghiotta da lasciarsi sfuggire. Se non foste andati insieme...» Si interruppe.

Forse le cose sarebbero andate diversamente.

«Stai dicendo che Johnny è morto a causa mia.»

«Non sto dicendo questo.»

«Se non fossi andata con lui...»

«No» la interruppe Travis con più decisione del previsto. «Non è colpa tua. Come potevi anche solo immaginarlo?» La scrutò con attenzione per assicurarsi che non crollasse, poi, un poco alla volta, riprese il filo del discorso. «Hain mi sembra il genere di persona che ama pianificare. Di quelle che vogliono che tutto fili liscio come l'olio. Con Louise è stato l'esatto opposto. E quando c'è così tanta confusione, uno inizia a sentirsi sotto pressione. Ecco il perché del piano per ucciderti a Crow Island. Ecco il perché di quella telefonata anonima per dirmi di Johnny. Ecco il perché della mail inviata a Stelzik dall'account di Gareth. Se non sei sotto pressione, lo capisci da solo che sono mosse disperate. Con tanta pressione addosso, invece, persino una mente analitica come quella di Hain può commettere degli errori. Quale che sia il motivo per cui non era fisicamente presente sull'isola il giorno in cui Lima ha cercato di ucciderti, quale che sia il motivo per cui non l'ha fatto lui personalmente, non appena Lima ha fallito, Hain è andato nel panico.» I suoi occhi tornarono a posarsi sulla foto presa da Facebook. «Purtroppo Lima non aveva collegamenti diretti con 'Hain', ma forse avremo maggior fortuna con queste persone.»

Nella stanza accanto, Kyra si mise a cantare una canzoncina di *Dora* e provò a convincere una riluttante Roxie a ballare con lei. Rebekah si accorse che Travis stava osservando le bambine. Non l'aveva mai visto con un'espressione così distaccata, come se stesse richiamando alla mente qualcosa del suo passato, rievocato dalla voce di Kyra. In quel momento si rese conto di non avergli mai chiesto se aveva dei figli, ma sembrava impossibile che non ne avesse. Più lo guardava, più riconosceva l'espressione che stava prendendo forma sul suo volto: era assorto, perso in un ricordo che lo aveva riportato indietro nel tempo, forse a quando i suoi figli avevano la stessa età delle sue bambine.

«Va tutto bene, Frank?»

Lui tornò con i piedi per terra. «Sto bene, piccola.» Parve capire il motivo della domanda. «È bello sentirle così felici. Comunque, forse questa è una cosa che dovrei chiedere a te.»

Rebekah scrollò le spalle. «Johnny sarebbe ancora qua se lo avessi lasciato andare da solo.»

«Non puoi ragionare così, Rebekah.»

«So che non è più vivo» mormorò lei, poi si sforzò di sorridere, un sorriso triste e dolente. «Questo lo so. L'ho accettato mesi fa.»

Sbatté le palpebre. Non voleva crollare di nuovo.

«Troveremo Johnny» disse Travis, scostando la tazza di caffè e allungando le mani sul tavolo quasi fino a sfiorare le sue. «In un modo o nell'altro, ti prometto che riporteremo a casa tuo fratello.»

73

Quella sera, dopo aver messo a letto le bambine, Rebekah e Gareth cenarono insieme. Lui aveva vissuto lì per quasi tutto il tempo che era rimasta sull'isola e al momento non sapeva dove altro andare, a parte in hotel. Non si era offerto di togliere il disturbo e lei non aveva sollevato il discorso, quindi Gareth aveva semplicemente spostato le sue cose nella camera per gli ospiti.

Era stato fantastico con lei da quando era tornata, premuroso, attento, e questo aveva reso tutto più semplice. Rebekah non sapeva se fosse dovuto al fatto di averla creduta morta per tanti mesi o se il nuovo lavoro e i nuovi orari gli stessero facendo vedere la casa e la famiglia da una prospettiva diversa. O magari era tutta una farsa, una recita di cui prima o poi si sarebbe stancato. Sperava che non fosse così e anzi non voleva pensarci troppo, perciò si godeva ogni piccolo istante di serenità per quello che era, anche fosse un semplice momento in cui mangiavano linguine insieme.

Non gli aveva raccontato tutto quello che le era successo. Anzi, non gli aveva neanche menzionato Foley e tantomeno la notte che avevano passato insieme. Aveva provato a confessarglielo la sera prima, quando erano rimasti da soli e Gareth le era sembrato più pronto e disposto ad ascoltarla, ma le parole le erano morte in gola. Dopo si era sentita una vigliacca.

Quella sera, però, finita la cena e lavati i piatti, Gareth andò in salotto, dove Rebekah si era seduta a leggere, e le disse: «C'è una cosa di cui dovrei parlarti.»

Si accomodò di fronte a lei, con un'espressione indecifrabile sul viso. Era nervoso?

«Che c'è?» gli chiese mentre metteva giù il libro.

«È molto difficile per me.»

Lei lo osservò con attenzione.

«Devi capire, Bek, che io ti credevo morta. Pensavo che non saresti mai tornata a casa.» Tese le labbra. «E prima ancora, prima che tu andassi su quell'isola, noi due ci stavamo già separando, siamo stati lontani per mesi. So che è stata colpa mia, questo lo so, ma io... io non...» Si stava guardando i piedi. «Non so quali siano le tue aspettative.»

«Le mie aspettative?»

«Riguardo a noi due.»

Rebekah si accigliò. «Vieni al dunque, Gareth.»

Ma aveva già capito tutto. E capì anche che l'esitazione che aveva sentito nella sua voce quando aveva avuto sue notizie dopo cinque mesi di silenzio, quando gli aveva detto che era ancora viva, non era riconducibile soltanto alle bambine.

C'era un'altra ragione.

«Ho conosciuto una persona» disse lui.

Prima che avessero modo di parlarne Bowners si presentò a casa loro.

Gareth, in una versione più familiare dell'uomo che aveva dimostrato di essere prima della separazione, colse la palla al balzo per evitare una conversazione complicata e non solo si offrì di lasciarle da sole, ma fece un vero e proprio scatto verso la porta. Bowners fraintese, perché si voltò verso Rebekah e commentò: «Non era necessario che se ne andasse a causa mia.» Ma Rebekah la guardò senza dire niente, e Bowners dovette intuire che tra loro c'era un discorso lasciato in sospeso. «Sarei passata domattina,» aggiunse «ma stanotte devo tornare a Long Island.»

«Nessun problema» disse Rebekah, e si sforzò di sorridere. «Starmene rinchiusa in casa sta cominciando a darmi sui nervi, tutto qua.» Non era la verità, ma non era neanche una bugia. Non usciva di casa da quasi due giorni. Non voleva allontanarsi dalle bambine, ma essere intrappolata tra quelle quattro mura era innaturale e opprimente. In un certo senso, c'erano momenti in cui era quasi peggio dell'esperienza sull'isola, perché almeno là aveva la macchina.

«So che è dura» replicò Bowners.

No, non lo sai, pensò cinicamente Rebekah prima di accantonare il risentimento. Non era colpa sua. Bowners stava soltanto cercando di proteggere lei e la sua famiglia in attesa che Hain venisse catturato. «Qualche novità?» chiese.

«Per ora no.»

«Avete almeno scoperto la sua vera identità?»

«No, non ancora, ma stiamo facendo progressi.»

Le sue rassicurazioni avevano un peso sempre minore: Rebekah era tornata da quasi quarantotto ore, ma non si sentiva affatto al sicuro. In realtà, era più tesa che mai. Poco le importavano i poliziotti davanti casa o il fatto che le ricerche, grazie a una foto sgranata di Hain su Facebook, si stessero restringendo.

Hain non era stato catturato.

Non lo avevano nemmeno identificato.

Si spostarono in cucina e, mentre Rebekah riempiva il bollitore, Bowners andò a scambiare due parole con il poliziotto che sorvegliava il portico sul retro. Con quello piantonato davanti a casa aveva già parlato. C'erano sei agenti in totale che si dividevano in coppia dei turni da otto ore, e mancavano ancora quindici minuti al prossimo cambio della guardia, alle ventidue, quando sarebbe arrivato il suo preferito, Henriks, un cinquantenne dai capelli grigi. Aveva proprio l'aspetto calmo e rassicurante di cui Rebekah aveva bisogno. Gli agenti avevano le chiavi del seminterrato, dal quale potevano accedere alla casa, quindi passavano di lì per darsi il cambio senza disturbarla.

«Non ti ruberò troppo tempo» disse Bowners quando rientrò in cucina e chiuse la porta. «Ci sono solo un paio di cose che vorrei sottoporre alla tua attenzione.»

Rebekah finì di preparare il tè.

«Ho visto Frank oggi pomeriggio» continuò Bowners. «Abbiamo parlato del caso, e di un sacco di altre cose.»

«Okay.»

«Mi ha parlato del tuo incubo ricorrente.»

Rebekah si mise a sedere senza riuscire a nascondere la sua sorpresa. Gliene aveva parlato mentre tornavano a casa in auto da Montauk, gli aveva descritto il terrore che provava ogni volta che faceva quell'incubo. Glielo aveva descritto con dovizia di particolari, dalla moquette marrone alle pareti color crema del corridoio, fino al fatto che negli ultimi tempi era apparsa anche Roxie nel sogno. Gli aveva detto che il 7 del 127 sulla porta era sempre storto, e che vedendolo pensava sempre alla stessa cosa: il 7 dovrebbe essere un numero fortunato. E alla fine gli aveva descritto l'interno dell'appartamento, la musica che partiva e la sensazione di sprofondare nel tappeto. Gli aveva detto che si ritrovava immobilizzata lì, mentre una voce alle sue spalle, né maschile né femminile, le diceva: 'Penso che dovresti rimanere, Rebekah.'

Rabbrividì al solo pensiero.
«Perché mi stai chiedendo di un sogno?»
Bowners aprì una cartelletta che aveva portato con sé.
Dentro c'erano delle fotografie. Iniziò a sparpagliarle sul tavolo e Rebekah ci mise un po' a capire che cosa fossero. Quando ci arrivò, fu come se qualcuno l'avesse presa per la gola.
«Perché non penso che sia un sogno» disse Bowners.
Rebekah non riusciva più a respirare.
Si sentiva paralizzata.
«Penso che sia un ricordo.»

74

Bowners sparpagliò le foto: un soppalco, dove era stato allestito un ufficio, la cucina nera e cromata, il salotto con le ampie vetrate sulla città e poi una stanza con un letto, due comodini, cabine guardaroba e un piccolo bagno. I particolari non erano mai riemersi nel suo sogno – nel suo incubo – ma Rebekah capì che era lo stesso posto, che Bowners aveva ragione.

Quello era l'appartamento che la perseguitava.

«Dove si trova?» domandò con voce incerta.

«Appartiene a un social media, Retrigram» rispose Bowners.

Retrigram. L'azienda per cui lavorava Daniel Foley.

Rebekah represse un conato di vomito.

«È un appartamento all'ultimo piano a Columbus Circle, un attico con vista su Central Park. Lo usano per i loro eventi promozionali. Quando non è usato a questo scopo, il personale dell'azienda ha la possibilità di pernottarci a prezzi agevolati. Daniel Foley ha lavorato per loro per un lungo periodo. Forse non lo sai, ma fino a dicembre dell'anno scorso aveva un appartamento tutto suo all'undicesimo piano dello stesso palazzo. Lo ha tenuto per tre anni. Quello nelle foto è il 127, al dodicesimo piano, mentre il suo era il *118*.» Si interruppe per darle modo di fare due più due.

L'aveva già fatto.

«La mattina dopo aver passato la notte con lui» continuò Bowners senza indorare la pillola come aveva fatto Frank «ti sei svegliata nel suo appartamento. Ma quella sera, quando avete lasciato il locale, riteniamo che ti abbia portata qui.»

Indicò le foto dell'attico.

'Penso che dovresti rimanere, Rebekah.'

«Perché?» chiese. Alzò gli occhi dalle foto e vide che Bowners la stava guardando in modo diverso.

«Perché cambiare appartamento a metà nottata?» domandò l'investigatrice, l'usuale distacco rimpiazzato da un atteggiamento meno posato. «Sono solo supposizioni, ma pensiamo che possa essere legato al fatto che l'appartamento di Retrigram dispone di un ascensore privato. Foley poteva salire all'ultimo piano senza che nessuno vi vedesse insieme.»

«E anche se ci avessero visti insieme, quale sarebbe stato il problema?»

Bowners sollevò un dito. «Ci sto arrivando.»

Gli occhi di Rebekah tornarono sulle foto dell'appartamento 127. Il suo sogno non gli rendeva giustizia: la vista era incredibile, il mobilio immacolato, le pareti del salotto e della camera da letto decorate con grandi dipinti a olio a tema Retrigram che ricordavano lo stile di Jackson Pollock.

«Merda» sussurrò. «So che ero ubriaca, ma...»

Com'è possibile che non mi ricordi niente?

«Devo dirti un'altra cosa» continuò Bowners.

Il tono della sua voce le fece accapponare la pelle.

«Cosa?» domandò Rebekah, anche se ormai non era affatto sicura di volerlo sapere.

Anche Bowners riportò gli occhi sulle foto. «Rispetto alla notte che hai passato con Foley.»

«Cioè?»

«Hai detto che avevi difficoltà a ricordare la serata, giusto?»

«Ero ubriaca» disse Rebekah, scossa, spaventata.

«Tanto da non ricordare assolutamente niente?»

Fissò l'investigatrice.

Tardò un secondo a cogliere l'implicazione, ma poi si sentì mancare il terreno sotto i piedi. «No» mormorò. «Non direi proprio. No. *No.*»

Oddio, ti prego, no.

Le stava venendo da vomitare.

«Prima non ti era mai capitato di perdere la cognizione del tempo dopo aver bevuto?»

No, mai. Neanche una volta.

Se non la notte in cui ho conosciuto Foley.

La stanza aveva cominciato a vorticarle attorno.

«Ormai non possiamo più stabilire niente con certezza,» continuò Bowners, che stava facendo del suo meglio per dirglielo con il dovuto tatto «ma abbiamo parlato con alcuni amici di Foley, quelli a cui siamo risaliti attraverso i suoi post su Facebook. Uno ci ha detto che una volta, da ubriaco, gli aveva confessato che sapeva come procurarsi un po' di 'Roofies'.»

Cazzo.

Rohypnol.

«Come saprai, certi farmaci sono illegali negli Stati Uniti, ma non in Messico, quindi circolano liberamente una volta superato il confine...» Bowners lasciò la frase in sospeso. Non che a quel punto avesse chissà quanta importanza. «Mi dispiace molto. Dopo tutto quello che hai...»

«Quindi mi ha stuprata?»

Silenzio.

«Ma è quello che mi stai dicendo, no? Che quel pezzo di merda mi ha *drogata* e mi ha *stuprata*.» Erano parole così anormali, così perverse, che era difficile persino pronunciarle.

«Non c'è modo di saperlo con certezza dopo tutto questo tempo...»

«Ma l'ha fatto, vero?»

Bowners deglutì, ma per Rebekah fu una risposta sufficiente.

E adesso, finalmente, avevano una motivazione.

Non solo per il cambio di appartamento a metà nottata. Molto probabilmente l'aveva fatto perché non voleva che Rebekah si ricordasse che cos'era successo nel 127. Era stata una precauzione nel caso le fosse tornato in mente qualcosa. Svegliandosi nel suo letto, in un appartamento che non assomigliava a quello in cui l'aveva violentata, gli eventuali ricordi dell'aggressione non avrebbero combaciato. Ecco perché la mattina dopo non aveva avuto problemi a essere così sincero con lei, addirittura al punto da presentarsi con il suo vero nome. Ciò significava che, da un lato, lei gli piaceva sul serio? Era per quello che era stato così gentile? Era stato un modo, per quanto contorto, di scusarsi con lei? O era comunque una recita e anche quello faceva parte del suo repertorio, del suo *modus operandi*? Non lo sapeva, ma aveva funzionato: aveva pensato che l'appartamento 127 fosse un luogo concepito dalla sua immaginazione e, alla fine, aveva lasciato casa sua pensando che Foley fosse una persona gradevole.

Ma quella era solo una parte della motivazione.

Solo una parte della storia.

Perché adesso sapevano anche perché era stata presa di mira, perché Hain e chiunque fosse la persona per cui lavorava la volevano morta.

Daniel Foley non andava semplicemente a letto con molte donne.

Le violentava.

Fuori controllo

La mattina dopo, su richiesta di Bowners, Travis fu invitato a presentarsi al Police Plaza. L'incontro iniziò alle 11:30 e due ore dopo era ancora in corso. Era seduto in una sala riunioni con persone che conosceva appena mentre Bowners, in videoconferenza dal commissariato della contea di Suffolk, descriveva ciò di cui avevano parlato il giorno prima: il sogno.

Non appena si erano resi conto che il sogno di Rebekah era un ricordo, che Daniel Foley non era un innocuo dongiovanni ma uno stupratore, probabilmente seriale, Travis si era offerto di dirlo a Rebekah. Avevano instaurato un bel rapporto e aveva la sensazione che si fidasse di lui, quindi se si era proposto non l'aveva fatto per arroganza. Ma Bowners gli aveva subito tagliato le gambe, forse comprensibilmente: non era più un poliziotto. Al massimo era un consulente esterno, un semplice civile. Perciò era stata lei ad andare a casa sua e, tornando a Long Island, aveva chiamato Travis per dirgli com'era andata. «È sotto shock, come c'era da aspettarsi. È arrabbiata, confusa.»

«Le darò un colpo di telefono.»

«No» aveva detto Bowners. «Aspetta ancora un po'. Adesso è importante evitare di sovraccaricarla. Ho parlato con il CVAP e già stasera una psicologa si metterà in contatto con lei. Domattina andrà a casa sua.»

Il programma di assistenza per le vittime e i testimoni. Era la cosa giusta da fare, la procedura corretta, e se Travis fosse stato al posto suo avrebbe fatto esattamente la stessa cosa. Ciononostante, voleva disperatamente parlare con Rebekah. Non poteva fare molto per aiutarla, ma voleva farle sapere che poteva contare su di lui.

«Una delle teorie che stiamo vagliando al momento» stava dicendo Bowners, e la sua voce lo riportò in quell'insulsa sala riunioni «è che Daniel Foley non abbia dato a Louise una dose sufficiente di Rohypnol la sera in cui l'ha uccisa, oppure che lei si sia ripresa prima del previsto.»

Travis osservò le facce che lo circondavano.

C'era chi prendeva appunti, chi si limitava a osservare l'immagine di Bowners sullo schermo. Si girò sulla sedia e lanciò uno sguardo ai presenti in fondo alla sala. Non conosceva nessuno. Le uniche persone che conosceva davvero erano al piano di sotto, ma forse, e gli venne in mente pensando ad Amy Houser, ai suoi sospetti su di lei, nemmeno questo era del tutto vero.

«Ma ormai» stava dicendo Bowners «la situazione era fuori controllo.»

Fuori controllo.

Due parole così insufficienti, così inadeguate al momento di riassumere ciò che era successo a Louise Mason la notte in cui era stata uccisa. Inutili come l'assenza di risposte. E anche se quella sera le cose gli erano davvero sfuggite di mano, questo non era accaduto la notte in cui aveva violentato Rebekah. Non era stato un incidente. Foley aveva agito in modo lucido, intenzionale, e con premeditazione.

Travis si disinteressò al resto della riunione.

E poi ricominciò a pensare ad Amy Houser. Era davvero coinvolta in quella storia? Quindi non la conosceva affatto? Poteva fidarsi di lei?

L'incontro terminò alle due del pomeriggio. Travis scese al piano di sotto e, quando uscì dall'ascensore, per poco non andò a sbattere contro il capitano Walker.

«Signor Travis» disse lei.

Ancora con questo 'signore', pensò lui.

«Capitano» rispose.

«È qui per vedere Amy?»

Travis lanciò un'occhiata all'ufficio e vide Houser alla sua scrivania, china sulla tastiera. «Sì» disse, e cercò di superare Walker.

«Senta, ehm, Frank, volevo scusarmi per i modi un po' bruschi con cui le ho risposto l'altro giorno.» Travis si fermò e si voltò a guardarla. Era chiaro che chiedere scusa non era nelle sue corde. «Quando mi ha chiesto delle mie origini.»

«Oh, non si preoccupi.»

«È stato un inizio davvero stressante.»

«Davvero,» ribadì lui «non ha importanza.»

Lei annuì a mo' di ringraziamento.

«Nuova Zelanda.»

Travis aggrottò la fronte. «Come, prego?»

«Sono nata in Nuova Zelanda, non in Inghilterra, e mi sono trasferita qui con la mia famiglia quando avevo otto anni. Forse a volte mi sfugge ancora qualche parola, anche se io non riesco più ad accorgermene da sola.»

Chiacchierarono del più e del meno per qualche altro minuto, poi Travis andò da Houser mentre Walker tornò nel suo ufficio.

«Come andiamo, Ames?»

Houser trasalì al suono della sua voce. «Trav.» Si affrettò a chiudere un fascicolo sulla sua scrivania. «Avevamo un appuntamento?»

«No. Ero di sopra per quella riunione.»

«Oh.» Annuì. «Giusto. La donna dell'isola.»

«Rebekah.»

Houser annuì di nuovo. «Rebekah. Giusto.»

Si studiarono a vicenda per qualche secondo.

«Va tutto bene?» le domandò Travis.

«Tutto bene» rispose lei, sfoderando un sorriso. «Scusami, è solo che mi hai presa in un brutto momento. Ho mille cose per la testa.» Abbassò lo sguardo, e Travis si domandò se non stesse controllando che cosa fosse rimasto sulla sua scrivania. La imitò, vide fogli e scartoffie varie. Non lo colpì niente in particolare, se non il fascicolo che aveva chiuso poco prima.

Houser buttò un occhio sull'ora. «Ti va di fare una passeggiata?»

«Una passeggiata?» Si accigliò. «Per l'ufficio?»

Lei sorrise di nuovo. «No, pensavo di andare a prendere un caffè.»

Travis guardò di nuovo la sua scrivania.

Il fascicolo che aveva chiuso.

«Non hai troppo da fare?»

Lei ricontrollò l'ora, poi si alzò, fece scivolare il fascicolo sotto un altro incartamento e ripose entrambi nel primo cassetto della scrivania.

«No» disse. «Per te un minuto posso trovarlo sempre.»

75

La psicologa del CVAP si chiamava Cassandra e rimase seduta a parlare con Rebekah per un'ora mentre le bambine giocavano nella stanza accanto. Ogni volta che una delle due si avventurava in cucina, la conversazione si interrompeva e le due donne chiacchieravano con le piccole come se tutto fosse perfettamente nella norma. Poi, quando le bimbe tornavano ai loro giochi, riprendevano il filo del discorso e Rebekah doveva tornare a quella notte.

Quando Cassandra se ne andò, Rebekah aveva la sensazione che le fosse stato strappato via qualcosa. Vide le sue figlie giocare in salotto, la loro gioia, la loro innocenza, e si asciugò gli occhi, aspettandosi di trovarli umidi. Ma non c'erano lacrime. Non aveva pianto quando Bowners le aveva detto la verità su quella notte con Daniel Foley. Si sentiva soltanto vuota, come se dentro di lei si fosse aperto un baratro, un buco che non sarebbe mai più riuscita a riempire.

Le cadde l'occhio su una mensola accanto alla finestra.

In fondo c'era la palla di neve.

Si alzò dalla sedia e andò a prenderla, guardando la figurina sotto la sua campana di vetro. Qualche fiocco di neve prese a volteggiare. Pensò a Johnny, al giorno in cui gliel'aveva portata. Riuscì addirittura a rivedere la sua faccia mentre le dava il regalo. Si ricordò che le aveva detto che la striscia grigia sotto i piedi della figurina che faceva jogging, e i ciuffi d'erba finta accanto, dovevano rappresentare Central Park. Ma la striscia grigia e i confini circoscritti dal vetro la portarono altrove.

Sul Loop.

Al suo essere intrappolata su Crow Island.

Scosse la palla e la rimise sulla mensola, e mentre la figurina svaniva in quella minuscola bufera di neve, ripensò ancora una volta a suo fratello.

Mi manchi così tanto, Johnny.

Ti prego, torna a casa da me.

Quel giorno Frank Travis non si presentò a casa sua.

Da quando era tornata, le ore erano state lunghe e solitarie, anche se aveva le bambine. Noella era passata a trovarla due o tre volte, ma sia lei che Gareth dovevano andare al lavoro e i poliziotti l'avevano apertamente dissuasa dal ricevere visite da parte di chicchessia, a parte i pochi amici stretti che le erano rimasti, per ridurre i rischi.

Così aveva cominciato ad attendere con ansia i momenti in cui era Travis a passare, non solo per avere la compagnia di un adulto ma anche perché lui le piaceva davvero. Possedeva una calma simile a quella di suo padre e che la riavvicinava al suo ricordo. Quando erano insieme, era facile dimenticare che tutta la sua vita era stata sconvolta.

Provò a chiamarlo prima di pranzo, ma il suo telefono continuò a squillare finché non scattò la segreteria. La seconda volta, a metà pomeriggio, gli lasciò un messaggio: «Volevo sapere se oggi saresti passato» disse, ma poi esitò, non sapendo cos'altro aggiungere. Lo conosceva da poco, ma era strano che non rispondesse al cellulare. Le aveva detto di chiamarlo a qualsiasi ora.

Ci riprovò di nuovo dopo cena, ma quando fu il suo telefono a squillare si rivelò essere Gareth, che la stava chiamando per dirle che avrebbe fatto tardi.

«Okay» si limitò a rispondere lei.

«Ho questo nuovo progetto che devo...»

«Non ti preoccupare, Gareth.»

Non avevano più parlato dalla confessione della sera prima e probabilmente Gareth pensava che fosse dovuto a quello, ma non era così. Rebekah non lo biasimava per aver voltato pagina; anzi, forse una parte di lei aveva accettato che potesse accadere ancora prima di lasciare l'isola, ma in quel momento non le andava di dedicarsi agli aspetti pratici della questione. La trovava talmente insignificante. Non gli aveva parlato né della scoperta fatta da Bowners né di Daniel Foley, e le due cose le pesavano più di quanto non facesse quel poco che era rimasto del suo matrimonio.

Noella le telefonò più o meno mezz'ora dopo. «Ehi, tesoro» disse. «Scusa se oggi non ho mai chiamato. Non per accampare scuse, ma al lavoro è stato un vero incubo. Comunque, domani è il mio giorno libero, perciò verrò lì da te di prima mattina, staremo insieme tutto il giorno, ci faremo una bella chiacchierata e ci mangeremo tutta questa torta.»

Rebekah sorrise. «Mi hai preso una torta?»

«L'ho preparata con le mie mani. Potrebbe anche fare schifo, però.» Stava facendo la modesta: Noella era famosa per le sue abilità culinarie. «Mettiti un paio di pantaloni comodi.»

Alle ventidue, stava sonnecchiando sul divano quando il trillo del suo cellulare infranse il silenzio. Si tirò su, mezza addormentata, e prese il telefono dal tavolino, provando a schiarirsi le idee e sperando che fosse Travis. Ma era Henriks, l'agente che faceva il turno di notte e che sorvegliava la porta sul retro. Voleva avvertirla che lui e Sanchez, un collega, erano appena arrivati.

Rebekah si alzò, si trascinò in cucina e aprì la porta che dava sul portico. Henriks era lì fuori, sui gradini, con il telefono all'orecchio. Riattaccò non appena la vide, infilò il cellulare nel borsello che teneva appeso alla cintura e disse: «Buonasera, mia bella signora. Come andiamo?»

«Non c'è male.» Si sforzò di sorridere. «E tu come stai, Jimmy?»

Le aveva detto che tutti lo chiamavano Jimmy per via del suo cognome.

«Tutto bene» rispose. «Hai l'aria un po' stanca.»

«Sì, sono stanca.»

«Be', fatti una bella dormita, allora.»

Lei lo ringraziò e chiuse la porta.

Al piano di sopra, diede una sbirciata nella stanza delle bambine dal cancelletto. Era bello essere a pochi passi da qualcosa di normale, qualcosa di perfetto e incontaminato. Sulla parete alle sue spalle c'erano tantissime fotografie, inclusi degli scatti di lei e Gareth, ma soprattutto delle bambine. C'era anche quella di lei, suo padre, Johnny e Mike alla tavola calda, e altre foto del suo papà, dei suoi fratelli e dei suoi amici. In cima, sulla sinistra, ce n'era una dei tempi dell'università, un primo piano sfocato e sovraesposto di lei e Kirsty. Era stata scattata dopo una serata per locali come quella in cui era tornata a casa con Daniel Foley.

Per un attimo, mentre ripensava all'uomo che l'aveva violentata, non sentì altro che il suo respiro affannoso, ma poi, un poco alla volta, captò anche un altro rumore.

Un ronzio basso e leggero.

Non l'aveva mai sentito prima.

76

Rebekah scese di sotto e osservò la strada dalle finestre del salotto. Una volante del NYPD era parcheggiata accanto al marciapiede, davanti ai gradini di casa sua. Era la stessa con cui erano arrivati Henriks e Sanchez anche la sera prima: aveva un'ammaccatura sul paraurti anteriore, dal lato del guidatore. In genere Sanchez si metteva di guardia di fronte alla porta principale. Non era spiritoso come Henriks ed era più giovane, più distaccato, ma era chiaro che prendeva molto sul serio il suo lavoro. Nei due turni che aveva già fatto, non gli aveva mai visto né sentito fare una pausa nemmeno per andare in bagno.

Ma quella sera di Sanchez non c'era neanche l'ombra.

Non appena se ne accorse, notò anche qualcos'altro: la portiera della volante era socchiusa. Perché l'avevano lasciata aperta? Anche se il suo era un quartiere tranquillo, così era come andare a caccia di guai. Peggio, era da sprovveduti, e né Henriks né Sanchez erano degli sprovveduti.

Si voltò verso la cucina e sfilò il cellulare dalla tasca dei pantaloni. Il rumore che aveva sentito, quel leggero ronzio, stava aumentando.

Che cos'era?

Roxie entrò in salotto, ma Rebekah l'afferrò subito per il collare e la trascinò fuori, nella stanza per gli ospiti al pianterreno. «Rox, resta qui, okay?» sussurrò prima di chiudere la porta e lanciare un'occhiata al salotto. Stava succedendo qualcosa. Se lo sentiva.

«Jimmy?»

Si fermò prima di mettere piede in cucina.

Anche la porta sul retro era socchiusa.

Dallo spiraglio non riusciva a vedere né Henriks né Sanchez, solo l'oscurità, ma a terra, davanti alla porta, c'era la fonte del rumore che aveva sentito.

Un palmare del NYPD.

Era a faccia in su e lo schermo lampeggiava. I messaggi arrivavano direttamente dagli operatori del 911: ogni volta che lanciavano l'allarme, chiedendo agli agenti in zona di occuparsi di un'emergenza, il telefono vibrava sul pavimento della cucina, spostandosi leggermente. Rebekah distolse l'attenzione dal palmare per concentrarsi sul portico.

«Jimmy?»

Fuori era buio pesto.

«Jimmy?»

Era a due metri dalla porta, accanto all'interruttore della luce del portico, le dita già pronte ad accenderla, quando qualcosa la fece esitare.

«Jimmy?»

Adesso nell'oscurità riusciva a intravedere una vaga ombra grigia.

«Jimmy, sei tu?»

Una sagoma.

Una persona.

Allungò la mano e accese l'interruttore, e fu allora che la sagoma si mosse. Si ingrandì e prese forma, emergendo dal buio come un'apparizione, un istante prima che la luce inondasse il portico.

Aveva ragione: era una persona.

Ma non era né Henriks né Sanchez.

Indietreggiò, inciampò e urtò lo spigolo del tavolo, le gambe deboli, il corpo scosso dai tremiti. Il tavolo si spostò, una sedia rischiò di cadere. La tazzina di caffè che aveva bevuto prima tintinnò.

E poi a Rebekah sfuggì un gemito.

Hain entrò lentamente in cucina.

77

Rebekah spostò l'attenzione da Hain alla porta alle sue spalle.

La luce rivelava più di quanto avrebbe voluto vedere. Henriks giaceva sulla schiena, la testa visibile dallo spiraglio, gli occhi aperti e un buco in faccia. Accanto a lui, accasciato sui gradini del portico, c'era Sanchez. Rebekah vide anche i suoi occhi, il sangue che si era appozzato sotto di lui, formando un piccolo lago color rubino.

Ripensò alla volante parcheggiata davanti a casa, alla portiera aperta. Sanchez aveva lasciato la sua postazione per precipitarsi sul retro? C'era stata una colluttazione? Aveva sentito uno sparo?

Ormai non aveva più importanza.

Erano entrambi morti.

Hain iniziò a girare attorno al tavolo, in direzione della porta che collegava la cucina al salotto. Sapeva che bloccandole quell'accesso non le avrebbe lasciato alcuna via di fuga. Poteva scappare in giardino, sul retro, ma sarebbe stata costretta a passare dal seminterrato per riemergere in strada e lui avrebbe tranquillamente potuto attenderla al varco. Giusto la sera prima Rebekah aveva detto a Bowners che cominciava a sentirsi intrappolata dentro casa.

Adesso era davvero in trappola.

Una barba di quattro giorni, abbastanza folta e scura da alterare leggermente l'aspetto e le dimensioni del viso, nascondeva almeno in parte un livido viola sulla guancia sinistra di Hain. Era anche pieno di tagli – si era calato sugli occhi un berretto scuro per cercare di coprirne qualcuno – e camminando pendeva un po' a sinistra per via della ferita alla gamba destra riportata schiantandosi con l'auto. Lungo quel fianco teneva una pistola, con una specie di tubo attaccato in cima. Rebekah non era un'esperta di armi, ma sapeva che cos'era.

Un silenziatore.

Ecco perché non aveva sentito gli spari.

Le venne la pelle d'oca, poi le si seccò la gola vedendo cosa aveva appuntato sulla giacca.

Un distintivo blu e dorato. Un distintivo del NYPD.

«Sei un *poliziotto*?»

Hain la guardò e basta.

Solo che Hain non era nemmeno il suo vero nome: Bowners e i suoi uomini lo stavano cercando nei posti sbagliati. Stavano cercando un delinquente, setacciando i loro archivi in cerca di un pregiudicato che corrispondesse alla sua descrizione. Bowners le aveva detto che Lima era stato in prigione, a Rikers, ragione per cui era legittimo pensare che anche Hain avesse dei precedenti simili. Ma non era così. Non era un criminale, almeno non uno di quelli che veniva preso. Era un uomo incaricato di catturarli, i criminali.

Il resto la travolse come uno tsunami.

Ecco perché si dileguava sempre quando qualcuno stava per scattare una foto. Ecco perché le uniche immagini in cui compariva erano scure, o sfuocate, o lo vedevano sempre ai margini, in secondo piano, impossibile da identificare. Ecco perché usava un'identità falsa anche quando era da solo. Perché finché faceva attenzione, se qualcuno fosse mai andato a cercarlo, tentando di dargli la caccia usando delle foto sfuocate, come era successo negli ultimi quattro giorni, aveva il travestimento perfetto dietro cui nascondersi.

Il blu dell'uniforme.

Il distintivo dorato.

Rebekah pensò alle sue bambine, addormentate al piano di sopra, ignare di quanto vissuto dalla loro mamma negli ultimi cinque mesi, e notò qualcosa con la coda dell'occhio. Un movimento sul portico. Un'altra sagoma grigia tra le ombre.

Le si gelò il sangue nelle vene.

Un'altra faccia emerse dall'oscurità, proprio come aveva fatto Hain un minuto prima. Solo che stavolta fu una donna a varcare la porta.

«Ciao, Rebekah» disse.

Il piano

Si stavano già allontanando dal Police Plaza, diretti verso lo Starbucks di Pearl Street, quando Amy Houser disse a Travis che aveva dimenticato il cellulare.

«Ti raggiungo là» disse, e non attese una risposta. Travis si fermò, le vide allungare il passo per tornare in quell'orrendo palazzo marrone, poi lo risalì con lo sguardo fino alle finestre del tredicesimo piano. Non riusciva a vedere dentro, ma forse qualcuno lo stava tenendo d'occhio da lassù.

«In che pasticcio ti sei cacciata, Amy?» mormorò tra sé.

La telefonata partì qualche minuto dopo.

«Sta arrivando adesso» disse la donna.

«Okay» rispose Hain. «Sicura di avere il coraggio di farlo?»

Non c'era più deferenza nel suo tono. La rispettava ancora, questo glielo doveva, ma non era più un tirapiedi che poteva comandare a bacchetta. Sistemare il casino combinato da Axel lo aveva reso sicuro di una cosa: lei aveva più bisogno di lui di quanto lui non avesse bisogno di lei.

«Posso farcela.»

Travis entrò da Starbucks e si mise in fila. Aveva cinque persone davanti e la sala era affollata. Diede un'occhiata al menu: Houser avrebbe preso un cappuccino semplice con latte di mandorla, e quando pensò a quanto conosceva bene Amy, o pensava di conoscerla, a quanto gli piaceva la sua compagnia, provò una staffilata di dolore tra le costole.

Non voleva che fosse coinvolta in quella storia.

Non voleva che stesse giocando sporco.

«Portalo nel parcheggio sotterraneo» disse Hain.

La linea era disturbata, le parole inghiottite dal fruscio del vento, e in sotto-

fondo sentì anche il rumore del traffico. Si stava muovendo, stava andando alla sua auto, come previsto. Ripassò il piano: doveva convincere Travis ad andare con lei, indurlo a credere che aveva qualcosa da mostrargli nel bagagliaio della macchina. Doveva fingere che avesse a che fare con Louise Mason o Rebekah Murphy. Spingerlo a fidarsi di lei sarebbe stato tutto un altro paio di maniche, però.

Era in stato di massima allerta, se n'era accorta.

«Ci sei ancora?» domandò Hain. «Hai sentito che cosa ho detto?»

Si era quasi dimenticata di lui.

«Certo che ti ho sentito» rispose, cercando di ritrovare almeno un briciolo di controllo. «Io farò la mia parte. Tu pensa a fare la tua.»

Riattaccò e lanciò uno sguardo a Travis. Entrando non l'aveva vista. Era parzialmente nascosta, seduta su uno sgabello, gli dava le spalle e stava osservando il suo riflesso nel vetro.

Si alzò e si mise in fila dietro di lui.

Non la notò nemmeno allora.

Chissà a che cosa stava pensando.

Forse a Louise. Forse a Rebekah.

Forse ad Amy Houser.

Travis non si accorse di lei finché non lo salutò.

Quando si voltò, stava già sorridendo. Era una giornata mite, ma se lui dopo la passeggiata al sole si sentiva un po' accaldato, lei era come sempre impeccabile nel suo completo giacca e pantalone blu scuro e camicetta bianca. I capelli biondi, quasi argentati, erano legati in una coda che valorizzava le linee del suo viso.

Guardò di nuovo il suo sorriso.

La gente diceva che non sorrideva mai.

Ma a lui sembrava sorridere sempre.

«Non l'avevo vista, capo» disse.

L'ispettore capo Katherine McKenzie gli sorrise di nuovo. «Oh, penso che possiamo cominciare a darci del tu, Frank. Siamo da Starbucks, in fin dei conti.»

78

Entrò in cucina e si guardò attorno.

Era alta, elegante, e indossava un cappotto nero che le arrivava a metà polpaccio.

I capelli biondi, quasi argentati, erano tirati indietro con dei fermagli e le lasciavano il viso scoperto, portava un velo di trucco e per le unghie aveva scelto uno smalto blu. Ne fece scorrere una sul bordo del lavello mentre ci passava accanto, producendo un leggero stridio. Si fermò accanto al tavolo e scostò una sedia, poi fece cenno a Rebekah di prendere posto al suo fianco.

Lei non si mosse.

«Non ci siamo mai incontrate» disse la donna. «Io sono Katherine McKenzie.» Si scrutarono a vicenda, e Rebekah ebbe la vaga sensazione di averla già vista da qualche parte. Ma dove? «Perché non ti accomodi?» insistette, ma Rebekah non le prestò ascolto perché stava pensando ad altro.

E se mi mettessi a urlare?

I vicini mi sentirebbero?

Saranno a casa, almeno?

«La tua faccia mi fa capire due cose» continuò McKenzie. «Uno, che non riesci a riconoscermi anche se credi di avermi già vista da qualche parte. E due, che stai pensando di fare una stupidaggine. Quindi ascoltami, facciamo un patto: se ti siedi e non fai sciocchezze, possiamo parlare di dov'è Johnny.»

Rebekah socchiuse gli occhi. La stava prendendo in giro?

«Sai dov'è mio fratello?»

Dalla sua posizione, alla destra di Rebekah, Hain spense le luci del portico e fece ripiombare il giardino nell'oscurità. Intanto McKenzie si accomodò e sbottonò il cappotto, rivelando un vestito nero con un orlo di pizzo blu. «A onor del vero, io non lo so con esattezza.» Rivolse un cenno a Hain. «Ma lui sì.»

«E quindi? Avete intenzione di portarmi lì?»

Nessuno dei due le rispose.

Hain non l'avrebbe portata da nessuna parte.

Erano venuto a ucciderla.

Si lanciò uno sguardo furtivo attorno, in cerca di qualunque oggetto potesse fungere da arma. Ma anche se avesse trovato qualcosa, in casa sua non c'era niente in grado di competere con una pistola.

«Per quanto riguarda la tua sensazione,» disse McKenzie «probabilmente mi hai vista sui giornali o in qualche notiziario quando ho parlato del lavoro della polizia di New York.»

Fu allora che Rebekah fece due più due: anche McKenzie era una poliziotta, solo che lei era una spanna sopra a Hain. Ricordava di aver visto una sua foto. Come leggendole nel pensiero, la donna disse: «Sono ispettrice capo.»

Sono tutti coinvolti.

A ogni livello.

«Perché lo state facendo?» domandò.

La sua voce la tradì.

«Questa è proprio una bella casa» rispose McKenzie, guardando la cucina come se non avesse neanche sentito la domanda. «Quando avevamo vent'anni, io e Axel, cioè Daniel, avevamo un appartamentino grande quanto questa cucina.»

Foley era il compagno di questa donna.

Un altro pezzo mancante che andava al suo posto.

«Ricordo che la prima cosa che si comprò fu una grossa poltrona reclinabile» continuò McKenzie, abbozzando un sorriso teso e inespressivo. «A volte era uno stronzo egoista, ma io lo amavo e all'epoca neanche avevo fatto caso ai campanelli d'allarme, o forse li ho volutamente ignorati.»

I suoi occhi tornarono su Rebekah.

I campanelli d'allarme.

«Che tu ci creda o no, nella scelta dei tempi Axel aveva un talento innato, quasi da comico» disse.

«No. Il tuo fidanzato era uno stupratore.»

«Non era il mio fidanzato, tesoro» rispose McKenzie. «Pensi che farei tutto questo per un uomo con cui andavo a letto? Se fosse stato così semplice, mi sarebbe bastato chiedere a lui» e indicò Hain «di premere il grilletto la notte in cui Louise Mason è morta. Non ci sono fidanzati, o *mariti*, per cui valga la pena fare quello che sto facendo.»

Rebekah aggrottò la fronte. «Allora chi era?»

«Prima lascia che ti parli un po' della gente con cui lavoro. Pensano che io sia omosessuale. Mi chiamano 'la Lesbica' credendo che io non lo sappia. Lo fanno per due motivi. Primo, è un meccanismo di difesa tra una certa categoria di agenti maschi che non riescono ad accettare che le donne non se ne stiano a casa in vestaglia e incinte di qualche marmocchio. Dandomi della lesbica credono di ferirmi, o di umiliarmi in qualche modo. Insomma, è questo il livello di alcuni coglioni con cui mi tocca lavorare ogni santo giorno.»

Si guardò di nuovo attorno e i suoi occhi indugiarono sulla mensola accanto alla finestra. Aveva visto la palla di neve di Johnny. Lì per lì, per quanto fosse assurdo, Rebekah ebbe la sensazione che avesse capito quanto era importante per lei.

«L'altro motivo per cui pensano che io sia lesbica» continuò l'altra «è perché non sanno niente della mia vita privata. Mi vedono reclutare donne e non mi vedono uscire con gli uomini. La ragione per cui preferisco le donne è perché mi fido di più di loro. E la ragione per cui la gente non sa niente della mia vita privata è dovuta ad Axel.»

Distolse l'attenzione dalla palla di neve.

Fece un lungo sospiro e le sue spalle si alzarono e si abbassarono. «Hai ragione sulla storia dello stupratore. Lo era senz'altro. Ma questo non gli ha mai impedito di avere una capacità quasi comica di rovinare tutto. Prendi Louise Mason. Sono stata promossa ispettrice capo meno di un anno fa, perciò quando è morta ero in carica da cinque mesi. Cinque mesi, dopo vent'anni di duro lavoro perché ho avuto la sfortuna di nascere con un paio di tette. Quando Louise è morta, io stavo finalmente iniziando a mettere insieme la squadra che avevo sempre desiderato. Mi stavo liberando di tutti gli stronzi misogini, dei razzisti e dei pezzi di merda che stavano divorando il dipartimento da dentro, come un cancro, perciò, sai, quando sono andata a quella raccolta fondi ero piuttosto soddisfatta di come stavano andando le cose. E sai che cosa stava facendo Axel in quel preciso momento, mentre io stavo arrivando alla festa?» McKenzie seguì con l'unghia smaltata di blu una sottile scalfittura nel tavolo. «Stava spappolando la testa di Louise Mason.»

Le sue parole ebbero l'effetto di un terremoto.

Era la prima volta che qualcuno ammetteva la verità, la prima volta che un diretto conoscente di Daniel Foley confermava i sospetti della polizia.

Parve rendersene conto anche McKenzie. «Tanto vale che tu sappia come siamo arrivati a questo punto» disse, e il resto della frase rimase in sospeso tra di loro, inespresso ma sottinteso: *perché quando ce ne andremo di qui, tu sarai morta.* «Perciò, no» continuò. «Axel non era il mio fidanzato. Un uomo con cui si sta facendo sesso si può sempre rimpiazzare.»

Alzò gli occhi dal tavolo.

«Ma un membro della famiglia...» Sospirò. «In quel caso è diverso, lo sappiamo entrambe.»

Famiglia

«Tu hai famiglia, Frank?»

Stavano ancora facendo la fila per ordinare i caffè. Prima di riportare l'attenzione su Katherine McKenzie, Travis lanciò un'occhiata fuori dalla vetrata, chiedendosi che fine avesse fatto Amy Houser. Sorrise, ripensò a quanto era attraente quando lo faceva anche lei e disse: «Sì, ho due figli. Un maschio e una femmina. Mark vive a Los Angeles e di cosa si occupi non l'ho ben capito, ma ha a che vedere con i videogiochi. Gaby invece è all'ultimo anno alla Midwestern.»

«Chicago?»

«Esatto.»

«Che bello» disse McKenzie. «Li vedi spesso?»

Lui si strinse nelle spalle. «Non quanto vorrei.»

«E di certo non aiuterà neanche il fatto che tu stia continuando a farti il mazzo al NYPD quando dovresti essere in pensione. Come procedono le indagini sul caso di Rebekah Murphy?»

«Ci siamo quasi, credo. È abbastanza complicato.»

McKenzie annuì.

La fila non si era ancora mossa.

«E tu?» chiese Travis. «Tu hai figli?»

«No» rispose lei. «Quello è un treno che ho perso.» Vide che Travis non sapeva cosa dire. «Ma sarebbe stato bello» aggiunse, come se temesse di averlo messo a disagio. «Purtroppo non ho mai trovato l'uomo giusto...»

Continuò a fissarlo, gli occhi che brillavano baciati dalla luce che filtrava dalla vetrata, e Travis provò una strana sensazione di calore. Era passato talmente tanto tempo dall'ultima volta che aveva trovato una donna attraente, e che sembrava ricambiare il suo interesse, che non sapeva cosa fare. E poi, per qualche ragione, ripensò a Naomi, a tutte le cose che gli aveva detto nel corso degli anni, e fu allora che la gravità iniziò a farlo tornare con i piedi per terra: McKenzie era un ispettore capo, aveva almeno dieci anni meno di lui, era bella e impegnata. Lui era vecchio e non aveva più uno scopo.

Perché avrebbe dovuto essere interessata a lui?

McKenzie cominciò a dirgli che aveva sposato il suo lavoro, che un po' rimpiangeva quella scelta, e poi Travis le accennò a Naomi e a quanto fosse difficile trovare un equilibrio. Alla fine, arrivati in cima alla fila, lui si offrì di pagare da bere, ma McKenzie rifiutò e gli disse che un caffè gli era dovuto, che era il minimo dopo tutto quello che aveva fatto per il NYPD.

Mentre aspettavano di essere serviti, lei gli sorrise di nuovo e disse: «Sei proprio una persona alla mano, lo sai, Frank?»

«Dici sul serio?»

L'incertezza di Travis parve sorprenderla. «Certo che dico sul serio. Non hai sentito le voci di corridoio? La Lesbica è fisicamente incapace di aprirsi.»

Travis fece una smorfia.

«Non ti preoccupare» disse lei. «Non mi dà fastidio.»

«Neanche un po'?»

«Ho ben altro a cui pensare.» Una traccia di qualcosa le annuvolò l'espressione, ma prima che lui potesse provare a interpretarla, lei aggiunse: «Comunque dico sul serio. Sei una persona con cui è facile parlare.»

«La mia ex moglie non sarebbe d'accordo.»

«Be', si sbaglia.»

Sembrava sincera, sembrava gradire la sua compagnia, e per la prima volta, quando ripensò ad Amy Houser, non ripensò alla telefonata a cui aveva risposto dalla sua scrivania o ai suoi dubbi sull'amica. Pensò a ciò che gli aveva detto Amy quando erano usciti dalla riunione con McKenzie: che forse lui a McKenzie piaceva.

«A volte con la famiglia può essere dura.»

Travis tornò al presente. «Come, scusa?»

«Stavo solo riflettendo ad alta voce» disse lei. I suoi occhi erano rivolti verso la vetrata della sala, ma non stava guardando il marciapiede, la strada, l'incrocio e i semafori. Era assorta nei suoi pensieri. Quasi come se avesse abbassato la guardia senza neanche rendersene conto. «Stavi parlando della tua ex, della lontananza dai tuoi figli. A volte con la famiglia è dura.»

Travis la osservò con attenzione. «Hai parenti qua in zona?»

McKenzie inclinò la testa, come se non fosse facile rispondere a quella domanda. «Più o meno. Sono cresciuta in una catapecchia a Staten Island. Amavo mia mamma, davvero, ma aveva i suoi problemi, disturbi mentali, come li definirebbero oggi, mentre mio padre era una persona inutile.» Sbatté un paio di volte le palpebre, e così facendo parve spezzare l'incantesimo. «Come sei deprimente, Katherine. Comunque mi riferivo a questo, Frank. Spingi la gente ad aprirsi così, semplicemente con la gentilezza. Dovevi essere un fenomeno durante gli interrogatori.»

«Me la cavavo» ammise lui.

«Avevo un fratellastro» continuò lei, stavolta facendo una faccia diversa, e Travis non riuscì a decifrare nemmeno quell'espressione. «Ecco a che cosa alludevo prima. Era il risultato di una delle tante scappatelle di mio padre e, quando mia madre morì, venne a vivere con noi. Papà si rifiutò di adottarlo e non lo riconobbe mai. Tecnicamente, per lo Stato neanche esisteva. Oggi una cosa del genere non potrebbe mai succedere, e forse non avrebbe dovuto neanche negli anni Settanta, ma andò così.»

«Siete molto legati?»

«Lo eravamo» disse. «Molto. Aveva due anni più di me e io avevo sempre desiderato un fratello. Ma, non lo so, c'era... qualcosa in lui.»

Travis aggrottò le sopracciglia. «In lui?»

«A volte era strano. A scuola si cacciava sempre nei guai. Mio padre era uno stronzo di prima categoria e quei due facevano scintille a casa. Quando tuo padre ti dice che non ti ha mai voluto, quando te lo ripete all'infinito, può essere traumatico. Mio fratello cominciò a ribellarsi. Iniziò da adolescente. All'inizio erano piccole cose: atti vandalici, furtarelli...» Continuava a lanciare occhiate a Travis, come se avesse qualche difficoltà a tradurre in parole l'immagine che aveva in testa. «A volte diventava violento. Con le persone. Con gli animali. Ricordo che una sera mio padre diede di matto perché aveva scoperto che il gatto dei vicini aveva cagato nel nostro giardino, e il giorno dopo quel gatto aveva una zampa rotta.»

Si scambiarono uno sguardo.

«Stava cercando di ingraziarsi mio padre» mormorò, ma Travis vide un'ombra sul suo volto, forse un accenno di dubbio, e si domandò se non fosse solo una scusa. Forse suo fratello non aveva fatto male al gatto per ingraziarsi un padre che neanche lo voleva.

Forse godeva nel fare del male agli altri.

Proprio in quel momento arrivarono i loro caffè, e McKenzie, cambiando di colpo atteggiamento, sfoderò un sorriso. «Merda, non so neanche perché ti sto dicendo certe cose.»

Ma, per qualche ragione, Travis non era così sicuro che fosse vero.

Era come se avesse trattenuto il respiro: anche se avrebbe sempre voluto farlo, non era mai riuscita a parlare con nessuno di suo fratello; per lei era come un fantasma che era necessario esorcizzare. Ma adesso veniva da chiedersi perché avesse scelto proprio quel momento per riprendere fiato. Perché lo aveva detto proprio a lui? Perché aveva abbassato la guardia con un uomo che conosceva appena? Aveva fatto carriera non esponendosi mai. Anche ammesso che fosse davvero un tipo alla mano, come aveva detto lei, Travis aveva la sensazione che ci fosse qualcos'altro.

McKenzie osservò il terzo caffè che li attendeva al bancone, il nome AMY *scritto sul bicchiere di carta, e chiese: «Stai aspettando Houser?»*

«In teoria, sì.»

Lei annuì. «È un vero peccato. Volevo mostrarti una cosa.»

Quell'affermazione lo prese alla sprovvista.

«È nella mia auto» aggiunse lei, e guardò l'orologio.

«Nella tua auto?»

«Potrebbe avere un collegamento con il caso a cui stai lavorando.»

Travis si accigliò. «Quale caso?»

«Preferirei non parlarne in mezzo a tutta questa gente» disse McKenzie, guardandosi attorno.

Si riferiva ai casi irrisolti che gli aveva affidato Houser?

O si riferiva a Louise Mason?

O magari a Rebekah, pensò Travis, lanciando un'occhiata alla strada fuori dalla vetrata.

Di Houser nessuna traccia.

«Lo capirai non appena arriveremo lì» gli assicurò McKenzie.

Intrigato, Travis disse: «Certo, okay. Andiamo a dare un'occhiata.»

79

«Axel era mio fratello» mormorò McKenzie. «Forse non come prescritto dalla legge, ma in tutti i modi che contano realmente sì. Il più delle volte, crescendo, non ho avuto che lui.» I suoi occhi tornarono di nuovo sulla palla di neve. «Ma Axel era...» Si interruppe. «Incontrollabile.» Poi tirò su col naso, quasi sussultò, come riemergendo da un vortice, e a Rebekah tornò in mente una cosa. La mattina in cui si era svegliata nell'appartamento di Foley, lui non le aveva detto che era sposato, le aveva detto: 'Sento di dover essere sincero con te... C'è un'altra persona nella mia vita. Non penso che le dirò di ieri sera.'

«Erano al bar dell'albergo e ha messo qualcosa nel bicchiere di Louise. Sembrava proprio andata. Le ha detto che le avrebbe dato un passaggio a casa, e non che lei fosse nelle condizioni di controbattere, ma poi ha iniziato a pensare di portarla nello stesso posto in cui aveva portato te: l'appartamento di Retrigram. Erano i pubblicitari a gestire le prenotazioni dell'appartamento, e indovina chi tra quei pubblicitari era il primo contatto della lista? Dato il suo ruolo in azienda, quello avrebbe dovuto essere un lavoro da assistente.» Si sporse sul tavolo, ci appoggiò sopra i gomiti. «Ma Axel voleva sapere quando era libero.»

McKenzie quasi sorrise, ma non c'era gioia nei suoi occhi. «Ha avuto tantissime donne, ma penso che con gli anni abbiano smesso di flirtare con lui come prima, e di sicuro in tante non volevano più andarci a letto, e che la sua frustrazione sia cresciuta al punto da riempirlo di rabbia, facendolo sentire piccolo e rifiutato. Alex era un uomo debole. Era...» Parve soppesare le parole. «Ne era dipendente. Forse il sesso era la cosa più importante per lui. Ci sono un sacco di uomini fatti così: l'unico modo che hanno per contribuire a un discorso è tirando fuori l'uccello.» Richiuse le mani, le unghie premute nei palmi. «Ma una differenza c'era, perché Axel non era normale, quindi, quando le donne hanno smesso di concedersi spontaneamente a lui, non l'ha accettato. Si è procurato delle pasticche e ha cambiato strategia. Così nessuna gli avrebbe mai più potuto dire di no. Giovani, meno giovani, donne che, come te, non sarebbero mai andate a letto con uno sconosciuto: le portava tutte in quell'appartamento. E la mattina dopo, quando si svegliavano e non ricordavano che cosa fosse successo, lui era lì, mister simpatia, l'uomo di cui ci si può fidare, quello che 'Cavolo, eravamo così ubriachi che non ci ricordiamo niente. Assurdo, eh?'. Io ovviamente ero all'oscuro di tutto questo schifo prima della notte in cui ha ucciso Louise. È così che è saltato fuori tutto. È così che ho scoperto che non era stato un semplice errore. Ce n'erano state talmente tante che non riusciva nemmeno a ricordarsi tutti i loro nomi...»

Rebekah si sentì risalire qualcosa in gola. Non sapeva che cosa fosse: rabbia, paura, nausea, forse tutte e tre le cose. «Perciò... un bel giorno» disse, la voce poco più che un tremolio «si è svegliato e ha semplicemente deciso di diventare uno stupratore seriale?»

«No» disse McKenzie. «Quel lato di mio fratello, quel suo lato oscuro, esisteva già da prima. I segni c'erano, a sprazzi, da anni. Da poliziotta, ciò che avevo visto in lui avrebbe dovuto mettermi in allarme. Da sorella, chiudevo gli occhi e facevo finta di non notarli.» A Rebekah tornò in mente una frase che aveva pronunciato prima: 'Ho volutamente ignorato i campanelli d'allarme.' «Be', questo forse non è del tutto vero. Una parte di me ha sempre avuto paura che potesse mandare in fumo la mia carriera. Era per quello che avevo già tirato su un muro per tenerlo lontano. Non ha mai avuto il mio vero numero di cellulare, solo quello di una scheda prepagata. Lui non immaginava che avessi un altro telefono, ma era un modo per tutelarmi. Non lo chiamavo, non gli scrivevo mail, provavo a evitare di incontrarlo in posti dove sapevo che mi avrebbero riconosciuta. Aveva il permesso di venire a casa mia, ma solo di notte. Mi ripetevo che era giusto essere cauti, che ero giustificata: era normale che volessi proteggere la mia reputazione professionale. Mi dicevo: Axel ha dei problemi e qualcuno potrebbe usarli contro di me. Ma questa non era la vera ragione per cui l'ho fatto. Quel tipo di comportamento non era una semplice precauzione. Andava ben oltre. Sapevo di che cosa fosse capace. L'avevo visto crescendo con lui, quindi una parte di me stava aspettando che succedesse di nuovo.»

Fu allora che Rebekah spostò la sua attenzione altrove. Hain si era avvicinato a McKenzie: non aveva aperto bocca, ma aveva una faccia strana. Le stava lanciando qualche messaggio?

«Da allora mi sono sempre chiesta» continuò McKenzie, dando l'impressione di non averlo notato «perché non si sia approfittato di quelle ragazze in qualche vicolo, o in posti che non avrebbero mai potuto ricollegare alla sua faccia, al suo nome o a dove viveva. Da un lato, immagino che svegliarsi nel suo appartamento rendesse le donne come te meno timorose, meno inclini a parlare dell'accaduto, o a denunciarlo, perché la storia del 'vuoto mentale' dopo un'ubriacatura poteva anche reggere. Ma, conoscendo Axel, sapendo com'era fatto quando non aveva questo chiodo fisso in testa, sapendo quanto poteva essere placido, persino tenero a volte, penso che probabilmente *volesse* qualcosa di più. Credo che con certe donne tipo te, dopo il misfatto, placati gli istinti, cercasse soltanto un po' di normalità. Credo che tu gli piacessi davvero. Penso che in te avesse visto qualcosa. Ma ha esagerato. È sempre stato quello il problema con Axel. Ecco perché non mi ha lasciato altra scelta e ti abbiamo dovuto dare la caccia. Non ti ha detto solamente il suo *vero* nome, ma anche il suo soprannome, come mai lo chiamavano così. Ti ha detto il suo *cognome.*»

'Credo che tu gli piacessi davvero, Rebekah.'

Ripensò al suo sogno, al suo ricordo.

'Penso che dovresti rimanere, Rebekah.'

Era disgustoso, ma non ebbe nemmeno il tempo per metabolizzarlo. Hain aveva fatto un altro passo avanti, e stavolta capì anche il messaggio.

Stava dicendo: 'Basta.'

'Questa non è una confessione.'

Solo che per McKenzie forse lo era. Forse per lei era un'occasione per tirare fuori tutti i rospi che aveva dovuto ingoiare a causa di suo fratello, a tutto l'odio che provava per le scelte che avevano quasi fatto deragliare la sua vita e la sua carriera. Dopotutto, a chi avrebbe potuto confessare ciò che aveva fatto suo fratello, ciò che lei aveva tenuto nascosto per lui, se non a una donna alla quale restavano pochi minuti da vivere?

«Dobbiamo fare quello che dobbiamo fare e andarcene.»

Era la prima volta che Hain parlava.

Rebekah si voltò verso di lui, vide la sua pistola, e lui incrociò il suo sguardo, ma McKenzie non mosse un muscolo. «Non spetta a te decidere» replicò con un filo di voce.

«Non c'è tempo per queste stronzate.»

«Secondo me,» scandì lentamente lei «dato che il tuo monumentale fallimento respira ancora,» e gesticolò verso Rebekah «abbiamo tutto il tempo del mondo.»

Hain rimase dov'era, in silenzio.

«Lui era a Miami» continuò McKenzie, come se sapesse ciò che Rebekah si stava domandando: perché non si era occupato Hain di lei invece di farlo fare a Lima? «Insieme a una squadra del posto incaricata di pizzicare uno stronzo originario del Bronx che si credeva Tony Montana. Con te è stata tutta una cosa dell'ultimissimo minuto. Stavamo intercettando le tue telefonate, leggendo i tuoi messaggi, e di punto in bianco hai deciso di andare a Crow Island, servendoci l'opportunità perfetta per farti sparire. Solo che Hain non c'era. Era a duemila chilometri da lì.» Un'alzata di spalle. «Perciò, anche se con riluttanza, alla fine ha deciso di mandare quest'altro tizio, Lima, un suo ex informatore, e... be', il *risultato* lo abbiamo visto tutti.»

Lima non era un semplice criminale, era un informatore.

Hain la guardò e scosse la testa.

Quella storia non gli piaceva.

«Un tempismo davvero incredibile» stava dicendo McKenzie, ripetendo una cosa che aveva detto anche prima. D'un tratto appariva molto più distaccata. «Quella sera all'evento, quando Axel mi ha telefonato, io stavo parlando con il commissario.»

Erano tornati alla notte in cui Louise era stata uccisa.

«'Kathy, aiutami'» disse, gli occhi persi nel vuoto, la voce più profonda per imitare quella di suo fratello. Anche se lo stava scimmiottando, l'effetto fu comunque agghiacciante. «'Devi aiutarmi. Ho fatto una cosa terribile.'» Si interruppe. Un battito di ciglia, poi lanciò uno sguardo a Rebekah. «L'ha portata in macchina, nel garage sotto l'hotel, e lei ha iniziato a riprendere i sensi. Ha fatto un casino. Pillole diverse, meno potenti delle altre. Ma il peggio è che lei si è messa a urlare, perciò Axel le ha dato un pugno... e poi ha perso completamente il controllo.»

«Katherine» intervenne Hain. «Basta...»

«Ha continuato a prenderla a pugni fino a spappolarle la faccia.»

Un silenzio tremendo, assordante.

Persino Hain non disse niente, non si mosse. E in quel silenzio il resto della nottata si ricostruì da solo: Foley aveva chiamato sua sorella e lei aveva chiamato Hain.

«Hain» continuò McKenzie rivolgendosi a Rebekah «si sta innervosendo. Non vuole che tu sappia i particolari, e lo capisco. È stato addestrato a interiorizzare tutto, a conviverci. Gliel'ho visto fare talmente tante volte. So che cosa può fare. So che cosa è *pronto* a fare, che cosa ha *già* fatto, per un guadagno extra. Lui è bravo ad aggiustare le cose. Per me non è altrettanto semplice. Per me 'aggiustare le cose' significa scovare il marcio sui miei avversari, non uccidere o stuprare, non seppellire qualcuno su un'isola in mezzo al mare.»

Fece una smorfia.

«Anche se, non lo so...» Si voltò, lanciò un'occhiata alle sagome sul portico. Ebbe un fremito, come se finalmente stesse prendendo atto di quello che era accaduto. «Credo di aver sempre saputo in che cosa mi stavo cacciando. Se sei ambizioso, devi essere disposto a giocare sporco. E se superi un certo limite, come la notte in cui abbiamo fatto sparire Louise, poi devi essere disposto ad andare fino in fondo. Non si può fare marcia indietro. Il genere di decisione che ho preso quella notte, e che ho preso stanotte venendo qua, non la prendi se la tua idea di 'aggiustare le cose' si estende al massimo alla volontà di sollevare un polverone.» Rivolse un cenno a Hain. «Secondo lui non dovevo venire, ma io sentivo di doverlo fare.»

Rebekah scrutò Hain. Era a pochi metri dal tavolo, la pistola vicina alla gamba, gli occhi fissi su di lei. Pensò alle bambine, poi a Gareth. A che ora sarebbe tornato a casa? Più la tiravano per le lunghe, più la lasciavano in vita, più c'era il rischio che ci finisse di mezzo anche lui. Un altro innocente travolto da Katherine McKenzie nella sua corsa al potere.

Lei si passò un dito sulle labbra, come se tutto quello che aveva detto, tutte quelle parole, le avessero bruciato la bocca. «Avevo pianificato tutto» disse. «L'ho sempre fatto. Il ruolo di ispettrice capo era solo il primo passo. Poi sarei diventata la prima commissario donna nella storia del NYPD, e dopo? Mi sarei potuta candidare come sindaco. Leccando qualche culo a Washington avrei potuto ottenere la nomina a segretario della Homeland Security. Ero pronta a fare qualunque cosa per arrivare dove volevo. Ero pronta a prendere parte a tutti quei balletti che ti portano a occupare posizioni di potere. So essere cinica, ma questo? Louise. Tu. Tuo fratello. Tutte le altre donne che Axel ha violentato, di cui non sappiamo niente e che non sanno nemmeno di essere state stuprate. Questo non è un gioco. Quando Hain mi ha chiamata e mi ha detto che eri ancora viva, quando alla fine è riuscito a tornare in città, braccato dagli stessi uomini al fianco di cui lavora ogni giorno, e mi ha detto che dovevamo mettere a tacere anche Frank Travis...»

«Aspetta, cosa?»

«Perché sapeva troppo...»

«Aspetta un secondo, aspetta...»

Si scambiarono uno sguardo.

«Mi stai dicendo che anche Frank è morto?»

A Rebekah si strinse la gola.

Impassibile, McKenzie si limitò a fissarla per qualche secondo, come se la compatisse per la sua ingenuità. «Certo che è morto» disse alla fine. «Pensavi davvero che potessimo lasciarlo in vita?»

Esorcismo

«Mi dispiace tanto per prima, Frank» disse Katherine McKenzie mentre prendevano l'ascensore per scendere in garage. «Non so perché ti ho parlato di certe cose.»

Lui la guardò. «Non devi scusarti.»

«Non avevo mai detto a nessuno di mio fratello.»

Incrociò il suo sguardo, e stavolta la sua espressione era davvero impossibile da decifrare: era la donna di cui aveva sentito parlare, quella che si trincerava dietro un muro.

«Be',» fece Travis «a me fa piacere che tu ti sia aperta con me.»

Lei annuì e basta.

Quando le porte dell'ascensore si aprirono al piano seminterrato, lei indicò la sua macchina, una Mercedes blu notte, e disse: «Ho dei documenti nel baule. Penso che potrebbero tornarti utili.»

«Okay» rispose lui.

Ma adesso c'era qualcosa che non gli tornava.

Si era fatto assorbire così tanto dalla chiacchierata da Starbucks, dall'idea che McKenzie potesse nutrire un interesse nei suoi confronti, dall'eccitazione del momento, che era sicuro di aver tralasciato qualcosa di importante.

Sentì vibrare il cellulare nei pantaloni.

Lo sfilò dalla tasca. Era Amy Houser che gli chiedeva dove fosse finito. Abbassò gli occhi sul vassoio di carta che aveva in mano, con il suo caffè e il cappuccino di Amy, poi lanciò uno sguardo a McKenzie, che lo stava guardando, e provò a schiarirsi le idee.

Rispose a Houser dicendole di dargli cinque minuti.

Arrivati alla Mercedes, McKenzie usò il telecomando per aprire il bagagliaio. Il portellone si sollevò da solo, rivelando due grossi scatoloni.

«Eccoli qua» disse.

Il cellulare di Travis vibrò di nuovo.

Ancora Houser.

'Penso che Hain potrebbe essere un poliziotto.'

Travis inciampò.

«Tutto okay, Frank?»

Rilesse il messaggio, poi si fermò a due metri dalla Mercedes, il cellulare ancora in mano, i caffè nell'altra. Osservò prima McKenzie, quindi gli scatoloni, e capì immediatamente di averci visto giusto.

C'era qualcosa che non andava.

Ma ormai era troppo tardi.

«Non ti muovere» disse una voce alle sue spalle. Sentì una pistola che gli veniva puntata alla nuca. Non aveva visto né sentito arrivare nessuno.

Ma aveva riconosciuto la voce.

L'uomo che l'aveva chiamato per dirgli di Johnny.

Il tizio che aveva telefonato al fisso di Houser.

Travis guardò di nuovo McKenzie e, per un secondo, pensò di aver visto un luccichio nei suoi occhi. Rammarico, forse, o rimorso. E poi capì perché gli aveva parlato di suo fratello, perché aveva cercato di esorcizzare quel fantasma.

Perché non avrebbe mai avuto importanza.

Travis non sarebbe mai stato in grado di raccontarlo a nessuno.

«E adesso sali in questa cazzo di macchina» disse Hain.

80

«Frank sapeva troppe cose su Louise» disse McKenzie. «Su di te, su tutti gli altri casi. È stato un peccato. Lo avevo preso in simpatia. Era in gamba, gentile. Nel poco tempo che ho passato con lui, ho capito subito perché era un ottimo poliziotto: aveva una qualità disarmante. Era una persona di cui ci si poteva fidare.» Si interruppe, e la tristezza che le si leggeva stampata in faccia sembrava davvero autentica. «È stato oggi, parlando con lui, che ho capito che dovevo venire qui stasera.»

Sulle prime Rebekah non capì, ma poi anche quel pezzo mancante andò al suo posto: McKenzie aveva parlato con Frank di suo fratello, e in un certo senso le era piaciuto.

Adesso si stava confessando anche con lei.

Sentì una specie di vibrazione nel petto, una fitta per Frank, poi McKenzie riprese il filo del discorso: «Ero lì seduta, con Hain che mi diceva che cosa dovevamo fare, e gli ho sparato...» Le si incrinò la voce, ma ormai l'aveva detto. Era stata lei. Lo aveva ucciso. Rebekah si stava sentendo male. «E quando gli ho sparato,» continuò McKenzie, stavolta con un filo di voce «ho finalmente capito. Ho pensato: guarda che cosa sono diventata.»

Hain fece un passo avanti. «Katherine.»

«Non so più chi sono.»

Rebekah non sapeva se lo stesse dicendo a Hain o a sé stessa.

Ma in quel momento vide anche la sua opportunità. Hain era occupato, aveva superato la sua sedia, l'aveva lasciata scivolare in secondo piano, fuori dal suo campo visivo. Guardò a sinistra, vide un coltello da cucina attaccato al suo supporto magnetico. Era a tre passi da lei, quindi troppo lontano anche se Hain era distratto. Sulla destra non c'era nulla, solo il piano da lavoro sgombro. O forse no.

Al centro c'era il tagliere di granito.

«Sono diventata ciò che ho sempre combattuto» mormorò McKenzie. Una piccola striscia di mascara, simile a una vena nera, le era colata sulla guancia. «Un'assassina.»

La pistola ciondolava nella mano di Hain.

Mentre loro due si guardavano, Rebekah si allungò verso destra, verso il tagliere di granito.

«Katherine, ascoltami» disse Hain, sempre più vicino al tavolo. «So cosa stai passando. È successo anche prima, con Travis, ma se continui a fare così la prossima volta lo dirai alla persona sbagliata, a qualcuno che conta davvero. La gente pensa che basti confessarsi una volta sola, ma non è vero. Continuerai a farlo, l'hai già fatto due volte nell'arco di una sola giornata, perché per un po' ti fa sentire meglio. È come una droga.» Ormai era ad almeno un braccio di distanza da Rebekah. «Ma questa deve essere l'ultima volta, hai capito? Perché se continui così, ti assicuro che la prossima volta non vuoterai il sacco con altra carne per i vermi, come Frank Travis o questa puttana, ma con un poliziotto o con un giornalista.»

McKenzie non disse niente.

«Questa storia deve finire.»

Non stava parlando soltanto delle confessioni. Stava parlando di quello che erano venuti a fare: troncare ogni collegamento con Rebekah, Louise e tutte le altre vittime di Daniel Foley. Era chiaro che Hain era un passo avanti rispetto a Katherine McKenzie. Lui aveva visto la morte in faccia, l'aveva causata.

E questo lo aveva cambiato radicalmente.

Alla fine McKenzie mormorò: «Hai ragione.»

«Okay, bene.»

«Dobbiamo finirla qua» sussurrò lei.

«Okay» ripeté lui, lanciando un'occhiata a Rebekah. «Okay, be...»

Non concluse la sua frase.

Lo sparo, uno schianto così forte da far tremare tutta la casa, dilaniò la stanza, e Rebekah non ebbe neanche il tempo di reagire prima che Hain venisse scaraventato verso il piano da lavoro. La sua testa scattò all'indietro, il sangue le schizzò sul viso, e poi si accasciò come una bambola di pezza sul ripiano della cucina. Con le orecchie che le fischiavano ancora, Rebekah abbassò lo sguardo e vide che si stava stringendo il petto ferito.

Orripilata, sconvolta, urlò: «Che cazzo?!»

Ma McKenzie era sempre seduta a tavola.

Quasi non si era mossa, gli occhi vitrei.

In mano aveva una pistola con un silenziatore.

«Penso che sia giunto il momento di chiamare la polizia» disse.

81

Rebekah stava tremando, una scarica di adrenalina in circolo.

«Chiama la polizia» ripeté McKenzie.

Mentre lei la fissava a bocca aperta, non sapendo se facesse sul serio, Roxie cominciò ad abbaiare nella stanza accanto.

«*Chiama.*»

Rebekah infilò una mano in tasca e tirò fuori il cellulare. Non capisco, pensò. Perché spararagli? Solo che capiva eccome. McKenzie aveva sentito il bisogno di andare lì e confessarsi perché era l'unico modo per essere libera. I suoi segreti – il senso di colpa, il rimorso, la vergogna – erano una prigione come l'isola sulla quale era stata confinata lei.

«Dobbiamo aiutarlo» disse, indicando Hain.

McKenzie fece cenno di no con la testa.

«Morirà se non facciamo niente.»

«Chiama la polizia» ribadì l'altra per l'ennesima volta, e alla fine puntò la pistola verso di lei. Sembrava più grande, più spaventosa di prima. «Fallo prima che cambi idea.»

Rebekah chiamò il 911 e disse a un operatore che c'era stata una sparatoria in casa sua. Gli diede l'indirizzo ma non fece nomi. Non appena riattaccò, McKenzie abbassò la pistola, la mano molle, e la puntò altrove. «Me l'aveva detto che era meglio se veniva da solo.»

La sua voce era priva di emozione. Non stava guardando Rebekah, né Hain. Non stava guardando niente. Stava pensando al futuro, al momento in cui sarebbe arrivata la polizia e la sua carriera e le sue ambizioni sarebbero finite. Tutto quello per cui aveva lavorato, perduto.

Il petto di Hain si muoveva, ma stava iniziando a perdere conoscenza.

«Il suo vero nome è Bobby» disse McKenzie. «Robert. Ma ogni volta che doveva occuparsi di questioni come questa, usava sempre un'altra identità.» Lanciò uno sguardo a Hain. «All'inizio della mia carriera, quando ero capitano, lavoravamo allo stesso distretto e gli ho fatto un favore, l'ho tirato fuori dai guai prima che rischiasse di giocarcisi il distintivo, e da allora ha iniziato a fare delle cose per me, a risolvermi dei problemi, a reperirmi informazioni. Più ci frequentavamo e più vedeva Axel, e così quei due si sono trovati subito. Non che fosse difficile. Axel piaceva quasi a tutti. Era un bugiardo, e i bugiardi hanno un certo fascino.» L'ironia di quell'affermazione le strappò un sorriso, perché anche lei era una bugiarda, proprio come Foley.

Si sporse sul tavolo.

«Hain.» Sorrise di nuovo, perché per lei quello era soltanto un nome d'arte. «Già, mi ha aiutata a insabbiare tutto, ma c'erano cose che non poteva controllare. Non avevamo idea di quante donne fossero state aggredite da Axel, perché nemmeno lui se lo ricordava. Forse dieci, forse quindici. Non lo sapeva. Alcune le rammentava vagamente, ma non potevamo ritrovarle partendo solo da un nome. Nella maggior parte dei casi non sapevamo neanche quello. Per lui erano solo sagome che aveva incrociato sul suo cammino. Quindi avevamo questa spada di Damocle che ci pendeva costantemente sopra la testa, perché se queste donne si fossero improvvisamente ricordate di Axel, ci avrebbero denunciato. C'era la possibilità che da un momento all'altro a una di loro tornasse in mente qualcosa e allora... *sbam*! Sarebbe stata la fine. Avrebbero scavato nella sua vita e, malgrado i miei sforzi, per quanto avessi preso le distanze da lui, prima o poi mi avrebbero trovata.»

In lontananza, le sirene iniziarono gradualmente a farsi sentire.

«Ma se Axel si fosse suicidato...» Fece spallucce. «Te lo dico per esperienza: uno stupro, una *serie* di stupri, queste sono cose che noi poliziotti non prendiamo mai alla leggera. Indaghiamo fino a quando non arriviamo al bastardo che si è macchiato di certi crimini. Ma un suicidio? Nessuno ci perde tempo. Nessuno segue le eventuali piste. Se la dinamica appare chiara, archiviamo il caso e tanti cari saluti.»

Al resto Rebekah ci arrivò da sola: se a una di quelle donne fosse improvvisamente tornato in mente qualcosa – un nome, magari una descrizione fisica, o un vago ricordo dell'appartamento di Foley – sarebbe stato molto più difficile trovare il responsabile se l'uomo in questione fosse stato sottoterra.

«Hain ha persuaso Axel a salire su quel ponte. Non l'ha spinto di sotto, ma l'ha costretto a saltare. Gli ha detto che se non si fosse buttato, avrebbe fatto una telefonata anonima al NYPD e avrebbe raccontato la verità su Louise. Lo avrebbe accusato anche della tua scomparsa e di quella di tuo fratello. Avrebbe detto alla polizia delle altre due donne di cui ci siamo occupati.» Si interruppe, rendendosi conto di non averle ancora menzionato quella parte. «Sì, siamo riusciti a trovare due donne sulla base dei suoi resoconti. Ce ne siamo sbarazzati. Le abbiamo rintracciate e le abbiamo fatte sparire. Come Louise, come pensavamo di dover fare con te.»

L'atmosfera era diventata gelida.

Quindi c'erano altre tre donne, più Johnny e Travis.

Quello non era un omicidio, era un massacro.

«Ovviamente,» continuò McKenzie «Axel non aveva idea che per noi le possibilità di fare una soffiata anonima alla polizia erano pari a zero, perché altrimenti avremmo attirato attenzioni con le quali non volevamo dover fare i conti. Ma gli abbiamo fatto credere di avere una scelta: buttarsi o marcire in una cella fino alla fine dei suoi giorni. Uno come Axel, che aveva sempre fatto quello che voleva, non sarebbe mai durato in prigione.»

Altre sirene, ancora più vicine.

McKenzie si voltò verso il salotto, come se si aspettasse di vedere già dei poliziotti in casa. Se rimpiangeva la sua decisione, ormai era troppo tardi.

Incurvò le spalle e tirò un lungo sospiro. Nel disperato bisogno di togliersi quel peso di dosso, prima le parole le erano uscite di bocca come un fiume in piena, ma adesso si era acquietata. «I segreti» mormorò «sono come quelle boe che si vedono in mare aperto. Puoi nasconderle, puoi seppellirle sul fondale, dove le acque sono più scure e profonde, ma alla fine...» Un sorriso angosciato si disegnò sulle sue labbra, uno spettro che andava e veniva. «Alla fine torneranno in superficie. Tutti i segreti prima o poi tornano a galla. È solo questione di tempo.»

E Rebekah era tornata a galla.

Lei era il segreto tornato in superficie.

«Dovevo venire qui» sussurrò McKenzie. «Nessuna ambizione può giustificare quello che ho fatto. Non ho più dormito da quando Axel ha ucciso Louise. Non credo di aver mai dormito serena da quando è entrato a far parte della mia vita. L'unica cosa che sapevo era che non potevo farlo di nuovo. Non potevo coprire l'ennesima menzogna. Quando ho saputo che eri ancora viva, ho capito che dovevo guardarti in faccia e ammettere di essere diventata un mostro.»

Quando le sirene arrivarono davanti casa, infilò una mano nella tasca del cappotto. Rebekah sentì tintinnare qualcosa, e McKenzie mise sul tavolo le chiavi di un'auto. Lanciò uno sguardo a Hain, con un'espressione indecifrabile dipinta sul volto, prima di riportarlo su Rebekah. Spingendo le chiavi verso di lei, disse: «Queste sono per te. È davanti alla farmacia, sulla Prospect.»

Era a un paio di isolati da casa sua.

«Perché vuoi darmi queste chiavi?» domandò Rebekah.

«Perché Travis è nel bagagliaio.»

Lo stomaco di Rebekah colò a picco come un relitto dopo un naufragio.

«Un po' di tempo fa sono entrata in possesso di una tua foto di famiglia» disse McKenzie. «Tu, i tuoi fratelli e tuo padre, sul portico di quella casa sull'Ottantunesima strada in cui avete vissuto tutti e quattro insieme. Hain l'ha ripescata da non so dove. Non so dove l'abbia presa, ma sono felice che l'abbia fatto. La riguardavo spesso quando tornavo a casa, la sera, studiandovi e basta, i vostri volti, e per quanto possa sembrare strano, ero gelosa. Vedevo quanto eravate legati, come eravate riusciti a forgiare qualcosa di così forte malgrado l'abbandono di vostra madre, e io una cosa del genere non l'ho mai avuta. Io avevo soltanto questo.» Guardò Hain, la pistola, il sangue sulle pareti della cucina, poi avvicinò un po' di più le chiavi a Rebekah. «Mi dispiace di averti portato via Johnny. Non posso riportarlo da te, ma almeno posso fare questo.»

Non posso riportarlo da te.

«Dov'è mio fratello?»

«Non lo so» rispose McKenzie. «È la verità. Non so che cosa sia successo quel giorno, ma Hain sì.» I suoi occhi tornarono nuovamente a posarsi su di lui: resisteva ancora, gemeva debolmente. «Una cosa la so, però. Tuo fratello...»

Tacque, fece quasi una smorfia, come se avessero sparato anche a lei. «È sepolto su quell'isola.»

Quelle parole ebbero un impatto devastante su Rebekah.

Si era detta e ripetuta che Johnny era morto, una parte di lei lo sapeva da cinque mesi. Ma sentirselo dire era diverso. Era come se le avessero strappato via un arto.

Era a casa.

Era finalmente al sicuro.

Ma senza Johnny le sarebbe sempre mancato qualcosa.

9

La cicatrice

82

Tre giorni dopo, la polizia trovò i resti di Louise Mason nelle saline di Jamaica Bay. C'erano altri due corpi insieme a quelle ossa: quello di una studentessa francese, Mathilde Roux, ventidue anni, la cui scomparsa era stata denunciata dai genitori, che avevano dato l'allarme da Parigi sette giorni dopo la scomparsa di Louise; e quello di Carla Lee, trentatré anni, che lavorava in un bar di Tribeca ed era stata data per dispersa dal marito tre giorni prima che Rebekah partisse per Crow Island. Quando gli investigatori parlarono con i parenti e gli amici delle vittime, nessuno ricordava che le due donne avessero mai parlato di un uomo che corrispondesse alla descrizione di Daniel Foley, né che avessero mai accennato a uno stupro. Come Rebekah, anche le altre donne non sembravano ricordare nulla della notte passata con Axel, ma Hain le aveva uccise comunque, per stare tranquillo.

Quattro giorni dopo ancora, una squadra di ricerca tornò a Crow Island per recuperare il cadavere di Johnny. Entrambe le giornate furono nuvolose, insolitamente fredde per i primi di aprile, e quando arrivarono a Helena cominciò a diluviare.

Quel giorno con loro c'era un agente, Robert Markowitz, che, pur non avendo personalmente seppellito Johnny, sapeva dove era stato sepolto da Lorenzo 'Lima' Selestino. Per Katherine McKenzie, Markowitz era 'Bobby'; per il nucleo investigativo del Quarantaseiesimo distretto del Bronx, dove lavorava, era 'Mark'. Fino a quella notte, in cucina, Rebekah lo conosceva solo come Hain.

Aveva lavorato al Quarantaseiesimo distretto, per la Omicidi, fino all'ultimo. Il giorno che aveva chiamato Amy Houser e al suo posto aveva risposto Travis, lo aveva fatto in qualità di investigatore: non aveva la più pallida idea che Travis fosse in ufficio. Aveva chiamato

Houser per chiederle di un vecchio caso che forse poteva essere collegato a un omicidio sul quale stava indagando. I media specularono a lungo su come avesse fatto il NYPD a non accorgersi di avere alle sue dipendenze un agente corrotto come Hain, ma soprattutto su come avesse fatto a sparire per tre giorni dopo aver lasciato l'isola. Eppure la risposta era abbastanza semplice: non era scomparso. C'erano trentaseimila agenti e diciannovemila civili impiegati al NYPD. All'indomani del suo ritorno in città, Hain si era preso un giorno di permesso per andare al pronto soccorso e si era fatto medicare. Il giorno dopo ancora era tornato al lavoro. I colleghi avevano notato le sue ferite, che lui aveva attribuito a un incidente d'auto, ma nessuno aveva sospettato niente. Aveva fatto quello che faceva sempre.

Si era nascosto alla luce del giorno.

E così fu Hain, in tuta carceraria verde, ammanettato, bendato, sorretto da due agenti e leggermente barcollante per tutti gli antidolorifici che gli avevano somministrato, a guidare il gruppo nella foresta. Prima che la squadra di ricerca partisse da Montauk, Bowners aveva assicurato a Rebekah che avrebbero trovato Johnny e le avrebbero dato le risposte che desiderava da tempo. La chiamò il pomeriggio del primo giorno per mantenere la sua promessa.

«Lo abbiamo trovato» disse piano.

Johnny sarebbe finalmente tornato a casa.

Katherine McKenzie finì in prima pagina e ci rimase per settimane. I giornalisti la fecero a pezzi, specularono su ogni singolo aspetto della sua carriera, della sua vita privata, sulla follia e sull'arroganza delle sue ambizioni per il futuro. Rebekah lesse e guardò qualcosa, ma per lo più tentò di ignorare il fenomeno mediatico, impegnata com'era a respingere in prima persona richieste di interviste, apparizioni in tv, articoli e mail da parte di editori che le chiedevano se volesse pubblicare un libro sulle sue esperienze. Il problema era la natura incessante – la ripetitività delle domande, la totale mancanza di empatia – di quella lunga processione di facce che cercavano soltanto di farla crollare.

I camioncini delle emittenti televisive rimasero accampati in fondo alla strada per settimane, infastidendo i vicini, assillando Rebekah. Giornalisti, inviati e cronisti giunti da tutto il paese braccavano chiunque mettesse il naso nel suo quartiere.

E in tutto ciò, ogni volta che usciva di casa per portare Roxie a passeggio, o le bambine al parco, lei restava in silenzio. Se c'era una cosa che aveva imparato a fare sull'isola, era sicuramente quella.

Di notte, visto che Gareth era andato a vivere con la sua nuova compagna, restava sveglia oppure andava nella cameretta delle bambine, le osservava senza far rumore, seduta in un angolo, e ripensava a Katherine McKenzie. E anche adesso che era venuto fuori tutto, anche adesso che ogni terribile dettaglio era stato dato in pasto a ogni singolo giornale di ogni città del Paese, Rebekah continuava ad avvertire una dissonanza: la odiava per tutto quello che aveva fatto, per ogni bugia, per ogni segreto che aveva contribuito a tenere nascosto, per ogni morte; la odiava per tutto il dolore che aveva causato alla famiglia di Louise Mason, per la sua complicità negli omicidi di Mathilde Roux e Carla Lee, perché aveva permesso che Johnny le venisse portato via; la odiava perché le innumerevoli vittime di Daniel Foley, pur avendo la sensazione che ci fosse qualcosa che non andava, pur dovendo convivere con un dubbio che non riuscivano a scrollarsi di dosso, non avrebbero mai saputo perché.

Eppure...

Malgrado tutto, Rebekah non poteva negare che McKenzie le aveva dimostrato di avere ancora una coscienza, un filo di bontà che si era rifiutata di spezzare, perché in caso contrario non si sarebbe seduta a tavola, in casa sua, e non le avrebbe fatto quella confessione. Tutte le ambizioni del mondo, tutti i sotterfugi, tutte le cose che erano accadute anche grazie a lei, che era rimasta a guardare o aveva chiuso un occhio, non erano riuscite a cancellare in modo definitivo il suo senso di giustizia. Quello era rimasto intatto, anche se ci aveva messo troppo a ritrovarlo.

E poi, ovviamente, c'era Frank Travis.

Lo avevano trovato nel bagagliaio della Mercedes.

Era stato legato e imbavagliato.

McKenzie aveva descritto alla polizia il piano per la giornata: nel pomeriggio lei e Hain avevano previsto di sbarazzarsi di Travis, mentre la sera, al momento del cambio della guardia a casa di Rebekah, quando gli agenti erano meno vigili, si sarebbero dovuti occupare di lei.

Solo che McKenzie aveva mentito a Hain.

Quella mattina si era svegliata e aveva deciso di darci un taglio. Le sue confessioni, i fantasmi che aveva esorcizzato prima con Travis, da Starbucks, e poi con Rebekah, a casa sua, erano il risultato di quella decisione. Basta nascondersi, basta uccidere. Così aveva parlato con Hain, gli aveva detto che si era sporcato anche troppo le mani di sangue e che a Travis ci avrebbe pensato lei, e benché a suo dire Hain avesse sospettato qualcosa, perché era *sempre* sospettoso, alla fine aveva ceduto. Dopottutto, McKenzie era una poliziotta. Aveva passato gran parte della sua vita dietro a una scrivania, ma aveva lavorato anche sul campo, era stata un'investigatrice.

Aveva estratto l'arma in mille occasioni.

Aveva sparato e ucciso due volte mentre era in servizio.

Avevano caricato Travis nel bagagliaio della Mercedes e McKenzie aveva detto a Hain che lo avrebbe chiamato a cosa fatta, così si sarebbe potuto disfare del corpo come aveva fatto con Louise Mason, Mathilde Roux e Carla Lee.

Gli aveva telefonato verso le diciannove per dirgli che era fatta, che la Mercedes era parcheggiata davanti a una farmacia a un isolato da casa di Rebekah. Hain si era complimentato con lei: una volta le aveva detto che il peggior posto dove lasciare un'auto con un corpo era un vicolo deserto, dove avrebbe destato attenzione. Davanti a una farmacia non avrebbe mai dato nell'occhio. Poi si era convinto ancora di più quando gli aveva aperto il bagagliaio: Travis giaceva a pancia in giù, il volto insanguinato, del nastro adesivo sulla bocca e attorno ai polsi legati dietro la schiena. Un quadretto più che sufficiente. Hain aveva detto che, una volta uccisa Rebekah, avrebbe caricato in macchina anche il suo corpo e avrebbe portato sia lei che Travis a Jamaica Bay.

Ma era tutta una messinscena.

La faccia di Travis era un disastro perché McKenzie lo aveva tagliato e aveva spalmato quanto più possibile il sangue colato dalla ferita. L'aveva legato a pancia in giù in modo che Hain non capisse che respirava ancora e aveva scelto di posteggiare lontano dai lampioni perché sapeva che in un luogo pubblico Hain non avrebbe voluto tenere il bagagliaio aperto più del dovuto.

Ecco perché Rebekah era così combattuta.

Perché Frank Travis era ancora vivo.

Perché gli era stata data la possibilità di raccontarle com'era andata.

E perché per questo dovevano ringraziare Katherine McKenzie.

83

Il funerale di Louise Mason si tenne al St John Cemetery, vicino a casa dei suoi genitori, a Rego Park. Lasciate le bambine da Noella, Rebekah e Frank, con una fasciatura che gli andava dalla fronte alla nuca, ci andarono insieme. Si sedettero in fondo mentre uno zio, un cugino e il padre di Louise parlavano tra le lacrime della vita, dell'arte e dei successi della giovane donna, ma soprattutto della persona che era stata. Dopo la funzione Rebekah andò a presentarsi ai suoi genitori. Si abbracciarono a lungo. Forse, in un'altra vita, una cosa come quella sarebbe apparsa insolita, un gesto in grado di metterli a disagio, ma in quel momento nessuno dei tre provò il minimo imbarazzo.

Due giorni dopo Rebekah seppellì Johnny.

Noella si alzò per leggere un elogio funebre così toccante e divertente che Rebekah passò dieci minuti buoni a sorridere e singhiozzare contemporaneamente. Johnny voleva essere cremato, non sepolto, perciò stavolta non ci furono la pioggia con cui dover fare i conti, né i nuvoloni neri che incombevano sull'East River quando aveva detto addio a Mike e suo padre.

La veglia fu organizzata in una libreria, dopo l'orario di chiusura, a tre isolati dalla casa sull'Ottantunesima strada in cui erano cresciuti. Era un posto che Johnny aveva sempre amato, forse quello dove era stato più felice. Rebekah chiacchierò con amici che non vedeva da anni, con parenti lontani che erano arrivati da Boston per il funerale, e per un po' riuscì a dimenticare il solito senso di vuoto alla bocca dello stomaco, la rabbia che provava, il dolore per il tradimento. Ma a fine serata, quando rimasero soltanto lei, Noella e il libraio, Rebekah si rivolse a Noe e le fece una domanda: «Perché lei non c'era?»

Noe aggrottò la fronte. «Chi, tesoro?»

«Mia madre.»

Noe lanciò un'occhiata al libraio, che uscì per lasciarle da sole.

«Non pensare a lei» disse poi, posando una mano sul braccio di Rebekah.

«Perché non è venuta?»

«Perché non l'ha mai fatto, Bek.»

«Ma perché no?»

«Perché lei non è come te, tesoro. Il tuo amore per le bambine, tutto quello che hai fatto per tornare da loro... lei non è fatta così. Altrimenti si sarebbe fatta viva al funerale di Mike. Cristo, non vi avrebbe neppure voltato le spalle.» Noe cinse le spalle di Rebekah con un braccio. «Hai abbastanza a cui pensare senza doverti preoccupare anche per lei. Vi ha abbandonati quando eravate soltanto dei *bambini*. Tu e Mike eravate così piccoli.»

Il sottinteso era chiaro: che razza di mostro si comporta così?

«Non ha mandato neanche un cavolo di biglietto.»

«Forse non sa niente» disse Noe.

Ma il biglietto arrivò il giorno dopo il funerale. Rebekah lo aprì con il solito ritornello di Johnny – *Meglio che niente* – che le riecheggiava nella testa. Dentro, sua madre aveva scritto: 'Mi spiace per quanto successo a John.' Niente firma. Né mamma. Né Fiona.

Osservò la busta: sul davanti c'erano un timbro delle poste inglesi e gli adesivi della posta aerea, ma non l'indirizzo del mittente.

Ripensò di nuovo a John.

Lui aveva conservato tutti i biglietti che avevano ricevuto.

Lei gettò il suo nella spazzatura.

84

Frank Travis arrivò a casa sua un paio di ore dopo. Rebekah aveva preparato dei panini e, mentre le bambine giocavano a rincorrersi in giardino, lei e Travis si accomodarono su un paio di sedie di vimini all'ombra del portico, con Roxie sdraiata ai piedi di Rebekah, impegnata a mangiucchiare una vecchia pantofola.

«Questa scena mi riporta indietro nel tempo» commentò Travis.

«Anche i tuoi figli erano dei pazzi scatenati?»

Lui sorrise. Kyra correva in tondo e canticchiava una canzone che aveva sentito su Disney Channel, e a un certo punto Chloe rise così forte che alla fine perse l'equilibrio e cadde sul sedere.

«Come stanno loro?» domandò.

Rebekah osservò Kyra, che stava versando una tazza di tè immaginario alla sorellina. «Bene» rispose. «Ma a volte mi guardano ed è come se...» Riportò gli occhi sulle bambine. «È come se non si ricordassero di me.»

«Dai tempo al tempo, piccola.»

Lei gli lanciò uno sguardo. «E poi c'è il discorso di Gareth. Non so che cosa mi aspettassi tornando a casa. Non che saremmo tornati insieme, ma neanche che voltasse pagina così in fretta.»

Travis rimase in silenzio per qualche momento, le mani giunte davanti a sé. «Certe situazioni sono complicate, Rebekah.»

«Penso che arrivati a questo punto potresti anche cominciare a chiamarmi Bek, Frank.»

«Bek.» Lui sorrise di nuovo e giocherellò con la fasciatura che aveva in testa. «Quando mi ha lasciato mia moglie, mamma mia... i primi mesi non sapevo dove sbattere la testa. Ed era assurdo, perché non ero neanche felice con lei. Non mi piaceva più. Ma ogni volta che c'è qualcosa che ti scombussola, per quanto possa essere un'inezia, e non sto dicendo che la storia delle bambine lo sia, non lo è affatto, è facile perdere la bussola.» Travis diede un morso al suo panino. «Come con Louise. L'ho riportata a casa. Non come volevo, ma l'ho riportata a casa, eppure questa cosa continua a togliermi il sonno. Ho sempre la sensazione di aver fallito con lei.»

«Non hai fallito con lei, Frank.»

Travis non le rispose, diede solo un altro morso al panino, quindi rimasero in silenzio a guardare le bambine. Dopo un po', però, lui si voltò e disse: «Forse ora come ora sono un po' confuse, ma andrà meglio. I bambini sono incredibili. Sono molto più forti di quanto si possa immaginare. A quest'età si adattano e vanno avanti senza rancore o rimpianti. Presto sarà come se non fossi mai andata via.»

Rebekah lo guardò e provò un immediato slancio d'affetto nei suoi confronti: quello era proprio il genere di discorso che suo padre faceva sempre a lei, Johnny e Mike quando erano piccoli – parole gentili ma incisive, in grado di riportarli indietro prima che sprofondassero nel baratro della disperazione. Si ritrovò a cercare la mano di Travis e, anche se sembrava sorpreso, lui ricambiò il gesto, stringendogliela con fare comprensivo.

«Grazie, Frank.»

Le strinse la mano per qualche altro secondo, poi Rebekah gli vide cambiare espressione e capì che stavano per affrontare il discorso del vero motivo della sua visita. A dire il vero, una parte di lei aveva paura di chiederglielo. Se si trattava di Johnny, sarebbe stato doloroso. Lo capì dal modo in cui la stava guardando.

Lui appoggiò il panino lasciato a metà sul piatto, finì la sua Coca e infilò una mano nel taschino interno della giacca sportiva. Tirò fuori una chiavetta usb, stringendola tra pollice e indice. La mise sul tavolo e la spinse verso di lei. Su un adesivo attaccato di lato si leggevano le parole: PER FRANK TRAVIS.

«Che cos'è?» chiese lei.

«Hanno scoperto cos'è successo a Johnny quel giorno.»

Rebekah sbatté le palpebre.

«Bowners e i suoi, interrogando Hain, sono riusciti a farsi grossomodo un'idea di cos'è accaduto quando tu e tuo fratello vi siete separati.» Fece una smorfia, come se avesse qualche difficoltà a mettere insieme il discorso. «Sanno come mai il suo portafogli era al faro.»

«E come mai?» domandò Rebekah, quasi temendo la risposta.

«A quanto pare, quando sei scappata da Lima, Johnny non si è neanche reso conto che fossi dietro di lui, e quando è tornato indietro a cercarti, quando ti ha chiamata per nome, non è riuscito a trovare né te né Lima perché vi eravate già allontanati dal sentiero, in direzione di quel canalone.» Nelle pause, la mente di Rebekah rievocò un'immagine di quel giorno: lei che cadeva nel canalone, sbatteva la testa e perdeva conoscenza. «Dopodiché» continuò Travis «mancano dei passaggi, ma gli agenti ritengono che Johnny, non trovandoti, abbia cercato di raggiungere la strada principale, probabilmente per attirare l'attenzione di qualcuno. Poco dopo, però, credendoti morta, Lima è tornato indietro, dove avevate parcheggiato le macchine, con le chiavi della Chevy di Stelzik. L'ha usata per inseguire Johnny.»

«Allora come ha fatto ad arrivare al faro?»

Sulle prime Travis non rispose. Sembrava che stesse cercando di farsi forza, di trovare il coraggio di cui aveva bisogno per l'ultimo assalto. «Non ci è mai arrivato. Stando a Hain, Lima ha catturato tuo fratello prima che riuscisse ad arrivare in cima al sentiero che porta a Simmons Gully. In effetti, essendo lungo quasi due chilometri...»

Gli si incrinò la voce.

«A detta di Bowners,» continuò piano, facendosi avanti sulla sedia «un tratto del Loop era stato temporaneamente chiuso perché un camion aveva perso una parte del suo carico.» Rebekah ricordava la sera in cui era arrivata in cima al sentiero, sotto il temporale. Prima di incamminarsi verso Helena, aveva visto della legna e delle fascette di plastica sulla strada. «Ciò significa che una volta finito...»

Finito.

Finito di seppellire suo fratello.

«Lima non ha potuto riprendere la solita strada per tornare a Helena, costeggiando il lato sud dell'isola, perché quel tratto del Loop era chiuso, e si è visto costretto a passare dall'altra parte, dal faro. Ecco come ha fatto il portafogli di Johnny a finire lì. A quanto pare, sempre stando a Hain, Lima si stava allontanando dal sito dello scavo quando ha visto il portafogli di tuo fratello vicino al sentiero. Doveva essergli caduto dalla tasca. Lima non voleva lasciarlo dov'era perché era troppo vicino al corpo, perciò si è fermato al faro e l'ha buttato lì.» Travis si allungò e le riprese la mano. «Mi dispiace, Bek. So che è...» Ma non c'erano parole adatte.

L'altra mano, invece, la posò sulla chiavetta usb.

«Tra i due agenti moribondi a casa tua,» continuò «il recupero del corpo di Louise e delle altre due donne, e poi il ritrovamento di Johnny, e del sottoscritto, e con tutto il casino che è scoppiato dopo, qualcuno si è scordato di darti questa. So che Bowners ti chiamerà per scusarsi. Dice che dovevano mostrartela giorni fa.»

«Che cos'è?»

«Svuotando le tasche di Johnny, Lima si è dimenticato di una cosa.» Travis tacque, guardò Rebekah, e lei annuì mentre si asciugava gli occhi, facendogli capire che era pronta. «Johnny l'aveva nascosta nella fodera della sua giacca.»

«Nascosta?»

«Ricordi quel giorno nella foresta, quando sei tornata indietro e hai scoperto che il finestrino della Cherokee era stato rotto? L'hai tenuto coperto con il cellofan per cinque mesi.» Rebekah annuì. «Ricordi che era sparita la telecamerina di bordo, e che non riuscivamo a capire perché l'avessero portata via?»

Rebekah aggrottò la fronte.

Travis spinse la chiavetta usb verso di lei.

«Questa ti darà tutte le risposte.»

85

Una mattina, una settimana dopo, Rebekah lasciò le bambine con Noella e andò in città. All'inizio si sentì spaventata, in ansia: rimase impalata sul portico davanti a casa sua, incapace di muoversi, incapace di distogliere lo sguardo dalle figlie. Ma poi, con il cuore che le batteva a mille, si trascinò giù dai gradini, prese la metropolitana, e un poco alla volta, con il passare dei minuti, cominciò a calmarsi.

La sua licenza medica era scaduta mentre era sull'isola e, dato che nei tre mesi successivi non aveva richiesto un'estensione di altri due anni, aveva dovuto chiamare l'Ordine dei medici per spiegare l'accaduto. Dato che il suo era un caso così insolito, e visto che non riuscivano a capire bene che cosa fosse successo, le avevano detto di passare dai loro uffici sulla Broadway.

Dopo aver compilato vari moduli, si fece un isolato a piedi fino a Bryant Park, godendosi il sole che splendeva in un cielo terso, e trovò un tavolo all'ombra in fondo alla biblioteca. Si era portata dietro il portatile e la chiavetta usb che le aveva dato Frank Travis la settimana prima, ma nella tasca interna della borsa del pc c'era anche qualcos'altro: il biglietto spedito da sua madre.

Lo aveva ripescato dalla spazzatura.

Non sapeva perché. La sua confusione e la rabbia nei confronti di Fiona Camberwell erano le stesse che aveva provato quando aveva gettato il biglietto nel cestino, ma alla fine era tornata in cucina, aveva frugato tra avanzi di cibo, pacchetti di patatine e cartacce varie e l'aveva recuperato. Era sporco e spiegazzato, ma era sopravvissuto.

Lo riaprì di nuovo, rilesse il messaggio.

'Mi spiace per quanto successo a John.'

«Mi scusi, questa sedia è libera?»

Rebekah alzò gli occhi dal biglietto.

Accanto a lei c'era un uomo alto e dalle spalle larghe, sulla quarantina, con i capelli scuri e un bel sorriso. Aveva una borsa a tracolla e un caffè in mano.

«Sì, prego.»

Le sorrise. «Grazie.»

Scostò la sedia dal tavolo e si accomodò a quello a fianco. La mente di Rebekah si riaffollò di pensieri: sua madre, la chiavetta usb, l'idea di tornare al lavoro.

«Va tutto bene?» le domandò l'uomo di prima.

E lei si rese conto di non avergli mai staccato gli occhi di dosso. «Oh» fece. «Mi scusi tanto. Avevo la testa da un'altra parte.»

L'uomo le sorrise di nuovo. «Be', meno male.» Si controllò la camicia, i pantaloni. «Pensavo di avere del cibo in faccia.»

«Ah, no, è a posto.»

«Me lo direbbe se avessi del cibo in faccia, vero?»

«Dipende. Se fosse buffo, no.»

Le sorrise per la terza volta. Sì, aveva proprio un bel sorriso.

«Lei è inglese» disse Rebekah.

«Sì» rispose lui. «E anche lei potrebbe esserlo.»

«Sono anni che non torno in Inghilterra. Mi sono trasferita qua quando avevo diciotto anni.»

«Ma ha ancora un leggero accento.»

«Sì» confermò lei. «Non so perché, ma non riesco a perderlo. In realtà mi piace.» Fece una pausa e ripensò a Johnny, a quanto odiava il suo accento angloamericano. Il ricordo la intristì, perciò cercò di scacciarlo. «È qui in vacanza?»

«Più o meno» rispose l'uomo. «Sono venuto a trovare un'amica. Lei vive a Los Angeles, ma questo ci è sembrato il posto ideale per incontrarci a metà strada. E lei?» Buttò un occhio sull'ora. «Pausa pranzo anticipata?»

«No, non ancora. Dopo, semmai.»

Lui non indagò, anche se doveva essere curioso.

«Mi sono presa una specie di pausa dal lavoro» aggiunse Rebekah.

«Okay. E sta pensando di rimettersi in pista?»

«Più per necessità che per il reale desiderio di farlo.»

Fu questione di un attimo, ma lo sguardo che si scambiarono comunicò qualcosa a entrambi, la reciproca consapevolezza di quanto potesse essere gravosa la necessità.

«Che cosa fa nella vita?» le chiese lui.

«Sono un medico. Un chirurgo ortopedico.»
«Wow, sembra troppo giovane per essere una specialista.»
Lei rise. «Non più così giovane.»
«Immagino che abbia messo la sua carriera in pausa per avere dei figli.»
Stavolta Rebekah esitò un attimo prima di rispondere.
«Mi scusi» disse lui. «Sono stato incredibilmente inopportuno.»
«No, non si preoccupi. Ha indovinato, però.»
Lui annuì. «La prego di non allarmarsi.»
«E lei?» domandò Rebekah, scrutandolo con curiosità.
«Sono un investigatore.»
«Tipo un investigatore privato?»
«Più o meno. Ritrovo persone scomparse.»
Rebekah abbassò gli occhi sul biglietto di sua madre: spiegazzato, macchiato, senza un indirizzo, senza un bacio, una firma, un indizio su chi o dove fosse.
La persona scomparsa che mi ha messo al mondo.
Riportò l'attenzione sull'uomo che adesso la stava osservando con attenzione, ma non in modo inquietante o imbarazzante. Lo sguardo che le stava rivolgendo assomigliava a quello di Frank Travis: curioso, umano.
Gli tese una mano. «Be', piacere allora. Rebekah Murphy.»
Lui gliela strinse.
«Piacere di conoscerla, Rebekah. Io sono David Raker.»

86

La chiavetta usb conteneva un solo file video.

Erano passati sette giorni da quando le era stata consegnata da Travis, e Rebekah l'aveva già guardato almeno un centinaio di volte. Ne conosceva ogni fotogramma, ogni parola, ogni sfumatura, ogni inquadratura e ogni sobbalzo. Dopo un po' era diventato come osservare un fiore che sbocciava e appassiva nello stesso momento. Vedere alcune immagini era quasi insopportabile, ma lo faceva lo stesso, perché il resto, la maggior parte del video, le riempiva il cuore.

Quella sera, dopo l'incontro con l'investigatore privato al quale aveva dato il suo numero di cellulare, crollò sul divano – il sole morente nel cielo, le bambine a letto – e aprì il suo portatile. La finestra del video era già aperta.

E mentre l'oscurità cominciava un poco alla volta a insinuarsi nella stanza, l'unica cosa che fece fu fissare un fotogramma sullo schermo, ripensando a una frase che le aveva detto suo padre poco prima di morire.

'Anche i morti possono parlare.'

Alla fine aveva ragione.

Fece partire il video.

Johnny iniziava a muoversi. Lui non si vedeva nell'inquadratura, ma Rebekah sapeva esattamente dov'era: sul sentiero che collegava la piazzola di Simmons Gully al Loop. Era a metà strada, con il respiro che gli si condensava davanti al viso. Quelle immagini erano state riprese pochi minuti dopo la sua caduta nel canalone.

Quando Lima l'aveva creduta morta.

Johnny era spaventato. Non sapeva se aveva fatto bene a lasciare indietro Rebekah. Era tornato a cercarla, non era riuscito a trovarla, aveva pensato di andare a cercare aiuto. Ma si capiva che era sfiduciato.

Sentiva di aver abbandonato sua sorella.

Eppure continuava a salire, a correre, e il video era mosso e confuso. Poi rallentava, sembrava ricordarsi della telecamera, si fermava. Se la rigirava un attimo tra le mani, ci armeggiava un po'. L'immagine si capovolgeva, ancora e ancora. Travis le aveva detto che nessuno aveva realmente capito che cosa stesse cercando di fare, ma Rebekah lo sapeva. Andando a Montauk, Johnny le aveva chiesto della telecamera e lei gli aveva detto che era collegata alla compagnia assicurativa, che in caso d'incidente poteva essere allertata tramite la funzione sos. Ecco che cosa stava cercando. Ecco perché aveva rotto il finestrino della Cherokee per prenderla. Pensava ci fosse sopra un bottone da premere per dare l'allarme. Non avendo più il cellulare, pensava che avrebbero potuto localizzarli attraverso la telecamera.

Ma dopo pochi secondi smetteva di cercare.

Perché la funzione sos non funzionava così.

Non c'erano bottoni da premere.

Si rimetteva a correre e la telecamera continuava a riprendere il sentiero alle sue spalle, il terreno, una porzione di alberi. Correva con la telecamera nella mano sinistra. A un certo punto si voltava, si guardava indietro, poi torceva il busto, rallentava, e non faceva più alcun rumore.

Ma si sentiva quello di un motore in sottofondo.

Lima.

Stava arrivando.

Johnny ripartiva, correva più veloce, l'immagine sempre più confusa. Diventava quasi impossibile capire che cosa stesse inquadrando finché, di punto in bianco, la telecamera inquadrava la faccia di suo fratello, come se all'improvviso gli fosse venuta un'idea. L'angolazione non era perfetta: la telecamera era sulla parte posteriore del dispositivo, quindi non poteva vedere lo schermo. Non poteva sapere se si stesse riprendendo oppure no.

«Non so se qualcuno vedrà mai questo filmato» diceva, e anche se erano parole che Rebekah aveva sentito un'infinità di volte, ogni volta che parlava le si stringeva il cuore. «Qualcuno sta tentando di ucciderci.» Gli tremava la voce. Era terrorizzato: per aver lasciato indietro Rebekah, per quello che poteva esserle capitato, per quello che sarebbe capitato anche a lui. «Mia sorella... non so dove sia mia sorella. Potrebbe essere...»

Già morta.

Lasciava la frase in sospeso, si voltava.

Per un attimo, quando tornava nell'inquadratura, Johnny appariva cereo in volto. La paura era talmente grande che sembrava averlo paralizzato, che in un certo senso sembrava avergli alterato i lineamenti. Ma poi si voltava di nuovo, guardava il sentiero, la foresta che lo circondava – mentre il vento, rigido e inclemente, frusciava nell'altoparlante della telecamera – e sembrava capire che quella poteva essere la sua ultima occasione per dire qualcosa.

«Bek» diceva soltanto, le lacrime agli occhi per il freddo, per il suo nome e per ciò che significava per lui. Il vento scuoteva gli alberi. Johnny distoglieva di nuovo lo sguardo, e a quel punto in fondo al sentiero si distingueva chiaramente una macchiolina.

Era la Chevy di Stelzik.

Quando si voltava, c'era di nuovo il terrore di prima sul suo volto – terribile, dilaniante – e a Rebekah si spezzava il cuore.

Sapeva che non sarebbe mai riuscito a seminare una macchina o un pazzo armato di pistola.

«Se qualcuno vedrà mai questo filmato, se mia sorella è ancora viva, ditele che le voglio bene.» Si guardava indietro. Adesso stava piangendo davvero, e il freddo non c'entrava niente: la Chevy si stava avvicinando e le lacrime gli rigavano le guance. «Non gliel'ho mai detto abbastanza. Forse non gliel'ho proprio mai detto...»

Ricacciava indietro altre lacrime.

«Ti voglio tanto bene, Bek.»

«Ti voglio bene anch'io, Johnny» mormorò Rebekah.

E alla fine lo schermo diventava nero.

All'inizio non riuscì a trovare niente di buono in quello che aveva passato. Niente di positivo. Niente di utile. Provava per lo più a non pensarci, a ridurlo a una cicatrice del suo passato.

Tuttavia, con il passare del tempo, quando i ricordi cominciarono a sbiadire, quando il dolore iniziò a scemare almeno un po', fu proprio tra le pieghe di quella cicatrice che trovò una profonda e innegabile verità.

So chi sono adesso.

So cosa faccio.

Così, nei mesi e negli anni a seguire, ogni volta che riaffioravano i dubbi, ogni volta che il coraggio minacciava di venire meno, lei tornava a quella verità. Si ricordava chi era e che cosa era diventata.

E si riprometteva di non dimenticarlo mai.

Mi chiamo Rebekah.

E sono una sopravvissuta.

Nota dell'autore

Ho apportato leggere modifiche alle normali procedure investigative e alle strutture organizzative del NYPD, della polizia della contea di Suffolk e del sistema sanitario americano per adattarle ai fini della storia. Mi sono preso qualche piccola libertà anche per quanto riguarda le telecamere di bordo, le ricetrasmittenti VHF e le dotazioni di serie sia delle Jeep Cherokee che dei Dodge Ram. Spero che tutti questi dettagli siano passati inosservati – almeno fino a questo momento.

Ringraziamenti

Amo lavorare alla serie di David Raker e proprio adesso ho iniziato a scrivere il suo prossimo libro, ma dopo aver finito *Un villaggio scomparso,* il decimo romanzo di Raker, ho parlato con la mia editor e con la mia agente e ho detto a entrambe che prima di iniziare a pensare all'undicesimo capitolo della serie volevo provare a dedicarmi a qualcosa di diverso. In sostanza, volevo sviluppare un'idea che mi ronzava in testa già da un po': una storia in parte di sopravvivenza, in parte di mistero, con una donna abbandonata su un'isola, lontanissima dai suoi figli e senza via di fuga. Ho pensato che sarebbe stato stimolante, e non solo perché non avevo mai scritto un romanzo autoconclusivo, e che una volta finito sarei tornato da Raker fresco e carico, più ansioso che mai di far sparire altre persone (per finta, ovviamente, non nella vita reale).

Devo dire che la mia editor, Maxine Hitchcock, e la mia agente, Camilla Bolton, non hanno battuto ciglio... o forse sono due bravissime attrici. Comunque, non finirò mai di ringraziare Max perché si fida e mi sostiene sempre, ma anche per il suo editing impeccabile, elegante e incisivo, con cui riesce sempre a migliorare i miei libri. E lo stesso vale per Camilla: la sua fiducia nelle mie capacità non ha mai vacillato e in più di un'occasione mi ha aiutato a schiarirmi le idee e a ritrovare il filo del discorso. Agente, amica, cavia: grazie!

Un altro grande GRAZIE a caratteri cubitali va a tutta la fantastica squadra della Michael Joseph e della Penguin: Jon Kennedy, Lee Motley, David Ettridge, Jennifer Porter, Katie Williams, Vicky Photiou, Liz Smith, Olivia Thomas, Christina Ellicott, Deidre O'Connell, Rachel Myers, Natasha Lanigan, Louise Blakemore, James Keyte, Laura Marlow e Hazel Orme tra tutti, ma la lista sarebbe ancora lunga. Un ringraziamento speciale a Rebecca Hilsdon, per tutto il lavoro che ha fatto con le correzioni, e a Beatrix McIntyre, perché è un vero drago in ciò che potrei definire 'l'Armageddon delle bozze'.

Per quanto riguarda la Darley Anderson, devo ringraziare Mary Darby, Kristina Egan e Georgia Fuller dell'ufficio diritti, Sheila David dei diritti per il cinema e la tv, e Rosanna Bellingham e Jade Kavanagh, che svolgono quotidianamente un lavoro davvero eccezionale.

Per avermi aiutato a non perdere la ragione con caffè, pranzi, messaggi e riunioni su Zoom, grazie ai miei grandissimi colleghi scrittori Chris Ewan, Claire Douglas e Gilly Macmillan.

Grazie, come sempre, alla mia bellissima famiglia: a mamma e papà, che amo a dismisura, a mia sorella Lucy e a tutta la ciurma dei Ryder: Rich, Hannah e Sam; ai Linscott – Boxie, Di, Delme, Kim, Declan, Nathan e Josh – e alla mia fantastica famiglia allargata, inclusi i miei zii, Barry e John, e alla mia zietta preferita, Jo.

E alle due persone che dovendo vivere con il sottoscritto hanno firmato la condanna a morte: per prima cosa a mia figlia, Erin, che amo più di ogni altra cosa al mondo e che ogni giorno mi riempie di orgoglio, e poi a mia moglie, Sharlé, che mi ha cavato d'impaccio un'infinità di volte con questo libro, sbrogliando matasse e rimettendo in ordine le mie terribili sequenze temporali, e che ha pazientemente passato due settimane (e ogni santa sera) sulle mie bozze, rassicurandomi e dicendomi che sarebbe andato tutto bene. Non ce l'avrei mai fatta senza di lei.

E per finire grazie a voi, miei meravigliosi lettori. Grazie per aver comprato, prestato e consigliato i miei libri, per le bellissime mail e i messaggi che mi mandate sui social, e per aver speso belle parole sui miei romanzi. Senza il vostro sostegno, niente di tutto questo sarebbe possibile.

Dal catalogo Fanucci Editore

Timecrime

L'ombra della verità di Karin Slaughter
Venti corpi nella neve di Giuliano Pasini
In difesa di Jacob di William Landay
Omicidio allo specchio di David Ryan Jahn
Ogni goccia di sangue di Michael Robotham
I dannati non muoiono di Jim Nisbet
I sonnambuli di Paul Grossman
La lunga notte di Linda Castillo
L'ultimo Vangelo di Barbara Goldstein
Il caso Maloney. La prima indagine dell'ispettore Faraday di Graham Hurley
Tre giorni per morire di Karin Slaughter
Il settimo sacramento di David Hewson
L'ultima profezia di Liz Jensen
La casa sul fiume di Penny Hancock
L'ermellino di porpora di Pierre Borromée
La trilogia nera di Dave Zeltserman
Punto di rottura di Simon Lelic
Morte di uno sbirro di William Landay
Vittime di Jonathan Kellerman
Il canto delle sirene di Val McDermid
Genesi di Karin Slaughter
The Game di Michael Olson
Tra due fuochi di Karin Slaughter
Nessun indizio di Paul Grossman
La preda di Graham Hurley
Il Codice Amadeus di Phillip Swann
Killer di Tom Wood
Lo Strangolatore di William Landay
Sotto tiro di David Baldacci
Il libraio di Parigi di Mark Pryor
I tre demoni di John Connolly
L'imprevisto di Liz Jensen
Morte sospetta di Tim Weaver
Senza nessuna colpa di Helene Tursten
Abisso senza fine di Karin Slaughter
Venerdì nero di Michael Sears
Il Giardino del Male di David Hewson
Il manipolatore di Michael Robotham
Costretta al silenzio di Linda Castillo
Ossa di Jonathan Kellerman
Senza traccia di David Levien
L'assassino americano di Vince Flynn
Il burattino di Jim Nisbet
In un vicolo cieco di Linda Castillo
Nel segreto dei codici di Barbara Goldstein
La colpa di Jonathan Kellerman
L'innocente di David Baldacci
Il testimone di Nora Roberts
Omicidi a luci rosse di Allison Brennan
Attrazione letale di JoAnn Ross

Noi siamo qui di Michael Marshall
Alta velocità di David Jackson
Nemico di Tom Wood
La frode di Michael Sears
Mente criminale di Karin Slaughter
Tracce di morte di Tim Weaver
Indagine mortale di David Levien
Sotto protezione di Chris Ewan
Sutler di Richard House
Scomparsa di Linda Castillo
Non guardarti indietro di Clare Donoghue
Il mistero della cripta sepolta di Mark Pryor
Una sporca faccenda di Robert Littell
Diari di sangue di Chuck Driskell
L'invisibile di Karin Slaughter
Colpo mortale di Vince Flynn
Assassino di Jonathan Kellerman
La sfida di David Baldacci
Svanito di Tim Weaver
Il gioco di Tom Wood
Libero arbitrio di Allison Leotta
Deadline di Chris Ewan
La maschera di Dante di David Hewson
Il suo ultimo respiro di Linda Castillo
La rabbia degli angeli di John Connolly
Codice cinque di J.D. Robb
L'orlo del baratro di Karin Slaughter
Senza pietà di John Gilstrap
Il barone della droga di Stephen Leather
Jihad di Jean-Marc Ligny
Oro bianco di Rachel Amphlett
Doppio delitto al Grand Hotel Miramare di Emilio Martini
Tracce dal passato di Linda Castillo
Il manuale dello stagista killer di Shane Kuhn
Nessun ritorno di Tim Weaver
Un'anima che brucia di John Connolly
Voci soffocate di Beppe Quintini
Complotto in riva d'Arno di Parigi & Sozzi
El Diablo di Allison Leotta
L'occhio di Dio di Andreas Eschbach
Tutto ciò che muore di John Connolly
Il Golem di Hollywood di Jonathan e Jesse Kellerman
I misteri del passato di David Hewson
Lo spettro dei Borgia di Elena e Michela Martignoni
La caccia di Tom Wood
Cerimonia di morte di J.D. Robb
La resa dei conti di Andrew Pyper
Il ciclo delle stagioni di John Connolly
Il ministero delle Ultime Ombre di Mariangela Cerrino
Una rete di inganni di Nikki Owen
Senza via di fuga di Douglas E. Richards
Chiudi gli occhi di S.K. Paisley
American Blood di Ben Sanders
Una fuga sospetta di Mason Cross
Oscure verità di Tim Weaver
Gente che uccide di John Connolly

Noir di Richard Matheson
Connessioni di sangue di Val McDermid
Indagine su un mago senza testa di Enrico Caria
Dopo la tempesta di Linda Castillo
La ragazza senza nome di Sandra Block
Segreti sepolti di Linwood Barclay
Il sangue dei baroni di Matteo Strukul
Ogni quindici minuti di Lisa Scottoline
Il manuale dello stagista killer. L'avversario più letale di Shane Kuhn
Il giorno più buio di Tom Wood
E morì a occhi aperti di Derek Raymond
Aprile è il più crudele dei mesi di Derek Raymond
L'ultima tentazione di Val McDermid
Il lupo in inverno di John Connolly
Triplice omicidio di Tim Weaver
Sei ore e ventitré minuti di Domitilla Shaula Di Pietro
Come vivono i morti di Derek Raymond
Il mio nome era Dora Suarez di Derek Raymond
Tra i malvagi di Linda Castillo
Chance di Kem Nunn
Il museo dell'inferno di Derek Raymond
Quando cala la nebbia rossa di Derek Raymond
La bugia perfetta di Emily Elgar
Lontano dalla verità di Linwood Barclay
Il tormento degli altri di Val McDermid
La canzone delle ombre di John Connolly
Il collezionista di Nora Roberts
Cuore infranto di Tim Weaver
Non dire niente di Brad Parks
False identità di Lisa Scottoline
Testimone ostile di Rebecca Forster
Un cliente innocente di Scott Pratt
L'assassino americano di Vince Flynn
Ossessione di Nora Roberts
Il silenzio uccide di Dean Koontz
Colpo mortale di Vince Flynn
In buona fede di Scott Pratt
Doppia verità di David Baldacci
Il giustiziere della notte di Brian Garfield
Una strada oscura di Linda Castillo
Charlie Parker indaga tre volte – La trilogia di John Connolly
Tre omicidi per Kate Burkholder – La trilogia di Linda Castillo
Lo straniero di Stephen Leather
Il penalista di Francesco Gradozzi
Nessuna scelta di Tom Wood
Testimone silenzioso di Rebecca Forster
Ventitré di Linwood Barclay
La notte uccide di Dean Koontz
Codice Lumière di Sergio Fanucci
Chi sono? di Tim Weaver
Il bugiardo di Nora Roberts
Oltre ogni sospetto di Joe Sharkey
Promessa di sangue di Mark Pryor
L'impostore di George Harrar
Ingiustizia totale di Scott Pratt
Un tempo per soffrire di John Connolly

Dopo Anna di Lisa Scottoline
Connect di Julian Gough
Una ragionevole paura di Scott Pratt
La verità su David Raker di Tim Weaver
L'inganno uccide di Dean Koontz
La fuga di David Baldacci
Tutto ciò che muore di John Connolly
Il ciclo delle stagioni di John Connolly
Gente che uccide di John Connolly
I tre demoni di John Connolly
Un'anima che brucia di John Connolly
La rabbia degli angeli di John Connolly
Il lupo in inverno di John Connolly
La canzone delle ombre di John Connolly
Un gioco di fantasmi di John Connolly
Potere assoluto di Vince Flynn
L'ultimo nazista di Andrew Turpin
Il lungo cammino verso la verità di David Baldacci
Scontro finale di Tom Wood
Un villaggio scomparso di Tim Weaver
Abisso di Dean Koontz
Il lato oscuro di Lisa Unger
Lo Specialista di Shi Heng Wu
Target di David Baldacci
Il passato di Grace di Emily Elgar
La donna nel bosco di John Connolly
Il buio uccide di Dean Koontz
Oltre ogni ragionevole vendetta di Francesco Gradozzi
Regola nr. 1: Non morire di Volker Klüpfel e Michael Kobr
Terra di nessuno di David Baldacci
Palude di John Connolly
Uccidi per me di Tom Wood
Indagine su un omicidio – Delitti in paradiso vol. 1 di Robert Thorogood
L'assassinio di Polly Carter – Delitti in paradiso vol. 2 di Robert Thorogood
Qualcuno conosce la verità di Lisa Scottoline
La follia uccide di Dean Koontz
Il Demone di Frank Goldammer
I segreti del Sun Down Motel di Simone St.James
Il libro di ossa di John Connolly
L'attimo prima della verità di David Baldacci
Il pezzo mancante di Tim Weaver
L'uomo della verità – Harris Stuyvesant & Bennett Grey vol. 1 di Laurie R. King

Piccola Biblioteca del Crimine

Ti ucciderò di Mickey Spillane
Bersaglio mobile di Ross Macdonald
Caccia al ladro di David Dodge
Il misterioso crimine di Madison Square. Il primo caso del detective Nick Carter di John Coryell
Niente orchidee per Miss Blandish di James Hadley Chase
Il ladro gentiluomo di E.W. Hornung
Giù le mani dal malloppo! di Albert Simonin
Il vortice di Ross Macdonald
L'armata degli eroi di Joseph Kessel

Per consultare il nostro catalogo
visita il sito www.fanucci.it
e iscriviti alla newsletter
per essere continuamente aggiornato
sulle nostre pubblicazioni.
Seguici su:

e sul blog Timecrime, www.fanucci.it

Finito di stampare nel gennaio 2022 presso
Elcograf S.p.a., Cles (TN)
Printed in Italy